uma sombra do passado

Nora Roberts

Romances

A Pousada do Fim do Rio
O Testamento
Traições Legítimas
Três Destinos
Lua de Sangue
Doce Vingança
Segredos
O Amuleto
Santuário
A Villa
Tesouro Secreto
Pecados Sagrados
Virtude Indecente
Bellíssima
Mentiras Genuínas
Riquezas Ocultas
Escândalos Privados
Ilusões Honestas
A Testemunha
A Casa da Praia
A Mentira
O Colecionador
A Obsessão
Ao Pôr do Sol
O Abrigo
Uma Sombra do Passado
O Lado Oculto
Refúgio

Saga da Gratidão

Arrebatado pelo Mar
Movido pela Maré
Protegido pelo Porto
Resgatado pelo Amor

Trilogia do Sonho

Um Sonho de Amor
Um Sonho de Vida
Um Sonho de Esperança

Trilogia do Coração

Diamantes do Sol
Lágrimas da Lua
Coração do Mar

Trilogia da Magia

Dançando no Ar
Entre o Céu e a Terra
Enfrentando o Fogo

Trilogia da Fraternidade

Laços de Fogo
Laços de Gelo
Laços de Pecado

Trilogia do Círculo

A Cruz de Morrigan
O Baile dos Deuses
O Vale do Silêncio

Trilogia das Flores

Dália Azul
Rosa Negra
Lírio Vermelho

Nora Roberts

uma sombra do passado

Tradução
Carolina Simmer

3ª edição

BERTRAND BRASIL

Rio de Janeiro | 2021

Copyright © 2010 by Nora Roberts

Título original: *The Search*

Imagem de capa: Matthew J Brand/ Shutterstock

Texto revisado segundo o novo
Acordo Ortográfico da Língua Portuguesa

2021
Impresso no Brasil
Printed in Brazil

CIP-BRASIL. CATALOGAÇÃO NA PUBLICAÇÃO
SINDICATO NACIONAL DOS EDITORES DE LIVROS, RJ

R549s
3ª ed.

Roberts, Nora, 1950-
    Uma sombra do passado / Nora Roberts; tradução Carolina Simmer. – 3ª ed. – Rio de Janeiro: Bertrand Brasil, 2021.
    462 p.; 23 cm.

Tradução de: The search
ISBN 978-85-286-2389-5

1. Romance americano. I. Simmer, Carolina. II. Título.

19-56119

CDD: 813
CDU: 82-31(73)

Vanessa Mafra Xavier Salgado – Bibliotecária – CRB-7/6644

Todos os direitos reservados. Não é permitida a reprodução total ou parcial desta obra, por quaisquer meios, sem a prévia autorização por escrito da Editora.

Direitos exclusivos de publicação em língua portuguesa somente para o Brasil adquiridos pela:
EDITORA BERTRAND BRASIL LTDA.
Rua Argentina, 171 – 3º andar – São Cristóvão
20921-380 – Rio de Janeiro – RJ
Tel.: (21) 2585-2000 – Fax: (21) 2585-2084

Atendimento e venda direta ao leitor:
sac@record.com.br

Para
Homer e Pancho,
e para todos que tornaram minha vida mais doce antes deles.

Parte Um

Quando bem-treinado, o homem pode ser o melhor amigo do cão.

— C%orey F%ord

Capítulo 1

♦ ♦ ♦ ♦

Numa manhã fria e enevoada de fevereiro, com a chuva batendo contra as janelas, Devin e Rosie Cauldwell faziam amor num ritmo lento, preguiçoso. Aquele era o terceiro dia das suas férias de uma semana — e o segundo mês em que tentavam engravidar de novo. Seu filho de 3 anos, Hugh, foi resultado de um feriado que passaram na ilha Orcas, no arquipélago de San Juan, e — segundo Rosie — de uma tarde chuvosa e uma garrafa de Pinot Noir.

O casal esperava repetir o sucesso com uma nova estada na ilha, e se dedicava à missão com entusiasmo enquanto o filho dormia com seu amado Fofo no quarto ao lado.

Era cedo demais para um vinho, mas Rosie achava que a chuva tranquila era um bom presságio.

Quando os dois se aconchegaram na cama, relaxados e aquecidos pelo sexo, ela sorriu.

— Quem teve a melhor ideia do mundo?

Devin apertou sua bunda.

— Você.

— Pode ir se preparando, porque acabei de ter outra.

— Acho que preciso de alguns minutos para me recuperar.

Rosie riu, girou na cama e se apoiou no peito do marido, abrindo um sorriso.

— Pare de pensar em sexo, seu tarado.

— Acho que também preciso de alguns minutos para isso.

— Panquecas. Nós precisamos de panquecas. Manhã chuvosa, nossa casinha aconchegante. Panquecas são o café da manhã ideal.

Ele estreitou os olhos para a esposa.

— E quem é que vai fazer essas panquecas?

— Vamos deixar o destino resolver.

Rosie sentou, e, seguindo uma longa tradição da família Cauldwell, os dois deixaram a decisão a cargo do pedra, papel e tesoura — o melhor de três vencia.

— Droga — murmurou ela quando ele esmagou sua tesoura com uma pedra.

— Eu sou muito habilidoso.

— Até parece. Mas paciência. E, de toda forma, eu preciso fazer xixi. — Rosie se inclinou para lhe dar um beijo estalado e pulou para fora da cama. — Amo tirar férias — disse enquanto seguia para o banheiro.

E aquelas férias eram as melhores de todas, pensou ela, com seus dois garotos lindos. Se a chuva continuasse ou apertasse, ficariam dentro de casa, jogando alguma coisa. Mas, se o tempo melhorasse, eles poderiam colocar Hugh no canguru e dar uma volta de bicicleta, ou talvez fazer uma trilha.

O garotinho estava apaixonado pelo lugar, completamente encantado pelos pássaros, pelo lago, pelo cervo que tinha visto na floresta e, é claro, pelos coelhos — todos irmãos do fiel companheiro Fofo.

E talvez ele ganhasse seu próprio irmão no próximo outono. Ela estava ovulando — não que estivesse obcecada por engravidar. Mas contar os dias não era nada obsessivo, pensou enquanto prendia com um elástico o cabelo bagunçado pelo sono e pelo sexo. Era só uma questão de estar ciente do próprio corpo.

Rosie pegou um moletom e uma calça de flanela, dando uma olhada em Devin, que voltara a dormir.

Ela acreditava que os dois tinham tirado a sorte grande hoje.

Animada com a ideia, ela calçou meias grossas e olhou para o relógio que deixara sobre a cômoda.

— Nossa, já são mais de 8h. Hugh deve ter ficado cansado de ontem, para dormir até tão tarde.

— Deve ser a chuva — murmurou Devin.

— Pois é, deve ser.

Ainda assim, ela foi até o quarto do filho, como fazia todas as manhãs, independentemente de estarem em casa ou viajando. Tentou não fazer barulho para não acordá-lo — seria ótimo se conseguisse tomar sua primeira xícara de café antes de ouvir o primeiro *mamãe* do dia.

Ela espiou a cama, esperando encontrá-lo abraçado ao coelho de pelúcia.

O colchão vazio não causou qualquer nervosismo. Hugh podia ter levantado para fazer xixi, igual à mãe. Ele estava aprendendo a usar o banheiro direitinho.

Rosie também não entrou em pânico quando não o encontrou no lavabo do corredor. Como o menino costumava despertar cedo, os pais o incentivavam a brincar um pouco antes de acordá-los. Ela geralmente ouvia Hugh conversando com os brinquedos ou arrastando seus carrinhos, mas estivera um pouco distraída com seu sexo de férias.

Meu Deus, pensou ela enquanto descia as escadas, e se Hugh tivesse visto os dois transando? Não, ele teria entrado no quarto e perguntado que brincadeira era aquela.

Dando uma meia risada, Rosie entrou na bela sala de estar, esperando encontrar o filho sentado no chão, cercado de brinquedos.

Quando isso não aconteceu, as primeiras ondas de nervosismo subiram por sua garganta.

Ela gritou o nome dele, andando rápido agora, suas meias fazendo com que escorregasse um pouco pelo piso de madeira.

O pânico tomou seu corpo; era como se tivesse levado uma facada na barriga.

A porta da cozinha estava escancarada.

*P*OUCO DEPOIS DAS 9H, Fiona Bristow parou diante da bela casa de veraneio no meio do Parque Estadual de Moran. Estava apenas chuviscando, mas o ritmo constante da chuva prometia complicar a missão de busca. Ela sinalizou para que o parceiro permanecesse no carro e saiu para conversar com um dos policiais locais.

— Davey.

— E aí, Fi? Você chegou rápido.

— Não estava longe. Os outros já estão a caminho. Vamos usar a casa como base ou você prefere que a gente fique aqui fora?

— Usem a casa. Sei que você vai querer conversar com os pais, mas já vou adiantando o básico. Hugh Cauldwell, 3 anos de idade, loiro, olhos azuis. Foi visto pela última vez usando um pijama do Homem-Aranha.

Fiona notou que o policial apertava a boca. Davey tinha um filho da mesma idade que Hugh, que provavelmente também tinha um pijama do Homem-Aranha.

— A mãe notou o desaparecimento por volta das 8h15 — continuou Davey. — A porta dos fundos estava aberta. Não encontramos sinais de arrombamento nem de um invasor. Ela avisou ao pai. Os dois ligaram para a polícia e saíram correndo pelo quintal, chamando pelo filho, procurando nos arredores.

E encheram o lugar de pegadas, pensou Fiona. Mas quem poderia culpá-los?

— Nós fizemos uma busca pela casa e pelo terreno, só para garantir que ele não estava se escondendo. — Davey virou para ela com chuva pingando da aba de seu boné. — O menino não está aqui e, segundo a mãe, levou seu coelho de pelúcia. Ele dorme com o bicho, não o larga por nada. Os guardas florestais estão ajudando na busca, McMahon e Matt estão por aí — acrescentou, se referindo ao xerife e a um policial mais jovem. — McMahon me pediu para chamar sua unidade e ficar na base.

— Vamos arrumar as coisas e começar. Eu queria conversar com os pais agora, tudo bem?

Davey gesticulou na direção da casa.

— Eles estão assustados, como é de esperar. E querem sair para procurar o filho. Talvez você me ajude a convencê-los de que essa não é uma boa ideia.

— Verei o que posso fazer.

Com isso em mente, Fiona voltou para a picape e abriu a porta para o parceiro. Peck pulou para fora e seguiu junto com ela e Davey até a casa.

O policial assentiu com a cabeça, e Fiona se aproximou dos pais, que levantaram do sofá, abraçados. A mulher segurava um pequeno caminhão de bombeiro.

— Sr. e Sra. Cauldwell, meu nome é Fiona Bristow, e trabalho na Unidade Canina de Busca e Resgate. Este aqui é o Peck. — Ela tocou a cabeça do labrador marrom. — O restante da unidade está a caminho. Vamos ajudar a encontrar Hugh.

— Você precisa ir logo. Precisa ir agora. Ele só tem 3 anos.

— Sim, senhora. O restante da unidade já vai chegar. Mas, primeiro, precisamos de algumas informações.

— Já contamos tudo para a polícia e para a guarda florestal. — Devin olhou para a janela. — Eu devia estar lá fora, procurando por ele. Estamos perdendo tempo aqui.

— Acredite em mim, Sr. Cauldwell, a polícia e a guarda florestal estão fazendo todo o possível para encontrar Hugh. Essa é a prioridade de todo mundo aqui, e foi por isso que nos chamaram. Somos treinados e estamos focados no seu filho. Vamos coordenar nossa busca com os policiais e os guardas. Preciso ter certeza de que disponho de todas as informações para otimizar nossos recursos. A ausência de Hugh foi percebida por volta das 8h15, certo?

Os olhos de Rosie se encheram de lágrimas.

— Eu devia ter ido vê-lo antes. Ele quase nunca acorda depois das 7h. Eu devia...

— Sra. Cauldwell... Rosie — corrigiu-se Fiona, usando o primeiro nome da mulher para deixá-la mais tranquila. — A culpa não é sua. Meninos são curiosos, não são? Hugh já saiu de casa sozinho?

— Não, nunca. Achei que ele estivesse brincando aqui embaixo, mas não o encontrei e fui para a cozinha. E a porta... a porta estava aberta. Escancarada. E não o vi em lugar algum.

— Você pode me mostrar? — Fiona sinalizou para Peck segui-la. — Ele está de pijama?

— Sim, do Homem-Aranha. Deve estar com frio, molhado, assustado. — Os ombros da mulher tremiam enquanto as duas seguiam para a cozinha. — Não entendo como você pode ajudar, se a polícia já está aqui.

— Somos mais um recurso, e o Peck aqui é treinado para isso. Já participou de dezenas de missões de salvamento.

Rosie secou as lágrimas que escorriam pelas bochechas.

— Hugh gosta de cachorros. Ele gosta de animais. Se o cachorro latir, talvez Hugh escute e volte.

Fiona ficou quieta, mas abriu a porta dos fundos, agachando para ver o mundo da perspectiva de um menino de 3 anos. *Ele gosta de animais.*

— Aposto que vocês encontraram muitos animais selvagens por aqui. Cervos, raposas, coelhos.

— Sim. Sim. É tão diferente de Seattle. Ele adora ficar olhando a floresta da janela ou da varanda. E fizemos trilhas, andamos de bicicleta.

— Hugh é tímido?

— Não. Ah, não, ele é curioso e falante. Não tem medo de nada. Ah, meu Deus.

Instintivamente, Fiona passou um braço ao redor dos ombros trêmulos de Rosie.

— Vou montar minha base aqui na cozinha, se vocês não se incomodarem. Preciso de cinco peças de roupa que Hugh tenha usado recentemente. As meias, a cueca, a camisa de ontem, coisas assim. Cinco peças pequenas. Tente não mexer demais nelas. E coloque-as aqui.

Fiona pegou sacos plásticos no seu kit.

— Somos um grupo de cinco. Cinco condutores, cinco cães. Cada um vai dar uma das roupas de Hugh para os cachorros farejarem.

— Eles... eles vão rastreá-lo?

Era mais fácil concordar do que explicar sobre correntes de ar, cones de odor e partículas de pele. Já fazia mais de uma hora que o menino estava desaparecido.

— Isso mesmo. Ele tem algum lanche favorito? Algo de que goste muito, o tipo de coisa que ganha quando se comporta bem?

— Tipo... — Afastando o cabelo para trás, Rosie olhou ao redor, confusa. — Ele adora balinhas de goma.

— Ótimo. Você tem um pacote?

— Eu... sim.

— Se você puder trazer as roupas e as balas — disse Fiona com um sorriso. — Vou arrumar o equipamento. Acho que minha unidade está chegando agora, então já vou deixar tudo pronto.

— Tudo bem. Tudo bem. Por favor... Ele só tem 3 anos.

Rosie foi cumprir sua tarefa. Fiona trocou um olhar rápido com Peck, e então começou a ajeitar o material.

Enquanto a equipe formada por humanos e cães entrava na casa, ela explicou a situação e começou a designar setores de busca enquanto analisava os mapas. Aquela era uma área que conhecia muito bem.

Um paraíso, pensou ela, para aqueles que buscavam tranquilidade, paisagens bonitas e uma folga de ruas agitadas e engarrafamentos, de prédios, de multidões. E, para um garotinho perdido, um mundo cheio de perigos. Rios, lagos, pedras.

Mais de cinquenta quilômetros de trilhas, pensou ela, mais de dois mil hectares de floresta para esconder um menino de 3 anos e seu coelho de pelúcia.

— A chuva está apertando, então nossas áreas de busca precisam ser próximas umas das outras e cobrir esta região. — Como líder de operações, Fiona determinou a posição de cada um no mapa enquanto Davey listava as informações num quadro branco grande. — Talvez nossas áreas abranjam trechos que outras equipes estão cobrindo, mas vamos manter contato o tempo todo para garantir que a gente não se esbarre.

— Ele deve estar molhado e com frio. — Meg Greene, que tinha dois filhos e acabara de ser avó, olhou para o marido, Chuck. — Coitadinho.

— E uma criança com essa idade? Não tem senso de direção. Ele deve estar andando sem rumo. — James Hutton franziu a testa enquanto verificava seu rádio.

— Talvez ele fique cansado, se encolha num canto e durma. — Lori Dyson assentiu com a cabeça para seu pastor alemão, Pip. — Pode ser que não escute as pessoas gritando seu nome, mas nossos amigos vão farejá-lo.

— A ideia é essa. Todo mundo sabe suas coordenadas? Verificaram os rádios, o equipamento? Não se esqueçam de verificar as bússolas. Como Mai está fazendo uma cirurgia de emergência, Davey será nosso único líder de operações na base, então vamos manter contato com ele enquanto cobrimos nossas áreas.

Ela parou de falar quando os Cauldwell entraram na cozinha.

— Eu trouxe... — O queixo de Rosie tremia. — Eu trouxe as coisas que você pediu.

— Isso é ótimo. — Fiona se aproximou da mãe apavorada e segurou seus ombros. — Mantenha o pensamento positivo. Todo mundo que está aqui só tem um objetivo em mente: encontrar Hugh e trazê-lo para casa. — Ela pegou os sacos e os distribuiu entre os membros da equipe. — Muito bem, vamos encontrá-lo.

Junto com os colegas, Fiona saiu da casa, ajeitou sua mochila. Peck estava ao seu lado, e o leve tremor em seu corpo era o único sinal de que o cachorro estava ansioso para começarem. Cada um seguiu para sua área específica, e, assim como o restante da equipe, ela verificou a bússola.

Então, abriu o saco com a pequena meia e a encostou no focinho de Peck.

— Este é Hugh. Hugh. Hugh é um garotinho, Peck. Este é Hugh.

O cão farejou com entusiasmo — sabia bem qual era seu trabalho. Ele encarou a dona, cheirou a meia de novo e olhou no fundo dos olhos dela, seu corpo tremendo como se dissesse: *Tudo bem, já entendi! Vamos lá!*

— Encontre Hugh. — Fiona gesticulou com a mão, e Peck ergueu o focinho no ar. — Vamos encontrar Hugh!

Ela esperou, observando-o farejar e andar em círculos, deixando-o tomar a dianteira enquanto rondava a área. O chuvisco constante era um obstáculo, mas Peck trabalhava bem na chuva.

Fiona permaneceu onde estava, incentivando-o com palavras enquanto o cachorro cheirava o ar e gotas de água caíam sobre a parca amarela da mulher.

Quando ele seguiu para o leste, ela foi atrás, adentrando a mata fechada.

Com 5 anos, Peck era um veterano, um labrador marrom de trinta quilos — forte, inteligente e incansável. Fiona sabia que ele passaria horas procurando em quaisquer condições, em todo tipo de terreno, pelos vivos e pelos mortos. Ela só precisava pedir.

Juntos, os dois seguiram pela floresta, pela terra macia e empapada de folhas caídas de enormes abetos-de-douglas e cedros antigos, desviando e pulando por cima de cogumelos e troncos cobertos de musgo verde, passando por galhos repletos de espinhos. Enquanto procuravam, Fiona prestava atenção na linguagem corporal do parceiro, observava pontos de referência, verificava a bússola. Peck constantemente olhava para trás, para mostrar à dona que continuava cumprindo sua missão.

— Encontre Hugh. Vamos encontrar Hugh, Peck.

Ele ficou alerta, atraído pelo entorno de um tronco caído.

— Você encontrou alguma coisa, foi? Que ótimo. Bom menino.

Primeiro, ela sinalizou o alerta com uma fita azul. Depois, parou ao lado de Peck, analisando a área, chamando por Hugh. Então, fechou os olhos para ouvir melhor.

Tudo que escutou foi o leve som da chuva e o sussurro do vento que atravessava as árvores.

Quando o labrador a cutucou com o focinho, Fiona tirou a meia do bolso e abriu o saco, para que ele pudesse cheirá-la de novo.

— Encontre Hugh — repetiu ela. — Vamos encontrar Hugh.

Peck voltou a andar, e, como calçava botas pesadas, Fiona passou por cima do tronco e o seguiu. Quando o cão foi em direção ao sul, ela avisou sua nova posição para a base, mantendo contato com a equipe.

Havia pelo menos duas horas que o menino desaparecera. Uma eternidade para pais aflitos.

Mas crianças pequenas não tinham noção de tempo. Com aquela idade, gostavam de andar, mas nem sempre entendiam o conceito de se perder, refletiu Fiona. Elas seguiam a esmo, distraídas pelas coisas que viam e ouviam, e tinham bastante disposição, então Hugh poderia perambular por horas até se cansar e perceber que queria a mãe.

Ela viu um coelho sair correndo e se esconder. Peck era orgulhoso demais para se dignar a encarar o bicho.

Mas um garotinho?, pensou Fiona. Um garotinho que amava seu "Fofo", que gostava de animais? Um garotinho que, segundo a mãe, estava fascinado pela floresta? Será que não tentaria pegar o coelho para brincar? Com certeza tentaria segui-lo, não é? Uma criança de apartamento, pensou ela, encantada com a mata, com a vida selvagem, com tudo que era *diferente*.

Como poderia resistir?

Fiona entendia a mágica daquele lugar. Ela também viera da cidade grande, ficara encantada e fora hipnotizada pelas sombras verdes, pela forma como a luz parecia dançar, pela vastidão das árvores, das colinas e do mar.

Uma criança poderia perder-se muito facilmente naqueles hectares intermináveis de mata.

Hugh está com frio, pensou ela. Agora, deve estar com fome e assustado. Querendo a mãe.

Quando a chuva apertou, os dois seguiram em frente, o cachorro incansável e a mulher alta que usava uma calça grossa e botas pesadas. O rabo de cavalo de cabelo loiro-acobreado batia molhado em suas costas, enquanto os olhos azuis-escuros procuravam na escuridão.

Quando Peck virou de novo, em direção a uma descida sinuosa, Fiona pensou no mapa da região. Se continuassem em frente, encontrariam um riacho a menos de quatrocentos metros, no limite sul da sua área de busca. Chuck e seu cão Quirk eram responsáveis pela região vizinha. A correnteza do rio era forte naquela época do ano, pensou ela, forte e fria, as margens estavam escorregadias pelo musgo e pela chuva.

Ela torceu para o garotinho não ter chegado perto demais ou, pior, tentado atravessá-lo.

E o vento estava mudando. Que droga. Teriam que se adaptar. Ela deixaria Peck cheirar a meia de novo, faria um rápido intervalo para lhe dar água. Fazia quase duas horas que os dois estavam na floresta, e, apesar de o labrador ter dado três fortes sinais de alerta, a condutora ainda não vira rastros do menino — um pedacinho de pano preso a um galho, uma pegada no chão de terra macia. Os alertas foram marcados com a fita azul, a fita laranja fora usada para marcar seu trajeto, e ela sabia que tinham passado pela área das demais duplas uma ou duas vezes.

Era melhor falar com Chuck, pensou Fiona. Se Peck estivesse na direção certa, e o menino tivesse atravessado o rio...

Ela não se permitiu pensar em *caiu*. Ainda não.

Mas, enquanto ela pegava o rádio, Peck ficou alerta de novo. E, dessa vez, saiu correndo, lançando um olhar rápido para a dona.

Ela viu o brilho em seus olhos.

— Hugh! — gritou Fiona, a voz mais alta que a chuva forte e os assobios do vento.

Não ouviu uma resposta do menino, mas escutou os três latidos de Peck.

Então, imitando o cachorro, saiu correndo.

Ela derrapou um pouco na curva da ribanceira.

E, próximo às margens de um rio agitado — próximo demais para seu gosto —, viu um garotinho completamente encharcado deitado no chão, abraçado ao cachorro.

— Olá, Hugh, oi. — Ela atravessou rápido a distância que os separava, agachando e tirando a mochila. — Meu nome é Fiona, e esse é Peck.

— Cachorrinho — choramingou o menino contra os pelos do labrador. — Cachorrinho.

— Ele é um bom cachorrinho. O melhor cachorrinho do mundo. — Enquanto Peck balançava o rabo, concordando, Fiona tirou uma manta térmica da mochila. — Vou colocar isto em volta de você. E do Fofo também. Esse aí é o Fofo?

— Fofo caiu.

— Dá para perceber. Não tem problema. Vocês dois vão ficar quentinhos, está bem? Você se machucou? Opa. — Seu tom de voz era animado enquanto ela enrolava a manta em torno do menino e via lama e sangue nos pés dele. — Fez dodói, não é? Já vamos dar um jeito nisso.

Ainda agarrado a Peck, Hugh virou a cabeça e lançou um olhar manhoso para Fiona, com os lábios trêmulos.

— Quero minha mãe.

— Eu sei. Peck e eu vamos levar você até ela. Aqui, veja o que a mamãe pediu para eu te entregar.

Fiona pegou o saco de balas de goma.

— Malcriado — disse Hugh, mas lançou um olhar interessado para as balas, ainda agarrado a Peck.

— A mamãe não está brava. Nem o papai. Aqui.

Ela lhe entregou o saco e pegou o rádio. Quando Hugh ofereceu uma bala para Peck, o cachorro olhou de soslaio para a dona.

Posso? Hein? Posso?

— Pode comer. E agradeça.

Peck pegou a bala da mão do menino com delicadeza, engoliu tudo sem nem mastigar e agradeceu com uma lambida babada que fez Hugh rir.

Sentindo-se mais tranquila com aquele som, Fiona entrou em contato com a base.

— Encontramos Hugh. São e salvo. Diga à mãe que ele está comendo suas balas e que já estamos a caminho de casa. — Ela piscou para o menino, que alimentou o coelho de pelúcia imundo e encharcado e depois enfiou a mesma bala na própria boca. — Ele está um pouco ralado e molhado, mas continua alerta. Câmbio.

— Entendido. Bom trabalho, Fi. Precisa de ajuda? Câmbio.

— Está tudo sob controle. Vamos voltar agora. Mantenho contato. Câmbio e desligo. Quer um pouco? — perguntou ela a Hugh, oferecendo seu cantil.

— O que é?

— Só água.

— Gosto de suco.

— Nós vamos tomar bastante suco quando chegarmos em casa. Beba um pouquinho, está bem?

Hugh obedeceu, fungando.

— Fiz xixi na mata, como papai me ensinou. Não na calça.

Ela sorriu e se lembrou dos sinais de alerta de Peck.

— Muito bem. Quer ir nas minhas costas?

Assim como acontecera diante da visão das balas, os olhos do menino se iluminaram.

— Quero.

Fiona ajeitou a manta em torno dele e se virou para deixá-lo subir.

— Você pode me chamar de Fi. Se precisar de alguma coisa, é só dizer, Fi, eu quero isso ou aquilo.

— Cachorrinho.

— Ele também vai voltar com a gente. É o nosso guia. — Ainda agachada, ela fez carinho no labrador, lhe deu um abraço apertado. — Bom menino, Peck. Bom menino. Vamos voltar!

Com a mochila pendurada num ombro e o menino agarrado às suas costas, os três começaram a andar pela floresta.

— Você abriu a porta sozinho, Hugh?

— Malcriado — murmurou ele.

Pois é, pensou ela, mas quem não fazia uma malcriação de vez em quando?

— O que você viu pela janela?

— Fofos. Fofo disse para a gente sair para ver os fofos.

— Aham.

Garoto esperto. Culpando o coelho.

Hugh começou a tagarelar, falando tão rápido e enrolado que ela só conseguia entender uma em cada três palavras. Mas deu para ter uma ideia do que acontecera.

A mamãe e o papai estavam dormindo, os coelhos apareceram na janela, que outra opção ele tinha? E aí, se Fiona entendera direito, a casa sumira e Hugh não conseguira encontrá-la. Quando chamara pela mamãe, ela não viera, e ele ia ficar de castigo. E ficar de castigo era horrível.

Fiona entendeu esta última parte porque só dizer a palavra "castigo" já fazia o menino pressionar o rosto contra suas costas e começar a chorar.

— Bem, se você ficar de castigo, acho que o Fofo vai te fazer companhia. Olhe, Hugh, olhe. É o Bambi e a mãe dele.

O menino ergueu a cabeça, fungando. As lágrimas foram esquecidas e ele deu um gritinho diante da visão da corça e do cervo filhote. Então suspirou e apoiou a cabeça no ombro de Fiona enquanto ela o impulsionava um pouquinho para cima.

— Estou com fominha.

— Deve estar mesmo. Você se aventurou bastante hoje.

Ela tirou uma barra de cereais da mochila.

Foi mais rápido sair da floresta do que fazer a busca, mas, quando a mata começou a abrir, o menino parecia pesar uma tonelada em suas costas.

Revigorado, descansado e fascinado por tudo que vira, Hugh falava sem parar. Achando graça, Fiona deixou que ele tagarelasse enquanto sonhava com uma garrafa de café, um hambúrguer enorme e um balde de batatas fritas.

Quando ela conseguiu enxergar a casa através das árvores, tomou impulso e acelerou o passo. Os dois mal tinham saído da floresta quando Rosie e Devin saíram correndo da casa.

Fiona agachou.

— Chegamos, Hugh. Corra para a mamãe. — Ela continuou agachada e passou um braço em torno de Peck, cujo corpo inteiro se balançava de alegria. — É — murmurou para o cão enquanto Devin alcançava o filho antes da esposa e o pegava no colo. E então os três estavam agarrados, suas lágrimas e seus corpos entrelaçados. — É, hoje foi um dia bom. Você é maravilhoso, Peck.

Com o filho seguro em seus braços, Rosie seguiu correndo para a casa. Devin se separou dos dois e cambaleou até Fiona.

— Obrigado. Não sei nem como...

— De nada. Ele é um ótimo garoto.

— Ele é... tudo. Muito obrigado. — Com os olhos cheios de lágrimas, Devin abraçou Fiona e, imitando o filho, apoiou a cabeça no ombro dela. — Nem sei o que dizer.

— Não precisa dizer nada. — Fiona deu um tapinha nas costas dele, seus olhos ardendo. — Foi Peck quem o encontrou. Ele é o herói. E ia adorar que você apertasse sua pata.

— Ah. — Devin esfregou o rosto, respirou fundo algumas vezes. — Obrigado, Peck. Obrigado.

Ele agachou, ofereceu a mão.

Peck abriu seu sorriso canino e colocou uma pata sobre a mão.

— Posso... posso abraçá-lo?

— Ele vai adorar.

Soltando um suspiro profundo e trêmulo, Devin abraçou Peck pelo pescoço, pressionando o rosto contra o pelo. Por cima do ombro do homem, o labrador encarou a dona com um olhar radiante.

A gente se divertiu à beça, não foi?, parecia dizer. *Vamos de novo?*

Capítulo 2

♦ ♦ ♦ ♦

Depois de repassar os acontecimentos com a equipe, Fiona pegou o carro para voltar para casa, com Peck esparramado no banco traseiro, tirando uma soneca revigorante. Ele merecia, assim como ela merecia o hambúrguer que faria para si mesma e devoraria enquanto fazia seu relatório no computador.

Precisava ligar para Sylvia, avisar à madrasta que tinham encontrado o menino e que, no fim das contas, ela não precisaria cobrir suas aulas da tarde.

É claro, pensou Fiona, agora que a parte mais difícil tinha sido resolvida, a chuva resolvia dar uma trégua. Ela já podia ver algumas frestas de azul no céu cinzento.

Café quente, resolveu ela, banho quente, almoço e relatório, e, se tivesse sorte, o tempo se manteria seco durante a tarde.

Ao sair da reserva, Fiona viu o brilho fraco de um arco-íris enquanto ouvia o som das rodas atravessando a lama causada pela chuva. Aquilo era um bom sinal, concluiu — talvez até um presságio do que estava por vir. Alguns anos antes, sua vida era como a chuva — opaca, cinzenta, triste. A ilha fora uma fresta de azul no céu cinzento; e sua decisão de morar ali, uma oportunidade de ver arco-íris.

— Não preciso de mais nada — murmurou ela. — E, se precisar, bem, a gente vê como faz.

Fiona saiu da estrada serpenteante e entrou na sua rua de terra. Sentindo a mudança no movimento, Peck soltou um último ronco e sentou. Seu rabo batia no banco enquanto o carro atravessava a ponte estreita que cruzava o riacho agitado do terreno. Quando avistou a casa, o cão soltou um latido agudo e feliz.

O chalé, que mais parecia uma casa de bonecas, com telhado de cedro e cheio de janelas, se destacava diante do belo pedaço de floresta e gramado que pertencia a ela. O quintal se estendia ao longe e era desnivelado, abrigando várias zonas de treinamento. Escorregas, gangorras, escadas e plataformas, túneis e obstáculos junto com bancos, pneus pendurados em árvores e rampas lembravam um playground para crianças no meio da mata.

Era quase isso, pensou Fiona. Mas as crianças tinham quatro patas.

Suas outras duas crianças estavam dentro da varanda telada, balançando o rabo, batendo as patas. Uma das melhores coisas sobre os cachorros, na opinião de Fiona, era a alegria pura que demonstravam ao lhe dar boas-vindas, independentemente de você ter passado cinco minutos ou cinco dias fora. Aquilo, sim, era amor incondicional e imensurável.

Ela estacionou, e o carro foi imediatamente cercado por felicidade canina, enquanto, dentro dele, Peck se remexia de ansiedade pelo encontro com seus melhores amigos.

Fiona saiu para encontrar focinhadas carinhosas e rabos agitados.

— Olá, meninos.

Fazendo carinho nos dois, ela se esticou para abrir a porta de trás. Peck pulou para o quintal e partiu para se juntar à festa.

Os três se cheiraram, emitiram sons felizes, pularam uns nos outros, e então saíram em disparada, perseguindo um ao outro. Enquanto ela pegava a mochila, os cães se afastaram, correndo em círculos e ziguezagueando antes de voltarem para a dona.

Sempre querendo uma brincadeira, pensou ela enquanto três pares de olhos a encaravam com ar esperançoso.

— Daqui a pouco — prometeu. — Preciso tomar banho, trocar de roupa, comer. Vamos entrar. Vocês querem entrar?

Em resposta, os três dispararam na direção da porta.

Newman, um labrador creme, o mais orgulhoso e mais velho, com 6 anos, seguiu na dianteira. Por sua vez, Bogart, um labrador preto e o caçula, com 3 anos, fez uma parada rápida para pegar sua corda.

Pelo visto, alguém queria brincar.

Os cães a seguiram para dentro da casa, as patas fazendo barulho contra o piso de largas tábuas de madeira. Havia tempo, pensou ela, olhando para o relógio. Mas pouco.

Fiona não guardou a mochila, já que precisava trocar a manta térmica. Enquanto os cães rolavam pelo chão, ela revirou a lenha na lareira para reavivar o fogo que apagara mais cedo, acrescentando mais um pedaço de madeira. Então, tirou o casaco molhado enquanto observava as chamas ganharem força.

Os cães no chão e o fogo na lareira deixavam a sala aconchegante. Ela ficou tentada a deitar no sofá e tirar sua própria soneca revigorante.

Mas não havia tempo, lembrou a si mesma, pensando no que preferia: roupas secas ou comida. Depois de refletir por um instante, resolveu agir como uma pessoa adulta e ir se secar. Mas, no instante em que virou para a escada, os três cães ficaram em alerta. Segundos depois, ouviu-se o som de um carro atravessando a ponte.

— Quem será?

Fiona foi até a janela, seguida por sua matilha.

A picape azul não era familiar, e, numa ilha do tamanho de Orcas, todo mundo se conhecia. Devia ser algum turista que errara a rua e precisava de orientações.

Resignada, Fiona saiu para o quintal, sinalizando para os cães permanecerem na varanda.

Ela observou o homem saltar. Alto, cabelo cheio e escuro, botas gastas, calça jeans surrada que cobria pernas compridas. Um rosto interessante, anguloso, com a sombra de uma barba por fazer que indicava que ele estivera ocupado ou com preguiça demais para se barbear naquela manhã. O rosto interessante exibia frustração ou irritação — talvez um misto dos dois — enquanto ele passava a mão pelo cabelo volumoso.

Mãos grandes, notou ela, e braços compridos.

Assim como as botas, a jaqueta de couro parecia bastante gasta. Mas a picape tinha aparência de nova.

— Você precisa de ajuda? — gritou Fiona, e ele parou de fitar a área de treinamento com desconfiança, se voltando para ela.

— Fiona Bristow? — Sua voz tinha um quê não de raiva, mas daquela irritação aparente em seu rosto.

Atrás dela, Bogart ganiu baixinho.

— Isso mesmo.

— Adestradora de cães?

— Sim. — Fiona saiu da varanda quando o homem começou a se aproximar, notou que ele observava seus guardiões. — Posso ajudar?

— Você treinou esses três?

— Sim.

Os olhos castanho-amarelados, no tom de um chá forte, voltaram a focar nela.

— Então você está contratada.

— Eba. Para fazer o quê?

O homem apontou para os cachorros.

— Adestradora de cães. Diga seu preço.

— Está bem. Vamos começar com 1 milhão de dólares.

— Posso parcelar?

Isso a fez sorrir.

— Podemos negociar. Vamos começar assim. Fiona Bristow — disse ela, estendendo a mão.

— Desculpe. Simon Doyle.

Mãos duras, calejadas, acostumadas a trabalho pesado, pensou ela enquanto os dois se cumprimentavam. E então a ficha caiu.

— Ah, o escultor.

— Mais de móveis do que de qualquer outra coisa.

— Adoro seu trabalho. Comprei uma das suas fruteiras outro dia. Não resisto a belas fruteiras. Minha madrasta vende peças suas na loja dela. Artes da Ilha.

— Sylvia, sim. Ela é ótima. — Simon dispensou o elogio, a venda, a conversa fiada. Um homem focado no seu objetivo. — Foi ela quem me indicou você. Então, como ficam as parcelas daquele um milhão?

— Cadê o cachorro?

— Na picape.

Fiona olhou atrás dele, inclinou a cabeça para o lado. Dava para ver o filhote pela janela. Parecia um vira-lata de labrador com golden retriever — e estava bastante ocupado no momento.

— Ele está comendo seu carro.

— O quê? — Simon se virou. — *Merda!*

Enquanto ele saía correndo, Fiona sinalizou para seus cães, em alerta, ficarem onde estavam e foi atrás do visitante. A melhor forma de entender o homem, o cachorro e sua dinâmica cotidiana era observar como ele lidava com a situação.

— Pelo amor de Deus. — Simon escancarou a porta. — Mas que droga, qual é o seu problema?

O cachorrinho, que não parecia sentir medo algum do dono nem demonstrava o menor arrependimento, pulou nos seus braços e começou a dar lambidas animadas em seu rosto.

— Pare com isso. *Pare!* — Ele esticou os braços para afastar o filhote, que ficou se remexendo, soltando latidos alegres. — Acabei de comprar a picape. Ele comeu o banco. Como conseguiu fazer isso em menos de cinco minutos?

— Filhotes levam dez segundos para ficarem entediados. E filhotes entediados comem coisas. Filhotes tristes também.

— Já percebi — disse Simon, amargurado. — Comprei um monte de brinquedos, mas ele prefere mastigar meus sapatos, meus móveis, pedras ou qualquer outra coisa. Até minha picape nova. Aqui. — Ele enfiou o cachorrinho nas mãos de Fiona. — Faça alguma coisa.

Ela abraçou o filhote, que imediatamente começou a lamber seu rosto como se os dois fossem um casal apaixonado que se reencontrava depois de muito tempo. Havia um leve cheiro de couro no hálito quente dele.

— Como você é fofo. Que menino bonito.

— Ele é um monstro — rosnou Simon. — Um fujão que não dorme nunca. Se eu paro de prestar atenção por dois minutos, ele come ou quebra alguma coisa, ou encontra o pior lugar possível para fazer xixi. Faz três semanas que não tenho paz.

— Sei. — Fiona abraçou o filhote. — Qual é o nome dele?

Simon encarou o cachorro com um olhar que deixava bem claro que não pretendia retribuir o afeto que recebera.

— Tubarão.

— Muito apropriado. Bem, vamos ver como ele se comporta.

Fiona agachou e sinalizou para seus cães se aproximarem. Enquanto os três vinham correndo, ela colocou o cachorrinho no chão.

Alguns filhotes se encolheriam, alguns se esconderiam, outros sairiam correndo. Mas havia aqueles que, como Tubarão, eram corajosos. Ele pulou nos cachorros, latindo e balançando o rabo. Retribuía todas as cheiradas que recebia, tremia de alegria, mordia pernas e rabos.

— Que destemido — murmurou Fiona.

— Ele não tem medo de nada. Deixe-o com medo.

Ela suspirou, balançou a cabeça.

— Por que você tem um cachorro?

— Foi presente da minha mãe. Agora, não tenho o que fazer. Eu gosto de cachorros, sabe? Posso trocar Tubarão por um dos seus. Você pode escolher qual.

Fiona analisou o rosto anguloso de Simon, a barba por fazer.

— Ele não está deixando você dormir, certo?

— Consigo no máximo uma hora de sono se colocá-lo na cama. Ele já destruiu todos os meus travesseiros. E, agora, está começando a destruir o colchão.

— Talvez fosse bom adestrá-lo para dormir numa gaiola canil.

— Eu comprei uma dessas. Ele a comeu. Ou pelo menos comeu o suficiente dela para conseguir escapar. Acho que deve se arrastar feito uma cobra quando não estou vendo. Não consigo trabalhar. Talvez ele tenha algum problema mental ou seja só perturbado.

— Ele é um filhote que requer muita atenção, amor, paciência e disciplina — corrigiu Fiona enquanto Tubarão encoxava feliz a perna de Newman.

— Por que ele faz isso? Fica encoxando tudo que vê pela frente. Um filhote não devia se comportar assim.

— É instintivo. E uma tentativa de mostrar domínio. Ele quer ser o líder. Bogart! Pegue a corda!

— Jesus Cristo, não quero enforcá-lo. Não literalmente — disse Simon enquanto o labrador preto corria para a varanda e atravessava a porta aberta.

O cachorro voltou com a corda na boca, soltando-a aos pés da dona. Quando ela a pegou, Bogart baixou as patas dianteiras, empinando o traseiro e balançando o rabo.

Fiona sacudiu a corda no ar. O labrador a pegou num pulo e, rosnando e puxando, começou a brincar de cabo de guerra.

Tubarão largou Newman, correu até a corda, pulou, não a alcançou e caiu com o dorso no chão. Então girou, pulou de novo mordendo o ar e balançando o rabo feito um louco.

— Você quer a corda, Tubarão? Quer a corda? Vamos brincar!

Fiona baixou a corda até uma altura que ele alcançasse, soltando-a quando os dentinhos fincaram no brinquedo.

O puxão de Bogart tirou o filhote do chão, e ele ficou se balançando no ar, parecendo um peixe preso a uma vara de pesca.

O cãozinho era obstinado, pensou ela, satisfeita ao notar que Bogart se inclinava para a frente para colocá-lo no chão, controlando a força para brincar com o colega menor.

— Peck, Newman, busquem as bolas. Busquem as bolas!

Assim como o companheiro de matilha fizera antes, os dois labradores mais velhos saíram correndo. E voltaram com bolas de tênis amarelas, que cuspiram aos pés da dona.

— Newman, Peck! Hora de correr!

Ela jogou as bolas uma atrás da outra, e os cachorros partiram atrás das duas.

— Belo arremesso. — Simon observou a dupla recuperar as bolas e voltar.

Dessa vez, Fiona fez barulho de beijo, fazendo Tubarão olhar na sua direção, sem largar a corda. Ela jogou as bolas para cima algumas vezes, analisando a expressão dele.

— Hora de correr! — repetiu.

Quando os cachorros maiores saíram em disparada, o filhote foi cambaleando atrás.

— Ele gosta de brincar. Isso é positivo. Você só precisa canalizar essa energia. Ele já foi ao veterinário, tomou todas as vacinas?

— Já. Você vai adestrá-lo? Posso pagar a hospedagem dele aqui.

— Não é assim que funciona. — Enquanto falava, ela pegou as bolas devolvidas e as arremessou de novo. — Preciso treinar os dois juntos. Vocês são uma equipe agora. Se você não quiser se comprometer a cuidar do cachorro, a participar do treinamento, a preservar a saúde e o bem-estar dele, posso te ajudar a encontrar alguém que queira.

— Eu não desisto assim tão facilmente. — Simon voltou a enfiar as mãos nos bolsos enquanto Fiona tornava a jogar as bolas. — Além do mais, minha mãe ia... Não quero nem pensar. Ela enfiou na cabeça que preciso de companhia agora que estou morando aqui. Que preciso ou de uma esposa ou de um cachorro. Como ela não pode arrumar uma esposa para mim, então... — Simon franziu o cenho quando o labrador amarelo deixou o filhote pegar a bola. Saltitando, um Tubarão triunfante a trouxe de volta. — Aí está ele com a bola.

— Sim. Agora peça a ele.

— O quê?

— Peça a ele para te dar a bola. Agache, estique a mão e diga a ele para te dar a bola.

Simon agachou, esticou a mão.

— Me dê...

Tubarão pulou no colo do dono, quase o jogando no chão, enfiando a bola na cara dele.

— Diga "não" — orientou Fiona, e teve que se controlar para não rir, já que a cara de Simon Doyle deixava óbvio que ele não estava vendo graça nenhuma naquela situação. — Faça-o sentar. Segure-o sem muita força e pegue a bola. Depois, diga: "*Bom menino.*" Repita. Use um tom de voz alegre. Sorria.

Simon obedeceu, apesar de, na prática, não ser tão fácil fazer aquilo tudo com um cachorro que não parava de se remexer.

— Viu só, ele buscou a bola e te entregou. Você precisa usar petiscos e elogios alegres, e repetir os mesmos comandos sempre. Ele vai aprender.

— Esses truques são divertidos, mas estou mais interessado em ensiná-lo a não destruir minha casa. — Simon lançou um olhar amargurado para o banco devorado. — Nem minha picape.

— Obedecer aos comandos é uma forma de disciplina. Ele vai aprender a fazer o que você pedir se treiná-lo com brincadeiras. Tubarão quer brincar. E quer brincar com você. Se for recompensado com brincadeiras e petiscos, com elogios e carinho, vai aprender a respeitar as regras da casa. Ele quer te agradar — acrescentou Fiona quando o filhote girou para expor a barriga. — Ele te ama.

— Então ele é bem carente, porque nosso relacionamento é recente e tenso.

— Quem é seu veterinário?

— Funaki.

— Mai é a melhor. Quero cópias do histórico médico dele para meus arquivos.

— Pode deixar.

— Compre biscoitos pequenos. É melhor Tubarão engolir tudo de uma vez do que parar para mastigar. É um prêmio instantâneo. E compre também uma coleira cabresto e uma guia, além da coleira normal.

— Eu comprei uma guia. Ele...

— Comeu — concluiu Fiona. — Acontece.

— Que ótimo. Cabresto? Isso é tipo uma focinheira?

Era fácil interpretar as expressões no rosto de Simon, e não foi surpresa alguma ver que ele já cogitava comprar uma focinheira. Fiona ficou satisfeita ao observá-lo franzir a testa e rejeitar a ideia.

— Não. É uma coleira mesmo, mas é confortável e eficiente. Você vai usá-la nas aulas de adestramento aqui e em casa. Em vez de pressionar a garganta, ela aperta de leve pontos que o tranquilizam. É útil para ensinar um cachorro a sentar e caminhar em vez de pular e puxar. E isso vai te dar mais controle, além de aproximar vocês dois.

— Beleza. Se você diz que funciona.

— E acho melhor consertar a gaiola ou comprar uma nova. Encha ela de brinquedos. As cordas são infalíveis, mas também recomendo bolas de tênis, ossos de couro cru, coisas assim. Vou te passar uma lista básica de recomendações e requisitos para o adestramento. Tenho uma aula daqui a... — Fiona deu uma olhada no relógio. — Droga. Meia hora. E me esqueci de ligar para Syl.

Quando Tubarão começou a tentar subir na perna dela, Fiona apenas se inclinou e segurou o traseiro dele contra o chão.

— Sente. — Como ela não tinha uma recompensa, se agachou e o segurou no chão para fazer carinho e elogiá-lo. — Se você tiver tempo agora, pode ficar. Posso inscrevê-los nessa turma.

— Não trouxe 1 milhão de dólares hoje.

Fiona soltou o cachorrinho da posição e o pegou no colo.

— Você tem trinta?

— Acho que sim.

— Trinta por uma aula em grupo de meia hora. Ele tem por volta de quê? Uns 3 meses?

— Por aí.

— Vamos dar um jeito nele. O curso tem duração de oito semanas. Vocês já perderam duas. Posso encaixar duas aulas particulares para que alcancem o restante da turma. O que acha?

Simon deu de ombros.

— É mais barato do que uma picape nova.

— Bem mais barato. Vou te emprestar uma guia e um cabresto.

Com o cachorrinho no colo, Fiona seguiu para a casa.

— E se eu pagar cinquenta, você pode adestrá-lo sozinha?

Ela lançou um olhar rápido na direção dele.

— Eu não trabalho assim. Tubarão não é o único que precisa ser adestrado. — Fiona o guiou para dentro da casa e lhe passou o cão. — Vamos até os fundos. Tenho guias e coleiras extras, e você precisa de uns biscoitos. Tenho que dar um telefonema.

Ela saiu da cozinha e entrou na área de serviço, onde havia coleiras, guias e escovas penduradas, organizadas por modelo e tamanho, e vários brinquedos e petiscos dispostos em prateleiras.

O lugar parecia uma pet shop apertada.

Fiona olhou de novo para Tubarão enquanto ele se remexia nos braços de Simon e tentava morder uma das mãos do dono.

— Faça assim. — Ela se virou para o cachorrinho e, com o indicador e o dedão, fechou a boca do filhote com delicadeza. — Não. — E, sem tirar os olhos de Tubarão, esticou uma das mãos para trás e pegou um osso de couro cru. — Isto é seu. — Quando ele o pegou com a boca, Fiona assentiu com a cabeça. — Bom menino! Coloque-o no chão. Se ele te morder ou mastigar alguma coisa que não deve, faça como eu. Corrija-o, use um comando e entregue algo que ele possa comer. Depois o elogie. Seja consistente. Pode escolher uma coleira e uma guia.

Fiona voltou para a cozinha, pegou o telefone e discou o número da madrasta.

— Droga — murmurou ela quando a chamada caiu na caixa postal. — Syl, espero que você não esteja vindo para cá. Eu me distraí e esqueci de ligar. Estou em casa. Encontramos o menino. Ele está bem. Resolveu ir atrás de um coelho e se perdeu, mas nada de ruim aconteceu. Enfim, se você estiver vindo, a gente conversa aqui. Se não, obrigada pela ajuda, te ligo mais tarde. Tchau.

Ela devolveu o telefone para a base e se virou para Simon, que estava parado na porta, segurando uma guia numa das mãos e um pequeno cabresto na outra.

— Estes?

— Acho que servem.

— Que menino?

— Hum. Ah, Hugh Cauldwell. Ele e os pais estão de férias numa casa na reserva. Hugh saiu da casa e se enfiou na floresta hoje cedo, enquanto os dois dormiam. Você não ficou sabendo?

— Não. Por que ficaria?

— Porque estamos em Orcas. Enfim, ele está bem. São e salvo

— Você trabalha para a reserva?

— Não. Sou voluntária da Unidade Canina de Busca e Resgate

Simon apontou para os três cachorros esparramados no chão da cozinha.

— Eles?

— Os próprios. Treinados e certificados. Sabe de uma coisa, acho que Tubarão seria um bom candidato para o programa.

Simon emitiu um som que deveria ser uma risada.

— Claro.

— Ele gosta de brincar, é curioso, corajoso, amigável e saudável. — Fiona ergueu as sobrancelhas quando o filhote largou o brinquedo novo para atacar o cadarço das botas do dono. — Cheio de energia. Você já se esqueceu do seu adestramento, humano?

— Hã?

— Corrigir, substituir, elogiar.

— Ah.

Simon agachou e repetiu tudo que Fiona fizera antes. Tubarão mordeu o brinquedo, mas logo depois o cuspiu e voltou a atacar o cadarço do dono.

— Continue. Preciso pegar umas coisas. — Ela fez menção de sair, mas parou. — Você sabe mexer naquela cafeteira?

Ele olhou para o aparelho sobre a bancada.

— Eu me viro.

— Então pode passar um café? Puro, uma colher de açúcar. Estou precisando.

Simon franziu a testa para ela.

Apesar de fazer poucos meses que se mudara para a ilha, ele duvidava que seria capaz de se acostumar com a política local de portas abertas para todo mundo. Pode entrar, seu completo desconhecido, pensou ele, e aproveite que está aqui para fazer um café enquanto deixo você sozinho na minha casa.

Fiona só tinha sua palavra sobre quem ele era, e, além do mais, ninguém sabia que ele estava ali. E se Simon fosse um psicopata? Um estuprador? Certo, três cachorros, pensou ele, dando uma olhada nos bichos. Mas os labradores tinham sido amigáveis até agora, tão despreocupados quanto a dona.

E, no momento, estavam tirando uma soneca.

Simon se perguntou como ela conseguia viver com três cachorros quando ele mal aguentava um. Olhando para baixo, viu que Tubarão tinha parado de mordê-lo porque pegara no sono sobre a bota, com o cadarço ainda preso na boca.

Com o mesmo cuidado e a mesma cautela de um homem que se afasta de um javali selvagem, Simon lentamente recuou o pé, prendendo a respiração até o filhote se esparramar feito uma poça de água peluda no chão da cozinha.

Apagado.

Um dia, pensou enquanto ia até a cafeteira, encontraria uma forma de se vingar da mãe. Seria um belo dia.

Ele analisou a máquina, verificou o compartimento dos grãos e da água. Quando a ligou, o zumbido do moedor acordou Tubarão, que imediatamente começou a latir como um cão feroz. Do outro lado do cômodo, os labradores ergueram as orelhas. Um deles bocejou.

O movimento fez o cachorrinho dar um pulo alegre e disparar como um foguete na direção da matilha.

Enquanto os quatro rolavam, se batiam e cheiravam uns aos outros, Simon se perguntou se poderia pegar um deles emprestado. Talvez alugado. Tipo uma babá.

Como os armários tinham porta de vidro, não foi difícil encontrar duas canecas azul-cobalto. Ele teve que abrir algumas gavetas até encontrar os talheres, mas isso lhe deu a oportunidade de observar. Cada uma estava limpíssima e organizada.

Como ela fazia aquilo? Fazia meses que ele tinha se mudado, e as gavetas de sua cozinha pareciam ter saído de um mercado de pulgas. Era impossível ser tão organizado. Não lhe parecia natural.

Mas a mulher tinha uma aparência interessante, pensou ele enquanto xeretava um pouco as coisas dela. O cabelo não era completamente ruivo nem completamente loiro, os olhos tinham um tom perfeito e límpido de azul. Seu nariz era um pouco arrebitado e salpicado de sardas. Seus pequenos dentes superiores eram levemente assimétricos e faziam com que o lábio inferior parecesse mais carnudo.

Pescoço comprido, pensou ele enquanto servia o café, corpo esbelto, quase sem peitos.

Não era linda. Nem bonita, nem fofa. Mas... interessante, e nas poucas vezes em que sorrira? Quase deslumbrante. Quase.

Simon serviu uma colher de açúcar de um pote branco achatado numa xícara, pegou a outra.

Tomou o primeiro gole enquanto observava a vista da janela sobre a pia, mas virou quando ouviu o som dos passos de Fiona. Ela se movia rápido, com uma eficiência que indicava certo atletismo. Forte, pensou ele, apesar de esbelta.

Então notou que ela olhava para baixo, seguiu seu olhar e viu Tubarão girando e se agachando.

Simon abriu a boca, mas, antes que conseguisse gritar *Ei!*, sua reação habitual, Fiona jogou a pasta que carregava sobre a bancada e bateu as mãos duas vezes, rápido.

O som assustou o cachorrinho, fazendo com que se aprumasse.

Ela foi rápida, pegando-o com uma das mãos e agarrando a guia com a outra.

— Bom menino, Tubarão, bom menino. Vamos *sair*. Hora de *sair*. Despensa, segunda prateleira, pote com biscoitinhos, pegue alguns — ordenou ela para Simon, prendendo a guia na coleira enquanto seguia para a porta dos fundos.

Os três labradores passaram como um furacão enquanto seguiam a dona, num redemoinho de pelos e patas.

Simon descobriu que a minúscula despensa era tão assustadoramente organizada quanto as gavetas, e, de um pote de vidro grande, pegou um punhado de biscoitinhos para cachorro do tamanho de uma falange. Ajeitando as canecas em uma das mãos, ele a seguiu para o quintal.

Ela ainda carregava o cachorro, suas pernas compridas atravessando rápido a curta distância até as árvores que protegiam os fundos do terreno. Quando finalmente colocou Tubarão no chão, Simon já os alcançara.

— Pare. — Fiona impediu o filhote de atacar a guia e esfregou sua cabeça. — Veja os meninos mais velhos, Tubarão! O que eles estão fazendo?

Ela o virou, se afastou alguns passos.

Obviamente, o filhote se interessou mais pelos cachorros — que agora cheiravam os arredores, erguiam pernas e cheiravam mais um pouco — do que pela guia. E foi saltitando atrás dos novos amigos.

— Vou dar uma folga para ele. Obrigada. — Fiona aceitou o café, deu um gole demorado, suspirou. — Bendito seja. Certo, você vai ter que escolher um pedaço do quintal para ser a Terra do Cocô. Você não vai querer que o seu quintal vire um campo minado. Então, sempre o leve para esse lugar. Depois de um tempo, ele vai acabar indo sozinho. Você precisa prestar atenção e ser consistente. Tubarão é um bebê, então precisa sair várias vezes por dia. Assim que acordar de manhã, antes de você dormir e sempre que comer.

Mentalmente, Simon visualizou sua vida sendo dominada pelas necessidades fisiológicas do cachorro.

— E, quando ele acertar — prosseguiu Fiona —, demonstre empolgação. Seja generoso nos elogios. Tubarão quer te agradar. Quer ser elogiado e recompensado. Viu só, os mais velhos estão indo ao banheiro, então ele quer imitá-los.

Simon balançou a cabeça.

— Quando eu o levo para o quintal, ele passa horas cheirando, rolando e enrolando, e aí, cinco segundos depois de voltarmos para dentro de casa, mija tudo.

— Mostre a ele como se faz. Você é homem. Abaixe as calças e faça xixi.

— Agora?

Fiona riu — e, sim, pensou ele, era *quase* deslumbrante.

— Não aqui, mas na intimidade do seu lar. Veja. — Ela lhe passou a guia. — Agache para ficar na altura dele, chame-o. Bem feliz! Diga seu nome e, quando ele vier, faça festa, dê-lhe um biscoito.

Simon se sentia um idiota, fingindo alegria porque o cachorro cagou na floresta, porém, quando pensou nos inúmeros presentes que já limpara do chão, achou melhor seguir as orientações de Fiona.

— Muito bem. Vamos tentar um comando básico antes de os outros chegarem. Tubarão. — Fiona o segurou para chamar sua atenção, fez carinho até ele se acalmar. Pegou um dos biscoitos de Simon, escondeu-o na mão esquerda e ergueu a direita sobre a cabeça do filhote, apontando o dedo indicador. — Tubarão, sente. Sente! — Enquanto falava, ela moveu o dedo sobre a cabeça do cãozinho, de forma que ele erguesse o olhar, tentando acompanhá-lo. E seu traseiro bateu no chão. — Bom menino! Muito bom! — Ela lhe deu o biscoito, fazendo carinho e elogios. — Repita, repita. Tubarão vai olhar para cima automaticamente, o que faz com que seu traseiro desça. Assim que ele sentar, faça elogios, entregue a recompensa. Quando ele entender essa etapa, tente dizer apenas o comando. Se não funcionar, repita o processo desde o começo. Quando der certo, elogie e dê-lhe um biscoito.

Fiona se afastou.

Como o filhote queria segui-la, Simon teve que segurá-lo.

— Tubarão precisa se concentrar em você. É você quem manda. Ele não te leva a sério.

Irritado, Simon lançou um olhar frio na direção dela. Mas teve que admitir que sentiu uma onda de orgulho e prazer quando o rabo do cachorrinho acertou o chão.

De canto de olho, Simon conseguia ver Fiona, parada com o quadril inclinado para o lado, os braços cruzados. Julgando tudo que ele fazia, pensou enquanto repetia o procedimento uma vez após a outra. Quando os labradores se aproximaram e sentaram ao lado da dona, parecendo três esfinges, ele se sentiu ridículo.

— Tente sem o movimento. Aponte, use o comando. Mantenha o contato visual. Aponte, use o comando.

Como se isso fosse dar certo, pensou Simon, mas obedeceu.

— Sente. — E ficou boquiaberto quando Tubarão se acomodou no chão. — Ele sentou. Você sentou. Muito bem. Bom trabalho. — Enquanto Tubarão devorava seu biscoitinho, Simon sorriu para Fiona. — Você viu isso?

— Vi. Ele é um cachorro esperto. — Os dela ficaram em alerta. — Hora de começar. Seus colegas de turma estão chegando.

— Como você sabe?

— Eles sabem. — Fiona tocou a cabeça do labrador mais próximo. — Aqui, deixe Newman te cheirar.

— O quê?

Ela apenas gesticulou, pegou a mão de Simon e a ofereceu para o labrador.

— Newman, este é Simon. Este é Simon. Caminhe com Simon. Caminhe. Preciso ajeitar algumas coisas. Newman vai andar com vocês, para ensinar Tubarão a passear na coleira. Ele vai te ajudar.

Quando ela e os outros cachorros foram embora, Tubarão deu um pulo e tentou segui-los. Newman apenas se enfiou na frente dele.

— Quer vir para casa comigo, garotão? Você seria útil. Caminhar, certo? Caminhe!

Aos trancos e barrancos, com o grande labrador interferindo de vez em quando, Simon conseguiu guiar, às vezes puxando ou arrastando, o filhote pelo quintal.

Se a adestradora esbelta, quase deslumbrante, fizesse por merecer seu salário, talvez ele acabasse tendo um cão tão educado quanto Newman.

Milagres acontecem — às vezes.

Uma hora depois, exausto, Simon se jogou no sofá da sala. Tubarão arranhou sua perna, choramingando.

— Meu Deus, você não sossega nunca? Parece que acabei de sair de um campo de treinamento militar. — Ele ergueu o cachorro, que balançou o rabo, lhe deu uma lambida e se aconchegou ao seu lado. — Sei, sei. Você foi bem. Nós fomos bem.

Ele coçou as orelhas do filhote.

Em questão de minutos, homem e cão dormiam profundamente.

Capítulo 3

♦ ♦ ♦ ♦

Com a agenda lotada de aulas, Fiona precisava começar o dia com disposição. Enquanto tomava seu café adoçado, refletiu sobre o que ofereceria mais energia: cereal ou strudel congelado.

Talvez um misto dos dois, já que perdera a oportunidade de comer aquele hambúrguer gorduroso e uma montanha de batatas fritas no dia anterior por causa do homem e seu cão.

Um homem sexy e um cão fofo, mas, no fim do longo dia, ela acabara comendo uma pizza congelada, porque estava cansada demais para pensar em cozinhar.

Já que teria outro dia cheio, que mal faria ingerir uma dose extra de açúcar?

Enquanto refletia sobre o assunto, tomou seu café e observou os cachorros brincando do lado de fora. Ela nunca se cansava de observá-los. E não era uma baita sorte conseguir ganhar a vida na companhia dos cachorros, ao mesmo tempo que fazia algo importante?

Fiona pensou no garotinho, aquecido e seguro, e no pai chorando de alívio, abraçado a um cachorro muito bom. Agora, esse cachorro muito bom corria pelo quintal com um galho na boca, tão orgulhoso desse achado — ou quase tão orgulhoso — quanto ficara ao encontrar o menino.

Enquanto ela observava, os três labradores entraram em estado de alerta e correram para a entrada da casa.

Um carro atravessava sua ponte.

Droga. Seu dia só deveria começar dali a uma hora. Fiona queria passar um tempo sozinha, com seu combo de cereal e strudel, antes de ter que interagir com outros seres humanos.

Porém, quando abriu a porta, seu humor melhorou. Ela sempre estava disposta a interagir com Sylvia.

A madrasta desceu de seu carro híbrido veloz — uma mulher compacta e elétrica, com cachos castanho-escuros balançando. Ela usava botas na altura do joelho com saltos finos e baixos sob uma saia esvoaçante e um suéter cor de ameixa maravilhoso que certamente saíra de sua coleção. Enormes triângulos de prata balançavam em suas orelhas enquanto ela se afastava para deixar seu animado boston terrier, Oreo, pular do carro.

Os cachorros imediatamente começaram uma profusão de animadas boas-vindas — cheiradas, lambidas, rodopios no chão, corridas. Sylvia passou pelo grupo de forma graciosa e abriu um de seus sorrisos estonteantes para Fiona.

— Bom dia, gracinha! Chegamos cedo, eu sei, mas queria fofocar. Está ocupada?

— Para conversar com você, nunca. — Fiona agachou quando Oreo veio correndo para dar um oi antes de voltar para os amigos. — Vamos para a cozinha. Você pode tomar chá enquanto eu como.

Sylvia a cumprimentou com um abraço apertado e demorado — como sempre —, e, com um braço ainda enroscado na cintura da enteada, seguiu para a casa.

— A cidade inteira está comentando sobre como você e Peck encontraram aquele garotinho. Bom trabalho.

— Peck foi perfeito. E o fato de Hugh ter parado duas vezes para fazer xixi também colaborou. Mesmo assim, é impressionante a distância que um menino de 3 anos num pijama do Homem-Aranha consegue percorrer.

— Ele devia estar tão assustado.

— Acho que estava mais molhado, com frio e cansado, na verdade. — Fiona colocou a chaleira no fogão e moveu-se em direção ao armário em que guardava várias opções de chá, pensando em Sylvia. — Perdão por ter demorado a te ligar.

— Sem problemas. — A madrasta dispensou o pedido de desculpas com um aceno de mão enquanto pegava um sachê de pêssego e canela. — Eu já estava na rua, dando uma olhada em uns vasos. E é claro que deixei o telefone no carro. Preciso parar com essa mania. — Ela virou, estreitou os olhos enquanto a enteada tirava uma caixa de cereal de outro armário. — Você não vai se encher de açúcar refinado no café da manhã.

— Mas é feito de milho. — Abrindo um sorriso esperançoso, Fiona sacudiu a caixa. — Deve ser saudável.

— Sente. Vou preparar um café decente para você.

— Syl, cereal não faz mal.

— Talvez, às vezes, quando se tem 10 anos de idade. Sente — repetiu ela, e, completamente à vontade, abriu a geladeira. — Aham, aham. Dá para o gasto. Você vai comer uma bela omelete de claras com torrada integral.

— Vou?

— E me conte sobre o porquê de você ter se distraído. Ele é bonito, não é?

— Um fofo, e, depois de adestrado, vai ser uma companhia maravilhosa.

Sylvia ergueu uma sobrancelha para a enteada enquanto pegava uma tigelinha e um pote minúsculo.

— Eu estava falando de Simon.

— Talvez eu também estivesse.

— Rá. Ele é absurdamente talentoso e educado, apesar de ser um pouco misterioso.

— De quem você está falando agora?

— Engraçadinha. — Habilidosa, Sylvia separou os ovos, guardando as gemas no pote antes de começar a bater as claras com um pouco de queijo e temperos. — Ele tem uma casa bonita em Eastsound, é muito dedicado ao trabalho, tem olhos lindos, costas largas, um cachorrinho fofo, e está solteiro.

— Parece perfeito para você. Vai com tudo, Syl.

— Até iria, se ele não fosse duas décadas mais novo que eu. — Ela passou as claras para a frigideira que aquecia no fogão e colocou o pão na torradeira enquanto Fiona servia o chá. — É você quem devia ir com tudo.

— E o que eu faria com ele? Além do mais — acrescentou ela quando a madrasta deu uma risada irônica —, homens, assim como cachorros, não servem só para nos divertir. Eles exigem um compromisso de longo prazo.

— Você precisa se divertir antes de resolver se quer mais. Talvez fosse bom tentar, ah, não sei, aquela ideia louca e estranha de ir a um encontro.

— Eu vou a encontros. Prefiro eventos sociais em grupo, mas vou a encontros às vezes. E também me divirto desse jeito que você insinuou. E, antes de eu ter que ouvir outra piadinha, vamos deixar uma coisa bem clara: este é um caso clássico do sujo falando do mal lavado.

— Eu casei com o amor da minha vida e passei dez anos maravilhosos com ele. Às vezes, me sinto injustiçada por nosso tempo juntos ter sido tão curto.

— Eu sei. — Ela afagou as costas de Sylvia enquanto as duas pensavam no pai de Fiona. — Ele foi muito feliz com você.

— Nós dois fomos felizes. E quero que você seja também. — Ela colocou num prato a omelete sobre a torrada levemente tostada. — Agora aproveite o seu café da manhã.

— Sim, senhora. — As duas se sentaram à pequena mesa, uma de frente para a outra, e Fiona deu a primeira mordida. — Meu Deus, que delícia.

— E deu o mesmo trabalho que botar açúcar colorido numa tigela.

— Você julga demais meus cereais, mas isto aqui está tão gostoso que não vou discutir.

— Bem, enquanto você faz uma refeição decente, vou te contar o que sei sobre Simon Doyle. — Dando um gole no chá, Sylvia se recostou na cadeira e cruzou as pernas. — E nem precisa fingir que não está curiosa.

— Tudo bem, porque estou mesmo. Mas só um pouco.

— Ele tem 33 anos, nasceu em Spokane, mas passou algum tempo morando em Seattle.

— Spokane e Seattle. Lugares completamente opostos.

— Pois é. O pai dele tem uma empresa de construção civil em Spokane, trabalha com o filho mais velho. Simon é formado em Artes e Arquitetura pela Universidade do Sul da Califórnia. Depois, trabalhou como marceneiro, construindo armários antes de começar a projetar e criar móveis. Fez sucesso em Seattle, ganhou alguns prêmios. Teve um caso tórrido com Nina Abbott...

— A cantora?

— A própria. Popstar, rockstar... Não sei bem como a classificam.

— A garota rebelde do pop — respondeu Fiona com a boca cheia. — Ela é meio doida.

— Talvez, mas os dois passaram alguns meses juntos depois que Nina Abbott encomendou vários móveis para sua casa em Bainbridge Island. Ela foi criada em Washington e mantém uma residência lá.

— Sim, eu sei. Leio a *People* e assisto ao E! de vez em quando. É só que... Ah, espere. Era *ele*? Eu me lembro de ler uma fofoca sobre ela e um carpinteiro. A imprensa se referia a ele assim. Nina Abbott é bonita e talentosa, mas tem esse ar meio louco.

— Algumas pessoas gostam de chocar os outros, acho. Enfim, não deu em nada. E imagino que o namoro não tenha sido ruim para os negócios. Mas então, três meses atrás, ele se mudou para cá, e a Artes da Ilha tem muito orgulho e muita sorte de vender suas obras com exclusividade no arquipélago de San Juan.

Sylvia levou a xícara de chá até a boca e deu um gole.

— Você descobriu tudo isso na biografia dele para a página e os folhetos da Artes da Ilha?

— Na verdade, ele me passou uma biografia muito resumida, então fiz uma busca no Google.

— Sylvia.

Nada envergonhada, a madrasta jogou os cachos brilhantes para trás.

— Escute, quando me interesso pelas obras de um artista, preciso saber quem ele é. Para começo de conversa, tenho que viajar para ver suas obras. Não quero acabar me metendo no covil de um assassino psicopata, não é?

— Aposto que a maioria dos assassinos psicopatas não está listada no Google. Tirando os que já foram presos ou mortos.

— Nunca se sabe. Enfim, deixando de lado o trabalho de Simon, gosto dele. O que você achou?

— Como ele estava um pouco irritado por Tubarão ter comido o banco da sua picape...

— Eita.

— Pois é, e ele estava bem frustrado com seu novo status de dono de cachorro, então é difícil julgar. Mas, por alto, ignorando seus atributos físicos...

— Que ele tem para dar e vender — disse Sylvia, erguendo as sobrancelhas com um ar malicioso.

— Sem dúvida. Eu diria que Simon não está acostumado a cuidar de ninguém além de si mesmo e que prefere fazer as coisas sozinho. Um lobo solitário. E as informações que você passou hoje conferem com essa descrição: uma casa escondida do outro lado do estreito, numa ilha bem pequena, o fato de que vive longe da família, sua carreira.

— Às vezes, um lobo solitário só não encontrou sua cara-metade. Ou sua matilha.

— Você é tão romântica.

— Com certeza — concordou Sylvia. — E com orgulho.

— Bem, o ponto positivo é que o cachorrinho é louco por ele. Não tem medo de nada. Por enquanto, o filhote é o alfa, o que mostra que Simon tem um coração mole. Talvez seja só um pouco mole, ainda não dá para saber. E também é fácil notar isso porque, mesmo quando ele está muito frustrado e irritado, não parece disposto a se livrar do cachorro. Quando recebe alternativas lógicas, as aceita. Simon inscreveu Tubarão na aula para filhotes e, apesar de não parecer feliz nem entusiasmado com a ideia de participar também das aulas, me pareceu determinado. Então, apesar de não estar acostumado a cuidar dos outros, ele assume a responsabilidade quando percebe que não tem escapatória.

— Eu juro que você devia ter sido psicóloga. Ou elaborar perfis criminais para o FBI.

— Tudo que sei, aprendi com os cachorros. — Fiona se levantou para colocar o prato no lava-louça. Então, parou atrás da cadeira de Sylvia e a abraçou. — Obrigada pelo café.

— De nada.

— Tome mais um chá. Vou arrumar as coisas para a aula.

— Eu ajudo.

— Não usando essas botas. A terra está molhada da chuva de ontem. Troque essas belezinhas pelas minhas UGG antes de sair. Estão na área de serviço.

— Fi — chamou Sylvia antes de ela sair da cozinha.

— Sim?

— Já faz quase oito anos, para nós duas.

— Eu sei.

— A ficha caiu hoje. Às vezes, isso acontece quando o aniversário da morte de Will se aproxima. Por isso quis sair de casa. E, principalmente, te ver. Queria dizer como estou feliz por você estar aqui, por eu poder te visitar e te fazer o café da manhã ou pegar suas botas emprestadas. Estou tão feliz, Fi.

— Eu também.

— Ele ficaria tão orgulhoso de você. Ele tinha orgulho de você, mas...

— Eu sei que tinha, e gosto de saber que também ficaria orgulhoso e feliz com tudo que fiz. Com tudo que faço. — Fiona respirou fundo. — Greg também ficaria. Eu acho. Sinto que já me esqueci de tantas coisas, da voz dele, do cheiro e até do rosto. Nunca achei que teria que olhar para uma foto para conseguir visualizar o rosto dele com clareza.

— Sete anos é muito tempo. Você era muito jovem, querida. Sei que o amava, mas você era tão jovem. E, no fim das contas, não ficaram tanto tempo juntos.

— Quase dois anos, e ele me ensinou tanta coisa. Tudo que tenho hoje é consequência do que Greg me ensinou, me mostrou, me deu. Eu o amava, Syl, e não consigo mais me lembrar de como era esse sentimento. Não consigo mais me sentir da maneira como ele fazia eu me sentir.

— Nós também amávamos Greg, seu pai e eu. Ele era um homem muito, muito bom.

— O melhor.

— Fi, talvez você não consiga se lembrar de como se sentia porque chegou a hora de sentir isso por outra pessoa.

— Não sei. Às vezes... bem, às vezes, acho que nunca vou estar pronta para isso.

— Sentimentos nem sempre surgem quando estamos prontas.

— Talvez não. Talvez eu me surpreenda. Mas, por enquanto, já estou bastante ocupada. Não se esqueça das botas.

$\mathcal{D}$EPOIS DA AULA AVANÇADA, uma turma de seis alunos, incluindo Oreo, Fiona se preparou para a turma de habilidades especiais, nível iniciante. A maioria dos alunos vinha de fora da ilha para o treinamento para obter o certificado de busca e resgate. Alguns conseguiriam passar na prova; outros, não. Mas ela sabia que todos os cachorros e seus donos se beneficiariam com o treinamento adicional e mais especializado.

Conforme os alunos chegavam, tinha início a hora da socialização — tanto para cães quanto para humanos. Em sua opinião, aquilo não era perda de tempo, mas sim uma etapa fundamental. Um cão que não queria ou não conseguia se socializar com os outros jamais seria aprovado. E a "confraternização" de dez minutos lhe dava tempo de avaliar a evolução dos animais e dos condutores no treinamento em casa.

Ela observava a tudo com as mãos enfiadas nos bolsos de uma velha jaqueta com capuz.

— Tudo bem, hora de começar. Primeiro, vamos repassar o básico.

Fiona pediu que os cães andassem junto aos seus donos, depois sem a guia — os resultados foram variados.

— Snitch, Waldo — disse ela, usando o nome dos cachorros, não o dos donos. — Precisamos treinar andar sem a guia. Estamos quase lá, mas vocês podem melhorar um pouquinho. Vamos tentar chamá-los. Condutores, se afastem. Quero que esperem até o animal ficar distraído, então usem o comando. Sejam consistentes. Não se esqueçam das recompensas e dos elogios.

De propósito, ela distraiu alguns dos cachorros mais jovens. Fez carinho, brincou. Ainda assim, o índice de sucesso a deixou contente. Mas, quando chegou a hora do comando de parar, esse índice diminuiu um pouco, já que a maioria dos cães queria mesmo era brincar.

Fiona chamou os mais displicentes num canto enquanto deixou os outros praticarem sentar e ficar.

— É importante que os cachorros aprendam a parar. Pode haver algum perigo que eles não entendam. Além disso, uma resposta instantânea e absoluta mostra total confiança. Quando vocês disserem *Pare!*, ou qualquer outra palavra que tenham escolhido como comando, seus cachorros precisam obedecer sem hesitar. Vamos tentar de novo numa distância menor. Caminhem com seus cães junto de vocês, sem a guia, e então tentem o comando de parar. Callie, posso usar Snitch como exemplo?

Na opinião de Fiona, não era o cão que precisava de treinamento extra naquela parceria, mas a sua dona. Callie costumava ser hesitante.

Bastaram alguns minutos e um tom firme e confiante para Fiona ensinar o filhote a andar junto com perfeição e a ficar imóvel com a obediência de um soldado.

— Não sei por que ele não faz isso quando eu peço.

— Ele sabe que pode te desafiar, Callie. Acha que você não está falando sério, que não está no comando. Você não precisa gritar nem ficar irritada, mas precisa demonstrar firmeza. Sua voz, seu rosto, sua linguagem corporal. Convença-o de que não está de brincadeira.

— Vou tentar.

Um pouco melhor, avaliou Fiona — mas achava que o resultado talvez fosse um comportamento residual de sua rodada com Snitch. Se Callie não se tornasse mais rígida, o pequeno golden a faria de gato e sapato.

— Tudo bem, vamos fazer um intervalo rápido para todo mundo brincar.

Aquele era o sinal que os cachorros dela estavam esperando. Os três foram aproveitar os cinco minutos de caos, correndo, buscando bolas, perseguindo-as, brincando com outros cães.

— Não quero que pareça que estou reclamando.

Fiona pediu aos céus por paciência, já que Earl Gainer, policial aposentado e dono de um pastor alemão muito esperto, começava todas as suas reclamações da mesma forma.

— O que houve, Earl?

— Sei que seus métodos se baseiam em explorar a vontade deles de brincar, mas acho que passamos tempo demais deixando os cachorros zanzarem por aí.

E tempo, Fiona sabia, era dinheiro.

— Sei que pode parecer bobagem, mas, nessa idade, eles não conseguem se concentrar numa só coisa por muito tempo. Existe um risco real se forem treinados em excesso. Se os cachorros ficarem frustrados ou não conseguirem acompanhar as novas ordens de comando e expectativas, podem desistir, voltar a seu comportamento anterior ou se rebelar. Eles precisam de tempo para queimar essa energia toda da juventude e para socializar com outros cachorros e outros humanos. Mas vamos tentar alguns exercícios novos na segunda metade da aula.

Earl pareceu se animar imediatamente.

— Tipo o quê?

— Vamos deixá-los brincar mais um pouco. Kojak tem muito potencial. Você sabe disso. Ele é esperto, gosta de agradar. Daqui a duas semanas, vamos começar a treinar o faro. Mas, antes disso, precisamos cimentar a ligação entre vocês, a socialização e o bom comportamento.

O homem inflou as bochechas.

— Fiquei sabendo do que você e seu cachorro fizeram ontem, que encontraram aquele menino. É isso que quero fazer.

— Eu sei, e, com seu treinamento e sua experiência, você será ótimo. Vamos ajudar Kojak a querer fazer isso também. Ele está indo bem, eu juro.

— Todo mundo diz que você é uma das melhores no estado, talvez no Noroeste inteiro. É por isso que pegamos a barca duas vezes por semana. Bem, paciência, pelo menos ele está se divertindo.

— E aprendendo.

Fiona deu um tapinha no braço de Earl.

Ela chamou seus cachorros e mandou que ficassem na varanda, onde deitaram para assistir ao espetáculo.

— Façam seus cachorros pararem junto a vocês — orientou ela, e esperou a fila se formar. — Um cão de busca e resgate deve aprender a trabalhar em vários terrenos, no chão duro, no chão congelado, em pedras, florestas, cidades. E na água. Hoje, vamos introduzir água. — Ela gesticulou para a piscina infantil que já enchera, e então pegou uma bola de borracha. — Um de cada vez, vocês vão tirar seus cachorros da guia e jogar esta bola na piscina. Quero que cada um mande o cachorro buscá-la. Não se preocupem. Tenho toalhas. Earl, quer começar com Kojak? Pare a uns três metros de distância.

Earl pegou a bola e se posicionou. Então soltou o cachorro, fez um carinho rápido e lhe mostrou a bola.

— Pegue, Kojak! — gritou ele enquanto a jogava.

O cão saiu como um raio, pulou — e caiu na água. Ele voltou à superfície com a bola na boca e um olhar chocado que, para Fiona, podia ser traduzido como: *Que porra foi essa?*

Mas pulou para fora da piscina e seguiu na direção de Earl quando o homem estalou os dedos.

Exibido, pensou Fiona, mas abriu um sorriso, que aumentou quando Kojak se sacudiu todo e encharcou o dono orgulhoso e que o elogiava.

— Viu só? — Com o rosto pingando, Earl olhou para a professora. — Ele conseguiu de primeira.

— Kojak foi ótimo.

E você também, pensou ela.

Fiona tentava deixar uma hora livre entre as aulas, sabendo que boa parte desse tempo seria ocupada por alunos que queriam conversar, pedir conselhos, receber feedback sobre o comportamento de seus cães no treinamento do dia.

Quando ficasse livre, poderia fazer um almoço rápido, brincar com seus labradores, retornar qualquer ligação que tivesse recebido durante a aula.

Depois que o último carro daquela turma saiu da casa e atravessou a ponte, restavam quarenta minutos para si mesma, então ela jogou bolas, brincou de cabo de guerra, entrou para comer uns biscoitos de queijo, aproveitando para pegar uma maçã também, para amenizar a culpa.

Enquanto comia, verificou as mensagens de voz e seu e-mail, respondeu os recados, fez algumas anotações para o blog que atualizava duas ou três vezes na semana.

O blog fazia com que as pessoas chegassem ao seu site — e vice-versa. E isso trazia alguns alunos para a escola.

Ela ainda tinha tempo para esvaziar a piscina e repassar o plano de aula da próxima turma. Mas, enquanto levantava, um carro cruzou a ponte.

Quem precisa de tempo livre?, pensou ela, franzindo a testa ao ver que, pela segunda vez em dois dias, um veículo desconhecido se aproximava.

Fiona ergueu a mão para proteger os olhos do sol e reconheceu Rosie e Devin Cauldwell. Quando o carro fez a curva suave, ela teve um vislumbre de Hugh no banco de trás.

— Certo, meninos, vamos nos comportar. Digam oi.

Enquanto o carro estacionava, os três labradores se alinharam ao lado dela e sentaram.

Devin saltou do lado dos cães.

— Oi, Peck. Oi. — Quando Peck ergueu a pata, Devin sorriu e se inclinou para apertá-la. — Que bom te ver de novo.

— Newman — disse Fiona enquanto Devin caminhava pela fila, cumprimentando os cachorros. — E Bogart.

— Pelo visto, você gosta de filmes antigos. — Ele ofereceu a mão para Fiona. — Espero que a gente não esteja incomodando.

— Claro que não. — Ela se virou para Hugh, que segurava a mão da mãe e estava uma graça de casaco vermelho e calça jeans. — Oi, Hugh. Você quer vir dar oi para Peck e os amigos dele?

— Cachorrinho! — Hugh correu e jogou os braços em torno de Peck. — O cachorrinho me encontrou. Eu me perdi.

Fiona apresentou o menino para os outros labradores, que foram abraçados também.

— Eu não lhe agradeci ontem — começou Rosie.

— Você estava um pouco distraída.

— Eu... Hugh não está incomodando? — perguntou ela quando os cachorros deitaram e o menino começou a engatinhar por cima deles, rindo, puxando orelhas.

— Eles estão no paraíso. Adoram crianças.

— Nós queríamos um cachorro. O plano era esperar mais um ou dois anos, mas, agora... — Rosie observou o filho e sorriu. — Alguma recomendação de raças para um garoto agitado de 3 anos?

— É óbvio que tenho um fraco por labradores. Eles são ótimos com crianças, com famílias, mas precisam de muita atenção. E de espaço.

— Temos um quintal, e nossa casa fica perto de um parque. Sabe o que estou sentindo? Se tiver outro Peck por aí, quero ele com a gente. Desculpe — acrescentou Rosie quando seus olhos encheram de lágrimas. — Ainda estou um pouco nervosa. Srta. Bristow...

— Fiona.

— Fiona. — Rosie estendeu os braços e segurou as mãos dela. — Não tenho palavras. Não tenho. Não há nada que pague, que recompense o que você fez por nós. Nada seria suficiente.

— Hugh está brincando com meus cachorros e rindo. Essa é minha recompensa. É por isso que fazemos esse trabalho.

Devin passou um braço sobre os ombros da esposa.

— Escrevemos uma carta para a organização... para a organização de busca e resgate, sobre sua unidade, e vamos enviá-la hoje com uma doação. Já é alguma coisa.

— É bastante coisa. Obrigada.

— Quando pegarmos um cachorrinho, vamos nos matricular nas suas aulas — acrescentou Rosie. — Queremos que ele seja adestrado por você. O oficial Englewood nos contou que você tem uma escola de adestramento e treina cachorros de busca.

— E estamos ocupando demais o seu tempo. Mas, antes de irmos... Hugh, o que você trouxe para a Srta. Bristow e para Peck? Na verdade, nos contaram que eram três cachorros — continuou Devin enquanto Rosie levava o filho de volta para o carro. — Então compramos um presente para cada.

Hugh voltou com três enormes ossos de couro cru. Ele os jogou na frente dos labradores.

— Não querem? — perguntou ele ao ver que os três continuaram parados.

— Eles só vão pegá-los quando você disser que podem.

Fiona colocou um osso na frente de cada cão.

— Peguem o osso! Peguem o osso! — gritou Hugh.

Ela fez um gesto para os três, que deram pulos alegres e executaram uma mesura bonita, fazendo o garotinho rir.

— Eles estão agradecendo.

— Hugh escolheu estas para você. — Rose lhe ofereceu um buquê de tulipas vermelhas. — Disse que pareciam pirulitos.

— Parecem mesmo, e são lindas. Obrigada.

— Fiz um desenho. — Hugh tirou a folha de papel das mãos da mãe. — Sou eu, Peck e você.

— Uau. — Fiona admirou os rabiscos, círculos e riscos. — Ficou lindo.

— Este é Peck. Ele é um cachorrão. Esta é Fi, e este sou eu. Peguei carona nas costas da Fi, e este é o Fofo. Ele também pegou carona. Eu e mamãe escrevemos os nomes.

— Adorei meu desenho.

— Você pode botar na sua gedeila.

— Vou botar, sim. Obrigada, Hugh.

Fiona o abraçou, sentiu o cheiro de menininho — agitado, inocente e livre.

Depois de acenar até a família desaparecer, ela entrou para prender o desenho na geladeira e colocar suas tulipas-pirulitos num vaso.

E ficou grata por ter alguns minutos para se recompor antes de os alunos da próxima aula chegarem.

Capítulo 4

♦ ♦ ♦ ♦

MELHOR AMIGO DO HOMEM uma ova.

Depois de uma acalorada perseguição e de uma batalha no cabo de guerra, Simon conseguiu soltar o martelo cravado nos dentes de Tubarão.

Em posse da ferramenta agora molhada e cheia de marcas de dente, enquanto o cachorrinho pulava como uma mola, Simon imaginou como seria dar uma bela martelada na cabeça do animal. Não que ele pretendesse fazer uma coisa dessas, mas imaginar não era crime.

Ele visualizou pássaros de desenho animado circulando a cabeça do filhote, e pequenos X em seus olhos.

— Quem dera — murmurou.

Simon colocou o martelo fora do alcance do animal, sobre a mesa de trabalho, e olhou ao redor — de novo — para os brinquedos e ossos espalhados pelo chão da oficina.

— Por que você não gosta destes? Por quê? — Ele pegou um pedaço de corda do tamanho de Tubarão, ofereceu-a. — Aqui, destrua esta.

Segundos depois, enquanto Simon limpava o martelo atacado, o cão jogou a corda sobre sua bota, balançando o rabo, com a cabeça inclinada para um lado e os olhos brilhando de divertimento.

— Não vê que estou ocupado? — perguntou ele. — Não tenho tempo para brincar a cada cinco minutos. Um de nós precisa trabalhar.

Simon voltou a encarar a adega — uma obra de arte, em sua opinião — de cerejeira e ébano. Usou cola de madeira para prender o último adorno enquanto o cachorro atacava seus cadarços. Lutando para se concentrar no trabalho, ele sacudiu o pé para espantá-lo, pegou uma prensa. Sacudiu, colou, sacudiu, prensou.

Os rosnados e latidos alegres de Tubarão se misturavam ao som do U2, que ele escolhera para ouvir naquela manhã.

Simon acariciou a madeira macia e lustrosa, fez que sim com a cabeça.

Quando foi verificar a junção das peças de duas cadeiras de balanço, arrastou o cachorro pela serragem no chão.

Pelo visto, acabara sendo forçado a brincar.

Ele passou quase duas horas trabalhando, alternando entre arrastar o filhote, persegui-lo, se obrigar a parar e levá-lo para o espaço que nomeara como Paraíso da Merda.

Era bom fazer intervalos, concluiu. Era uma oportunidade de descansar a mente, tomar ar fresco e sol. Ele sempre ficava fascinado pela forma como a luz — do sol ou da lua — batia sobre o estreito que ligava sua casa às terras da ilha.

Era bom parar na extremidade da elevação e ouvir a música sutil e rítmica da água lá embaixo, ou passar um tempo sentado na varanda da oficina, contemplando a mata que parecia se fechar sobre ele, ao mesmo tempo que o som o conectava ao mundo.

Afinal de contas, Simon se mudara para a ilha por um motivo.

Pelo isolamento, pela tranquilidade, pelo ar, pela abundância de paisagens bonitas.

Talvez, de certa forma, sua mãe estivesse certa ao forçá-lo a ter um cachorro. Agora, ele era obrigado a sair de casa — o principal motivo para ter ido morar ali. Era uma chance de olhar ao redor, relaxar, entrar em sintonia com o mundo exterior. O ar, a água, as árvores, as colinas, as pedras — tudo poderia servir de inspiração para seu trabalho.

Cores, formatos, texturas, curvas e ângulos.

Aquele pedacinho de terra, a floresta e o mar, a descida rochosa, o canto dos pássaros em vez do barulho de carros e pessoas era exatamente o que ele queria.

Simon resolveu que construiria um banco para colocar naquele lugar, algo resistente, rústico e natural. De teca de demolição, pensou ele, se conseguisse encontrar, com galhos largos o suficiente para apoiar uma garrafa de cerveja.

Ele virou para a oficina, pensando em buscar um papel para desenhar suas ideias, e se lembrou do cachorro.

Simon o chamou, irritado pelo filhote não estar cheirando seus pés, como era seu hábito, coisa que sempre o fazia tropeçar ou pisar nele.

Chamou, chamou de novo. E então, soltando um palavrão enquanto um misto de irritação, culpa e pânico embrulhava seu estômago, começou a procurá-lo.

Ele voltou para a oficina para ver se Tubarão resolvera destruir mais alguma coisa, andou em torno da estrutura, deu uma olhada no matagal e nas moitas enquanto o chamava e assobiava. Analisou o barranco que descia até o mar e a rua estreita que ia da casa à estrada.

Olhou embaixo da varanda da oficina, então subiu até a casa para circulá-la, procurou embaixo das varandas de lá.

Nem sinal de Tubarão.

Pelo amor de Deus, ele era um cachorro, disse a si mesmo. Acabaria voltando. Ele era um cachorro *pequeno*, não conseguiria ir muito longe. Tranquilizando a si mesmo, Simon voltou para a oficina, onde vira o capetinha pela última vez, e começou a seguir para a floresta.

Agora, com seu breve momento de paz arruinado, a mistura de luzes e sombras, o assobio do vento, os arbustos que se embolavam; tudo parecia perigoso.

Será que um gavião ou uma coruja conseguiriam pegar um cão daquele tamanho? Outro dia, ele pensara ter visto uma águia-americana. Mas...

Claro, o cachorrinho era pequeno, mas *pesava* bastante.

Simon parou, respirou fundo para provar a si mesmo que não estava em pânico. Claro que não. Ele estava puto da vida, isso sim. Bem puto por estar perdendo seu tempo e sua energia procurando por um cachorro idiota no qual queria dar uma martelada.

Meu Deus.

Ele gritou o nome do cachorro — e finalmente ouviu latidos em resposta. Latidos que não pareciam nem um pouco assustados ou arrependidos, mas cheios de alegria, analisou Simon enquanto o nervosismo que embrulhara seu estômago começava a se dissipar.

— Cacete — murmurou ele, mas, sendo cauteloso, tentou falar de um jeito alegre. — Venha, Tubarão, seu babaquinha. Aqui, seu demônio do inferno.

Simon acelerou o passo na direção dos latidos animados até chegar a um arbusto que se mexia.

O cachorrinho emergiu do meio das folhas, imundo, arrastando com habilidade algo que parecia ser o cadáver em decomposição de um pássaro bem grande.

E ele ficara com medo de o cachorro ser capturado por um bicho? Que piada.

— Meu Deus, largue isso. Estou falando sério.

Tubarão rosnou de brincadeira, com os olhos brilhando, e arrastou seu tesouro para trás.

— Aqui! Agora! Venha!

A resposta do cão foi puxar o cadáver para mais perto, sentar e oferecê-lo.

— Que diabos eu faria com isso? — Esperando o momento certo, Simon agarrou o cachorro e chutou o que restava do pássaro para o arbusto. Tubarão se remexeu, lutando para conquistar sua liberdade. — Não estamos brincan... Não diga a palavra que começa com m. Mas que merda, que merda, que *merda*! — Ele afastou o cachorro para longe. O fedor era insuportável. — O que você fez, rolou por cima dele? Por quê?

Sem escolha, Simon enfiou o filhote fedido debaixo do braço e, bufando, voltou para casa.

No caminho, ele cogitou, mas logo desistiu da ideia de limpar o cachorro com a mangueira. Aquele cheiro não sumiria só com água — mesmo se conseguisse segurar Tubarão por tempo suficiente para ensopá-lo. Simon pensou num banho, desejou ter uma banheira presa no chão, do lado de fora da casa — e correntes. Um banho de banheira com certeza resultaria num banheiro inundado.

Na varanda, ele tirou as botas enquanto Tubarão enchia seu rosto de lambidas amorosas que fediam a morte. Ao entrar, jogou a carteira sobre uma mesa e seguiu para o chuveiro.

Depois de se fechar com Tubarão dentro do boxe, Simon ficou de cueca, ignorando o fato de o cão estar atacando sua calça jeans e a camisa. Então abriu a água.

— Bem feito — disse ele quando Tubarão se jogou contra os azulejos, depois contra a porta de vidro, tentando escapar.

Resoluto, Simon pegou o sabonete.

Os dois estavam atrasados. Fiona olhou para o relógio de novo, deu de ombros e continuou a encher um vaso com amores-perfeitos e ramos de vinca. Ela teria que ensinar Simon a respeitar seus horários, mas, por enquanto, ter o luxo de fazer um pouco de jardinagem já a deixava satisfeita. Os cachorros dormiam por perto, e seu iPod tocava uma playlist de rock.

Caso levasse um bolo dos alunos, poderia ajeitar o segundo vaso, talvez levar os meninos para brincar de pique-esconde na floresta.

Aquele dia, ensolarado e fresco, com o céu azul e uma brisa agradável, merecia ser aproveitado.

Fiona analisou sua obra, afofou as pétalas, passou para o segundo vaso.

E avistou a picape.

— É Simon — disse ela quando os labradores se levantaram. — Simon e Tubarão.

Então voltou para os amores-perfeitos.

Ela continuou mexendo na terra enquanto o homem e o animal saltavam da picape, os labradores iam cumprimentá-los e Simon abria caminho entre os cachorros. E plantou mais um pacote de sementes com calma, de maneira detalhista.

Quando ele cutucou seu ombro, ela tirou os fones de ouvido.

— Desculpe, você disse alguma coisa?

— Acho que estamos atrasados.

— Aham.

Ela deu tapinhas na terra.

— Tivemos um problema.

— O mundo está cheio de problemas.

— A gente tem vários, mas o do dia envolveu um pássaro morto.

— Ah, é? — Fiona olhou para o cachorrinho, que agora brincava de cabo de guerra com Bogart. — Ele pegou um pássaro?

— Alguma coisa pegou o pássaro. Dias atrás, pela cara dele. E pelo cheiro.

— Ah. — Fiona concordou com a cabeça, resolvendo demonstrar pena, e tirou as luvas. — Tubarão te deu o pássaro?

— Deu. Depois de passar um tempo rolando por cima dele.

— O que ele achou do banho?

— Tomamos uma chuveirada.

— Sério? — Ela conteve a risada, já que Simon não parecia ver graça na situação. — Como foi?

— Depois que ele desistiu de fugir pela porta do boxe e comer o sabão, foi bem. Na verdade, ele gostou. Acho que conseguimos chegar a um consenso.

— Já é um começo. E o que você fez com o cadáver?

— Do pássaro? — Simon a encarou, se perguntando por que ela estava preocupava com isso. — Eu o chutei de volta para o arbusto. Estava com as mãos ocupadas segurando o cachorro.

— É melhor você se livrar dele direito. Senão, Tubarão vai buscá-lo de novo na primeira oportunidade que tiver.

— Ótimo. Perfeito.

— Cachorros adoram cheiros. Ele só estava seguindo seus instintos. — E seu dono, decidiu ela, agira corretamente, apesar de não ter ligado para avisar que iria se atrasar. — Considerando as circunstâncias, vou dar a aula inteira. Você fez o dever de casa?

— Aham. Fiz, sim — corrigiu-se ele quando Fiona ergueu uma sobrancelha. — Ele senta quando eu mando. Quase todas as vezes. Mas não adianta chamá-lo, ele só vem quando quer. Desde a última aula, tentou ou conseguiu comer um controle remoto, um travesseiro, um rolo de papel higiênico, um pedaço do degrau da escada, boa parte de um pacote de batatas chips sabor churrasco, duas cadeiras e um martelo. E, antes que você pergunte, sim, eu o repreendi e lhe dei um brinquedo. Tubarão está pouco se lixando.

— Deixe as coisas fora do alcance dele — aconselhou Fiona, sem se compadecer. — Tubarão! — Ela bateu palmas para chamar a atenção do animal, abriu os braços num convite e sorriu. — Venha. Tubarão, venha!

Ele veio correndo e pulou nos joelhos dela.

— Bom menino! — Fiona tirou um biscoito do bolso. — Bom menino!

— Porra nenhuma.

— É assim que se faz elogio!

— Você não mora com ele — murmurou Simon.

— É verdade. — De propósito, ela colocou sua pá nos degraus. — Sente. Tubarão obedeceu e aceitou outro biscoito, mais elogios e mais carinho. E então se concentrou na pá.

Quando Fiona colocou as mãos sobre os joelhos, Tubarão atacou, rápido como um raio, e, com a pá na boca, saiu correndo.

— Não corra atrás. — Fiona agarrou a mão de Simon enquanto ele se virava. — Ele só vai correr mais e achar que estamos brincando. Bogart, traga a corda.

Ela ficou sentada, segurando a corda, e chamou o filhote. Ele veio correndo, depois se afastou de novo.

— Viu, ele está tentando nos convencer a correr também. Se fizermos isso, ele se sai vencedor.

— Acho que ele também vai vencer se comer sua pá.

— A pá é velha, mas, em todo caso, ele só vai vencer se nós brincarmos também. E não vamos brincar. Tubarão! Venha! — Fiona tirou outro biscoito do bolso. Depois de um momento de hesitação, o cachorrinho veio saltitando. — Isto não é seu. — Ela abriu a boca do filhote, tirou a pá e balançou a cabeça. — Não é seu. Isto é seu.

E lhe deu a corda.

Fiona soltou a pá de novo, e Tubarão tentou pegá-la. Desta vez, ela a cobriu com a mão, balançou a cabeça.

— Não é seu. Isto é seu. — E repetiu o processo, com uma paciência inabalável, mostrando a Simon como se fazia. — Tente não falar muito. Guarde as ordens para quando precisar ou quiser que ele pare na mesma hora. Para os momentos importantes. Aí, viu só, ele perdeu o interesse pela pá. Nós não queremos brincar. Mas, com a corda, a coisa muda de figura. Pegue o outro lado e brinque de cabo de guerra.

Simon sentou ao lado dela, usou a corda para puxar o cão, diminuiu a força, balançou-a de um lado para o outro.

— Talvez eu não seja o tipo de pessoa com perfil para ter um cachorro.

Disposta a se compadecer agora, Fiona lhe deu um tapinha no joelho.

— Você, um homem que toma banho com seu cachorrinho?

— Eu não tinha outra opção.

— Foi uma ideia inteligente, eficiente e criativa. — E os dois cheiravam a sabão e... serragem, percebeu ela. Muito bom. — Tubarão vai aprender. Vocês dois vão aprender. Ele aprendeu a ir ao banheiro?

— Na verdade, essa parte está dando certo.

— Viu só? Vocês dois aprenderam a lidar com esse problema, e ele já sabe sentar.

— E entrar na floresta para rolar sobre um pássaro morto, comer meu controle universal...

— Mas que sujeito otimista. — Ele a encarou com um olhar irritado, mas Fiona só riu. — Vocês estão fazendo progresso. Tente treiná-lo para vir quando for chamado, sempre que você disser seu nome. Sempre. Isso é fundamental.

Vamos praticar andar com a guia e depois faremos uma revisão sobre como chamá-lo. — Enquanto ela levantava, viu um carro de polícia se aproximando. — Agora é um bom momento para ensiná-lo a não correr na direção de carros. E a não pular em cima das visitas. Controle-o, fale com ele. — Fiona acenou e esperou o policial estacionar e sair do carro. — Oi, Davey.

— Fi. Oi, pessoal, como vão as coisas? — Ele se abaixou para esfregar pelos pretos, pardos e marrons. — Desculpe, Fi, eu não sabia que você estava com um aluno.

— Sem problema. Esses são Simon Doyle e Tubarão. Oficial Englewood.

— Certo, você comprou a casa dos Daub alguns meses atrás. Muito prazer. — Davey acenou com a cabeça para Simon, depois se agachou para cumprimentar o filhote. — Olá, amiguinho. Não quero interromper — disse ele enquanto coçava e esfregava o enérgico Tubarão. — Posso esperar até vocês acabarem.

— Não tem problema. Simon, pode pegar a guia e treinar andar com ele. Não vou demorar. Aconteceu alguma coisa, Davey? — murmurou ela enquanto o aluno seguia para a picape.

— Acho melhor irmos até o quintal.

— Tudo bem, você está me deixando nervosa. O que houve? Syl está bem?

— Syl está ótima, até onde eu sei. — Mas Davey segurou seu ombro, guiou-a para a lateral da casa. — Recebemos uma notícia hoje, e o xerife achou que, como somos amigos, seria melhor que eu viesse conversar com você.

— Sobre o quê?

— No meio de janeiro, uma mulher foi dada como desaparecida na Califórnia. Perto de Sacramento. Saiu para correr de manhã e não voltou. E foi encontrada uma semana depois, na Reserva Florestal de Eldorado, numa cova rasa. Uma denúncia anônima informou o local.

Fiona engoliu o nó em sua garganta e permaneceu quieta.

— Dez dias atrás, também na Califórnia, só que em Eureka, outra mulher saiu de casa cedo para correr.

— Onde a encontraram?

— Na Reserva Florestal de Trinity. A primeira tinha 19 anos. A segunda, 20 anos. Estavam na faculdade. Simpáticas, atléticas, solteiras. As duas trabalhavam em meio período. A primeira era bartender; a segunda, vendedora numa livraria. Ambas foram atacadas com uma arma de eletrochoque, amarradas com uma corda de náilon, amordaçadas com silver tape. E estranguladas com uma echarpe vermelha, que foi abandonada junto ao corpo.

Fiona não sentia mais nenhum nó na garganta; não quando seu corpo inteiro parecia dormente.

— E amarrada com um laço de presente.

— Sim, e amarrada com um laço de presente.

Ela pressionou uma das mãos contra o peito, sentiu o coração disparado.

— Perry está preso. Ele continua preso.

— E vai continuar preso para sempre, Fi. Ele nunca vai sair da prisão.

— É um imitador.

— É mais do que isso. — Davey se esticou, esfregou os ombros dela. — É mais do que isso, Fi. Existem detalhes que os investigadores do caso de Perry não liberaram para o público, como o fato de que ele tirava uma mecha de cabelo das vítimas e escrevia um número nas costas da mão direita delas.

A dormência parecia estar sumindo. Fiona a queria de volta, queria bloquear o mal-estar que tomava seu corpo.

— Ele contou a alguém, ou então um dos investigadores contou... Ou alguém da perícia, o legista...

Davey não tirou os olhos dela, segurando seus ombros.

— Só pode ter sido isso. Estão tentando descobrir o que aconteceu.

— Não me trate como se eu fosse idiota, Davey. Uma dezena de pessoas pode ter passado essas informações adiante. Faz oito anos desde que...

— Eu sei. Sinto muito, Fi. Quero que saiba que a polícia está investigando as mortes. Nós queríamos que você ficasse ciente, e é bem provável que não demore muito para a imprensa ligar os pontos. Talvez venham encher seu saco.

— Sei lidar com a imprensa. E os pais de Greg?

— Também serão notificados. Sei que é uma situação difícil para você, Fi, mas não precisa se preocupar. Vão pegar esse cara. E, por mais horrível que seja isso tudo, o babaca está seguindo o modelo de Perry. Jovens universitárias. Você não tem mais 20 anos.

— Não. — Ela se esforçou para manter a voz estável. — Mas eu fui a única que conseguiu escapar.

Simon não precisava ouvir a conversa para saber que alguma coisa grave tinha acontecido. Uma notícia ruim ou alguma encrenca, talvez ambas as coisas. Era de esperar que Fiona quisesse ficar sozinha — ainda mais quando a pessoa que estava na sua casa era praticamente um estranho.

Ele cogitou colocar o cachorro na picape e ir embora. Seria uma grosseria da sua parte, embora não se incomodasse em ser grosseiro.

Mas também seria extremamente insensível, e isso já seria um problema.

Ele esperaria o policial ir embora, escutaria qualquer desculpa que a adestradora inventasse e sumiria dali. Ninguém ficaria chateado.

Além do mais, veja só que milagre, ele estava conseguindo fazer Tubarão andar com calma ao seu lado em quase trinta por cento do tempo. Mesmo que a cooperação do cachorrinho fosse resultado da companhia dos outros labradores, que obedeciam quando recebiam o comando de parar, isso não desmerecia seu sucesso.

Então Simon podia voltar para casa satisfeito, treinar um pouco mais e, depois, tomar uma cerveja.

Tirando a questão do pássaro morto, aquele fora um dia produtivo.

Quando a viatura foi embora, ele achou que Fiona viria na sua direção, inventaria as tais desculpas e fosse resolver seus problemas, sejam lá quais fossem.

Em vez disso, ela passou vários minutos parada no mesmo lugar, encarando a estrada. Então voltou para a escada da varanda, sentou. E não se mexeu.

Tudo bem, então ele teria que inventar uma desculpa. Moleza. Tinha acabado de se lembrar de um compromisso. O cachorro fez progresso, blá--blá-blá, até logo.

Simon atravessou o quintal, satisfeito por Tubarão só precisar de duas puxadas na guia para acompanhá-lo. E, enquanto se aproximava, notou que Fiona estava pálida como a morte, e as mãos agarradas aos joelhos tremiam de leve.

Que bosta.

Como ir embora não era mais uma opção, ele pegou Tubarão no colo antes que o cachorrinho tentasse pular no colo dela.

— Más notícias? — quis saber ele.

— O quê?

— O policial te deu más notícias. Sylvia está bem?

— Sim. Não tem nada a ver com Sylvia.

Os cachorros dela, sentindo seu humor, se aglomeraram ao redor. O labrador pardo apoiou a cabeça no joelho da dona.

— Ah... a gente devia...

Simon observou enquanto ela tentava fugir dos pensamentos que a assolavam.

— A gente devia treinar sentar e ficar.

— Não hoje.

Foi só então que Fiona ergueu o olhar para encará-lo, mas Simon não conseguia entender o sentimento expresso em seus olhos. Tristeza? Medo? Choque?

— Não — concordou ela —, hoje não. Desculpe.

— Não tem problema. A gente se vê na próxima aula.

— Simon. — Fiona respirou fundo enquanto ele esperava. — Você pode... Pode ficar aqui por um tempo?

Simon queria dizer não — queria ser capaz de dizer não. Talvez até conseguisse se não fosse tão óbvio que fazer aquele pedido era tão difícil para ela quanto aceitá-lo seria para ele.

— Tudo bem.

— Deixe Tubarão correr um pouco. Os outros vão cuidar dele. Vão brincar — disse Fiona quando Simon soltou a guia. — Fiquem por perto. Perto — repetiu ela, acariciando os cachorros. — Vão brincar com Tubarão.

Os três labradores ganiram um pouco, olhando para trás enquanto seguiam para o quintal, vigiando a dona.

— Eles sabem que estou nervosa. Querem ficar comigo até eu melhorar. Você preferia ir embora.

Simon sentou ao seu lado.

— Pois é. Não sou muito bom em consolar alguém.

— Não ser muito bom é melhor do que ser péssimo.

— Tudo bem. Imagino que você queira me contar a notícia ruim.

— Acho que sim. Daqui a pouco, a ilha inteira vai ficar sabendo.

Mesmo assim, Fiona permaneceu em silêncio por alguns instantes. Até que finalmente pareceu se recompor.

— Muitos anos atrás, houve uma série de sequestros seguidos de assassinatos. Mulheres jovens, com idades que variavam entre 18 e 23 anos. Todas universitárias. Doze vítimas em três anos. Califórnia, Nevada, Oregon, Novo México e Washington foram os estados onde os sequestros ocorreram ou os corpos foram encontrados. Ou as duas coisas.

A história era levemente familiar para Simon, mas ele continuou em silêncio.

— Todas eram parecidas. Não fisicamente, pois ele não se importava com etnias ou cores de cabelo, mas o fato de serem universitárias, atléticas, gostarem de passar tempo ao ar livre, simpáticas. Depois que escolhia uma vítima, o assassino passava semanas observando-a. Às vezes, até mais tempo. Era meticuloso, paciente, registrava a rotina delas, seus hábitos, suas roupas, seus amigos, seus parentes, seus horários. Usava um gravador de voz e um caderno. Todas tinham o hábito de correr, fazer caminhadas ou andar de bicicleta. Tinham esse hábito. — Fiona respirou fundo de novo, e Simon pensou que ela parecia prestes a mergulhar em águas turvas. — A preferência era por mulheres que saíam sozinhas, cedo pela manhã ou no fim da tarde. Ele vinha da direção contrária para abordá-las, fingindo ser apenas mais uma pessoa correndo, caminhando. Mas, quando chegava perto, atacava as vítimas com uma arma de eletrochoque. Enquanto elas não conseguiam se mexer, ele as levava para seu carro. O porta-malas já estava forrado com plástico, para não deixar vestígio do veículo nos corpos, nem dos corpos no veículo.

— Precavido — disse Simon, pensando em voz alta.

— Sim. Muito. — Fiona continuou falando rápido, sem entonação, como se repetisse um relatório que sabia de cor: — Ele as amarrava com uma corda de náilon, as amordaçava com silver tape e lhes dava um sedativo leve para mantê-las desacordadas, em silêncio. Então, seguia para uma reserva florestal. O lugar era escolhido com antecedência. Enquanto a polícia procurava a vítima na região onde fora vista pela última vez, o assassino estava a horas de distância, forçando a mulher desorientada e apavorada a caminhar no escuro, se embrenhando pela mata. — Simon notou a voz de Fiona afinar, soando levemente trêmula enquanto ela entrelaçava os dedos sobre o colo e olhava para a frente. — Primeiro, ele cavava a cova, mas não muito fundo. Queria que os corpos fossem encontrados. E gostava que elas o vissem cavar. Então, as amarrava numa árvore. As vítimas não podiam implorar, não conseguiam nem perguntar o motivo daquilo, porque ele as mantinha amordaçadas o tempo todo. E não as estuprava nem as torturava fisicamente. Nem batia nelas ou as mutilava. Apenas pegava a echarpe vermelha e, com a vítima amarrada e amordaçada, incapaz de se defender, a estrangulava. Quando terminava, fazia um laço de presente e enterrava o corpo.

— O Assassino da Echarpe Vermelha. Esse era o nome que a imprensa usava para ele — comentou Simon. — Eu me lembro desse caso. O sujeito foi preso depois de ter matado um policial.

— Greg Norwood. O policial se chamava Greg Norwood, e seu cachorro, seu cão policial, Kong.

As palavras latejaram no ar entre os dois como uma ferida aberta.

— Você o conhecia.

— Perry ficou esperando por eles. Greg tinha uma propriedade, uma casinha de veraneio perto do lago Sammamish. Gostava de levar Kong para lá, para treinarem. Uma vez por mês, só os dois. Dizia que era o fim de semana dos garotos. — Fiona apoiou as mãos sobre os joelhos, um gesto aparentemente casual, mas Simon notou as pontas dos dedos fincadas na pele. — Ele atirou em Greg primeiro, e talvez esse tenha sido seu erro. Kong levou dois tiros, mas não parou. Foi isso que a reconstrução determinou e foi isso que Perry contou à polícia, trocando confissões, informações e detalhes para não ser condenado à pena de morte depois que percebeu que perderia o julgamento. Antes de morrer, Kong foi com tudo para cima dele. Mas Perry era forte, conseguiu voltar para o carro e dirigiu por alguns quilômetros antes de desmaiar, destruído. E acabou sendo preso. Greg também era forte. Ele sobreviveu por dois dias. Isso aconteceu em setembro. Dia 12 de setembro. Nosso casamento estava marcado para junho.

Palavras inúteis, pensou Simon, mas que precisavam ser ditas.

— Sinto muito.

— Pois é, eu também. Perry passou meses seguindo Greg, talvez mais. Meticuloso, paciente. Ele o matou para se vingar de mim. Porque eu devia ter sido sua décima terceira vítima, mas consegui escapar. — Ela fechou os olhos por um instante. — Preciso beber alguma coisa. Você aceita?

— Sim. Claro.

Quando Fiona se levantou e entrou na casa, Simon se perguntou se deveria acompanhá-la, mas então resolveu que ela talvez precisasse de um tempo sozinha para se recompor.

Ele se lembrava de poucos detalhes sobre a história. Uma jovem tinha escapado e passado a descrição do sequestrador para o FBI.

Já faz tanto tempo, pensou Simon, tentando se recordar do que acontecia em sua vida quando o caso aparecia em todos os noticiários.

Ele simplesmente não prestara muita atenção. Quantos anos tinha, uns 25? Fora na época em que acabara de se mudar para Seattle e tentava conquistar clientes, se sustentar. E ficara desnorteado com o câncer do pai. Isso fizera qualquer outra coisa parecer menos importante.

Fiona voltou com duas taças de vinho branco.

— É um Chardonnay australiano. Acho que é a única coisa que tenho.

— Serve. — Simon aceitou a taça, e os dois ficaram sentados em silêncio, observando o amontoado de cachorros que tiravam uma soneca. — Você quer me contar como escapou?

— Dei sorte, depois de ter sido extremamente burra. Eu não devia ter saído para correr sozinha naquela manhã. Devia ter tomado mais cuidado. Meu tio é policial, e eu já namorava com Greg na época, os dois viviam me dizendo para não correr sem companhia. Mas era difícil encontrar alguém no meu ritmo. Estrela da equipe de atletismo — acrescentou ela com um sorriso débil.

— Você tem pernas boas para correr.

— Pois é. Que sorte a minha. Não escutei os dois. Perry ainda não tinha atacado em Washington, e fazia meses que ninguém desaparecia. Você nunca acha que vai acontecer com você. Ainda mais quando se tem 20 anos. Saí para correr. Eu gostava de sair cedo e parar numa cafeteria na volta. O dia estava horroroso, nublado, chuvoso, mas eu adorava correr na chuva. Isso foi no começo de novembro, no ano anterior à morte de Greg. Durou um segundo, só um segundo a partir do instante em que o vi. Um homem tão comum, tão normal, mas senti um clique. Havia um botão para emergências no meu chaveiro. Tentei pegá-lo, mas já era tarde demais. Senti o choque da dor, e depois tudo parou de funcionar. — Fiona teve que parar por um momento e respirar fundo. — Tudo parou de funcionar — repetiu. — Dor, choque seguido de dormência, você se sentindo inútil. Quando acordei no porta-malas, tive vontade vomitar. Estava escuro, senti o movimento, o som dos pneus na estrada. Eu não conseguia gritar, chutar, mal dava para me mexer. — Ela parou, soltou o ar e tomou um gole de vinho devagar. — Passei um tempo chorando, porque ele ia me matar, e eu não podia fazer nada. Ele ia me matar porque eu quis correr sozinha. Pensei na minha família, em Greg, nos meus amigos, na minha vida. Então, parei de chorar e fiquei irritada. Eu não tinha feito nada para merecer aquilo. — Fiona parou de falar de novo, tomou outro gole enquanto a brisa sussurrava nos pinheiros. — E estava apertada para fazer xixi. Aquilo era uma humilhação, e, por mais ridículo que fosse, a ideia de fazer xixi na calça antes de morrer me deixou indignada. Então eu estava tentando me segurar, meio que me remexendo, e senti um volume no bolso. Havia um bolso escondido na minha calça de corrida, um desses que abre no forro. Greg tinha me dado um canivetinho. — Fiona enfiou a mão no bolso da calça jeans e o exibiu. — Uma faquinha, uma tesourinha fofa, minilixa. Um canivete de menina. — Ela fechou a mão sobre ele. — Foi o que salvou minha vida. Perry tinha levado minhas chaves, o dinheiro para o café que estava no bolso do meu casaco, mas se esqueceu do bolso interno da calça. Não sabia da existência dele, imagino. Minhas mãos estavam amarradas atrás das costas. Na altura do canivete. Acho que, quando consegui pegá-lo, quando comecei a achar que talvez, talvez eu conseguisse escapar, fiquei mais assustada ainda.

— Posso ver? — Quando Fiona ofereceu o canivete, Simon o abriu, analisou a arma sob o sol forte da tarde. A lâmina tinha metade do tamanho de seu dedão. — Você cortou uma corda de náilon com isto?

— Cortei, serrei, golpeei. Levei uma eternidade para conseguir abri-lo, ou pelo menos foi isso que pareceu, e uma vida inteira para cortar a corda. Tive que cortar a que prendia meus tornozelos também, porque não consegui desamarrar o nó. Primeiro, morri de medo de Perry parar o carro antes de eu terminar. Depois, morri de medo de ele não parar aquela merda nunca. Mas ele parou. Parou e foi assobiando até a mala. Nunca vou me esquecer daquele som.

Simon imaginou a cena — uma garota presa, apavorada, provavelmente sangrando nos locais onde a corda a apertara demais. E armada com um canivete que devia ser tão letal quanto uma tachinha.

— Coloquei a silver tape de volta na boca. — Fiona falava com tanta calma agora, num tom tão prático, que ele se virou para encará-la. — E passei a corda em volta dos meus tornozelos, coloquei as mãos para trás. Fechei os olhos. Perry continuava assobiando quando abriu a mala.

"Ele se inclinou para a frente, me deu um tapinha na bochecha para me acordar. E enfiei o canivete nele. Eu queria acertar um dos olhos, mas errei e cortei seu rosto. De todo modo o surpreendi, o machuquei o bastante para ganhar tempo. Dei um soco na cara dele, joguei minhas pernas para o lado e o chutei. Com menos força do que eu queria, porque me atrapalhei com a corda, mas forte o suficiente para afastá-lo e conseguir sair do porta-malas. A pá estava bem ali, onde ele a deixou cair quando foi atingido com o canivete. Usei-a para bater na cabeça dele algumas vezes. Peguei as chaves do carro. Ainda não consigo me lembrar bem dos detalhes. Dizem que foi o choque, a adrenalina. Mas entrei no carro e meti o pé no acelerador.

— Você derrubou o assassino e fugiu no carro dele — murmurou Simon, chocado e fascinado.

— Eu não sabia onde estava nem para onde ia, e tive sorte de não acabar me matando, porque dirigi feito uma louca. Havia uma hospedaria, um hotel... Vi as luzes. Ele tinha me levado para a Reserva Florestal de Olympic. O pessoal do hotel ligou para os guardas-florestais, que chamaram o FBI, e assim por diante. Perry conseguiu fugir, mas eu o descrevi. Eles estavam com seu carro, sabiam seu nome, seu endereço. Ou o endereço que estava registrado. E, mesmo assim, ele conseguiu passar quase um ano fugindo. Só foi pego quando atirou em Greg e Kong, que o atacou. Kong deu a vida para detê-lo.

Fiona pegou o canivete de volta, guardou-o no bolso.

— Você parece ser uma mulher inteligente — comentou Simon depois de alguns instantes. — Então sabe que salvou outras mulheres com sua atitude. O desgraçado está preso, não está?

— Condenado a várias penas consecutivas. Ele fez um acordo depois que eu testemunhei, depois que percebeu que seria condenado por Greg e por mim, que receberia pena de morte.

— Por que a acusação aceitou fazer acordo?

— Para Greg confessar o que fez comigo, com as 12 vítimas, para saber onde estavam seus cadernos, suas fitas, para conseguir uma resolução para as famílias das mulheres assassinadas. Para ter respostas. E a certeza de que ele apodreceria atrás das grades. — Fiona assentiu com a cabeça, como se respondesse a uma pergunta em sua mente. — Sempre achei que essa era a coisa certa a fazer. Por mais estranho que pareça, me senti aliviada quando ouvi Perry descrever tudo que fez, passo a passo, e saber que ele pagaria por aquilo, por tudo aquilo, durante muito, muito tempo. Eu queria deixar tudo para trás, virar a página. Meu pai faleceu nove semanas depois. Foi tão de repente, tão inesperado, e perdi o chão de novo. — Fiona esfregou o rosto. — Uma época terrível. Vim passar algumas semanas, alguns meses com Syl, mas acabei percebendo que não queria ir embora. Eu precisava recomeçar, e quis fazer isso aqui. Então foi o que fiz, e, na maior parte do tempo, a página permanece virada.

— Por que ela desvirou hoje?

— Davey veio me contar que alguém está seguindo o modelo de Perry, incluindo detalhes que não foram divulgados para o público. Já ocorreram duas mortes. Na Califórnia. Está acontecendo de novo.

A cabeça de Simon estava repleta de perguntas, mas ele ficou quieto. Ela terminara a história. Tinha falado tudo que precisava falar por enquanto.

— É muito difícil. As memórias voltam, parecem mais recentes do que são. Mais uma vez, Fiona fechou os olhos, e todo o seu corpo pareceu relaxar.

— Sim. Sim, exatamente. Meu Deus, talvez seja bobagem, mas realmente me sinto melhor só de ouvir isso. Só de saber que alguém *entende*. Então, obrigada. — Ela tocou seu joelho, uma conexão rápida. — Preciso entrar, dar uns telefonemas.

— Tudo bem. — Simon devolveu a taça. — Obrigado pelo vinho.

— Você fez por merecer.

Ele andou até o cachorrinho e o pegou no colo, sendo imediatamente coberto de lambidas, como se os dois tivessem passado uma década separados.

Enquanto se afastava no carro, olhou pelo retrovisor e viu Fiona entrando na casa, seguida de perto pelos cachorros.

Capítulo 5

♦ ♦ ♦ ♦

Fiona pensou em jantar, mas preferiu tomar outra taça de vinho. A conversa com os pais de Greg reabrira a ferida. Ela sabia que o mais saudável a fazer seria preparar uma refeição, talvez dar uma volta demorada com os cachorros. Sair da casa, escapar de si mesma.

Em vez disso, deixou os labradores brincando no quintal e se permitiu entrar numa fossa tão profunda e intensa que ficou irritada quando se viu interrompida por mais um visitante.

As pessoas não poderiam simplesmente deixá-la sofrer em paz?

O coral de latidos felizes indicava um conhecido. Não foi surpresa nenhuma ver James e seu Koby cumprimentando os labradores.

Ela se apoiou na coluna da varanda, bebericando o vinho e observando o amigo. Sob as luzes do quintal, o cabelo dele brilhava. Porém James sempre parecia brilhar. Sua pele, de um tom indescritível que Fiona sempre associava a caramelo salpicado com ouro em pó, era prova de sua descendência extremamente variada. Os olhos, de um verde reluzente, pareciam sempre risonhos sob aquela floresta de cílios.

Ele os focava em Fiona agora, abrindo um sorriso rápido e despreocupado enquanto balançava no ar uma enorme embalagem para viagem.

— Trouxe o jantar.

Ela tomou outro gole de vinho.

— Davey falou com você.

— Considerando que ele é casado com minha irmã, isso acontece com frequência.

James se aproximou, trazendo consigo o aroma da comida, e passou o braço livre em torno dela, apenas para trazê-la para perto, embalando-a.

— Estou bem. Acabei de começar a primeira reunião do clube Pobre de Mim.

— Quero participar. Posso ser o presidente.

— A presidente sou eu. Mas, como você trouxe o jantar, pode ser o meu vice.

— Vamos ter crachás? Um aperto de mão secreto? — James se inclinou para pressionar os lábios contra a testa de Fiona. — Vamos entrar e fazer uma votação sobre essas questões enquanto comemos hambúrgueres.

— Falei com a mãe de Greg — contou Fiona enquanto seguia para dentro da casa.

— Tenso.

— Foi horrível. Então, resolvi ficar sentada no escuro, tomando vinho.

— Acho justo, mas vamos fazer um intervalo. Você tem Coca?

— Pepsi. Diet.

— Eca. Eu aceito.

Tão à vontade na casa de Fiona quanto estaria na própria casa, James pegou os pratos, colocou um hambúrguer em cada um e então dividiu a montanha de batatas fritas que viera numa embalagem térmica. Ela serviu as bebidas depois de entornar na pia o vinho que restava na taça.

— A gente devia ter transado antes de virar amigo.

James sorriu, sentou.

— Acho que nós tínhamos 11 e 12 anos quando você começou a visitar seu pai na ilha, então éramos novos demais para transar antes de nos tornarmos amigos.

— Mesmo assim. — Ela desabou sobre uma poltrona. — Se tivéssemos transado antes, poderíamos ter um flashback. Seria uma boa distração. Mas agora é tarde demais, porque eu ia me sentir uma idiota tirando a roupa na sua frente.

— Seria um problema. — James deu uma mordida enorme no sanduíche. — A gente pode apagar as luzes, usar nomes falsos. Eu posso ser H. Romeu Pinto; e você, Vivara Grande.

— Ninguém vai conseguir gritar por "Vivara" no calor do momento. Prefiro ser Graça Graciosa. Gosto de aliterações.

— Tudo bem. Então, Graça, você quer comer primeiro ou vamos partir logo para os finalmentes?

— É difícil resistir a tanta sedução, mas vamos comer. — Fiona mordiscou uma batata. — Não quero ficar remoendo o assunto a noite inteira, James, mas é tão esquisito. Outro dia, falei para Syl que mal conseguia me lembrar do rosto de Greg. Ele está sumindo. Sabe?

— É, acho que sei.

— E assim que Davey me contou o que está acontecendo, tudo voltou. Consigo vê-lo, cada detalhe do seu rosto. Ele está de volta. E... é horrível da minha parte? — disse ela, engasgando com as lágrimas. — É? Preferir que ele não tivesse voltado? Parte de mim quer que Greg não volte, mas só percebi isso depois que ele reapareceu.

— E daí? Seria melhor passar a vida inteira usando preto e lendo poesias tristes? Você sofreu, Fi. Você ficou arrasada, chorou, melhorou. E criou a Unidade por amor e respeito a ele. — Esticando a mão, James apertou o pulso da amiga. — Foi uma grande homenagem.

— Se você vai ser racional e sensato, não pode participar do clube Pobre de Mim.

— Não podemos fazer uma reunião do clube enquanto comemos hambúrgueres. Esse tipo de evento requer biscoitos velhos e vinho barato.

— Droga, James, você estragou uma fossa maravilhosa.

Fiona suspirou e comeu o hambúrguer.

Até o conforto de uma presença amiga, a companhia dos seus cachorros e sua rotina noturna não a pouparam dos pesadelos. Fiona acordava de hora em hora, lutando para sair do sonho, mas voltando para ele assim que adormecia de novo.

Os cães, tão inquietos quanto a dona, levantavam para andar ou se acomodar. Às 3h da manhã, Bogart foi até o lado dela na cama com a corda, na esperança de que um cabo de guerra resolvesse o problema.

Às 4h, Fiona desistiu. Deixou os cachorros saírem para o quintal, passou um café. Fez uma cansativa sessão de exercícios para suar bastante e foi trabalhar.

Ela analisou suas finanças, fez rascunhos de newsletters sobre novas turmas e com informações sobre busca e resgate. Enquanto o céu clareava, atualizou sua página na internet e passou um tempo lendo blogs variados, porque não tinha ânimo para atualizar o seu.

Quando chegou a hora da primeira aula do dia, fazia quatro horas que estava acordada, e uma soneca cairia bem.

Ela adorava dar aula, lembrou a si mesma. Adorava o trabalho, os cachorros, a oportunidade de socializar, as interações. Adorava passar a maior parte do dia ao ar livre.

Mas, agora, desejava ter cancelado as outras duas turmas do dia. Não para ficar na fossa, disse a si mesma, mas só para poder passar um tempo sozinha, dormir um pouco, quem sabe ler um livro.

Em vez disso, se preparou para a segunda rodada, falou com Sylvia pelo telefone — a notícia estava correndo — e aguentou firme.

No fim do expediente, depois que ela e seus cachorros juntaram todos os brinquedos e equipamentos, Fiona percebeu que, no fim das contas, não queria ficar sozinha. A casa estava silenciosa demais, e a floresta, cheia de sombras.

Decidiu que seria melhor ir à cidade. Faria compras, talvez visitasse Sylvia. Depois, podia caminhar pela praia. Ar fresco, exercício, uma mudança de ares. Andaria até ficar cansada demais para sonhar com qualquer coisa, fosse ela boa ou ruim.

Resolveu levar Newman. Enquanto ele pulava para o carro, ela se virou para os outros cachorros.

— Vocês sabem como funciona. Todo mundo tem uma chance de passear só comigo. Vamos trazer presentes. Comportem-se. — Ao entrar no carro, ela encarou Newman de rabo de olho. — Pode parar com esse sorrisinho irônico — ordenou.

Fiona sentiu o estresse se dissipando enquanto dirigia, serpenteando pela estrada sob o sol fraco do fim de tarde, que irradiava pela água. O cansaço diminuiu quando ela abriu os vidros e ligou o rádio, com o cabelo balançando ao vento.

— Vamos cantar!

Sempre pronto para obedecer, Newman uivou junto com a voz de Beyoncé.

O plano era ir até Eastsound, fazer compras básicas e se presentear com alguma guloseima desnecessária. Mas, enquanto seguia pela estrada ladeada por colinas e pelo mar, por campos e florestas, Fiona tomou uma decisão impulsiva e virou na caixa de correio marcada apenas com um DOYLE.

Talvez ele estivesse precisando de alguma coisa da cidade. Ela poderia ser uma boa vizinha, poupá-lo da viagem. Aquilo não tinha nada a ver com querer ver onde e como o homem vivia. Ou quase nada.

Fiona gostou da forma como as árvores formavam uma tela protetora, permitindo que a luz do sol brilhasse e refletisse nas pedras e na grama alta. E, quando a casa apareceu, também gostou do que viu. As duas janelas salientes no centro do telhado, os desníveis que seguiam a ondulação do terreno.

Uma pintura cairia bem, pensou ela. Uma cor alegre e revigorante nas molduras das janelas e da porta. E algumas cadeiras, uns vasos coloridos cheios de flores na varanda do térreo e na sacada do andar de cima. Talvez um banco sob a cerejeira, que desabrocharia na primavera.

Fiona estacionou ao lado da picape de Simon, notou que ele trocara o revestimento do banco que antes estava remendado com silver tape. Então viu o barracão a alguns metros da casa, quase escondido pelas árvores.

Longa e baixa, a estrutura devia ter quase o mesmo tamanho da casa, além de uma bela varanda coberta na parte da frente. Um misto de mesas, cadeiras e o que pareciam ser pedaços de outros móveis ocupavam a sombra, em pé ou apoiados na parede.

Ela ouviu o som de uma serra — ou pelo menos achou que fosse uma serra — zumbindo sob um *rock and roll* heroicamente alto.

Fiona saltou do carro, chamou Newman com um gesto. Ele farejou o ar — lugar novo, cheiros novos — enquanto a seguia.

— Bela vista, não acha? — murmurou ela, olhando para o outro lado do estreito, para as margens opostas e os pequenos pontos verdes sobre a água. — Ei, veja só, tem uma prainha ali, e um píer. Ele precisa de um barco, mas é bonito. Água, floresta, um terreno espaçoso, perto da estrada. É uma casa boa para um cachorro.

Ela afagou as orelhas de Newman e se aproximou do barracão.

Então o viu pela janela — calça jeans, camisa, óculos de proteção, cinto de ferramentas. E notou que tinha razão sobre a serra. Era uma ferramenta enorme e assustadora. Simon usava sua lâmina rápida, cheia de dentes, para cortar a madeira. Ela sentiu um frio na barriga só de imaginar o que ela seria capaz de fazer com aqueles dedos, e, pensando nisso, seguiu com cuidado para a porta, ficando fora de vista até o zumbido acabar.

Só então Fiona bateu, acenou pelo vidro. Como ele continuou parado onde estava, olhando com desconfiança, ela abriu a porta. O cachorrinho estava deitado no chão, com as pernas para o ar, como se tivesse sido eletrocutado.

— Olá! — Ela quase teve que gritar para ser ouvida sob as batidas da música. — Eu estou indo para a cidade e pensei...

Mas parou de falar quando ele começou a tirar os tampões de ouvido.

— Ah, bem, por isso que a música está tão alta. Escute...

Fiona parou de novo quando Simon tirou um controle do cinto de ferramentas e desligou a música. O silêncio tomou conta do espaço como um tsunami — e acordou o cachorrinho.

Tubarão bocejou, se espreguiçou, e então a viu. Uma alegria louca surgiu em seus olhos enquanto ele pulava, fazia uma dancinha saltitante e corria em sua direção. Fiona agachou e levantou a mão para amortecer o impacto.

— Olá, sim, olá, que bom te ver também. — Ela esfregou a cabeça e a barriga do filhote. E apontou para o chão. — Sente! — O traseiro de Tubarão vibrou por um instante, mas então desceu. — Olha como você é esperto, como é obediente! — Então o agarrou quando ele viu Newman, sentado pacientemente do lado de fora. — Tubarão pode sair? Newman está lá fora, vai ficar de olho nele.

Simon apenas deu de ombros.

— Tudo bem. Vá brincar. — Fiona riu quando o cãozinho saiu saltitante pela porta e aterrissou de barriga na grama. Quando ela olhou para trás, viu que Simon permanecia diante da serra de mesa, observando-a. — Eu te interrompi.

— Pois é.

Que direto, pensou ela. Bem, isso não a incomodava.

— Estou indo para a cidade. Vim perguntar se você precisa de alguma coisa. Para compensar o fato de eu ter alugado você ontem.

— Não preciso de nada.

— Tudo bem então. Nós dois sabemos que essa história de ver se você precisava de alguma coisa era só uma desculpa, mas vamos deixar por isso mesmo. Vou... Ah, meu Deus, que lindo!

Fiona foi direto para a adega do outro lado da oficina, desviando de bancos e ferramentas.

— Não encoste! — alertou Simon, ríspido, e ela ficou imóvel. — Está fresco — acrescentou ele num tom mais tranquilo. — Verniz.

Obediente, ela colocou as mãos atrás das costas. Então, percebeu que o cheiro que sentia era o verniz, junto com serragem e a madeira recém-cortada. A mistura constituía um aroma fascinante.

— Aquilo ali são as portas? Os entalhes são maravilhosos, e os tons da madeira. Eu diria até que são de dar água na boca. — Assim como o cheiro que inundava o ar. — Eu quero. Ela provavelmente é cara demais para mim, mas eu a quero mesmo assim. Quanto custa?

— Ela não combina com você nem com a sua casa. É uma adega *elegante*, um pouco ornamentada. Não tem nada a ver com você.

— Eu consigo ser elegante e ornamentada.

Simon fez que não com a cabeça, seguiu para um frigobar antigo e pegou duas Cocas. Jogou uma das latas para Fiona, que a pegou com uma das mãos.

— Não consegue, não. Você quer algo mais simples, mais clean, ou então o contrário, uma peça bem extravagante. Para criar um pouco de tensão com as antiguidades de que gosta.

— É disso que eu gosto?

— Já estive na sua casa — lembrou ele.

Fiona queria tocar os entalhes fundos — corações alongados — no painel da porta.

— Isto criaria tensão.

— Não.

Chocada de verdade, ela se virou para encará-lo.

— É sério que você não quer me vender a adega porque não me acha elegante?

— Isso mesmo.

— Como você vende qualquer coisa?

— Por encomenda ou vendas diretas. Criando peças que combinam com os clientes. — Ele a observou enquanto tomava um gole demorado. — Você não dormiu bem.

Agora, Fiona enfiou as mãos nos bolsos.

— Obrigada por comentar. Bem, já que estou incomodando e não sou digna da sua adega idiota, vou te deixar à vontade com sua serra monstruosa.

— Estou fazendo um intervalo.

Ela tomou um gole da Coca, observando-o de volta.

— Sabe, considerando meu trabalho, grosserias não me intimidam.

— Se você está pensando em me adestrar como faz com meu cachorro, é melhor deixar claro que sou teimoso.

Fiona apenas sorriu.

— Então, se o fato de me perguntar se eu queria alguma coisa era só uma desculpa, você está dando em cima de mim?

Ela sorriu de novo. Notou várias prensas e cinzéis, uma serrinha fina e uma furadeira embutida que parecia mais assustadora que a serra gigante.

E viu ferramentas cujos nomes nem sabia, latas de café cheias de pregos e parafusos e outras coisas estranhas.

Mas não encontrou nenhum método de organização aparente.

— Dando em cima de você? Ainda não. E, considerando seus problemas de comportamento, estou reconsiderando a ideia.

— Faz sentido, e, só para esclarecer mais uma coisa, você não faz meu tipo.

Fiona parou de admirar uma cadeira de balanço maravilhosa com braços largos e o encarou com frieza.

— É mesmo?

— Sim, é mesmo. No geral, prefiro mulheres mais artísticas, femininas. Curvas são um bônus.

— Como Sylvia.

— Pois é.

— Ou Nina Abbott.

Fiona não conseguiu conter seu sorriso satisfeito quando viu um brilho de irritação no olhar dele.

— Ou ela — disse Simon.

— Ainda bem que esclarecemos esse detalhe antes de eu colocar meu coração mole e frágil nas suas mãos.

— Sorte a sua. Mas... é bom mudar de vez em quando. Experimentar coisas novas.

— Que ótimo. Pode deixar que eu aviso quando quiser que me experimentem. Enquanto isso, vou tirar minha deselegância despeitada, pouco feminina e que não entende nada de arte do seu caminho.

— Você não é despeitada.

A risada escapou antes que Fiona se desse conta.

— Meu Deus, você é um babaca. Vou embora enquanto ainda me resta um pouco de autoestima.

Fiona seguiu até a porta e chamou Tubarão. Quando o cachorrinho veio correndo, ela fez carinho e elogios. Então, empurrou seu traseiro para dentro da oficina e fechou a porta. Do outro lado do vidro, olhou rápido para Simon antes de voltar para o carro, com o fiel Newman ao seu lado.

Ele a observou pela janela, seus passos compridos e atléticos, sua graciosidade natural. Ela parecia perdida quando entrara na oficina. Hesitante, indecisa. Cansada.

A coisa mudara de figura, pensou ele enquanto a via subir na picape. Agora, Fiona estava agitada, distraída, talvez um pouco irritada.

Melhor assim. Ele podia até ser um babaca, mas já estava menos preocupado com ela.

Satisfeito, Simon colocou os tampões de ouvido, os óculos de proteção, ligou o som. E voltou ao trabalho.

Com os olhos brilhando, Sylvia se apoiou na bancada de sua bela lojinha enquanto Fiona analisava brincos.

— Ele *não* disse uma coisa dessas.

— Disse, sim. — Fiona encostou um brinco comprido de pérolas em uma orelha, e um mais moderno de bolinhas de vidro coloridas na outra. — Não sou elegante o suficiente para sua adega metida a besta. Eu consigo ser elegante. — Ela se virou. — Viu só? Pérolas.

— Muito bonitas. Mas as bolas de vidro são mais a sua cara.

— Sim, mas eu *poderia* usar pérolas se quisesse.

Depois de devolver as peças para a vitrine, Fiona seguiu para um vaso comprido de cerâmica raku.

A loja de Sylvia sempre tinha novidades. Um quadro, uma echarpe, uma mesa, um baú de tesouro repleto de joias. Ela parou diante de um banco com laterais altas e curvadas, passou os dedos pela madeira.

— Que lindo!

— Obra de Simon.

Fiona resistiu à vontade de dar um peteleco com os mesmos dedos que antes admiravam o móvel.

— Imaginei. Ele disse que não faço seu tipo. Como se eu tivesse perguntado. Mas que você faz.

— Faço?

— Ele até te usou como exemplo. Artística, feminina, voluptuosa.

— Jura?

— Sim, orgulhe-se.

De propósito, devagar, Sylvia ajeitou o cabelo.

— É difícil não ficar lisonjeada.

— Bem, fique à vontade para ir atrás dele — acrescentou Fiona, desdenhando da ideia com um aceno de mão.

— Talvez até fosse divertido, mas acho melhor continuar apenas me sentindo lisonjeada. Tenho certeza de que ele não queria te ofender.

— Ah, queria, sim.

— Por que não fazemos assim? Fecho em dez minutos. Vamos jantar e falar mal dele. Melhor ainda, vamos falar mal de todos os homens.

— É uma boa ideia, mas preciso voltar para casa. Só passei aqui para reclamar. Meu Deus, Syl, esses dois últimos dias foram horríveis.

A madrasta deu a volta no balcão para dar um abraço animador na enteada.

— O que acha de eu ir para sua casa, preparar uma massa para o jantar, enquanto você toma um banho demorado de banheira?

— Sinceramente, acho que vou tomar sopa enlatada e ir para a cama. Não dormi bem ontem à noite.

— Estou preocupada com você, Fi. — Ela puxou de leve o rabo de cavalo de Fiona. — Você não quer ficar comigo até pegarem esse maluco?

— Você sabe que estou bem. Eu e os meninos. Além do mais, o maluco não está interessado em mim.

— Mas... — Ela se interrompeu quando a porta abriu.

— Oi, Sylvia. Oi, Fiona.

— Jackie, como vai?

Sylvia abriu um sorriso para a loira bonita que gerenciava uma pousada local.

— Tudo ótimo. Eu queria ter vindo mais cedo. Sei que já está quase na hora de fechar.

— Não tem problema. Como vai Harry?

— De cama, gripado. Esse foi um dos motivos para eu fugir de lá. Juro, do jeito que ele fala, parece que está com peste bubônica, não com um resfriadinho. É de enlouquecer qualquer um. Eu estava dando uma geral na casa nos intervalos de bancar a enfermeira e ficar ouvindo ele se lamentar. Resolvi que preciso dar uma levantada na decoração, mudar um pouco. Posso dar uma olhada por aqui, para ver se encontro algo?

— Fique à vontade.

— É melhor eu ir. Foi bom te ver, Jackie.

— Bom te ver também. Ah, Fiona, meu filho e a esposa acabaram de adotar uma cachorrinha. Para praticar, disseram, antes de me darem netos.

Jackie revirou os olhos.

— Que legal. De que raça?

— Não sei. Eles o adotaram de um abrigo. — Ela abriu um sorriso. — Brad disse que queriam salvar uma vida antes de pensarem em gerar uma.

— Que ótima ideia.

— Eles a chamaram de Sabá. Como a rainha. Brad pediu para avisar, caso eu te encontrasse, que vão se matricular nas aulas de adestramento de filhotes.

— Vou adorar. Preciso ir agora.

— Passo lá amanhã, para ajudar com as aulas — disse Sylvia. — Seria bom para Oreo treinar um pouco mais.

— Então até amanhã. Tchau, Jackie.

Enquanto saía da loja, ouviu Jackie exclamar diante do banco:

— Ah, Sylvia, que lindo!

— Maravilhoso, não acha? É obra daquele artista novo que te falei. Simon Doyle.

Fiona caminhou resmungando até a picape.

NA SUA CELA NA Penitenciária Estadual de Washington, George Allen Perry lia sua Bíblia. Apesar de seus crimes terem lhe rendido um regime de segurança máxima pelo resto da vida, ele era considerado um prisioneiro exemplar.

Não fazia parte de qualquer gangue, não reclamava. Realizava as tarefas que lhe eram designadas, comia as refeições que lhe serviam. Cuidava de sua higiene pessoal, falava de maneira respeitosa com os guardas. Fazia exercícios físicos com regularidade. Não fumava, não falava palavrões nem usava drogas. Passava a maior parte dos seus dias intermináveis lendo. Ia ao culto todos os domingos.

Era raro receber visitas. Ele não era casado, não tinha filhos nem amigos leais fora ou dentro da cadeia.

Fazia anos que seu pai o abandonara, e a mãe, cujos psiquiatras concordavam ser a fonte de sua patologia, o temia.

A irmã mandava uma carta por mês e fazia o longo trajeto saindo de Emmett, Idaho, uma vez por ano, por considerar que esse era seu dever como mulher cristã.

Fora ela quem lhe dera a Bíblia.

O primeiro ano fora um tormento que ele suportara com o olhar cabisbaixo e a reclusão que escondiam um medo imenso. No segundo ano, o medo dera lugar à depressão, e, no terceiro, ele aceitara que jamais sairia dali.

Jamais seria livre para escolher o que comer e quando comer, para acordar ou dormir de acordo com os próprios caprichos. Jamais caminharia novamente por uma floresta ou uma clareira nem dirigiria um carro por uma estrada escura, com um segredo no porta-malas.

Jamais sentiria o poder e a paz de matar.

Porém, havia outras maneiras de ser livre, e Perry as conquistara com muito planejamento. De forma meticulosa. Ele declarara seu arrependimento ao advogado, ao psiquiatra.

Chorara, e suas lágrimas foram uma humilhação que valera a pena.

Dissera à irmã que havia nascido de novo. Recebera permissão para conversar em particular com um pastor.

No quarto ano, fora indicado para trabalhar na biblioteca da prisão, onde realizava as tarefas com uma eficiência silenciosa e expressava eterna gratidão por ter acesso a livros.

E começara sua busca por um aluno.

Perry se inscrevera e recebera permissão para participar de cursos, ministrados por professores visitantes e a distância. Isso lhe dera a oportunidade de analisar e interagir com seus colegas de prisão num ambiente diferente.

No geral, achava as outras pessoas excessivamente grosseiras e brutais, sem intelecto. Ou simplesmente velhas demais, jovens demais, impregnadas demais pelo sistema. Ele dera continuidade aos estudos — gostava de aprender — e se agarrara à esperança cada vez mais vã de que o destino o presentearia com a liberdade espiritual que tanto desejava.

No quinto ano em Walla Walla, a sorte sorrira para ele. Não na forma de um colega de prisão, mas de um professor.

Perry o identificara na mesma hora, assim como identificava as mulheres que mataria quando batia os olhos nelas.

Aquele era seu dom.

Ele começara devagar, analisando, avaliando, testando. Sempre paciente, determinara e refinara os métodos que usaria para criar seu representante; aquele que caminharia fora daqueles muros em seu nome, caçaria em seu nome, mataria em seu nome.

Aquele que, no momento certo, remediaria seu único erro. O erro que o assombrava todas as noites na cela escura e que jamais oferecia um momento de silêncio e conforto.

Aquele que, quando chegasse a hora, mataria Fiona Bristow.

E esse momento, pensou Perry enquanto lia o Apocalipse, estava quase chegando.

Ele ergueu o olhar quando o guarda parou diante da cela.

— Você tem visita.

Perry piscou, marcando o trecho em que parara a leitura antes de deixar a Bíblia de lado.

— Minha irmã? Achei que ela só viria daqui a seis semanas.

— Não é sua irmã. É o FBI.

— Minha nossa.

Um homem grande com cabelo ralo e a pele pálida devido à falta de luz do sol, Perry ficou de pé e, sereno, esperou a porta destravar e abrir.

Dois guardas o escoltaram, e ele sabia que outros revistariam a cela na sua ausência. Não faria diferença. Não havia nada lá além de seus livros, alguns tratados religiosos e as cartas secas da irmã temente a Deus.

Ele manteve a cabeça baixa, contendo o sorriso que tentava se abrir no seu rosto. O FBI lhe contaria tudo aquilo que já sabia. Seu aluno fora aprovado no exame final.

Sim, pensou, havia outras maneiras de ser livre. E, diante da ideia de brincar com o FBI de novo, Perry levantou voo.

Capítulo 6

◆ ◆ ◆ ◆

Grata pela manhã brilhante e fresca e pelo trabalho que exigia sua completa atenção, Fiona analisou os alunos da turma avançada de habilidades especiais.

Hoje era um dia muito importante para os cachorros e seus condutores. Eles fariam sua primeira busca às cegas.

— Certo, a vítima está posicionada. — Ela se referia a Sylvia, a quase um quilômetro e meio dali, confortavelmente sentada sob um cedro de tronco bifurcado, com um livro, uma garrafa de chá e um rádio. — Quero que trabalhem em equipe. Vamos usar o sistema de setores. Vocês podem ver que já montei a base. — Ela apontou para a mesa que posicionara sob uma tenda, cheia de equipamentos. — Hoje, vou cuidar da base e ser a líder de operações, mas quero que escolham duas pessoas da equipe para ficarem responsáveis por isso na semana que vem. — Fiona apontou para o quadro branco sob a tenda. — Certo. As autoridades locais entraram em contato com a líder de operações, que, no caso, sou eu, e pediram ajuda para buscar e resgatar uma mulher adulta que fazia trilha e está desaparecida há cerca de 24 horas. Como podem ver no quadro, a temperatura baixou para seis graus ontem à noite. Ela carregava uma mochila com suprimentos para a manhã e não tem muita experiência. O nome da vítima é Sylvia Bristow. — Isso provocou alguns sorrisos, já que a turma conhecia Sylvia como a assistente ocasional de Fiona. — Pelo meu próprio bem, não sabemos sua idade. Ela é branca, tem cabelos e olhos castanhos, 1,68 metro, 59 quilos. Na última vez que foi vista, usava jaqueta vermelha, calça jeans e boné azul. Agora, o que vocês precisam saber antes de designarmos os setores?

Fiona respondeu com os detalhes do caso que inventara. A vítima era saudável, tinha celular, mas muitas vezes se esquecia de carregá-lo, pretendia caminhar por duas a quatro horas, mas não conhecia a região e não tinha o hábito de fazer trilhas pela floresta.

Ela pediu que a unidade se aproximasse do mapa e do livro de registros que já começara a preencher. Depois que designou os setores, mandou que todos abastecessem as mochilas.

— Tenho peças que foram usadas recentemente pela vítima. Peguem um saco cada, deixem os cachorros farejarem. Não se esqueçam de usar o nome da vítima. Deixem os cães cheirarem a peça de novo caso pareçam confusos, se distraiam ou percam o interesse. Lembrem-se dos limites do seu setor. Usem a bússola, atualizem suas posições pelo rádio. Confiem nos seus cachorros. Boa sorte.

Ela sentiu a animação da turma, o nervosismo e também um clima de competição. Com o tempo, se eles formassem uma unidade própria, a competição se transformaria em cooperação e confiança.

— Quando voltarem, os cachorros que não encontrarem a vítima vão precisar de uma busca rápida, para manter o moral. Lembrem-se que o teste não é apenas para os cachorros. Vocês também estão aprimorando suas habilidades.

Fiona observou o grupo se organizar, se separar, e assentiu com a cabeça, aprovando a forma como todos deixavam os cães farejarem as peças de roupa, enunciavam seus comandos.

Seus labradores ganiram enquanto os outros cheiravam o ar e começavam a andar.

— Vamos brincar mais tarde — prometeu. — Esse pessoal precisa ir sozinho.

Ela sentou, olhou para o relógio, anotou a hora no livro de registros.

Aquela era uma boa turma, pensou, e formaria uma boa unidade. Tinham começado com oito, mas, no decorrer de dez semanas, três desistiram. Não era uma porcentagem ruim, e os alunos que continuaram eram firmes, dedicados. Se aguentassem mais cinco semanas de aulas, seriam uma ótima adição ao programa.

Ela pegou o rádio, verificou a frequência e entrou em contato com Sylvia.

— Eles já saíram. Câmbio.

— Bem, espero que demorem para me achar. Estou gostando do meu livro. Câmbio.

— Não esqueça. Tornozelo torcido, desidratada, estado de choque leve. Câmbio.

— Pode deixar. Mas, até lá, vou comer minha maçã e ler. A gente se fala quando me encontrarem. Câmbio e desligo.

Para manter seus cachorros ocupados e lhes dar alguma recompensa por não poderem brincar de procurar com os outros, Fiona resolveu que poderiam fazer uma revisão no equipamento de treino de agilidade.

Talvez aquilo parecesse engraçado para quem visse de fora — labradores alegres, subindo e descendo a escada de um escorrega de criança ou deslizando para baixo quando recebiam o comando. Mas a prática ensinava e reforçava a capacidade de lidar com terrenos difíceis. O fato de que eles se divertiam, adoravam se equilibrar na gangorra, caminhar por pranchas estreitas e correr pelos barris sem fundo que ela transformara em túneis era um bônus.

As exigências do exercício prático da turma obrigavam-na a comandar vários sente-e-fique enquanto atendia a chamadas dos alunos no rádio, tirava dúvidas e anotava posições.

Depois de uma hora, os cachorros deitaram para comer seus petiscos, e Fiona se acomodou diante do laptop. Quando o rádio apitou, ela continuou digitando com uma das mãos.

— Base, aqui é Tracie. Encontrei Sylvia. Ela está acordada e lúcida. Talvez tenha torcido o tornozelo direito, o que causa certo desconforto. Parece um pouco desidratada e confusa, mas não tem nenhum outro ferimento. Câmbio.

— Que ótimo, Tracie. Onde você está? Precisa de ajuda para transportar Sylvia de volta para a base? Câmbio.

Mesmo se tratando de um exercício, Fiona anotou o local, a hora e o estado da vítima. Até sorriu ao ouvir Sylvia fazendo drama no fundo, mas elaborou um registro profissional e completo.

Apesar de o grupo ainda precisar se reunir e repassar os acontecimentos, como se a busca tivesse sido real, ela achava que momentos assim pediam uma comemoração. Trouxe bandejas com brownies para sua mesa de piquenique, adicionou travessas com frutas para as pessoas mais saudáveis e jarras de chá gelado.

Os cachorros ganhariam biscoitos e presentes — e Lolo, a pastora alemã de Tracie, receberia uma estrela dourada em sua coleira.

Enquanto levava os copos para o quintal, a picape de Simon atravessou a ponte.

Fiona ficou irritada por se irritar. No geral, ela era feliz. Simpática. Gostava de Simon, e adorava seu cachorro. Mas a irritação surgiu mesmo assim.

Talvez fosse, em parte, porque ele estava bonito — de um jeito rústico e artístico ao mesmo tempo, numa calça jeans surrada e caros óculos escuros —, mas também parecia amigável (uma concepção errada, em sua opinião) com seu filhotinho fofo.

Ele deixou o cão sair correndo para cumprimentá-la, sem a guia, depois ir pulando feito uma mola até os labradores, antes de voltar até ela e começar a correr em círculos pelo quintal, tentando chamar os amigos para brincar.

— Está fazendo um piquenique? — perguntou Simon.

— Mais ou menos. — Ela imitou o tom de voz despreocupado dele. — Uma turma avançada está voltando de um exercício de busca. A primeira que fazem com uma pessoa de verdade. Então vamos comemorar.

— Com brownies.

— Eu gosto de brownies.

— Você e todo mundo.

Tubarão resolveu comprovar essa teoria tentando subir no banco para roubar um pedaço. Fiona apenas jogou as patas dele de volta para o chão.

— Não!

— É, boa sorte com isso. Ele é um acrobata. Ontem, conseguiu subir num banco e comer meu sanduíche nos cinco segundos que fiquei de costas. Pelo visto, ele gosta de picles.

— Seja consistente. — Fiona repetiu o comando "Não!" na segunda e na terceira vez que Tubarão tentou atacar a mesa. — E o distraia.

Ela se afastou alguns passos e o chamou. O filhote veio correndo, como se os dois estivessem se reencontrando depois de uma guerra. Sentou ao receber o comando, feliz com os elogios e os carinhos da adestradora.

— Faça elogios. — Fiona tirou um biscoito do bolso. — Bom cachorro. Ele está progredindo.

— Dois dias atrás, ele comeu meu pendrive. Engoliu inteiro, como se fosse um comprimido.

— Xi.

— Pois é, então fui correndo para a veterinária. Ela deu uma olhada e resolveu que não precisaria removê-lo com cirurgia, que era pequeno o suficiente. Eu teria que... — Firmando a mandíbula, Simon fez uma careta e desviou o olhar. — Não quero falar sobre essa parte, então basta dizer que ele foi recuperado.

— Isso vai passar.

— Sei, sei. — Ele pegou um brownie. — O pendrive continua funcionando. Ainda não resolvi se isso é fantástico ou nojento. — Deu uma mordida. — Está gostoso.

— Obrigada. É o único tipo de bolo que consigo fazer direito. — E, como os brownies eram produto de mais uma madrugada em claro, ela já comera dois pedaços no café da manhã. — O que você veio fazer aqui, Simon?

Sua irritação deve ter transparecido em sua voz, porque ele a encarou por um tempo antes de responder:

— Vim socializar meu cachorro idiota. E você ainda me deve parte de uma aula. Dois coelhos com uma cajadada só. Três, se contarmos os brownies.

— O dono desse cachorro devia ser socializado.

Ele terminou o brownie, se serviu de um copo de chá gelado.

— Acho que já passei da idade.

— Apesar do ditado, papagaios velhos conseguem aprender a falar.

— Talvez. — Depois de tomar o chá, Simon olhou ao redor. — Merda. Cadê ele?

— Entrou no túnel.

— No quê?

Fiona gesticulou para a fileira de barris.

— Vamos ver o que acontece — sugeriu ela, e foi até a saída. Os dois já estavam ali mesmo, com o homem comendo os lanches de sua festa. Ela podia muito bem dar a aula. — Se ele sair pelo mesmo lugar que entrou, deixe para lá. Mas se atravessar o túnel, faça elogios, dê-lhe uma recompensa. — E passou um biscoito para Simon.

— Por atravessar um monte de barris grandes?

— Sim. — O tom de voz dela ganhou um ar de repreensão. — É preciso curiosidade, coragem e agilidade não apenas para entrar, mas para atravessar isso tudo e sair do outro lado.

— E se ele não sair?

— Acho que você pode deixá-lo aí e ir para casa assistir à ESPN.

Simon analisou os barris.

— Algumas pessoas diriam que é machismo da sua parte presumir que eu assisto à ESPN. Talvez eu prefira ver novelas.

Ela desistiu.

— Se ele não sair sozinho, você o chama, tenta convencê-lo a sair, usa algo para atraí-lo. Na pior das hipóteses, vá buscá-lo.

— Que ótimo. Bem, pelo menos ele não vai arrumar nenhuma confusão lá dentro. Mas me diga, você montou o rádio, o computador, essas tabelas e todos esses mapas para um resgate de mentira?

— Com o tempo, vai ser de verdade. Como vão os treinos de sentar e ficar?

— Indo bem, a menos que ele queira fazer outra coisa. Seja consistente — disse Simon antes de Fiona ter a oportunidade. — Já entendi o mantra, chefe.

Tubarão deu um latido fino e saiu correndo do barril.

— Ei, ele conseguiu. Muito bem!

Simon agachou e, na opinião de Fiona, fez carinho e elogios por vontade própria. Ele ficou feliz com o sucesso e a animação do cachorrinho. Quando riu e deu uma bela coçada no filhote com aquelas mãos compridas e artísticas, ela começou a entender por que o animal gostava tanto do dono.

— Ele é aventureiro. — Fiona se agachou para acrescentar sua aprovação à de Simon e percebeu que os dois cheiravam à marcenaria de Simon. — Se um cliente se interessa por treino de agilidade, geralmente faço um filhote dessa idade começar com um barril, para ele conseguir enxergar o outro lado. Tubarão avançou várias etapas de uma vez só.

— Ouviu só? Meu aventureiro devorador de pendrives, lascas de madeira e picles.

Ele sorriu para Fiona, olhou nos seus olhos. Ela viu fascinantes manchinhas cor de bronze espalhadas sobre o castanho dourado.

Após sustentar o olhar por um segundo, depois dois, Simon soltou um contemplativo *Hummm*.

— Nem pense nisso. — Fiona levantou. — Vamos treinar sentar e ficar. Minha turma já deve estar voltando.

— Você continua irritada por causa da adega.

— Que adega? — perguntou ela com um sorriso extremamente meigo.

— Aham. Tudo bem, sentar e ficar. Tubarão, você está prestes a perder seu título de melhor aluno da turma.

— Sabe, um pouco de otimismo e confiança seria bom. Tanto os cachorros quanto as pessoas percebem isso no seu tom de voz. Ou talvez você faça questão de ser pessimista.

— Isso é ser realista. — Quando Simon mandou que o filhote sentasse, Tubarão, cooperativo, aterrissou o traseiro no chão. — Ele costuma acertar essa parte, mas é agora que a coisa complica. Fique. — Simon ergueu uma das mãos. — Fique — repetiu, e começou a se afastar.

O cachorro balançou o rabo, mas permaneceu sentado.

— Está indo bem.

— Ele quer se exibir para a professora. Em casa, a essa altura, já estaria correndo atrás do próprio rabo ou tentando comer minhas botas com meus pés dentro.

Simon chamou o cachorro e deu-lhe a recompensa.

— Repita. Aumente a distância.

Ele começou a segunda etapa com Tubarão, se afastando mais depois do "Fique". Então, seguindo as instruções de Fiona, passou para a terceira etapa, até os dois estarem a oito metros de distância um do outro.

— Não faça cara feia quando ele estiver obedecendo.

— Não estou fazendo cara feia.

— Digamos que essa é sua expressão padrão. Você está confundindo ele. Chame-o.

Tubarão obedeceu e deitou no chão quando chegou perto, girando o corpo para exibir a barriga.

— Você foi bem, foi muito bem. Exibido — murmurou Simon enquanto se inclinava para fazer-lhe carinho.

— Tubarão passou para o modo submisso porque não entendeu o que devia fazer. Você lhe deu um comando, ele obedeceu, mas recebeu uma cara feia como resposta. O cachorro tirou dez. — Fiona se ajoelhou para esfregar o filhote radiante de alegria. — Você, cinco.

— Ei.

— Minha turma está chegando. Segure-o. Use o comando para ficar e faça-o permanecer parado por alguns segundos. Depois, pode liberá-lo, mandá-lo ir brincar com os outros cães.

— Como?

— Sentar e ficar, segure-o quando ele quiser correr para ver quem está vindo. — Ela olhou para o relógio para saber que horário registrar. — Então, use um comando para liberá-lo, uma frase simples, algo natural. Vá dar oi, pode ir, cumprimente. Tanto faz. E então o solte.

Fiona se levantou e foi receber os primeiros alunos que chegavam.

— Quis me deixar mal na fita, não foi? Acha que não percebi? — Simon segurou o cachorrinho enquanto acariciava suas orelhas. — Você não é tão bobo quanto parece, né? Queria impressionar a moça bonita. Tudo bem... pode ir — disse ele, e deixou Tubarão sair correndo para cheirar e dançar em torno dos outros cães.

Quando Simon se aproximou, Fiona escutava os condutores descreverem como seus cachorros se comportaram, tomando nota da área que cobriram, a quantidade de alertas.

Ele tirou a guia do bolso.

— Pode deixar Tubarão brincando com os outros por um tempo — sugeriu ela. E ergueu o olhar do livro de registro. — É melhor ele se acostumar a interagir com pessoas e outros cachorros que ainda não conhece. Um pouco de socialização também não faria mal a você. Coma outro brownie. Talvez sua nota aumente até o fim do dia.

— Aceito o brownie, mas...

Simon parou de falar quando Sylvia veio mancando da floresta, apoiada numa muleta improvisada, com uma mulher lhe dando apoio de um lado e um homem de outro, enquanto dois cachorros abriam caminho na frente do trio.

— Ela está bem. — Fiona tocou o braço dele para impedi-lo de ir ajudar. — É de mentira, lembra? O exercício envolvia uma mulher perdida com um ferimento leve. Ela é uma boa atriz.

A turma começou a aplaudir. Sylvia fez uma mesura exagerada e então gesticulou de forma exuberante para a mulher e o cachorro ao seu lado.

— Aquelas são Tracie e Lolo. Elas encontraram Syl em menos de 75 minutos. Nada mal. Nada mal mesmo. O homem é Mica, com seu Ringo. Ele estava perto o suficiente da vítima para encontrar Tracie e ajudá-la a trazer Syl, com seu tornozelo torcido de mentira, de volta para a base. Além do mais, é apaixonado por ela.

— Por Syl? Todo mundo é apaixonado por Syl.

— Não por Syl. — Apesar de balançar a cabeça, Fiona achou graça e ficou um pouco orgulhosa com o comentário de Simon. — Por Tracie. Os dois moram perto de Bellingham, como o restante da unidade. Com licença.

Ela apertou a mão de Tracie antes de lhe dar um abraço e brincar com os cachorros. E rir com Sylvia, observou Simon.

Fiona tinha um jeito interessante, supôs ele. Se você gostasse de mulheres simpaticíssimas, do tipo que tocam e abraçam os outros sem pestanejar, que ficam bem tanto de calça jeans quanto de uniforme de trabalho, moletom ou suéter.

Ele não se lembrava de já ter se interessado por uma mulher assim, pelo menos não sexualmente falando. O fato de se sentir atraído por ela era um mistério.

Talvez fossem seus olhos. Eram tão calmos e transparentes. Simon achava que esse era um dos motivos para os animais a respeitarem. Você sentia que podia confiar naqueles olhos.

Ele a observou jogar um braço em torno dos ombros de Tracie — Fiona tinha essa tendência a encostar nos outros, a se conectar — e acompanhá-la até a... Qual fora o termo que ela usara? Base? QG? Enfim, era uma mesa sob uma tenda.

Uma reunião, presumiu Simon, para registrar todos os dados necessários. Parecia um pouco exagerado para um exercício. Então lembrou que Fiona encontrara um garotinho numa floresta enorme, debaixo de chuva.

Detalhes eram importantes. Disciplina e eficiência também.

De toda forma, os brownies estavam deliciosos, e o intervalo lhe dava a oportunidade de flertar com Sylvia.

— Como você está depois de tanta agitação? — perguntou ele.

Sylvia riu, deu um cutucão no seu peito.

— Adoro bancar a mulher perdida. Faço exercício, zanzando pela floresta antes de escolher um lugar para ficar ou zanzar mais um pouco. Depende de qual comportamento Fiona quer treinar. Que bom que você está aqui. Eu ia te ligar quando chegasse em casa.

— É mesmo? Para me convidar para sair?

— Que gracinha. Vendi duas peças suas ontem. O banco com encosto alto e a cômoda com cinco gavetas. Pode me mandar mais coisas quando tiver.

— Terminei uns móveis hoje cedo, a propósito. Uma adega de vinho e uma cadeira de balanço.

— Ah, a famosa adega.

Simon deu de ombros, olhou para Fiona.

— Não faz o estilo dela, só isso.

Sylvia sorriu e mordeu um morango.

— Ela tem muitos estilos. Você devia convidá-la para jantar.

— Por quê?

— Simon, se eu achasse que você realmente não me entendeu, ficaria preocupada.

Ela entrelaçou um braço ao dele enquanto Fiona falava com a turma.

— Todo mundo fez um ótimo trabalho hoje, tanto individualmente quanto em equipe e como uma unidade. Na próxima aula, vamos treinar num terreno diferente e com uma vítima desacordada. Quero que treinem seus cães por trinta a sessenta minutos, alternando com problemas de dez minutos. Vamos continuar usando um voluntário que eles conheçam. Depois da próxima aula, vocês podem praticar com alguém desconhecido. Por favor, não se esqueçam de continuar os treinamentos de primeiros socorros, e vamos tentar fazer alguns exercícios só com a bússola. Mantenham seus cadernos de registro atualizados. Se tiverem algum problema, alguma dúvida antes da próxima aula, podem me mandar um e-mail ou ligar. E, por favor, pelo amor de Deus, comam os brownies para que não sobre nada para mim.

Sylvia deu um beijo na bochecha de Simon.

— Preciso ir. Dar uma olhada na loja e em Oreo. Traga os móveis quando puder. E leve minha menina para jantar.

Ele continuou ali por curiosidade e porque seu cachorro finalmente cansara de brincar e desmaiara sob a mesa.

— Tubarão já brincou bastante por hoje — comentou Fiona quando os dois ficaram sozinhos.

Ela começou a juntar os pratos.

— Uma pergunta. — Simon pegou os copos vazios e a seguiu para a casa. — Esse pessoal assiste às suas aulas.

— É óbvio.

— Esta durou quanto tempo, umas duas horas?

— Um pouco mais. É uma turma avançada, fazendo um exercício prático de resgate, então tivemos que nos organizar, fazer a busca, a reunião final... e a festinha para comemorar.

— E, além disso, eles precisam treinar os cachorros por mais ou menos uma hora, estudar primeiros socorros...

— Sim. Um deles é paramédico, e todos vão precisar tirar um certificado de reanimação cardiorrespiratória e atendimento inicial de emergência. Também precisam saber ler mapas topográficos, ter noções de clima, vento, vegetação, vida selvagem. Tanto eles quanto os cachorros precisam estar em boa forma.

Ela colocou os pratos sobre a bancada da cozinha.

— E quando eles têm tempo para viver?

Fiona se inclinou para trás.

— Todo mundo tem sua vida, seu emprego, sua família. Mas são pessoas dedicadas. Formar uma equipe de busca e resgate exige meses de treinamento intenso e focado. Exige sacrifícios, mas também traz muita satisfação. Faz algumas semanas que estou trabalhando com essa unidade — acrescentou ela. — Eles têm uma taxa de sucesso de quase noventa por cento em problemas individuais. Agora, estamos treinando tudo ao mesmo tempo. Vamos repetir esse exercício várias vezes, sob vários climas.

— Você já expulsou alguém da turma?

— Sim. Em situações extremas, mas sim. Na maioria das vezes, as pessoas que não se adaptam desistem antes de eu precisar falar alguma coisa. Você tem interesse?

— De jeito nenhum.

— Bem, você teria menos tempo para assistir às suas novelas. Mesmo assim, quero que Tubarão participe das aulas para iniciantes. Vão ajudá-lo a ser mais consistente, pelo menos. Depois que ele aprender a andar junto, sentar e ficar, vir quando é chamado e deitar, podemos ensinar outras coisas.

— Além das aulas de adestramento? — Simon a analisou com um ar questionador. — Quanto vai custar?

Fiona inclinou a cabeça para o lado.

— Estou disposta a fazer uma troca. Digamos, aulas extras de adestramento e habilidades especiais por... uma adega.

— Ela não combina com você.

Estreitando os olhos, Fiona se empertigou, deixando de se apoiar na bancada.

— Sabe de uma coisa, toda vez que você diz isso, fico com mais vontade de comprá-la. Eu sei muito bem o que combina comigo.

— Você está apenas sendo teimosa.

— Estou? — Ela apontou os dois indicadores para Simon. — Você é o cabeça-dura aqui. Que diferença faz na sua vida quem compra a adega? Seus móveis não são feitos para serem vendidos?

— Que diferença faz na sua vida se um cachorro não aprende nada? Você não dá aulas para ganhar dinheiro?

— Não é a mesma coisa. Além do mais, o problema geralmente é o dono. Como é o seu caso, Senhor Nota Cinco.

— Eu não estava fazendo cara feia.

— Espere um pouco. Não se mexa, não mude de expressão. Vou pegar um espelho.

Simon segurou o braço dela, mas não conseguiu conter a risada.

— Pare com isso.

— Na próxima aula, vou levar uma câmera. Uma imagem vale mais que mil palavras, afinal.

Ela lhe deu um empurrãozinho.

Ele a empurrou de volta.

E, às suas costas, um cão rosnou.

— Pare! — ordenou Fiona, séria, e o cachorro congelou. — Newman, amigo. Amigo. Ele achou que você estava me machucando. Não, não se afaste. Simon — disse ela para os labradores. — Nós estamos brincando. Simon é amigo. Me abrace.

— O quê?

— Ah, pelo amor de Deus, pare de ser fresco. — Ela passou os braços ao redor dele, abraçou-o e apoiou a cabeça em seu ombro. — Estou brincando com Simon — disse para o cachorro, e sorriu. Então gesticulou para Newman se aproximar, se esfregar na perna de Simon. — Ele não iria mordê-lo.

— Bom saber.

— A menos que eu mande. — Fiona inclinou a cabeça para trás, sorriu de novo. Então lhe deu outro empurrãozinho. — Me empurre. Não tem problema.

— É melhor não ter mesmo.

Simon a empurrou de volta, e, desta vez, o cachorro o empurrou com a cabeça.

— Que divertido. — Fiona o abraçou de novo, apoiou a cabeça. — Ele observa minhas emoções — explicou. — Se eu estivesse com medo agora, Newman saberia. Mas ele vê, escuta e sente que estou bem, que estou confortável com você. É isso que quis dizer sobre Tubarão e o que você transmite. Seu humor influencia o comportamento dele, então...

Fiona parou de falar quando ergueu o olhar e se deparou com olhos que estavam muito perto, muito determinados.

— Que humor estou transmitindo agora?

— Engraçadinho. Isto é só um exercício — começou ela.

— Tudo bem. Vamos tentar uma aula avançada.

Simon aproximou sua boca da dela de um jeito muito firme e até um pouco bruto.

Fiona sabia que ele seria um pouco bruto. Impaciente, direto, sem hesitar, sem conversa fiada.

E não resistiu. Fazer isso seria perda de tempo e de um beijo muito quente e vigoroso. Em vez disso, passou as mãos pelas costas dele e se deixou levar, aproveitando as sensações conflitantes do momento.

Lábios macios, mãos firmes, corpo rijo — e um toque de chocolate na língua que se entrelaçava à sua.

E então, quando se sentiu chegando perto do ponto em que não teria volta, em que se desvencilhar seria doloroso, Fiona botou uma das mãos entre os dois e empurrou o peito dele.

Simon não parou. O coração dela martelava no peito. Teimoso, pensou Fiona, e desejou não achar essa característica tão excitante.

Ela empurrou de novo, com mais força.

Simon se afastou, só um pouco, para seus olhos se encontrarem de novo.

— Que nota eu tirei?

— Ah, nota máxima, com certeza. Parabéns. Mas chega de brincar. Preciso planejar minhas próximas aulas e... tenho que resolver umas coisas. Então...

— Então a gente se vê.

— Sim. Ah, continue treinando o básico. Jogue gravetos. Muitos gravetos.

— Certo.

Quando ele saiu, Fiona expirou com força, olhou para Newman.

— Uau.

A culpa era dele, pensou Simon enquanto colocava Tubarão no carro. Ou dela, decidiu. Definitivamente, a culpa era mais dela. Ao abraçá-lo, se esfregando nele, sorrindo.

O que diabos um homem poderia fazer? Não esperava que Fiona fosse tão receptiva. Que simplesmente se entregasse, se abrisse até descascar um pedacinho daquela sutil camada de sensualidade que a revestia, e dar vazão a todo o ardor que havia por baixo.

Agora, ele queria mais. Queria ela.

Simon olhou para o cachorro, feliz com o focinho enfiado na fresta de cinco centímetros da janela aberta.

— Eu devia ter vendido aquela maldita adega para ela.

Ele aumentou o rádio até o volume máximo, mas nem assim conseguiu tirar Fiona da cabeça.

Então resolveu tentar um "exercício" próprio, e começou a projetar mentalmente uma adega que realmente combinasse com ela.

Talvez a tirasse do papel, talvez não. Mas tinha certeza de que voltaria para descascar mais um pedaço daquela camada.

Capítulo 7

♦ ♦ ♦ ♦

Uma ida à clínica veterinária sempre incluía doses de comédia e drama, além de exigir persistência, força e um senso de humor flexível. Para facilitar sua vida, Fiona sempre marcava as consultas para os três labradores no último horário do expediente.

Esse esquema permitia que ela e a veterinária, sua amiga Mai Funaki, conseguissem se recuperar e conversar depois que o desafio triplo era concluído.

Com míseros 1,58 metro, Mai parecia uma delicada flor-de-lótus, uma personagem romântica de anime ao vivo e em cores, com o cabelo preto curvando na altura das bochechas radiantes e uma franja que batia sensualmente logo acima dos exóticos olhos cor de ônix. Sua voz, melódica como uma canção, acalmava tanto animais quanto humanos no exercício de sua profissão.

As belas mãos, com dedos compridos, tranquilizavam e curavam. E eram tão fortes quanto as de um pedreiro.

Ela era conhecida por beber mais do que muitos homens enormes por aí e falava palavrões fluentemente em cinco idiomas.

Fiona a adorava.

No consultório da clínica que tinha em sua casa, nos arredores de Eastsound, Mai ajudou Fiona a erguer os 35 quilos de um Peck trêmulo até a mesa de exames. O labrador, que certa vez fora corajoso o bastante para enfrentar escombros ainda em chamas em busca de vítimas de um terremoto no Oregon, que era incansável ao procurar pessoas perdidas, machucadas ou mortas em dias de tempestade, vendaval e calor escaldante, tinha medo de injeção.

— Até parece que eu vou martelar pregos no cérebro dele. Vamos, Peck. — Mai fez carinho, verificando juntas, pelo e pele ao mesmo tempo. — Coragem.

O labrador manteve a cabeça virada para o outro lado, se recusando a encará-la. Em vez disso, fitou Fiona, deixando bem claro que a culpava por aquilo. Quase dava para ver lágrimas se formando nos olhos dele.

— Acho que ele deve ter sido torturado pela Inquisição espanhola em outra vida.

Enquanto Mai examinava suas orelhas, o cão estremeceu.

— Pelo menos Peck sofre em silêncio. — A veterinária tomou a cabeça do labrador para si. Ele virou para o outro lado. — Tem um chihuahua que precisa colocar focinheira antes de fazer qualquer exame. Se ele pudesse, comeria a minha cara. — Ela segurou a cabeça do cachorro com firmeza para examinar seus olhos, seus dentes. — Que garotão saudável — cantarolou ela. — Que garotão bonito.

Peck se focou num ponto acima do ombro dela e estremeceu.

— Muito bem — disse Mai para Fiona. — Você sabe o que fazer.

Fiona segurou a cabeça do labrador.

— Vai ser rapidinho — disse ela para o cão enquanto a veterinária saía do campo de visão dele. — É melhor do que você ficar doente, não é?

Ela falou, fez carinho e sorriu enquanto Mai beliscava a pele e enfiava a agulha.

Peck gemeu como se estivesse morrendo.

— Pronto. Acabou.

Mai reapareceu diante dele, mostrou que as mãos estavam livres de objetos de tortura. Então colocou um biscoito sobre a mesa.

Ele se recusou a pegá-lo.

— Pode estar envenenado — argumentou Fiona. — Qualquer coisa nesta sala é suspeita.

Ela sinalizou para o labrador descer, e ele não perdeu tempo. Então, parou virado para a parede, ignorando as duas mulheres.

— Foi porque eu tirei o saco dele. Peck nunca me perdoou.

— Não, acho que o problema é Newman. Ele tem medo, então os outros o imitam. Enfim, dois já foram, só falta um.

As mulheres trocaram um olhar.

— Ele devia ter sido o primeiro. Para começarmos com o pior. Mas não tive coragem.

— Eu trouxe um Pinot maravilhoso.

— Tudo bem. Vamos acabar logo com isso.

Elas soltaram Peck no quintal, onde ele podia debater os horrores da experiência com Bogart e ser consolado pelo buldogue caolho de Mai, Remendo, e Malandra, sua cadela de três pernas, uma vira-lata de beagle com galgo.

Juntas, as duas foram até o carro de Fiona, onde Newman estava deitado no banco de trás, com o focinho enfiado num canto e o corpo tão mole quanto macarrão que cozinhou demais.

— Parte da frente ou de trás? — perguntou Fiona.

— Pode ficar com a cabeça. Seja o que Deus quiser.

Ele se remexeu, tentou se encolher, pulou por cima dos bancos, depois pulou de volta. Arrastou-se como uma cobra numa tentativa de se enfiar embaixo do assento.

Então, incapaz de fugir, ficou mole de novo, forçando as duas mulheres a carregarem o peso morto até o consultório.

— *Puta merda*, Fi. Por que você não cria lulus-da-pomerânia?

— Ele podia ser um chihuahua devorador de caras.

— Por favor, me diga que você pesou Newman em casa, porque a gente não vai conseguir colocar ele em cima da balança.

— Trinta e sete.

Depois de meia hora e muito suor, com Newman resistindo a cada segundo, o exame terminou.

— Sabe — arfou Fiona, usando o peso do corpo para imobilizar o labrador —, ele faria de tudo por mim. Caminharia sobre cacos de vidro com o planeta sendo atingido por uma chuva de meteoros. Mas não consigo convencê-lo a parar quieto por um minuto para um exame de rotina. E ele *sabia*. Assim que os chamei hoje, ele sabia. Quantas vezes os levo de carro para um trabalho, para brincar? Como é que ele *sabe*? Peguei os outros primeiro, porque são mais fáceis de enganar. Mas ele só veio arrastado. É humilhante — disse ela para o labrador. — Para nós dois.

— Graças aos deuses, acabamos. — Mai não se deu ao trabalho de oferecer um biscoito, já que Newman acabaria o cuspindo de volta na sua cara. — Pode soltá-lo, e vamos beber aquele vinho.

O belo bangalô de Mai ficava de costas para o mar. Ele fora parte de uma fazenda antes de a casa ser convertida numa pousada. Quando a veterinária e o marido se mudaram para Orcas, ele queria ser fazendeiro.

Mai transferira sua clínica de Tacoma para a ilha, feliz com a ideia de trabalhar em casa, satisfeita com o estilo de vida mais simples enquanto o marido criava galinhas e cabras e plantava morangos e vagens.

Em menos de quatro anos, ele cansara de brincar de fazendeiro e tivera a brilhante ideia de comprar um bar na Jamaica.

— Tim vai se mudar para o Maine — disse Mai enquanto as duas levavam suas taças de vinho para o quintal. — Quer virar pescador de lagostas.

— Sério?

— Sério. O bar até que durou mais do que eu esperava. — Antes mesmo de as duas sentarem, os cachorros já vinham correndo para receber atenção. — Claro, *agora* nós somos amigos.

Ela distribuiu os biscoitos que trouxera.

— Eles te amam. E os biscoitos só são envenenados no consultório.

— É, já fui perdoada. Desculpe por não ter cuidado da base no caso do garotinho. Tive aquela cirurgia de emergência, e não dava para adiar.

— Sem problema. É por isso que temos substitutos. A família era ótima. O menino é bem esperto.

— É mesmo? — Mai suspirou. — Sabe, acho que talvez tenha sido melhor... tenho certeza que foi melhor não ter tido filhos com Tim. Dá para imaginar? Mas meus hormônios estão gritando. Sei que vou acabar tentando compensar a vontade adotando outro cachorro ou gato ou qualquer mamífero.

— Que tal adotar uma criança? Você seria uma ótima mãe.

— Eu poderia. Mas... ainda tenho uma migalhinha de esperança de começar uma família com um homem, dar o pacote completo de pai e mãe para a criança. O que significa ir a encontros, transar. E, quando penso em homens, em encontros e sexo, lembro como estou necessitada. Acho que vou batizar meu vibrador de Stanley.

— Stanley?

— Stanley é gentil e só se preocupa em me dar prazer. Ainda estou vencendo nossa competição de seca, imagino. Catorze meses.

— Nove, mas acho que aquela última vez não conta. Foi péssimo.

— Sexo péssimo continua sendo sexo. Pode até ser uma competição deprimente, mas a regra é clara. E, apesar de Stanley estar sempre esperando por mim, estou seriamente cogitando outras opções.

— Mulheres? Maratona de boates? Classificados?

— Todas essas ideias foram analisadas e descartadas. Não ria.

— Tudo bem. O que é?

— Estou dando uma olhada em sites de encontros. Já até criei um perfil. Só não publiquei. Por enquanto.

— Não vou rir, mas acho que não vai dar certo. Você é uma mulher linda, inteligente, engraçada e interessante, com um monte de interesses. Se quer mesmo conhecer homens, precisa sair mais.

Assentindo com a cabeça, Mai tomou um longo gole de vinho e então se inclinou para a frente.

— Fi, talvez você não tenha reparado, mas a gente mora numa ilha minúscula na costa de Washington.

— Ouvi boatos.

— A população desta ilha minúscula também é relativamente minúscula. A quantidade de homens solteiros nessa população é menor ainda. Por que duas mulheres lindas, gostosas e inteligentes estão aqui, nesta noite bonita, bebendo vinho com seus cachorros?

— Porque gostamos de fazer isso?

— Gostamos. Sim, nós gostamos. Mas também gostamos da companhia de homens. Pelo menos acho que gostamos, porque já faz tempo que não convivo com eles. E acredito que estou certa quando digo que nós duas gostamos de fazer sexo de qualidade, saudável e seguro.

— É verdade, e é por isso que acho que aquela vez não deveria contar na competição.

— Esqueça isso. — Mai dispensou o comentário com um gesto. — Fiz um estudo amplo, porém nada científico, da quantidade de homens solteiros na população de nossa ilha. Para os meus propósitos, tenho que eliminar candidatos abaixo de 21 e acima de 65 anos. Já estou forçando a barra com esses limites, já que tenho 34, mas a cavalo dado não se olham os dentes. As opções são poucas, Fi. Bem poucas.

— Não discordo. Mas, se você acrescentar os turistas e o pessoal que vem passar férias aqui, suas chances aumentam.

— Estou torcendo para o verão ser um pouco melhor, mas, enquanto isso? Cogitei James de verdade

— James? *Nosso* James?

— Sim, nosso James. Temos interesses em comum, as idades batem. Não temos muita química, realmente, mas não posso ser tão exigente. O problema é que ele está de olho em Lori, e não é legal furar o olho das nossas colegas de unidade. Existe uma opção interessante na ilha. Solteiro, com uma idade adequada, tem um cachorro, muito bonito. Criativo. Um pouco mal-humorado para o meu gosto, mas aí vem de novo aquela questão do cavalo dado.

— Ah — disse Fiona, e tomou um gole de vinho.

— Simon Doyle. Sylvia vende os trabalhos dele. Escultor, faz móveis.

— Hum — disse Fiona, e tomou outro gole.

Mai estreitou os olhos.

— Você está de olho nele? Droga, aquele homem é minha última salvação antes do LinhaDoCoração-ponto-com.

— Não estou de olho. Não exatamente. Ele é meu aluno. Estou adestrando seu cachorro.

— O cachorro é um fofo.

— Muito. E o dono é um gostoso.

— Muito. Olhe, se você quer reservá-lo, avise logo, porque tenho que me planejar. Preciso muito transar.

— Não vou reservar um homem. Meu Deus, Mai. Ele não faz nada o estilo dos caras de quem você gosta.

— Merda — disse a veterinária, tomando um grande gole do vinho. — Ele está vivo, é solteiro, tem uma idade aceitável e, até onde eu sei, não é um serial killer.

— Ele me beijou.

— Puta que pariu. Tudo bem, deixe-me te odiar por um minuto. — Mai tamborilou os dedos sobre a mesa. — Certo, já te odiei o bastante. Foi um beijo de tesão ou um beijo amigável?

— Não foi amigável. Simon não é o ser mais amigável do mundo. Acho que não gosta muito de pessoas. Ele apareceu para treinar Tubarão. Eu estava no meio do exercício prático da unidade de Bellingham. Então, o convidei para ficar um pouco, socializar, comer uns brownies. Duvido que ele tenha trocado mais de cinco palavras com os outros. Com exceção de Syl. Ele gosta de Syl.

— Talvez seja tímido. Homens tímidos são fofos.

— Acho que não, e fofo não é uma palavra que eu associaria a Simon. Ele beija muito bem, o que é um ponto positivo.

— Sua vaca, não me obrigue a te bater.

Fiona sorriu.

— E eu não preciso de um namorado, mas gosto de interagir um pouco com a outra pessoa antes de irmos para a cama.

— Você conversou com aquele cara de nove meses atrás. Grande diferença isso fez.

— É verdade. — Fiona lamentou diante da lembrança. — Mas não vou reservar ninguém. Se a oportunidade surgir, fique à vontade.

— Não, é tarde demais. Ele foi desqualificado. Internet, aí vou eu.

— A gente precisa tirar férias.

Mai soltou uma risada engasgada.

— Aham, claro.

— Não, estou falando sério. Eu, você, Syl. Uma viagem das meninas, para fazermos coisas de meninas. Um spa — resolveu ela, inspirada. — Um fim de semana no spa para as meninas.

— Não brinque comigo, Fiona. Já estou no meu limite.

— E é justamente por isso que precisamos de uma folga.

— Uma dúvida. — Mai ergueu um dedo. — Quando foi a última vez que você tirou férias? Mesmo que só por um fim de semana?

— Acho que faz uns dois anos. Tudo bem, talvez três. O que só mostra que estou certa.

— E com o seu trabalho, o meu, o de Syl, a responsabilidade pelos animais, como vamos conseguir viajar juntas?

— A gente dá um jeito. Podemos planejar, nos organizar. — Agora que a ideia tinha surgido, Fiona estava louca para executá-la. — Massagens, limpezas de pele, banhos de lama, serviço de quarto e bons drinques. Nada de trabalho, responsabilidades ou horários.

— Talvez isso seja melhor que sexo.

— Quem sabe. Vamos dar uma olhada em nossas agendas e ver quando é a melhor época para liberarmos três dias. A gente consegue escapar por três dias, Mai. Todas nós temos amigos que cuidariam dos cachorros por esse tempo. Quantas vezes já fizemos isso pelos outros?

— Já perdi a conta. Onde?

— Não sei. Algum lugar aqui perto, para não perdermos muito tempo na estrada. Vou começar a pesquisar e convencer Syl. O que acha?

Mai ergueu sua taça.

— Pode contar comigo.

Determinada a selar o acordo, Fiona resolveu visitar a madrasta antes de ir para casa.

Amores-perfeitos transbordavam de vasos diante da casa tranquila nas margens da baía. Fiona sabia que a estufa estava cheia de flores e legumes e ervas dos quais a madrasta cuidava como se fossem bebês e que logo seriam transferidos para seus enormes jardins.

Tão à vontade ali quanto se sentiria na própria casa, Fiona abriu a porta vermelha e gritou:

— Syl?

— Aqui atrás — gritou ela enquanto Oreo vinha correndo para dar oi. — Na sala.

— Acabei de sair da casa da Mai.

Fiona atravessou a casa onde Sylvia e seu pai moraram durante o casamento. Como a loja, o lugar apresentava uma mistura eclética, fascinante e bonita de estilos, obras de arte e cores.

Encontrou a madrasta sobre o tapete de yoga, imitando uma pose retorcida que a professora fazia na televisão.

— Relaxando um pouco depois do trabalho — disse Sylvia. — Quase no final. Você trouxe os meninos?

— Estão no carro. Não posso demorar.

— Ah, por que não? Eu estava pensando em fazer cuscuz marroquino para o jantar.

— Agora fiquei com vontade. — De jeito nenhum, pensou Fiona. — Mas tenho um projeto. Mai está carente e sonhando em ter filhos. Acha que vai entrar num desses sites de encontros.

— Sério? — Sylvia se destorceu, virou na direção oposta. — Qual?

— Acho que é LinhaDoCoração-ponto-com.

— Dizem que esse é ótimo.

— Eu não... Você já usou esse tipo de coisa?

— Ainda não. Talvez nunca use. Mas já dei uma olhada.

Sylvia sentou no chão, dobrou o corpo.

— Ah. Hum. Bem, enfim, o que você acha de nós três passarmos um fim de semana num spa?

— Puxa, vou ter que pensar no assunto. — Sylvia voltou o corpo para a posição normal. — Só preciso de cinco minutos para fazer a mala.

— Sério?

— Se vocês estiverem com pressa, quatro já bastam. Aonde vamos?

— Ainda não sei. Vou pesquisar. Preciso dar uma olhada na minha agenda, ver quando é a melhor data para você e Mai, e encontrar uma boa opção.

— Eu cuido disso. Uma das minhas artistas tem um contato num spa. Parece que o lugar é maravilhoso. Fica perto das Cataratas de Snoqualmie.

— Sério?

— Aham. — Sylvia deitou no tapete. —Tranquilidade Spa e Resort. Eu cuido dos preparativos. Mas talvez seja bom você dar uma olhada no site para ver se é isso que está querendo.

— Esse spa oferece massagens, serviço de quarto e piscina?

— Tenho quase certeza de que sim.

— Então é perfeito. — Ela fez uma dancinha. — Meu Deus, vai ser ótimo.

— Mal posso esperar. Mas de onde surgiu essa ideia?

— Já disse. Foram os hormônios de Mai.

— E?

Fiona foi até a janela para olhar para o mar.

— Não durmo bem desde que Davey me contou sobre os assassinatos. Isso fica... pairando. Não sai da minha cabeça. Quando estou ocupada, consigo até pensar em outras coisas, mas, nos momentos livres, tudo volta. Acho que seria bom tirar uma folga. E uma folga com minhas duas mulheres favoritas, melhor ainda. Além do mais, estou me sentindo meio confusa sobre Simon depois que ele me beijou.

— O quê? — Sylvia arregalou os olhos enquanto sentava. — Você achou que eu fosse ignorar esse detalhe? Quando ele te beijou?

— Naquele dia, depois que você e os outros foram embora. Foi só um impulso do momento, da situação. E, sim, antes que você pergunte, foi muito, muito bom.

— Imaginei que seria. E depois?

— Ele foi para casa.

— Por quê?

— Provavelmente porque eu disse para ele ir.

— Ah, Fi, eu me preocupo com você. De verdade.

Balançando a cabeça, Sylvia se levantou, pegou a garrafa de água.

— Eu não estava pronta para o beijo, que dirá para algo mais.

A madrasta suspirou.

— Viu só? Não é de se admirar que eu me preocupe. Não estar pronta faz parte da emoção. Ou devia fazer. É inesperado e passional.

— Acho que coisas inesperadas não são muito a minha praia. Pelo menos não agora. Quem sabe isso mude de figura depois do spa.

— Libere a sua agenda e vamos. Posso me organizar de acordo com os compromissos de vocês.

— Você é a melhor. — Fiona lhe deu um abraço rápido. — Vou mudar o horário de algumas turmas. Mando um e-mail para vocês duas.

— Espere. Vou te dar um pouco de chá. Ele é cem por cento natural e ajuda a relaxar, a dormir. Quero que tome um banho de banheira demorado, beba o chá, escute uma música calma. E tente fazer aqueles exercícios de meditação que eu te mostrei — acrescentou ela enquanto tirava a lata de um armário na cozinha.

— Tudo bem. Prometo. Já me sinto mais relaxada só de pensar no spa. — Fiona deu outro abraço na madrasta. — Eu te amo.

— Também te amo.

Ela devia ter pensado naquilo antes. Viajar em boa companhia era o remédio perfeito contra a tensão e o estresse. Por outro lado, raramente sentia necessidade de tirar férias, já que acreditava que sua vida na ilha era praticamente perfeita.

Ali tinha independência, uma segurança financeira razoável, uma casa e um trabalho que amava, seus cachorros. O que mais podia querer?

Fiona pensou no beijo ardente e inesperado em sua cozinha, nas mãos bruscas e possessivas de Simon a segurando.

Havia esse pequeno detalhe. Pelo menos de vez em quando, havia esse pequeno detalhe. Afinal de contas, ela era uma mulher saudável, com necessidades e desejos normais.

E não tinha pudor algum em admitir que considerara a ideia de partir para os finalmentes com Simon — antes de ele descartar *isso* sem meias-palavras. E depois trazer essa possibilidade à tona de novo. Esfregá-la na sua cara, corrigiu-se Fiona.

O que só mostrava que qualquer envolvimento com ele prometia ser complicado, incerto e possivelmente frustrante.

— Melhor deixar isso para lá — disse ela para os cachorros. — Sério, por que procurar problemas? Nós estamos bem, não estamos? Não precisamos mudar nada. Só nós quatro, meninos — acrescentou, e rabos começaram a balançar.

Os faróis do carro atravessaram a escuridão quando Fiona virou na direção da casa — e lembrou que esquecera de deixar a luz da varanda acesa de novo. Em questão de semanas, o sol demoraria mais para se pôr, e a brisa se tornaria morna. Faria caminhadas demoradas no começo da noite, brincaria no quintal com seus cães, poderia ficar sentada na varanda.

A chegada fez os cães começarem a se remexer e agitar os rabos, animados. O trauma da consulta médica fora esquecido diante do simples prazer de voltar para casa.

Fiona estacionou, saltou para abrir a porta de trás.

— Façam a ronda, meninos.

Ela correu para dentro de casa para acender a luz antes de começar sua ronda também. Verificou as tigelas de água e de comida, abriu um sorriso ao ver suas plantas novas nos vasos.

Enquanto os labradores davam uma volta no quintal, esticavam as pernas e esvaziavam as bexigas, sua dona abriu a geladeira e pegou a primeira refeição congelada que viu.

Enquanto o micro-ondas esquentava a comida, ela verificou as mensagens no telefone. Resolveu que, enquanto comia, ligaria o laptop e daria uma olhada na agenda, encontraria a melhor época para viajar, daria uma olhada no site que Sylvia recomendara.

— Hora de começar a festa — murmurou.

Ela anotava as informações num bloco de papel, salvando ou apagando as mensagens conforme necessário.

— Srta. Bristow, aqui é Kati Starr. Sou repórter do *U.S. Report*. Estou escrevendo uma matéria sobre o sequestro e assassinato de duas mulheres na Califórnia que parecem inspirados nos crimes de George Allen Perry. Como a senhorita foi a única vítima que conseguiu escapar dele, seria bom se pudéssemos conversar. Pode entrar em contato comigo no trabalho, pelo meu celular ou por e-mail. Meus números são...

Fiona apagou a mensagem.

— De jeito nenhum.

Nada de jornalistas, nada de entrevistas, nada de câmeras nem de microfones enfiados na sua cara. De novo, não.

Enquanto ela respirava fundo, a próxima mensagem começou.

— Srta. Bristow, aqui é Kati Starr, do *U.S. Report*, ligando de novo. Meu prazo está acabando, e é muito importante que a gente converse assim que...

Fiona apagou essa mensagem também.

— Quero que você e o seu prazo se danem.

Ela deixou os cachorros entrarem, sentindo-se reconfortada com sua presença. Apesar de ter perdido a vontade de comer seu jantar, que já não era apetitoso, se forçou a sentar, se alimentar e fazer exatamente o que planejara antes de a jornalista encher sua cabeça de lembranças e preocupações.

Ligou o laptop, espetou o empadão de frango com o garfo. Para melhorar seu humor, abriu o site do resort primeiro — e, em questão de segundos, estava tranquila por antecipação.

Massagens com pedras quentes, tratamentos com parafina, e limpezas de pele com champanhe e caviar. Ela queria tudo isso. Queria tudo isso agora.

Fiona fez o tour virtual, babando pela piscina coberta, pelas salas de meditação pós-tratamentos, pelas lojas, pelos jardins, pelas massagens maravilhosas nos quartos. E as acomodações incluíam um casarão de dois andares, com três quartos.

Ela fechou um olho, observou o preço. Fez uma careta.

Mesmo dividido por três... ainda seria doloroso.

Mas o lugar tinha uma jacuzzi, e, ah, meu Deus, lareira nos banheiros. Nos. Banheiros.

E vista para a cachoeira, as colinas, os jardins...

Impossível, lembrou a si mesma. Talvez quando ganhasse na loteria.

— É um sonho lindo — disse ela para os cachorros. — Bem, pelo menos já resolvemos o lugar. Resta saber quando.

Fiona abriu sua agenda de aulas, fez os cálculos, tentou mudar alguns horários, recalculou, remanejou outros.

Quando encontrou as duas melhores opções, mandou um e-mail para Sylvia e Mai.

— Vamos dar um jeito — decidiu, e foi olhar a caixa de entrada.

Encontrou um e-mail da repórter.

Srta. Bristow:

Não consegui entrar em contato por telefone. Encontrei este e-mail no site do seu negócio de adestramento de cães. Como já expliquei, estou escrevendo uma matéria sobre os sequestros seguidos de assassinatos na Califórnia que imitam o caso Perry. Como a senhorita foi a testemunha-chave da acusação no julgamento que resultou na condenação dele, seus comentários seriam extremamente valiosos.

Não posso escrever uma matéria bem fundamentada e precisa sobre o caso sem incluir suas experiências e os detalhes da morte de Gregory Norwood, que resultou na captura de Perry. Gostaria de conversar com você antes de a matéria ser publicada.

Fiona apagou o e-mail, que incluía uma lista de contatos.

Então apoiou a cabeça sobre a mesa.

Era um direito seu não aceitar a entrevista. Era um direito seu ignorar aquela época terrível de sua vida. Era um direito seu se recusar a colaborar com mais uma matéria sobre mortes e perdas.

Reviver aquilo tudo não traria Greg de volta. Não ajudaria aquelas duas mulheres nem aliviaria o sofrimento das famílias delas.

Ela recomeçara sua vida e tinha todo direito do mundo de ter privacidade.

Fiona se levantou, fechou o laptop.

— Vou tomar aquele banho de banheira demorado, beber aquele chá idiota. E sabem do que mais? Nós vamos reservar o tal casarão. A vida é curta demais.

Capítulo 8

♦ ♦ ♦ ♦

Apesar de as aulas para filhotes sempre animarem Fiona, a tensão permanecia no ar, um eco interminável de suas lembranças e perdas.

Kati Starr, persistente até o último fio de cabelo, ligara pouco depois das 8h da manhã.

Bastou um olhar para o identificador de chamadas para Fiona decidir que não atenderia. Ela apagou o recado sem ouvi-lo, mas a ligação pesava sobre seus ombros como um tijolo.

Então, lembrou que os alunos mereciam sua completa atenção.

Simon estava atrasado. É claro. Ele estacionou enquanto o restante da turma repassava os comandos básicos.

— Acompanhe o que os outros estão fazendo — disse ela com frieza. — Se isso não atrapalhar sua agenda.

Fiona se afastou para trabalhar individualmente com cada aluno, mostrando como fazer um exuberante filhote de dogue alemão, que prometia ficar gigante, não pular — e um alegre schnauzer parar de cheirar virilhas.

Quando começaram a praticar andar sem a guia, ela suspirou ao ver Tubarão sair correndo para perseguir um esquilo — causando uma debandada.

— Não corram atrás deles! — Fiona passou a mão pelo cabelo enquanto Tubarão se esforçava para escalar a árvore na qual o esquilo se escondera. — Vocês precisam chamá-los de volta. Usem o comando para voltarem e então os mandem sentar. Quero que todos os cachorros voltem para os donos e sentem.

Esse desejo só foi realizado depois de certo tempo e persistência — e de uma ajuda da professora.

Ela revisou a execução do sentar e ficar, tanto individualmente quanto em grupo, tomando cuidado para manter um tom despreocupado ao falar com Simon.

Com as guias presas, explicou como fazer os cães pararem e deitarem.

A turma que costumava lhe trazer alegria e diversão causara uma dor de cabeça que latejava junto com o tijolo em seus ombros.

— Vocês estão indo bem. — Ela se forçou a sorrir. — E lembrem-se: elogios, prática e brincadeiras.

Como sempre, alguns alunos queriam fazer comentários, compartilhar uma história ou outra. Fiona ouviu, respondeu, fez carinho. Mas não sentiu o prazer que aquilo tudo provocava nela normalmente.

Como Simon ficou enrolando para ir embora, soltando Tubarão da guia para brincar com os labradores, ela resolveu que não tinha problema. Lidaria com ele e tiraria um problema da sua lista.

— Você está toda irritadinha hoje — começou ele antes de Fiona conseguir falar.

— Como é?

— Você me ouviu. E está com uma cara horrorosa.

— Acho melhor você parar.

— Aquele cara da Califórnia matou mais alguém?

— Não sei. Por que eu saberia? Aquilo não tem nada a ver comigo. — Ela enfiou as mãos nos bolsos da jaqueta. — Sinto muito pelas mulheres, pelas famílias delas, mas aquilo não tem nada a ver comigo.

— Quem está dizendo isso? Você não prestou atenção quando Larry veio contar que seu vira-lata gigante aprendeu a abrir portas nem quando Diane te mostrou a foto do filho dela riscando o buldogue com giz de cera. Eu diria que esta é você na versão puta da vida. Então, o que houve?

— Escute, Simon, só porque eu te beijei, mais ou menos...

— Mais ou menos?

Fiona trincou os dentes.

— Isso não significa que sou obrigada a te contar detalhes da minha vida nem explicar meu humor.

— Ainda estou tentando entender o "mais ou menos". Agora quero saber o que seria um beijo de verdade.

— E vai continuar querendo. Nós somos vizinhos, você é meu aluno. E só.

— É, você está puta da vida mesmo. Bem, tenha um bom dia.

Ele assobiou, fazendo a matilha inteira vir correndo.

Quando Simon agachou, fez carinho e elogiou, Fiona suspirou de novo.

— Tubarão está aprendendo a vir quando é chamado. Ainda não consegue ficar parado quando você manda, mas está indo bem na maioria dos comandos.

— Ele não comeu nada preocupante nos últimos dois dias. — Simon prendeu a guia. — Até logo.

Ele tinha percorrido metade do caminho até o carro quando Fiona gritou seu nome.

Não tinha planejado fazer aquilo, não sabia por que o fizera. E, mesmo assim...

— Quer andar um pouco? Preciso andar.

— Andar? Para onde?

Fiona gesticulou.

— Uma das vantagens de se morar na floresta é poder andar por ela.

Simon deu de ombros, voltou.

— É melhor deixá-lo na guia — continuou ela. — Até ter certeza de que ele vai parar quando você mandar. Senão, vai acabar perseguindo um coelho ou um cervo, e se perdendo no mato. Vamos, meninos, vamos dar uma volta.

Os labradores vieram, animados, então saíram correndo na frente. Tubarão puxou a guia.

— Esperem — ordenou Fiona, ficando com pena. Os labradores pararam e, quando Tubarão os alcançou, seguiram num ritmo mais lento ao sinal da dona. — Ele acha que é adulto que nem os outros. É bom para ele sair assim, explorar novos territórios, respeitar a guia, responder às suas ordens.

— Isto é mais uma aula?

— Só estou puxando papo.

— Você fala de outra coisa além de cachorros?

— Sim. — Irritada, ela arqueou os ombros, caiu num silêncio momentâneo. — Não consigo pensar em nada agora. Meu Deus, eu queria que a primavera chegasse logo. Pronto, mudei de assunto. Posso reclamar sobre o tempo. Por outro lado, o dia está tão bonito hoje, então fica difícil. Mas ainda quero que o clima esquente, quero que o céu continue claro até as 10h da noite. Quero plantar uma horta e espantar os cervos e os coelhos para que eles não a comam.

— Não é mais fácil botar uma cerca?

— Mas aí eu perco a diversão de espantar os cervos e os coelhos, não é? Eles não têm medo dos cachorros, e a culpa é minha, porque treinei os meninos para não correrem atrás de... opa. Já estou eu falando de cachorros. Adoro o cheiro daqui. — Fiona respirou fundo e sentiu o aroma dos pinheiros, feliz pela dor de cabeça ter melhorado um pouco. — Adoro esse visual, as luzes e as sombras. Cogitei ser fotógrafa, porque gosto desse contraste, do rosto das pessoas e da forma como se movem. Só que não consigo tirar fotos boas ou interessantes. Depois, pensei em ser escritora, mas fiquei entediada, então também não deu certo. Ainda gosto de escrever, mas só para o blog ou para a *newsletter*, talvez matérias pequenas sobre, sabe, aquele assunto sobre o qual não vou mais falar. E aí resolvi ser professora de educação física ou treinadora, mas... me faltava um ginásio. Por outro lado, acho que ninguém tem um ginásio aos 20 anos. Por que você está tão quieto?

— Porque você não calou a boca até agora.

Fiona bufou.

— É verdade. Estou tagarelando sem parar porque não quero pensar. E acho que foi por isso que te convidei, para eu não ficar pensando demais ou me preocupando. Não estou puta da vida. Estou preocupada, o que é bem diferente.

— O resultado parece igual.

— Você é um pentelho, Simon. Eu não devia gostar tanto disso. — Os dois chegaram a uma clareira cercada por árvores enormes, gigantes corpulentas que pareciam sussurrar lá no alto, suas folhas pareciam tocar o céu. — Por que Orcas? Há tantos lugares para morar.

— Aqui é tranquilo. Gosto de morar perto da água. Segure isto. — Simon enfiou a guia na mão dela e foi até um tronco enorme, retorcido, caído no chão coberto de pinhas, mas ainda preso à terra.

Enquanto Fiona observava, ele deu a volta, agachou, bateu na madeira.

— Ainda estamos no seu terreno?

— Sim. Não andamos muito.

— Eu quero isto aqui. — Os olhos dele, da cor de ouro velho sob os raios e os borrões de luz, se encontraram com os dela por um instante. — Posso pegar?

— Você quer... o tronco?

— Sim. Se você quiser ser gananciosa, eu pago.

— Quanto? Preciso pagar um fim de semana num spa.

Ela se aproximou, tentando ver o que ele via.

— Mije em outro canto. — Simon empurrou Tubarão com a perna enquanto o filhote se preparava para agachar. — Dez pratas.

Fiona fez um *Pfff*.

— O tronco está largado aqui. Você não está usando ele, e vou ter que arrancá-lo da terra e levá-lo para casa. Vinte é minha última oferta.

— Vamos fazer uma troca. Plante uma árvore no buraco e estamos quites.

— Feito.

— O que você vai fazer com ele?

— Alguma coisa.

Fiona analisou o tronco, deu a volta nele, como Simon fizera, mas só enxergava os restos retorcidos de uma árvore derrubada por alguma tempestade remota.

— Eu queria ser capaz de ver as coisas desse jeito. Queria olhar para um tronco de árvore e visualizar algo criativo.

Simon voltou a fitá-la.

— Você olhou para aquele cachorro e viu alguma coisa.

Ela sorriu.

— Acho que você acabou de dizer uma coisa legal. Agora, vou ter que me sentir culpada por ter te tratado mal.

— Você tem uns parâmetros esquisitos, Fiona. Diz que me beijou "mais ou menos" quando se atracou comigo. Acha que me tratou mal quando tudo que me disse foi para cuidar da minha vida.

— Na minha cabeça, eu gritei com você.

— Ah, bom, agora estou arrasado.

— Eu consigo tratar mal os outros. Consigo ser ríspida e maldosa e não me sentir culpada. Mas preciso ter motivo. Você só me perguntou o que tinha acontecido. Venha pegar o tronco quando quiser.

— Daqui a um ou dois dias. — Simon se empertigou, olhou ao redor para se orientar. Então a encarou. — Desembucha logo.

— Vamos andar um pouco mais. — Fiona puxou a guia, trazendo Tubarão para perto, deixando-o caminhar, puxando-o de novo enquanto passavam pelas árvores, evitando a curva de um riacho tranquilo. — Tem uma repórter me perturbando. Ligando, mandando e-mails. Não falei com ela. Resolvi apagar todas as mensagens.

— O que ela quer?

— Falar sobre Perry. Por causa das duas mulheres na Califórnia. Ela está escrevendo uma matéria sobre o caso. Entendo que esse é seu trabalho. Mas não sou obrigada a dar declarações, a criar polêmica. A única vítima que conseguiu escapar, foi assim que ela me descreveu. Não sou uma vítima, e fico puta da vida quando me chamam assim. Já ouvi isso o bastante naquela época.

— Então continue apagando.

— Parece fácil, e é isso que vou fazer. Mas não é tão simples assim.

A dor de cabeça tinha ido embora, percebeu Fiona, mas a raiva e a frustração que a causaram continuavam ali, incomodando feito farpas.

Pequenas, afiadas e doloridas.

— Quando tudo aconteceu, os advogados e os policiais me mantiveram tão longe da imprensa quanto possível. Não queriam que eu desse entrevistas. E Deus é testemunha de que eu também não queria. Mas uma história assim vende, não é? Os repórteres não paravam de ligar, de falar com pessoas que me conheciam, pessoas que conheciam pessoas que me conheciam. Sugavam tudo que podiam. — Fiona fez uma pausa, olhou para ele de novo. — Acho que você sabe do que estou falando, depois do seu namoro com Nina Abbott.

— Namoro é uma palavra bonita demais para aquilo.

— E, agora, você gosta de ilhas tranquilas.

— Uma coisa não tem muito a ver com a outra. E não estamos falando de mim.

Não era da sua conta, pensou Fiona. Bem, ele tinha razão.

— Certo. Depois de Greg, a história voltou à tona. E então veio o julgamento. Não quero fazer parte do que está acontecendo agora. Então estou com raiva de novo, e isso me deixa enjoada. Porque 12 pessoas antes de mim, e Greg depois, morreram. E eu, não. Sofri apenas alguns arranhões, mas me chamam de vítima ou dizem que sou uma heroína. E nada disso é verdade.

— Realmente, nada disso é verdade. Mas você é uma sobrevivente, o que é mais difícil.

Fiona parou, o encarou.

— Por que você me entende? Esse é o grande mistério.

— Está escrito na sua cara. Nos seus olhos. Tão calmos, tão transparentes. Talvez seja porque tenham visto coisas demais. Você sofreu golpes duros. E consegue conviver com eles. Eu não devia gostar tanto disso.

Ela poderia ter sorrido pela maneira como ele jogava suas palavras de volta na cara dela, mas isso só lhe causou um frio na barriga.

— O que está acontecendo entre nós, Simon?

— Deve ser só atração.

— Deve ser. Faz quase dez meses que não transo.

— Tudo bem, agora ficou melhor ainda.

Desta vez ela riu.

— Meu Deus, você conseguiu melhorar meu humor. Mas eu quis dizer que faz dez meses que não transo, então não me incomodo em esperar mais. Nós dois moramos na ilha, temos uma conexão com Sylvia. Eu gosto do seu cachorro e, por enquanto, faço parte da equipe dele. Acho que preciso entender se transar com você seria só um jeito legal de liberar a tensão ou se causaria problemas demais.

— Não seria legal. Legal é comer biscoito com leite.

— Que confiante. Eu gosto de gente assim. Como não vou transar com você na floresta, especialmente porque só temos uns vinte minutos antes de o sol se pôr, acho que não tem problema. Então, o que acha de me dar uma amostra do que talvez esteja por vir?

Simon esticou o braço e enrolou o cabelo dela em torno de sua mão.

— Você gosta de viver perigosamente?

— Não mesmo. Eu gosto de estabilidade e ordem, então isto é estranho para mim.

Ele puxou seu cabelo, o suficiente para erguer seu rosto, para aproximar sua boca.

— Você está procurando um cara legal.

— Não estou procurando ninguém, na verdade.

— Nem eu — disse ele, e acabou com a distância entre os dois.

Ela pedira por aquilo e achava que estava preparada. Esperava um golpe rápido, uma explosão imediata de excitação, tesão e desejo que inundaria o cérebro e o corpo.

Em vez disso, Simon veio devagar, pegando-a de surpresa com um beijo lento, que fez seu corpo inteiro estremecer antes de nublar seus pensamentos. Fiona arfou, se deixando levar, erguendo os braços até o pescoço dele enquanto era tentada a oferecer-lhe mais.

E então Simon puxou-a mais para perto, aumentando gradualmente o tesão que os dois admitiam sentir, de forma que, quando o choque veio, ela estava indefesa.

O mundo desapareceu — a floresta, o céu, as sombras crescentes. Tudo que restava era o deslumbre das bocas se tocando, dos corpos se roçando, da inundação de desejo dentro dela.

Quando ele fez menção de se afastar, Fiona o puxou de volta e mergulhou de novo, mais fundo.

Simon estava prestes a perder o controle. Aquela mistura de rendição e exigência acabou com sua determinação de estabelecer o ritmo e o clima. De algum jeito, ela o atingira, abrindo portas que ele preferia manter trancadas, perdendo a noção de quem guiava quem.

E quando ele pensou em se afastar, impor certa distância, Fiona o trouxe para perto de novo.

Lábios macios, um corpo esbelto e um aroma que conseguia ser doce e terroso ao mesmo tempo. Como o gosto dela — não era uma coisa nem outra, mas completamente irresistível.

Simon estava perdendo mais terreno do que ganhando quando o cachorrinho começou a latir — de pura alegria — e arranhar suas pernas numa tentativa de abrir espaço e participar da brincadeira.

Desta vez, os dois se afastaram ao mesmo tempo.

Fiona tocou a cabeça de Tubarão.

— Sente — ordenou ela. — Bom cachorro.

Menos calmos agora, pensou Simon enquanto observava seus olhos. Menos transparentes.

— Não consigo pensar em nada normal para dizer — continuou Fiona. Então chamou seus labradores com um gesto, passou a guia do cachorrinho para Simon. — É melhor voltarmos. Hum, Tubarão está se comportando melhor na guia. Estamos num lugar estranho, com muitas distrações, mas ele está reagindo bem.

De volta à sua zona de conforto, falando de cachorros, pensou Simon. Curioso sobre como ela lidaria com a situação, ele permaneceu em silêncio.

— Eu queria ensinar algumas outras habilidades e comportamentos para ele. Talvez meia hora extra dividida em sessões de 10 ou 15 minutos por semana. Por uns 15 dias, de graça. E depois, se você gostar de como as coisas estão progredindo, podemos conversar sobre uma mensalidade.

— Como uma amostra do que talvez esteja por vir?

Fiona o fitou de esguelha e virou o rosto para o outro lado.

— Pode ser. Tubarão aprende rápido e tem uma boa personalidade para... Que bobagem. É uma covardia. Eu queria te beijar de novo para saber se o que senti no outro dia foi só um lance de momento, mas está óbvio que não. Eu me sinto bem atraída por você, e fazia muito tempo que não me sentia assim.

— Pouco menos de dez meses?

Simon a observou corar, mas então ela sorriu. Não era uma expressão envergonhada, mas de quem via graça na situação.

— Mais que isso, na verdade. Para poupar nós dois do constrangimento dos detalhes, esse incidente específico foi um fracasso em vários sentidos. Mas serve como um ponto de partida, e fico pensando se o fator dos quase dez meses é parte do motivo por trás da atração. Só que também me torna mais cuidadosa. Não sou tímida quando se trata de sexo, mas não quero repetir um erro.

— Você prefere estabilidade e ordem.

Fiona enfiou as mãos de volta nos bolsos.

— Eu falo demais, e você presta muita atenção. Isso pode ser perigoso.

— Para quem?

— Para quem fala. Sabe, você dá a impressão de que está sempre distraído, de que não se interessa o suficiente pelas coisas. Mas presta atenção. Não é de interagir com os outros, mas absorve os detalhes. É meio sonso, na verdade. Eu gosto de você. Pelo menos acho que gosto. Não sei muito sobre sua vida, porque você não fala de si mesmo. Sei que sua mãe te deu o cachorro, o que indica que você ou a ama ou morre de medo dela. Provavelmente é uma mistura dos dois.

Eles conseguiram passar trinta segundos inteiros caminhando em silêncio.

— Vamos, diga alguma coisa — insistiu Fiona. — Isso não deve ser um segredo cabuloso.

— Eu amo minha mãe e prefiro, quando possível, não contrariá-la.

— Viu, não foi tão difícil assim. E o seu pai?

— Ele ama minha mãe e prefere, quando possível, não contrariá-la.

— Você entende, é claro, que quanto menos conta sobre si mesmo, mais curiosas as pessoas ficam.

— Ótimo. Isso pode ser bom para os negócios.

— Então é um negócio. Seu trabalho.

— As pessoas te pagam, o governo pega uma parte do dinheiro. Isso é um negócio.

Ela achou que o entendia melhor agora, mesmo que pouco.

— Mas não é um negócio acima de tudo. Caso contrário, você teria vendido a adega para mim.

Simon parou enquanto Tubarão pegava um galho e o rodopiava como um baterista no intervalo de um show.

— Você não vai deixar essa passar barato.

— Aquilo foi um faniquito artístico ou um ataque de teimosia. Suspeito que tenha sido teimosia, apesar de eu suspeitar que você também dê seus faniquitos. E ainda quero a adega, aliás.

— Não. Você precisa de uma cadeira de balanço nova para a varanda. A sua é feia.

— Ela não é feia. É prática. Só precisa de uma pintura.

— O braço esquerdo está empenado.

Fiona abriu a boca para responder, mas então percebeu que não sabia se aquilo era verdade.

— Pode ser. Mas voltando ao assunto, Sr. Misterioso, isso só prova que você repara nos detalhes.

— Eu reparo em trabalhos horrorosos e madeira empenada. Troco uma cadeira de balanço pelas aulas, com a condição de que você quebre aquela porcaria e a use como lenha.

— Talvez ela tenha valor sentimental.

— Tem?

— Não, eu a comprei de segunda mão alguns anos atrás, por 10 pratas.

— Lenha. E ensine alguma coisa interessante para o cachorro.

— Combinado. — Enquanto saíam da floresta, ela olhou para o céu. — Está esfriando. Seria bom ter lenha. Acender a lareira, tomar uma taça de vinho... É claro, não vou tirar a garrafa de uma adega linda, mas paciência. Também não vou te convidar para entrar.

— Você acha que se eu quisesse terminar o que começamos lá atrás, iria esperar até ser convidado?

— Não — respondeu Fiona depois de um instante. — Eu devia achar esse tipo de comentário arrogante e irritante. Não sei por que não acho. Por que você não quer terminar o que começamos lá atrás?

Simon sorriu.

— Você vai ficar pensando nisso, não vai? Eu gosto da sua casa.

Confusa, Fiona virou para encarar a casa da mesma forma como ele fazia.

— Da minha casa?

— É pequena, bonitinha, combina com o lugar. Você devia pensar em colocar um solário no lado sul. Deixaria a arquitetura mais interessante, ampliaria a cozinha e deixaria tudo mais iluminado. Enfim, faça um favor a si mesma e não leia seus e-mails nem escute suas mensagens. Volto com o cachorro e a cadeira em uns dois dias.

Fiona franziu a testa enquanto o observava seguir para a picape com Tubarão. Simon soltou a guia, ajudou o cãozinho a subir no banco, no qual ficou sentado com o galho na boca, todo orgulhoso.

SIMON TINHA MUITA coisa para manter-se ocupado — o trabalho, o cachorro, a ideia meio idiota de plantar uma horta só para ver se conseguia. A cada dois dias, dependendo do tempo, ele e Tubarão davam uma volta de carro pelas ruas da ilha, que serpenteavam para cima e para baixo.

A rotina, ou a falta dela, era exatamente o que ele buscava sem perceber.

Era bom ter uma oficina ao lado de casa, onde poderia começar a trabalhar e terminar na hora que quisesse. E, apesar de isso surpreendê-lo, era divertido ter a companhia do cachorro durante o expediente, em caminhadas e passeios de carro.

Ele gostou de pintar a cadeira de balanço com braços retos de um tom forte de azul. A aparência de Fiona tinha tons suaves, sutis, mas sua personalidade era radiante e ousada. Ela ficaria bonita na cadeira.

Ela era bonita.

A ideia era levar a cadeira e o cachorro até a casa de Fiona naquela tarde. A menos que se distraísse com o trabalho.

Por sorte, havia muito o que fazer, pensou ele enquanto tomava seu café da manhã na varanda. O armário sob medida para o cliente de Tacoma, outro conjunto de cadeiras de balanço. A cama que queria fazer para si mesmo, a adega que começaria para Fiona.

Talvez.

E precisava pegar o tronco — seria melhor resolver isso hoje. Ele veria se Gary — um colega da turma de adestramento e fazendeiro local — ainda estava disposto a ajudá-lo com a corrente e o minitrator.

Assobiando para o cachorro — e ficando ridiculamente feliz quando Tubarão veio correndo em sua direção, todo alegre —, Simon voltou para dentro de casa. Tomaria sua segunda xícara de café enquanto vasculhava o site do *U.S. Report*, como fizera nos últimos dois dias.

Já havia começado a achar que a jornalista desistira da matéria, frustrada pela falta de cooperação de Fiona.

Mas a encontrou desta vez, com a chamativa manchete:

ECOS DO MEDO

Fotos de duas mulheres — meninas, na verdade — em destaque no topo da página. Pelo que parecia, a jornalista pesquisara a fundo a vida delas, dando detalhes sobre seu passado, as últimas horas antes de desaparecerem, a busca por seu paradeiro e a descoberta dos corpos.

A foto de Perry era assustadora. Um homem tão comum quanto qualquer vizinho de meia-idade. Um professor de história ou um vendedor de seguros, o cara que cultivava tomates no quintal. Qualquer um.

Mas foi a foto de Fiona que fez Simon congelar.

Com um sorriso no rosto, assim como as outras 12, aquelas que não tinham escapado. Jovem, vibrante, bonita.

A imagem era um contraste gritante com a foto em que ela era conduzida para o tribunal em meio a uma multidão de jornalistas. Com a cabeça baixa, os olhos entorpecidos, o rosto triste.

A matéria descrevia sua fuga, o assassinato do noivo, e continha uma observação breve de que o jornal não conseguira entrar em contato com Bristow para uma entrevista.

— Não que isso tenha te impedido de tentar — murmurou Simon.

Mesmo assim, as pessoas faziam o que faziam. Repórteres faziam reportagens. A melhor coisa que Fiona poderia fazer era ignorar aquilo tudo.

A ideia fixa de ligar para ela o irritou, chegando ao ponto de causar uma coceira entre seus ombros. Ele se forçou a deixar a ligação — e Fiona — para lá.

Em vez disso, ligou para Gary e combinou uma hora para irem remover o tronco. Passou dez minutos brincando de jogar a bola para Tubarão — os dois estavam pegando o jeito — e foi trabalhar.

Ele se concentrou no armário. Achou que seria melhor adiar a adega até conseguir tirar a imagem de Fiona da cabeça, aquela mistura nauseante de medo e sofrimento em seu rosto.

No começo da tarde, fez um intervalo curto para caminhar pela praia, onde Tubarão conseguiu encontrar um peixe morto.

Depois da chuveirada necessária — ele precisava mesmo se lembrar de comprar uma banheira para o maldito cachorro —, Simon resolveu empacotar algumas de suas peças menores para Sylvia. Encaixotou tábuas de corte, vasos de planta e decorativos, tigelas, e então colocou tudo, junto com o cão, dentro da picape.

Ele encontraria Gary, pegaria o tronco, e, com as coisas já na picape, teria uma desculpa para não fazer hora por lá.

Mas ficou surpreso — e Tubarão, arrasado — ao descobrir que Fiona não estava em casa. Nem os cachorros. Talvez tivesse saído para se distrair, passar um tempo sozinha.

O cãozinho se animou quando Gary chegou pouco depois com Butch, seu animado border collie.

O fazendeiro, com um boné sobre o cabelo grisalho e óculos de lentes grossas sobre os olhos verde-claros, observou os dois filhotes se cumprimentando.

— Parecem pintos no lixo — comentou.

— Pois é. Fiona não está em casa, mas eu avisei que vinha pegar o tronco.

— A unidade está treinando no parque hoje. Eles fazem isso uma vez por mês. Para não enferrujarem, sabe? Devem ter saído assim que amanheceu. Bem, vamos tirar o minitrator da picape e pegar seu tronco. Para que diabos você precisa dele?

— É difícil dizer.

— Claro que é — concordou Gary.

Os dois abriram a rampa, e o fazendeiro desceu a máquina de ré. Com os dois cachorros a bordo, seguiram para a floresta.

— Obrigado pela ajuda, Gary.

— Não é nada de mais. Está um dia bonito para sair de casa.

Estava mesmo, pensou Simon. Quente na medida certa, ensolarado, dando pequenos sinais de que a primavera se aproximava. Os cachorros arfavam numa alegria desesperada, e Gary cheirava — de leve — a fertilizante.

Quando chegaram ao tronco, o fazendeiro saltou, deu a volta, empurrou o boné para coçar a cabeça.

— É isso aqui que você quer?

— Sim.

— Tudo bem então. Eu conheci um cara que fazia esculturas com madeira e uma serra elétrica. Isso é estranho do mesmo jeito.

Os dois pegaram a corrente, discutiram estratégias, beisebol, cachorros. Simon amarrou as guias dos cães numa árvore para que ficassem fora de perigo enquanto Gary começava a manobrar o trator.

Foi preciso uma hora, muito suor, trocas de ângulo, rés, reajustes da corrente.

— Calma! — gritou Simon com um sorriso largo. — Você conseguiu. Ele está vindo.

— Esse filho da puta deu trabalho. — Gary deixou o trator em ponto morto quando o tronco saiu da terra. — Problema resolvido.

Simon passou a mão enluvada pela madeira e pelas raízes grossas.

— Pois é.

— Acho que, desde que te conheci, nunca te vi tão feliz. Vamos colocá-lo dentro da caçamba. — Saindo da floresta, com o tronco sendo devidamente carregado pelo trator, Gary olhou para o lado. — Depois me conte o que você vai fazer com ele.

— Acho que uma pia.

O fazendeiro soltou uma risada irônica.

— Você vai transformar um tronco numa pia?

— Na base, sim. Talvez. Se eu conseguir limpar tudo do jeito que quero. Tenho um nó de madeira que pode ser a pia em si. Aí é só acrescentar uma bica e abridores modernos e caros, meio milhão de camadas de verniz. Sim, talvez.

— Isso é mais estranho que as esculturas feitas com serra elétrica. Quanto você cobraria por algo assim?

— Depende, mas, se meu plano der certo? Acho que consigo vender por oito.

— Oitocentos dólares por uma pia num tronco?

— Mil.

— Você está de sacanagem.

— Para uma galeria chique em Seattle? Talvez consiga dez.

— Dez mil dólares numa pia. Puta merda.

Simon teve que sorrir.

— Uma peça exclusiva. Algumas pessoas consideram que esse tipo de coisa é arte.

— Algumas pessoas têm merda na cabeça. Sem querer ofender.

— É verdade. Não me ofendi. Eu te aviso quando terminar, seja lá o que eu acabar fazendo. Para você dar uma olhada.

— Vou querer ver mesmo. Sue não vai acreditar quando eu contar a ela — continuou Gary, falando da esposa. — Vai ficar de queixo caído.

Capítulo 9

♦ ♦ ♦ ♦

Quando Simon e Gary finalmente chegaram à sua casa e descarregaram o tronco, ele cogitou não ir à cidade para ficar se divertindo com seu brinquedo novo. Já criara meia dúzia de projetos em sua cabeça.

Mas as peças estavam na picape, embaladas e prontas. Se não fosse agora, teria que ir mais tarde. Então resolveu dar a Tubarão mais uma aventura emocionante com a janela meio aberta. O filhote pressionou o focinho na fresta, deixando as orelhas balançarem ao vento.

— Por que você faz isso? — perguntou Simon. Quando a resposta de Tubarão foi apenas bater o rabo contra o banco, ele resolveu enfiar a cabeça para fora de sua própria janela. — Hum. Até que é gostoso. Da próxima vez você dirige, e eu fico ao vento.

Ele tamborilava os dedos no volante acompanhando o ritmo da música do rádio enquanto aperfeiçoava e descartava mais projetos na sua cabeça. O trabalho físico, junto com as possibilidades criativas, a alegria e o puro prazer do cachorro formavam uma combinação quase perfeita que o fez seguir sorrindo até a cidade. Ele terminaria sua tarefa, voltaria para casa, analisaria o material, tiraria medidas e depois faria uma caminhada pela praia, para deixar as ideias fervilharem. Se juntasse uma cerveja ao processo, ou quem sabe uma pizza, aquele seria um ótimo dia.

E essa era a resposta para a pergunta de Fiona.

Por que Orcas?

Ele se sentia atraído pela água — ondas violentas nas praias, rios largos, córregos rápidos, enseadas tranquilas. Fora esse anseio que o fizera trocar Spokane por Seattle. E a cidade em si — seu estilo, sua aceitação da arte. A vida noturna, a agitação, tudo isso parecia interessante naquela época.

Assim como Nina, por um tempo.

Ele tivera bons anos lá. Anos interessantes, criativos, bem-sucedidos. Porém...

Pessoas demais, agitação demais, e espaço de menos.

Simon gostava da ideia de viver numa ilha. Limitada, só um pouco distante, cercada por água. Aquelas estradas serpenteantes e traiçoeiras ofereciam inúmeros panoramas de azul e verde, barquinhos navegando ao redor, montinhos de terra inabitados que pareciam boiar sobre a água.

Se quisesse mais, poderia ir até a cidade, comer num restaurante, observar os turistas. Se preferisse a solidão, permanecia em casa — sua ilha dentro da ilha. No geral, esta última era sua preferência, coisa que ele admitia de bom grado.

E era por isso, pensou ao olhar para Tubarão, que sua mãe o forçara a ter um cachorro.

Observando aquelas orelhas voando e o rabo batendo, Simon reconheceu que ela estava certa. Para variar.

Ele estacionou nos fundos da loja de Sylvia e subiu o vidro das janelas, deixando uma abertura de uns oito centímetros.

— Fique aqui. Não destrua nada. — No último segundo, ele se lembrou da *distração* e tirou um brinquedo do porta-luvas. — Brinque com isto — ordenou.

Enquanto entrava com a primeira leva, Simon sentiu o cheiro de comida caseira — um pouco apimentada — e viu uma panela elétrica sobre a bancada de entregas.

Então enfiou a cabeça dentro da loja. Sylvia, bonita e exuberante em uma de suas saias coloridas, conversava com uma cliente enquanto sua assistente atendia outra.

Os negócios estavam indo bem. Outro ponto positivo daquele dia.

Ele acenou brevemente para ela, começou a sair.

— Simon! Chegou na hora certa. Este é Simon Doyle — disse ela para a cliente. — Simon, Susan veio de Bainbridge Island. Ela gostou da sua adega.

Sylvia abriu um sorriso estonteante para ele e fez um sinal sutil que dizia: "Venha aqui."

Aquela era a pior parte do seu trabalho. Porém, sem ter outra opção, Simon se aproximou.

— Eu estava contando para Susan como temos sorte de você ter se mudado para Orcas e de expor seu trabalho aqui. Ela veio passar o dia na cidade com a irmã. Outro sinal de que temos sorte.

— É um prazer te conhecer. — As unhas da mão que Susan oferecia exibiam uma francesinha perfeita e um anel de diamante amarelo. — Seu trabalho é lindo.

— Obrigado. — Simon esfregou a mão na calça jeans. — Desculpe. Eu estava trabalhando. Só vim entregar umas peças novas.

— Alguma coisa tão impressionante quanto a adega?

— Peças menores, na verdade.

A irmã se aproximou, brincos diferentes em cada orelha.

— Susan, qual deles?

Susan inclinou a cabeça, virando de um lado para o outro.

— Os dois. Dee, este é o homem que fez a tigela que vou comprar para o aniversário de Cherry e a adega que estou namorando. Simon Doyle.

— Adorei a tigela. — Dee trocou um aperto de mão firme e rápido com ele. — Mas ela viu primeiro. Sylvia disse que talvez te convencesse a fazer outra.

— Simon acabou de trazer peças novas.

— Sério? — Dee olhou para Sylvia e depois para Simon. — Alguma tigela?

— Duas — começou ele.

— Posso abri-las para vocês darem uma olhada — sugeriu Sylvia.

— Seria ótimo. Vamos poder escolher — disse Dee, cutucando a irmã.

— Tenho mais na picape. Vou...

— Não, não, eu cuido disso. — Sylvia deu um tapinha no braço de Simon, seguido de um apertão de alerta. — Converse com Susan sobre a adega. É a nossa peça em destaque no momento — acrescentou ela, indo embora antes que ele conseguisse bolar uma desculpa.

Simon odiava vender, odiava ter a sensação de estar tão exposto quanto seu trabalho.

— Adorei os tons da madeira. — Susan passou os dedos pela peça. — E os detalhes. É elegante sem ser chamativa nem enfeitada demais.

— Combina com você.

O rosto dela se iluminou.

— Gentileza sua.

— Eu diria se não combinasse. Você gosta de coisas discretas e especiais. Não se importa se elas não forem muito práticas, mas prefere que tenham propósito.

— Meu Deus, você acertou na mosca. Um marceneiro vidente — disse Dee, rindo. — Compre a adega, Susan. Agora, é questão de carma.

— Talvez seja mesmo. — Susan abriu as portas de novo, puxou uma das gavetas. — E desliza com tanta suavidade. Gosto de trabalhos bem-feitos.

— Eu também.

Simon notou que Sylvia arrumara a adega com algumas taças bonitas e duas garrafas de um vinho de excelente qualidade.

— Quanto tempo faz que você trabalha com madeira?

— De acordo com minha mãe, desde os 2 anos de idade.

— Foi um tempo bem-aproveitado. Sylvia disse que você é novo na ilha. Onde morava antes?

Ele sentiu a pele começar a formigar.

— Sou de Spokane, passei um tempo em Seattle.

— Doyle — murmurou Dee. — Acho que me lembro de ter lido sobre seu trabalho há um tempo, no caderno de artes.

— Talvez.

Susan inclinou a cabeça de novo, da mesma forma como fizera ao analisar os brincos da irmã.

— Você não é do tipo que gosta de vender, é?

— O trabalho devia falar por si só.

— Concordo, e, neste caso, é exatamente o que acontece. Vou levar.

— Queridas — chamou Sylvia da porta. — Venham aqui no estoque. Dee, acho que encontrei sua tigela. Simon, eu trouxe o cachorrinho para dentro. Espero que você não se importe. Sei que estamos demorando um pouco mais do que o planejado, e ele ficou tão feliz em me ver.

— Um cachorrinho!

— Cuidado — alertou Dee enquanto a irmã ia correndo para o estoque. — Ela vai querer comprá-lo também. Susan adora cachorros.

Foram mais trinta minutos, com Sylvia bloqueando suas tentativas de fuga e Tubarão recebendo carinhos e abraços até ficar delirante de tanta alegria. Simon levou as caixas e as sacolas até o carro das clientes e estava achando aquela situação mais cansativa do que arrancar um tronco do solo.

Sylvia o arrastou de volta para o estoque e rodopiou com ele, como numa ciranda, enquanto Tubarão latia e pulava.

— Simon! Aquelas duas não fizeram só nosso dia, mas nossa semana! E elas vão voltar, ah, se vão. Sempre que Susan olhar para a adega ou para o vaso, ou quando Dee usar a tigela, vão pensar na loja e em você. E vão voltar.

— Isso que é trabalho em equipe.

— Simon, nós vendemos as peças enquanto as tirávamos da embalagem. E a adega? De verdade, achei que ela ficaria exposta até a alta temporada. Você precisa fazer outra!

Ela se jogou no sofá minúsculo em que servira limonada para as duas clientes.

— Então é melhor eu voltar ao trabalho.

— Fique feliz. Você acabou de ganhar bastante dinheiro. E vendemos peças que as duas vão adorar. Adorar de verdade. Meu dia precisava dar uma animada, e isso funcionou. — Sylvia se inclinou para fazer carinho em Tubarão. — Estou preocupada com Fi. O *U.S. Report* publicou uma matéria sobre Perry e os últimos assassinatos hoje. Fui visitá-la, mas ela já havia saído. Hoje é dia de treinamento da Unidade.

— Fiquei sabendo.

— Conversei com Laine, sua mãe. Nós duas resolvemos que seria melhor não ligar para ela durante o exercício.

— Você fala com a mãe dela?

— A gente se dá bem. Nós duas amamos Fi. Sei que ela já deve ter ficado sabendo da matéria a esta altura, e imagino que está chateada. Você podia me fazer um favor enorme.

Simon sentiu a pele começar a formigar de novo.

— Fiz minestrone para Fi. — Sylvia indicou a panela elétrica com um gesto. — E uma fornada de pão de alecrim. Ela já deve estar chegando, se é que já não chegou. Pode levar a comida para mim?

— Por quê? Você que devia fazer isso.

— Eu faria. Era isso que tinha planejado, mas acho melhor ser alguém diferente, alguém que tenha mais ou menos a idade dela. E este aqui. — Sylvia voltou a fazer carinho em Tubarão. — É difícil ficar triste quando ele está por perto.

A mulher inclinou o rosto para cima, e, mesmo sabendo que ela usava aqueles olhos como armas para convencê-lo, ele não conseguiu dizer-lhe não.

— Você se incomoda de fazer isso, Simon? Fico tão nervosa quando penso em tudo que aconteceu. Talvez só piore as coisas. Eu me sentiria melhor se soubesse que ela comeu direito e em boa companhia.

Simon se perguntou como algumas mulheres tinham a capacidade de convencê-lo a fazer o oposto do que queria.

Sua mãe possuía o mesmo talento. Ele passara a vida observando-a, ouvindo-a, tentando escapar, sair pela tangente, enganá-la — mas a mulher sempre conseguia, sem exceção, levá-lo na direção contrária do que planejava.

Sylvia era igual, e agora ele tinha em mãos uma panela elétrica, um pão e uma tarefa — e aquele passeio pela praia para espairecer acabara antes mesmo de começar.

Agora devia deixar Fiona chorar no seu ombro? Ele odiava ser o ombro. Nunca sabia o que fazer nem o que dizer.

Pronto, pronto, vai ficar tudo bem. Que saco.

Além do mais, se ela fosse sensata — e ele achava que era —, iria preferir ficar sozinha.

— Se as pessoas simplesmente deixassem umas às outras em paz — disse Simon para Tubarão —, o mundo seria um lugar melhor. De toda forma, a raiz do problema é sempre outro ser humano.

Ele entregaria a comida e iria embora. Seria melhor para todo mundo. Aqui está a sua refeição, bom apetite. Então, finalmente, teria seu tempo para estudar, tirar medidas, bolar seu projeto enquanto comia pizza e tomava uma cerveja.

Talvez ela ainda não tivesse chegado. Melhor assim. Ele poderia deixar a panela e o pão na varanda e pronto.

Assim que a picape virou na direção da casa, Tubarão se animou. Ele dançou no banco, apoiando as patas no painel. O fato de conseguir fazer isso sem cair de cara no chão fez Simon perceber o quanto crescera nas últimas duas semanas.

Ele devia estar precisando de uma coleira nova.

Esticando o braço, Simon enfiou um dedo entre a coleira e o pelo.

— Merda. Por que você não me conta essas coisas?

Enquanto atravessavam a ponte, o rabo do cãozinho batia — porta, banco, porta, banco, num ritmo triunfante.

— Que bom que alguém está feliz — murmurou Simon.

O carro dela estava lá; os labradores corriam pelo quintal.

— Nós não vamos ficar — avisou ele ao cachorro. — É bate e volta.

Simon deixou Tubarão sair primeiro e pensou que, com a operação do resgate do tronco com Gary e Butch, um passeio até a cidade, a adoração de mulheres e, agora, uma visita inesperada aos seus amigos, aquela fora a versão canina de um dia em Walt Disney World para o filhote.

Ele pegou a panela e o pão embrulhado em papel-alumínio.

Fiona estava na varanda agora, apoiada casualmente no umbral. E, para sua surpresa, sorria.

— Oi, vizinho.

— Precisei dar um pulo na loja de Sylvia. Ela me pediu para te entregar isto.

Fiona se empertigou para abrir a tampa da panela e cheirar.

— Hum, sopa. Adoro. Vamos até a cozinha.

Ela se afastou para ele passar e deixou a porta aberta, como costumava fazer.

O fogo na lareira estalava, o aroma da sopa dominava o ar, e Fiona tinha cheiro de floresta.

— Ouvi falar que você pegou seu tronco.

— Anunciaram no rádio?

— Fofoca corre rápido. Encontrei com Gary e Sue no caminho para casa. Eles estavam indo jantar na casa do filho. Pode colocar na bancada, obrigada. Eu ia tomar uma cerveja, mas a sopa de Syl pede um bom vinho tinto. A menos que você prefira cerveja.

O plano de não ficar foi deixado de lado por sua curiosidade. Fofoca corria rápido *mesmo*. Ela já sabia sobre a matéria.

— Pode ser vinho.

Fiona atravessou a cozinha até um armário comprido e fino — aquela cozinha precisava de uma adega — para escolher uma garrafa.

— Então, uma pia?

— O quê?

— O tronco. — Ela abriu uma gaveta, pegou um saca-rolhas sem remexer nada lá dentro. — Gary disse que você vai fazer uma pia. Uma pia num tronco. Daqui a pouco, a ilha inteira vai estar falando disso.

— Porque nada acontece aqui. Vou plantar sua árvore daqui a uns dois dias.
— Tudo bem.

Simon analisou seu rosto enquanto ela abria a garrafa, não viu qualquer sinal de tensão, choro, raiva. Talvez aquela fofoca específica estivesse correndo mais devagar.

Fiona serviu o vinho, ligou a panela elétrica.

— É melhor esquentar um pouco — disse ela, batendo sua taça na dele. — Então, um solário.

— Um o quê?

— Você disse que eu devia fazer um solário no lado sul. Abrir a cozinha. Como seria isso?

— Ah... aquela parede. — Simon gesticulou com a taça na mão. — Parece ter uma coluna ali, então você precisaria criar outro apoio. Talvez algumas vigas para manter o espaço aberto, mas criar uma entrada. Tire a parede, instale as colunas. Uns três, quatro metros de espaço. Talvez um telhado inclinado. Claraboias. Uma janela boa, grande, com vista para a floresta. Talvez piso de tábuas largas. Você teria espaço para uma mesa, caso queira outro lugar para comer além da cozinha.

— Falando assim, até parece que é fácil.

— Daria trabalho.

— Talvez eu comece a juntar dinheiro. — Fiona tomou um gole do vinho e colocou a taça sobre a mesa para tirar um pote de azeitonas da geladeira. — Você ficou sabendo sobre a matéria.

— Pelo visto, você também.

Ela transferiu as azeitonas para um prato raso.

— James a leu antes de nos encontrarmos hoje cedo. E avisou ao restante da unidade. Todo mundo ficou tão preocupado sobre tocar ou não no assunto que ninguém conseguia se concentrar no trabalho. Então, finalmente acabaram me contando, e só depois conseguimos começar.

— Você leu?

— Não. Esta é minha versão de entrada, aliás. — Fiona empurrou as azeitonas na direção dele. — Não, não li nem vou ler. Não tem por quê. Não há nada que eu possa fazer para mudar o que aconteceu antes nem para mudar o que está acontecendo agora. Eu sabia que haveria uma matéria, e agora ela existe. Amanhã, vai ser notícia de ontem.

— Essa é uma maneira de encarar a situação.
— Syl mandou minha sopa favorita. Ela achou que eu estaria tensa.
— Acho que sim.
Fiona pegou a taça de vinho de novo, apontou para Simon com a mão livre.
— Você sabe muito bem disso, porque ela te disse. E te convenceu a vir aqui para eu não ficar sozinha.
Os cachorros entraram correndo, uma matilha peluda e feliz.
— Você não está sozinha.
— É verdade. — Ela fez carinho em todos. — Você achou que eu estaria chateada. E não conseguiu dizer não a Syl.
— Alguém consegue?
— Acho que não. Estou chateada. Mas de um jeito controlado. Já curti duas fossas este mês, não posso curtir outra.
Sem querer, Simon se viu fascinado.
— Existe um limite?
— Para mim, sim. E agora eu tenho sopa e... — Fiona abriu o papel-alumínio. — Humm, pão de alecrim. Que maravilha. Tenho uma madrasta que arruma tempo para cozinhar para mim, um vizinho que me traz comida mesmo quando não quer fazer isso, e meus cachorros. Não posso entrar na fossa. Então, vamos jantar e conversar. Mas não vou para a cama com você depois.
— Você fica fazendo cu doce.
Fiona quase engasgou com o vinho.
— Você não disse isso.
— Disse o quê?
Ela jogou a cabeça para trás e soltou uma gargalhada.
— Viu? Isso é melhor do que entrar na fossa. Vamos comer. — Fiona encheu duas tigelas de sopa, serviu o pão numa tábua e colocou um molho num pratinho. — As velas — disse enquanto as acendia — não são para sedução. Só para deixar a comida mais gostosa.
— Achei que eram para me deixar mais bonito.
— Mas você já é lindo o bastante. — Ela sorriu, pegou uma colherada de sopa. — À Syl.

— Tudo bem. — Simon provou. — Espere. — E provou de novo. — Isto está muito bom. Eu me sinto jantando na Toscana.

— Ela vai adorar ouvir isso. No geral, acho que Sylvia começou a gostar demais de tofu e arroz esquisito. Mas, quando ela faz minestrone, é genial. Experimente o pão.

Simon partiu um pedaço, passou no molho.

— Ela ligou para sua mãe.

— Ah. — Aqueles olhos azuis foram tomados pela tristeza. — Eu devia ter pensado nisso. Vou ligar para as duas mais tarde para contar que estou bem.

— Você tinha razão sobre o pão. Minha mãe faz pão. É tipo um hobby.

— Eu sou boa em assar as coisas. Sabe aquela massa de cookie que você compra pronta e só precisa cortar e colocar no forno?

— Minha especialidade é pizza congelada.

— Outra habilidade maravilhosa.

Simon concentrou-se na sopa.

— Não conheço nenhum divorciado que não odeie todas as outras partes envolvidas. Ou que não seja no mínimo indiferente.

— Meu pai era um homem muito bom. Minha mãe é uma mulher fantástica. Em algum momento, os dois deixaram de ser felizes juntos. Sei que tiveram brigas, sentiram raiva um do outro, talvez tenham culpado um ao outro por seus problemas, mas, no geral, lidaram com o divórcio da melhor maneira possível. Mesmo assim, por um tempo, sofri bastante. Mas depois passou e, porque ele era um homem muito bom e ela é uma mulher fantástica, os dois voltaram a ser felizes. Por mais estranho que isso possa parecer, voltaram a gostar um do outro. Então papai conheceu Syl, e os dois eram... bem, os dois eram lindos juntos. Syl e minha mãe fizeram o esforço de se conhecerem, por minha causa. E viraram amigas. As duas se gostam de verdade. Todo ano, minha mãe manda flores para Syl no aniversário da morte do meu pai. Girassóis, porque eram as favoritas dele. Tudo bem. — Fiona pressionou as mãos contra os olhos por um instante. — Chega disso. Sempre choro quando falo dessas coisas. O que você fez hoje além de tirar um tronco da floresta?

Antes de Simon conseguir falar, os cachorros entraram de novo. Tubarão sentiu o aroma no ar e seguiu como um projétil até a mesa. Então, apoiou as patas na perna de Fiona e ganiu.

— Não. — Ela estalou os dedos, apontou para o chão. O cachorrinho sentou, mas o rabo balançava, e os olhos brilhavam de antecipação. Ela voltou seu foco para Simon. — Você dá comida da mesa para ele.

— Talvez. Ele fica enchendo o saco até...

Simon parou de falar quando Fiona bufou. Ela se levantou, foi até a dispensa. Pegou ossinhos. Um para Tubarão e um para cada um dos labradores que encaravam o filhote com pena.

— Estes são seus. — Ela distribuiu os ossos pela sala. — Podem pegar. Distração — disse para Simon. — Substitua, tenha disciplina. Se você continuar dando comida da mesa para Tubarão, ele vai continuar implorando. E comida de gente não faz bem para os cachorros. Desse jeito, você o ensina a te encher o saco sempre que dá uma recompensa para um comportamento errado.

— Sim, mãe.

— Se você continuar assim, daqui a pouco ele vai estar pegando comida da bancada da cozinha. Tive um aluno que comeu um peru de Ação de Graças inteiro, uma costela de cordeiro que seria servida num jantar e o presunto do Natal, porque ninguém o ensinou a se comportar. Chegou até a roubar carne direto da churrasqueira do vizinho.

— Foi o dono que mandou ele pegar a carne? Porque essa habilidade seria interessante.

Fiona balançou a colher na direção dele.

— Você vai ver só. Enfim, além do tronco?

— Nada de mais. Trabalhei um pouco, levei algumas peças para Syl, e é por isso que estou aqui tomando sopa. — Simon percebeu que, no fim das contas, não era uma chateação estar ali, conversando e jantando à luz de velas, com os cachorros devorando seus ossos de couro cru. — Ela ficou animada porque duas mulheres estavam lá quando cheguei, e saíram carregadas de peças. A adega terá que ser enviada por uma transportadora, porque não coube no carro delas.

— A adega. — A colher de Fiona parou a caminho da boca. — Você vendeu minha adega.

— Não vi as coisas dessa forma.

Ela ficou emburrada por um tempo, mas então deu de ombros.

— Enfim, paciência. Parabéns.

— Combinava com ela. — Simon deu de ombros quando Fiona estreitou os olhos. — Susan de Bainbridge Island. Anel de diamante amarelo, bela jaqueta de couro, botas estilosas. Susan de Bainbridge Island é sutil, mas sofisticada.

— E eu sou o quê? Exibida e vagabunda?

— Se você fosse vagabunda, estaríamos transando agora.

— Você está querendo ser engraçado. Até foi, mas só um pouco.

— Como são os treinamentos da unidade, tipo o de hoje? Vocês já não sabem tudo?

— É importante praticar, tanto individualmente quanto em equipe. Nós treinamos um problema diferente, num terreno diferente, pelo menos uma vez por mês. Então discutimos nossos erros, falhas ou o que podemos fazer para melhorar. Hoje, procuramos por um cadáver.

Simon franziu a testa para a sopa.

— Que legal.

— Posso falar de outra coisa se esse assunto for delicado demais para você.

— Onde vocês encontram um cadáver? Existe alguma loja que venda?

— Não havia mais nenhum no estoque. Usamos material cadavérico, tipo ossos, fios de cabelo, fluidos corporais, num recipiente. Mai, como operadora da base, o posiciona antes de chegarmos. Então montamos tudo, como faríamos numa busca de verdade, dividimos os setores, e assim por diante.

Simon tentou lembrar se já tivera uma conversa tão estranha quanto aquela enquanto tomava uma sopa. Jamais.

— Como o cachorro sabe que precisa encontrar um cadáver em vez de uma pessoa viva?

— Ótima pergunta. Usamos comandos diferentes. Para os meus, uso "encontre" para buscar alguém vivo, e "procure" para um cadáver.

— Só isso?

— Existem outros detalhes, mas a maioria é uma questão de assimilar treinamentos, as coisas que aprendemos no início com as aulas mais avançadas.

— Acho que Tubarão seria bom nisso. Ele encontrou um peixe morto hoje. De cara.

— Na verdade, acho que seria mesmo. Posso ensiná-lo a diferenciar o cheiro de peixe ou de outro animal morto do de restos humanos.

— E a não rolar em cima deles quando encontrá-los?

— Com certeza.

— Então talvez valha a pena.

Simon olhou para o lado e viu que Tubarão se arrastava na direção da mesa. Fiona apenas se virou e apontou. O filhote voltou para os outros cães.

— Ele obedece, viu? Não só a você, mas a outras pessoas. Essa habilidade é importante.

— Acho que ele obedece mais a você, mas não sei se isso é útil.

Ela empurrou a tigela para o lado.

— Talvez não, mas o jantar foi. Eu não teria entrado na fossa, porque isso é contra as minhas regras, mas teria chegado perto dela se ficasse sozinha.

Simon a analisou enquanto a luz das velas tremeluzia.

— Sua cara não está péssima hoje.

— Puxa vida. — Fiona levou uma das mãos ao peito. — Estou ficando vermelha?

— Achei que fosse estar — acrescentou ele, sem se deixar abalar. — Depois de um dia inteiro praticando táticas, ou seja lá como vocês chamam.

— Treinamento da Unidade.

— Claro, e a chateação por causa da reportagem. Mas você está bonita.

— Uau, fui de não estar com a cara péssima a bonita num piscar de olhos. O que mais?

— Seu sorriso. Você deve saber que esse é seu ponto forte, seu traço mais atraente, mais sexy. É por isso que sorri tanto.

— É mesmo?

— Viu, tipo agora.

Ainda sorrindo, Fiona apoiou o queixo na mão.

— Mesmo assim, não vou para a cama com você hoje. Isto não foi um encontro. Talvez eu queira ter um encontro de verdade antes de transarmos. Ainda não decidi.

— Você ainda não decidiu.

— Pois é. As mulheres têm a vantagem de decidirem esse tipo de coisa. Não fui eu quem criou as regras. Enfim, ainda não vou transar com você.

— Talvez eu não queira transar com você.

— Porque não faço seu tipo — disse ela, concordando com a cabeça. — Mas já te seduzi com meu sorriso, e te amoleci com a sopa de Sylvia. Se eu quisesse, poderia me aproveitar de você.

— Que ofensivo. E excitante.

— Mas não vou fazer isso, porque gosto de você.

— Você não gosta tanto assim de mim.

Fiona riu.

— Até que gosto, só que não estou cem por cento hoje, então não seria tão bom quanto deveria. Mas a gente pode experimentar isso.

Ela se levantou, deu a volta na mesa. E sentou no colo de Simon. Roçou os dentes pelo seu lábio inferior e usou a língua para provocá-lo antes de mergulhar juntamente com ele no beijo.

Fogo e aconchego, pensou ela, promessa e ameaça. O corpo rijo e o cabelo sedoso e abundante, a barba áspera e a boca macia.

Fiona suspirou, se afastou, olhou-o fundo nos olhos.

— Um pouco mais — murmurou antes de tomar os lábios dele de novo.

Desta vez, as mãos de Simon subiram pelas laterais do corpo dela, chegando até os seios. Possuíram-nos. Pequenos e firmes, com seu coração disparado sob as palmas dele.

— Fiona.

Ela interrompeu o beijo e apoiou a bochecha na dele.

— Você podia me convencer, nós dois sabemos. Por favor, não faça isso. Sei que é injusto, mas, por favor, não faça isso.

Algumas mulheres, pensou Simon, tinham a capacidade de convencer um homem a fazer o oposto do que queria. Pelo visto, era seu destino encontrá-las. E gostar delas. Mas que droga.

— Preciso ir.

— Sim. — Fiona se afastou de novo, desta vez segurando o rosto dele. — Precisa. Mas obrigada, porque, quando eu não conseguir dormir esta noite, não vai ser por estar pensando naquela matéria ridícula de jornal.

— Sou um bom samaritano.

Por um instante, ela apoiou a testa na dele.

— Vou te dar um pouco de sopa para levar. E uma coleira maior para Tubarão. Essa já está apertada nele.

Simon não discutiu enquanto ela lhe dava tempo para se recompor.

E, mesmo assim, durante todo o trajeto de volta para casa, com o cãozinho roncando no banco do carona, ele conseguia sentir o gosto dela, o cheiro dela.

Simon olhou para o cão.

— A culpa é sua — murmurou. — Se não fosse por você, eu não estaria nesta situação.

Enquanto entrava na rua para sua casa, ele lembrou que precisava comprar uma árvore e plantá-la.

Promessa era dívida.

Capítulo 10

◆ ◆ ◆ ◆

Ela aguentou firme, deixou tudo para trás. O trabalho e a rotina forçavam-na a seguir em frente a cada hora. O excesso de nervosismo foi canalizado nos exercícios físicos, transformando a tensão em suor, até a matéria que relembrava sua experiência difícil, seu sofrimento, perder a importância.

As aulas, o blog, o cuidado diário e a interação com os cachorros preenchiam seus dias. E, desde aquele jantar casual de sopa e pão, Fiona tinha a possibilidade — por mais superficial que fosse — de um relacionamento com Simon para ocupar sua cabeça.

Ela se divertia bastante com ele. Talvez por Simon não ser tão protetor e brincalhão quanto seu círculo de amigos ou as duas mulheres que formavam sua família. Ele era um pouco ríspido, muito direto e bem mais complicado que as demais pessoas em sua vida.

De muitas formas, desde o assassinato de Greg, a ilha se tornara seu santuário, seu porto seguro em que ninguém a encarava com pena ou com excesso de interesse, onde fora capaz de recomeçar sua vida.

Não do zero, pensou Fiona. No fundo, continuava a mesma pessoa. Mas, assim como uma ilha, ela se separara do continente e se permitira mudar de direção, crescer e até se reformar.

Não havia tanto tempo assim que ela se imaginara numa família — criando três filhos — num bairro residencial bonito. Aprenderia a preparar refeições gostosas, nutritivas, e adoraria seu emprego de meio expediente (a ser determinado). Haveria cachorros na casa, um balanço no quintal, aulas de dança e partidas de futebol.

Ela seria a esposa fiel e compreensiva de um policial, uma mãe dedicada e uma mulher satisfeita com a vida.

E teria sido boa nisso, pensou enquanto estava sentada na varanda, observando a manhã tranquila. Na época em que planejava casar e ter filhos, talvez fosse jovem demais para essas coisas, mas tudo estava se encaminhando naturalmente para aquilo.

Até que.

Até que não sobrara nada daquela imagem bonita além de vidro quebrado e uma moldura vazia.

Porém.

Porém, agora, ela era boa no que fazia. Sentia-se satisfeita e realizada. E compreendia que só chegara ali, naquela vida, com aquelas habilidades, porque todos os seus planos encantadores e meigos tinham sido destruídos.

Fiona continuava a mesma pessoa, mas tudo ao seu redor mudara. E, por causa ou apesar disso, ela se tornara uma mulher feliz e bem-sucedida.

Bogart se aproximou para enfiar a cabeça sob um dos seus braços. Automaticamente, ela mudou de posição, o abraçando para coçar sua lateral.

— Não acho que tudo aconteça por um motivo. Isso é só uma coisa que dizemos a nós mesmos depois de passarmos pelo pior. Mas fico feliz por estar aqui.

E sem sentir que traía Greg, todos aqueles planos bonitos e a garota que os fizera.

— Um novo dia, Bogart. O que será que me espera?

Como se em resposta à pergunta, o labrador ficou alerta. E ela viu a picape de Simon se aproximando.

— Talvez seja interessante — murmurou enquanto os outros cachorros corriam para o seu lado e sentavam, os rabos balançando.

Fiona sorriu ao ver a expressão feliz de Tubarão na janela do banco do passageiro e a expressão indecifrável de Simon atrás do volante.

Ela se levantou e, quando a picape estacionou, fez o sinal que liberava os cães.

— Está meio cedo para uma aula — gritou quando Simon saltou do carro e Tubarão pulou para encontrar os amigos.

— Trouxe a droga da sua árvore.

— Que animação.

Ela se aproximou enquanto ele desviava dos cães.

— Quero café.

Simon não esperou pela oferta e simplesmente pegou sua caneca, bebendo tudo.

— Bem, fique à vontade.

— O meu acabou.

Como ele parecia mal-humorado e estava sexy com a barba por fazer, os olhos de Fiona brilharam.

— E, mesmo assim, aqui está você, cedinho, só para me trazer uma árvore.

— Eu vim cedinho pra caramba porque aquele cachorro conseguiu abrir e devorar um pacote de dois quilos de ração no meio da madrugada e vomitou tudo, junto com o saco, na minha cama. Enquanto eu estava em cima dela.

— Ohhh.

Simon fez cara feia quando a preocupação e a atenção dela se voltaram para o cachorro.

— A vítima sou eu.

Ignorando-o, Fiona fez carinho no filhote, verificou seus olhos, seu nariz, sua barriga.

— Coitadinho. Você está bem agora. Está tudo certo.

— Tive que jogar o lençol fora.

Agachada, Fiona revirou os olhos.

— Não, você limpa o vômito e depois lava o lençol.

— Não aquele lençol. Ele vomitou tanto quanto um universitário bêbado depois de uma chopada.

— E de quem é a culpa?

— Não fui eu quem comeu a ração.

— Não, mas foi você que não a guardou num lugar que ele não alcançasse ou, melhor ainda, num pote com tampa. Além do mais, Tubarão ainda não está pronto para ficar solto pela casa toda. Você devia colocar uma grade.

A cara feia piorou.

— Não vou botar grade nenhuma.

— Então não reclame quando ele mexer em alguma coisa que não devia quando você estiver dormindo ou ocupado.

— Se vou levar uma lição de moral, quero mais café.

— Na cozinha. — Quando Simon se afastava batendo os pés, chegando longe o suficiente para não escutar, Fiona permitiu que uma risadinha escapasse. — Ele ficou irritado com você, não ficou? Sim, muito irritado. Mas daqui a pouco passa. Enfim — ela deu um beijo no nariz gelado e úmido de Tubarão —, a culpa foi dele.

Ela se levantou e foi até a caçamba da picape para ver sua árvore nova.

E continuava parada lá, sorrindo, quando Simon voltou com sua própria caneca de café.

— Você trouxe um corniso, a árvore-de-cachorro.

— Pareceu apropriado quando a comprei ontem. Mas isso foi antes desta madrugada, quando lembrei que cachorros são um pé no saco.

— Em primeiro lugar, a árvore é linda. Obrigada. Em segundo, tudo e todos que dependem de nós podem ser um pé no saco. Tubarão foi para sua cama porque, quando se sentiu enjoado e assustado, queria você. E em terceiro — ela apoiou as mãos nos ombros de Simon, levando sua boca à dele —, bom dia.

— Ainda não.

Fiona sorriu, beijando-o de novo.

— Está melhorando.

— Bem, vamos plantar a árvore e ver se isso te anima. Vamos colocá-la ali. Não... — Ela mudou de direção. — Ali.

— Achei que você queria colocá-la na floresta, onde estava o tronco.

— Sim, mas ela é tão bonita, e a única pessoa que vai vê-la na floresta sou eu. Ah, ali, bem ali, do lado de cá da ponte. Talvez eu possa comprar uma para colocar do outro lado. Sabe, para as duas ladearem a entrada.

— Aí é por sua conta.

Mas ele deu de ombros, abrindo a porta da picape.

— Vou com você, para te ajudar.

Dito isso, Fiona pulou para a caçamba da picape, ágil, e se acomodou sobre um saco de turfas.

Simon balançou a cabeça, mas manobrou a picape, se aproximou devagar da ponte e estacionou de novo. Quando saiu para abrir a caçamba, ela jogou o saco de turfas em cima de um ombro.

— Eu pego isso.

— Já peguei — disse ela, e pulou para o chão.

Simon observou enquanto Fiona levava o saco até o lugar escolhido, colocava-o no chão. Quando ela voltou, ele segurou seu braço.

— Flexione os braços — ordenou.

Achando graça, ela obedeceu, viu a surpresa nos olhos dele ao apertar seu bíceps.

— O que você faz, levantamento de cachorro?

— Entre outras coisas. Além do mais, tenho um excelente metabolismo.

— Estou vendo. — Simon subiu na picape para empurrar a árvore até a borda da caçamba. — Pegue as ferramentas, musculosa. Acho que tenho um par de luvas extra dentro do carro.

Os cachorros farejaram os arredores, mas logo perderam o interesse. Simon ficou quieto quando Fiona veio carregando o saco de terra que ele trouxera para misturar com as turfas, continuou em silêncio quando ela voltou para a casa, no encalço dos cães.

Mas parou de cavar para observá-la voltar com dois baldes, parecendo uma poderosa vendedora de leite.

— Minha mangueira não chega aqui — explicou Fiona. Ele ficou satisfeito ao ver que ela parecia um pouco cansada. — Se você precisar de mais água, posso pegar no riacho.

Ela colocou os baldes no chão. Imediatamente, os cachorros começaram a beber a água.

— Não sei por que nunca pensei em plantar alguma coisa bonita aqui antes. Vou ver a árvore sempre que chegar em casa, sempre que sair de casa, da varanda, durante as aulas. As árvores — corrigiu-se —, se eu colocar a segunda do outro lado. Quer que eu cave um pouco?

Provavelmente era idiotice interpretar isso como um desafio à sua masculinidade, mas Simon não conseguiu evitar.

— Pode deixar.

— Bem, me avise se precisar de ajuda.

Fiona se afastou para brincar com os cachorros.

Ele nunca tinha pensado em força como algo sensual, mas, apesar do corpo esbelto, dos tons suaves de sua pele e cabelo, da paciência aparentemente infinita, ela era feita de aço. A maioria das mulheres com que Simon já se envolvera era incapaz de levantar qualquer coisa mais pesada do que um martíni — e talvez um peso de dois quilos numa academia chique. Mas Fiona? Ela carregava um saco de terra que nem um pedreiro.

E isso era muito sexy. Ele se perguntou como seria a aparência, a sensação daquele corpo quando a convencesse a tirar a roupa. Talvez devesse insistir mais, pensou enquanto cavava com vontade.

Fiona voltou quando ele abriu os sacos de terra e turfas para misturar no buraco.

— Espere um pouco, eu faço isso aí. Mas quero mostrar uma coisa primeiro. — Ela parou ao lado de Simon e chamou Tubarão apenas com um gesto de mão. O filhote veio correndo e sentou quando ela apontou para baixo. — Bom cachorro, muito bom. — Então lhe deu um daqueles biscoitos que pareciam nunca se esgotar em seu bolso. — Fique. Abaixe para ficar na altura dele — disse ela a Simon.

— Você quer que eu plante a árvore ou não?

— É só um segundo. Fique — repetiu Fiona com firmeza quando Tubarão tentou pular em cima do dono, que agachava. — Fique. Ele está aprendendo, e vamos treinar sentar e ficar numa distância maior. Mas achei que você fosse gostar disto. Estique a mão e diga "Aperte".

Simon ergueu um olhar incrédulo para ela.

— Você está de brincadeira.

— Tente.

— Certo. — Ele esticou a mão. — Aperte.

Tubarão ergueu uma pata e a colocou na palma da mão de Simon.

— Puta merda. Ele riu, e o cachorro perdeu o controle, cheio de orgulho e prazer, pulando e lambendo o rosto do dono. — Muito bom. Muito bom mesmo, seu idiota.

Fiona sorriu enquanto o homem parabenizava o cão.

— De novo — ordenou Simon. — Sente. Tudo bem, aperte. Ótimo. — Ele fez carinho nas orelhas do filhote, olhou para Fiona. — Como você ensinou isso tão rápido?

Meu Deus, os dois eram tão fofos juntos, percebeu ela. O homem com olhos castanho-amarelados e a barba por fazer, o cachorrinho tão pequeno e estabanado.

— Ele quer aprender, agradar. É esperto. — Fiona passou biscoitos para a mão livre de Simon. — Dê-lhe uma recompensa. Ele vai ficar feliz com sua aprovação e seu afeto, mas a comida é um incentivo extra.

Ela pegou a pá, começou a jogar terra no buraco, depois turfas, e então mais terra.

— Já chega. Precisamos colocar as raízes.

— Não entendo muita coisa sobre plantar árvores. — Fiona esfregou as costas da luva contra a testa. — Na verdade, esta é minha primeira. E você?

— Já plantei algumas.

— Achei que você morasse numa cidade grande antes de vir para Orcas.

— Mas não cresci numa cidade grande. Minha família tem uma construtora.

— Tudo bem, mas isso não significa plantar prédios?

Ele abriu um sorriso.

— De certa forma. Mas a política do meu pai era plantar uma árvore ou um arbusto para cada casa nova que construía. Então plantei algumas.

— Que legal. A política do seu pai é legal.

— Pois é. Um gesto simpático, e ajuda os negócios. — Simon ergueu a árvore, colocou as raízes no buraco. — Acho que está bom.

Agachando, ele abriu o saco em torno das raízes para expô-las.

Juntos, os dois despejaram mais terra e turfas, misturaram tudo.

— Não é melhor botar mais? — perguntou ela quando Simon parou.

— Não, só precisamos cobrir as raízes. — Ele ergueu um dos baldes. — Você vai ter que colocar muita água uma vez por semana, a menos que chova bastante.

Tinha sido divertido, pensou ela, plantar uma árvore com ele no frescor da manhã.

— Uma vez por semana, tudo bem.

— Eu não trouxe adubo. Achei que, já que ela ficaria na floresta, daria para usar as pinhas. Você vai ter que adubá-la.

— Tudo bem. — Fiona deu um passo para trás. — Tenho um corniso. Obrigada, Simon.

— A gente fez um acordo.

— E você podia ter comprado um pinheiro e o enfiado no buraco do tronco. Ficou maravilhoso.

Ela se virou para beijá-lo, um gesto amigável, mas Simon se aproximou e deixou as coisas mais sérias.

— Nós temos tempo antes da aula começar — disse ele.

— Hum, é verdade. — Fiona virou o pulso para ver as horas. — Mas pouco. Sejamos rápidos e potentes.

— A estrela da equipe de corrida era você. Seja rápida. Eu fico com a parte de ser potente.

Simon cheirava a sabonete misturado com um toque de suor saudável do esforço de cavar. Parecia rústico e determinado. E o beijo intenso, demorado, ao lado da bela árvore jovem, a fez queimar de desejo.

Por que esperar?, Fiona perguntou a si mesma. Por que fingir?

— Talvez seja uma boa forma de comemorar a árvore nova. Acho que podemos... — Ela se interrompeu quando ouviu pneus se aproximando. — Parece que alguém chegou cedo — começou, mas então viu a viatura. — Ah, meu Deus.

Baixando o braço, ela segurou a mão de Simon.

Davey estacionou atrás da picape, saltou.

— Que árvore bonita — disse ele, e então tirou os óculos escuros, prendendo-os no bolso da camisa. Enquanto se aproximava dos dois, cumprimentou Simon com um aceno de cabeça. — Simon.

— Oficial.

Davey esticou o braço e esfregou o de Fiona.

— Fi, sinto muito pela notícia, mas encontraram outra garota.

O ar que ela prendia saiu todo de uma vez.

— Quando?

— Ontem. Na Reserva Florestal de Klamath, perto da fronteira com o Oregon — disse Davey antes que ela perguntasse. — A vítima estava desaparecida há alguns dias. Uma universitária de Redding, na Califórnia. Ele seguiu para o oeste e um pouco para o sul para sequestrá-la, percorreu mais de 160 quilômetros para... enterrá-la. Os detalhes são iguais aos dos outros casos.

— Dois dias — murmurou Fiona.

— Dois agentes do FBI foram interrogar Perry, ver se conseguem arrancar alguma coisa dele, se é que existe alguma coisa a ser arrancada.

— O assassino não está fazendo um intervalo tão grande entre as mortes — disse Fiona. — Ele é menos paciente. — Ela estremeceu. — E está vindo para o norte.

— Seus alvos seguem o mesmo padrão — lembrou Davey. — Mas, droga, Fi, depois daquela matéria no jornal, estou um pouco preocupado.

— Ele sabe onde me encontrar se quiser.

O pânico começou a arranhar sua garganta. E o pânico, ela lembrou a si mesma, não ajudava em nada. Nada mesmo.

Ainda assim, a sensação de garganta arranhada persistiu.

— Se ele quiser completar o trabalho de Perry, como uma homenagem, vai conseguir me achar. Não sou burra, Davey. Pensei nisso quando fiquei sabendo da matéria.

— Talvez seja bom passar um tempo morando com Sylvia ou Mai. Caramba, Fi, você pode até ficar comigo e Rachel.

— Eu sei, mas a verdade é que estou tão segura aqui quanto em qualquer outro lugar. Talvez até mais, com os cachorros. — Seu santuário. Ela precisava acreditar nisso, ou o pânico tomaria conta. — Ninguém consegue se aproximar da casa sem que eu veja.

Davey olhou para Simon.

— Eu me sentiria melhor sabendo que você não está contando só com os cachorros.

— Tenho uma arma, e sei usá-la. Não posso mudar minha vida inteira só porque existe a possibilidade de esse cara resolver aparecer daqui a uma semana, um mês, seis meses. — Fiona passou uma das mãos pelo cabelo, se obrigando a manter a sensatez. — Ele não é tão paciente quanto Perry — repetiu —, e está se inspirando nos atos de outra pessoa. Vão pegá-lo. Preciso acreditar que vão pegá-lo. Mas, até que isso aconteça, não estou indefesa.

— Um de nós passará aqui todos os dias. Nós cuidamos dos nossos, mesmo quando eles não estão indefesos.

— Por mim, tudo bem.

Simon permaneceu em silêncio até ele e Fiona ficarem sozinhos.

— Por que você não passa um tempo com sua mãe?

— Porque preciso trabalhar. E preciso mesmo — acrescentou ela. — Tenho uma hipoteca, parcelas do carro, contas. Precisei espremer minha agenda para conseguir encontrar tempo e dinheiro para passar três dias fora. — Fiona pegou a pá e a colocou na caçamba da picape. — E o que acontece se ele passar semanas sem matar ninguém? Deixo minha vida de lado por causa de uma possibilidade? Não vou ser boba nem descuidada. — Para se sentir mais forte e competente, ela pegou o saco de turfas meio vazio. — Mas não vou deixar que isso estrague a minha vida. De novo, não. E ele não vai me pegar. De novo, não. Nunca mais.

— Você não tranca a porta. Na maioria das vezes, a deixa escancarada.

— Sim, isso é verdade. E se alguém desconhecido chegasse cinco metros perto da casa ou de mim, os cachorros atacariam. Mas pode ter certeza de que, agora, vou trancá-la à noite, e minha arma vai ficar na gaveta do lado da cama.

Simon demorou um pouco para digerir a informação.

— Você tem uma arma?

— Tenho. — Ela jogou o saco de terra em cima do de turfas. — Greg me ensinou a atirar, a respeitar as armas. E depois... depois, eu passei a ir ao campo de tiro para treinar até aprender a mirar direito. Devo estar um pouco enferrujada, mas vou dar um jeito nisso. Vou dar um jeito. — As palavras saíam rápido demais, e ela se esforçou para diminuir o ritmo. — Vou me cuidar. Preciso da minha vida. Preciso da minha casa e do meu trabalho, da minha rotina. — Fiona pressionou a base da mão contra a testa. — Preciso.

— Tudo bem. Tudo bem. — Simon olhou para os cachorros. Eles pareciam felizes, amigáveis, do tipo que lambiam a cara de desconhecidos. Mas ele se lembrava do rosnado de Newman quando empurrara Fiona de leve na cozinha. — Você não acha melhor cancelar as aulas de hoje?

— Não, não. Já tem gente na balsa, ou chegando. Além do mais, a rotina. Ela me acalma.

— É mesmo?

— Acho que sim. A árvore continua bonita — disse Fiona, mais calma. — O dia também, e ainda tenho meus compromissos de trabalho. Tudo isso ajuda.

— Então acho melhor tirar a picape daqui. — Simon abriu a porta. — Ensine mais alguma coisa para Tubarão. — Ele indicou o filhote com o queixo. — Tipo como pegar uma cerveja na geladeira para mim.

— Não é impossível. Mas é melhor nos concentrarmos no básico por enquanto.

𝒜 ROTINA AJUDAVA, e parte dessa rotina era composta por pessoas e seus cachorros. Fiona prestou atenção, como sempre, aos alunos que relatavam seus progressos ou a falta deles. Escutou seus problemas e organizou a aula do dia para solucioná-los.

Os primeiros minutos foram usados para caminhar, chegar junto e sentar, para fazer tanto os cachorros quanto os donos entrarem no clima.

— Alguns de vocês estão tendo problemas com pulos, então vamos lidar com isso primeiro. Filhotes pulam em cima de nós porque é divertido e porque querem nossa atenção, e eles são tão fofos que cedemos, até encorajamos esse comportamento, recompensando algo errado. Mas, conforme crescem e se tornam cachorros grandes, isso perde a graça. Annie, conte o que aconteceu no outro dia.

Annie, da ilha de San Juan, lançou um olhar pesaroso para sua collie.

— Minha sobrinha veio me visitar com seu filhinho. Ele tem 3 anos. Casey ficou tão contente de vê-los que correu e pulou em Rory. O menino caiu no chão e bateu a cabeça. Não se machucou, foi só o susto, mas podia ter sido grave. Ela não fez de propósito.

— Claro que não. Casey é uma cadela amigável, feliz. Cheia de energia. Imagino que algo assim já tenha acontecido com a maioria de nós. Ou pelo menos pernas arranhadas, calças sujas, meias-calças rasgadas.

— Bruno sempre rasga minhas meias-calças. — Jake, no auge dos seus cem quilos, arrancou risadas com esse comentário.

— Vamos dar um jeito nisso, Jake. Como tudo mais, será preciso consistência, firmeza e compreensão. Quando seu cachorro pular, nada de recompensas. Não dê atenção, não sorria, não faça carinho. Acho que o melhor comando costuma ser "Não". Se vocês usarem "Sente", eles podem ficar confusos, já que esse tem um propósito diferente. Vou usar Casey como exemplo. Pode soltá-la da guia, Annie.

Ela chamou a cadela, que veio correndo e, como o esperado, tomou impulso nas pernas de trás para pular. Fiona deu um passo para a frente, tirando seu equilíbrio.

— Não! — As patas de Casey bateram no chão. — Boa menina. Muito boa. — Então lhe ofereceu um biscoito e carinho. — É óbvio que o problema não será resolvido na primeira tentativa, mas o cachorro vai aprender. Andem para a frente, digam o comando com firmeza, e, quando o animal estiver com as quatro patas no chão, não antes, façam elogios e entreguem o biscoito. — Ela repetiu o processo com Casey. — Todo mundo na casa precisa colaborar. A correção não pode partir só de vocês. Não deixem seus filhos encorajarem pulos porque acham divertido. Chame-a, Annie, e repita o que eu fiz se ela pular. Dê um passo para a frente e diga "Não!". Então entregue o biscoito. — Fiona concordou com a cabeça, satisfeita enquanto o exercício era executado. — Tudo bem, vamos nos espalhar mais para todo mundo conseguir praticar. Depois, vamos ensinar os cachorros a não pular nos outros.

Ela circulou pelos alunos, deu conselhos, incentivos. Pessoas também precisavam de elogios e recompensas, então foi isso que fez.

E terminou a aula com outra rodada de sentar e ficar.

— Bom trabalho, galera. Tenho uma dica para vocês, agora que a primavera está chegando, para o caso de estarem com vontade de plantar uma horta ou já terem uma. Acabei de escrever uma postagem no blog sobre isso, então vocês podem usá-la como referência se precisarem. Não vai ser legal se os cachorros cavarem suas petúnias ou seus tomates. Eles cavam a terra por vários motivos. Às vezes, é só porque gostam. Às vezes, estão entediados. Brincadeiras, exercício e atenção regulares podem resolver o problema, mas nem sempre. Você não vai estar por perto todas as vezes que eles ficarem com vontade de cavar. Então, encham os buracos de terra.

Vários alunos gemeram.

— Sim, no começo, é um saco. Mas muitos cachorros mais jovens vão ficar desanimados quando virem que o buraco que cavaram sempre desaparece. De que adianta cavar então? Também é bom oferecer alternativas. Brincadeiras, uma caminhada, um osso. Eles precisam ser distraídos. Mas, no caso de nada disso funcionar, aconselho vocês a colocarem algumas substâncias na terra. Pimenta é bem eficaz, assim como fezes de cachorro. Sério. Às vezes, os cachorros cavam para encontrar um lugar mais fresco. Se vocês tiverem espaço de sobra, podem separar um canto na sombra para eles cavarem e deitarem quando o dia estiver muito quente. E, por último, quem não pretender cruzar seus animais e ainda não fez planos para castrá-los, chegou a hora.

Fiona não passou sermão sobre o assunto. Por enquanto.

Os alunos foram se dispersando, e ela se aproximou de Simon.

— Eu vi a sua cara.

— É porque ela está bem aqui, na frente da minha cabeça.

— A cara que você fez quando falei sobre castração. — Fiona o cutucou. — Ele vai continuar sendo macho. Não são as bolas que fazem o homem.

— É muito fácil para você dizer isso, querida.

— E o que você vai dizer quando ele sentir o cheiro de uma bela cadela e sair correndo atrás dela?

— Parabéns?

Fiona o cutucou de novo.

— Seguindo esses instintos, ele pode ser atropelado por um carro na estrada, se perder. E você realmente quer colaborar com o aumento da população de cães de rua e/ou abandonados? A quantidade de animais sacrificados por ano só porque você quer que ele continue com os bagos dele e trace cachorrinhas por aí?

— Ele está mais interessado em peixes mortos do que em sexo.

— Por enquanto. Castrá-lo de forma responsável vai ajudá-lo a se comportar melhor. É bem provável que ele fique mais calmo.

— A maioria dos eunucos é tranquila mesmo.

— Assim você me obriga a te mandar textos sobre o assunto. — Fiona pegou a bola que Peck jogou aos seus pés e a arremessou de volta. Então observou o carro se aproximar da casa. — Eles combinaram.

— Quem?

— Imagino que Davey tenha contado o que aconteceu para algumas pessoas. Meg e Chuck Greene, da minha Unidade, estão vindo. A primeira aula terminou, e a próxima é só à tarde. Então eles vieram ver se quero companhia.

Ela parecia mais emocionada do que irritada, e Simon entendeu que essa era sua deixa para ir embora.

— Preciso voltar para casa.

— Ah, não seja mal-educado. Espere dois minutos para eu poder te apresentar. Vocês não trouxeram Quirk e Xena — gritou ela.

— Hoje o dia é nosso. — Retrucou Meg.

Os dois saíram pelos lados opostos do carro, se encontraram diante do capô e deram as mãos antes de se aproximarem. E pararam para cumprimentar os cães.

— Quem é este rapaz bonito!

Simon ficou olhando enquanto Meg, uma mulher de aparência alegre que parecia ter 40 e muitos anos, dava um passo para a frente ao ver que Tubarão queria pular.

Deu certo, ele precisava admitir. Os dois precisavam treinar.

— Este é Tubarão. Meg e Chuck Greene, este é Simon Doyle, o dono de Tubarão.

— Simon! — Meg estendeu uma das mãos, mas então segurou a de Simon com as duas. — Comprei seu conjunto de mesas-ninho na loja da Sylvia. Estou apaixonada por elas. Queria mesmo te conhecer.

— Meg e Chuck moram em Deer Harbor. Chuck é policial aposentado, e Meg é uma de nossas advogadas. Simon estava aqui quando Davey veio dar a notícia — acrescentou Fiona. — E estou bem.

— A gente precisava dar uma olhada no chalé — explicou Meg. — Ele vai estar ocupado no fim de semana.

— Aham. — Ela não engoliu aquela desculpa. — Meg e Chuck têm um belo chalé na Reserva Florestal de Moran, que alugam por temporada.

— Já que estávamos por perto, viemos convidar você para almoçar. Pensamos em comer no Rosario.

— Meg.

— E temos todo o direito de nos preocuparmos com você.

— Obrigada, mas prefiro ficar perto de casa hoje. Avisem isso para o pessoal do próximo turno.

— Onde está seu celular? — perguntou Chuck.

— Lá dentro.

— Quero que comece a andar com ele. — O policial aposentado apertou o nariz dela de leve com o dedo, um sinal de afeto e autoridade. — Acho que você não precisa se preocupar, mas use esse seu excesso de bom senso. Ande com o telefone.

— Tudo bem.

— Você está dormindo aqui? — perguntou ele a Simon.

— Chuck!

— Não estou falando com você — rebateu o ex-policial para Fiona.

— Ainda não.

— Seria melhor se dormisse. Você trabalha sob encomenda, não é?

— Você está falando de sexo ou de móveis?

Houve um instante de silêncio antes de Chuck soltar sua gargalhada estrondosa e dar um tapa nas costas de Simon.

— Qualquer dia desses, talvez a gente fale sobre sexo enquanto tomamos uma cerveja. Quanto aos móveis, Meg quer uma cristaleira nova. Não conseguimos encontrar nada de que ela goste. Uma é grande demais, a outra é pequena demais, a madeira daquela não combina. Se ela pudesse te explicar o que raios quer, e você resolvesse o problema, eu voltaria a ter paz.

— Podemos conversar. Preciso ver o espaço.

— Se estiver livre hoje à tarde, depois das 3h. — Chuck pegou a carteira e tirou um cartão de visitas. — O endereço está aí.

— Tudo bem. Mas lá pelas 4h.

— Ótimo. Bem, vamos, Meg, hora de botar o pé na estrada. Você? — Ele apontou para Fiona, lhe deu um beijo na bochecha. — Deixe o telefone no bolso.

— Sim, senhor, sargento Greene.

— Tome cuidado, Fi. Até mais tarde, Simon.

Os dois voltaram para o carro da mesma forma como vieram. De mãos dadas.

— Faz mais de trinta anos que eles estão casados, e ainda andam de mãos dadas — murmurou Fiona. — Chuck foi policial por 25 anos, em São Francisco. — Ela acenou enquanto a dupla se afastava. — Vieram para cá uns dez anos atrás, e ele tem uma loja de pesca. Adora pescar. Meg trabalha com direito imobiliário e de família.

— Eles se casaram quando Meg tinha 12 anos?

— Ah, ela ia adorar ouvir isso. Meg tem 50 e muitos anos, Chuck fez 63 em janeiro. E, sim, os dois parecem ter dez anos a menos. Deve ser amor e felicidade. Ou genes muito bons. — Fiona pegou a bola que um dos labradores jogou aos seus pés, esperançoso, e a arremessou de novo. — Estou te contando isso porque sempre gosto de saber mais sobre as pessoas, então tenho a tendência a falar sobre elas, mas também porque pode ser útil para o seu trabalho. — Fiona inclinou a cabeça para o lado. — Já que você é tão rígido sobre essas coisas. Enfim, Chuck acha que todo mundo consegue encontrar qualquer lugar na ilha. Vou te explicar onde fica a casa.

— Eu encontro.

— Tudo bem. Preciso limpar a casa, lavar roupa e fazer outras tarefas domésticas muito emocionantes antes da aula da tarde.

— Então a gente se vê depois.

Simon chamou o cachorro, seguiu para a picape.

Nada de beijos de despedida, pensou Fiona, e soltou um suspiro, se lembrando dos Greene andando de mãos dadas.

Ele colocou o filhote dentro do carro, hesitou, fechou a porta da picape e voltou até ela. Então segurou seus ombros e a puxou para um beijo intenso, rápido e delicioso.

— Coloque o celular no bolso.

Quando Simon voltou para a picape e foi embora sem dizer mais nada, Fiona sorriu.

Parte Dois

O maior prazer da companhia de um cão é o fato de que você pode agir como um bobo na sua frente, e ele não apenas não o julgará como também agirá da mesma maneira.

— S{\sc amuel} B{\sc utler}

Capítulo 11

♦ ♦ ♦ ♦

Dois dias depois, Fiona começou sua manhã com a ligação de que um idoso desaparecera depois de sair da casa da filha, na ilha de San Juan.

Ela avisou à Unidade, verificou sua mochila, acrescentou os mapas necessários, escolheu Newman e partiu na direção do Deer Harbor e do barco de Chuck. Com o policial aposentado ao leme, ela passou os detalhes para a Unidade enquanto atravessavam o canal.

— A vítima é Walter Deets, 84 anos. Ele tem Alzheimer precoce e mora com a filha e sua família no lago Trout. Ninguém sabe quando ele saiu de casa. A última vez que o viram foi antes de dormir, às 10h da noite de ontem.

— A área ao redor do lago é bem arborizada — comentou James.

— Nós temos alguma informação sobre o que ele vestia? — Lori fez carinho na cabeça de Pip. — Está bem frio lá fora.

— Ainda não. Vou conversar com a família quando chegarmos lá. Mai, você vai trabalhar com o xerife Tyson.

— Sim. Já trabalhamos juntos antes. Essa é a primeira vez que ele some?

— Ainda não sei. Vamos descobrir tudo isso. A busca começou pouco depois das 6h, e a família entrou em contato com as autoridades às 6h30. Então, faz cerca de noventa minutos que estão procurando.

Mai concordou com a cabeça.

— Tyson não perde tempo. Eu me lembro disso da última vez.

— Eles pediram para alguns voluntários nos darem carona até o local.

Quando a Unidade chegou ao lago, o sol já atravessara a névoa. Tyson, enérgico e eficiente, os cumprimentou.

— Obrigado por chegarem tão rápido. Dra. Funaki, certo? Você cuida da base.

— Isso mesmo.

— Sal, mostre à Dra. Funaki onde montar o equipamento. O genro e o neto estão ajudando com as buscas. A filha está lá dentro. Ele se vestiu. Calça marrom, blusa azul, casaco vermelho de algodão, tênis azul-marinho da Adidas, tamanho 42. Ela disse que o pai já sumiu de casa, mas nunca foi muito longe. Ele fica confuso.

— Ele toma algum medicamento? — perguntou Fiona.

— Pedi à filha para escrever uma lista para você. Fisicamente, ele está em boa forma. É um cara legal, costumava ser bem sagaz. Foi professor do meu pai no ensino médio. Dava aula de história. Mede 1,77 metro, pesa 75 quilos, seu cabelo é completamente branco e tem olhos azuis. — Ele a guiou para uma casa espaçosa, de planta aberta, com uma vista maravilhosa para o lago. — Mary Ann, esta é Fiona Bristow. Ela faz parte da Unidade Canina de Busca e Resgate.

— Ben... o xerife Tyson disse que vocês vão precisar de algumas coisas do papai... para os cachorros farejarem. Peguei as meias e o pijama que ele usou ontem à noite.

— Ótimo. Como ele estava se sentindo quando foi dormir ontem?

— Bem. Muito bem. — A mão de Mary Ann subiu para a garganta e depois voltou a descer. Sua voz estava embargada com as lágrimas que tentava conter. — Ele teve um dia bom. Só não sei quando saiu. Papai se esquece das coisas, fica confuso às vezes. Não sei há quanto tempo está lá fora. Ele gosta de caminhar. Diz que é para manter a forma. Antes de minha mãe falecer no ano passado, os dois caminhavam por quilômetros todos os dias.

— Por onde caminhavam?

— Em torno do lago, faziam umas trilhas fáceis pela floresta. Às vezes, iam nos visitar. Esta era a casa deles, mas, depois que mamãe faleceu e papai começou a piorar, mudamos para cá. Era mais espaçoso, e ele adora morar aqui. A gente não queria tirá-lo do próprio lar.

— Onde ficava sua casa?

— Ah, a uns cinco quilômetros daqui.

— Será que ele se confundiu? Tentou ir até lá para te encontrar?

— Não sei. — Ela pressionou as juntas dos dedos contra a boca. — Faz quase um ano que moramos aqui.

— Já olhamos a casa antiga de Mary Ann — acrescentou Tyson.

— Talvez ele e sua mãe tivessem uma trilha ou um lugar favorito.

— Eram tantos. Até cinco anos atrás, papai seria capaz de atravessar a floresta inteira de olhos fechados. — Os olhos de Mary Ann se encheram de lágrimas. — Ele ensinou Jarret, nosso filho, a fazer trilhas, acampar, pescar. De vez em quando, inventava um Dia-de-Matar-Aula-e-Fisgar-Peixes, para levar Jarret para o... Ah, meu Deus, esperem um pouco.

Ela saiu correndo.

— Ele escuta bem? — perguntou Fiona a Tyson.

— Usa um aparelho de audição. E não, não o levou. Está de óculos, mas...

O xerife parou de falar quando Mary Ann voltou, apressada.

— Os equipamentos de pesca. Ele levou tudo, até o chapéu. Não pensei... Não sei por que não pensei nisso antes.

MUNIDA DE INFORMAÇÕES, Fiona bolou uma estratégia com a Unidade.

— Walter tinha três locais favoritos para pescar. — Ela os marcou no mapa que Mai pendurara. — Mas também gostava de testar novos, dependendo do seu humor. Ele está em boa forma e é ativo. Então, como seu distúrbio mental pode deixá-lo confuso, perdido e desorientado de vez em quando, talvez acabe se esforçando mais do que deve. Ele toma remédios para pressão alta e, de acordo com a filha, costuma ficar emotivo e nervoso quando não consegue se lembrar das coisas. Também está começando a ter dificuldade de equilíbrio. E não está usando o aparelho auditivo.

O problema, pensou Fiona enquanto designava os setores, era que Walter, ao contrário da maioria das crianças e dos idosos, talvez não escolhesse os caminhos mais fáceis. Ele se cansaria, seguindo por inclinações íngremes em vez de fazer subidas fáceis.

Era bem provável que tivesse um objetivo e um destino em mente quando saíra de casa, pensou ela enquanto deixava Newman farejar a peça de roupa. Mas, no meio do caminho, possivelmente ficara confuso.

Como devia ser horrível estar perdido, olhar ao redor e não encontrar nada familiar, quando você costumava conhecer cada árvore, cada trilha, cada curva.

Newman estava empolgado e seguiu farejando ao longo da margem. O fluxo de ar subiria com as colinas, e o efeito chaminé, junto com a elevação do nível das árvores, dispersaria o cheiro em várias direções.

Quando os dois chegaram numa área com vegetação densa, Fiona procurou por sinais — um pedaço de tecido rasgado preso a um arbusto, galhos tortos ou quebrados.

Newman ficou alerta e escolheu um caminho desafiador para os quadríceps. Quando o terreno voltou a ficar plano, ela parou para dar água ao parceiro e beber um pouco também.

Verificou o mapa, a bússola.

Será que ele poderia ter mudado de caminho, voltado ou desviado do lugar da pescaria, se direcionando para a casa antiga da filha? Ou resolvido ir buscar o neto? Para um Dia-de-Matar-Aula-e-Fisgar-Peixe?

Fazendo uma pausa, Fiona tentou ver as árvores, as pedras, o céu e a trilha com os olhos de Walter.

Para ele, se perder ali devia ser como se perder dentro da própria casa. Assustador, frustrante.

Talvez tivesse se irritado e se forçado demais, ou tenha ficado com medo, mais confuso, e começado a zanzar em círculos.

Ela deu a peça de roupa para Newman farejar de novo.

— Este é Walt. Encontre Walt.

O cachorro continuou andando e subiu uma pilha de pedras. No limite com o setor de Chuck, observou Fiona, e comunicou sua posição pelo rádio.

Quando os dois começaram a descer a colina, Newman ficou muito alerta e se enfiou entre arbustos.

Ela pegou a fita para marcar o local.

— O que você achou?

Fiona ligou sua lanterna para enxergar melhor entre a folhagem.

Primeiro, viu a terra remexida, os buracos, e imaginou o senhor caindo, se segurando com a base das mãos, os joelhos.

Os arbustos o puxaram e arranharam, pensou ela. E, com a ajuda da lanterna, notou alguns fios de algodão vermelho presos aos espinhos.

— Bom menino. Bom menino, Newman. Base, aqui é Fi. Estou a cerca de 45 metros do limite oeste do meu setor. Encontramos fios vermelhos em arbustos e o que parecem ser sinais de uma queda. Câmbio.

— Base, aqui é Chuck. Acabamos de encontrar o chapéu dele. Fi, Quirk está puxando na sua direção. Estamos seguindo para o leste. Meu garoto encontrou alguma coisa. Eu vou... Espere! Achei! Ele está caído. O terreno é desnivelado aqui. Vamos descer até lá. Ele está imóvel. Câmbio.

— Estamos indo na sua direção, Chuck. Vamos ajudar. Câmbio. Newman! Encontre Walt. Encontre!

Fiona ignorou as conversas no rádio enquanto os dois seguiam para o oeste, até Chuck entrar em contato de novo.

— Chegamos. Ele está desmaiado. Pulso fraco. Sofreu um ferimento na cabeça, muitos arranhões no rosto, nas mãos. E tem um corte na perna também. Vamos precisar de ajuda para retirá-lo daqui. Câmbio.

— Entendido — disse Mai. — A ajuda está a caminho.

Cansada, mas satisfeita com o cachorro-quente que comera em Deer Harbor, Fiona seguiu para casa. Eles fizeram seu trabalho, e bem. Agora, era só torcer para o vigor físico de Walter curar seus ferimentos.

— Nós ajudamos como podíamos, certo? — Ela se esticou e deu uma batidinha em Newman. — Não havia mais o que fazer. Você precisa de um banho depois de tanta...

Fiona se interrompeu, parou o carro. Um segundo corniso tinha sido plantado do lado oposto do outro, tão bonito. E os dois tinham sido adubados.

— Ih — disse ela enquanto seu coração suspirava. — Estou em apuros.

Peck e Bogart, loucos de alegria ao ver a dona, correram para o carro e voltaram para casa, como se dissessem: *Venha! Venha com a gente!*

Em vez disso, Fiona foi impulsiva, saiu e abriu a porta de trás.

— Vamos dar um passeio.

Eles não precisavam ouvir duas vezes. Enquanto os labradores se cumprimentavam e os que ficaram em casa exploravam todos os aromas fascinantes que Newman trouxera da missão, ela manobrou o carro.

Na varanda da oficina, Simon lixava uma mesa. O dia quente e o ar doce o convenceram a trabalhar do lado de fora. Com o cuidado e a precisão de um cirurgião, ele alisava as pernas de nogueira lustrosa. Decidiu que deixaria aquela ao natural, destacando o belo padrão com verniz transparente. Se alguém quisesse uma mesa uniforme, poderia comprar outra.

— Nem pense nisso — ordenou ele enquanto Tubarão tentava se arrastar até a lixa que Simon usava para áreas maiores. — Agora, não — disse quando o cachorro cutucou seu braço com o focinho. — Mais tarde.

Tubarão pulou da varanda para pegar um graveto no meio das pilhas de outros gravetos, bolas, brinquedos e pedras aleatórias que juntara nos últimos noventa minutos.

Simon parou por tempo suficiente para balançar a cabeça.

— Depois que eu terminar.

O filhote balançou o rabo, dançou no lugar com o graveto preso à boca.

— Isso não vai me convencer.

Tubarão sentou, ergueu uma pata, inclinou a cabeça.

— Isso também não vai me convencer — murmurou Simon, mas sentiu que estava amolecendo.

Talvez ele pudesse fazer um intervalo, jogar aquela porcaria de graveto. O problema era que, se o jogasse uma vez, o cachorro iria querer repetir a brincadeira quinhentas mil vezes. Mas era meio divertido ver que ele finalmente aprendera que, se trouxesse o graveto de volta e o colocasse no chão, poderia persegui-lo de novo.

— Tudo bem, tudo bem, mas serão só dez minutos, e depois... Ei!

Simon ficou irritado ao ver o cão correndo para longe depois de ele ter resolvido brincar. Segundos depois, o carro de Fiona fez a curva que dava na casa.

Quando ela saltou, Simon xingou baixinho ao ver Tubarão tomando impulso para pular. Droga, não fazia dois dias que eles treinavam isso? Fiona o desequilibrou, deu o comando para sentar e então aceitou o graveto que o filhote oferecia, lançando-o como um dardo.

Depois, abriu a porta de trás do carro, e a loucura dos cães tomou conta do lugar.

Simon voltou a lixar. Na pior das hipóteses, pelo menos Fiona manteria seu cachorro ocupado até ele conseguir terminar o trabalho. Quando ela chegou à varanda, Tubarão já havia buscado mais três gravetos da pilha.

— Um tesouro — comentou ela.

— Ele está tentando me convencer a brincar, empilhando as coisas aí.

Fiona se inclinou para baixo, escolheu uma bola de tênis amarela e a jogou alto e longe.

Mais loucura.

— Você comprou outra árvore para mim.
— Já que você resolveu plantar a primeira ali, a entrada ficou assimétrica. Eu estava incomodado.
— E adubou as duas.
— Não faz sentido ter o trabalho de plantar algo e não fazer isso direito.
— Obrigada, Simon — agradeceu ela, com educação.
Ele a fitou rápido, notou seu olhar risonho.
— De nada, Fiona.
— Eu teria ajudado se estivesse em casa.
— Você saiu cedo.
Ela esperou, mas Simon não perguntou.
— Tivemos um trabalho de busca e resgate em San Juan.
Ele fez uma pausa, a encarou.
— Como foi?
— Encontramos a vítima. Um idoso com Alzheimer precoce. Ele saiu de casa, levou o equipamento de pesca. Parece que ficou confuso, talvez tenha confundido o passado com o presente, e saiu para pescar. Então as coisas se embaralharam de novo e, pelo que vimos, ele tentou dar a volta e seguir para a casa antiga da filha, para buscar o neto. A família mora com ele agora. Achamos que andou em círculos, voltou, caminhou por quilômetros. Quando já estava exausto, sofreu uma queda feia.
— Muito feia?
— Cortes na cabeça e na perna, concussão, fratura por estresse no tornozelo esquerdo e um monte de hematomas, arranhões, desidratação, choque.
— Ele vai sobreviver?
— Ele é forte, então os médicos estão esperançosos, mas o coitado sofreu. Então, ficamos felizes por conseguir encontrá-lo, satisfeitos por saber que a Unidade fez um bom trabalho, mas tristes por talvez termos chegado tarde demais. — Fiona pegou outro graveto. — Essa mesa vai ficar bonita. Acho que vou distrair seu cachorro enquanto você termina, como agradecimento pela árvore.

Simon passou a lixa de uma das mãos para a outra enquanto a observava.
— Você veio aqui para brincar com meu cachorro?
— Eu vim te agradecer, e, como Syl me substituiu nas aulas da manhã e minha última turma do dia é só às 5h30, pensei em fazer isso agora, pessoalmente.

— Que horas são?

Ela arqueou uma sobrancelha, olhou para o relógio.

— Três e quinze.

— Temos tempo.

Simon jogou a lixa sobre a mesa, saiu da varanda, segurou o braço dela e a puxou na direção da casa.

— Aonde nós vamos?

— Você sabe muito bem.

— Algumas pessoas gostam de um aquecimento antes de...

Ele a puxou para a frente, pressionou a boca contra a dela enquanto descia as mãos para agarrar sua bunda.

— Você tem razão, é suficiente. Quero dizer que normalmente não sou tão fácil assim, mas...

— Não ligo.

Desta vez, as mãos passaram por baixo da sua jaqueta, da sua blusa, subindo pelas costas.

— Nem eu. Aqui fora.

— Não vou fazer isso aqui fora, com esse monte de cachorros.

— Não. — Fiona soltou uma risada engasgada, lutando para se manter em pé enquanto os dois se agarravam. — Estou dizendo para os cachorros ficarem aqui fora.

— Boa ideia.

Simon a puxou pela varanda dos fundos, através da porta.

Então arrancou sua jaqueta, a jogou contra a parede. Enquanto o desespero aumentava, ela puxou a camisa dele.

— Espere.

— Não.

— Não, quero dizer... Sei que você está feliz em me ver, mas acho que tem um martelo de verdade pressionando minha... Ah, meu Deus.

Simon se afastou, olhou para baixo.

— Merda. Desculpe.

E soltou o cinto de ferramentas, jogando-o no chão.

— Só quero... — Ela empurrou a camisa de botões aberta pelos braços dele, depois tirou a blusa de baixo. — Ah, *humm* — disse enquanto passava as mãos pelo seu peito. — Tempo demais — conseguiu dizer enquanto a boca de Simon atacava a lateral de seu pescoço. — Depressa.

— Tudo bem.

Com isso, ele puxou sua blusa, fazendo os botões voarem pelo ar.

Fiona devia ter ficado chocada, talvez irritada — gostava daquela blusa —, mas o som do tecido rasgando foi seguido por mãos grossas em seus seios, deixando-a quase no limite.

Ela estremeceu, se esfregando contra Simon, e sua garganta vibrava com gemidos ansiosos enquanto as mãos se atrapalhavam para abrir o zíper dele. O dela foi aberto num movimento rápido e impaciente, e então a mão dele entrou em sua calça, desceu, cobriu. Simon observou o rosto dela, viu aqueles olhos calmos se tornarem vítreos, como contas de vidro azul, enquanto Fiona entrava em erupção contra sua mão. Então tomou sua boca novamente e a estimulou até o corpo dela parecer perder a força.

— Nada disso — murmurou ele quando ela começou a escorregar pela parede.

A solução mais fácil era jogá-la por cima do ombro e encontrar a superfície lisa mais próxima. Simon a depositou sobre a mesa de jantar, que esvaziou com um gesto. Poderia substituir tudo que espatifou e quebrou no chão.

Como a queria nua, tirou as botas dela.

— Seu cinto, abra.

— O quê? Ah. — Como se estivesse em choque, Fiona encarou o teto enquanto abria o cinto. — Eu estou na mesa?

Simon puxou a calça dela pelas barras.

— Estou pelada na mesa?

— Ainda não.

Mas quase. Ele queria tocar todas as partes expostas, todas as partes não expostas. Então tirou as próprias botas, a calça, e montou sobre ela.

— Que prático — disse ele ao notar o fecho frontal do sutiã, que abriu antes de se inclinar para devorá-la.

— Ah. Deus. — Fiona arqueou o corpo, pressionando as mãos fechadas em punho contra a mesa antes de fincar as unhas nas costas dele. — Graças a Deus. Não pare. Não pare de jeito nenhum.

Simon usou os dentes, e ela achou que fosse enlouquecer. Era demais, demais, aquela onda de tesão e prazer e exigências. E, ainda assim, seu corpo absorvia tudo, ávido por mais.

Fiona ouviu o som de tecido rasgando de novo e percebeu que ele arrancara sua calcinha.

Ela estava sendo atacada, pensou enquanto arfava por ar — e a gotinha de choque que essa percepção causou só serviu para aumentar sua empolgação.

Fiona tentou dizer o nome dele, diminuir o ritmo — só o suficiente para conseguir respirar — ou ser mais participativa. Mas Simon afastou seus joelhos e a penetrou. Duro como aço, rápido como um raio. A única coisa a fazer era gemer e aproveitar o momento.

Ela se pressionou contra ele quando gozou, apertando-o como se usasse a mão. A sensação só serviu para torná-lo mais frenético. Simon a queria, e esse desejo se tornara mais intenso nos últimos dias. Mas, agora, com aquele corpo comprido e apertado estremecendo sob o seu, com aqueles músculos surpreendentes e sensuais rijos sob suas mãos, o desejo se transformava numa ânsia aguda dentro dele.

Simon permaneceu firme até o corpo dela relaxar, continuou bombeando até a ânsia atravessá-lo e esvaziá-lo.

Fiona ouvia música. Um coral de anjos?, se perguntou, desnorteada. Parecia estranho ouvir um coral de anjos depois de transar sobre uma mesa. Ela fez um esforço para engolir em seco; sua garganta estava extremamente seca.

— Música — murmurou.

— Meu celular. Na calça. Dane-se.

— Ah. Não são anjos.

— Não. Def Leppard.

— Tudo bem. — Ela conseguiu juntar forças para erguer uma das mãos, acariciar as costas dele. — Tenho que te agradecer de novo, Simon.

— Não foi incômodo nenhum.

Fiona soltou uma risada rouca.

— Que bom, porque acho que não fiz muita coisa.

— Eu estou reclamando, por acaso?

Ela sorriu, fechou os olhos e continuou acariciando as costas dele.

— Onde nós estamos, exatamente?

— É uma mistura de sala de jantar com escritório. Por enquanto.
— Então nós transamos no seu... ambiente de trabalho.
— Pois é.
— Foi você que fez a mesa?
— Sim.
— Ela é bem lisa. — Uma risada subiu por sua garganta, fazendo cócegas, e escapou. — E bem firme.
— Meu trabalho é de qualidade. — Simon finalmente ergueu a cabeça, a encarou. E sorriu. — É de cerejeira com detalhes em bétula. Eu ia vendê-la, mas agora... talvez não.
— Se você mudar de ideia, eu quero.
— Pode ser. É óbvio que ela combina com você.
Fiona tocou a bochecha dele.
— Pode pegar um copo d'água? Parece que eu escalei o Mount Constitution e esqueci minha garrafa em casa.
— Claro.
Fiona ergueu uma sobrancelha quando Simon girou para fora da mesa e saiu da sala, nu. Ela se sentia bem confortável com o próprio corpo, mas não se imaginava andando pelada pela casa.

Mesmo assim, era uma visão interessante.

Ela sentou, respirou fundo, começou a se espreguiçar com um sorriso enorme no rosto. Mas então parou, chocada. Os dois tinham acabado de transar feito loucos na mesa da sala de jantar, diante de janelas abertas, sem cortinas. Dava para ver os cachorros brincando lá fora, a estrada que levava à casa, sua picape.

Qualquer um podia ter aparecido de carro, vindo da praia, da floresta.

Quando Simon voltou com uma garrafa de água sem a tampa e já pela metade, ela apontou.

— Janelas.
— Sim. Mesa, janelas, teto, chão. Aqui. — Ele lhe entregou a garrafa. — Já bebi, pode matar.
— Mas as janelas. Abertas, em pleno dia.
— Agora é tarde demais para ficar tímida.

— Nem percebi. — Fiona tomou um gole demorado, depois outro. — Provavelmente foi melhor não ter visto. Mas, da próxima vez... se você estiver interessado em próximas vezes.

— Ainda não cansei de você.

— É bem típico seu descrever as coisas desse jeito. — Ela tomou outro gole, mais devagar. — Da próxima vez, acho que devemos tentar um lugar mais discreto.

— Você estava com pressa.

— Contra fatos não há argumentos.

Simon sorriu de novo.

— Você dá um ótimo enfeite de mesa. Só preciso tirar uma foto sua, sentada aí no meio, com seu cabelo refletindo um pouco do sol, todo despenteado, e essas pernas compridas dobradas bem abaixo desses seios lindos. Eu ia ganhar uma fortuna com essa mesa.

— Acho melhor não.

— Eu te dou trinta por cento.

Fiona riu, mas não tinha certeza absoluta de que ele estava brincando.

— Mesmo assim, não. Eu queria ficar, mas preciso me vestir e voltar para casa.

Ele segurou sua mão, virando o pulso para ver o relógio.

— Ainda temos uma hora.

— E preciso desse tempo para chegar em casa, tomar banho. Cachorros são... muito sensíveis a aromas.

— Entendi. Eles vão sentir cheiro de sexo.

— Em termos mais grosseiros, sim. Então preciso de uma chuveirada. E de uma blusa. Você rasgou a minha.

— Você estava...

— Com pressa. — Fiona riu e, apesar das janelas sem cortinas, teve vontade de pular no tampo da mesa e fazer uma dancinha feliz. — Mas, mesmo assim, preciso de uma blusa emprestada.

— Tudo bem.

Quando Simon se afastou de novo, ainda pelado, ela balançou a cabeça. Então saiu da mesa, vestiu a calça, o sutiã.

Com o mesmo ar casual, ele voltou para a sala e jogou para ela a camisa que ele estava usando antes.

— Obrigada.

Simon vestiu a calça enquanto ela calçava as botas. Apesar de se sentir um pouco aérea, Fiona usou o mesmo tom despreocupado quando se aproximou e tocou o rosto dele de novo.

— Da próxima vez, talvez a gente saia para jantar primeiro. — E lhe deu um beijo leve. — Obrigada pela árvore e pelo uso da mesa.

Ela saiu da casa, chamou os cachorros e se despediu de Tubarão com uma carícia. E ficou satisfeita ao ver Simon parado na varanda, sem camisa, com as mãos nos bolsos da calça jeans ainda aberta, observando-a se afastar.

Capítulo 12

♦ ♦ ♦ ♦

Francis X. Eckle completou a última das Cem do dia. Cem flexões, cem abdominais, cem agachamentos. E fez isso, como sempre, na privacidade de seu quarto de hotel.

Então tomou uma chuveirada, preferindo seu gel de banho sem cheiro ao sabonete fedido do hotel. Fez a barba, usando o barbeador elétrico compacto que limpava meticulosamente todas as manhãs. Escovou os dentes com uma das escovas de viagem do seu kit, que então marcou com um X para descarte posterior.

Ele nunca deixava nada pessoal na lata de lixo do hotel.

Vestiu sua bermuda de moletom larga e uma camisa branca grande, tênis de corrida discretos. Sob a camisa, usava uma doleira contendo dinheiro e seu documento de identidade atual. Só para garantir.

Ele se analisou no espelho.

As roupas e o volume do cinto escondiam o corpo musculoso que esculpira à perfeição, dando a impressão de um homem comum, levemente barrigudo, aproveitando uma manhã rotineira. Ele analisou seu rosto — olhos castanhos, nariz comprido e estreito, boca firme e fina, bochechas lisas — até estar satisfeito com sua expressão agradável, nada memorável.

O cabelo castanho era mantido rente. Ele queria raspar tudo, por ser mais fácil e higiênico, mas, apesar de cabeças raspadas terem se tornado algo bem comum, seu mentor insistia que isso chamaria mais atenção que seu cabelo discreto.

Nesta manhã, assim como em todas as manhãs das últimas semanas, ele cogitou ignorar essa regra e fazer o que queria.

Nesta manhã, assim como em todas as manhãs, resistiu ao ímpeto. Mas, conforme sentia o próprio poder crescer, conforme se tornava cada vez mais seu novo eu, se tornava cada vez mais difícil seguir o plano.

— Por enquanto — murmurou. — Mas não por muito tempo.

Sobre a cabeça, colocou um boné azul-escuro sem marca.

Não havia nada que chamasse atenção para sua aparência, que fizesse um observador casual notar sua presença.

Ele nunca ficava no mesmo hotel por mais de três noites — duas era o ideal. Tentava alternar estabelecimentos que tivessem academia e lugares baratos, onde a qualidade do atendimento — e a atenção dos funcionários — era praticamente nula.

Passara a vida inteira economizando, sem esbanjar nem um centavo. Aos poucos, antes de começar sua jornada, vendera tudo de valioso que tinha.

Antes de se dar por satisfeito com a experiência, poderia bancar sua hospedagem em muitos hotéis baratos.

Ele guardou a chave de cartão do quarto no bolso e pegou uma das garrafas de água da caixa que trouxera consigo. Antes de sair, ligou a câmera escondida no relógio de viagem na mesa de cabeceira e colocou os fones de ouvido do seu iPod.

O primeiro gesto servia para se certificar de que a camareira não mexeria em suas coisas; o segundo, para desencorajar qualquer tentativa de puxar papo.

Ele precisava da academia, precisava dos pesos e dos aparelhos, do alívio físico e mental que ofereciam. Desde que se convertera, os dias sem exercício o deixavam tenso, irritado, nervoso, anuviavam sua mente. Seria melhor malhar sozinho, mas a vida na estrada exigia sacrifícios.

Então, com sua expressão agradável fincada no rosto, ele saiu, atravessou o minúsculo lobby e entrou na minúscula academia.

Um homem caminhava com uma relutância gritante sobre uma das duas esteiras, e uma mulher de meia-idade andava na bicicleta reclinada enquanto lia um livro com capa chamativa. Ele escolhia a dedo a hora da academia — nunca era o primeiro nem o único lá dentro.

Ocupou a última esteira vaga, selecionou um programa de treinamento e então desligou o iPod para assistir ao jornal na televisão pendurada num canto.

Haveria uma matéria, pensou.

Mas, enquanto os apresentadores noticiavam eventos mundiais, ele começou sua corrida e deixou a mente se focar na carta mais recente de seu mentor. Tinha decorado cada palavra antes de destruí-la, como fizera com todas as anteriores.

Querido amigo, espero que esteja bem. Estou feliz com seu progresso até o momento, mas quero aconselhá-lo a não se esforçar tanto, tão rápido. Lembre-se de aproveitar suas viagens e suas conquistas, e saiba que continua a ter meu apoio e minha gratidão enquanto se prepara para retificar meu erro tolo e decepcionante.

Treine seu corpo, sua mente, seu espírito. Mantenha sua disciplina. Você é o poder, você é o controle. Use ambos com sabedoria e acumulará mais fama, mais medo e mais sucesso do que qualquer um que tenha vindo antes de você.

Estou ansioso por receber notícias suas, e saiba que estou com você em cada passo da sua jornada.

Seu Guia

O destino o levara para aquela prisão, pensou Eckle, onde George Allen Perry abrira a cela que o reprimira por toda sua vida. Ele cambaleara como uma criança que dava os primeiros passos em liberdade, então aprendera a caminhar, a correr. Agora, ansiava pelo gosto intoxicante da liberdade como se ela fosse o ar que respirava. Desejava-a tanto que começara a adaptar as regras, os regulamentos, as exigências de Perry.

Ele não era mais o menino desajeitado e frágil, atormentado por valentões, que só queria ser aceito. Não era mais a criança que vivia tendo que trocar de casa por causa da mãe, aquela vaca egoísta.

Não era mais o adolescente gordo e cheio de espinhas, ignorado pelas meninas, alvo de piadas.

Por toda sua vida, ele vivera dentro daquela jaula de fingimento. Fique quieto, tolere, obedeça às regras, estude e se contente com as sobras dos mais fortes, dos mais bonitos, dos mais agressivos.

Quantas vezes fervilhara de raiva em silêncio quando era preterido para uma promoção, para um prêmio, por uma garota? Quantas vezes, sozinho, no escuro, bolara planos e se imaginara se vingando de colegas de trabalho, alunos, vizinhos e até de desconhecidos na rua?

Ele começara sua jornada, como Perry lhe explicara, muito antes de os dois se conhecerem — mas carregava a jaula dentro de si. Seu corpo fora forçado a se disciplinar, enfrentando a dor, as frustrações, as privações. Ele buscara e encontrara um controle interno rígido, mas, ainda assim, fracassara de várias formas. Porque continuava trancado naquela jaula. Incapaz de ter relações sexuais com mulheres quando, finalmente, uma se dignava a ir para a cama com ele. Forçado a se humilhar diante de vagabundas — como sua mãe.

Isso tinha ficado para trás. A crença de Perry pregava que relações sexuais diminuíam o poder do homem, transferiam esse poder para a mulher — que sempre, *sempre*, o usaria contra ele. Era possível conseguir prazer de outras maneiras mais eficazes. Maneiras que poucos ousavam praticar. Maneiras que geravam poder e satisfação.

Agora que a jaula estava aberta, ele descobrira em si mesmo o talento e o desejo de encontrar esse prazer e o poder que o ato gerava.

Porém tal poder também vinha com responsabilidades — e ele admitia que tinha dificuldades em lidar com essa parte. Quanto mais ganhava, mais queria. Perry tinha razão, é claro. Ele precisava manter a disciplina, aproveitar a jornada e não se apressar.

Mas...

Enquanto aumentava a velocidade e a inclinação na esteira, Francis prometeu a si mesmo e ao seu mentor distante que se esforçaria para passar pelo menos duas semanas sem uma nova parceira.

Em vez disso, viajaria um pouco mais — e com tranquilidade. Recarregaria as baterias, alimentaria sua mente com livros.

Não iria para o norte. Ainda não.

E, enquanto descansava e se reabastecia, vigiaria o erro decepcionante de Perry através do blog e do site dela. Quando a hora chegasse, corrigiria essa falha — o único pedido que Perry fizera, o preço por ter destruído a jaula.

Estava ansioso, como uma criança desejosa pelo aplauso do pai, pela satisfação de Perry quando ele capturasse, estrangulasse e sepultasse Fiona Bristow.

A imagem dela o impulsionou pelo próximo quilômetro na esteira, enquanto o suor escorria pelo seu rosto, pelo seu corpo. Sua recompensa veio quando o âncora do jornal anunciou a descoberta do corpo de uma moça na Reserva Florestal de Klamath.

Pela primeira vez naquela manhã, Eckle sorriu.

No domingo, Mai e seus cachorros apareceram para uma visita. A chuva de sábado à noite deixara o ar fresco e frio como sorvete e destacara um tom esverdeado nos jovens cornisos que flanqueavam a ponte. No campo, a grama molhada brilhava, enquanto o riacho borbulhava, cheio, e os cachorros corriam como crianças num parquinho.

No quesito manhãs preguiçosas de domingo, Fiona achava que aquela merecia nota dez. Com Mai, ela relaxou na varanda com os mochaccinos e os muffins de cranberry que a veterinária trouxera da cidade.

— Parece uma recompensa.

— Hum?

Jogada na cadeira, com os olhos semicerrados por trás das lentes marrons dos óculos escuros, Mai partiu mais um pedaço do seu muffin.

— Manhãs assim são como uma recompensa pelo restante da semana. Todos os dias em que acordamos cedo, fazemos tudo correndo, cumprimos tarefas. É a luz no fim do túnel, a cereja do bolo, o brinde no fundo do pacote de biscoito.

— Na próxima vida, quero voltar como um cachorro, porque, de verdade, para eles, todos os dias são brindes no fundo do pacote de biscoito.

— Eles não podem tomar mochaccinos na varanda.

— É verdade, mas a água da privada deve parecer tão gostosa quanto.

Fiona analisou seu café, pensou.

— Que raça?

— Acho que um cão de montanha dos Pireneus pelo tamanho, pelo porte. Acho que mereço, depois de ser baixinha nesta vida.

— É uma ótima escolha.

— Bem, já pensei bastante no assunto. — Mai bocejou, se espreguiçou. — O xerife Tyson me ligou hoje cedo para contar que a condição de Walter passou para estável. Ele vai permanecer internado por alguns dias, mas, se continuar assim, vai receber alta logo. A filha e a família contrataram uma cuidadora.

— Que boa notícia. Quer que eu conte para os outros?

— Já falei com Chuck, então acho que ele vai cuidar disso. Como eu estava vindo para cá, achei mais fácil te contar pessoalmente. Aliás, adorei as árvores.

— Elas não são lindas? — Fiona sorria só de olhar para a dupla. — Não sei por que não pensei nisso antes. Agora, acho que seria bom plantar algo chamativo no começo da rua. Como uma entrada. E serviria de ponto de referência para novos alunos. Vire na... planta que eu escolher.

Mai baixou os óculos para encarar a amiga por cima das lentes.

— Você está saindo da sua fase discreta? E eu achando que você ia mandar instalar um portão.

Bebericando o café, Fiona observou os cachorros correndo pelo quintal, no que parecia ser um concurso de xixi.

— Por causa de Vickie Scala? — perguntou ela, se referindo à última vítima.

— Um portão não faria muita diferença se... e "se" é a palavra-chave. — Mas, assim como Mai e sua próxima vida canina, ela pensara bastante no assunto. — Fico arrasada só de pensar naquelas garotas, em suas famílias. E não posso fazer nada, Mai. Nada.

A veterinária se esticou, apertou a mão da amiga.

— Eu devia ter ficado quieta.

— Não, não tem problema. Não penso em outra coisa. Como poderia? E estou com medo. Acho que você é a única pessoa para quem posso dizer isso sem meias palavras. — Ela apertou a mão de Mai por um momento, se sentindo mais estabilizada pelo contato. — Estou com medo por causa de tudo que pode acontecer. Estou com medo por não poder fazer nada para ajudar. Estou com medo porque a polícia levou anos para prender Perry, e não sei como vou aguentar se isso acontecer de novo. Se eu dissesse essas coisas para Syl ou para minha mãe, as duas morreriam de preocupação.

— Tudo bem. — Num tom prático, a veterinária se virou para encarar Fiona. — Acho que seria burrice não sentir medo, e por que raios você seria burra? Se conseguisse não pensar nesse assunto, estaria em negação, e de que isso adiantaria? E se não ficasse arrasada e com pena daquelas garotas, não teria coração, o que seria impossível.

— E foi por isso — disse Fiona, inundada por uma onda de alívio — que te contei essas coisas.

— Agora, por outro lado, existem motivos para não entrar em pânico. Ficar com medo, sim; entrar em pânico, não. Você tem os cachorros, pessoas que vão te encher tanto o saco aparecendo aqui para ver se está tudo bem que você vai querer mandar todo mundo à merda. Ah, e nem precisa se dar ao trabalho de dizer isso para mim — acrescentou Mai. — Vou colocar você no seu lugar. Posso ser baixinha, mas sou forte.

— É, sim. Eu também sei que estamos sentadas aqui, tomando mochaccinos e vendo os cachorros brincarem porque você queria ver se estava tudo bem. E agradeço.

— De nada. Quero que você coloque uma planta chamativa na entrada do terreno, Fi, se isso te deixar feliz. Mas também quero que tome cuidado.

— No fundo, acho que nunca parei de tomar cuidado depois do dia em que Perry me pegou.

— Como assim?

— Parei de correr ao ar livre, e, meu Deus, Mai, como eu adorava correr. Agora, corro na esteira, mas não é a mesma coisa. Me contento com isso, porque me sinto mais segura. Faz anos que não saio de casa sozinha.

— Isso não é... — Mai se interrompeu. — Sério?

— Sério. Sabe, foi só quando os assassinatos começaram que percebi que nunca vou a lugar algum sem pelo menos um dos cães. E parte do motivo é o que aconteceu comigo. Espero os filmes saírem em DVD ou passarem na televisão em vez de ir ao cinema, porque não quero deixar os cachorros no carro por tanto tempo. Além do mais, só saio com os três e deixo a casa vazia quando vamos treinar ou quando os levo à clínica.

— Não vejo nada de errado nisso.

— Não, e não é algo que me incomoda. Só não percebi o motivo por trás desse comportamento. Ou não queria admitir. Sempre deixo a porta aberta. Até recentemente, ela quase nunca ficava trancada, porque os cachorros me passam toda sensação de segurança de que preciso. Faz um ou dois anos que não penso de verdade em tudo que aconteceu, mas passei esse tempo todo me protegendo ou tentando me sentir segura.

— O que só prova que seu subconsciente é esperto.

— Gosto de pensar que sim. E meu consciente está praticando tiro. Também fazia uns dois anos que eu não tocava naquela arma. Então... — Ela balançou a cabeça para se livrar daquilo tudo. — Estou fazendo tudo que posso, e isso inclui não ficar obcecada por esse assunto. Vamos falar sobre o spa.

Isso bastava, decidiu Mai. Ela não fora até ali para deixar a amiga mais estressada; queria ajudá-la a relaxar.

— Podemos e devemos falar sobre isso, mas, primeiro, quero contar sobre meu encontro de hoje à noite. Vamos a um bar.

— Você vai sair com alguém? — Agora foi a vez de Fiona baixar os óculos escuros. — Com quem?

— Robert. Ele é psicólogo, tem um consultório em Seattle. Quarenta e um anos, divorciado, tem uma filha de 9 anos. Guarda compartilhada. E tem um cão de água português chamado Cisco. Ele gosta de jazz, de esquiar e viajar.

— Você usou o LinhaDoCoração-ponto-com.

— Usei, e vou pegar a balsa para encontrá-lo num bar.

— Você não gosta de jazz nem de esquiar.

— Não, mas gosto de cachorros, gosto de viajar quando consigo, e gosto de crianças, então tudo se equilibra. — Esticando as pernas, Mai analisou os dedos dos pés. — Gosto de cabanas de esqui, com lareiras acesas e *irish coffee*, então já é alguma coisa. Além do mais, vou sair com um cara, o que significa que posso usar uma roupa bonita, me maquiar e conversar com alguém que ainda não conheço. E, se a gente não tiver química nenhuma, pego a balsa de volta para casa e tento de novo.

— Eu estaria nervosa. Você está nervosa?

— Um pouco, mas é um nervosismo gostoso. Quero um namorado, Fi, de verdade. Não é só por causa da seca, porque, né, tenho Stanley. Quero encontrar um homem de quem eu goste o suficiente para querer passar meu tempo com ele, me apaixonar por ele. Quero uma família.

— Espero que Robert, o psicólogo, seja maravilhoso. Espero que seja fantástico. Espero que vocês dois tenham química e gostos em comum, que seus corações batam mais forte e que riam quando estão juntos. De verdade.

— Obrigada. A melhor parte é que estou fazendo isso por mim. Vou me arriscar, o que é algo que não faço desde o divórcio. Mesmo se tivermos química, quero ir devagar. Quero sentir onde estou pisando antes de me entregar.

Entrando no clima do nervosismo gostoso e da ansiedade de Mai, Fiona ficou em silêncio por um instante.

— Bem, falando de química, acho melhor te contar que perdi nossa competição.

— Nossa... Você transou? — Mai se virou na cadeira, tirou os óculos. — Você transou e não me contou?

— Faz só uns dois dias.

— Você transou há dois dias e não me ligou imediatamente? Quem... Ah, mas que merda, nem precisa perguntar. Só pode ter sido com Simon Doyle.

— Eu poderia ter ficado a fim de outro aluno novo.

— Não, foi Simon. Que é o aluno novo de quem você está a fim. Conte tudo. Quero detalhes.

— Ele me deu as árvores.

— Ah. — Mai suspirou, se virou para observá-las. — Ah. — Ela suspirou de novo.

— Pois é. A primeira era parte de um acordo, uma troca por um tronco que ele queria.

— A pia de tronco. Já fiquei sabendo.

— Eu comentei que talvez plantasse outra, e ele a comprou e plantou quando estávamos naquela busca. Quando voltei para casa, lá estava ela, plantada, adubada e regada. Peguei os cachorros e fui agradecer. E acho que agradeci transando com ele na sua mesa de jantar.

— Meu Pai Eterno. Na mesa?

— As coisas simplesmente aconteceram.

— Como árvores se transformam em sexo na mesa?

— A gente ficou conversando lá fora, e, quando dei por mim, ele estava me puxando para a casa. Aí a gente começou a se agarrar, arrancando a roupa e se embolando até a porta.

— Esse é o problema com Stanley, ninguém se agarra nem arranca nada. E aí?

— Quando entramos, Simon me jogou contra a parede, e falei para ir mais rápido. Então, fui parar na mesa, ele tacou tudo no chão, e uau. Uau.

— Um momento para me recuperar, por favor. — Recostando-se na cadeira, Mai abanou o rosto com a mão. — Pelo visto, não foi horroroso.

— Quase odeio dizer isto, porque talvez eu esteja botando o carro na frente dos bois, mas foi, de verdade, a melhor transa da minha vida. E eu amava Greg, Mai, mas aquilo? Foi ridiculamente maravilhoso.

— Então vocês vão repetir a dose?

— Com certeza. — Fiona colocou uma das mãos sobre o peito, deu dois tapinhas. — De um jeito ou de outro, ou no geral, eu gosto dele. Gosto do seu jeito, gosto de sua aparência, gosto de como trata o cachorro. E, sabe de uma coisa, gosto de saber que, apesar de Simon dizer que não faço seu tipo, ele ainda me quer. Fico me sentindo... poderosa, eu acho.

— As coisas podem acabar ficando sérias, já que você gosta de tanta coisa nele.

— Podem. Acho que estou que nem você, fazendo algo por mim mesma, me arriscando.

— Tudo bem. Um brinde a nós. — Mai ergueu o que restava do seu café. — Mulheres intrépidas.

— É divertido ser assim, não é?

— Considerando que você transou em cima de uma mesa, acho que estou me divertindo menos. Mas, sim, é legal.

As duas ergueram o olhar quando os cachorros deram o alerta.

— Ora, ora, vejam só — murmurou Mai enquanto Simon atravessava a ponte. — Sua mesa está livre?

— Shh! — Fiona abafou uma risada. — De toda forma — murmurou ela —, a primeira aula de domingo começa em vinte minutos.

— É tempo suficiente para...

— Pare com isso. — Ela observou Simon saltar e Tubarão pular atrás dele. O filhote correu para os labradores e então parou para cheirar e balançar o rabo para os cachorros de Mai. — Nada agressivo — comentou ela — nem tímido. Aquele ali é felicidade pura.

Simon se aproximou, ofereceu a coleira.

— Aquela que peguei emprestado. Dra. Funaki.

— Mai. Que bom te ver, Simon. Você chegou na hora certa, porque preciso ir. Mas, primeiro. Tubarão, venha aqui. Venha, Tubarão.

Ele reagiu com alegria, vindo disparado e subindo na varanda. Mai ofereceu a mão, com a palma para cima, enquanto o cachorrinho se preparava para saltar. Ele estremeceu, obviamente morrendo de vontade de dar um pulinho, mas ficou parado.

— Que bom cãozinho. — A veterinária fez carinho, alisou, sorriu para Simon. — Ele interage bem em grupo, é amigável e alegre, e está aprendendo a ser educado. Você deu sorte com este aqui.

— Ele está roubando meus sapatos.

— Essa fase de mastigar tudo é meio chata.

— Não, ele parou de mastigar. Só rouba os sapatos e os esconde. Hoje, encontrei minha bota na banheira.

— Ele descobriu uma brincadeira nova. — Mai coçou as orelhas de Tubarão enquanto os outros se aproximavam para receber atenção também. — Os sapatos têm seu cheiro, é óbvio. E isso chama a atenção dele, faz com que se sinta mais tranquilo. Além de ser uma forma de brincar com você. Mas que cãozinho inteligente. — Ela deu um beijo no focinho de Tubarão e se levantou. — Você já devia começar a pensar em castrá-lo.

— Vocês duas combinaram de me passar esse sermão?

— Leia o material que te dei. A gente se fala mais tarde — disse Mai para Fiona. — Ah, decote ou pernas?

— Pernas, guarde os meninos para o segundo round.

— Eu estava pensando nisso mesmo. Até logo, Simon. Vamos, meus bebês! Vamos passear.

— Já que você não vai perguntar — disse Fiona enquanto acenava para a amiga e os cachorros —, vou contar logo. Ela vai sair com um cara pela primeira vez e queria saber quais atributos destacar.

— Tudo bem.

— Os homens não precisam se preocupar com essa parte específica de sair em encontros.

— Claro que precisamos. Se vocês optarem pelo decote, temos que ficar olhando para sua cara e fingir que não percebemos.

— É verdade. — Como ele estava parado na escada, Fiona segurou seus ombros e se inclinou para um beijo preguiçoso. — Então, tenho uma aula daqui a pouco. Você cronometrou sua visita só para ver se eu estava bem?

— Vim devolver a coleira.

— E devolveu. Se quiser, pode ficar para a aula. Vai ser bom para Tubarão interagir com cães diferentes. É uma turma pequena, e vamos treinar habilidades básicas de busca. Quero ver como ele se sai.

— Não temos mais nada para fazer mesmo. Ensine alguma coisa para ele.

— Agora?

— Preciso me distrair. Estou pensando em tirar sua roupa desde que tirei sua roupa. Então, ensine alguma coisa para ele.

Fiona deslizou as mãos para cima, passando-as pelas bochechas de Simon.

— Sabe, até que isso foi romântico.

— Romântico? Da próxima vez que eu pensar em tirar sua roupa, vou colher umas flores. E esta conversa não está me distraindo, então... cadê ele? — Simon analisou a varanda, virou. — Ah, merda.

Fiona agarrou-o pelo braço quando ele fez menção de sair correndo.

— Não, espere. Está tudo bem. — Ela analisou Tubarão enquanto ele subia a escada do escorrega, indo atrás de Bogart. — Tubarão só quer brincar com os maiores. Se você correr ou gritar, talvez ele perca a concentração e o equilíbrio.

O cachorrinho chegou ao topo, com o rabo balançando como uma bandeira, mas, ao contrário de Bogart, que desceu correndo o escorrega curto, ele se desequilibrou e foi deslizando de barriga para baixo, dando de cara na terra fofa.

— Não foi tão ruim assim — declarou Fiona enquanto Simon soltava uma risada irônica. — Pegue os biscoitos. — Ela se aproximou, fazendo elogios numa voz animada. — Vamos tentar de novo, quer tentar de novo? Suba — disse, acrescentando um gesto. — Tubarão sobe a escada direitinho — comentou Fiona quando Simon se aproximou —, e essa é a parte mais difícil, por ser aberta e vertical. Ele é rápido, e prestou atenção em como os outros fazem. Aprendeu sozinho. Então... isso aí, bom menino. — Ela pegou um biscoito de Simon, recompensou o filhote quando ele chegou ao topo. — Você só precisa ajudá-lo um pouquinho a entender como descer, a manter o equilíbrio. Caminhe. Assim mesmo. Equilibrado. Bom trabalho, bom trabalho. — Fiona o recompensou de novo quando ele chegou ao chão. — Agora, você pode tentar e... O quê? — perguntou ela ao erguer o olhar e perceber que Simon a encarava.

— Você não é bonita.

— Lá vem você de novo, Sr. Romântico.

— Você não é bonita, mas se destaca. Ainda não entendi por quê.

— Conte-me quando entender. Agora, faça Tubarão subir e descer.

— Para que serve isso?

— Ele está aprendendo a caminhar por terrenos irregulares. Vai ganhar confiança, agilidade. E vai gostar disso.

Fiona se afastou, observou os dois executarem a brincadeira algumas vezes. Não é bonita, pensou ela. A observação, o fato de que ele *dissera* aquilo, devia ser um golpe contra sua autoestima — apesar de ser verdade. Então, por que achara graça no comentário, pelo menos nos poucos segundos antes da segunda observação ser feita?

Você se destaca. Isso lhe dera um frio na barriga.

Aquele homem provocava as reações mais estranhas nela.

— Quero Tubarão — disse Fiona quando o cachorrinho descia o escorrega praticamente gingando.

— Você está se confundindo. A mim. Você quer a mim.

— Eu admiro sua autoestima, mas estou falando dele mesmo.

— Bem, você não pode ficar com Tubarão. Já estou me acostumando com a companhia dele, e minha mãe ia ficar fula da vida se eu o desse.

— Quero que ele faça parte do programa. Quero treiná-lo para as missões de busca e resgate.

Simon fez que não com a cabeça.

— Já li seu site, seu blog. Quando você diz que quer treiná-lo, quer dizer que quer treinar nós dois. Está se confundindo de novo.

— Você leu meu blog?

Simon deu de ombros.

— Dei uma olhada.

Ela sorriu.

— Mas você não tem interesse algum em trabalhar na Unidade?

— Você precisa parar tudo que está fazendo quando ligam, não é?

— Basicamente, sim.

— Não quero ter que fazer isso.

— Justo. — Fiona tirou um elástico do bolso, prendeu o cabelo com alguns movimentos rápidos. — Eu posso treiná-lo como um reserva. Só Tubarão. Ele me obedece, é óbvio. E qualquer cachorro de busca e resgate precisa obedecer a outros condutores. Às vezes, um dos nossos está incapacitado, doente, talvez machucado.

— Você já tem três.

— Sim, porque, bem, eu quero três, e, se algum cachorro não puder participar, posso levar um dos meus como reserva. Faz anos que trabalho com isso, Simon, e Tubarão seria bom. Seria muito bom. Não estou tentando te convencer a entrar para a Unidade, só quero adestrar seu cão. No meu tempo livre. Se muito, você vai acabar com um cachorro com várias habilidades e bem-treinado.

— Quanto tempo?

— O ideal seria treinar um pouco todo dia, mas pelo menos cinco dias na semana. Posso ir à sua casa e treiná-lo em algum lugar longe da oficina, para não te atrapalhar. Mas você vai precisar praticar algumas coisas com ele.

— Pode ser. Vamos ver. — Simon olhou para Tubarão, que estava distraído com uma de suas atividades favoritas: correr atrás do próprio rabo. — É você que vai perder seu tempo.

— Pois é. Os alunos estão chegando — anunciou ela. — Você não precisa participar se não quiser. Posso treiná-lo sozinha.

— Já estou aqui mesmo.

Simon decidiu que a aula era interessante e servia para distraí-lo um pouco. Fiona chamava o exercício de A Brincadeira da Fuga, e envolvia muita corrida — de cães e pessoas — no campo do outro lado da ponte. A turma trabalhava em duplas ou com Fiona auxiliando — um cachorro por vez.

— Não vejo o sentido disso — disse ele quando chegou a hora de Tubarão. — Ele vai ver aonde você está indo. Só não te encontraria se fosse idiota.

— O exercício vai ensiná-lo a obedecer ao comando para procurar e a farejar. É por isso que estamos correndo contra o vento, para nosso cheiro ir na direção do cachorro. De toda forma, ele vai me encontrar. Você precisa deixá-lo empolgado.

Simon olhou para o cachorro, cujo rabo cortava o ar como uma faca afiada.

— Tubarão fica empolgado só de perceber que tem gente olhando para ele.

— Isso é uma vantagem. Converse com ele, use um tom animado. Mostre que eu estou correndo. Olhe para a Fi! Então, assim que eu abaixar atrás do arbusto, diga a ele para me encontrar e o solte. Fique repetindo que precisa me encontrar. Se ele ficar confuso, lhe dê um tempo para sentir meu cheiro. Caso não dê certo de primeira, vou chamá-lo, dar uma pista auditiva. Você precisa segurá-lo enquanto chamo sua atenção e corro. Pronto?

Simon afastou do rosto o cabelo já bagunçado pelo vento.

— Não é muito difícil.

Ela fez carinho em Tubarão, deixou o cachorrinho lambê-la e cheirá-la antes de se levantar.

— Ei, Tubarão! Aqui. — Ela bateu palmas. — Eu vou correr. Fique olhando, Tubarão, fique olhando. Diga a ele para olhar para mim. Use meu nome.

Fiona saiu em disparada.

Ela não estava exagerando, pensou Simon. Corria rápido *mesmo*.

— Olhe para a Fi. Aonde é que ela está indo, hein? Olhe para ela. Jesus Cristo, a mulher parece um antílope! Olhe para a Fi.

Ela abaixou, desaparecendo de vista, atrás de um arbusto.

— Vá encontrá-la. Encontre a Fi!

O filhotinho saiu correndo pelo gramado, expressando sua alegria com alguns latidos felizes. Não era tão rápido quanto ela, pensou Simon, mas... E então ele sentiu uma onda de surpresa e orgulho quando Tubarão foi direto onde ela estava escondida.

Alguns cachorros precisavam que a pessoa escondida os chamasse, outros só seguiam na direção certa depois de verem uma das mãos acenando atrás do arbusto.

Mas Tubarão, não.

Do outro lado do gramado, ele ouviu Fiona rindo e elogiando enquanto seus colegas de turma temporários aplaudiam.

Nada mal, pensou Simon. Nada mal mesmo.

Ela correu de volta, sendo perseguida pelo cachorrinho feliz.

— Vamos repetir. Elogie primeiro, dê-lhe o biscoito, e depois vamos de novo.

— Ele acertou todas — murmurou Simon quando a aula terminou. — Três vezes seguidas, em esconderijos diferentes.

— Tubarão tem talento. Você pode treinar isso em casa, com objetos. Use alguma coisa que ele goste, de que saiba o nome. Ou ensine o nome antes. Mostre o objeto, faça Tubarão sentar e ficar, e vá escondê-lo. Comece com lugares fáceis. Volte e diga para encontrá-lo. Se ele não conseguir, o guie. Só pare quando ele encontrar.

— Talvez a gente brinque de achar meu tênis. Não faço a menor ideia de onde ele o escondeu. — Simon a encarou com um olhar demorado e analítico que a fez erguer as sobrancelhas. — Você tem asas nos pés, Fiona.

— Você devia ter assistido às minhas competições de quatrocentos metros rasos com obstáculos. Eu era excelente.

— Provavelmente porque suas pernas são tão compridas que batem nas suas orelhas. Você usava aqueles uniformes justos? Aerodinâmicos?

— Usava. Ficava uma graça.

— Devia ficar mesmo. Quando começa a próxima aula?

— Em 45 minutos.

— Tempo suficiente.

Ele começou a forçá-la a andar para trás, na direção da casa.

Fiona manteve contato visual, e Simon notou o brilho risonho em seu olhar; o azul sereno irradiava.

— Que tal um "Você está a fim?" ou "Não resisto a você"?

— Não.

Simon agarrou sua cintura, a ergueu acima da escada, para a varanda.

— E se eu disser que não estou com vontade?

— Eu ficaria decepcionado, e você estaria mentindo.

— É verdade, seria mentira. Então...

Ela abriu a porta, puxou-o para dentro.

Mas, quando seguiu na direção da escada, Simon mudou de direção.

— O sofá está mais perto.

Também era mais macio que a mesa de jantar, pelo menos até os dois girarem para fora dele e caírem no chão. Mas tinha sido tão excitante quanto, pensou Fiona, deitada ao lado de Simon, tentando recuperar o fôlego e a consciência.

— Talvez a gente consiga chegar na cama um dia.

Ele roçou, muito de leve, a unha sobre um dos seios dela.

— Se você cancelar a aula, podemos chegar agora.

— Pena que sou uma mulher responsável. E vou ter que tomar um banho correndo.

— Ah, é, o banho obrigatório. Acho que também preciso de um.

— A gente acabaria transando no chuveiro se tomássemos banho juntos.

— A ideia é essa.

— Por mais divertido que isso pareça, não tenho tempo. Além do mais, você e Tubarão não podem participar da próxima aula. Ele vai acabar ficando sobrecarregado. Mas podem... — Fiona se interrompeu quando os cachorros anunciaram visitantes. — Ah, bosta, ah, merda! — Apressada, ela agarrou a blusa, a calça, e as usou para cobrir o corpo enquanto seguia encolhida para a janela. — É James, e, ah, meu Deus, Lori. São James e Lori, e estou pelada na sala em plena tarde de domingo. — Ela olhou para trás. — E você está pelado também.

Ela parecia tão sexy envergonhada, com um olhar meio nervoso, corada da cabeça aos pés.

Deliciosa, pensou Simon. Ficou com vontade de lambê-la como um sorvete.

— Estou confortável aqui.

— Não! Não! Levante! — Fiona gesticulou, deixou a blusa cair, a agarrou de novo. — Levante-se! Vista-se! Diga... diga a eles que já vou.

— Porque está ocupada tomando seu banho pós-sexo?

— Só... coloque sua calça!

Ainda encolhida, Fiona subiu correndo a escada.

Sorrindo — ela ficava ainda mais interessante correndo pelada —, Simon vestiu a calça, a camisa, e, pegando as meias e as botas, saiu para a varanda.

James e Lori pararam de cumprimentar os cachorros. James estreitou os olhos. Lori corou.

— Ela já vem. — Simon sentou para se calçar. Tubarão tentou pegar uma das botas na mesma hora. — Pare com isso.

— Seu cachorro é bonito. Como vão as aulas?

— Indo. Acabamos de assistir a uma.

Os olhos de James permaneceram estreitos.

— Foi isso que você acabou de fazer?

Simon amarrou a bota, abriu um sorriso frio.

— Entre outras coisas. Está incomodado?

Lori deu tapinhas agitados no braço de James.

— Só viemos perguntar a Fiona se ela quer jantar depois das aulas. Você pode vir também.

— Obrigado, mas preciso ir. Até logo.

Simon seguiu para a picape. Tubarão ficou dançando no mesmo lugar, obviamente dividido, mas então saiu correndo atrás do dono, pulou para o banco do passageiro.

— Não gostei muito disso — murmurou James.

— Não é da nossa conta... não é da nossa conta mesmo.

— Estamos praticamente no meio da tarde. Em plena luz do dia.

— Puritano.

Lori deu uma cotovelada nele e riu.

— Não sou puritano, mas...

— As pessoas transam em plena luz do dia, James. Além do mais, eu gosto de saber que ele está passando tempo aqui. Você não disse que a gente precisava ver como ela estava?

— Sim, mas nós somos amigos dela.

— Acho que Fi e Simon são bem amigáveis um com o outro. Só acho. É uma pena você estar com ciúme, mas...

— Não estou.

Sinceramente surpreso, ele parou de fazer cara feia para a estrada por onde Simon desaparecera e se virou para Lori.

— Sei que você e Fi são próximos — começou ela, olhando para baixo.

— Eita. Não. Não desse jeito.

Lori voltou a erguer o olhar.

— Nem um pouco?

— Nem um pouco, tipo nunca. Credo, as pessoas acham mesmo que...?

— Ah, não sei o que as pessoas acham. Eu só pensei que vocês eram, ou já foram, ou talvez quisessem ser alguma coisa. — Ela soltou uma risada envergonhada. — Ok, vou parar de falar agora.

— Escute, Fi e eu somos... somos como irmãos. Não penso nela. Não assim. — Ele parou até Lori encará-lo, olhar nos seus olhos. — Sobre Fi.

— Talvez você pense assim sobre outra pessoa?

— O tempo todo.

— Ah. — Ela riu de novo. — Graças a Deus.

James começou a tocá-la; Lori começou a deixar. E Fiona saiu correndo da casa.

— Oi! Olá. Hoje é meu dia de receber visitas. Simon foi embora?

James respirou fundo.

— Pois é, ele disse que precisava ir.

— Desculpe — acrescentou Lori. — Chegamos na hora errada.

— Na verdade, podia ter sido pior. Ou bem mais constrangedor para todos nós. Mas deixa para lá. — Fiona abriu um sorriso enorme e radiante. — O que vocês dois estão aprontando?

Capítulo 13

♦ ♦ ♦ ♦

— Leite orgânico. — Fiona tirou das sacolas os produtos que comprara para Sylvia. — Ovos caipiras, queijo de cabra, lentilha, arroz integral e uma berinjela brilhante. Nham, que delícia.

— Não quero nem imaginar o que está no seu carro.

— Além de Bogart? É melhor você não saber.

— Gordura, sal, amido e açúcar.

— Talvez, mas também comprei umas maçãs bem bonitas. E veja só o que eu trouxe para você — disse ela para Oreo —, só por causa dessa sua carinha fofa.

Fiona pegou um brinquedo barulhento, deu um apertão e fez o cachorrinho delirar de alegria.

— Sylvia — começou ela depois de entregar o brinquedo e Oreo sair correndo com ele. — Estou tendo um caso. — Com uma risada, Fiona girou duas vezes, rápido. — Tenho quase 30 anos e nunca disse isso. Estou tendo um caso tórrido, ardente e louco.

Segurando a berinjela brilhante, a madrasta sorriu.

— Você com certeza está radiante, com um ar relaxado e feliz.

— Estou? — Fiona tocou as próprias bochechas. — Bem, eu estou relaxada e feliz. Sabe, com Greg, nunca foi um caso. Foi uma amizade, uma atração e um relacionamento, uma coisa de cada vez, ou talvez tudo ao mesmo tempo. Só que progrediu aos poucos. Mas agora? Agora foi tipo, *bum!* Explosivo. — Ela se apoiou na bancada da cozinha, sorrindo. — Estou fazendo sexo ardente sem compromisso, e é fantástico.

— Você quer que seja assim? — Sylvia acariciou rápido o cabelo da enteada, que hoje estava solto, balançando. — Sem compromisso?

— Ainda não parei para pensar. — Fiona ergueu os ombros e os deixou cair, como se estivesse se dando um abraço interno. — Gosto dessa fase de não pensar em nada.

— Divertido. Um pouco perigoso. Imprevisível.
— Sim! E eu não costumo ser assim. Nada de planos, nada de listas.
— E toda radiante.
— Se eu continuar assim, talvez fique radioativa. — Empolgada, ela quebrou um galho das uvas verdes brilhantes que estavam na tigela sobre a bancada e começou a jogá-las na boca. — Estou dando aulas particulares a Tubarão. Já faz uma semana agora. Eu vou até eles, ou Simon o leva lá em casa. E nós nem sempre... não é todo dia que temos tempo, mas o clima continua quente.
— Vocês não saem? Quero dizer, não jantam fora ou vão ao cinema?
— Não sei. Isso tudo parece tão... — Ela abanou uma das mãos no ar. — Externo. Talvez a gente chegue nesse ponto, talvez as coisas esfriem. Mas, por enquanto, me sinto tão *envolvida*, tão animada, tão *viva*... Sei que é um clichê. Estou andando nas nuvens. Você já fez isso? Teve um caso tórrido e ardente?
— Sim, já. — Depois de guardar os ovos, Sylvia fechou a geladeira. — Com seu pai.
Fiona bateu na garganta quando uma uva ameaçou entalar.
— Sério?
— Acho que nós dois resolvemos que era só sexo, só um casinho rápido, divertido... durante essa fase de não pensar em nada.
— Espere um pouco, porque quero ouvir a história, mas não quero imaginar nada. Seria esquisito demais. Tudo bem, tudo bem. — Fiona fechou os olhos com força, concordou com a cabeça. — Sem imagens. Você e meu pai.
Sylvia lambeu a ponta do dedo, fez um barulho de algo fumegando.
— A gente pegava fogo. Eu era gerente da Artes da Ilha naquela época. Tenho muitas, *muitas* lembranças boas do depósito.
— Quem diria... uau. Papai no depósito.
— Divertido, um pouco perigoso, imprevisível.
— Isso é a sua cara — murmurou Fiona. — A dele, nem tanto. Pelo menos não da imagem que tenho dele.
— Nós parecíamos dois adolescentes. — Sylvia suspirou, sorriu. — Meu Deus, era assim que ele fazia eu me sentir. E como nunca gostei de tradições, nem pensei em casamento, então imaginei que a gente continuaria daquele jeito até pararmos. E então, sei lá, Fi, não sei como ou quando ou por que, não especificamente, mas passei a não conseguir imaginar minha vida sem ele. Graças a Deus seu pai se sentia assim também.

— Papai estava tão nervoso quando me apresentou a você. Sei que eu era nova, mas soube que ele te amava por causa daquele nervosismo todo.

— Ele amava nós duas. Nós tivemos sorte. Mesmo assim, quando ele me pediu em casamento, pensei: Não, de jeito nenhum. Casamento? Seria só um pedaço de papel, um ritual insignificante. Pensei que jamais aceitaria uma coisa dessas, mas acabei dizendo sim. E fiquei chocada. Meu coração — murmurou ela, levando a mão ao peito. — Meu coração não me permitiu recusar.

Aquelas palavras não saíram da cabeça de Fiona durante o trajeto para casa. *Meu coração não me permitiu recusar.*

Era uma declaração linda, mas, ao mesmo tempo, ela ficava feliz por seu coração estar em silêncio no momento. Um coração falante podia partir — Fiona sabia muito bem disso. Enquanto o seu continuasse satisfeito, ela permaneceria relaxada e feliz.

A primavera começava a dar sinais de vida, tornando os campos, as colinas e as florestas mais verdes, salpicadas com o amarelo forte dos ranúnculos, como grãos de luz do sol. Talvez ainda houvesse um resquício de neve no topo do Mount Constitution, mas o contraste entre os picos brancos contra o azul suave só tornava a florescência precoce dos lírios mais bonita, o canto de três notas dos pardais mais comovente.

Naquele momento, ela se sentia igual à ilha — cada vez mais viva, florescendo, ocupada com a própria existência.

As aulas, os alunos e o blog enchiam seus dias, enquanto a Unidade e os treinamentos acrescentavam o tempero da satisfação. Seus três cães lhe davam amor, divertimento, segurança. Seu vizinho gostosão a mantinha excitada e alerta — e tinha um cachorro que poderia ser moldado num animal de busca e resgate confiável, talvez até acima da média.

A polícia não tinha nenhuma informação nova — ou nenhuma que quisesse compartilhar com ela — sobre as três mulheres assassinadas, mas... Fazia duas semanas que não havia registros de novos sequestros.

Ao fazer uma curva, Fiona teve um vislumbre do borrão iridescente de um beija-flor passando por uma árvore com flores vermelhas.

Aquilo só podia ser um bom sinal.

— Nenhuma notícia ruim, Bogart, só... como é mesmo aquela música? Os pássaros e as abelhas e as flores e as árvores. Droga, agora vou ficar com isso na cabeça.

O labrador bateu o rabo preto brilhante, então ela cantou de novo.

— Não sei o restante. Não é da minha época, sabe. Enfim, já cumprimos todas as tarefas do dia, estamos quase chegando em casa. Quer saber de uma coisa? Podemos ligar para o pai de Tubarão, ver se ele quer vir jantar. Posso cozinhar alguma coisa. Talvez tenha chegado a hora de termos um encontro de verdade. E uma festa do pijama. O que você acha? Quer que Tubarão venha brincar com vocês? Vamos pegar as cartas primeiro.

Fiona virou na estrada para sua casa, estacionou e foi até a caixa de correio do outro lado. E jogou as cartas junto com as sacolas do mercado.

— Vamos guardar isso tudo logo para eu ver se tenho alguma coisa para preparar um jantar. Sabe, do tipo que a gente faz para visitas.

Enquanto ela levava as sacolas para dentro de casa, desejou ter tido a ideia mais cedo. Poderia ter comprado ingredientes, pensado num cardápio adulto.

— Posso voltar — refletiu em voz alta, guardando as bandejas de comida congelada, as latas. — Comprar uns bifes. Quer saber? — Ela jogou as cartas na mesa, guardou as bolsas de tecido que Sylvia lhe dera para carregar as compras. — Vou pedir uma pizza. — Pensando nas opções, Fiona pegou as cartas. — Conta, conta, oh, veja só, outra conta. — Então chegou num envelope forrado com plástico bolha. — Isto não é uma conta. Ei, pessoal, talvez sejam fotos dos nossos ex-alunos.

Clientes antigos costumavam mandar fotos e notícias. Feliz por ter recebido algo diferente, ela abriu o envelope.

A echarpe vermelha transparente caiu sobre a mesa.

Fiona cambaleou para trás, sentindo o pânico queimar por sua garganta como um refluxo. Por um instante, a sala girou ao seu redor, adquirindo um tom acinzentado nas extremidades, com a cobra enroscada que era a echarpe brilhando de tão vermelha. A dor ardia em seu peito, deixando-a com falta de ar até o cinza ser tomado por pontinhos brancos. Ela esticou o braço para trás, agarrou com força a bancada enquanto suas pernas perdiam as forças.

Não desmaie, não desmaie, não desmaie.

Tentando se controlar, ela respirou fundo, soltando o ar pela boca com um chiado, e forçou suas pernas bambas a se moverem. Enquanto pegava o telefone, os cachorros ao seu redor ficaram em alerta.

— Fiquem comigo. Fiquem comigo.

Fiona arfou enquanto o pânico martelava suas costelas. Os golpes pareciam espatifar seus ossos como se fossem feitos de vidro.

Ela agarrou o telefone com uma das mãos e uma faca com a outra.

— Mas que droga, Fiona, você deixou a porta aberta de novo!

Simon entrou, visivelmente irritado. Quando se deparou com a mulher pálida como a morte, segurando uma faca enorme e guardada por três cachorros que rosnavam baixo, parou de supetão.

— Pode pedir para eles se acalmarem? — perguntou ele, fria e calmamente.

— Relaxem. Relaxem, meninos. Amigo. Simon é amigo. Digam oi para Simon.

Tubarão veio correndo com uma corda, pronto para brincar. Simon foi até a porta, abriu-a.

— Todo mundo para fora.

— Podem sair. Vão brincar.

Sem tirar os olhos dela, Simon fechou a porta depois que os quatro saíram correndo.

— Abaixe a faca.

Fiona respirou fundo de novo.

— Não consigo. Não consigo soltá-la.

— Olhe para mim — ordenou ele. — Olhe para mim. — Mantendo contato visual, Simon segurou o pulso dela e usou a outra mão para afrouxar a pressão que seus dedos exerciam no cabo da faca. Então a enfiou de volta no cepo. — O que aconteceu?

Fiona ergueu a mão, apontou para a mesa. Sem dizer nada, Simon seguiu até lá, observou a echarpe, o envelope aberto.

— Ligue para a polícia — disse ele, mas então virou-se quando ela permaneceu calada, imóvel. E pegou o telefone.

— É o número um da discagem rápida. Delegacia. Desculpe. Eu só preciso...

Fiona deixou o corpo escorregar, sentou no chão e apoiou a cabeça entre os joelhos.

A voz dele era um zumbido distante sob o estrondo das batidas do seu coração. Ela não desmaiara, lembrou a si mesma. Pegara uma arma. Estivera preparada.

Mas neste momento, neste exato momento, tudo que queria era desmoronar.

— Aqui. Beba. — Simon pegou sua mão, a fez segurar um copo d'água. — Beba, Fiona.

Ele se agachou, guiou o copo até seus lábios, observou enquanto ela bebia.

— Suas mãos estão quentes.

— Não, as suas é que estão frias. Beba a água.

— Não consigo engolir.

— Consegue, sim. Beba a água. — Ele empurrou um pouco o copo, gole a gole. — Davey está vindo.

— Tudo bem.

— Me conte.

— Eu vi um beija-flor. Eu vi um beija-flor e parei para pegar as cartas. Ela estava na minha caixa do correio. Eu trouxe as cartas e as compras para cá. Achei que talvez fossem fotos de um dos meus cães... dos alunos. Recebo algumas às vezes. Mas...

Simon se levantou, usou dois dedos para segurar um canto do envelope, virou-o.

— O carimbo é de Lakeview, Oregon. Não tem remetente.

— Nem olhei. Só abri. Pouco antes de você entrar. Pouco antes.

— Eu não teria entrado e te assustado se você tivesse trancado a porta.

— Tem razão. — O nó na sua garganta não se desfazia. A água não estava ajudando, então ela se concentrou no rosto de Simon, nos seus olhos cor de chá. — Eu estava distraída. É o que acontece quando se está relaxada e feliz. Que burrice. — Fiona se levantou, colocou o copo na bancada. — Mas eu estava com os cães. E tinha uma arma. Se não fosse você, se fosse...

— Seria difícil conseguir passar pelos cachorros. Provavelmente impossível. Mas, se ele conseguisse, Fiona, mas que droga, se ele conseguisse, teria tirado aquela faca de você em dois segundos.

O queixo dela se ergueu, a palidez diminuiu.

— Você acha?

— Olhe, você é forte e rápida. Mas pegar uma arma que só pode ser usada de perto e que pode ser retirada de você não é uma opção tão boa quanto sair correndo.

Com gestos meio duros, ela abriu uma gaveta, pegou uma espátula. O nó finalmente se desfez, e a raiva e a ofensa tomaram seu lugar.

— Tire-a de mim.

— Pelo amor de Deus.

— Finja que é uma faca. Prove a droga da sua teoria.

— Tudo bem.

Simon se moveu, fez que ia pegar a espátula com a mão direita antes de atacá-la com a esquerda.

Fiona apoiou o peso na outra perna, agarrou o braço que a atacava e usou o impulso dele para puxá-lo. Simon precisou se apoiar na parede ou daria de cara com ela.

— Acabei de enfiar a faca nas suas costas. Ou, se estivesse me sentindo menos sanguinária, chutaria a parte de trás dos seus joelhos e te derrubaria. Eu não sou indefesa. *Não* sou uma vítima.

Simon se virou. O rosto dela brilhava de fúria agora, o que era infinitamente melhor do que medo.

— Muito bom.

— Pois é. — Ela concordou com a cabeça num gesto brusco. — É isso aí. Quer tentar de novo? Desta vez, posso dar um chute no seu saco e te espancar até você estar se contorcendo de dor no chão.

— Não precisa.

— Ter medo não me torna fraca. Ter medo significa que eu faria de tudo para me defender. — Fiona jogou a espátula na pia. — Será que você não podia ter mais compaixão, ser mais compreensivo, antes de querer me dar lição de moral?

— Você não está mais sentada no chão, tremendo. E estou sentindo menos vontade de dar um murro na parede.

— E esse é o seu método de lidar com as coisas?

— Nunca passei por uma situação assim antes, mas, pelo visto, sim, esse é meu método. — Simon pegou a espátula na pia e a enfiou na gaveta. — Mas, se quiser que eu banque o machão enquanto você é a donzela em apuros, podemos voltar atrás.

— Donze... *Meu Deus!* Como você me irrita — disse ela, depois de bufar. — E esse era o objetivo. Bem, funcionou.

— Eu perco a cabeça.

Fiona esfregou o rosto, passou as mãos pelo cabelo.

— O quê?

— Vendo você assim. Você já se olhou no espelho quando está assustada de verdade, triste de verdade? Seu rosto perde toda a cor. Nunca vi alguém tão pálido continuar respirando. E eu perco a cabeça.

Ela voltou a baixar as mãos.

— Você tem talento para perder a cabeça.

— Pois é, tenho. Podemos conversar sobre isso mais tarde. Não pense... — Simon se interrompeu, enfiou as mãos nos bolsos. — Não pense que não me importo com você. Eu me importo. Mas ainda não... ah, viu só? — disse ele, frustrado. — É só eu parar de te irritar para você começar a chorar.

— Não estou chorando. — Fiona piscou, tentando afastar as lágrimas que se acumulavam em seus olhos. — E qual é o problema de chorar? Tenho esse direito. Tenho o direito de chorar até cansar, então seja homem, droga, pare de frescura e não me encha o saco.

— Não fode.

Ele a puxou para perto, a envolveu em seus braços.

Fiona sentiu um soluço inundar sua garganta. Então Simon a afastou, passou os dedos por suas bochechas, deu um beijo em sua sobrancelha.

O carinho a afetou tanto que fez seus olhos secarem, eliminou o soluço antes de ele escapar. Em vez disso, ela soltou um suspiro demorado e trêmulo, se apoiando em Simon.

— Não sei cuidar das pessoas — murmurou ele. — Mal consigo cuidar de um cachorro.

Você está enganado, pensou Fiona. Muito enganado.

— Você está indo bem — disse ela. — Eu estou bem. — Mesmo assim, deu um pulo quando os cachorros latiram. — Deve ser Davey.

— Vou abrir a porta. — Simon acariciou seu cabelo uma vez, duas. — Vá sentar ou qualquer coisa assim.

Vá sentar ou qualquer coisa assim, pensou Fiona enquanto ele saía. Então aceitou o conselho e se obrigou a se acomodar à mesa da cozinha.

Simon foi até a varanda.

— Fiona está lá dentro, na cozinha.

— O que...

— Ela vai te contar. Vou ter de sair por uns vinte minutos e preciso saber que você vai estar aqui até eu voltar.

— Tudo bem.

Simon seguiu para a picape, mandou Tubarão ficar e foi embora.

Quando Davey entrou, Fiona já estava bem mais calma.

— Não toquei em nada desde que a abri — começou ela. — Mas acho que não vai fazer diferença. — Então olhou para trás dele, franziu a testa. — Cadê o Simon?

— Ele teve que sair.

— Ele... Ah. — A pressão em seu peito voltou, só por um instante. — Tudo bem. O envelope estava na caixa de correio. Tem um carimbo do Oregon.

O policial sentou, segurou suas mãos e nada mais.

— Ah, meu Deus, Davey. Estou morrendo de medo.

— Nós vamos tomar conta de você, Fi. Se quiser, podemos deixar alguém na frente da casa 24 horas por dia até pegarmos esse desgraçado.

— Acho que não estou pronta para isso. Não ainda. Talvez no futuro.

— Você recebeu alguma ligação estranha, alguém que desliga sem falar nada? Algum comentário esquisito no site ou no blog?

— Não. Essa foi a primeira coisa que aconteceu. E sei que talvez não seja dele. É bem provável que não seja. Deve ser algum idiota malvado que leu aquela matéria, descobriu meu endereço. É possível.

— Talvez. — Davey soltou as mãos dela, pegou dois sacos para guardar provas. — Vou levar o envelope e a echarpe. Faremos tudo que pudermos. Existe uma força-tarefa federal no caso agora, e é bem provável que a gente tenha que entregar tudo para eles. Alguém deve vir conversar com você, Fi.

— Não tem problema. — Não seria a primeira vez, pensou ela, amargurada. — Está tudo bem.

— Vamos entrar em contato com a polícia de Lakeview. Sei que isso é difícil para você, mas talvez a gente consiga alguma coisa. Impressões digitais ou DNA do selo. Alguma informação pela caligrafia, ou quem sabe seja possível descobrir onde ele comprou a echarpe.

Investigações, rotinas, procedimentos. Por que aquilo tudo estava acontecendo de novo?

— E Perry? Talvez ele tenha pago alguém para me enviar isso.

— Vou ver o que consigo descobrir, mas acho que já conversaram com Perry. Devem estar monitorando seus contatos, seus visitantes, sua correspondência. A força-tarefa não está nos passando muitos detalhes, Fi, mas, depois disto, o xerife vai querer saber de tudo. Talvez algum babaca tenha achado que seria engraçado pregar uma peça em você, mas todo mundo vai levar isso a sério. Posso me mudar para o seu sofá, se for preciso.

E ele faria isso mesmo, pensou Fiona, pelo tempo que fosse necessário.

— Você tem uma família. E eu tenho os cachorros.

Davey se recostou na cadeira.

— Posso beber alguma coisa gelada?

Fiona inclinou a cabeça para o lado.

— Porque você está com sede ou porque não quer me deixar sozinha?

Ele a encarou.

— Você negaria uma bebida a um servidor público?

Ela levantou, abriu a geladeira.

— Sua sorte é que acabei de voltar do mercado. Tenho Coca, suco de laranja, água e refresco de frutas vermelhas. E cerveja também, mas você é um servidor público no meio do expediente...

— Aceito uma Coca.

— Com gelo e limão?

— Pode só trazer a lata, Fi. Quer sentar na varanda, aproveitar que o dia está bonito?

Fiona pegou outra lata.

— Não me incomodo em ficar sozinha, Davey. Estou com medo — acrescentou ela enquanto os dois seguiam para a porta da frente —, mas me sinto mais segura e tranquila na minha própria casa do que em qualquer outro lugar. Meu celular está no bolso. Andei treinando tiros. Acho que vou treinar um pouco mais antes de escurecer. E você vai gostar de saber que, quando Simon apareceu no meio da minha crise histérica, os cachorros rosnaram para ele até eu pedir que parassem.

— Muito bom, Fi. Só que eu ficaria mais feliz se alguém te fizesse companhia. Talvez seja uma boa ideia ligar para James.

O fato de ela cogitar essa hipótese era sinal de que estava mais nervosa do que pensava.

— Não sei. Talvez...

Os cachorros estavam em alerta quando os dois chegaram à porta. Davey lhe deu um empurrãozinho para o lado e a abriu. E assentiu com a cabeça quando viu Simon voltando.

— Acho que essa é a minha deixa.

Os dois tinham combinado, percebeu Fiona.

— E aquela história sobre a bebida gelada e aproveitar o dia bonito?

— Vou levar a Coca comigo.

Davey deu um apertão amigável em seu braço antes de se afastar para falar com Simon.

Fiona ficou onde estava enquanto os dois conversavam rápido. O policial entrou na patrulha, e Simon jogou uma mala pequena sobre o ombro.

— Achei que você tivesse ido para casa.

— Eu fui. Tinha que resolver uns assuntos e pegar umas coisas. Já que vou passar a noite aqui.

— Você vai passar a noite aqui?

— Vou. — Ele pegou a Coca dela e deu um gole. — Se você não gostou da ideia, problema seu.

Fiona se sentiu amolecer por dentro, da mesma forma que aconteceria com algumas mulheres depois de ouvir a mais bela declaração de amor.

— Imagino que você espere sexo e comida em troca.

— Sim, mas você pode escolher qual dos dois primeiro.

Ele lhe passou a lata de volta.

— Sou uma péssima cozinheira.

— Sorte que é boa de cama... ou de outros lugares. — Simon deu de ombros. — Não tem pizza congelada?

Fiona percebeu que continuava com medo, mas a vontade de chorar tinha passado, assim como os tremores.

— Sim, mas também tenho um cardápio do Mamma Mia's. Eles entregam para mim.

— Serve.

Ele começou a afastar-se dela, seguindo para a casa, mas Fiona se virou, lhe deu um abraço apertado.

— Simon — murmurou ela, se apoiando contra seu corpo. — Não sei por quê, mas você é exatamente o que eu preciso agora.

— Também não sei por quê. — Ele jogou a mala pela porta aberta e acariciou as costas dela. — Você não faz meu tipo.

— É porque eu sou difícil de classificar.

Simon analisou seu rosto enquanto ela ria e se inclinava para trás.

— É mesmo.

— Vamos dar uma volta antes de jantar. Preciso me acalmar por completo.

— Então quero uma cerveja.

— Sabe de uma coisa, também quero. Duas cervejas saindo.

MAIS TARDE, os dois sentaram no sofá com mais uma cerveja cada, com o fogo na lareira espantando o frio da noite, separados por uma caixa de pizza de peperoni. Fiona cruzou os tornozelos sobre a mesa de centro.

— Sabe, eu fico dizendo a mim mesma que vou começar a comer como uma mulher adulta.

— Estamos comendo como adultos. — Simon bloqueou a tentativa de Tubarão de se enfiar sob suas pernas para atacar a caixa. — Saia daí — disse para o cão. — Crianças comem aquilo que os pais mandam, na hora que precisam comer — continuou ele. — A gente come o que quer, quando quer. Porque somos adultos.

— É verdade. Além do mais, eu amo pizza. — Fiona mordeu sua fatia. — Nada se compara. De toda forma, eu estava pensando antes... antes de você aparecer, em te convidar para jantar.

— Então por que eu paguei pela pizza?

— Você pegou sua carteira; eu deixei. A ideia era te convidar para jantar algo que eu mesma preparasse.

— Você não sabe cozinhar.

Ela lhe deu uma cotovelada.

— Eu ia tentar. Além do mais, sei usar a grelha. Na verdade, sou ótima na grelha. Dois filés, batatas embrulhadas em papel-alumínio... Uns espetos de legumes para contrabalancear. Isso eu sei fazer.

— Você cozinha como um homem. — Simon pegou uma segunda fatia. — Gostei.

— Acho que vou ficar te devendo o filé, já que você pagou pela pizza e está me fazendo companhia hoje. Me conte sobre perder a cabeça.

— Não é nada muito interessante. Por que você não tem televisão aqui na sala?

— Porque nunca assisto à televisão aqui. Gosto de assistir na cama, toda esparramada ou encolhida. A sala serve para visitas e conversas.

— O quarto serve para dormir e transar.

— Até recentemente, sexo não era algo que eu fazia com frequência, e assistir à televisão na cama me ajuda a dormir. — Ela lambeu molho do dedo. — Eu sei quando você tenta mudar de assunto, e não vai dar certo. Estou interessada.

— Tenho um temperamento ruim. Aprendi a mantê-lo sob controle. Só isso.

— Defina temperamento ruim.

Simon tomou um gole da cerveja.

— Tudo bem. Quando eu era garoto e alguém ou alguma coisa me irritava, me provocava, eu perdia as estribeiras. Brigar era minha resposta para tudo, e quanto mais sangrenta a briga, melhor.

— Você gostava de arrumar confusão.

— Eu gostava de meter a porrada nos outros — corrigiu ele. — Tem diferença. Confusão? É um eufemismo. Não havia nada agradável naquilo. Eu não provocava brigas, não implicava com os outros, não procurava problemas. Mas, se encontrasse motivo para socar alguém, achava ótimo. E aí era como se apertassem um botão. — Simon virou a lata da cerveja, leu o rótulo. — Eu partia para a briga, e, quando fazia isso, era para machucar.

Fiona conseguia imaginá-lo fazendo isso — seu porte, aquelas mãos grandes e duras, a intensidade que via em seu olhar de vez em quando.

— Você já machucou alguém de verdade?

— Podia ter machucado. Ia acabar fazendo isso, com o tempo. Perdi a conta de quantas vezes fui parar na diretoria da escola.

— Nunca fui para a diretoria. Não estou me gabando — acrescentou ela quando Simon virou a cabeça para fitá-la. — Eu quase queria não ter sido tão comportada.

— Então você era dessas.

— Infelizmente, sim. Continue. Garotos rebeldes são bem mais interessantes do que garotas comportadas.

— Depende da garota e do que você tem que fazer para ela se rebelar. — Simon se esticou, abriu os dois primeiros botões da blusa dela até o sutiã aparecer. — Prontinho. Aquela que troca sexo por pizza. Enfim — continuou ele enquanto ela ria —, eu me metia em encrencas, mas nunca começava as brigas. E sempre havia alguém para confirmar isso. Meus pais tentaram coisas diferentes para canalizar minha energia. Esportes, cursos, até terapia. Mas eu tirava notas boas, não era mal-educado com os professores.

— O que mudou?

— Segundo ano do ensino médio. Eu tinha uma reputação. E sempre havia alguém que queria desafiá-la. Um cara novo entrou na escola, um valentão. Veio atrás de mim, eu acabei com ele.

— Fácil assim?

— Não. Foi terrível para ambos. A gente se machucou, mas eu o machuquei mais. Algumas semanas depois, ele e dois amigos me atacaram. Eu estava com uma garota, dando uns amassos no parque. Os outros dois me seguraram enquanto ele me batia. Ela berrava para pararem, para alguém vir ajudar, e o cara continuou rindo e me batendo até eu não conseguir sentir mais nada. Em algum momento, apaguei.

— Ah, meu Deus. Simon.

— Quando acordei, os três a seguravam no chão. Ela estava chorando, implorando. Não sei se a estuprariam. Não sei se chegariam a esse ponto. Mas não tiveram a chance. Fiquei louco, e não me lembro de nada. Não me lembro de levantar e ir atrás deles. Dois apanharam tanto que desmaiaram. O terceiro fugiu. Não me lembro de nada — repetiu Simon, como se isso ainda o incomodasse. — Mas me lembro de cair em mim, de sair daquela zona vermelha e de ouvir a garota chorando, gritando, me implorando para parar. Eu estava meio apaixonado por ela. E a assustei tanto quanto os caras que me atacaram e quase a estupraram.

Então ela era uma idiota, na opinião de Fiona. Em vez de gritar e chorar, devia ter ido buscar ajuda.

— Você se machucou muito?

— O suficiente para passar dois dias internado. Os outros dois ficaram mais tempo. Acordei no hospital, morrendo de dor. Vi meus pais sentados juntos do outro lado do quarto. Minha mãe chorava. Aquela mulher não choraria nem se cortassem o braço dela fora com um machado, mas seu rosto estava molhado de lágrimas. — E essa parte claramente o incomodava mais do que a perda de memória. Fora isso que o fizera mudar de caminho. O choro da mãe. — Eu pensei: Já chega. Já chega. E passei a me controlar.

— Simples assim?

— Não. Precisei de um tempo. Depois que você ignora uma provocação pela primeira vez ou entende que o cara que está te provocando é um idiota, fica mais fácil.

Então, pensou ela, essas eram as raízes do seu autocontrole.

— E a garota?

— O máximo que consegui foi pegar em seus seios. Ela terminou comigo — acrescentou Simon quando Fiona continuou em silêncio. — Compreensível.

— Não acho. Ela devia ter encontrado um pedaço de pau e te ajudado, em vez de ficar lá chorando. Ou pegado umas pedras e começado a jogá-las. Devia ter beijado os seus pés depois que você a salvou de ser atacada e estuprada.

Simon sorriu.

— Ela não era dessas.

— Você tem um dedo podre.

— Talvez. Pelo menos até agora.

Fiona sorriu, se inclinou por cima da caixa para beijá-lo — e abriu outro botão da blusa.

— Como estou trocando sexo por pizza hoje, acho que podemos levar a caixa lá para cima, para o caso de ficarmos com fome depois.

— Eu gosto de pizza fria.

— Nunca entendi quem não gosta.

E então ela se levantou, lhe oferecendo a mão.

Capítulo 14

◆ ◆ ◆ ◆

SIMON ACORDOU com o sol no rosto. Em casa, ele dormia numa caverna, fechando as janelas do quarto para despertar e levantar na hora que bem entendesse. Achava que isso, assim como comer o que e quando quisesse, era uma das vantagens da vida adulta, melhorada pelo fato de ter um trabalho autônomo.

O cachorro, obviamente, mudara tudo, exigindo sair de casa em horários questionáveis ao pular na cama ou lambendo qualquer parte do seu corpo que estivesse fora do colchão. E também passara a usar um novo método, bem mais assustador: ficar parado do lado da cama, encarando o dono.

Ainda assim, os dois tinham chegado a uma rotina em que ele deixava o cachorro sair, voltava cambaleando para a cama e dormia mais um pouco até Tubarão resolver que queria voltar.

Então, onde diabos estava o cachorro? E, mais importante, onde diabos estava Fiona?

Decidindo que era óbvio que os dois estavam juntos, Simon agarrou um travesseiro e cobriu o rosto para bloquear a luz e dormir mais.

Não adiantava, percebeu após alguns segundos.

O travesseiro estava com o cheiro dela, que o enlouquecia. Simon se deixou levar por um instante, apenas respirando Fiona enquanto pensava nela. Os tons claros de sua pele e seu cabelo, os traços marcantes, o corpo forte e esguio. As sardas que salpicavam seu rosto e os olhos calmos, transparentes.

Ele achava que, quando descobrisse o que chamava tanta atenção nela, seguiria em frente ou perderia o interesse.

Mas, agora que descobrira, pelo menos em parte, se via ainda mais fascinado. A força dela — mental e física —, sua perseverança, seu humor e aquela paciência quase infinita se misturavam a uma bondade inata e a uma autoestima tranquila, quase despreocupada.

Era uma combinação fascinante.

Simon jogou o travesseiro para o lado e ficou deitado na cama, apertando os olhos contra a luz.

O quarto exibia um uso criativo de cores fortes. As paredes brilhavam num tom acobreado sob o sol e formavam um bom fundo para belas obras de arte locais — provavelmente compradas na loja de Syl. Ela se permitira ter com uma cama grande de ferro com toques de bronze escuro e dosséis altos de cobre.

Nada muito cheio de firulas, pensou ele. Até as garrafas e tigelas que pareciam ser obrigatórias em quartos de mulher estavam organizadas sobre a cômoda, enquanto o trio de camas de cachorro do outro lado do cômodo deixava nítida sua paixão e profissão.

Luminárias bonitas, num estilo simples, uma poltrona enorme com uma manta muito bem-feita — devia ter vindo da loja de Syl também. Um armário baixo armazenava livros — ele apostava que eram organizados por ordem alfabética —, fotos, enfeites.

Não havia roupas jogadas, sapatos largados pelo chão, coisas retiradas dos bolsos e abandonadas sobre a cômoda.

Como alguém conseguia viver daquele jeito?

Na verdade, Simon observou que as roupas que tirara, puxara e arrancara de Fiona na noite anterior tinham sumido de vista, e as roupas que ela tirara, puxara e arrancara dele estavam dobradas sobre o baú embaixo da janela.

E, como ele estava deitado ali, pensando na decoração e arrumação do quarto, era óbvio que não dormiria mais.

Simon usou o chuveiro dela, achou a pressão fraca e a água pouco quente. O banheiro pedia por uma reforma. As instalações hidráulicas precisavam ser trocadas; os azulejos, substituídos; e a disposição das coisas desperdiçava espaço.

Apesar do que considerava ser um design ruim, o lugar era arrumado, organizado, extremamente limpo.

Ele jogou a toalha no chão, saiu do banheiro para se vestir. Voltou ao banheiro, pegou a toalha e a pendurou no boxe.

Então se vestiu, pensando no café, e fez menção de sair do quarto. Acabou voltando, resmungando, e pegou o travesseiro que tirara do rosto e jogara no chão. Arremessou-o de volta para a cama. Resmungou um pouco, mas colocou as roupas dobradas dentro da mala. Satisfeito, tentou sair do quarto de novo.

— Mas que droga.

Como ele não conseguia se livrar da sensação de culpa, voltou, esticou o lençol, colocou o edredom azul por cima de tudo — e considerou a cama feita.

Sentindo-se explorado, Simon se arrastou para o andar de baixo, pensando que era melhor encontrar café.

A bebida esperava por ele, quente, aromática e sedutora. Depois de uma mulher, café era a melhor coisa que um homem poderia consumir de manhã, pensou enquanto se servia de uma caneca.

Ele bebeu, encheu a caneca de novo, e foi encontrar a mulher e seu cão.

Os dois estavam no lado ensolarado do quintal, brincando naquilo que Simon chamava de parquinho, com os outros três labradores jogados sobre a grama. Ele se recostou na coluna da varanda, tomando seu café, observando a mulher — com o casaco cinza fechado contra o frio do começo da manhã enquanto ensinava Tubarão a andar pela gangorra.

O brinquedo descia com o peso quando ele passava do centro, mas, em vez de pular, como Simon esperava que acontecesse, o cãozinho continuava andando até chegar ao chão.

— Ótimo!

Tubarão ganhou um biscoito e um tapinha nas costas antes de ser direcionado para o túnel.

— Atravesse.

Fiona caminhou do lado de fora do túnel enquanto o filhote — provavelmente — seguia pelo de dentro. Ele saiu abanando o rabo do outro lado.

Depois de Tubarão receber sua recompensa, ela foi para uma plataforma. Simon observou seu cachorro pular ao ouvir o comando, se envaidecer com o elogio, depois descer a rampa do outro lado e seguir direto para a escada do escorrega.

— Suba!

Sem hesitar, ele subiu, foi andando até o chão.

Fascinado, Simon ficou observando enquanto Fiona levava Tubarão para uma plataforma mais baixa. Ao ouvir o comando, ele pulou sobre ela e, depois, escalou uma pilha de lenha.

— Já podemos trabalhar no circo — disse Simon.

Ao ouvir sua voz, Tubarão se dispersou e veio correndo.

— Bom dia.

Fiona liberou os cachorros com um gesto.

Simon notou que seu cabelo estava com um penteado diferente hoje. Um negócio com tranças nas laterais que se uniam numa única atrás.

Quando é que ela arrumava tempo para fazer essas coisas?

— Por que você acordou tão cedo e por que já veio brincar de recreio?

— Vou dar aulas hoje de manhã, incluindo uma particular para um cachorro com problema de comportamento.

Fiona se aproximou dele com aquele seu jeitinho, o beijou daquele seu jeitinho — devagar e despreocupada. Simon até que gostava de beijos assim, mas... Ele a puxou para algo mais intenso.

— Não. — Ela esticou uma das mãos para Tubarão quando o cãozinho pulou, passou a outra pelo cabelo de Simon. — Seu cabelo ainda está molhado. Então você encontrou o chuveiro e o café.

— Pois é. — Ela cheirava a primavera, pensou ele, com um toque de sol. — Teria sido melhor encontrar você na cama, mas deu para o gasto.

— Os cachorros precisavam sair, e, como já estávamos aqui fora, resolvi praticar com Tubarão. Aquela foi sua terceira rodada na pista de obstáculos hoje. Ele se diverte à beça e já aprendeu várias coisas. Se você quiser deixá-lo aqui hoje, ele pode ficar brincando com os meninos e treinar comigo no intervalo entre as aulas.

— Ah...

— Ou, se quiser ficar com ele, pode voltar mais tarde, e a gente o encaixa numa aula.

Era uma idiotice, pensou Simon, ter se acostumado tanto com o cachorro que agora hesitava quando recebia uma oferta de passar o dia livre dele.

— Pode ficar com Tubarão se você quiser. Qual o melhor horário para eu vir buscá-lo?

— Tanto faz. Se você se organizar direitinho, talvez consiga chegar na hora de jantar aquele filé, agora que sei que vai voltar. Se eu soubesse que ia passar aqui ontem... Por que você veio ontem?

— Talvez eu quisesse transar.

— Missão cumprida.

Simon sorriu para ela, passou um dedo por aquelas tranças bonitas.

— O sexo e a pizza foram um bônus. Eu tinha um motivo, mas acabei esquecendo depois daquilo tudo.

— Foi bem intenso. Mas gostei de você estar aqui, não importa o motivo.

— Ele está na picape. Vou buscar. Segure.

Simon colocou a caneca vazia numa das mãos dela.

— Quem está na picape?

— O motivo. — Tubarão pegou um graveto e foi atrás do dono. — A gente ainda não vai passear. — Para evitar que suas pernas fossem golpeadas e espetadas, Simon pegou o graveto. — Solte.

E então o jogou.

A matilha inteira saiu correndo.

Ele abriu a caçamba, subiu e afastou a Iona. Então puxou a cadeira para fora da picape.

— Ah, meu Deus, ela é *minha*? Essa é a minha cadeira?

Fiona veio correndo enquanto ele a levava para a varanda.

Ela estava tão feliz que mais parecia ter recebido diamantes.

— É minha. Não vou sentar naquela porcaria quando estiver aqui.

— Que linda. Olhe só essa cor! Como é o nome, Férias no Caribe? Ela é tão divertida!

— Combina com a casa, com a cor dos batentes. — Apesar de ter dado de ombros, a reação de Fiona o deixou tão satisfeito que chegava a ser ridículo. — Você vai ficar bem nela.

— É tão lisa. — Fiona passou a mão pelo braço da cadeira. No instante em que ele a colocou na varanda, ela sentou. — Ah, e tão confortável. — Rindo, ela se balançou. — Que delícia. Então, a cadeira combina comigo?

— Combina, sim.

Ele pegou a cadeira antiga.

— O que você vai fazer com... Ah, Simon! — Fiona fez uma careta quando Simon quebrou um dos pés da cadeira. Mais uma vez, ele ficou satisfeito com aquilo ao ponto de ser ridículo. — Talvez alguém quisesse ficar com ela.

— Esta cadeira é merda.

— Sim, mas eu podia pelo menos reciclá-la e...

Simon quebrou o outro pé.

— Pronto. Reciclei uma merda em lenha para a lareira. Ou — ele jogou um pedaço, fazendo os cães saírem em disparada de novo — em brinquedo de cachorro.

Ele precisava ir para casa. Já que tinha acordado tão cedo, era melhor ir trabalhar.

— Quando começa a primeira aula?

— A primeira é a particular. Eles devem chegar em meia hora.

— Vou pegar mais café. Tem alguma coisa nesta casa que pareça comida de café da manhã?

— Simon, não precisa esperar. Vou ficar sozinha às vezes.

— Eu fiz uma cadeira para você e não mereço nem uma tigela de cereal?

Fiona se levantou, segurou as bochechas dele.

— Tenho Froot Loops.

— Isso não é cereal. Sucrilhos é cereal.

— Meu estoque acabou. Tenho waffles congelados.

— Agora, sim.

$\mathcal{D}$EMOROU ALGUNS DIAS, mas, no meio de sua última aula da tarde, Fiona viu um carro popular vindo na direção da casa e pensou: o FBI.

— Continuem praticando andar junto. Astrid, você está hesitando e ficando tensa. Precisa mostrar a Roofus quem é o líder da matilha.

Ela se afastou da turma, se aproximou do carro. Sua própria tensão foi amenizada ao ver o motorista saltar.

O terno escuro cobria um corpo atarracado, e as mechas grisalhas em seu cabelo tinham se multiplicado desde a última vez que os dois se viram.

— Agente especial Tawney. — Fiona ergueu as duas mãos. — Que bom que é você.

— Sinto muito por ter que ser alguém, mas é bom te ver. Minha parceira, a agente especial Erin Mantz.

A mulher também usava um terno bem-ajustado sobre seu porte compacto. O cabelo loiro e liso estava preso num rabo de cavalo, expondo seu rosto sério e marcante.

— Srta. Bristow.

— Vocês podem esperar? Faltam 15 minutos para a aula acabar. E, sem querer ofender, mas prefiro não ter que explicar para meus alunos que o FBI veio me fazer uma visita.

— Sem problema — disse Tawney. — Podemos sentar na varanda, assistir ao espetáculo.

— Vou tentar agilizar as coisas.

Mantz ficou parada onde estava por um segundo.

— Ela ficou bem feliz em te ver. As pessoas não costumam reagir assim com a gente.

— Eu cuidei do caso depois que Fiona conseguiu escapar de Perry. Ela se sentia confortável comigo, então fui encarregado de acompanhá-la no tribunal.

Mantz analisou o quintal, a casa e a disposição das coisas por trás dos óculos escuros.

— E, agora, você está de volta.

— Pois é, estou de volta. Perry está envolvido nisso, Erin, tenho certeza. E se existe uma pessoa no mundo que ele não esqueceu, é Fiona Bristow.

Mantz observou com frieza enquanto Fiona supervisionava os cachorros e seus donos.

— É isso que você vai dizer a ela?

— Espero não precisar.

Tawney seguiu para a varanda, e, como era um cavalheiro, sentou no baú de brinquedos dos cães e deixou a cadeira de balanço para a parceira.

— Ela vive bem isolada aqui — começou Mantz, mas então se inclinou para trás, esticando as mãos, quando Bogart apareceu para dar oi. — Fique longe. Vá embora.

Tawney deu um tapinha no joelho, convidando Bogart.

— Bom menino. Qual é o problema, Erin?

— Não gosto de cães.

Fazia apenas alguns meses que os dois eram parceiros, e ainda estavam aprendendo o ritmo e os hábitos um do outro.

— Por que não?

— Bafo, pelos, dentes grandes e afiados.

O rabo de Bogart batia nas pernas dela enquanto recebia os carinhos de Tawney. Mantz levantou da cadeira, se afastou.

Peck subiu para a varanda também, olhou para a agente especial, entendeu o recado. Então cutucou o joelho de Tawney com o focinho.

— Os dois devem ser dela. Você leu o arquivo, não leu? — perguntou ele. — São cães de busca e resgate. Fiona tem três. E uma escola de adestramento. Ela começou uma Unidade aqui.

— Você parece um pai orgulhoso.

Tawney olhou para cima, erguendo as sobrancelhas diante do tom de sarcasmo dela.

— Acho que ela é uma moça forte, admirável, que nos ajudou a colocar um monstro atrás das grades com seu depoimento, aguentando firme mesmo depois do noivo ter sido assassinado.

— Desculpe. Desculpe. Fico nervosa perto de cachorros, e, quando fico nervosa, dou patadas nos outros. Eu li o arquivo de Greg Norwood também. Ele era um bom policial. Honesto. Um pouco velho demais para ela, não acha?

— Imagino que isso fosse problema deles.

— Um pai orgulhoso *e* protetor.

— Isso foi outra patada causada pelo nervosismo?

— Só estou comentando. Meu Deus, lá vem outro.

Ela se afastou ainda mais quando Newman subiu na varanda.

Quando Fiona finalmente terminou a aula, os três labradores estavam esparramados aos pés de Tawney, felizes, enquanto a parceira dele permanecia em pé do outro lado da varanda, com o corpo todo rígido.

— Desculpe a demora. Fizeram amizade com os meninos?

— Eu fiz. A agente Mantz não gosta de cachorros.

— Ah, desculpe. Eu não os teria deixado vir para a varanda se soubesse. Vamos entrar? Eles ficam aqui fora. Fiquem aqui fora — repetiu Fiona, e abriu a porta.

— Você não tem cercas — observou Mantz. — Não tem medo de os cães fugirem?

— Eles são treinados para não ultrapassar certos limites sem mim. Por favor, sentem. Querem um café? Estou nervosa — disse ela antes de Tawney conseguir responder. — Apesar de ser você, e apesar de eu saber que alguém viria e estar feliz por ser você. Vou fazer um café e sentar.

— Um café seria bom.

— Você ainda toma puro?
Ele sorriu.
— Sim.
— Agente Mantz?
— O mesmo para mim, obrigada.
— Já volto.
— Que casa bonita — comentou Mantz quando ficou sozinha com o parceiro. — Arrumada. Tranquila, se você gosta de tranquilidade. Eu enlouqueceria aqui.
— Eu e Deb sempre falamos sobre comprar uma casa tranquila no interior quando nos aposentarmos.
Mantz o encarou. Não fazia muito tempo que os dois eram parceiros, mas ela já o conhecia o suficiente.
— Você também enlouqueceria.
— Pois é. Ela acha que pássaros seriam um bom hobby.
— Observar pássaros ou atirar em pássaros?
— Observar pássaros. Meu Deus, Erin, por que eu atiraria em pássaros?
— Por que você observaria pássaros?
Ele refletiu por um instante.
— Não faço ideia.
Fiona voltou trazendo três canecas numa bandeja.
— Trouxe uns biscoitos que Sylvia fez, o que significa que são comida saudável disfarçada, então não posso prometer que sejam bons.
— Como vai Sylvia? — perguntou Tawney.
— Ótima. Sua loja é um sucesso, então isso a mantém ocupada. Ela me ajuda aqui, dando aula nos dias em que preciso participar de alguma busca. Adora jardinagem orgânica, é líder de um clube do livro que se reúne uma vez por mês e agora resolveu que quer dar aulas de yoga. Estou falando demais. É o nervosismo.
— Sua casa é bonita. Você está feliz?
— Sim. Eu precisava sair de lá, mudar, e, no fim das contas, isso foi a melhor coisa que fiz por mim mesma. Amo meu trabalho, e sou boa no que faço. No começo, acho que era só uma forma de fugir, de me dedicar a alguma coisa, ter um motivo para acordar todos os dias. Acabei percebendo que, na verdade, eu estava encontrando meu lugar, meu propósito, não fugindo.

— As pessoas não têm tanto acesso ao seu trabalho aqui quanto teriam em Seattle.

— Não. Comecei devagar, com uma turma pequena. A internet e o boca a boca me ajudaram a crescer, e, quando criei a Unidade, construí uma reputação. Meu negócio ainda é pequeno, mas do tamanho certo para mim. E isso foi uma forma de insinuar que moro num lugar bem isolado e passo muito tempo sozinha ou com pessoas que não conheço direito. Pelo menos, não a princípio.

— Você faz algum tipo de avaliação antes de aceitar novos alunos? — perguntou Mantz.

— Não. Boa parte deles aparece por indicação. Amigos, parentes, colegas de trabalho me recomendam. E ofereço aulas particulares de adestramento, mas são poucas. No geral, trabalho com turmas de cinco a doze cães no máximo.

— E você já teve algum problema com os alunos? Alguém não ficou satisfeito com os resultados?

— Acontece de vez em quando. Geralmente, pergunto se querem o dinheiro de volta, porque isso é melhor para os negócios. Um cliente irritado vai esculhambar você para os amigos, os parentes e os colegas de trabalho, e isso sairia muito mais caro do que reembolsá-lo.

— Como você reage quando um cliente dá em cima de você? — continuou Mantz. — Com certeza isso já aconteceu. Você é jovem, bonita.

Fiona odiava essa parte, odiava ter de expor cada detalhe de sua vida pessoal. Todas as perguntas que faziam para vítimas e suspeitos. Ela não era nenhuma das duas coisas, lembrou a si mesma.

Era outra coisa completamente diferente.

— Se o aluno for solteiro e eu estiver interessada, cogito a ideia de sair com ele — respondeu Fiona, falando rápido, num tom quase despreocupado. — Não acontece com frequência. Se não for solteiro ou eu não estiver interessada, existem formas de deixar claro que não quero nada com ele sem causar problemas. — Ela pegou um biscoito, mas o revirou entre os dedos. — Sinceramente, não acho que ninguém que eu dispensei ou que não gostou das aulas tenha mandado a echarpe vermelha. Seria cruel demais.

— Você terminou com algum namorado? — insistiu Mantz. — Ex-namorados rancorosos podem ser cruéis.

— Não tenho nenhum ex rancoroso. Não estou sendo ingênua. Depois que perdi Greg, e meu pai logo depois, perdi o interesse por encontros ou namorados. Acho que passei quase dois anos sem sair para jantar com alguém que não fosse um amigo próximo. Fazia muito tempo que eu não tinha um relacionamento sério, até recentemente.

— Você está tendo um caso com alguém?

— Estou saindo com um homem, sim.

— Há quanto tempo?

Sua barriga se embrulhou com irritação.

— Uns dois meses, mais ou menos. Ele mora aqui na ilha. Estou treinando seu cachorro. Ele não tem ligação nenhuma com nada disso.

— Vamos precisar do nome dele, Fiona, só para eliminá-lo da lista.

Ela olhou para Tawney, suspirou.

— Simon Doyle. Ele é escultor. Fez a cadeira de balanço na varanda.

— Gostei da cadeira.

— A echarpe foi enviada do Oregon. Simon não saiu da ilha. Agente Tawney, todos nós sabemos que existem duas possibilidades. A primeira é que a echarpe tenha sido enviada como uma piada nojenta ou alguma tara esquisita por alguém que está acompanhando as notícias sobre os assassinatos, que leu a matéria que citou meu nome. Nessa hipótese, acho pouco provável que vocês descubram quem foi. A segunda é que quem está imitando Perry tenha me mandado aquilo como um aviso, uma provocação. Se esse for o caso, espero que encontrem esse cara e o prendam logo. Porque, se isso não acontecer, em algum momento ele virá atrás de mim para tentar corrigir o erro de Perry.

— Você aguentou firme antes. Vai precisar aguentar firme de novo. A echarpe naquele envelope é idêntica às usadas nas vítimas. Mesmo fabricante, mesmo estilo, mesmo lote.

— Certo. — A pele de Fiona ficou gélida, dormente. — Isso provavelmente não é coincidência.

— Nós rastreamos os pontos de venda e sabemos que as echarpes específicas desse lote foram distribuídas no fim de outubro do ano passado em lojas da região de Walla Walla.

— Perto do presídio — murmurou ela. — Perto de Perry. Por que o assassino as compraria se não morasse, trabalhasse ou tivesse negócios por lá?

Um guarda. — Fiona lutou para manter a voz estável. — Um presidiário que terminou de cumprir a pena ou, ou um parente. Ou...

— Fiona, acredite em mim, confie em mim, estamos analisando todas as possibilidades. Eu e a agente Mantz interrogamos Perry. Ele alega não saber nada sobre os assassinatos. Como poderia saber?

— Ele está mentindo.

— Sim, está, mas não conseguimos arrancar a verdade dele. Ainda não. Sua cela já foi revistada várias vezes, toda sua correspondência está sendo analisada. Interrogamos guardas e presidiários com quem ele interage. Sua irmã está sob vigilância, e estamos no processo de identificar, localizar e contatar todo mundo, ex-presidiários, funcionários da prisão, pessoal terceirizado e professores com quem Perry teve contato desde que foi preso.

— É bastante tempo. — Fiona deixou o biscoito de lado. Seria incapaz de comê-lo agora. — Você acha que ele está orientando o assassino ou que só o incentivou?

— Por enquanto, não temos provas...

— Não estou pedindo provas. — Ela tentou suavizar seu tom de voz. — Estou perguntando a sua opinião. Eu confio em você.

— Se Perry não estivesse orientando o assassino ou não o tivesse incitado, estaria furioso. Ele tentaria não demonstrar sua raiva, mas eu teria notado.

Fiona concordou com a cabeça. Sim, Tawney teria notado. Eles dois conheciam Perry. Conheciam Perry muito bem.

— Estamos falando do poder dele, de suas conquistas — continuou o agente. — Ver alguém tomar para si esse poder, alegar ter feito novas conquistas enquanto ele está trancafiado numa cela? Seria ofensivo, degradante. Mas escolher ou aprovar a pessoa que segue seu caminho seria motivo de orgulho e prazer. E foi isso que vi no dia em que fomos à penitenciária. Sob todo aquele controle, sob a ignorância fingida, Perry estava orgulhoso.

— Sim. — Fiona concordou com a cabeça, então levantou e seguiu até a janela, se sentindo reconfortada ao ver os cachorros passeando pelo gramado do quintal. — Concordo. Eu também o estudei. Precisava fazer isso. Precisava conhecer o homem que queria me matar, que matou o homem que eu amava porque fracassou comigo. Li os livros, assisti aos documentários, analisei cada matéria de jornal. Depois, deixei tudo isso de lado, porque eu precisava parar. Mas Perry nunca parou — disse ela, se virando. — Não de verdade, não é? Estava apenas esperando o momento certo. Por que não mandar seu substituto atrás de mim primeiro, antes de eu conseguir me preparar? — Fiona balançou a cabeça, dispensou a pergunta com um aceno de mão, como se a resposta fosse óbvia. — Porque eu sou o grande prêmio. Eu sou o evento principal, o motivo. E é preciso criar expectativa antes de se chegar ao final. As outras? São números de abertura.

— Esse é um jeito cruel de descrever a situação — comentou Mantz.

— É um jeito cruel de pensar, mas é assim que ele vê as coisas. É tipo uma revanche, não é? Da última vez, eu venci. Agora, Perry quer remediar isso. Talvez de forma remota, talvez através de um substituto, mas vai limpar seu histórico. Os números de abertura lhe dão uma satisfação perversa e, como bônus, fazem o grande prêmio se preocupar. Ele quer o meu medo. É assim que seu método funciona, e essa é boa parte de sua recompensa.

— Podemos te colocar no programa de proteção a testemunhas, levá-la para um lugar seguro.

— Eu fiz isso antes — lembrou Fiona a Tawney —, e ele ficou me esperando. Ele ficou me esperando, e então matou Greg. Não posso abandonar minha vida de novo, não vou lhe dar essa satisfação. Ele já tirou muito de mim.

— Temos mais pistas desta vez — disse Mantz. — Esse cara não é tão cuidadoso nem tão esperto quanto Perry. Foi burrice mandar a echarpe. Ele queria te provocar. E comprá-las todas juntas, no mesmo lugar, foi outro erro. Vamos encontrá-lo.

— Acredito que sim, e espero que seja rápido, antes de outra pessoa morrer. Mas não posso ficar escondida enquanto isso. Não estou sendo corajosa, apenas realista. E, aqui, a vantagem é minha. Ele precisa vir até mim. Tem que vir até a ilha.

— A delegacia local não consegue monitorar todo mundo que chega na balsa.

— Não, mas se ele conseguir chegar até aqui, não vai ter pela frente uma garota de 20 anos.

— Você devia tomar mais precauções, pelo menos — aconselhou Mantz. — Instale trancas melhores. E cogite um sistema de alarme.

— Tenho três. Não estou fazendo propaganda enganosa — acrescentou Fiona. — Os cachorros estão sempre comigo, e, entre a polícia e meus amigos, tem sempre alguém vindo me visitar várias vezes por dia. Simon está dormindo aqui. E vou viajar na semana que vem, passar alguns dias fora com uma amiga e minha madrasta. Um amigo vai ficar aqui com seu cachorro para cuidar dos meus e da casa.

— Você mencionou isso no seu blog.

Ela sorriu para Tawney.

— Você lê o meu blog.

— Gosto de saber da sua vida, Fiona. Você disse que ia fazer uma viagem rápida com amigas para sua saúde mental e pretendia relaxar e ser mimada.

— Spa — disse Mantz.

— Pois é.

— Mas não disse o nome do lugar.

— Não, porque todo mundo e qualquer um pode ler um blog. Talvez eu mencione depois, se for interessante. Mas a maioria das coisas que escrevo é relacionada a cachorros. Eu tomo cuidado, agente Tawney.

— Sim, eu sei. Mesmo assim, quero essas informações. Onde você vai estar, as datas exatas, como vai chegar lá.

— Tudo bem.

Quando seu celular apitou, Tawney ergueu um dedo.

— Passe os dados para a agente Mantz — sugeriu ele, indo para a varanda para atender a ligação.

— Vamos de carro para Snoqualmie Falls na próxima terça — disse Fiona. — Para o Spa e Resort Tranquilidade. Voltamos na sexta.

— Bem legal.

— É, vai ser mesmo. Essa é nossa versão de um fim de semana, já que os fins de semana de verdade são nossos dias mais cheios. Vou com Sylvia e uma amiga. Mai Funaki, nossa veterinária.

Mantz anotou as informações, ergueu o olhar quando Tawney voltou.

— Precisamos ir.

Fiona se levantou junto com a agente.

— Encontraram mais uma.

— Não. Uma jovem de 21 anos foi registrada como desaparecida. Ela saiu da sua casa fora do campus às 6h da manhã, a pé, a caminho da academia da faculdade. Mas não chegou lá.

— Onde? — perguntou Fiona. — Onde ela desapareceu?

— Medford, Oregon.

— Ele está chegando mais perto — murmurou Fiona. — Espero que ela seja forte. Espero que encontre uma saída.

— Vamos manter contato, Fiona. — Tawney tirou um cartão do bolso. — Pode me ligar a qualquer hora. O número de casa está no verso.

— Obrigada.

Ela saiu com os dois, ficou parada com os braços cruzados sobre o peito disparado, com os cachorros sentados aos seus pés, enquanto os agentes se afastavam de carro.

— Boa sorte — murmurou.

Então foi buscar a arma dentro de casa.

Capítulo 15

♦ ♦ ♦ ♦

SIMON ENTALHAVA O DETALHE espiralado no topo do armário de louça feito sob medida enquanto o som do The Fray tocava no rádio. Meg Greene, uma mulher que sabia exatamente o que queria — menos quando mudava de ideia —, modificara o projeto quatro vezes antes de se dar por satisfeita.

Para garantir que não haveria mais mudanças, ele deixara outros trabalhos de lado para se concentrar no armário. O danado era enorme e bonito, e seria o destaque da sala de jantar de Meg. Só precisava de mais alguns dias para acabá-lo, e, entre demãos de tinta e verniz, ele poderia se dedicar à base da pia. Talvez trabalhar em algumas peças para entregar na loja de Syl durante a viagem para o spa.

Se repusesse o estoque enquanto ela estivesse fora, não seria obrigado a conversar com os clientes. Isso aumentava sua motivação.

Começar o dia cedo significava ter adiantado bastante coisa, o que quase compensava interromper o trabalho num horário específico todo dia em vez de só parar quando se sentisse cansado.

Largar tudo agora, enquanto estava produzindo bem, ia contra seu bom senso, mas não fazer isso também acabaria com sua concentração, já que ficaria preocupado por deixar Fiona sozinha.

Porém a nova rotina tinha seus benefícios — que iam além de sexo.

Simon gostava de escutar sua voz, de ouvir como foi seu dia. Ele não sabia por que se sentia tão relaxado ao lado dela, mas era isso que acontecia. Na maioria das vezes.

E então havia o cão. Tubarão ainda corria atrás do próprio rabo feito um doido e roubava seus sapatos — e uma ferramenta ou outra, se conseguisse pegá--las. Mas era tão feliz, e bem mais inteligente do que Simon imaginara. Tinha se acostumado a vê-lo encolhido e roncando sob a mesa de trabalho ou correndo lá fora. E o safado pegava bolas como um jogador de beisebol profissional.

Simon se afastou, analisou o trabalho.

De algum jeito, tinha arrumado um cachorro e uma namorada, mesmo sem querer nada disso. E, agora, não conseguia imaginar seus dias ou suas noites sem os dois.

Ele conseguira fazer mais do que planejara, e olhou para o relógio na parede. Que engraçado, parecia que fazia mais de duas horas desde seu último intervalo para comer um sanduíche e jogar a bola.

Franzindo a testa, Simon pegou o telefone, viu a hora na tela e xingou.

— Merda. Por que você não me lembrou de trocar a pilha daquele negócio? — perguntou a Tubarão, que entrava pela porta aberta da oficina.

O cachorro apenas balançou o rabo e soltou o graveto que trazia na boca.

— Não tenho tempo para isso. Vamos logo.

Ele tentava programar o trajeto até a casa de Fiona para chegar um pouco depois da aula, para evitar os enrolões que sempre ficavam batendo papo. Caso contrário, ela começaria a apresentá-lo às pessoas, e haveria fofocas. Mas a ideia era nunca deixá-la sozinha por mais de quinze ou vinte minutos.

Para Simon, era um equilíbrio tênue.

Agora, estava quase duas horas atrasado.

Por que ela não tinha ligado? Uma mulher normal não ligaria para dizer "Ei, você se atrasou, o que houve?"? Não que os dois tivessem oficializado algum compromisso. Ele dizia até logo todos os dias, ia para casa, depois voltava.

Simples e casual, nada de mais.

— Mulheres costumam ligar — disse ele para Tubarão enquanto os dois entravam na picape. — E encher o saco e perturbar sua vida. Mas ela, não. Nunca escuto um "Você vem jantar?", ou "Pode comprar leite?", ou "Você se esqueceu de colocar o lixo lá fora?". — Ele balançou a cabeça. — Talvez esteja fingindo ser tranquila, me enrolando até... eu estar mais caidinho do que já estou. Tirando que ela não está fazendo isso, e esse é um dos motivos para eu estar caidinho. E já coloco o lixo do lado de fora, porque é isso que pessoas normais fazem.

Simon notou que o cachorro não prestava atenção, porque já estava com a cabeça enfiada na janela. Era melhor economizar saliva.

Não havia motivo para se sentir culpado por estar duas horas atrasado. Ele tinha seu trabalho; Fiona tinha o dela. Além do mais, pensou Simon enquanto virava na rua para a casa, não teria se atrasado se ela tivesse ligado.

Talvez ela não pudesse ligar. Seu estômago embrulhou. Se alguma coisa tivesse acontecido...

Simon ouviu os tiros enquanto atravessava a ponte e passava pelos cornisos, que floresciam brancos como a neve.

Ele pisou no acelerador, parou o carro com um solavanco e viu os cachorros de Fiona correndo em sua direção pela lateral da casa. Novos disparos atravessaram o medo que vibrava em sua cabeça enquanto ele pulava para fora da picape. Deixou a porta escancarada enquanto corria na direção do som. Quando o barulho parou de repente, Simon ouviu o próprio coração martelando em seus ouvidos.

Pegou fôlego para chamar o nome dela, mas então a viu.

Não caída no chão, sangrando, mas em pé, fria, recarregando a arma nas mãos com competência.

— Meu Deus. — A raiva atravessou seu corpo, acabando com o medo. Apesar de Fiona estar começando a virar, ele agarrou seu braço e a girou para encará-lo. — Que diabos você está fazendo?

— Cuidado. Está carregada.

Ela baixou a arma, apontando-a para o chão.

— Eu sei disso. Ouvi você atirando como se fosse a porra da Annie Oakley. Quase tive um infarto.

— Me solte. Tampões de ouvido — disse Fiona. — Não consigo te escutar direito. — Quando ele largou seu braço, ela os tirou. — Eu falei que tinha uma arma, que ia praticar. Não faz sentido você ficar irritado por eu estar fazendo o que disse que ia fazer.

— Estou irritado porque o susto deve ter tirado uns cinco anos da minha vida. Eu tinha planos para eles.

— Bem, me desculpe. Não achei que precisava avisar que ia treinar com a arma.

Com os movimentos tão impacientes quanto seu tom de voz, Fiona enfiou a pistola no coldre em seu cinto e seguiu para um monte de latas e garrafas de água que obviamente tinha alvejado antes da chegada dele.

— Isso é questionável, já que você sabia que eu devia estar chegando e talvez me assustasse com os tiros.

— Eu não sabia de nada. Você simplesmente aparece.

— Se isso te incomoda, devia ter me dito.

— Não me incomoda. — Fiona passou as mãos pelo cabelo. — Não me incomoda — repetiu. — Pode levar os cachorros lá para dentro se quiser. Não devo demorar muito.

— Por que você está toda irritada? Eu conheço essa cara, então nem adianta negar.

— Não tem nada a ver com você. Leve Tubarão lá para dentro. Meus cães estão acostumados com o barulho. Ele, não.

— Então vamos ver como ele reage.

— Tudo bem.

Fiona pegou a arma, se posicionou da mesma maneira que policiais na televisão ou em filmes. Enquanto ela disparava, Tubarão se aproximou do dono, apoiando-se contra seu corpo, mas inclinou a cabeça e observou — assim como Simon — as latas e as garrafas voarem.

— Bela pontaria, Tex.

Ela não sorriu, mas foi arrumar novos alvos. Às suas costas, alguns bordos de folhas grandes, com os galhos pesados com flores, brilhavam ao sol.

Era, na cabeça de Simon, um contraste estranho entre a violência e a paz.

— Você quer atirar?

— Para quê?

— Você já usou uma arma?

— Por que eu faria isso?

— Por vários motivos. Para caçar, por esporte, por curiosidade, para defesa pessoal.

— Eu não caço. Minha ideia de esporte está mais para beisebol ou boxe. Nunca fui muito curioso, e prefiro dar socos. Deixe-me dar uma olhada.

Fiona acionou a trava de segurança, tirou a munição e passou a pistola para ele.

— É mais leve do que eu imaginava.

— É uma Beretta. Uma semiautomática bem leve e bem perigosa. Dispara 15 tiros.

— Tudo bem, me mostre como se faz.

Fiona a carregou, descarregou de novo, lhe mostrou a trava de segurança.

— Ela tem ação dupla, então dispara com o gatilho travado ou não. O recuo é bem leve, mas dá para sentir. Posicione as pernas alinhadas com os ombros. Distribua seu peso. Estique os dois braços, coloque os cotovelos para dentro, apoie a arma na mão esquerda para ter mais estabilidade. Incline o corpo na direção do alvo.

Era uma voz de professora, percebeu Simon, mas não a voz de professora *dela*. Esta última era alegre, envolvente, entusiasmada. A de agora era impessoal e fria.

— E as pessoas se lembram de tudo isso no calor do momento?

— Imagino que não, e talvez usar apenas uma das mãos e se posicionar de um jeito diferente funcione melhor para outras situações, mas acho que essa é a melhor postura para tiro ao alvo. E, como tudo na vida, quando você treina o suficiente, as coisas se tornam intuitivas. Abaixe a cabeça para alinhar sua visão com o alvo. Tente acertar a garrafa de dois litros.

Simon atirou. Errou.

— Erga mais os braços, mantenha os pés apontados na direção do alvo. Mire um pouco abaixo da garrafa.

Desta vez, ele acertou um pedaço.

— Tudo bem, feri a garrafa vazia de Pepsi Diet. Vou ganhar um elogio e uma recompensa?

Fiona abriu um sorrisinho pequeno desta vez, mas não havia alegria nenhuma nele.

— Você aprende rápido, e tenho cerveja. Tente mais um pouco.

Simon achava que tinha pegado o jeito, mas confirmou que aquilo não era sua coisa preferida no mundo.

— É muito barulhento. — Ele acionou a trava de segurança e tirou a munição da pistola da forma como ela ensinara. — E, agora, você tem um monte de produtos recicláveis mortos no seu quintal. Acho que atirar em latas e garrafas deve ser bem diferente de atirar em alguém de verdade. Você conseguiria mirar numa pessoa e apertar o gatilho?

— Sim. Fui atacada com uma arma de eletrochoque, drogada, amarrada, amordaçada, trancada na mala de um carro por um homem que queria me matar só por prazer. — Aqueles olhos azuis calmos pareciam disparar como a pistola. — Se eu tivesse uma arma na época, a usaria. Se alguém tentar fazer isso comigo de novo, vou usá-la sem pestanejar.

Parte de Simon ficou triste por ela ter lhe dado a resposta que ele precisava ouvir. Então lhe devolveu a Beretta.

— Espero que você nunca tenha que descobrir se faria isso mesmo.

Fiona guardou a arma no coldre, pegou um saco plástico e começou a juntar os cartuchos usados.

— Prefiro não ter que provar que faria. Mas me sinto melhor assim.

— Então já serviu de alguma coisa.

— Desculpe por ter te assustado. Não pensei que você chegaria e escutaria os tiros. — Ela se inclinou para baixo, fez carinho em Tubarão. — Você nem se incomodou, não é? Não tem medo de barulho. Cachorros de busca e resgate precisam tolerar sons altos sem se assustar. Vou pegar sua cerveja depois de catar os alvos.

Era estranho entender os humores dela, pensou Simon. Estranho e um pouco desconfortável.

— Tem vinho?

— Claro.

— Eu cato os corpos. Você pode servir duas taças de vinho e talvez usar sua voz sensual para convencer um restaurante a entregar comida. Estou com vontade de comer espaguete.

— Não tenho uma voz sensual.

— Claro que tem.

Simon pegou o saco, seguiu para o campo de tiro improvisado.

Quando finalmente terminou de limpar tudo, ela estava sentada na varanda dos fundos, com duas taças de vinho tinto sobre a mesinha.

— Vai demorar 45 minutos. Parece que estão com muitos pedidos.

— Posso esperar. — Simon sentou, pegou seu vinho. — Acho que você também devia ter umas cadeiras decentes aqui.

— Desculpe. Preciso de um minuto.

Fiona abraçou o cachorro mais próximo, pressionou o rosto contra seu pelo e chorou.

Simon se levantou, entrou e trouxe algumas folhas de papel-toalha.

— Eu estava bem enquanto fazia alguma coisa. — Ela se manteve abraçada a Peck. — Não devia ter parado.

— Posso ir buscar a arma para você atirar em mais latas de sopa.

Fiona balançou a cabeça, se empertigando depois de respirar fundo.

— Não, acho que já estou bem. Meu Deus, como odeio ficar assim. Obrigada — murmurou quando ele lhe passou o papel-toalha.

— Também odeio. O que houve?

— O FBI esteve aqui. O agente especial Don Tawney, que trabalhou no caso de Perry. Ele me ajudou bastante na época, então foi bom não ter que lidar com alguém diferente agora. Mas mudou de parceira. Ela é bem bonita, parece atriz de seriado. Mas não gosta de cachorros. — Fiona se abaixou para dar um beijo entre as orelhas de Peck. — Não sabe o que está perdendo. Enfim. — Ela pegou o vinho, deu um gole devagar. — É difícil reviver o passado, mas eu estava preparada para isso. O FBI identificou a echarpe que ele me mandou. Confere com as que foram usadas nas vítimas. Mesmo modelo, mesmo lote. Vendidas perto da prisão que Perry está. Então isso acabou com qualquer esperança de que alguém tivesse mandado aquilo como uma piada horrível.

Simon sentiu o estômago queimando de raiva.

— O que eles estão fazendo para resolver o problema?

— Investigando, analisando, avaliando possibilidades. O de sempre. Estão monitorando Perry, seus contatos, sua correspondência, seguindo a teoria de que ele e o assassino se conhecem. É provável que entrem em contato com você, porque contei que está dormindo aqui. — Fiona dobrou as pernas sobre a cadeira, se encolhendo. — Acho que deve ser meio complicado se envolver comigo agora. Geralmente, não sou desse jeito. Pelo menos, eu acho. Não preciso receber atenção o tempo todo, porque sei cuidar de mim mesma e prefiro que seja assim. Mas agora... Então, se você quiser dar um tempo, vou entender.

— Não vai, não.

— Vou, sim. — Fiona virou a cabeça para olhá-lo nos olhos, e, agora, Simon notou um leve brilho neles. — Eu pensaria que você é um babaca covarde, egoísta e frio, mas entenderia.

— Eu sou um babaca egoísta e frio, mas não sou covarde.

— Você não é nada disso. Bem, talvez seja um pouco babaca, mas isso faz parte do seu charme. Simon, outra mulher desapareceu. Ela se encaixa no padrão, no tipo.

— Onde?

— No centro-sul do Oregon, um pouco acima da fronteira com a Califórnia. Sei o que ela está sentindo agora, como está apavorada, confusa, como tem uma parte que não consegue acreditar que aquilo está acontecendo de verdade. E sei que, se ela não encontrar uma forma de escapar, se o destino não ajudar, a polícia vai achar seu corpo em alguns dias, numa cova rasa, com uma echarpe vermelha ao redor do pescoço e um número anotado em sua mão.

Ela precisava pensar em outra coisa, concluiu Simon. Controle significava canalizar a emoção em lógica.

— Por que Perry escolhia universitárias atléticas?

— O quê?

— Você já pensou sobre isso, e o FBI, os psiquiatras, deviam viver batendo nessa tecla.

— Sim. A mãe dele era assim. Foi atleta, maratonista. Parece que quase se classificou para as Olimpíadas quando estava na faculdade. Mas engravidou, e, em vez de seguir seus interesses ou ter uma carreira, acabou se tornando uma mulher muito amargurada e insatisfeita, com dois filhos, casada com um homem muito religioso. Acabou abandonando a família toda. Simplesmente foi embora.

— Desapareceu.

— Você pode usar esse termo, mas saiba que ela está viva e bem. O FBI a encontrou depois que identificaram Perry. Ela mora, ou morava, perto de Chicago. Dá aula de educação física numa escola só para meninas.

— Por que a echarpe vermelha?

— Perry lhe deu uma de presente de Natal quando tinha 7 anos. Ela foi embora alguns meses depois.

— Então ele matava a mãe.

— Ele matava a garota que a mãe foi antes de engravidar, antes de casar com um homem abusivo, de acordo com o depoimento dela e de todos que os conheciam. Ele matava a garota sobre quem ela vivia falando, a universitária feliz que tinha uma vida inteira pela frente antes de cometer um erro, antes de ficar presa a um filho. É isso que os psiquiatras acham.

— O que você acha?

— Acho que isso é uma justificativa de merda para causar dor e medo nos outros. Assim como o assassino de agora usa Perry como desculpa.

— Você está aqui por causa de tudo que ele fez. É importante entender a motivação dos outros.

Fiona colocou sua taça sobre a mesa.

— Você acha mesmo que...

— Se você ficar quieta um minuto, vou falar o que eu acho. É importante entender a motivação dos outros — repetiu Simon —, porque os motivos por trás das atitudes das pessoas têm ligação com a forma como agem, para quem ou com quem fazem alguma coisa. E, talvez, com o seu objetivo final, se é que a pessoa está pensando tão longe assim.

— Não me importa por que ele matou todas aquelas mulheres e Greg, por que tentou me matar. Não me importa.

— Mas deveria importar. Você sabe o que motiva eles. — Simon gesticulou para o cachorro. — Brincadeiras, exercícios, recompensas. E agradar à pessoa que lhes dá todas essas coisas. Saber disso, se conectar com isso e com os cachorros, é o que faz você ser boa no seu trabalho.

— Não estou entendendo por...

— Ainda não acabei. Ele era bom no que fazia. E, quando mudou seu método, quando tentou fazer algo diferente, foi pego.

— Perry assassinou Greg e Kong a sangue frio. — Fiona se levantou da cadeira. — Você chama isso de tentar fazer algo diferente?

Simon deu de ombros e voltou para seu vinho.

— Não sei aonde você quer chegar.

— Porque você prefere ficar irritada comigo.

— É claro que prefiro ficar irritada. Sou humana. Tenho sentimentos. Eu o amava. Você nunca amou alguém?

— Não desse jeito.

— Nina Abbott?

— Credo, não!

O tom surpreso e debochado na voz dele foi o bastante para transmitir a verdade.

— Não achei que fosse uma pergunta tão absurda.

— Olhe, ela é linda, talentosa, sexy, inteligente.

— Vaca.

Satisfeito, Simon soltou uma risada rápida.

— Foi você que perguntou. Eu gostava de Nina, exceto quando ela surtava. E, pensando bem, isso acontecia com bastante frequência. Ou a gente estava se pegando, ou era drama. Ela adorava um drama. Não, ela gostava para caralho de um drama. Eu, não. Simples assim.

— Eu achava que era mais do que...

— Não era. E eu não sou o foco desta conversa.

— Então você espera que eu seja lógica e objetiva sobre Greg, sobre Perry, sobre tudo isso. Que eu seja analítica quando...

— Você pode ser o que quiser, mas, se não *pensar*, se não tentar ver o quadro geral da situação, pode ficar atirando com sua pistola até dizer chega que não vai fazer diferença. Puta merda, Fiona, você vai andar com aquela arma para cima e para baixo? Vai ficar com ela na cintura enquanto dá suas aulas ou quando for até a cidade para comprar leite? É assim que você quer viver?

— Se for necessário. Você está irritado — observou ela. — É difícil perceber, porque você não demonstra. Está assim desde que chegou aqui, mas só deixou transparecer umas duas vezes.

— É melhor assim para nós dois.

— Sim, porque, caso contrário, você vira o Simon Brigão. Você vem para cá todas as noites. Acho que deve estar um pouco irritado com isso também. — Pensando no assunto, Fiona pegou a taça de novo, andou até a coluna para se apoiar, para analisá-lo enquanto bebia. — Não dá para você continuar assim, jogando suas roupas numa mala e vindo para cá. Você nunca deixa nada para trás, tirando o que esquece. Porque é bagunceiro. Isso acaba sendo só mais uma tarefa que precisa ser feita todo dia.

Ela conseguira virar o jogo e colocar o foco nele, percebeu Simon. Aquela mulher era traiçoeira.

— Eu não preciso fazer nada.

— É verdade. — Fiona concordou com a cabeça, tomou mais um gole. — Sim, é verdade. Você ganha um jantar e faz sexo, mas não é por isso que vem aqui. Não só por isso, de toda forma. Mas você deve ficar um pouco irritado com essa rotina. Não te dei crédito suficiente por isso.

— Também não venho aqui para ganhar crédito.

— Não, você não segue um sistema de pontos. Não se importa com esse tipo de coisa. Você faz o que quer, e, se uma obrigação aparecer, tipo um cachorro, uma mulher, encontra uma maneira de lidar com a situação e segue com a sua vida. Problemas servem para serem resolvidos. Medir, cortar, encaixar as peças até tudo ficar do jeito que você planejou. — Fiona ergueu a taça, tomou outro gole. — Tenho talento para analisar motivações?

— Até que sim, se eu fosse o foco da conversa.

— Para mim, você é, em parte. Sabe, estava tudo bem enquanto isto não passava de um simples caso. Eu e você. Nunca fiz nada assim antes, não de verdade, então tudo era novo e divertido, sexy e simples. Um cara bem bonito que me dá um frio na barriga. Que tem o suficiente em comum comigo e o suficiente diferente para tornar a situação interessante. Gosto do jeito dele, talvez por ser tão diferente das pessoas com quem convivo. E acho que ele também se sente assim. Mas isso muda sem eu perceber. Ou pelo menos sem eu admitir. O simples caso se torna algo sério. — Ela tomou mais vinho, suspirou. — Foi isso que aconteceu com a gente, Simon. Temos um relacionamento sério, independentemente de querermos ou estarmos prontos para isso. E, por mais idiota e inútil e errado que seja, parte de mim sente que estou traindo Greg. Então, prefiro ficar irritada. Prefiro não admitir que não estou tendo um simples caso com você, isso é só uma pegação sem futuro e despreocupada que posso terminar a qualquer momento.

Fiona observou os cachorros se levantarem da varanda como atletas disparando do tiro da largada, dando a volta pela lateral da casa.

— Acho que você vai ter que medir as coisas e reavaliar. O jantar chegou. É melhor comermos lá dentro. O tempo está esfriando.

Ela entrou na casa, e Simon ficou se perguntando como diabos o tema da conversa passara a ser ele.

NA COZINHA, Fiona esquentou a massa no micro-ondas. Quando Simon finalmente entrou, ela já servira o espaguete numa tigela, colocara o pão de alho num pratinho e levara o vinho para a mesa de jantar.

Ao virar com os pratos nas mãos, ele a segurou pelos ombros.

— Eu tenho direito de dar minha opinião sobre o que a gente tem.

— Tudo bem. E qual seria?

— Eu te aviso quando descobrir.

Fiona esperou. E esperou mais um pouco.

— Você está tentando descobrir agora?

— Não.

— Então é melhor a gente comer antes que eu tenha que esquentar a comida de novo.

— Não vou competir com um fantasma.

— Não. Não, acredite em mim, Simon, eu sei que não é justo. Ele foi meu primeiro, em todos os sentidos. — Fiona colocou os pratos sobre a mesa e foi pegar os talheres, os guardanapos. — E a maneira como o perdi foi traumática. Desde então, não apareceu ninguém importante o suficiente a ponto de eu ter que pensar sobre esses traumas. Eu não sabia que teria que fazer isso quando comecei a me apaixonar por você. Acho que estou apaixonada. E foi diferente com Greg, então fico confusa, mas acho que é isso que está acontecendo comigo. O que causa um dilema para nós dois. — Ela encheu as duas taças de vinho. — Então, seria bom se você pudesse me informar quando descobrir qual é a sua opinião.

— É assim? — perguntou Simon. — Opa, estamos namorando, e, aliás, acho que estou apaixonada por você. Depois me conte o que acha disso?

Fiona sentou, olhou para cima para encará-lo.

— É por aí mesmo. Amor sempre foi algo positivo na minha vida. — Ela serviu um pouco de espaguete no prato dele. — Algo que acrescenta, melhora e abre várias possibilidades. Mas não sou burra, e sei que, se você não quiser ou não conseguir sentir o mesmo por mim, vou sofrer muito. Isso é um dilema. Também sei que é impossível forçar ou exigir que alguém ame outra pessoa. Se você não quiser ou não conseguir me amar, será doloroso. Mas vou sobreviver. Além do mais, talvez eu esteja enganada. — Ela se serviu de um pouco de macarrão. — Eu me enganei quando achei que estava apaixonada por Josh Clatterson.

— Quem diabos é Josh Clatterson?

— Ele era da equipe de corrida. — Fiona enrolou o macarrão no garfo. — Passei quase dois anos gamada nele. No primeiro e no segundo ano do ensino médio, e nas férias de verão. Mas, no fim das contas, não era amor. Eu só gostava de vê-lo participar das corridas de vinte metros. Então, talvez eu só goste de olhar para você, Simon, e desse seu cheiro de serra.

— Você nunca me viu participar de uma corrida de vinte metros.

— É verdade. Aí, sim, eu perderia a cabeça de vez. — Quando ele finalmente sentou, ela sorriu. — Vou tentar ser lógica e objetiva.

— Acho que você já está fazendo um ótimo trabalho.
— Sobre nós dois? Talvez seja um mecanismo de defesa.

Simon franziu a testa, comeu.

— Mecanismos de defesa deixam de funcionar depois que você conta para a outra pessoa que é isso que eles são.

— Faz sentido. Bem, tarde demais. Eu estava falando sobre ser lógica a respeito de Perry e da situação de agora. Você tinha razão sobre isso, sobre a importância de entender motivações. Ele não tentou me matar sem motivo. Eu representava algo, assim como as outras. E, quando ele fracassou comigo, precisou me punir? Você acha que foi uma punição?

— É uma boa palavra para o que aconteceu.

— Precisava ser algo mais severo do que aquilo que ele fez com as outras. A morte é um fim. Mas imagino que Perry viria atrás de mim de novo se não tivesse sido pego. Porque precisaria terminar o que começou, não deixar seu trabalho inacabado. Estou indo bem?

— Continue.

— Perry entendia que é difícil viver sabendo, compreendendo, que alguém querido morreu porque você sobreviveu. Ele sabia disso, compreendia isso, e quis me punir dessa forma por... por eu ter acabado com sua série de vitórias, estragar seu histórico. Então por quê? — perguntou Fiona quando Simon fez que não com a cabeça.

— Por abandoná-lo.

Ela se recostou na cadeira.

— Por abandoná-lo — repetiu Fiona. — Eu escapei. Eu fugi. Não fiquei no lugar onde ele me deixou, não... aceitei o presente. A echarpe. Tudo bem, digamos que isso seja verdade, o que aprendi?

— Perry nunca te esqueceu. Você o abandonou, e, no fim das contas, foi ele quem foi punido, apesar de ter conseguido te ferir. Agora, você está fora de alcance, é impossível fechar esse ciclo, terminar o serviço. Não usando as próprias mãos. Ele precisa que alguém faça isso em seu lugar. Um substituto. Um representante. Onde encontrar alguém assim?

— Deve ser alguém que ele conhece, outro presidiário.

— Por que usar alguém que já fracassou?

O coração dela parecia ter ido parar na garganta.

— Perry não faria isso. Ele é paciente. Gosta de esperar. Então esperaria, não é, até encontrar alguém que parecesse esperto o suficiente, bom o suficiente. As mulheres que o substituto matou são um tipo de aquecimento. Entendo essa parte. É como se ele estivesse treinando.

— Também é uma forma dos dois se gabarem. "Vocês me jogaram na prisão, mas não conseguiram me deter."

— Você está me deixando com medo.

— Ótimo. — Por um instante, aqueles olhos castanho-amarelados brilharam com intensidade. — Tenha medo e pense. Qual é a motivação do substituto?

— Como vou saber?

— Meu Deus, Fi, você é inteligente. Por que alguém segue o mesmo caminho de outra pessoa?

— Por admiração.

— Pois é. E quando se treina alguém para fazer o que você quer, como quer, quando quer?

— Elogios e recompensa. Isso significa contato, mas o FBI revistou a cela de Perry, estão monitorando suas visitas. E a única pessoa que vai ao presídio é a irmã dele.

— E ninguém nunca contrabandeou algo para dentro da prisão? Ou para fora? Perry mandava echarpes para as vítimas antes de sequestrá-las?

— Não.

— Então esse cara está mudando o método. Às vezes, você segue o caminho de outra pessoa porque quer impressioná-la ou superá-la. Só pode ser alguém que Perry encontrou mais de uma vez. Alguém que ele teve a oportunidade de avaliar e confiar, de falar em particular. Um advogado, um psiquiatra, um conselheiro, um guarda. Um funcionário da manutenção ou da administração do presídio. Alguém que ele conheceu, ouviu, observou, analisou e em quem viu potencial. Alguém que o lembrou de si mesmo.

— Tudo bem. Alguém jovem o suficiente para ser manipulado e treinado, maduro o bastante para ser confiável. Esperto a ponto de não seguir instruções cegamente, mas se adaptar a cada situação específica. E precisaria viajar sem ter ninguém questionando seu paradeiro, seus motivos. Então, um homem solteiro, que more sozinho. Como Perry. O FBI já deve ter montado um perfil.

— Ele precisa ter resistência física, força — continuou Simon. — Um carro próprio, provavelmente de um modelo discreto. E dinheiro para se manter. Comida, gasolina, hotéis.

— E certo conhecimento das regiões onde captura as vítimas e dos lugares para onde as leva. Mapas, tempo para conhecer a área. Mas, no fundo, não precisa haver um motivo maior? Um porquê? Admiração por Perry? Só alguém parecido com ele sentiria isso. O que fez esse cara ser assim?

— Deve ser uma mulher, ou mulheres. Esse assassino não está matando a mãe de Perry. Imagino que ela seja uma representante para ele.

Fazia sentido, apesar de Fiona não saber como aquilo a ajudava. Talvez o fato de fazer sentido bastasse. Agora, tinha uma teoria sobre o que — ou quem — estava enfrentando.

No fim das contas, a insistência de Simon para que ela pensasse sobre o assunto lhe fizera bem. Não havia promessas de que nada aconteceria, de que ele a protegeria de todo mal. Ela não teria acreditado em tais declarações, pensou enquanto tentava dissipar a tensão com um banho quente. Talvez se sentisse mais reconfortada, mas não acreditaria.

Simon não fazia promessas. Na verdade, tomava muito cuidado para não fazê-las. Todos aqueles *até logos* descompromissados em vez de simplesmente dizer que voltaria mais tarde. Por outro lado, um homem que não fazia promessas não as quebrava.

Greg fazia promessas, e as cumpria sempre que podia. Fiona agora percebia que nunca tinha se preocupado, desconfiado ou duvidado dele. Greg fora seu amor antes do sequestro, e, depois, se tornara sua força.

E, agora, ele não estava mais ali. Já era tempo, já era mais do que tempo, de finalmente aceitar isso.

Enrolada na toalha, ela entrou no quarto enquanto Simon vinha do corredor.

— Os cachorros queriam sair — explicou ele. Então se aproximou, gesticulou para o cabelo que ela prendera no topo da cabeça. — Que visual diferente.

— Não quis lavar o cabelo.

Fiona ergueu as mãos para tirar os grampos, mas ele as afastou.

— Eu faço isso. Já terminou de curtir sua fossa?

Ela abriu um sorriso discreto.

— Foi só uma fossinha.

— Você teve um dia difícil.

Ele tirou um grampo.

— Mas já acabou.

— Ainda não. — Simon tirou outro grampo. — O segredo é o cheiro, não é? Para encontrar alguém. O seu está dentro de mim. Eu seria capaz de te encontrar mesmo se não quisesse. Mesmo se você não quisesse.

— Não estou perdida.

— Mas eu te encontrei mesmo assim. — Ele tirou outro grampo, e o cabelo de Fiona desabou sobre os ombros. — Por que é tão interessante ver o cabelo de uma mulher se soltar? — Simon enfiou as mãos entre os fios, a encarou. — Por que você é tão interessante?

Antes que ela conseguisse responder, a boca de Simon estava na sua, mas suave, testando o terreno, tranquila. Fiona relaxou junto a ele como fizera no banho, com todos os músculos suspirando de prazer.

Por um instante, só por um instante, ele a abraçou, acariciando seu cabelo, suas costas. Aquilo a fez perder o compasso, aquele acolhimento pelo qual ela não pedira, o afeto inesperado dado como presente.

Simon tirou a toalha, deixou-a cair, mas continuou abraçado a ela.

— Por que você é tão interessante? — repetiu. — Por que te tocar me acalma e me excita ao mesmo tempo? O que é que você quer de mim? Você nunca pede nada. Às vezes, fico me perguntando se isso é um plano para me enganar. — Sem tirar os olhos dela, ele a guiou lentamente para a cama. — Ou seria só uma forma de prender minha atenção? Mas não é. Você não é esse tipo de pessoa.

— Por que eu iria querer te enganar?

— Você não quer. — Ele a ergueu, a abraçou, a deitou na cama. — E isso me atrai. Então sou eu que acabo perdido.

Fiona segurou seu rosto.

— Vou te encontrar.

Simon não estava acostumado com carinho, a senti-lo se espalhando dentro de si. Nem com aquela necessidade de lhe dar coisas pelas quais ela nunca pedira. Era mais fácil deixar a tempestade vir, encharcar os dois. Mas, por hoje, ele aceitaria a calmaria e tentaria aplacar os medos escondidos por trás daqueles olhos azuis como um lago.

Relaxe. Liberte-se. Como se ouvisse os pensamentos dele, Fiona se deixou levar pelo beijo que lhe oferecia tranquilidade e afeto. Devagar e calma, a boca de Simon provava a sua, mudando os ângulos, aprofundando com suavidade uma sedução que irradiava doçura.

Ela percebeu que tinha se enganado. Estava perdida. Flutuando, solta no ar, num espaço desconhecido em que camadas de sensação se sobrepunham umas às outras, enevoando a mente e enfeitiçando o corpo.

Ela se rendeu a tudo, a ele, cedendo por completo enquanto aqueles lábios conquistavam os seus com delicadeza, enquanto aquelas mãos a acariciavam — toques carinhosos que acalmavam sua alma atormentada.

O quarto se transformou em penumbra. Uma clareira mágica coberta por sombras verdes era iluminada pela luz da lua, com o ar pesado e silencioso e doce. Fiona não sabia por onde ir, mas se permitiu perambular, se demorar, ser guiada.

A boca de Simon desceu por seu pescoço, por seus ombros, até a pele dela formigar com o ataque lento. Ele se deleitou com seus seios, provando-a pacientemente até Fiona arquear e oferecer o corpo com um gemido.

Ele a devorava, mas com delicadeza.

Mãos e boca seguiam trilhas sussurradas, incitando suspiros e tremores que iam se acumulando aos poucos, chegando a um cume radiante, a uma queda arfante.

Simon se uniu a Fiona na magia, impregnado dela, no brilho intenso do momento, no deslizar lento dos movimentos. Seduzido enquanto seduzia, hipnotizado pelo som de seu nome sendo murmurado por aqueles lábios, pelo toque de suas mãos, pelo gosto de sua pele.

Ela o recebeu, quente e úmida, o acolheu — em seu corpo, em seus braços. A ânsia permaneceu lenta e meiga, tão carinhosa quanto um coração aberto, mesmo enquanto a intensidade aumentava.

E quando ele perdeu o controle, não viu nada além dos olhos dela.

Capítulo 16

♦ ♦ ♦ ♦

NA DEPLORÁVEL DESCULPA para alugar um chalé em meio à magnificência da Cordilheira das Cascatas, Francis Eckle lia a carta de Perry. Muitos meses antes, os dois tinham determinado o trajeto, o cronograma, as cidades, as universidades, os locais das covas.

Ou Perry fizera isso, pensou ele.

O planejamento prévio facilitava a entrega das cartas que seu mentor contrabandeava para fora da prisão. As respostas eram enviadas por um método similar — postadas para o pastor de Perry, que acreditava em sua contrição.

No começo, Eckle ficara empolgadíssimo com a troca de correspondências, com o compartilhamento de detalhes e ideias. A compreensão, a orientação e a aprovação de Perry eram muito importantes para ele.

Alguém, alguém finalmente o *via*.

Alguém que não exigia uma máscara nem fingimentos, mas que reconhecia as amarras que mantinham aquilo tudo em sua vida. Alguém que finalmente o ajudara a encontrar coragem para se livrar daquelas amarras e ser quem ele era.

Um homem, um amigo, um parceiro que se oferecera para compartilhar o poder que surgia quando você abandonava as regras, o bom comportamento, e liberava seu predador interior.

O professor se tornara um aluno interessado, ávido por aprender, por explorar todo o conhecimento e as experiências que passara tanto tempo negando a si mesmo. Porém, agora, ele acreditava que chegara a hora de pegar seu diploma.

Hora de sair dos limites e se libertar dos dogmas que lhe foram ensinados com tanto esmero.

Tudo aquilo eram regras, no fim das contas, e regras não precisavam mais ser obedecidas.

Eckle analisou os dois dedos de uísque no copo. Perry proibira drogas, além de álcool e tabaco durante sua jornada. O corpo e a mente deviam permanecer puros.

Mas Perry estava na prisão, pensou ele, e deu um gole, sentindo o prazer da rebelião. Aquela jornada não pertencia mais ao mestre.

Era hora de criar sua própria marca — ou sua próxima marca, já que ele saíra do plano quando enviara a echarpe para a vagabunda da Bristow.

Queria ter visto a cara dela ao abrir o envelope. Queria ter sentido o cheiro do seu medo.

Mas logo teria essa oportunidade.

Ele também saíra do plano quando alugara aquele chalé — bem mais caro que um quarto num hotel de beira de estrada, mas a privacidade fazia o preço valer a pena.

Privacidade era essencial para a próxima mudança que faria na rota cuidadosamente planejada por Perry.

Perry lhe dera uma nova vida, uma nova liberdade, e ele honraria isso ao remediar o fracasso de se meu mestre, matando Fiona. Mas havia muito a ser feito nesse meio-tempo, e chegara a hora de testar a si mesmo.

De presentear a si mesmo.

Eckle tomou outro gole de uísque. Guardaria o restante para depois. Em silêncio, seguiu para o banheiro, onde tirou as roupas e admirou seu corpo. Ele se depilara por completo na noite anterior, e apreciou a pele lisa e macia, os músculos adquiridos com tanta dedicação. Perry tinha razão sobre o valor da força e da disciplina.

Ele se alisou, satisfeito por ficar excitado com a antecipação pelo momento, e colocou uma camisinha. Não pretendia estuprá-la — mas seus planos podiam mudar. De toda forma, era essencial se proteger, pensou enquanto calçava luvas de couro.

Hora de se soltar. De explorar novos territórios.

Ele voltou para o quarto, deixou o cômodo à meia-luz e analisou a garota bonita amarrada à cama. Queria poder arrancar a silver tape de sua boca, ouvir seus gritos, seus apelos, seus gemidos de dor. Mas alguém poderia escutar os sons, então teria que se contentar em imaginá-los.

De toda forma, seus olhos imploravam por clemência. Ele deixara o efeito das drogas passar, para que ela ficasse ciente, para que lutasse — para que seu medo perfumasse o ar.

Eckle sorriu, feliz por ver que a garota machucara os pulsos e os tornozelos ao se debater contra as cordas. O plástico que cobria a cama estalava enquanto ela se encolhia e se remexia.

— Ainda não me apresentei — disse ele. — Meu nome é Francis Xavier Eckle. Passei anos dando aulas para putinhas inúteis como você, que me esqueciam cinco minutos depois de saírem da sala de aula. Ninguém me via, porque eu me escondia. Mas, como está nítido agora — ele esticou os braços enquanto lágrimas escorriam pelo rosto dela —, parei de fazer isso. Está me vendo? Seja uma boa menina e faça que sim com a cabeça.

Quando a garota obedeceu, ele se aproximou da lateral da cama.

— Eu vou te machucar. — Eckle sentiu o calor se espalhar por sua barriga enquanto ela se debatia, seus apelos descontrolados abafados pela mordaça. — Quer saber por quê? Por que eu?, você está pensando. Por que não você? O que a torna especial? Nada.

Ele subiu na cama, sentou em cima da garota — impassível, cogitou estuprá-la enquanto ela tentava chutá-lo, se remexia. E rejeitou a ideia, pelo menos por enquanto.

— Mas você vai se tornar especial. Vou fazer com que seja famosa. Você vai aparecer na televisão, nos jornais, na internet. Pode me agradecer depois.

Fechando as mãos enluvadas, Eckle começou a socá-la.

*F*IONA HESITAVA e repassava os detalhes. Sua mala estava pronta, no carro. Tinha feito preparativos para tudo. Deixara listas — listas imensas, era verdade — cheias de detalhes. Elaborara um plano B para vários itens — e planos C para alguns.

Mesmo assim, fez um inventário de tudo em sua cabeça, de novo, analisando se esquecera alguma coisa, se planejara mal, se precisava deixar mais instruções.

— Vá embora — ordenou Simon.

— Ainda tenho alguns minutos. Acho que preciso...

— Saia logo daqui.

Para resolver o problema, ele segurou o braço dela e a puxou para fora da casa.

— Se um dos cachorros ficar doente ou se machucar...

— Tenho o nome e o telefone da veterinária que está substituindo Mai. Tenho todos os números: do hotel, seu celular, o celular de Mai, o celular de Sylvia. James também. A gente tem todas as informações. Três vezes. Acho que vamos conseguir lidar com qualquer problema que não seja um holocausto nuclear ou uma invasão alienígena.

— Eu sei, mas...

— Pare de falar. Vá embora. Se eu vou levar quatro cães para minha casa, não posso perder tempo.

— Obrigada de verdade, Simon. Sei que é um favor enorme. James vai buscar os meninos...

— Depois do trabalho. Isso está na lista, junto com o horário, o número do celular e da casa dele. Acho que a única coisa que não sei é o que ele vai estar vestindo. Vá logo. Finalmente vou conseguir passar três dias sem você enchendo o saco.

— Você vai sentir falta de mim.

— Não vou, não.

Fiona riu, depois se agachou para fazer carinho nos cães, abraçá-los.

— Vocês vão ficar com saudade de mim, não vão, meninos? Coitadinhos, vão ter que passar o dia com esse chato. Vai passar rápido. James vai salvar vocês mais tarde. Comportem-se. Sejam bons meninos. — Ela se empertigou. — Tudo bem, estou indo.

— Graças a Deus.

— E obrigada por levá-los para passar o dia com Tubarão.

Ela lhe deu um beijo rápido na bochecha, abriu a porta do carro.

Simon a virou e a puxou para um beijo demorado, intenso.

— Talvez eu fique com um pouco de saudade, se, por acaso, pensar em você. — Ele prendeu uma mecha de cabelo de Fiona atrás da orelha. — Divirta-se. — Então segurou-lhe a mão. — De verdade. Divirta-se.

— Pode deixar. Vamos nos divertir. — Fiona entrou no carro, mas então colocou a cabeça para fora da janela. — Não se esqueça de...

Simon a empurrou de volta para dentro com a palma da mão.

— Tudo bem. Tudo bem. Tchau.

Com os cachorros aboletados ao seu lado, ele a observou se afastar.

— Muito bem, galera, agora somos só nós, os homens. Podem coçar o saco, se ele ainda estiver aí. — Então voltou para a casa, deu uma olhada rápida em tudo. — Aqui dentro nunca tem cheiro de cachorro — murmurou. — Como ela consegue fazer isso? — Ele trancou tudo, seguiu para a picape. — Podem entrar. Vamos passear.

Todos os cachorros subiram no carro, tentando ocupar o banco do passageiro ou o assento estreito e sem encosto na parte de trás, com exceção de Newman.

— Vamos. Temos que ir — ordenou Simon enquanto o labrador permanecia sentado, encarando-o. — Fiona vai voltar daqui a pouco. — Ele bateu no banco. — Vamos, Newman, suba. Você não confia em mim?

O cachorro fez cara de quem refletia sobre a pergunta, mas então pareceu aceitar a palavra de Simon e pulou para dentro do carro.

Durante a manhã, ele pensou nela — talvez mais de uma vez — enquanto trabalhava. Almoçou com os pés balançando para fora da varanda da oficina, jogando pedaços de salame (Fiona não ficaria feliz) para os cachorros, observando a disputa dos quatro pela comida. Então passou mais vinte minutos jogando gravetos e bolas na praia, morrendo de rir quando todos os cães acabaram entrando na água.

Depois voltou para o trabalho, com o rádio no máximo e quatro labradores molhados roncando e secando sob a luz do sol.

Simon não ouviu os latidos, não com AC/DC berrando na caixa de som, mas, de soslaio, notou uma sombra surgir na porta.

Enquanto ele deixava as ferramentas de lado e pegava o controle para desligar a música, Davey entrou.

— Você arrumou uma gangue de cachorros.

— Fiona está passando uns dias fora.

— É, eu sei. Viajando com Syl e Mai. Achei melhor dar uma olhada na casa dela duas vezes por dia, só para garantir que está tudo bem. Escute... O que é isso?

Simon passou a mão pela lateral do tronco. Já tirara a casca, começara a lixar a madeira. Ele estava na vertical, com as raízes para cima.

— É a base de uma pia.

— Parece um tronco de árvore pelado e de cabeça para baixo.

— Por enquanto, sim.

— Sinceramente, Simon, achei estranho para caralho.

— Talvez.

Davey vagou pela oficina.

— Você tem um monte de projetos — comentou o policial, caminhando entre cadeiras, mesas, a moldura de um armário, portas e gavetas coladas e exibindo puxadores. — Vi os armários embutidos que fez para os Munson. Ficaram bonitos. Bem bonitos. Olha só. Este aqui é uma beleza.

Assim como Davey, Simon observou a adega que tinha feito para Fiona.

— Ainda não está pronta. Você não veio aqui para comentar sobre meu trabalho.

— Não. — Com uma expressão séria no rosto, Davey enfiou as mãos nos bolsos. — Merda.

— Ela foi encontrada. A garota que desapareceu na semana passada.

— Foi. Hoje cedo. Na Reserva Florestal de Crater Lake. Ele passou mais tempo com esta do que com as outras, então o pessoal do FBI acha que ela pode ter tentado escapar, ou que não foi o mesmo cara. Talvez não tenha sido. Talvez. Meu Deus, Simon, ele meteu a porrada nela antes de matá-la. Perry nunca fez isso com nenhuma das vítimas. As outras três não foram espancadas. Mas todo o restante se encaixa. A echarpe, a posição do corpo. O número quatro na mão.

Porque queria socar alguma coisa, Simon atravessou o cômodo, abriu o frigobar da oficina. Pegou duas Cocas. Jogou uma para Davey.

— Ele quer encontrar o próprio caminho. É assim que todo mundo faz. As pessoas aprendem, imitam, e então desenvolvem seu próprio estilo. Ele está experimentando coisas novas.

— Meu Deus, Simon. — Davey esfregou a lata gelada no rosto antes de abri-la. — Eu preferia não achar que você tem razão. Preferia não pensar exatamente a mesma coisa.

— Por que você veio me contar isso?

— Quero saber sua opinião. Devemos ligar para Fi, contar a ela?

— Não. Ela precisa esquecer esse assunto por uns dias.

— Também acho, mas a história vai aparecer em todos os jornais.

— Ligue para Syl. Conte a ela, diga para... sei lá, para fazer um pacto. Nada de notícias, jornais, televisão, internet. Nada que... sabe, atrapalhe o momento zen, o campo de estrogênio ou qualquer merda assim. Syl vai saber o que dizer.

— Vai, sim. Boa ideia. Simon, a garota mal tinha completado 20 anos. O pai faleceu num acidente há dois anos. Ela era filha única. Sua mãe perdeu o marido e a única filha. Fico enojado só de pensar. — O policial balançou a cabeça, bebeu a Coca. — Imagino que você vá falar com Fiona todas as noites.

Ele não planejara fazer isso. Parecia tão... adolescente.

— Sim, vou. Ela está segura no spa.

Mas, enquanto voltava ao trabalho, Simon sabia que ficaria preocupado até que ela voltasse.

FIONA ESTAVA PRATICAMENTE andando nas nuvens enquanto voltava para seu casarão, planando em êxtase sobre pés massageados. Ao entrar, foi recebida pelo aroma de flores e pelas notas suaves da música zen. Então seguiu para a sala de estar, com seus móveis confortáveis e madeira brilhante, saindo para a bela varanda cheia de flores onde Sylvia tomava sol.

— Estou apaixonada. — Soltando um suspiro sonhador, ela desabou sobre uma espreguiçadeira. — Estou apaixonada por uma mulher chamada Carol, que roubou meu coração com suas mãos mágicas.

— Você parece relaxada.

— Relaxada? É como se meus ossos fossem de borracha. Sou a pessoa mais feliz a noroeste do Pacífico. E você?

— Fiz uma detox, fui esfregada, massageada e polida. A única decisão que preciso tomar hoje é o que comer no jantar. Estou com vontade de passar o resto da minha vida aqui.

— Quer uma colega de quarto? Meu Deus, Syl, por que a gente nunca fez isso antes?

Sylvia, com o cabelo volumoso preso num coque desarrumado sobre a cabeça, ergueu os óculos com lentes cor-de-rosa que cobriam seus olhos e deixou de lado a revista de moda que estava aberta em seu colo.

— Nós caímos na armadilha de que somos mulheres ocupadas sem tempo para mimos. Escapamos das nossas jaulas agora. E vou proclamar um decreto.

— Às suas ordens.

— Durante nossas férias muito merecidas, só vamos ler obras de ficção divertidas e/ou revistas bonitas. — Ela cutucou a capa da publicação que colocara sobre a mesa. — Só vamos assistir a filmes leves, bobos e engraçados, se quisermos assistir a filmes. Estamos proibidas de pensar em trabalho, de nos aborrecermos e de pensarmos em responsabilidades. Nossas únicas preocupações, nossas únicas decisões durante nosso tempo fora do tempo será escolher entre serviço de quarto ou o restaurante, e a cor dos esmaltes que vamos passar nas unhas.

— Apoiado. Seria impossível apoiar mais. Mai ainda não voltou?

— Encontrei com ela na sala de relaxamento. Disse que ia nadar.

— Se eu tentasse nadar, afundaria como uma pedra e me afogaria. — Fiona começou a se espreguiçar, resolveu que isso exigiria muita energia. — Carol equilibrou meu *chi*, ou talvez tenha alinhado meus chacras. Não sei como, mas, depois disso, me sinto mais do que extasiada.

Mai surgiu em um dos roupões fofos do spa, sentou numa poltrona.

— Olá. Eu estou sonhando? — perguntou ela. — Será que isto tudo não passa de um sonho?

— É a nossa realidade por três dias gloriosos.

Sylvia se levantou, entrou na casa.

— Fiz a Renovação de Mente, Corpo e Espírito. Estou renovada. — Mai ergueu o rosto, fechou os olhos. — Quero ser renovada todos os dias da minha vida.

— Syl e eu vamos nos mudar para cá, e vou casar com Carol.

— Que ótimo. Vou ser sua visita que nunca vai embora. Quem é Carol?

— Carol usou suas mãos mágicas para ajeitar meu *chi* ou meus chacras, talvez as duas coisas, e nunca mais quero me separar dela.

— Richie me renovou. Se eu casar com Richie, posso abandonar essa ideia péssima de conhecer homens pela internet.

— Achei que você tivesse gostado do dentista.

— Periodontista. Gostei o suficiente para sairmos de novo, mas então ele passou mais de uma hora falando sobre a ex-mulher. Ela era uma vaca, vivia enchendo seu saco, gastava dinheiro demais, raspou a conta bancária dele no divórcio etc. etc. Sam, o periodontista, vai entrar na lista de fracassos junto com Robert, o psicólogo, Michael, o vendedor de seguros, e Cedric, o advogado/escritor amador.

— Richie é um partido melhor.

— Sem dúvida.

As duas encararam a porta, e os olhos de Fiona se arregalaram quando Sylvia voltou com uma bandeja de prata.

— Champanhe? Isso aí é champanhe?

— Champanhe *e* morangos cobertos com chocolate. Resolvi que, quando três mulheres ocupadas e amigas maravilhosas finalmente resolvem se paparicar, isso merece ser comemorado.

— Nós vamos tomar champanhe na varanda da nossa suíte no spa! — Fiona uniu as mãos. — Estou sonhando.

— Nós não merecemos?

— Claro que merecemos!

Mai aplaudiu quando Sylvia abriu a garrafa.

Depois que as taças foram servidas, a veterinária ergueu a sua.

— A nós — disse —, e a mais ninguém.

Rindo, Fiona brindou.

— Adorei. — Ela deu o primeiro gole. — Ah, ah, sim. Syl, que ideia inspirada. É a cereja do bolo.

— Nós precisamos fazer um pacto. Vamos repetir a dose toda primavera. Vamos voltar para cá, nos renovar, nos equilibrar, tomar champanhe e fazer coisas de garotas.

Mai ergueu a taça de novo.

— Concordo. — Fiona brindou, sorriu ao ver que a madrasta a imitava. — Nem sei que horas são. Não consigo me lembrar da última vez que não soube qual era minha agenda do dia ou que não tive que me preocupar com isso. Na verdade, tinha pensando num cronograma para cá. Que horas acordar para ir à academia, a que aulas assistir, por quanto tempo eu nadaria ou usaria a sauna antes de um tratamento. — Ela fez mímica de alguém que arranca uma folha de caderno e a joga fora. — Aqui não é lugar para a Fi organizada. A Fi do spa faz o que quer quando quer.

— Aposto que a Fi do spa vai acordar antes das 7h para ir à academia.

— Pode ser. — Fiona concordou com a cabeça para Mai. — Mas a Fi do spa não tem pressa de fazer nada. E foi Carol quem fez isso comigo. Só precisei de cinco minutos naquela mesa para parar de pensar em como os cães estão com Simon, em como Simon está com os cães, no que o restante da Unidade vai fazer caso aconteça uma emergência. Tudo desapareceu numa felicidade tranquila, que vou prolongar agora, tomando mais champanhe.

As três encheram as taças de novo.

— Como vão os encontros, Mai? — perguntou Sylvia.

— Acabei de contar para Fi sobre o desastre com o periodontista. Obcecado pela ex-mulher — explicou ela.

— Isso nunca é bom.

— O primeiro cara — continuou Mai, contando nos dedos — obviamente estava seguindo um roteiro planejado, e, quando consegui convencê-lo a ser mais espontâneo, ele se mostrou tão chato e com a cabeça tão fechada que seria de surpreender se conseguisse cogitar qualquer ideia nova. O segundo era todo malandro, convencido e só queria me levar para a cama. O outro? Uma mistura estranha e nada atraente dos dois primeiros. Vou dar mais uma chance ao site, mas acho que não vai dar certo.

— Que pena. Não serve nem para ter companhia para um jantar casual? — perguntou Sylvia.

— Para mim, não. Vou te contar, as conversas mais interessantes que tive com membros do sexo masculino nas últimas semanas foram com Tyson.

— Com o xerife Tyson? — interrompeu Fiona. — De San Juan?

— Pois é. Ele quer adotar um cachorro. Me ligou para pedir conselhos e minha opinião.

— É mesmo? — Fiona pegou um morango, analisou-o. — A ilha de San Juan não tem veterinários?

— Claro que tem, mas eu adotei meus cachorros. — Ela deu de ombros. — É bom conversar com alguém que teve essa experiência.

— Você disse conversas — observou Sylvia. — No plural.

— É, nós conversamos algumas vezes. Ele estava pensando num labrador ou numa mistura de labrador com outra raça, porque gosta dos cachorros de Fi. Mas então pensou em ir ao abrigo e ver o que acontecia, ou então entrar no site para conferir quem está disponível e precisa de um lar. É fofo — acrescentou ela. — Ele está pensando bastante no assunto.

— E pedindo sua opinião.

Fiona trocou um olhar com Sylvia.

— Pois é. Quando voltarmos do Paraíso, vamos juntos ao abrigo.

— Ele te convidou para ir ao abrigo de animais?

— Para dar apoio moral e profissional — começou Mai, mas arregalou os olhos para Fiona. — Fala sério! Ele não me convidou para um cruzeiro à luz da lua. Não é assim.

— Um homem, um homem solteiro, te ligou várias vezes para conversar sobre um dos seus assuntos de estimação. O trocadilho foi de propósito — acrescentou Fiona. — E vocês dois vão sair juntos. Mas não é assim? — Ela gesticulou para Sylvia. — Por favor, dê sua opinião.

— É assim, sim.

— Mas...

— Seus instintos estão confusos — continuou Sylvia. — Você está tão focada em conhecer desconhecidos, procurando por química e interesses em comum, que ignorou o interesse de um homem que já conhece.

— Não, eu... Meu Deus, espere aí. — Mai fechou os olhos, ergueu um dedo enquanto analisava suas conversas, os tons de voz. — Puta merda. Vocês têm razão. Eu nem me dei conta. Humm.

— Esse humm foi bom ou ruim? — perguntou Fiona.

— Acho que... bom. Ele é interessante, engraçado quando não está falando do trabalho, estável e um pouco tímido. E bonito. Um pouco sorrateiro, mas acho que gosto disso. Me manipulou para sair com ele. Estou... lisonjeada — percebeu ela. — Meu Deus, estou lisonjeada de verdade. Meu Deus. Fui renovada, um homem está interessado em mim, e eu estou interessada nele. Hoje foi um dia excelente.

— Então... — Sylvia encheu as três taças de novo. — Que bom que temos uma segunda garrafa na geladeira.

— Você é muito sábia — disse Mai. — Quem quer jantar no quarto, comer de pijama, encher a cara de champanhe e terminar com uma sobremesa absurdamente calórica?

Todas ergueram as mãos.

— Estou apaixonada por Simon — soltou Fiona, mas então balançou a cabeça. — Uau, acabei cortando a conversa sobre o xerife Tyson. Podemos falar sobre isso mais tarde.

— Você está de sacanagem? Você está de *sacanagem*? — perguntou Mai. — Tyson... Por que eu o chamo pelo sobrenome? Ben e a possibilidade de sair com ele podem esperar. Apaixonada tipo de *verdade*, ou apaixonada tipo estou me divertindo tanto, me sinto tão bem, e ele é gostoso pra caramba?

— De verdade, junto com a segunda opção, e foi por isso que achei que não era a primeira no começo, mas é. Mesmo. Por que eu não consigo ter um simples caso como uma pessoa normal? Agora, compliquei as coisas.

— Se a vida não for complicada, qual o sentido de viver? — Sylvia parecia radiante, apesar de seus olhos estarem cheios de lágrimas. — Que notícia maravilhosa.

— Não sei se é maravilhoso, mas foi isso que aconteceu. Nunca me imaginei com alguém como ele.

— Você parou de se imaginar com outras pessoas — argumentou a madrasta.

— Talvez. Mas, se eu tivesse imaginado, não teria pensado em Simon Doyle. Não para me apaixonar de verdade.

Mai apoiou um dos cotovelos na mesa, gesticulou com a taça.

— Por que você se apaixonou por ele? O que nele te interessa?

— Não sei. Ele gosta de ficar sozinho; eu, não. Ele tende a ser mal-humorado; eu, não. Ele é bagunceiro e diz as coisas na lata, não se importa em ser grosseiro e só fala de si mesmo depois de você encher o saco ou quando está com vontade.

— Isso é música para os meus ouvidos — murmurou Sylvia.

— Por que, ó sábia? — perguntou Mai.

— Porque ele não é uma fantasia perfeita. Simon tem defeitos, e você sabe disso. O que significa que se apaixonou por quem ele é, não por quem deseja que ele se torne.

— Gosto de quem ele é. E a parte positiva é que Simon me faz rir, e é um homem bom. O fato de relutar em mostrar isso só faz sua bondade ter mais impacto. Ele nunca se dá ao trabalho de dizer algo em que não acredita, o que mostra que é sincero.

— Ele te ama?

Fiona deu de ombros em resposta a Mai.

— Não faço ideia. Mas sei que, se ele disser que me ama, vai estar falando sério. Por enquanto, as coisas estão bem desse jeito. Preciso de um tempo para me acostumar com meus sentimentos. E para ter certeza de que ele não está comigo ou se envolvendo comigo porque, bem, estou precisando de ajuda, não estou?

— Aposto que ele não pensou que você estava precisando de ajuda enquanto transavam em cima da mesa.

Ela concordou com a cabeça.

— Faz sentido. Acho que esse assunto pede por mais champanhe. Vou pegar a segunda garrafa.

Mai esperou até a amiga entrar.

— Nós estamos fazendo a coisa certa não falando do assassinato com ela, não estamos?

— Sim. Fiona precisa descansar. Pelo jeito, todas nós precisamos, só que o caso dela é pior. Não vai demorar muito para termos que encarar a realidade.

— Acho que ele também está apaixonado por ela.

Sylvia sorriu.

— Por quê?

— Porque ele pediu a Davey para ligar para você, não para Fi, e pedir para não contar a ela. Nós a amamos, e é por isso que estamos fingindo que nada aconteceu, e acho que teríamos decidido fazer isso mesmo que Davey não tivesse pedido. Mas Simon teve o mesmo instinto. E acho que esse instinto é causado pelo amor.

— Também acho.

— Talvez não seja amor de verdade, mas...

— Mas é o suficiente por enquanto, e é disso que ela precisa. Sinceramente, Mai, acho que os dois fazem bem um ao outro e que vão ser melhores e mais fortes juntos. Pelo menos é isso que desejo.

A veterinária olhou para a porta, baixou a voz.

— Pedi à recepcionista para não deixarem o jornal de amanhã aqui na porta. Só para garantir.

— Boa ideia.

As duas ouviram uma rolha espocando, e Fiona gritou:

— *Uhul!*

— Esqueça esse assunto — murmurou Sylvia —, para que ela possa esquecer também.

Capítulo 17

♦ ♦ ♦ ♦

Considerando seu emprego e o fato de que faria jardinagem pela primavera inteira, Fiona sabia que ir à manicure seria um desperdício de tempo e dinheiro.

Mas ela estava no Paraíso dos Mimos.

E aquele também era seu último dia, lembrou a si mesma. Era melhor aproveitar tudo que podia — e voltar para casa com unhas bonitas, mesmo que a realidade da vida fosse estragá-las menos de 24 horas depois.

Além do mais, era gostoso.

Fiona admirou o cor-de-rosa alegre e praiano em suas unhas curtas e lixadas enquanto colocava os pés na água quente e borbulhante na base da cadeira do salão. Uma cadeira vibratória que era um pedacinho do paraíso, massageando suas costas de cima para baixo.

Cindy, responsável por suas unhas lindas, trouxe um copo d'água com fatias de limão.

— Está confortável?

— Já passei do confortável e entrei na euforia.

— É isso que gostamos de ouvir. Quer passar o mesmo esmalte nos pés?

— Sabe de uma coisa, vamos ousar nos pés. Quero o Paixão Púrpura.

— Adorei! — Ela tirou os pés de Fiona da água, secou-os e então os besuntou com argila verde morna. — Vamos deixar a máscara secar por alguns minutos, então relaxe. Quer alguma coisa?

— Não preciso de mais nada.

Aconchegando-se na cadeira, Fiona abriu seu livro e se perdeu na comédia romântica que era tão divertida quanto sua escolha de esmalte para os pés.

— O livro é bom? — perguntou Cindy quando voltou para tirar a argila.

— É, sim. Perfeito para o momento. Estou me sentindo feliz, relaxada e bonita.

— Eu adoro ler. Gosto de histórias de terror malucas e mistérios de assassinatos grotescos. Relaxo lendo essas coisas, apesar de não fazer sentido.

— Talvez seja porque você sabe que está segura enquanto lê o livro, então é divertido sentir medo.

— Pode ser. — Cindy começou a esfoliar um dos calcanhares de Fiona com uma pedra-pomes. — Odeio assistir ao jornal, porque, bem, é tudo verdade e só mostram tragédias. Acidentes, desastres naturais, crimes.

— Ou política.

— Pior ainda. — Cindy riu. — Mas quando você lê sobre coisas horríveis num livro, pode torcer para o bem vencer. Gosto quando isso acontece. Quando salvam a garota, ou o cara, ou a humanidade. Prendem o assassino e o obrigam a pagar por seus crimes. Nem sempre isso acontece na vida real. Estou com medo de deixarem aquele assassino maníaco escapar. Agora já são quatro vítimas. Ah! Eu te machuquei?

— Não. — Fiona se forçou a relaxar o pé de novo. — Não, você não me machucou. Quatro?

— Ela foi encontrada há uns dois dias. Talvez você não tenha visto a notícia. Na Cordilheira das Cascatas, no Oregon. É bem longe daqui, mas fico com medo. Quando preciso trabalhar até mais tarde, meu marido vem me buscar. Sei que é bobagem, porque não sou uma universitária, mas fico nervosa.

— Não acho que seja bobagem. — Fiona bebericou a água com limão para umedecer a garganta seca. — Com o que seu marido trabalha? — perguntou, tentando mudar o assunto para Cindy ficar falando e ela conseguir pensar.

Uns dois dias. O decreto de Sylvia — nada de jornais nem de televisão.

A madrasta sabia, o que significava que Mai sabia também. E não lhe contaram. Provavelmente para lhe dar paz de espírito. Um momento despreocupado antes que a realidade voltasse a sufocá-la.

Então, ela faria o mesmo pelas duas. Manteria a farsa por mais um dia. Já que era assombrada pela morte, poderia, por enquanto, guardar os fantasmas para si mesma.

Ele não fazia aquele tipo de coisa, pensou Simon, franzindo o cenho para o arranjo sobre a mesa da cozinha de Fiona. Ele não comprava flores.

Bem, só para sua mãe de vez em quando, claro. Não era um bicho do mato. Mas não tinha o impulso de comprar flores para mulheres, ainda mais sem motivo.

Voltar para casa depois de alguns dias fora — certo, depois de quatro dias fora — não era motivo.

Simon não sabia por que as comprara nem por que diabos sentira tanta saudade dela. Tinha conseguido trabalhar mais sem ter Fiona ocupando seu espaço e seu tempo, não tinha? E criara mais projetos porque tivera mais tempo sozinho, focado e seguindo os próprios horários.

E os horários dos cães.

Ele gostava de silêncio. *Preferia* silêncio — sem ter a obrigação irritante de guardar suas meias e pendurar toalhas molhadas, podendo colocar os pratos no lava-louça quando bem entendesse.

O que significava que não havia mais meias, toalhas e pratos limpos, como acontecia frequentemente na casa de seres normais de sua espécie.

Não que Fiona lhe pedisse para guardar as meias, ou pendurar toalhas molhadas, ou colocar os pratos no lava-louça. Aquele era seu golpe de mestre. Ela nunca dizia nada, então ele se sentia obrigado a fazer essas coisas.

Simon sabia que estava sendo adestrado. Não havia dúvida. Estava sendo adestrado com a mesma sutileza, consistência e praticidade com que a mulher treinava os cachorros.

Para agradá-la. Para não decepcioná-la. Para desenvolver hábitos e rotinas.

As coisas não podiam continuar assim.

Seria melhor jogar aquelas flores idiotas fora antes que ela chegasse.

Por que raios ela ainda não tinha chegado?

Simon olhou para o relógio do fogão de novo, então saiu da casa para parar de ficar observando os minutos passarem.

Ele não usava relógio pelo motivo muito específico de não querer ser limitado pelo tempo.

Teria sido melhor ter ficado em casa, trabalhando, até ela ligar — ou não ligar. Em vez disso, ele parara tudo que estava fazendo, fizera compras no mercado da cidade — e levara as malditas flores —, sem se esquecer do vinho tinto de que ela gostava, e viera dar uma olhada na casa.

E era obrigado a admitir que só fizera isso para garantir que James não deixara meias largadas pelo chão e tal. Mas nem precisava ter se dado ao trabalho, é claro.

Ou James era tão bizarramente organizado quanto Fiona, ou muito bem-treinado.

Ele esperava que fosse a última opção.

Para se distrair, Simon pegou um monte de bolas de tênis e começou a jogá-las, para a diversão dos cachorros. Então, quando seu braço finalmente cansou, resolveu que seria bom ter uma daquelas máquinas de arremessar bolas que usavam em treinos de tênis.

Ele mudou a brincadeira, dando aos cães o comando para ficarem e escondendo as bolas em vários lugares. Então deu a volta na casa, sentou na escada da varanda.

— Encontrem as bolas! — ordenou.

Precisava admitir, a debandada e a busca eram divertidas e faziam o tempo, aquela coisa na qual não estava prestando atenção, passar mais rápido.

No fim das contas, acabou com uma pilha de bolas babadas aos seus pés, e repetiu o processo. Mas, desta vez, entrou para pegar uma cerveja.

A pilha de bolas o aguardava na volta, mas os cães estavam na sua pose de guardiões em alerta, encarando a ponte.

Já não era sem tempo, pensou ele, e então se apoiou na coluna da varanda, dissimulado. Só estava tomando uma cerveja com os cachorros, decidiu. Não era como se estivesse esperando por ela, ansiando por ela.

Mas o carro que atravessou a ponte era desconhecido.

Simon se empertigou, mas esperou o homem e a mulher se aproximarem da casa.

— Agentes especiais Tawney e Mantz. Viemos conversar com a Srta. Bristow.

Simon observou as carteiras de identificação dos dois.

— Ela não está. — Mas notou que os cachorros o observavam em busca de orientação. — Relaxem — disse aos quatro.

— Fomos informados de que ela voltaria hoje. Sabe quando ela chega?

Simon encarou Tawney.

— Não.

— E quem seria o senhor?

Ele se voltou para a mulher.

— Simon Doyle.

— O namorado.

— Esse é um termo oficial do FBI? — A palavra o deixou incomodado. — Estou tomando conta dos cachorros.

— Achei que ela só tivesse três.

— O que está cheirando o seu sapato é meu.

— Então pode pedir para ele parar?

— Tubarão. Não. Fiona me contou que você estava encarregado do caso de Perry — disse ele para Tawney. — Eu aviso que passaram aqui.

— O senhor não quer nos perguntar nada? — questionou Mantz.

— Vocês não responderiam nada que eu perguntasse, então acho melhor não perdermos nosso tempo. É com Fiona que querem falar. Vou avisar que estiveram aqui, e, se ela quiser, vai entrar em contato.

— Existe algum motivo para o senhor estar tão ansioso para se livrar de nós?

— Eu não diria ansioso, mas sim. A menos que tenham vindo contar que prenderam o desgraçado que está dando continuidade ao serviço de Perry, não quero que vocês sejam a primeira coisa a ser vista por ela quando chegar em casa.

— Nós podemos entrar — sugeriu Mantz.

— Vocês acham que Fiona está amarrada lá dentro? Meu Deus, estão vendo o carro dela aqui? Estão vendo os cachorros? — Simon apontou com um dedão para Tubarão, que no momento carcava um Newman desinteressado e paciente, enquanto Bogart e Peck brincavam de cabo de guerra com uma das cortas. — O pessoal do FBI não aprende táticas básicas de observação? E não, não vou deixar vocês entrarem na casa enquanto ela está fora.

— Você está tomando conta dela, Sr. Doyle?

— O que você acha? — rebateu ele para Tawney.

— Eu acho que o senhor não tem antecedentes criminais — respondeu o agente, tranquilo —, que nunca se casou, não tem filhos e tem uma condição financeira boa o suficiente para ter comprado sua própria casa seis meses atrás. O FBI também nos ensina táticas básicas de coleta de informações. Sei que Fiona confia no senhor, assim como os cachorros dela. Se eu descobrir que essa confiança não foi merecida, vou lhe mostrar outras coisas que o FBI nos ensina.

— Justo. — Simon hesitou, mas então seguiu seus instintos. — Fiona não sabe sobre o último assassinato. Suas amigas não deixaram que lesse o jornal ou assistisse à televisão nos últimos dias. Ela precisava de um tempo. Não quero que chegue aqui e leve esse baque. Então acho melhor vocês irem.

— Isso também é justo. Diga a ela para entrar em contato. — Junto com a parceira, o agente voltou para o carro. — Ainda não pegamos o desgraçado. Mas vamos fazer isso.

— Andem logo — murmurou Simon enquanto os dois iam embora.

Ele esperou mais uma hora, agora aliviado, já que cada minuto diminuía as chances de ela passar pelos agentes no caminho de volta. A ideia de preparar alguma coisa para comer passou por sua cabeça, mas a imagem de recebê-la com um jantar *e* flores era apavorante.

Aquilo seria demais.

O latido dos cachorros o fez sair da casa de novo, segundos antes de Fiona cruzar a ponte. Graças a Deus, agora ele podia parar de *pensar* tanto.

Simon desceu com tranquilidade os degraus da varanda, e então a coisa mais esquisita aconteceu. A coisa mais esquisita.

Quando Fiona saiu do carro, quando ele a viu parada sob a fraca luz do sol, com as flores frágeis dos cornisos às suas costas, sentiu o coração disparar.

Ele sempre achava que esse tipo de coisa era bobagem — que era apenas uma expressão clichê de poesias e livros românticos. Mas foi isso que sentiu — uma onda de prazer, emoção e reconhecimento em seu peito.

Foi preciso muito autocontrole para não sair correndo na direção dela da mesma forma que os cachorros, que esbarravam uns nos outros em sua pressa animada para receber carinho e beijos.

— Oi, meninos, oi! Também senti saudade. De todo mundo. Vocês se comportaram? Aposto que sim. — Ela aceitou as lambidas amorosas desesperadas enquanto esfregava os corpos peludos e agitados. — Vejam só o que eu trouxe. — Fiona esticou a mão para dentro do carro e pegou quatro ossos enormes de couro cru. — Um para cada. Sentem. Agora, sentem. Pronto. Tem para todo mundo.

— Cadê o meu? — perguntou Simon.

Fiona sorriu, e o sol poente se refletiu em seus óculos escuros. Enquanto se aproximava, abriu os braços e o envolveu.

— Fiquei na esperança de você estar aqui. — Simon sentiu a respiração dela, puxando o ar para dentro e para fora profundamente. — Você fez outra cadeira.

— Essa é minha. Todo mundo gosta de sentar. O mundo não gira em torno de você.

Ela riu, o abraçou mais apertado.

— Talvez não, mas você é exatamente aquilo do que eu preciso.

Simon se afastou até suas bocas se encontrarem — e descobriu que ela também era tudo de que precisava.

— Agora é minha vez. — Com a perna, ele afastou os cachorros, que se aproximavam, e, ao se mover, viu. Só por um instante, quando a mudança de ângulo causou um vislumbre dos olhos dela por trás das lentes escuras. Então os tirou do seu rosto. — Eu devia ter imaginado que mulheres não conseguem guardar segredo.

— Você está enganado. Além de ser machista. Elas não me contaram, então retribuí o favor e não mencionei que fiquei sabendo. — Os olhos de Fiona mudaram de novo. — Você pediu a elas para não me contarem? Para não me deixarem descobrir a notícia pelo jornal ou pela televisão?

— E daí?

Ela concordou com a cabeça, segurou suas bochechas, lhe deu um beijo leve.

— E daí que obrigada.

— Que típico seu, não agir que nem uma pessoa normal e ficar irritada e me dizer que não tenho o direito de me meter e decidir as coisas por você. — Simon foi buscar a mala dela. — É assim que você conquista as pessoas.

— É?

— Ah, é. O que são essas coisas?

— Fiz compras. Aqui, vou...

— Já peguei. — Ele tirou duas sacolas da mala. — Por que as mulheres sempre voltam com mais coisas do que levaram? E não é um comentário machista se for verdade.

— Porque nós aceitamos e aproveitamos a vida. Se você continuar assim, não vai ganhar seu presente.

Fiona seguiu para dentro da casa, e ele deixou todas as sacolas ao pé da escada.

— Já vou levar tudo para cima. Como você descobriu?

Ela tirou os sapatos, apontou para os dedos dos pés.

— Suas unhas roxas te contaram?

— A manicure. Ela só estava puxando papo.

Droga. Ele tinha se esquecido das fofocas.

— Então é sobre isso que as pessoas falam enquanto se embelezam? Assassinatos e cadáveres?

— Vamos dizer que o assunto era sobre atualidades. Quero beber. Uma taça de vinho cairia muito bem.

Fiona viu as flores ao entrar na cozinha. Pela forma como ficou imóvel e o encarou, ficou nítido que o fato de Simon ter comprado flores a surpreendia tanto quanto a ele.

— Você fez outra cadeira e comprou flores para mim.

— Já disse, a cadeira é minha. Vi as flores por acaso e resolvi comprar.

— Simon.

Ela se virou, o abraçou de novo.

Sentimentos se inflaram dentro dele, lutando por espaço.

— Não foi nada de mais.

— Desculpe, mas você vai ter que aguentar. Faz muito tempo que não ganho flores de um homem. Tinha até esquecido como era. Já volto.

Os cachorros a seguiram para fora da cozinha — provavelmente com medo de a dona sumir de novo. Simon pegou uma garrafa de vinho, abriu-a. Ela voltou com uma caixinha enquanto ele servia as taças.

— É meu e dos cachorros. Como agradecimento por ter cuidado deles.

— Obrigado.

A caixinha era pesada. Curioso, Simon a abriu. Encontrou uma aldrava fina. O cobre se tornaria esverdeado com o tempo, acrescentando um toque bonito. Havia letras em alto-relevo no metal, e a aldrava formava um nó celta.

— É irlandês. Achei que, como seu sobrenome é Doyle, deve ter alguma descendência. *Fáilte* significa...

— Bem-vindo. Doyle, lembra?

— Certo. Achei que, se você colocá-la na porta, isso talvez até seja verdade de vez em quando. As boas-vindas, quero dizer.

Simon ergueu o olhar para o sorriso dela.

— Quem sabe? De toda forma, gostei.

— E você pode encomendar outra para colocar na porta quando não quiser companhia. Aposto que Syl conhece algum artista que trabalhe com metal. A outra pode dizer "Vá embora" em gaélico.

— Boa ideia. Na verdade, sei dizer "Vá se foder" em irlandês, e talvez isso seja mais interessante.

— Ah, Simon. Eu estava com saudade.

Ela ria enquanto falava, e, ao esticar a mão para pegar a taça, ele tocou seu braço.

— Senti sua falta, Fiona. **Droga.**

— Ah, graças a **Deus.** — Ela o abraçou de novo, apoiou a cabeça em seu ombro. — Isso torna as coisas mais equilibradas, como as duas cadeiras na varanda, não acha?

— Imagino que sim.

— Preciso falar logo isto, e não quero te pressionar. Mas, depois que deixei Mai e Sylvia em casa, não consegui pensar em mais nada além daquela garota, coitadinha, e em tudo que ela passou nas suas últimas horas de vida. E quando cheguei aqui, em casa, e te vi, fiquei tão aliviada, tão aliviada, Simon, por não ter que ficar sozinha com todas essas imagens na minha cabeça. Fiquei tão feliz por você estar esperando por mim na varanda.

Simon fez menção de dizer que não estava esperando. No automático. Mas estava, e era legal saber que ela desejara por isso.

— Você chegou mais tarde do que eu esperava, então... Bosta.

— Compras de última hora, e depois o trânsito...

— Não, não é isso. — Ele tinha se lembrado do FBI, e achou melhor contar logo. — Os agentes vieram aqui. Tawney e sua parceira. Acho que não descobriram nada novo, mas...

— Só para ver se estava tudo bem. — Ela se afastou, pegou a taça. — Antes de viajar, contei a eles que voltaria hoje. Não vou ligar para Tawney agora. É melhor deixar para amanhã.

— Ótimo.

— Mas preciso que você me conte o que sabe. Eu não tinha como descobrir os detalhes, e quero saber.

— Tudo bem. Vamos sentar. Pensei em fazer alguma coisa para jantar. Posso te contar enquanto o preparo.

— Tenho comida congelada no freezer.

Simon soltou uma risada irônica.

— Não vou comer um pratinho de dieta de menina. E antes de você começar a falar de machismo, olhe nos meus olhos e diga que o marketing dessas refeições light não é voltado para mulheres.

— Talvez sejam, no geral, mas isso não significa que são ruins ou que os homens que os comem passam a ter seios depois.

— Não quero arriscar. Você vai comer o que eu fizer.

Achando graça, conforme o plano dele, Fiona sentou.

— E o que você vai fazer?

— Estou pensando. — Simon abriu a geladeira, analisou o que tinha, cutucou algumas coisas. — Davey passou lá em casa para me contar no dia em que você viajou — começou ele.

Enquanto contava a história, ele jogou umas batatas fritas congeladas num tabuleiro, colocou-as no forno. O bacon foi para o micro-ondas. Encontrou um tomate que James devia ter deixado para trás e o cortou em fatias finas.

— Ela foi espancada? Mas...

— Pois é. Parece que ele está tentando encontrar o próprio estilo.

— Que coisa horrível — murmurou Fiona. — E acho que é isso mesmo. Ela foi... Ela foi espancada, amarrada e estrangulada. Mas o estupro é a pior parte.

— Não, ela não foi estuprada. Pelo menos, Davey não me disse isso, e os jornais também não noticiaram. — Simon olhou para trás, observou o rosto dela. — Tem certeza de que quer falar sobre esse assunto agora?

— Tenho. Preciso saber o que pode acontecer.

Ele ficou de costas para ela, se forçou a se acalmar enquanto montava camadas de queijo, bacon e tomates entre fatias de pão.

— Dessa vez foi diferente, com a agressão e o fato de que a vítima foi mantida em cativeiro por mais tempo. Fora isso, parece que ele seguiu o modelo.

— Quem era a garota? Você sabe — disse Fiona baixinho. — Você faria questão de saber.

Quando Simon colocou os sanduíches na frigideira, a manteiga que espalhara pelas fatias chiou.

— Ela era estudante. Queria trabalhar com educação física e nutrição. Dava aulas de yoga e era personal trainer. Tinha 20 anos, era simpática e atlética, de acordo com as notícias. E filha única. A mãe é viúva.

— Meu Deus. Meu Deus. — Fiona cobriu o rosto com as mãos por um instante, mas depois esfregou a pele e as baixou. — Sempre pode piorar.

— O corpo dela seguia o padrão. Alta, magra, pernas compridas e torneadas. — Ele virou os sanduíches. — Se houver mais informações, a imprensa não sabe.

— Ele deixou alguma marca?

— Quatro em numerais romanos. Você está se perguntando que número esse cara reservou para você. Quero que me escute, Fiona, e saiba que não falo as coisas só por falar.

— Eu já sei disso.

Ela esperou, observou enquanto Simon passava os sanduíches para o prato, chacoalhava as batatas para despejá-las ao seu lado. Então ele pegou um pote de picles, colocou dois para cada e deu seu trabalho por encerrado.

Um dos pratos foi posicionado diante dela.

— Esse cara não vai deixar marca nenhuma em você. Não vai conseguir te dar um número, do mesmo jeito que Perry não conseguiu. Se a polícia não encontrá-lo, nós vamos impedi-lo. E ponto final.

Fiona ficou em silêncio por um instante, mas se levantou para pegar uma faca, buscar a garrafa de vinho. Então encheu as taças dos dois, cortou seu sanduíche em dois triângulos idênticos antes de oferecer-lhe a faca.

— Não, obrigado.

Fiona pegou seu vinho, tomou um gole, colocou-o sobre a mesa.

— Tudo bem — disse ela, olhando-o nos olhos. E pegou o sanduíche, deu uma mordida. Sorriu. — Está gostoso.

— Um clássico da família Doyle.

Ela deu outra mordida e esfregou os dedos com unhas roxas sensuais contra uma das pernas dele.

— É bom estar em casa. Sabe, uma das coisas que eu trouxe naquela sacola foi um esfoliante incrível de mel e amêndoas que usam no spa. Depois do jantar e depois de eu brincar mais com os cachorros e lhes dar atenção, podíamos tomar um banho juntos. Posso esfoliar você.

— Isso é um código para alguma coisa?

Fiona riu.

— Você vai ter que descobrir.

— Sabe por que eu não corto meus sanduíches em triângulos?
— Por quê?
— Pelo mesmo motivo que não quero cheirar a mel e amêndoas.

Ela lhe lançou um olhar maldoso enquanto pegava uma batata frita.

— Nem comer refeições congeladas light. Aposto que você vai mudar de ideia sobre o esfoliante. Vamos fazer assim. Vou esfoliar só as suas costas. Suas costas largas e fortes e masculinas, e veremos o que você acha. Também havia uma loja bem interessante, que vendia lingerie. Comprei um negocinho. Um negocinho bem pequenininho, que talvez eu vista para você ver, caso queira provar o esfoliante.

— Muito pequenininho?
— Minúsculo.
— Só as costas.

Fiona sorriu e mordiscou uma batata.

— Para começar.

Ela passou uma hora brincando com os cachorros, incansável ao jogar bolas, deixá-los percorrer a pista de obstáculos, depois se alternando em brincar de cabo de guerra com cada um até Simon começar a se perguntar como seus braços não caíam.

Mas ele notou, mesmo depois de abandonar a brincadeira e sentar na varanda para observar, que Fiona usava as atividades, os cachorros e sua conexão com eles para se concentrar. Para bloquear a conversa que tiveram antes do jantar.

Ela aguentaria firme, porque era isso que fazia. Por enquanto, estava canalizando sua energia e qualquer nervosismo que sentisse nos cachorros, transformando tudo em alegria.

— Agora preciso mesmo tomar aquele banho — disse ela, secando o rosto com as costas da mão.

— Eles estão esgotados.

— Era tudo parte do plano. — Fiona ofereceu-lhe uma das mãos. — Não perguntei o que você fez enquanto eu estava fora.

— Trabalhei. E, depois do trabalho, fui com James numas boates de strip-tease.
— Aham.

— Levamos os cachorros também — disse ele enquanto os dois subiam a escada.

— É claro.

— Newman fica agressivo quando bebe.

— Ele tem esse problema.

No quarto, Fiona pegou o esfoliante na sacola de compras, abriu o pote.

— Na verdade, se você quiser saber uma fofoca, acho que não fomos os únicos a nos esfoliar no banho ultimamente.

— Como é?

— Um dia, precisei ir à cidade comprar umas coisas e vim buscar os cães, para poupar James da viagem. O carro de Lori estava aqui.

— Sério? Ora, ora. Talvez ela tenha aparecido cedo, como você. Espero que não, mas...

— Ele saiu quando comecei a chamar os cães. E ficou vermelho.

— Ahn — disse ela, arrastando o som, e riu. — Que fofo.

Depois de colocar o pote sobre a bancada do banheiro, Fiona tirou o elástico do cabelo — e balançou suas mechas loiro-acobreadas.

Simon ficou duro feito pedra.

— Tire a roupa — ordenou ela. — Vamos ver se você também fica vermelho.

— Eu não fico vermelho e não sou fofo.

— Veremos. — Ela puxou sua camisa, mas afastou suas mãos quando ele tentou tocá-la. — Nada disso. Fizemos um acordo. Vamos para baixo da água.

Talvez aquela fosse outra forma de se concentrar, de canalizar energia, bloquear os fatos. Mas ele com certeza não reclamaria. Pelado, Simon foi para baixo do chuveiro.

— Seu banheiro precisa de uma reforma.

— Vou pensar no assunto. — Fiona girou um dedo, então ele virou e ofereceu-lhe as costas. — Arranha um pouco — disse ela enquanto pegava um pouco de esfoliante. — Mas é gostoso. — Ela começou a esfregar em círculos lentos, rítmicos. — A textura, o contato físico, o aroma, tudo faz parte da experiência. Sua pele acorda e fica mais... Nada disso — repetiu Fiona quando ele esticou o braço para trás. — Até a gente acabar aqui, só eu encosto em você. Mãos na parede, Doyle.

— Você ficou pelada no chuveiro do spa para fazer isto?

— Não. Estou adaptando o método de aplicação. Você já está com um cheiro maravilhoso, e humm, tão macio. — Fiona se inclinou para a frente, roçou os seios pelas costas dele antes de esfoliar mais para baixo. — Está bom? — perguntou enquanto fazia círculos com as mãos firmes sobre a bunda de Simon.

— Está.

— Feche os olhos, relaxe. Vou continuar até você me pedir para parar.

Aquelas mãos percorreram suas pernas, com a textura áspera pinicando sua pele e sendo lavada pela água, e então ela usou a boca, a língua, para explorar.

O desejo fervia em seu sangue até as mãos nas paredes se fecharem em punhos. O cheiro gostoso se misturava ao vapor, se tornando tão erótico que até respirar causava uma ânsia dolorosa.

— Fiona.

— Só um pouco mais — murmurou ela. — Ainda não fiz a parte da frente. Senão, você vai ficar... desequilibrado. Vire, Simon.

Fiona se ajoelhou diante dele, com a água brilhando sobre a pele, afastando o cabelo para trás.

— Vou começar aqui embaixo e ir subindo.

— Eu te quero. É impossível te querer mais do que agora.

— E você já vai poder fazer tudo que quiser comigo. Mas vamos ver se consegue aguentar até eu terminar. Deixe eu terminar, e serei toda sua.

— Meu Deus do céu, Fiona. Você me deixa louco.

— É isso que eu quero. É isso que eu quero hoje. Mas daqui a pouco.

Simon segurou as mãos dela, soltou uma risada rouca.

— Nem pense em passar esse negócio no meu...

— Não é isso que vou colocar aqui. — Ela o lambeu até ele engolir um gemido. — Você consegue aguentar? — murmurou, torturando-o com a boca enquanto as mãos subiam por suas pernas, por sua barriga. — Você consegue aguentar até estar dentro de mim? Quente e duro dentro de mim. É isso que eu quero depois que terminar aqui. Quero que você me possua e me use até eu não aguentar, e depois quero que me possua e me use um pouco mais. Não vou te dizer para parar. Você só vai parar quando quiser.

Fiona o levou até o limite, e então aqueles lábios atormentadores subiram para sua barriga, por seu peito, enquanto as mãos seguiam fazendo círculos.

— A água está esfriando — murmurou ela contra a boca de Simon. — A gente devia...

Simon a jogou contra a parede molhada.

— Você vai ter que aguentar a água e a mim.

— A gente fez um acordo.

Ela prendeu a respiração e estremeceu quando ele enfiou a mão entre suas pernas.

— Abra mais.

Fiona segurou os ombros de Simon, estremeceu de novo quando os olhos dele encontraram os seus, ardentes. E continuaram ardentes enquanto ele a penetrava. Simon a tomou, implacável, e os gemidos dela se misturavam ao som dos corpos molhados batendo um contra o outro, da água fria caindo. Quando sua cabeça caiu sobre o ombro dele, Simon continuou a bombear enquanto a segurava com força.

O clímax atravessou o corpo dele e o fez se sentir exposto.

Simon fechou o chuveiro e a puxou para fora do boxe. Quando Fiona cambaleou, ele meio que a carregou para a cama. Os dois desabaram sobre o colchão, molhados e arfando.

— O que você... — Ela se interrompeu, bufou, limpou a garganta. — O que você acha de mel e amêndoas agora?

— Vou comprar uma caixa inteira daquele negócio.

Fiona riu, mas então arregalou os olhos quando Simon montou em cima dela. O olhar dele, ainda ardente, encontrou o dela enquanto acariciava seus mamilos.

— Ainda não acabei.

— Mas...

— Não acabei. — Inclinando-se sobre ela, Simon segurou suas mãos, as ergueu e as fechou ao redor das barras de ferro da cama. — Deixe-as aí. Você vai precisar se segurar.

— Simon.

— Tudo que eu quiser, pelo tempo que for — lembrou ele, e desceu, erguendo o quadril dela. — Até eu terminar.

Fiona estremeceu ao soltar o ar, mas concordou com a cabeça.

— Sim.

Capítulo 18

♦ ♦ ♦ ♦

Numa tentativa de ser mais saudável, Fiona jogou alguns morangos no seu cereal. Comeu apoiada na bancada da cozinha, observando Simon apoiado do outro lado, tomando café.

— Você está enrolando — decidiu ela. — Enrolando e tomando mais uma xícara para só ir embora depois que os alunos da primeira turma chegarem.

Ele enfiou a mão dentro da caixa de cereal que ainda não fora guardada, pegou um punhado.

— E daí?

— Fico grata, Simon, quase tanto quanto por quase entrar num coma de tanto transar ontem. Mas não precisa.

— Ainda não terminei de tomar meu café.

Ele experimentou molhar um cereal na bebida. Provou.

Nada mal.

— Não estou com pressa — continuou ele. — Se você precisar fazer alguma coisa, fique à vontade, mas não vou te deixar sozinha. Aceite.

Fiona pegou mais cereal, mastigou enquanto o analisava.

— Sabe, outra pessoa teria dito: "Fi, estou preocupado com você e não quero que se arrisque à toa, então vou te fazer companhia."

Simon molhou mais dois cereais.

— Eu não sou outra pessoa.

— É verdade, e talvez tenha algo perverso em mim que prefira seu método. — Ele podia até estar molhando rodelas coloridas de cereal no seu café como se fossem donuts minúsculos, mas parecia mal-humorado e irritado. Meu Deus, por que ela ficava encantada com isso? — O que nós vamos fazer sobre nossa situação, Simon?

— Eu vou beber meu café.

— Então vamos usar o café como metáfora. Você vai continuar bebendo café até pegarem o cara que está matando mulheres e talvez queira me acrescentar à sua lista?

— Vou.

Fiona concordou com a cabeça, comeu mais cereal.

— Então pare de ficar carregando aquela mala idiota de um lado para o outro todo dia. Posso te dar um espaço no armário, esvaziar uma gaveta. Se você passa as noites aqui, é ridículo ficar levando suas coisas embora. Aceite.

— Não estou morando aqui.

— Entendi. — Ele tomaria conta dela, mas não queria ultrapassar certos limites. — Você só está passando um tempo aqui, bebendo café com cereal...

— Fica gostoso.

— Vou colocar esse prato no cardápio. E dormindo aqui depois de transar comigo feito louco no chuveiro.

— A ideia foi sua.

Fiona riu.

— E foi uma ótima ideia. Sei que você tem certos limites. Mas deixe a droga da sua escova de dente no banheiro, Simon, seu idiota. Coloque suas cuecas numa gaveta e pendure umas camisas no armário.

— Eu já tenho uma camisa no seu armário. Você a lavou porque eu a deixei no chão.

— Isso mesmo. E se eu continuar encontrando roupas no chão, elas serão lavadas e guardadas, quer você queira, quer não. Se eu posso aceitar que você vai ficar tomando café aqui, você pode aceitar que não devia ficar carregando aquela mala de um lado para o outro só para sentir que não está se arriscando demais. — Quando ele estreitou os olhos, Fiona estreitou os seus de volta. E sorriu. — O quê? Peguei num ponto fraco?

— Você quer brigar?

— Digamos que estou almejando seu famoso equilíbrio. Eu cedo, você cede. — Ela deu um tapinha no peito, apontou para ele e deu tchauzinho. — E aí as coisas ficam páreo a páreo. Pense no assunto. Tenho que me preparar para a aula — acrescentou ela, e se afastou.

Vinte minutos depois, enquanto a primeira turma do dia começava os exercícios de socialização, Fiona observou Simon seguir para a picape. Ele chamou o cachorro — e a encarou por trás dos óculos escuros.

Então foi embora — sem a mala.

Uma pequena vitória para ela.

No meio do dia, Fiona tinha recebido "visitas" de Meg e Chuck, Sylvia e Lori, além da inspeção diária de Davey.

Pelo visto, ninguém queria deixá-la em paz. Por mais que ficasse grata pela preocupação de todos, havia um motivo para sua casa ser bem longe da cidade. Apesar de adorar ter companhia, ela precisava daqueles momentos breves de solidão.

— Davey, recebi uma visita do agente Tawney, que deve passar aqui de novo. Estou com o celular no bolso, como prometido, e tenho menos de meia hora de intervalo entre as aulas. Menos quando os alunos moram na ilha, porque eles ficam enrolando até a próxima pessoa na lista da Guarda da Fi aparecer. Não estou conseguindo cuidar da parte administrativa.

— Pode ir fazer isso.

— Você acha mesmo que esse cara vai aparecer aqui no meio do dia e tentar me sequestrar no intervalo entre a aula de adestramento básico e a de habilidades avançadas?

— É bem provável que não. — Ele tomou um gole da Coca que ela lhe dera. — Mas, se ele aparecer, não vai te encontrar sozinha.

Fiona ergueu os olhos para as nuvens fofas no céu.

— Talvez seja melhor eu começar a servir petiscos.

— Uns biscoitos cairiam bem. Todo mundo adora biscoitos.

Ela lhe deu um soco leve no ombro.

— Pronto, o pessoal da próxima aula está chegando. Vá proteger outra pessoa.

Davey esperou até o carro chegar perto o suficiente para enxergarem que a motorista era uma mulher.

— Até amanhã. Não se esqueça dos biscoitos.

Ele acenou com a cabeça para a morena bonita e alta com cabelo desfiado na altura do queixo, que usava aquilo que Fiona considerava serem botas da cidade grande. Estilosas e com salto fino sob uma calça cinza justa.

— Fiona Bristow?

— Sou eu.

— Ah, que cães bonitos! Posso falar com eles?

— Claro.

Fiona deu o sinal, e os labradores se aproximaram da mulher e sentaram, educados.

— Que fofos. — Ela empurrou a bolsa imensa em seu ombro para trás, agachou. — As fotos no seu site são boas, mas eles são ainda mais bonitos ao vivo.

E onde está o seu cachorro?, perguntou-se Fiona. Mas não seria a primeira vez que um aluno em potencial aparecia para dar uma olhada na professora e no terreno antes de se matricular.

— Você veio assistir a uma aula? A próxima começa em dez minutos.

— Eu adoraria. — A mulher inclinou o rosto para cima, alegre e sorridente. — Achei melhor aparecer no intervalo entre as aulas para conseguir conversar com você por alguns minutos. Dei uma olhada no cronograma do site e tentei me programar. Mas você sabe como é a balsa.

— Sei, sim. Você está pensando em matricular seu cachorro?

— Até estaria, mas ainda não tenho um. Quero um grande, como os seus, ou talvez um golden retriever, mas moro em apartamento. Não acho legal obrigá-los a viver num espaço apertado. Mas quando conseguir uma casa com quintal... — A mulher se empertigou, ofereceu um sorriso e a mão. — Meu nome é Kati Starr. Trabalho para...

— O *U.S. Report* — concluiu Fiona num tom frio. — Você está perdendo seu tempo.

— Só preciso de alguns minutos. Estou escrevendo outra matéria. Na verdade, uma série sobre o AEV Dois, e...

— É assim que estão chamando esse cara? — Aquilo a enojava em todos os sentidos. — Assassino da Echarpe Vermelha Dois, como uma sequência de filme?

Starr substituiu o sorriso por um olhar grave.

— Estamos levando a situação muito a sério. Esse homem já matou quatro mulheres em dois estados. Com brutalidade, Srta. Bristow, e foi ainda mais violento com a última vítima, Annette Kellworth. Espero que *a senhorita* esteja levando isso a sério.

— O que você espera não é da minha conta. E meus sentimentos não são da sua.

— Mas, entenda, os seus sentimentos são relevantes — insistiu a jornalista. — Esse homem está imitando os assassinatos de Perry, e, como a única vítima que conseguiu escapar, a senhorita deve achar ou sentir alguma coisa sobre o que está acontecendo agora. Sabe o que as vítimas sofreram, talvez entenda o que Perry e o AEV Dois estão pensando. Pode confirmar que o FBI a contatou sobre os últimos homicídios?

— Não vou falar com você. Já deixei isso bem claro.

— Eu entendo sua relutância inicial, Fiona, mas, agora que já ocorreram quatro mortes e o assassino parece estar vindo para o norte, seguindo da Califórnia para o Oregon, você devia dar sua opinião. Talvez queira dizer alguma coisa para as famílias das vítimas, para o público, quem sabe até para o assassino. Só quero te dar uma plataforma.

— Você quer manchetes.

— Manchetes chamam atenção. E as pessoas precisam prestar atenção. Os fatos precisam ser divulgados. As vítimas precisam ser ouvidas, e você é a única que pode falar.

Talvez Starr até acreditasse nisso, pensou Fiona, ou pelo menos em parte disso. Mas a realidade mostrava que o foco de suas histórias era o assassino, que até já havia recebido um apelido chamativo.

— Não tenho nada a dizer para você além de te alertar que está invadindo uma propriedade privada.

— Fiona. — Cheia de calma e razão, Starr insistiu. — Nós somos mulheres. Esse homem está caçando mulheres. Mulheres jovens, bonitas, com a vida toda pela frente. Você sabe como é ser esse alvo, como é ser vítima de um ato aleatório de violência. Só quero divulgar a história, passar as informações adiante, para que a próxima garota esteja mais atenta e talvez consiga sobreviver, em vez de acabar numa cova rasa. Talvez você saiba algo, diga algo, que a ajude a permanecer viva.

— Pode ser que você acredite mesmo nisso. Pode ser que esteja tentando ajudar. Mas pode ser que só queira outra matéria de capa com a sua assinatura. Talvez seja um pouco das duas coisas. — Ela não sabia, não se importava. — Mas vou te contar o que eu sei. Você está dando a esse cara o que ele quer. Atenção. E publicou meu nome, o lugar onde moro, minha profissão. Isso só ajuda o homem que está imitando Perry. Saia da minha casa e fique bem longe de mim. Não quero ter que ligar para o policial que acabou de sair daqui para que ele mesmo te expulse.

— Por que o policial estava aqui? Você está recebendo proteção? Os investigadores acham que o assassino pretende te atacar?

Agora estava bem claro que aquela mulher não queria saber dos fatos e informar o público. No fundo, ela estava atrás de uma bela fofoca.

— Srta. Starr, estou te avisando para sair da minha casa, e não vou dizer mais nada além disso.

— Eu vou escrever a matéria com ou sem a sua cooperação. Já recebi uma proposta para escrever um livro. Estou disposta a recompensá-la pelas entrevistas. Entrevistas exclusivas.

— Que bom que você está facilitando a minha vida — disse Fiona, e tirou o telefone do bolso. — Você tem dez segundos para entrar no seu carro e sair da minha casa. Vou prestar queixa. Acredite.

— A escolha é sua. — Starr abriu a porta do carro. Não havia mais qualquer sinal da mulher animada que gostava de cachorros. — De acordo com o padrão, ele já escolheu a próxima vítima ou está se preparando para fazer isso. Analisando a região para encontrar o alvo certo. Pergunte a si mesma como vai se sentir quando ele chegar ao número cinco. Se mudar de ideia, pode entrar em contato comigo pelo telefone do jornal.

Pode esperar sentada, pensou Fiona. Bem longe daqui.

$\mathcal{E}$LA FEZ QUESTÃO de esquecer o encontro. Seu trabalho e sua vida eram mais importantes do que uma jornalista persistente que parecia querer explorar uma tragédia para conseguir um contrato para escrever um livro.

Fiona tinha cachorros para cuidar, uma horta para cultivar e um namoro para explorar.

A escova de dente de Simon habitava seu banheiro. As meias dele estavam espalhadas por uma gaveta.

Os dois não moravam juntos, lembrou a si mesma, mas ele era o primeiro homem desde Greg a dormir com frequência em sua cama, a guardar os pertences junto aos dela, sob o mesmo teto.

Era o primeiro homem que queria por perto quando os fantasmas vinham assombrar seus sonhos.

$\mathcal{E}$LA FICOU GRATA por Simon estar lá quando Tawney e sua parceira voltaram.

— Pode ir trabalhar — disse Fiona a ele ao reconhecer o carro. — Acho que vou estar segura com o FBI.

— Prefiro esperar.

— Tudo bem. Abra a porta para eles. Vou fazer mais café.

— Abra você. Eu vou fazer café.

Ela abriu a porta, deixando o ar da manhã entrar. Parecia que ia chover. Não ia precisar molhar os vasos e os canteiros da horta — e acrescentaria um elemento realista às aulas de treinamento de busca que daria à tarde.

Cachorros e condutores não tinham a opção de escolher apenas dias ensolarados para realizar resgates.

— Bom dia — disse ela. — Vocês começaram cedo hoje. Simon está fazendo café.

— Estou mesmo precisando de uma xícara — respondeu Tawney. — Vamos conversar na cozinha?

— Claro. — Lembrando-se da aversão de Mantz, ela gesticulou para os cachorros saírem. — Vão brincar — disse aos quatro. — Desculpe por não ter encontrado vocês no outro dia — acrescentou ela, seguindo na frente dos agentes. — O plano era chegar mais cedo, só que ficamos enrolando. Se vocês quiserem uma indicação de lugar para relaxar, aquele spa é perfeito. Simon, você conheceu o agente Tawney e a agente Mantz.

— Conheci.

— Sentem. Vou pegar o café.

Simon deixou a bebida e a simpatia por conta dela.

— Alguma novidade?

— Estamos seguindo as pistas — respondeu Mantz. — Todas elas.

— Vocês não precisavam voltar aqui só para dizer isso.

— Simon.

— Como você está, Fi? — perguntou Tawney.

— Bem. Recebo lembretes diários de quantas pessoas conheço nesta ilha, porque elas aparecem aqui para me visitar, me vigiar, na verdade, várias vezes por dia. Fico mais tranquila assim, apesar de um pouco incomodada.

— Ainda podemos levar você para um lugar seguro. Ou posicionar um agente aqui.

— Seria você?

Ele abriu um sorrisinho.

— Desta vez, não.

Fiona olhou pela janela por um instante. Seu quintal bonito, com os belos jardins de primavera começando a ganhar cores e formas. E todas aquelas torres balançantes de árvores que subiam pelas colinas e depois desciam de novo, oferecendo inúmeras trilhas para passear e surpresas lindas como lupinos selvagens e flores de um tom azul delicado.

Era um ambiente tão tranquilo e relaxante, tão *seu* em todas as temporadas.

A ilha, pensou ela, era seu porto seguro. Emocionalmente, sim, mas Fiona acreditava com todas as forças que ali também estaria a salvo em todos os sentidos práticos.

— Acho, de verdade, que estou bem aqui. A ilha me torna menos acessível, e nunca fico sozinha, literalmente. — Enquanto falava, ela viu os cachorros passeando. Fazendo a ronda. — Ele saiu do padrão com Annette Kellworth. Talvez tenha perdido o interesse por mim, por imitar Perry.

— Ele está ficando mais violento — declarou Mantz. — Perry se imitava, repetindo os mesmos detalhes em cada assassinato de forma obsessiva. Este assassino não é tão controlado ou disciplinado. Ele gosta de exibir seu poder. Enviando a echarpe, aumentando a quantidade de tempo que passa com as vítimas, e, agora, acrescentando violência física. Mas ele continua seguindo os métodos de Perry, selecionando o mesmo tipo de vítima, as capturando, matando e descartando da mesma forma.

— Ele está adaptando seu trabalho, encontrando seu estilo. Desculpe — acrescentou Simon ao perceber que falara em voz alta.

— Não, você está certo. Kellworth talvez tenha sido uma exceção — continuou Tawney. — Talvez ela tenha dito ou feito algo para o assassino perder o controle. Ou talvez ele esteja criando um método próprio.

— Eu não sou dele.

— Você continua sendo a única que escapou — argumentou Mantz. — E, se continuar falando com a imprensa, o foco vai permanecer em você, aumentando o desafio para ele.

Irritada, Fiona se voltou da janela.

— Não falei com a imprensa.

Mantz enfiou a mão dentro da pasta.

— A edição de hoje. — Ela colocou o jornal sobre a mesa. — E o artigo foi republicado por vários sites e noticiários.

— Não tenho como controlar esse tipo de coisa. A única coisa que posso fazer é não dar entrevistas, não cooperar.

— A autora citou você na reportagem. E tem uma foto sua junto com a matéria.

— Mas...

— "Cercada por seus três cachorros," — leu Mantz — "do lado de fora de sua casa no meio da floresta na bonita e remota ilha Orcas, onde amores-perfeitos roxos transbordam de vasos brancos e cadeiras azuis ocupam a varanda da frente, Fiona Bristow se mostra tranquila e competente. Ruiva, alta e bonita, esbelta em sua calça jeans e jaqueta cinza, ela parece encarar os assassinatos com a mesma postura prática e pragmática que transformou a adestradora e sua escola para cães em pontos de referência da ilha.

"Aos 20 anos, a mesma idade de Annette Kellworth, ela foi capturada por Perry. Assim como as outras 12 vítimas do assassino, Bristow foi paralisada por uma arma de eletrochoque, drogada, amarrada, amordaçada e trancada no porta-malas de um carro. Foi mantida lá dentro por mais de 18 horas. Porém, ao contrário das outras, ela conseguiu escapar. No escuro, enquanto Perry dirigia pelas estradas noturnas, a jovem cortou a corda que a prendia com um canivete que fora presente do noivo, o policial Gregory Norwood. Bristow lutou contra Perry, incapacitando-o, e usou o carro dele para fugir até um lugar seguro e alertar as autoridades.

"Quase um ano depois, ainda solto, Perry matou Norwood e seu cão policial, Kong, que conseguiu atacar e ferir o assassino antes de morrer. Ele foi pego ao perder o controle do carro durante a tentativa de fuga. Apesar de sua experiência terrível e de sua perda, Bristow testemunhou contra Perry, tendo um papel fundamental em sua condenação.

"Agora, aos 29 anos, ela não mostra cicatrizes visíveis desse passado. Solteira, morando sozinha na casa que abriga sua escola de adestramento para cães, ela dedica boa parte do seu tempo à Unidade Canina de Busca e Resgate que criou em Orcas.

"O dia está ensolarado e quente. Os cornisos que ladeiam a ponte estreita sobre o riacho que corta o terreno estão floridos, e as árvores vermelhas nativas brilham como chamas na manhã tranquila. Na floresta verde-escura em que raios de luz atravessam os pinheiros gigantes, pássaros cantam. Mas, em sua viatura, um policial fardado atravessa a estrada estreita que leva à casa. Não há dúvida de que Fiona Bristow se lembra dos momentos tenebrosos e do medo que sentiu.

"Seu número teria sido XIII.

"Ela fala sobre o nome de 'sequência de filme' que foi dado ao imitador de George Allen Perry e das manchetes que sua violência gerou. Acredita que o homem conhecido como AEVII deseja atenção. Ao contrário dela, a única sobrevivente dos crimes de seu predecessor, que só quer a paz e a privacidade da vida que tem agora. Uma vida que foi afetada para sempre."

— Eu não dei nenhuma entrevista. — Fiona empurrou o jornal para longe. — Não falei com ela sobre nada disso.

— Mas falou com ela — insistiu Mantz.

— Ela apareceu aqui. — Lutando contra a raiva, Fiona teve vontade de rasgar o jornal em pedacinhos. — Achei que quisesse perguntar sobre a escola, e ela encarnou esse papel. Ficou falando sobre os cachorros antes de dizer quem era. Eu a mandei embora na mesma hora. Sem comentários, vá embora. Ela insistiu. Falei que ele queria atenção. Fiquei irritada. Estão chamando esse cara de AEV Dois, e isso o torna chamativo, misterioso, importante. Eu disse que ele queria atenção, que era isso que ela estava lhe dando. Devia ter ficado quieta. — Fiona olhou para Tawney. — Sei como essas coisas funcionam.

— Ela insistiu. Você se defendeu.

— E falei o suficiente para ela conseguir escrever uma matéria. Eu a expulsei daqui. Até ameacei chamar Davey de volta. O oficial Englewood. Ele tinha acabado de ir embora, porque nós dois achamos que ela era uma aluna. Essa mulher ficou aqui por cinco minutos. Só cinco minutos.

— Quando? — quis saber Simon, e Fiona sentiu um calafrio subir por suas costas diante do tom dele.

— Uns dois dias atrás. Tirei isso da cabeça. Eu a expulsei daqui e pensei, de verdade, que não tinha dado informação nenhuma. Então tirei isso da cabeça. — Fiona suspirou. — Ela criou um cenário para ele, com meus cachorros e minhas árvores. A vida discreta de uma sobrevivente. E também o ajudou a me visualizar lá, na mala do carro, amarrada no escuro. Mais uma vítima, aquela que deu sorte. E o comentário sobre o assassino querer atenção. Da forma como escreveu, parece que estou falando com ele, o desmerecendo. Esse é o tipo de coisa que pode torná-lo obcecado. Entendo isso. — Fiona olhou para o jornal de novo, para a foto em que estava parada diante da casa, tocando a cabeça de Newman, com Peck e Bogart ao seu lado. — Ela deve ter tirado do carro. Até parece que posei para a foto.

— Vai ser fácil conseguir um mandado para proibi-la de se aproximar de você — disse Tawney.

Desanimada, Fiona pressionou os dedos contra os olhos.

— Ela iria adorar isso. Aposto que ficou acrescentando detalhes naquela maldita matéria, falando sobre meus amores-perfeitos, minhas cadeiras, criando uma imagem, *porque* eu não colaborei. Criar problemas só vai torná-la mais determinada a escrever sobre mim. Talvez eu tenha agido errado. Talvez tivesse sido melhor dar a entrevista desde o começo. Dizer algo chato e nada emotivo, para ela perder o interesse.

— Você não entende. — Simon balançou a cabeça. Ele estava com as mãos nos bolsos, mas Fiona sabia que não havia nada despreocupado em sua postura. — Não faz diferença falar ou não com ela. Você *sobreviveu*. Sempre vai fazer parte da história. Não é só uma questão de estar viva. Você não foi resgatada, um príncipe num cavalo branco não veio te salvar. Você lutou e escapou de um homem que já tinha matado 12 pessoas, que passou mais de dois anos enganando as autoridades. Enquanto esse desgraçado continuar estrangulando mulheres com echarpes vermelhas, você faz parte da notícia. — Ele encarou Mantz. — Então não olhe com esse ar superior para ela. Até vocês prenderem esse filho da puta, a mídia vai usá-la para vender jornais, para ganhar audiência, para manter o assunto em foco no intervalo entre os assassinatos. E você sabe muito bem disso.

— Talvez você ache que não estamos fazendo nada — começou Mantz.

— Erin. — Tawney sinalizou para a parceira parar de falar. — Você tem razão — disse ele para Simon. — Sobre a imprensa. Mesmo assim, Fi, é melhor não falar nada para jornalistas além de "Sem comentários". E você tem razão — disse ele para Fiona — sobre esse tipo de matéria só servir para aumentar o interesse do assassino. Continue com todas as suas precauções. E acho melhor você não aceitar alunos novos.

— Meu Deus. Olhe, não quero ser difícil nem burra, mas preciso ganhar a vida. Eu tenho...

— O que mais? — interrompeu Simon.

Fiona se virou para ele.

— Escute aqui...

— Fique quieta. O que mais? — repetiu ele.

— Certo. Quero que você me ligue todos os dias — continuou Tawney. — E que preste atenção em qualquer coisa estranha. Alguém que te ligue por engano, que desligue sem falar, qualquer carta ou e-mail suspeito. Quero o nome e o telefone de todo mundo que perguntar sobre suas aulas, seus horários.

— Enquanto isso, o que vocês estão fazendo?

Tawney olhou para o rosto corado e furioso de Fiona antes de responder a Simon.

— Tudo que podemos. Estamos interrogando mais de uma vez amigos, parentes, colegas de trabalho, vizinhos, professores e colegas de turma das vítimas. Ele passou um tempo observando todas elas, precisa ter algum meio de transporte. Esse cara não é invisível. Alguém o viu, e vamos encontrá-lo. Estamos vasculhando o passado de qualquer pessoa associada ao presídio que tenha ou possa ter tido contato com Perry durante os últimos 18 meses. Temos uma equipe cuidando de uma central telefônica para denúncias 24 horas por dia. Os peritos estão analisando a terra das covas, procurando provas, fios de cabelo, fibras. — O agente fez uma pausa. — Nós interrogamos Perry, e faremos isso de novo. Porque ele sabe. Eu conheço aquele homem, Fi, e sei que ele não ficou contente quando contei que você recebeu uma echarpe. Isso não fazia parte do plano, não segue seu estilo. E ficou muito mais incomodado quando mencionei, como quem não quer nada, que Annette Kellworth foi espancada e que seu rosto ficou especialmente deformado. Ele vai entregar o cara, vai entregá-lo porque vou convencê-lo de que está sendo traído e desrespeitado. E você sabe que ele não vai tolerar isso.

— Obrigada por me manter informada, por virem aqui e me explicarem a situação e em que pé está a investigação. — Ela escondeu sua irritação sendo breve. — Minha aula vai começar daqui a pouco. Tenho que ajeitar as coisas.

— Tudo bem. — Tawney tocou sua mão num gesto tanto paternal quanto profissional. — Não se esqueça de me ligar, Fi, todos os dias.

— Sim. Pode deixar o jornal? — perguntou ela quando Mantz começou a dobrá-lo. — Vai ser um lembrete para eu ficar quieta.

— Tudo bem. — A agente se levantou. — Como a matéria chamou atenção, imagino que mais jornalistas entrarão em contato. Eu não atenderia números desconhecidos, e seria bom se você colocasse placas de "Propriedade privada" em torno da casa. Diga aos alunos que vem tendo problemas com pessoas invadindo o terreno para fazer trilhas e que está preocupada com os cães — acrescentou ela antes de Fiona conseguir falar.

— Sim. Sim, boa ideia. Vou fazer isso.

Ela seguiu com os dois até a varanda, então esperou Simon parar ao seu lado.

— Você quer me passar um sermão por não ter contado sobre a jornalista. Tudo bem, mas entre na fila. Já estou na frente.

— Você mesma já se passou um sermão sobre isso.

— Não. Quero ter uma conversa séria com você, mas é complicado. Sei que você está muito irritado comigo, mas ainda assim me defendeu da agente Mantz. Eu até diria que aquilo foi desnecessário, só que estaria sendo ingrata. Além do mais, nunca é necessário defender os outros; esse é o tipo de coisa que fazemos pelas pessoas de quem gostamos, ou quando alguém precisa. Então fico grata pela ajuda. Ao mesmo tempo, estou tão irritada por você ter tomado o controle da conversa daquele jeito. Por desmerecer minha opinião e minhas vontades, por deixar claro que vai me obrigar a cumprir ordens.

— Eu sei que isso vai acontecer, então achei melhor que você e o FBI soubessem também.

Fiona se virou.

— Não pense que...

— Não comece, Fiona. — Os olhos dourados dele chamuscavam. — Nem pense em começar.

Ele deu um passo na sua direção. Perto dali, Peck rosnou baixinho. Simon virou para o cachorro, encarou-o e apontou um dedo que ordenava silêncio.

Peck sentou na mesma hora, mas permaneceu atento.

— Se quiser brigar comigo, é melhor *você* entrar na fila. Fique à vontade para continuar com essa sua postura de que sabe muito bem cuidar de si mesma. Estou pouco me lixando, porque você não está sozinha desta vez, então é melhor se acostumar com isso. Você tinha razão quando falou que era uma idiotice eu ficar levando minha escova de dente para casa. Mas não pense que vai resolver o resto todo do seu jeito. Não é assim que as coisas funcionam.

— Eu nunca disse...

— Cale a boca. Aquela baboseira sobre não me contar que a jornalista passou aqui porque esqueceu? Não faça isso de novo. Você não se esquece de nada, não de coisas assim.

— Eu não...

— Ainda não acabei, merda. Você não pode simplesmente resolver como as coisas vão funcionar. Não sei como era seu relacionamento com o policial, mas estamos no presente. Você está lidando comigo agora. Então pense nisso, e, se não gostar, me avise. A gente pode só transar quando estivermos com vontade, e pronto.

Fiona sentiu seu rosto ficar gelado e rígido, como se o sangue tivesse desaparecido.

— Isso foi cruel, Simon.

— Pois é. Seus alunos estão chegando, e eu preciso ir trabalhar.

Ele se afastou enquanto dois carros cruzavam a ponte.

Tubarão, obviamente percebendo o humor do dono, pulou rápido para dentro da picape.

— Não tive a chance de falar — murmurou Fiona, e então respirou fundo para se acalmar antes de cumprimentar os alunos.

Capítulo 19

♦ ♦ ♦ ♦

De propósito, Fiona marcou a aula particular para solucionar problemas de comportamento no último horário do dia. Ela geralmente pensava nessas sessões como ajustes de atitude — e não apenas a do cachorro.

A lulu-da-pomerânia fofa e alaranjada chamada Chloe — no auge dos seus dois quilos — mandava na vida dos donos e era o terror da vizinhança, latindo, rosnando e atacando histericamente qualquer cachorro, gato, criança que cruzasse seu caminho, tentando arrancar pedaços de tudo que encontrava pela frente quando estava de mau humor.

Tentando fazer crochê — seu mais novo hobby —, Sylvia estava acomodada na varanda, com uma jarra de limonada e biscoitos amanteigados, enquanto Fiona escutava a aluna relatar mais ou menos o que já lhe antecipara por telefone.

— Meu marido e eu tivemos que cancelar nossas férias de inverno. — Lissy Childs acariciava a bola de pelos em seus braços, que encarava Fiona com desconfiança. — Não encontramos ninguém para cuidar dela ou da casa, com ela junto. Chloe é uma fofa, de verdade, e tão bonita, mas não é lá muito sociável.

Lissy deu beijos estalados no ar, e Chloe respondeu se estremecendo toda e lambendo o rosto da dona.

Fiona notou que a cadelinha exibia uma coleira prateada com pontos de strass colorido — ela estava torcendo para ser apenas strass — e botinhas cor-de-rosa, abertas na frente para exibir suas unhas pintadas no mesmo tom.

Tanto ela quanto sua dona cheiravam ao perfume Princess, de Vera Wang.

— Chloe já fez um ano?

— Sim, acabou de fazer seu primeiro aniversário, não é, minha bonequinha?

— Você se lembra de quando ela começou a ficar antissocial?

— Bem. — Lissy apertou a cadelinha. O diamante quadrado chamativo em sua mão brilhava feito um cubo de gelo, e Chloe fez questão de mostrar os dentinhos afiados para Fiona. — Ela nunca gostou muito de outros cachorros ou de gatos. Acha que é gente, porque é a minha bebezinha.

— Ela dorme na sua cama, não dorme?

— Bem... sim. Comprei uma cama bonita para ela, mas Chloe prefere usá-la para guardar os brinquedos. Ela adora brinquedos barulhentos.

— E quantos brinquedos ela tem?

— Ah... puxa. — Lissy pareceu envergonhada enquanto jogava o longo cabelo loiro para trás. — Vivo comprando presentinhos para ela. Não consigo me controlar. E roupinhas. Ela adora se arrumar. Sei que a mimo. Mas Harry é igual. A gente não consegue resistir. E, de verdade, Chloe é uma fofa. Só é um pouco ciumenta e agitada.

— Não quer colocá-la no chão?

— Ela não gosta de andar fora de casa. Ainda mais quando... — Lissy olhou para trás, onde Oreo e os labradores de Fiona estavam deitados. — Quando outros c-ã-e-s estão por perto.

— Lissy, você está me pagando para ajudar Chloe a se tornar uma cadela mais comportada e feliz. Pelo que está me contando e pelo que estou vendo, ela não apenas é a líder da matilha, mas uma verdadeira ditadorazinha. Tudo que você me disse indica um caso clássico da síndrome do cachorro pequeno.

— Ah, minha nossa! Ela precisa tomar remédio?

— Ela precisa que você comece a ser a líder, que pare de alimentar a ideia de que, por ser pequena, Chloe pode ter um comportamento que seria inaceitável para um cachorro maior.

— Bem, mas ela *é* pequena.

— O tamanho não muda o comportamento nem o motivo por trás dele. — Os donos, pensou Fiona, com frequência eram o maior problema. — Escute, é impossível levá-la para passear sem se estressar ou convidar pessoas para sua casa. Você me contou que adora receber visitas, mas que não consegue dar um jantar há meses.

— Mas só porque, da última vez que tentamos, Chloe ficou tão chateada que tivemos que trancá-la no quarto.

— E ela destruiu seu edredom novo, entre outras coisas.

— Foi horrível.

— Ela não consegue passar uma noite sozinha sem ter um ataque de pirraça, então você e seu marido pararam de ir a restaurantes, a festas, ao teatro. Chloe mordeu sua mãe.

— Sim, mas foi de leve. Ela...

— Lissy, vou te perguntar uma coisa. Aposto que você já viu uma criança correndo enlouquecida dentro de um avião, uma loja ou um restaurante, incomodando todo mundo, chutando tudo ao redor, discutindo com os pais, fazendo barulho, chorando, esperneando e coisas assim.

— Nossa, já. — Ela revirou os olhos enquanto falava. — É tão irritante. Não entendo por que... Ah. — Assim que a ficha caiu, Lissy suspirou. — Não estou sendo uma mãe responsável.

— Exatamente. — Ou quase isso. — Coloque-a no chão.

No instante em que as botinhas cor-de-rosa de Chloe tocaram o solo, ela ficou de pé nas patas traseiras, choramingando, arranhando a bela calça de linho de Lissy.

— Calma, meu amor, não...

— Não — disse Fiona. — Não dê esse tipo de atenção quando ela estiver se comportando mal. Você precisa ser dominante. Mostre quem está no comando.

— Pare com isso agora mesmo, Chloe, ou não vai ganhar seu docinho no caminho para casa.

— Também não é assim. Primeiro, pare de pensar que ela é tão pequenininha e fofa. Pare de pensar sobre seu tamanho e a encare como uma cadela desobediente. Aqui. — Fiona pegou a guia. — Afaste-se — disse ela a Lissy, posicionando-se entre as duas. Chloe ganiu e rosnou, tentando atacá-la e mordê-la. — Pare!

Com a voz firme, Fiona manteve contato visual e apontou um dedo para a cadela. Chloe continuou resmungando, mas se acalmou.

— Ela está emburrada — disse Lissy, tolerante.

— Se ela fosse um labrador ou um pastor alemão rosnando, seria fofo?

A outra mulher pigarreou.

— Não. Você tem razão.

— Mimá-la não vai deixá-la feliz. Chloe está virando uma tirana, e tiranos não são felizes. — Ela começou a caminhar com a cadela. Chloe lutou, tentando se virar para a dona. Fiona apenas encurtou a guia, forçando a cachorrinha a acompanhá-la. — Quando ela entender que não vai receber recompensas ou afeto quando se comportar mal e que você está no comando, vai se comportar. E ficar mais feliz.

— Não quero que ela seja uma tirana ou infeliz. De verdade, é por isso que vim. Não consigo brigar com ela.

— Então é melhor aprender a fazer isso — respondeu Fiona, seca. — Ela depende de você. Quando Chloe estiver agitada ou saindo de controle, fale com firmeza, corrija seu comportamento imediatamente, não tente acalmá-la com uma voz fofa. Isso só aumenta seu nível de estresse. Ela quer que você assuma o controle, e todo mundo ficará mais feliz depois que isso acontecer.

Nos dez minutos seguintes, Fiona caminhou com a cadela, corrigindo-a e a recompensando.

— Ela te obedece.

— Porque entende que eu estou no comando, e respeita isso. Os problemas de comportamento de Chloe são resultado de como ela foi tratada pelas pessoas ao seu redor, de como aprendeu que *deve* ser tratada e do tratamento que agora exige receber.

— Mimada.

— Não são os brinquedos barulhentos, os docinhos, as roupas. Por que não mimá-la se isso deixa todo mundo mais feliz? A questão é permitir e até incentivar um comportamento problemático e deixá-la no controle. Ela tenta atacar cachorros maiores, não é?

— O tempo todo. No começo, era engraçado. A gente ria. Agora, fico com medo sempre que a levo para passear.

— Chloe faz isso porque você a transformou em líder da matilha. Ela precisa defender essa posição sempre que tem contato com outro cachorro, um humano ou outro animal. E fica estressada.

— É por isso que ela não para de latir? Porque está estressada?

— Sim, e porque está te dando ordens. As pessoas acham que lulus-da-pomerânia são escandalosos, mas eles só latem muito porque seus donos geralmente permitem esse tipo de comportamento. — Ela não estava latindo agora, pensou Fiona enquanto parava de andar e Chloe sentava, encarando-a com aqueles olhos arredondados. — Agora, ela está tranquila. Quero que você repita o que fiz. Ande de um lado para o outro com Chloe. Mantenha o controle.

Fiona guiou a cadelinha até Lissy, e Chloe se ergueu nas patas de trás, tentando arranhar as pernas da dona.

— Lissy — disse Fiona, firme.

— Tudo bem. Chloe, pare.

— Fale com vontade! — ordenou Fiona.

— Chloe, pare!

A cadelinha sentou, inclinou a cabeça para o lado como se analisasse a situação.

— Agora, ande. Insista para ela caminhar ao seu lado. Não é Chloe quem está te levando para passear.

Fiona se afastou para observar. Ela sabia que estava treinando tanto a dona quanto a cadela. Talvez mais a dona. O progresso e a satisfação da aluna dependeriam da sua disposição para manter o treinamento em casa.

— Ela está obedecendo!

— Você está indo muito bem! — As duas estavam relaxadas, pensou Fiona. — Vou andar na sua direção. Se ela demonstrar um comportamento problemático, quero que a corrija. E não fique nervosa. Você está levando sua bela cachorrinha para passear. Sua cachorrinha bela, educada e feliz.

Quando Fiona chegou perto, Chloe latiu e puxou a guia. Ela não soube quem ficou mais surpresa, a cadela ou a dona, quando Lissy soltou um *Não* determinado e puxou Chloe para junto de si.

— Excelente. Vamos fazer de novo.

As duas repetiram o processo até Chloe simplesmente continuar andando de forma educada ao lado de Lissy diante da aproximação de Fiona.

— Muito bem. Syl, pode vir ajudar? Ela vai passar por vocês agora. Syl, pare para conversar, tudo bem?

— Claro. — A madrasta veio andando, parou diante das duas. — Que bom te ver!

— Tudo bem. Puxa. — Lissy parou, piscando quando a bela cadelinha a imitou sem rosnar ou ganir. — Olhe só o que ela fez.

— Não é ótimo? Que menina bonita. — Sylvia se inclinou para fazer carinho na cabeça fofa de Chloe. — Que menina comportada. Muito bem, Chloe.

— Vamos trazer Newman para perto — anunciou Fiona.

— Ah, meu Deus.

— Lissy, não fique nervosa. Relaxe. Newman não vai fazer nada sem que eu mande. Você está no comando. Ela depende de você. Corrija os problemas rápido, com a voz firme.

Com Newman ao seu lado, Fiona passou pelo campo de visão de Chloe. A lulu-da-pomerânia ficou enlouquecida.

— Corrija — ordenou Fiona. — Com firmeza, Lissy — acrescentou quando viu a aluna aturdida hesitar. — Não, não a pegue no colo. Assim. Chloe, não! Não! — repetiu Fiona, fazendo contato visual, apontando com o dedo.

A cadelinha se acalmou, resmungando.

— Newman não é uma ameaça. Obviamente — acrescentou Fiona quando o labrador sentou, tranquilo. — Você precisa ficar calma e se manter no controle. E ser firme quando ela começar a ficar antissocial.

— Ele é tão grande. Chloe fica assustada.

— Sim, ela fica assustada e estressada. E você também. Relaxe, e Chloe vai relaxar também. Ela vai ver que não precisa ter medo. — Diante do sinal de Fiona, Newman deitou, soltou um suspiro. — Você disse que tem um parque perto da sua casa, que as pessoas levam os cachorros para passear lá.

— Sim. Parei de ir com Chloe porque ela ficava muito agitada.

— Seria bom se você conseguisse levá-la ao parque para ela fazer amigos, brincar.

— Ninguém gosta de Chloe — sussurrou Lissy. — Ela fica magoada.

— Ninguém gosta de tiranos, Lissy. Mas as pessoas, especialmente as que têm cachorros, costumam gostar de animais bem-comportados. E uma menina tão bonita e esperta quanto Chloe devia ter facilidade para fazer amigos. Você não quer isso para ela?

— Quero muito.

— Quando foi a última vez que vocês foram ao parque?

— Ah, puxa, deve ter uns três ou quatro meses. Tivemos um pequeno incidente. Eu juro, ela quase não tirou sangue, *quase*, mas Harry e eu achamos melhor não levá-la mais.

— Acho que você devia tentar de novo.

— Sério? Mas...

— Veja só. — Fiona ergueu um dedo primeiro. — Não fique nervosa. Relaxe. Mantenha a voz calma.

Lissy olhou para baixo e então pressionou a mão livre contra a boca ao ver Chloe cheirando Newman, curiosa.

— Ela está vendo se gosta dele — disse Fiona. — Está balançando o rabo, com as orelhas em pé. Isso não é medo. É interesse. Fique calma — acrescentou, antes de fazer o sinal para Newman.

Quando o labrador se levantou, a cadelinha se afastou, congelando quando ele baixou a cabeça para cheirá-la também. Seu rabo voltou a balançar.

— Ele deu um beijo nela.

— Newman gosta de meninas bonitas.

— Chloe está fazendo amizade. — Os olhos de Lissy se encheram de lágrimas. — Que bobagem. É bobagem ficar tão emocionada.

— Não, não é. De jeito nenhum. Você a ama.

— Ela nunca teve amigos. A culpa é minha.

No geral, sim, pensou Fiona, mas as coisas nunca eram tão simples.

— Lissy, você a trouxe aqui porque a ama e quer que ela seja feliz. Chloe fez um amigo. Que tal deixá-la fazer outros?

— Tem certeza?

— Confie em mim.

Lissy se esticou, um pouco dramática, e segurou a mão de Fiona.

— Eu confio de verdade.

— Corrija-a se for necessário. Caso contrário, só relaxe e a deixa à vontade.

Fiona chamou os cachorros deitados na varanda, um de cada vez, para dar a Chloe a chance de se acostumar. Algumas correções precisaram ser feitas, algumas mudanças de direção, mas não demorou muito para uma festa de farejadas e rabos balançantes começar.

— Eu nunca a vi assim. Ela não está assustada, nem sendo maldosa, nem arranhando minhas pernas porque quer subir no meu colo.

— Vamos lhe dar uma recompensa. Tire-a da guia para ela correr com os meninos e Oreo.

Lissy hesitou, mas obedeceu.

— Vão brincar — ordenou Fiona.

Enquanto os outros corriam, batendo uns nos outros, Chloe ficou parada, tremendo.

— Ela...

— Espere — interrompeu Fiona. — Dê um tempo.

Bogart voltou correndo, deu algumas lambidas na nova amiga. Desta vez, quando ele saiu em disparada na direção da matilha, Chloe o seguiu com suas botinhas de grife.

— Ela está brincando — murmurou Lissy enquanto a lulu-da-pomerânia pulava para morder a extremidade esfarrapada da corda que Bogart pegara. — Ela está brincando com seus novos amigos.

Fiona passou um braço em torno dos ombros da aluna.

— Vamos sentar na varanda e tomar uma limonada. Você pode ficar vigiando lá de cima.

— Eu... eu devia ter trazido a câmera. Nunca pensei que...

— Sabe de uma coisa? Sente com Sylvia. Vou pegar a minha e tirar umas fotos. Depois te mando por e-mail.

— Acho que vou chorar.

— Fique à vontade.

Dando um tapinha no ombro de Lissy, Fiona a guiou para a varanda.

Mais tarde, Sylvia se balançava na cadeira, bebia limonada e observava Lissy ir embora com Chloe.

— Deve ter sido uma aula recompensadora.

— E um pouco cansativa.

— Bem, foram duas horas.

— Ela... As duas precisavam desse tempo. Acho que vão ficar bem. Lissy precisa continuar sendo firme, e convencer Harry a fazer o mesmo. Mas acho que vai conseguir. Nossos meninos ajudaram bastante.

Fiona ergueu um pé e cutucou o traseiro de Peck.

— Agora que resolvemos o problema de Chloe, e o seu?

— Acho que preciso de mais do que um tom de voz firme e uns biscoitos.

— Ele está muito irritado?

— Bastante.

— Você está muito irritada?

— Ainda não sei.

Agora que a festa dos cachorros tinha acabado, um trio de beija-flores com asas que pareciam joias voava pela árvore com flores vermelhas descrita naquela matéria ridícula de Starr.

O borrão de cores devia deixá-la feliz, mas só serviu para Fiona se lembrar da briga da manhã.

— Estou tentando permanecer calma, ser sensata. Porque, caso contrário, acho que vou sair correndo, gritando até não poder mais. E Simon fica irritado por eu não estar agindo dessa forma. Pelo menos acho que essa é uma parte do motivo, o fato de eu não estar toda "Ah, você é tão grande e forte, tome conta de mim, por favor". Ou qualquer coisa assim.

Sylvia continuou a se balançar, a beber.

— Muito me surpreende, Fi, de verdade, que alguém tão atenciosa e sensível quanto você não consiga entender como essa situação causa sofrimento e dor em todos nós.

— Ah, Syl. Eu entendo! É claro que entendo. Queria...

— Não, querida, não entende. Sua solução é nos privar de alguns detalhes e dos seus medos. É tomar decisões sozinhas sobre o que fazer. E como não acho que isso seja de todo errado, fico numa situação difícil.

A culpa se misturou com a frustração, e a irritação atravessou ambos os sentimentos como uma flecha.

— Eu não deixo você de fora.

— Nem sempre. Você é uma mulher sensata e é justo que se orgulhe da sua capacidade de cuidar de si mesma e lidar com os próprios problemas. Fico orgulhosa de você. Mas também acho que sua necessidade de fazer isso pode acabar lhe passando a sensação de que *precisa* ser assim sempre. Você acha mais fácil ajudar os outros do que pedir ajuda.

— Talvez ache. Talvez. Mas, de verdade, Syl, não achei que seria um problema não contar a você ou a Simon ou a qualquer pessoa sobre aquela maldita jornalista. Não achei que faria diferença. Aconteceu, e eu lidei com o problema. Contar a vocês não a impediria de escrever a matéria.

— Não, mas pelo menos estaríamos preparados.

— Tudo bem. — Cansada, quase derrotada, Fiona pressionou os dedos contra os olhos. — Tudo bem.

— Não quero te chatear. Deus é testemunha de que não quero te deixar mais estressada. Só acho que seria bom você pensar sobre... cogitar receber ajuda das pessoas que te amam.

— Tudo bem, me diga o que você acha que devo fazer.

— Vou dizer o que eu preferia que você fizesse. Eu preferia que fizesse as malas e passasse um tempo em Fiji até prenderem esse maluco. Sei que isso é impossível. Não só porque não seria do seu feitio, mas porque você tem sua casa, seu trabalho, suas contas, sua vida.

— Sim, tenho. É uma loucura, Syl, porque acho que as pessoas realmente não entendem isso. Se eu me escondesse numa caverna, perderia meus alunos, minha casa, minha autoconfiança. Eu me esforcei muito para conquistar todas essas coisas.

— Na minha opinião, querida, as pessoas entendem, mas queriam que você fosse para a tal caverna mesmo assim. Acho que você está fazendo o que pode, o que deve fazer. Menos pedir ajuda e permitir que os outros cuidem de você. Isso vai além de pedir a James que cuide de sua casa e de seus cachorros durante alguns dias, ou de deixar que Simon durma na sua cama. É se abrir completamente para as pessoas, Fiona. É confiar nelas o suficiente para fazer isso.

— Meu Deus. — Ela bufou. — Eu praticamente me joguei aos pés de Simon. Sylvia abriu um sorrisinho.

— É mesmo?

— Eu disse a ele que achava que estava apaixonada. E não ouvi nada de volta.

— E você queria ouvir alguma coisa de volta?

— Não. — Irritada consigo mesma e com todo o restante, Fiona se levantou. — Não. Mas ele também não é o tipo de cara que fala o que está pensando. A menos que esteja irritado. E mesmo assim...

— Não estou falando sobre ele nem em relação a ele. Se estivesse, acho que teria bastante coisa a dizer. Mas você é assim, Fiona. É com você que estou preocupada. É você que quero ver segura e feliz.

— Não vou me arriscar. Prometo. E não vou cometer o mesmo erro que cometi com a jornalista. — Ela se virou, ergueu a mão, mostrando a palma. — Palavra de honra.

— Espero que cumpra essa promessa. Agora, me diga o que você quer de Simon. Com Simon.

— Juro que não sei.

— Não sabe ou não se permitiu pensar de verdade e descobrir?

— As duas coisas. Se minha vida estivesse normal, se eu não tivesse esse problema pairando sobre mim, talvez parasse para pensar de verdade. Ou talvez não houvesse algo em que pensar.

— Porque o tal problema pairando sobre você é o motivo para seu relacionamento com Simon?

— Com certeza isso influenciou as coisas. O momento, a intensidade.

— Estou cheia de opiniões hoje — decidiu Sylvia. — Então, aqui vai mais uma. Acho que você está dando crédito demais para esse assassino, e crédito de menos para seu relacionamento com Simon. A verdade, Fi, é que as coisas são do jeito que são, e seu relacionamento é do jeito que é. Reflita sobre isso. — Ela ergueu as sobrancelhas quando os cachorros ficaram em alerta. — Aposto que sua reflexão está atravessando a ponte. Vou embora para que vocês lidem com seus problemas. — Sylvia se levantou, deu um abraço apertado na enteada. — Eu te amo tanto.

— Eu também te amo. Não sei o que faria sem você.

— Então não tente fazer nada sem mim. E pense numa coisa — murmurou ela. — Simon foi embora irritado, mas voltou.

Sylvia deu um beijo em sua bochecha e pegou sua bolsa de palha enorme. Então chamou Oreo enquanto seguia na direção da picape de Simon. Fiona não ouviu o que a madrasta disse, mas notou que ele olhou rápido para a varanda enquanto ela falava.

E deu de ombros.

Típico.

Fiona ficou onde estava enquanto a madrasta ia embora, apesar de não ter muita certeza do que fazer.

— Se você veio por obrigação, não precisa. Posso pedir a James para dormir aqui, ou vou para a casa de Mai.

— Obrigação por quê?

— Por eu estar numa situação complicada, coisa que não tenho problema nenhum em admitir. Sei que você está irritado, e estou te dizendo que não tem obrigação nenhuma de dormir aqui. Não vou ficar em casa sozinha.

Simon permaneceu em silêncio por um momento.

— Quero uma cerveja.

Ele subiu a escada e entrou na casa.

— Ah, vá... — Fiona o seguiu. — É assim que você resolve seus problemas? Esse é o seu método?

— Depende do problema. Se eu quero uma cerveja — repetiu ele, tirando uma lata da geladeira e abrindo-a —, bebo uma cerveja. Problema resolvido.

— Não estou falando sobre a porcaria da cerveja.

— Tudo bem.

Simon passou por ela e foi para a varanda dos fundos.

Fiona segurou a porta telada e a bateu com força.

— Não me deixe falando sozinha.

— Se você vai ficar enchendo meu saco, prefiro sentar e tomar minha cerveja.

— Se eu... Você foi embora daqui hoje cedo todo irritadinho e autoritário. Me interrompendo a cada cinco segundos. *Me* mandando calar a boca.

— Estou prestes a repetir a dose.

— Por que você acha que tem o direito de me dizer o que fazer, o que pensar e o que dizer?

— Por nada. — Simon inclinou a cerveja na direção dela. — E o contrário também vale para você, Fiona.

— Não estou mandando você fazer nada. Estou te dando uma opção e avisando que não vou tolerar esse tipo de comportamento.

Os olhos dele faiscaram para os dela, e o tom dourado parecia revestido por uma camada de gelo.

— Não sou um dos seus cachorros. Você não vai me adestrar.

Fiona ficou boquiaberta, sinceramente chocada.

— Não estou tentando te adestrar. Pelo amor de Deus!

— Está, sim. Acho que você nem percebe. É uma pena, porque sei que tenho vários comportamentos que você gostaria de mudar. Mas isso é problema seu. Se prefere que James durma aqui hoje, ligue para ele. Vou embora quando ele chegar.

— Não sei por que estamos brigando. — Ela enfiou as mãos pelos cabelos, se apoiou no corrimão da varanda. — Não sei. Não sei por que, de repente, passei a ser vista como uma pessoa fechada, bloqueada, burra ou idiota demais para pedir ajuda. Não sou assim. Não sou nem um pouco assim.

Simon tomou um gole longo enquanto a analisava.

— Você saiu sozinha do porta-malas.

— O quê?

— Você saiu sozinha. Ninguém te ajudou. Não havia ninguém para te ajudar. Sua sobrevivência só dependia de você. Deve ter sido infernal. Não consigo imaginar. Já tentei. Não consigo. Você quer continuar dentro do porta-malas?

As lágrimas ardiam em seus olhos, deixando-a mais irritada.

— De que raios você está falando?

— Você continua saindo sozinha. E aposto que consegue continuar fazendo isso para sempre. Ou pode deixar alguém te ajudar, aceitar o fato de que isso não a torna menos capaz nem fraca. Você é a mulher mais forte que conheço, e já conheci mulheres bem fortes. Então pense no que quer e me avise.

Fiona se virou, pressionando uma das mãos contra o peito, como se sentisse dor.

— Eu também entrei no porta-malas.

— Isso é mentira.

— Como você sabe? Você não estava lá. Eu fui idiota e negligente, e deixei ele me levar.

— Meu Deus. O homem matou 12 mulheres antes de você. Todas elas foram idiotas e negligentes? *Deixaram* que ele as capturasse?

— Eu... não. Sim. — Ela o encarou. — Talvez. Não sei. Mas sei que cometi um erro naquele dia. Só um errinho, por alguns segundos, mas que mudou tudo. Tudo.

— Você sobreviveu. Greg Norwood, não.

— Eu sei que não sou culpada pela morte dele. Fiz terapia. Sei que Perry é o responsável. Eu *sei*.

— Não é porque você sabe uma coisa que acredita nela.

— Eu acredito nisso. Na maior parte do tempo. Não fico remoendo o ocorrido. Não fico arrastando essa corrente.

— Talvez você não fizesse isso antes, mas está fazendo agora.

Fiona odiava, *odiava*, saber que Simon tinha razão.

— Construí uma vida aqui, e sou feliz. Eu não seria tão... Eu não estaria assim se essas coisas não estivessem acontecendo de novo. Como é que isso está acontecendo de novo? — perguntou ela. — Pelo amor de Deus, como é que pode? — Fiona soltou um suspiro trêmulo. — Você quer que eu diga que estou com medo? Já disse que estou. Estou apavorada. Era isso que você queria ouvir?

— Não. E se eu tiver a oportunidade, esse cara vai pagar por você ter que dizer isso, por se sentir assim.

Simon observou enquanto ela secava uma única lágrima que escorria pela bochecha. O assassino pagaria por aquilo também. Por aquela gota de tristeza.

E foi essa gota que apagou as últimas labaredas da raiva que passara o dia inteiro ardendo dentro dele.

— Não sei exatamente quais são as minhas intenções com você, Fi. Não consigo entender. Mas quero que confie em mim. Preciso que você confie que vou te ajudar a sair daquele porta-malas de merda. Preciso que confie em mim o suficiente para isso. E depois veremos o que acontece.

— Isso também me deixa com medo.

— É, eu entendo. — Ele ergueu a cerveja de novo para dar um gole, observando-a por cima da lata. — Eu diria que você está numa situação muito difícil.

Fiona soltou uma risada fraca.

— Parece que sim. Não me envolvo de verdade com ninguém desde Greg. Foram poucos os caras com quem saí mais de uma vez. Agora, consigo olhar para trás e ver que essas tentativas não foram justas para nenhuma das partes. Eu não menti, e os caras não criaram ilusões sobre o que estava acontecendo. Mas, mesmo assim, não era justo. Eu não pretendia me envolver de verdade com você. Só queria companhia, alguém para conversar, transar. Gostei da ideia de ter um caso. Veja só como sou adulta. Talvez isso não tenha sido justo também.

— Eu não reclamei.

Fiona sorriu.

— Talvez não, mas agora as coisas são como são, Simon, e está bem claro que nós dois queremos um pouco mais do que planejávamos. Você quer confiança. Acho que eu quero um compromisso mais sério. Talvez a gente esteja assustando um ao outro.

Ele se levantou.

— Eu aguento a barra. E você?

— Quero tentar.

Simon esticou o braço, prendeu uma mecha de cabelo atrás da orelha dela.
— Vamos ver o que acontece.
Fiona se aproximou, suspirou ao abraçá-lo.
— Tudo bem. Já me sinto melhor.
— Vamos tentar fazer alguma coisa diferente. — Ele acariciou seu cabelo. — Podemos sair para jantar.
— Sair?
— Eu te levo num restaurante. Você coloca um vestido.
— Pode ser.
— Você tem vestidos. Já vi seu armário.
Fiona inclinou a cabeça para trás.
— Seria legal colocar um vestido e sair para jantar.
— Ótimo. Não demore muito. Estou com fome.
— Quinze minutos. — Ficando na ponta dos pés, ela roçou os lábios contra os dele. — Assim é melhor.
Enquanto ela entrava na casa, o telefone tocou.
— É a linha do trabalho. Só um minuto. Fiona Bristow. — Imediatamente, ela pegou um bloco de papel, uma caneta. — Sim, sargento Kasper. Há quanto tempo? — Escreveu rápido, concordando com a cabeça quando perguntas que ainda não fizera eram respondidas. — Vou entrar em contato com o restante da Unidade agora mesmo. Sim, cinco condutores, cinco cachorros. Mai Funaki vai cuidar da nossa base, como antes. A gente se encontra aí. Você ainda tem o número do meu celular? Sim, isso mesmo. Saímos daqui em menos de uma hora. Sem problemas. — Fiona desligou. — Desculpe. Duas pessoas desapareceram na Reserva Florestal de Olympic enquanto faziam uma trilha. Preciso ligar para os outros. Tenho que ir.
— Tudo bem. Eu vou junto.
— Você não tem experiência — começou ela enquanto apertava o número de Mai na discagem rápida. — Mai, temos um trabalho. — E relatou rapidamente as informações. — Cada um liga para o outro — explicou ela para Simon enquanto desligava e começava a se aprontar. — Mai vai ligar para o próximo da lista.
— Eu vou junto. Primeiro, porque você não vai sair sozinha. Quando a busca começar, você fica sozinha com o cachorro, não é?

— Sim, mas...

— Em segundo lugar, se você vai treinar meu cachorro para fazer isso, quero ter noção do que acontece. Vou junto.

— Só vamos chegar lá depois de escurecer. Se eles ainda não tiverem sido encontrados, vamos ter que começar a busca durante a noite, provavelmente dormir em condições bem precárias.

— E eu sou fresco, por acaso?

— De jeito nenhum. — Fiona abriu a boca para argumentar um pouco mais, e então percebeu o que fazia. — Tudo bem. Tenho uma mochila extra e uma lista de tudo que você precisa levar. A maioria das coisas já deve estar lá dentro. Confira os itens, veja se não esqueceu nada. Preciso ligar para Syl e pedir a ela tomar conta dos cachorros que ficarem. — Fiona pegou a mochila extra, jogou-a para ele. — Quando chegarmos lá, eu sou a alfa. Você vai ter que me obedecer.

— É você quem manda. Cadê a lista?

Capítulo 20

◆ ◆ ◆ ◆

Unidade era a melhor palavra para descrever o que eles eram, pensou Simon. Durante a viagem, os seis membros usavam abreviações, siglas e códigos típicos de amigos próximos e colegas de trabalho de longa data.

E ele agiu de acordo com seus instintos. Ficou quieto e observou.

A mudança no status de relacionamento de James e Lori era muito recente e os dois trocavam olhares rápidos e discretos — enquanto os outros os observavam achando graça. Chuck e Meg Greene discutiam seus planos para o fim de semana — cuidar do jardim estava no topo da lista — com a tranquilidade de um casal feliz.

Fiona entrava em contato com o policial chamado Kasper em intervalos regulares, pedindo para ser atualizada sobre a situação, estimando seu tempo de chegada e discutindo outros detalhes relevantes.

Uma pequena surpresa, pelo menos para Simon, foi o acréscimo de outro policial — o xerife Tyson, da ilha San Juan.

Havia algo acontecendo entre ele e a bela veterinária. Alguma coisa mais recente do que o relacionamento entre James e Lori, ainda não definida.

O vento da noite corria pelo grupo, salpicando gotículas de água, enquanto Chuck pilotava o barco através das águas agitadas e com cristas brancas do estreito. Os cachorros pareciam estar se divertindo, sentados ou esparramados no chão, com os olhos brilhando.

Se não fosse pelo fato de duas pessoas estarem perdidas, talvez machucadas, no escuro, teria sido um passeio agradável.

Simon comeu um dos sanduíches que Meg trouxera e deixou a mente divagar.

Será que, sem os assassinatos, ele estaria ali agora, comendo um sanduíche de presunto e queijo com mostarda apimentada num pão redondo de casca grossa, num barco lotado que cheirava a água salgada e cachorros?

Não tinha certeza.

Então olhou para Fiona. Sentada, ela chacoalhava com o bater das ondas, o telefone junto à orelha, o caderno em que rabiscava — na verdade, escrevia; Fiona nunca rabiscava nada, pensou ele — em seu colo, a trança que fizera às pressas balançando ao vento. Aquele corpo que só parecia ser magro estava coberto por uma calça grossa, jaqueta leve e botas gastas.

Sim, ele estaria ali. Droga.

Ela não fazia o seu tipo. Simon podia repetir isso mil vezes para si mesmo, mas não fazia diferença. Aquela mulher mexia com sua cabeça, fazia seu sangue ferver. Ela o afetava.

E isso o deixava meio fascinado e meio irritado — uma mistura estranha e perigosa. Ele continuava esperando a sensação passar.

Não estava dando certo.

Talvez, depois que as coisas se acalmassem, ele poderia dar um tempo da ilha. Passar uma semana visitando a família. Por suas experiências, a distância não traria saudade, só o ajudaria a reavaliar seus sentimentos. Apesar de não ter sido bem assim durante o tempo que ela passou viajando, daquela vez poderia ser diferente. Seria ele quem partiria.

Mai sentou-se ao seu lado.

— Está pronto para a aventura?

— Estou prestes a descobrir.

— Na minha primeira missão eu estava morrendo de medo, mas tão animada. O treinamento, as simulações, os planos? Tudo isso é fundamental, mas a realidade é... bem, a realidade é a realidade. As pessoas estão contando com você. Pessoas de verdade, com sentimentos e famílias e medos. Quando Fi me convidou para a Unidade, pensei que seria tranquilo. Eu não fazia ideia de como é difícil. Não só por causa do tempo que isso toma, mas pelo aspecto físico, emocional.

— Mas você continua participando.

— Depois que você começa, não tem mais volta. Nem me imagino ficando de fora.

— Você controla a base.

— Pois é. Coordeno os cães e os condutores, faço os registros, mantenho contato, organizo nossos planos com outras equipes de busca, policiais e guardas-florestais. Não tenho um cão de busca, já que prefiro adotar animais com necessidades especiais, mas posso conduzir um se precisarem. Fi acha que Tubarão nasceu para esse tipo de trabalho.

— Pois é. — Simon ofereceu seu saco de batatas fritas. — Tubarão aprende rápido. Pelo menos, eu acho. No geral, imagino que ele faria qualquer coisa que ela pedisse só para deixá-la feliz.

— Os cães geralmente agem assim com Fi. Ela tem um dom. — Mai se remexeu um pouco, batendo os joelhos nos dele e ficando de costas para Fiona. — Como ela está, Simon? Tento não tocar no assunto. Sei que Fi tem um jeito próprio de lidar com as coisas.

Que descrição perfeita, pensou ele. Era exatamente aquilo.

— Ela está com medo. E isso só a torna mais determinada a cuidar de tudo sozinha.

— Eu fico mais tranquila sabendo que você está com ela.

Sylvia dissera a mesma coisa, pensou Simon. Mas num tom de alerta. *Não me decepcione.*

Quando atracaram, um grupo de voluntários os ajudou a levar os equipamentos para as picapes a fim de seguirem até a base. Foi tudo muito rápido, notou Simon, com precisão e eficiência. Era aquele jeito próprio de Fiona de lidar com as coisas. Todo mundo tinha um propósito, e todo mundo sabia o que devia fazer.

Ela sentou entre ele e um cara chamado Bob, ainda escrevendo no caderno enquanto o veículo acelerava aos trancos e barrancos pela estrada.

— O que você está fazendo?

— Uma lista de coisas que temos que verificar, organizando as seções de acordo com as informações disponíveis. Demoramos para chegar, e está escuro. Mas pelo menos temos a luz da lua. Existe a possibilidade de cair uma tempestade antes do amanhecer, mas o céu está limpo agora, então vamos aproveitar. Como vai seu filho, Bob?

— Vai começar a faculdade no outono. Não sei como o tempo passou tão rápido. Ele e minha esposa estão ajudando com o rango.

— Que bom que poderei vê-los. Bob e sua família são donos da pousada local. Sempre ajudam quando temos que fazer uma busca. O sargento Kasper disse que as vítimas estão hospedadas com vocês.

— Pois é. — Bob, com seu rosto queimado de frio e a mandíbula quadrada, agarrava o volante com as mãos grandes e desviava dos buracos como um motorista cortando o trânsito na cidade grande. — Eles e outro casal de amigos. Os quatro saíram cedo, levaram almoço. O outro casal voltou pouco antes da hora do jantar. Contaram que se separaram na floresta, seguiram trilhas diferentes. Acharam que os amigos chegariam primeiro.

— E não estão atendendo ao celular.

— Não. O sinal às vezes cai por aqui, mas eles estão tentando ligar desde as 5h, 5h30 da tarde.

— O horário oficial do começo das buscas foi às 7h da noite.

— Isso mesmo.

— Os dois estão em boa forma?

— Acho que sim. Trinta e poucos anos. A mulher usava botas novas, uma mochila bonita. Vieram de Nova York. Pretendem ficar por duas semanas, pescar, fazer trilhas, conhecer a cidade, aproveitar o spa.

— Aham.

Simon avistou a pousada — uma construção grande de dois andares, completamente iluminada. Alguém montara uma tenda, que servia de refeitório improvisado, imaginou ele, com uma mesa comprida cheia de comida, café e garrafas de água.

— Obrigada pela carona, Bob. Estou ansiosa pelo café da Jill. — Fiona saiu atrás de Simon. — Pode me ajudar com os cachorros? Eles precisam beber água. Tenho que coordenar a busca com o sargento Kasper enquanto Mai monta a base.

— Tudo bem.

Ela foi até o policial fardado, barrigudo e com um rosto abatido, que parecia um buldogue. Os dois trocaram um aperto de mão, e, quando Mai se juntou aos dois, ele apertou a mão dela antes de gesticular. A veterinária seguiu depressa para a pousada.

Fiona pegou uma xícara de café enquanto conversava com Kasper.

— Mai me disse que esta é sua primeira busca. — Tyson ofereceu a mão em cumprimento para Simon. — Ben Tyson.

— Pois é. Imagino que não seja a sua, xerife.

— Pode me chamar de Ben. Não é a primeira, mas, geralmente, eu fico do lado de lá.

Ele indicou Fiona e Kasper com o queixo enquanto ajudava Simon a guiar os cachorros até uma enorme bacia de água.

— Sei. O que eles estão fazendo?

— Bem, o sargento está passando as informações para ela, contando tudo que sabe. Quantas pessoas estão participando da busca, as áreas que já foram cobertas, os horários, o lugar onde foram vistos pela última vez. Fi costuma trazer os mapas certos, mas ele vai explicar um pouco sobre a topografia local também. Estradas, colinas, rios, barreiras, escoamentos, pontos de referência nas trilhas. Tudo isso ajuda a criar uma estratégia para o plano de busca da Unidade. Mai me disse que os dois estavam fazendo trilha com uns amigos, então Fi vai conversar com eles também antes de se reunir com a Unidade.

— Ela passa bastante tempo conversando.

— Pode até parecer que sim. Mas, se você fizer as coisas às pressas, se não prestar atenção às informações, pode deixar passar algum detalhe. É melhor demorar agora. E isso lhe dá tempo para se ambientar, analisar o ar.

— O ar?

Ben sorriu.

— Essa parte é meio confusa para mim, para falar a verdade. Correntes de ar e cones de odor e sei lá mais o quê. Já trabalhei em algumas missões de busca com Fi e a Unidade. A mulher parece farejar tão bem quanto seus cachorros.

Ben esticou o braço para baixo, fez carinho entre as orelhas de Bogart.

Simon passou os vinte minutos seguintes zanzando ao redor, tomando um café delicioso, observando voluntários e policiais voltando para reabastecer e receber instruções.

— Estamos montando a base na recepção — disse James. — Se você quiser participar da reunião.

— Tudo bem.

— Você costuma fazer trilhas?

— Às vezes — respondeu Simon enquanto os dois entravam.

— À noite?

— Nem tanto.

James sorriu.

— Nada como fazer exercício e aprender coisas novas.

Simon pensou no estilo da recepção da pousada como rústico luxuoso. Combinava com o lugar. Muitas poltronas de couro, mesas pesadas de carvalho escuro, luminárias de metal e vasos simples. Fiona estava atrás de uma mesa que abrigava um rádio quadrado, um laptop e mapas. Às suas costas havia um enorme mapa topográfico da região, e Mai escrevia num quadro branco.

— Vamos procurar Ella e Kevin White, brancos, com 28 e 30 anos, respectivamente. Ella tem 1,65 metro, 56 quilos, cabelo e olhos castanhos. Usava calça jeans, blusa vermelha sobre uma regata branca e um moletom azul-marinho. Kevin tem 1,78 metro, 77 quilos. Calça jeans, camisa marrom sobre regata branca, jaqueta marrom. Os dois estão usando botas de caminhada, os amigos acham que da marca Rockport, tamanhos 36 e 42. — Fiona virou uma página do caderno, mas Simon sentiu que não precisava fazer isso. Ela lembrava. — Os dois saíram daqui pouco depois das 7h da manhã com outro casal, Rachel e Tod Chapel. Seguiram para o sul, acompanhando o rio. — Ela se aproximou do mapa, usando um laser para apontar. — O grupo seguiu as trilhas demarcadas, fez várias paradas e tiraram um intervalo de uma hora às 11h30 para almoçar. Por aqui, de acordo com as testemunhas. E foi então que se separaram. Ella e Kevin preferiram seguir para o sul. O outro casal foi para o leste. Eles combinaram de se encontrar aqui por volta das 4h, 4h30, para beber. Às 5h, quando não voltaram e não atenderam aos telefones, os amigos ficaram preocupados. Eles continuaram tentando ligar e procuraram pelos arredores até as 6h, quando Bob alertou as autoridades. A busca formal começou às 6h55.

— Se eles continuarem indo para o sul, vão acabar chegando à floresta Bighorn — comentou James.

— Pois é.

— O terreno é meio complicado por lá.

— E Ella não tem muita experiência em fazer trilhas.

Fiona continuou falando, indicando as áreas que já tinham sido cobertas pela equipe de busca, determinando os setores de cada equipe; Simon notou que ela usava barreiras e pontos de referência naturais como marcos para as fronteiras.

— Informações extras. As testemunhas dizem que Kevin gosta de se destacar. É competitivo. Tanto ele quanto Tod usavam podômetros e fizeram uma aposta. Quem registrasse mais quilômetros venceria, e o perdedor pagaria pelo jantar e pelas bebidas de hoje. Ele gosta de ganhar. Provavelmente continuou andando até chegar ao seu limite. Sei que já é tarde, mas o clima e a lua estão a nosso favor. Uma busca por setores é a melhor opção. Como líder da operação, vou inspecionar o ponto onde foram vistos pela última vez. Acho que as informações estão corretas, mas é melhor ver as coisas ao vivo do que só confiar no mapa. — Ela olhou para o relógio. — Faz 14 horas desde que os dois saíram, e fizeram sua última refeição nove horas atrás. Eles têm água e algumas barras de cereal, saquinhos de amêndoas, mas a quantidade de água foi programada para seu retorno no fim da tarde. Depois de verificarmos os rádios, vou distribuir os sacos de odores lá fora. — Quando a Unidade saiu, Fiona puxou a mochila. — Tem certeza de que quer ir? — perguntou ela a Simon.

Ele analisou a escuridão total e primitiva da floresta ao redor.

— Tenho certeza de que você não vai entrar lá sozinha.

— Não me importo de ter companhia, mas é forçar um pouco a barra achar que um psicopata ouviu falar que duas pessoas desapareceram e que nossa Unidade foi chamada, para em seguida chegar aqui a tempo de se esconder no mato e esperar por mim.

— Você quer discutir ou quer encontrar o casal?

— Ah, eu posso fazer as duas coisas ao mesmo tempo. — Ela deixou Bogart cheirar o saco. — Esta é Ella. Esta é Ella. E Kevin. Aqui está Kevin. Vamos encontrá-los! Vamos encontrar Ella e Kevin.

— Por que você está fazendo isso agora? Achei que a gente ia para o ponto onde eles foram vistos pela última vez.

— Ótimo. E, sim, vamos. Ele precisa começar a brincadeira agora, ficar animado. Talvez os dois tenham se perdido ou tentado voltar para lá. Talvez um deles tenha se machucado e não consiga andar no escuro.

— E farejar meias vai resolver o problema.

Fiona sorriu, usando a lanterna para iluminar a trilha.

— Você gosta de cereal, não gosta?

— Gosto.

— Espero que isto não te desanime. Nossa pele descama células com o formato de flocos de milho. Células mortas são liberadas o tempo todo e carregam nosso cheiro específico. Elas são transportadas pelo ar, por correntes de vento, formando o cone do odor. Esse cone vai se estreitando e se concentra na fonte.

— Na pessoa.

— Exatamente. Ele vai se ampliando com a distância, e Bogart é capaz de encontrá-lo. As dificuldades em rastreá-lo até a fonte podem ser excesso de vento, excesso de humidade, o cheiro subir demais, acumular-se em fontes de água, um efeito chaminé... O vento e o ar funcionam de várias formas, dependendo das condições climáticas e do terreno. É isso que eu faço, avalio esses fatores, delineio um plano de busca, ajudo o cachorro a seguir o cheiro.

— Que complicado. Confuso.

— Pode ser. Se o dia estiver quente, com o ar parado e uma vegetação densa? O cheiro não vai se dispersar, e seu alcance ficará limitado. Eu teria que ajustar as varreduras de busca. Um riacho ou um escoamento podem afunilar os cheiros, e o líder de operações e os condutores precisam se adaptar.

Então era preciso entender a ciência por trás daquilo, concluiu Simon, assim como treinar e ter bons instintos.

— Como você sabe que o cachorro está procurando de verdade e não apenas passeando?

Os refletores na jaqueta de Fiona e os que ela grudara na dele brilhavam num tom verde fantasmagórico sob a luz da lua. A lanterna iluminava a trilha, arbustos e amontoados de flores silvestres.

— Bogart sabe o que tem que fazer. Conhece a brincadeira. Veja só, ele está andando bem rápido, mas fica olhando para trás, para garantir que não saímos de vista. Ele fareja o ar e segue em frente. É um bom cachorro. — Ela esticou a mão e segurou a de Simon, apertando-a. — Lá se foi nosso jantar num restaurante.

— Pelo menos saímos de casa. O sanduíche estava gostoso. O que você está procurando?

— Sinais. — Fiona continuava apontando a lanterna para os lados. — Pegadas, arbustos quebrados, embalagens de bala, qualquer coisa. Eu não tenho o olfato de Bogart, então preciso usar meus olhos.

— Como Gollum.

— Sim, meu precioso. Mas acho que ele também farejava bastante. Meu Deus, como aqui é bonito. Um dos meus lugares favoritos no mundo. E, agora, com a lua passando pelas árvores, cheio de sombras e brilho, está maravilhoso. — A lanterna dela iluminava cogumelos dourados, arisaemas exóticas. — Um dia desses, vou fazer um curso de botânica para saber identificar o que estou vendo.

— Porque você tem tempo de sobra.

— A gente sempre pode arrumar um tempinho para fazer as coisas que queremos de verdade. Sylvia está aprendendo a fazer crochê.

Simon fez uma pausa, não conseguiu entender a conexão.

— Tudo bem.

— Só estou dizendo que sempre dá para arrumar tempo se você quiser. Sei o básico sobre a flora e a fauna local. E sei quais plantas não posso tocar nem comer quando saio numa missão de busca. Ou, se não sei, não toco nem como.

— Por que estamos carregando esses lanchinhos horríveis na mochila?

— Você não vai achar que são horríveis quando estiver com fome.

Sempre que Bogart ficava alerta, Fiona parava, marcava o lugar com uma fita. Todos os sinais indicavam que o casal perdido passara por ali horas antes, mas o cachorro seguia o rastro.

Ele sabia o que tinha de fazer, concluiu Simon, como Fiona explicara.

— Dois anos atrás, encontramos um homem aqui perto — contou ela. — No meio do verão, fazia um calor absurdo. Ele passou dois dias andando. Estava desidratado, tinha bolhas inflamadas e hera venenosa em lugares delicados.

Os dois continuaram andando pelo que, para Simon, pareceu uma eternidade, banhados pela luz da lua, seguindo a trilha iluminada pela lanterna. Fiona parava, chamava o nome do casal perdido, escutava, usava o rádio para entrar em contato com a Unidade. Depois seguia atrás do cachorro. Incansável, notou ele. Os dois. E não havia dúvida de que a dupla levava o trabalho a sério e gostava de cada minuto que passava ali.

Ela apontava as coisas que reconhecia. A vida agitada de um tronco caído, o formato estranho e fascinante do líquen.

Quando Bogart parou para beber água, com corujas e pássaros noturnos cantando ao fundo, ela ofereceu o saco para ele cheirar de novo.

O labrador entrou em alerta e começou a farejar o ar e o chão, agitado.

— Chegamos, foi aqui que eles pararam para almoçar. Onde se separaram. Há muitas pegadas. — Ela agachou. — Pelo menos foram educados. Não deixaram lixo.

O cachorro se afastou para fazer xixi, e, decidindo que aquela era uma boa ideia, Simon se embrenhou pelas árvores para fazer o mesmo enquanto Fiona curvava as mãos ao redor da boca e chamava o casal perdido.

— Chegamos rápido — disse ela quando Simon voltou. — Ainda não é nem meia-noite. Podemos ficar aqui, recomeçar quando amanhecer.

— Se você estivesse sozinha, faria isso?

— Talvez eu andasse um pouco mais.

— Então vamos.

— Primeiro, um intervalo rápido. — Fiona sentou-se no chão, pegou um saquinho de amêndoas e outro de ração da mochila. — É importante manter a energia e permanecer hidratado. Caso contrário, vão ter que mandar uma equipe de busca atrás de nós.

Ela passou as amêndoas para Simon, alimentou o cachorro.

— Já aconteceu de você não encontrar alguém?

— Já. É horrível voltar de mãos vazias. Uma sensação péssima. Não conseguir encontrar a pessoa é pior do que chegar tarde demais. — Ela enfiou a mão no saquinho. — Esses dois são jovens e fortes. Acho que devem ter calculado mal quanta disposição teriam, perdido a noção de onde estavam. Mais ele do que ela. Talvez tenha sido uma mistura das duas coisas. Os telefones me deixam preocupada.

— A bateria deve ter acabado. Podem estar sem sinal. Talvez tenham caído. Ou os esqueceram em algum lugar.

— Pode ser qualquer coisa — concordou Fiona. — Existem animais selvagens nesta área, mas acho improvável que tenham se deparado com algum que não fugiria deles. O problema é que um tornozelo torcido aqui torna tudo mais difícil, especialmente se a pessoa não tem experiência em fazer trilhas.

No escuro, pensou Simon, sem saber onde estavam, cansados, talvez machucados.

— Eles levaram umas quatro horas para chegar aqui?

— Sim, mas estavam passeando, parando, tirando fotos. Quando seguiram para o sul, Kevin resolveu acelerar o ritmo para ganhar a aposta. Ele deve ter planejado seguir por mais uma hora, talvez duas. O que é tempo demais num dia, ainda mais quando todos os seus passeios são feitos na Quinta Avenida. Mas deve ter pensado que eles podiam pegar um atalho para voltar e chegar à pousada para o happy hour.

— É isso que você acha que aconteceu?

— Pelo que os amigos contaram. Kevin é um cara legal, meio metido a sabichão, mas divertido. Gosta de um desafio, não consegue resistir a uma aposta. Ella gosta de experimentar coisas novas, ver lugares diferentes. Está frio. — Os dois beberam água da garrafa dela enquanto Fiona analisava as sombras e a luz da lua. — Mas eles estão agasalhados. Os dois devem estar exaustos, assustados, irritados. — Ela abriu um sorriso. — Você acha que aguenta mais uma hora?

— Kevin não é a única pessoa competitiva aqui.

Simon se levantou, ofereceu a mão para ela.

— Estou feliz por você ter vindo. — Fiona se levantou, aproximando-se dele. — Mas ainda quero aquele jantar no restaurante quando voltarmos.

Os dois transformaram uma hora em noventa minutos, andando em zigue-zague pelas trilhas enquanto o cachorro seguia o cheiro. Os gritos de Fiona chamando o casal não foram respondidos, e a lua foi coberta por nuvens.

— O vento está mudando de direção. Droga. — Ela ergueu o rosto, e Simon teve a impressão de que ela farejava o ar da mesma forma que o labrador. — A tempestade está chegando. É melhor montarmos a barraca.

— Agora?

— Não podemos fazer mais nada hoje. Bogart está cansado. O caminho está mais escuro, e vamos perder o rastro do cheiro. — Fiona pegou o rádio. — Então vamos descansar por umas duas horas, nos mantermos secos. — Ela o encarou, segurando o rádio. — Não vale a pena voltar até a base no meio da chuva, cansados, e refazer o caminho todo quando amanhecer. É melhor pararmos para descansar agora num lugar quente e seco do que fazer todo o percurso de volta só para termos uma cama e um banho quente.

— É você quem manda.

Fiona inclinou a cabeça para o lado.

— E você está dizendo isso porque concorda comigo?
— O fato de eu concordar com você ajuda.

Ela informou a situação e o local onde estavam para a base, coordenou e recebeu informações sobre os outros membros da Unidade. Nada de conversa, notou Simon. Só trabalho.

Depois que Fiona tirou a mochila das costas e começou a montar a barraca, ele se viu novamente na posição de seguir instruções. Precisava admitir que não tinha a menor ideia do que estava fazendo. Ele devia ter uns 12 anos na última vez que acampara — e o negócio que Fiona chamava de superleve não tinha nada a ver com a velha barraca iglu que usara no passado.

— Vamos ficar apertados, mas pelo menos não pegaremos chuva. Entre primeiro — disse ela. — Você vai ter que se encolher um pouco, já que é alto. Eu e Bogart deitamos no espaço que sobrar.

A barraca podia até ser leve, mas apertada era bondade dela. Quando o cachorro se encolheu contra suas costas e o corpo de Fiona se moldou ao lado do seu, não havia um centímetro desocupado.

— Acho que seu cachorro enfiou o focinho na minha bunda.
— Que bom que você está de calça. — Ela se mexeu um pouco. — Pode chegar mais perto de mim.

Chegar mais perto, pensou ele, mas percebeu que estava cansado demais para fazer um comentário sarcástico. Então obedeceu, resmungou e descobriu que, se colocasse o braço embaixo dela — era bem provável que tivesse que amputá-lo quando acordasse —, ganhava um pouquinho mais de espaço.

Uma trovoada soou violenta segundos antes de o céu desabar. Parecia uma chuva de verão.

— Até que seria romântico — resolveu Fiona — se a barraca fosse maior, estivéssemos aqui por diversão e tivéssemos uma bela garrafa de vinho.
— O cachorro está roncando.
— Está, sim, e isso não vai mudar. Ele trabalhou bastante hoje. — Ela só precisava virar um pouco a cabeça para beijá-lo. — Você também.
— Você está tremendo. Está com frio?
— Não. Estou bem.
— Você está tremendo — repetiu Simon.
— Só preciso me acalmar um pouco. Não gosto de espaços fechados e apertados.

— Você... — Ele entendeu o problema na mesma hora e se xingou por ser tão idiota. Ela fora amarrada, amordaçada e trancada no porta-malas de um carro, achando que ia morrer. — Meu Deus, Fiona.

— Não, pare. — Ela o segurou quando ele começou a se mexer. — Fique aí. Vou fechar os olhos, vai passar.

Simon sentia agora a forma como o coração dela batia acelerado contra seu corpo, tão forte quanto a chuva.

— A gente devia ter voltado para a pousada.

— Não, seria um desperdício de tempo e energia. Além do mais, estou cansada demais para um ataque de pânico de verdade.

Que diabos ela achava que era aquela tremedeira e o coração disparado? Simon a puxou mais para perto, passando o outro braço ao seu redor para acariciar suas costas.

— Assim fica melhor ou pior?

— Melhor. É gostoso. Só preciso de um minuto para me acostumar.

Um relâmpago caiu com selvageria, iluminando a barraca. Ele notou que as bochechas dela estavam pálidas; os olhos, fechados.

— Então, Tyson está trepando com a veterinária?

— Acho que eles ainda não chegaram a esse estágio, Sr. Romântico. Ainda estão se conhecendo melhor.

— Trepar ajuda as pessoas a se conhecerem, se elas fizerem do jeito certo.

— Tenho certeza de que Mai vai me contar quando a trepação começar.

— Porque você contou a ela que nós estamos trepando.

— Imagino que ela teria chegado a essa conclusão sozinha, mas, sim, é claro que contei. E com muitos detalhes específicos. Mai queria que você tivesse trepado com ela primeiro.

— Hum. Perdi a oportunidade. — O coração dela parecia estar batendo um pouco mais devagar. — Posso voltar atrás e remediar esse erro.

— Tarde demais. Ela nunca dormiria com você agora. Nós temos regras e padrões. Para minhas amigas ou conhecidas, você saiu do cardápio.

— Isso não é justo, considerando que você é amiga de todo mundo que mora na ilha.

— Pode ser, mas regras são regras. — Fiona inclinou a cabeça de novo, levou os lábios aos dele. — Obrigada por me distrair da minha neurose.

— Você não tem neuroses, e isso me irrita. Você tem peculiaridades, o que equilibra um pouco as coisas. Mas, no geral, é estável e normal. E continua não fazendo meu tipo.

— Mas você vai continuar trepando comigo.

— Sempre que eu puder.

Fiona riu, e ele a sentiu relaxar completamente.

— Você é grosseiro, antissocial e cínico. Mas pretendo estar disponível sempre que possível. Não sei o que isso diz sobre nosso relacionamento, mas parece estar dando certo.

— Você é a pessoa com quem eu quero estar.

Simon não tinha certeza por que dissera aquilo — talvez tivesse sido a intimidade forçada da barraca, a chuva golpeando a lona, sua preocupação por ela mesmo enquanto os tremores diminuíam. Independentemente do motivo, aquela era a verdade.

— Essa foi a coisa mais legal que você já me disse — murmurou Fiona. — E as circunstâncias a tornam mais legal ainda.

— Nós estamos aquecidos e secos — disse Simon. — Eles, não — acrescentou, botando os pensamentos dela em palavras.

— Pois é. Eles vão ter uma noite péssima.

Desta vez, Simon virou a cabeça e roçou os lábios no cabelo de Fiona.

— Então vamos encontrá-los amanhã.

Parte Três

Como poderia teu servo, que não passa de um cão, realizar algo tão grandioso?

A BÍBLIA SAGRADA

Capítulo 21

◆ ◆ ◆ ◆

Ela acordou em completa escuridão, incapaz de se mexer, enxergar ou falar. Sua cabeça latejava como uma ferida aberta, enquanto o enjoo fazia seu estômago se revirar. Desorientada, apavorada, ela se debateu, mas seus braços continuaram presos às costas; as pernas pareciam paralisadas.

Era impossível fazer qualquer coisa além de se remexer, sacudir-se e se esforçar para respirar.

Seus olhos, arregalados e desesperados, se reviravam. Ela ouviu o zumbido constante, forte, e pensou — numa nova onda de pânico — que estava na caverna de algum animal selvagem.

Não, não. Um motor. Um carro. Ela estava num carro. No porta-malas de um carro. O homem. O homem na pista de corrida.

Ela conseguia visualizar a cena com tanta clareza, o sol forte da manhã, o céu azul bonito parecendo uma tela contra os tons fortes do outono. Aquele cheiro de especiarias no ar, quase palatável.

Seus músculos tinham se aquecido. Ela se sentia tão solta, tão ágil. Tão poderosa. Adorava aquela sensação, a euforia de estar sozinha num mundo colorido e cheiroso. Apenas ela, a manhã e a liberdade de correr.

E então o homem, vindo na sua direção. Nada de mais. Seus caminhos se cruzariam, ele iria embora e o mundo voltaria a ser apenas seu.

Mas... o homem cambaleou, caiu, e ela parou para ajudar por um segundo? Não lembrava, não com detalhes. Tudo estava confuso.

Porém conseguia ver seu rosto. O sorriso, os olhos — alguma coisa naqueles olhos —, um instante antes da dor.

Dor. Como se tivesse sido atingida por um raio.

A sensação fez sua cabeça rodar enquanto o ritmo do seu corpo mudava e o chão vibrava sob seus pés.

Ela pensou nos alertas do tio, de Greg. Não corra sozinha. Carregue o botão de alarme de pânico. Fique alerta.

Fora tão fácil ignorar os conselhos. O que poderia acontecer com ela? Por que alguma coisa aconteceria?

Mas tinha acontecido. Tinha acontecido. Ela fora capturada.

Todas aquelas garotas — as garotas que vira nos jornais. As garotas mortas de quem sentira pena — até se esquecer do assunto e seguir com sua vida.

Fiona se tornaria uma delas, uma das garotas mortas do jornal, dos noticiários? Mas por quê? Por quê?

Ela chorou e se debateu e gritou. Mas os sons foram abafados pela fita colada em sua boca, e os movimentos só faziam a corda ferir sua pele até que só restasse o cheiro de sangue e suor.

Até que só restasse o aroma da sua própria morte.

FIONA ACORDOU NO ESCURO. Presa. O grito queimou sua garganta, mas foi engolido quando notou o peso do braço de Simon sobre si, quando ouviu a respiração rítmica — dele, do cachorro.

Mas o pânico dava a impressão de que havia aranhas correndo sobre seu peito, sob sua pele.

Então o grito permaneceu em sua cabeça, dilacerante.

Saia! Saia! Saia!

Ela se jogou na direção da saída, abriu-a com dificuldade e se arrastou para fora, onde o vento gelado e úmido atingiu seu rosto.

— Espere. Ei. Espere.

Quando Simon segurou seus ombros, ela o empurrou.

— Pare. Pare. Eu só preciso respirar. — Estava hiperventilando. Sabia disso, mas não conseguia evitar. Era como se uma rocha pressionasse seu peito, e sua cabeça começou a girar, deixando-a enjoada. — Não consigo respirar.

— Consegue, sim. — Ele a apertou mais, puxou-a para que ficasse de joelhos e lhe deu uma sacudidela. — Respire. Olhe para mim, Fiona. Bem aqui. Puxe o ar! Agora!

Ela inspirou numa arfada curta, trêmula.

— Agora, solte. Obedeça. Solte o ar, puxe de novo. Devagar. Devagar, droga.

Fiona o encarou, questionando-o. Quem diabos ele achava que era? Ela empurrou seu peito e encontrou uma muralha enquanto ele a chacoalhava de novo.

E ela respirou.

— Continue assim. Bogart, sente. Só sente. Inspire, expire. Olhe para mim. Inspire, expire. Melhor, está melhor. Continue.

Ele a largou. Concentrada em inspirar e expirar o ar, Fiona sentou de novo sobre os calcanhares enquanto Bogart cutucava seu braço com o focinho.

— Está tudo bem. Estou bem.

— Beba. Devagar. — Simon colocou as mãos dela em torno da garrafa de água. — Devagar.

— Eu sei. Já entendi. Estou bem. — Fiona respirou fundo primeiro, depois tomou um gole lento. — Obrigada, desculpe, as duas coisas juntas. Uau. — E tomou outro gole. — Acho que eu não estava cansada demais para ter um ataque de pânico, no fim das contas. Sonhei com o que aconteceu. Fazia... Meu Deus, fazia muito tempo que isso não acontecia, mas acho que as circunstâncias ajudaram. — Com a respiração mais regular, ela passou um braço em torno do pescoço de Bogart. — Você foi ríspido — disse a Simon. — Exatamente o que eu precisava para cair em mim antes de desmaiar. Talvez você devesse dar aulas.

— Você quase me *matou* de susto. Puta merda. — Antes de Fiona conseguir falar, ele ergueu uma das mãos para interrompê-la, então se virou para andar de um lado para o outro sobre o chão molhado. — Puta merda. Não sei como agir nesse tipo de situação.

— Acho que você se saiu bem.

Simon se virou.

— Gosto mais de você quando está se fazendo de durona.

— Eu também. Ataques de pânico e hiperventilar até quase desmaiar são momentos vergonhosos.

— Isso não é engraçado.

— Não, é a realidade. A minha realidade. — Fiona esfregou o rosto suado com um braço. — Pelo menos não preciso lidar com essas coisas com frequência hoje em dia.

— Pare — disse ele quando ela começou a se levantar. — Você está branca feito um fantasma. Se tentar ficar em pé sozinha, vai acabar caindo de cara no chão. — Simon se aproximou, segurou suas mãos para ajudá-la. — Você não devia ficar pálida e frágil — disse ele baixinho. — Você é animada e, corajosa, e forte. — Então puxou-a para perto. — Estou com vontade de matar aquele sujeito.

— Provavelmente é errado da minha parte me sentir assim, mas, meu Deus, isso me deixa feliz. Por outro lado, Perry está pior do que morto.

— Isso é uma questão de ponto de vista. Talvez meter a porrada nele fosse mais gratificante.

O coração de Simon, percebeu ela, batia mais rápido do que o seu. E isso também era reconfortante.

— Bem, se você quer violência, o chute que eu dei na cara dele quebrou seu nariz quando abriu o porta-malas.

— Vou me concentrar nisso por um instante. Ajuda. Não completamente, mas já é alguma coisa.

Fiona se afastou.

— Nós estamos bem?

Simon acariciou sua bochecha, encarando-a com um ar intenso.

— Você está bem?

— Sim. Mas fico feliz que esteja amanhecendo, porque não vou voltar para aquela barraca. Pode pegar minha mochila? Trouxe uns cubos de caldo de carne para esquentarmos.

— Caldo de carne de café da manhã?

— Nada como uma refeição fortificante para começar o dia, ainda mais depois de acrescentarmos uma barrinha de cereal. — Era melhor, muito melhor, concentrar-se no que viria a seguir do que no que acontecera antes. — Depois que comermos e desmontarmos a barraca, vou ligar para a base para saber como está a situação e a previsão do tempo.

— Tudo bem. Fiona? Para o caso muito remoto de eu resolver vir com você de novo, vamos comprar uma barraca maior.

— Sem dúvida.

O caldo de carne era sem graça, mas quente. E quanto à barrinha de cereal, ou qualquer que fosse o nome que ela usava para aquilo, Simon jurou que, se resolvesse participar de outra missão de busca, traria Snickers.

Fiona desmontou a barraca da mesma forma como fazia tudo. De maneira organizada e precisa. Cada coisa tinha que ser recolocada exatamente no lugar de onde saíra.

— Tudo bem, a previsão é de tempo bom — anunciou ela. — Dia ensolarado, máxima de vinte e poucos graus à tarde, ventos leves vindo do sul. Vamos passar para a seção norte da floresta. O terreno não é muito difícil. Algumas colinas, descidas, chão um pouco pedregoso. A mata pode ficar mais fechada em alguns trechos, especialmente fora das trilhas predeterminadas. Acho que, depois de terem andado tanto, eles não optariam por seguir caminhos mais montanhosos nem continuariam andando para o sudoeste, que é mais inclinado e tem um terreno mais difícil.

— Não entendo por que diabos eles viriam tão longe.

— De novo, é só um palpite, mas ele é competitivo, quis forçar a barra. Mesmo que estivesse um pouco cansado, não admitiria logo de cara. E esse tipo de pessoa não segue os caminhos mais fáceis, não necessariamente desce uma colina em vez de subi-la.

— Porque ele quer provar alguma coisa.

— Mais ou menos. Perguntei à amiga se Kevin é o tipo de cara que pararia para pedir informações. Ela riu. Foi uma risada nervosa, mas mesmo assim. Ele dirigiria até o inferno antes de pedir ajuda. Então é fácil chegar à conclusão de que, quando perceberam que realmente estavam encrencados, já era tarde demais.

— Tem muito espaço por aqui para se perder.

Simon se perguntou o que faria nessa situação, subir ou descer as colinas, tentar procurar ajuda ou seguir em frente?

Ele não tinha certeza, mas esperava nunca ter que descobrir.

— Se você não conhece a região, todos os pinheiros e as cicutas parecem iguais. De toda forma, vamos expandir a área de busca. — Ela ergueu o olhar. — Quer que eu te mostre o mapa?

— Você pretende me largar no meio do mato?

— Só se você me irritar.

— Prefiro correr esse risco.

— Então vamos.

Ela colocou a mochila nas costas, atiçou o olfato de Bogart e o animou para a brincadeira.

A luz do sol brilhava fraca sobre a névoa e atravessava as árvores para iluminar as folhas molhadas pela tempestade da noite. Simon não sabia que cheiros Bogart sentia, mas, para ele, a floresta tinha um aroma limpo, úmido e verde.

O terreno se tornou mais rochoso, inclinado, e, mesmo assim, flores silvestres, pequenas estrelas coloridas, abriam caminho entre as rachaduras ou se apertavam entre riachos finos como aves prestes a molhar os pés.

Um tronco caído, oco pelo tempo, com raízes e galhos, o fez atravessar a trilha.

— Viu alguma coisa?

— Um banco — murmurou Simon. — Com o assento curvado, bem assim. Os braços e o encosto no mesmo pedaço da madeira. Talvez com alguns cogumelos entalhados na base. — Ele saiu do transe e viu que Fiona e Bogart estavam esperando. — Desculpe.

— Bogart precisava beber água de toda forma. — Ela lhe ofereceu a garrafa. — Quero um banco.

— Não esse. Muito sólido e pesado para você. Não...

— Combinaria. Já sei.

Balançando a cabeça, ela entrou em contato com a base.

Apesar de o sol estar ficando mais forte, Fiona continuava usando a lanterna, focando a luz sobre os arbustos e a trilha enquanto o cão seguia na frente.

— Ele pegou o faro. Foi bom pararmos para descansar.

— Mas o mundo não é praticamente um banquete de cheiros para um cachorro? Como ele não se distrai? Tipo, olha, um coelho! Ou qualquer coisa assim. Tubarão corre atrás de folhas voando.

— É uma questão de treino, prática, repetição. Mas, em resumo, a brincadeira não é essa. A brincadeira é encontrar a fonte do cheiro que mostrei a ele.

— A brincadeira está saindo da trilha — comentou Simon.

— Pois é. — Fiona seguiu o cachorro, subindo pelo terreno acidentado, pelo terreno desviando de arbustos. — Eles cometeram um erro aqui. Bogart pode até não se distrair, mas as pessoas fazem isso o tempo todo. Os dois saíram da trilha, talvez tenham visto um cervo ou uma marmota, quiseram tirar fotos. Podem ter resolvido procurar um atalho. Existe um motivo para as trilhas serem demarcadas, mas, mesmo assim, as pessoas saem delas.

— Se o cachorro estiver certo, você também estava. Kevin, o competitivo, subiu em vez de descer.

Bogart diminuiu a velocidade para os dois o alcançarem na subida.

— Talvez tenham achado que encontrariam uma vista bonita se viessem por aqui. Mas... Espere. Bogart! Pare! — Fiona virou a lanterna para uma amoreira. — Ele prendeu a jaqueta no galho — murmurou ela, e gesticulou para o triângulo minúsculo de tecido marrom. — Bom menino. Bom trabalho, Bogart. Você pode marcar a pista? — pediu ela a Simon. — Vou avisar à base.

Fiona lhe mostrara como fazer aquilo no começo da busca, quando encontraram pegadas e outros sinais. Depois de ter amarrado a fita, Simon deu água a Bogart e bebeu um pouco enquanto ela gritava por Kevin e Ella.

— Nada ainda. Mas esta inclinação abafa o som. O dia está ficando mais quente, e o vento continua leve, continua a nosso favor. Ele quer andar. Encontrou um cheiro bom. Vamos encontrar Kevin e Ella. Vá encontrá-los!

— Qual foi o máximo de tempo que você já passou numa missão?

— Quatro dias. Foi horrível. Um garoto de 19 anos brigou com a família e saiu do lugar onde tinham acampado para passar a noite. Ele se perdeu, andou em círculos e sofreu uma queda feia. No meio do verão, com calor, insetos, umidade. Meg e Xena o encontraram. Inconsciente, desidratado, com uma concussão. Foi sorte ele ter sobrevivido.

Bogart andava em zigue-zague agora, seguindo para o leste, depois para o oeste, voltando para o norte.

— Ele está confuso.

— Não — corrigiu Fiona, observando a linguagem corporal do labrador. — Eles estavam.

Dez minutos depois, Simon viu o telefone — ou o que restava dele — num monte de pedras.

— Ali.

Ele acelerou o passo para alcançar Bogart, que estava alerta.

— Você enxerga bem — disse Fiona. — Está rachado. — Ela se agachou para pegar o aparelho. — Quebrado. Veja só. Há gaze no chão, e isso parece sangue. A chuva chegou aqui.

— Então um deles se machucou? Acertou a pedra, deixou o telefone cair?

— Talvez. Tem pouca gaze, então não deve ser grave. — Fiona concordou com a cabeça quando Simon pegou uma fita por iniciativa própria. Mais uma vez, ela cercou a boca com as mãos e gritou. — Droga. Droga. Eles não devem ter ido muito longe depois disso. Vou ligar para a base.

— E coma alguma coisa. — Simon abriu a mochila dela. — Ei, você trouxe chocolate.

— Pois é. Energia rápida.

— E eu comi aquela barrinha de merda. Sente-se um pouco. Coma. Beba água.

— Estamos perto. Eu sei. Bogart sabe.

— Cinco minutos.

Fiona assentiu e, sentada nas pedras, comeu o chocolate enquanto falava com Mai.

— Vamos reorganizar a busca. Nós encontramos duas pistas, e Lori encontrou uma que indica esta direção. O helicóptero vai passar por aqui. O telefone é vermelho, então deve ser dela. Mai vai verificar, mas não acho que Kevin tenha um celular dessa cor.

— Então o sangue deve ser dela também.

— É provável. De acordo com os amigos, Kevin é louco por ela. Louco. Então, se Ella se machucou, ele deve ter ficado um pouco nervoso. Talvez muito, considerando as circunstâncias. E, quando alguém entra em pânico, só piora a situação.

— Ele podia ter ligado para a emergência daqui.

Fiona tirou seu celular do bolso.

— Não, não podia. Sem sinal. É por isso que dizem que estamos no meio do mato. Ele deve ter tentado encontrar sinal, acabou se perdendo mais, afastando-se totalmente da trilha.

Os dois voltaram a andar. Simon conclui que Bogart estava focado na "brincadeira", correndo na frente, lançando olhares impacientes para trás como se dissesse: *Andem logo, droga!*

— Perdidos — disse Fiona para si mesma. — Agora assustados. Deixou de ser uma aventura. Um dos dois está machucado, mesmo que seja uma bobagem. Cansados. Botas novas.

— Botas novas?

— Ella. Botas novas. Já deve estar com bolhas. O mais óbvio seria pegarem o primeiro caminho que parecesse mais fácil. Um declive ou um terreno plano, e, se ela estiver sentindo dor, os dois provavelmente parariam para descansar. A tempestade de ontem. Eles estão molhados, com frio, com fome. E... Está ouvindo?

— Ouvindo o quê?

Fiona ergueu um dedo, concentrando-se.

— O rio. Dá para ouvir o rio.

— Agora que você disse, sim.

— Quando as pessoas estão perdidas e com medo, geralmente preferem subir. Para ver mais, para serem vistos. Mas, com ferimentos, isso pode ser impossível. Outro instinto é seguir para a água. É uma referência, um caminho, um consolo.

— Por que ninguém fica parado no mesmo lugar, esperando alguém aparecer?

— Ninguém faz isso.

— Pois é. Ele encontrou alguma coisa. — Simon gesticulou para Bogart. — Olhe para cima. Tem uma meia naquele galho.

— De novo, você enxerga bem. Um pouco atrasado, mas melhor que nada. Kevin começou a marcar o caminho. Bom menino, Bogart. Encontre-os! Vamos encontrar Ella e Kevin!

Mais ou menos uns quatrocentos metros depois, ao descobrir a segunda meia, Fiona concordou com a cabeça.

— Com certeza foram para o rio, e ele se acalmou de novo. Daria para usar o telefone aqui, viu? — Ela mostrou para Simon que tinha sinal. — Então alguma coisa aconteceu. Mas Kevin buscou um caminho mais fácil, seguindo na direção do rio.

— Mais sangue, mais gaze — mostrou Simon.

— Secos. Foram deixados aqui depois da tempestade. Hoje de manhã.

Ela incentivou o cachorro numa voz animada e gritou de novo. Desta vez, Simon ouviu um grito abafado de volta.

Bogart soltou um latido animado, saiu correndo.

Ele sentiu a animação aumentar, a onda de energia, enquanto acelerava o passo para alcançar Fiona e o cão.

E então viu um homem, sujo de lama, esfarrapado, subindo por uma ladeira curta.

— Graças a Deus. Graças a Deus. Minha esposa... ela se machucou. Estamos perdidos. Ela se machucou.

— Está tudo bem. — Enquanto se apressava na direção de Kevin, Fiona pegou o cantil. — Fazemos parte da Unidade Canina de Busca e Resgate. Encontramos vocês. Pode beber um pouco de água. Está tudo bem.

— Minha esposa. Ella...

— Está tudo bem. Bogart. Bom menino. Bom menino! Encontre Ella. Encontre. Ele vai encontrá-la, e ficará com ela. Você se machucou, Kevin?

— Não. Não sei. — A mão dele tremia sobre o cantil. — Não. Ela caiu. Cortou a perna, e o joelho está bem feio. E fez umas bolhas horrorosas, acho que está com febre. Por favor.

— Vamos cuidar de tudo.

— Vou ajudá-lo. — Simon passou um braço em torno de Kevin, apoiou seu peso. — Pode ir.

— A culpa é minha — começou o outro homem enquanto Fiona seguia o cão. — É...

— Não se preocupe com isso agora. Ela está muito longe?

— Ali embaixo, perto da água. Achei melhor ficarmos num espaço aberto depois de ontem. Choveu.

— Sabemos.

— Tentamos encontrar abrigo. Meu Deus do céu. Onde estamos? Onde a gente se enfiou?

Simon também não tinha certeza, mas viu Fiona e Bogart sentados ao lado de uma mulher.

— Nós encontramos vocês, Kevin. É isso que importa.

Ele distribuiu barras de chocolate, esquentou o caldo de carne enquanto Fiona dava uma olhada e refazia o curativo no ferimento, erguia o joelho inchado de Ella, cuidava das bolhas feias nos pés do casal.

— Sou um idiota — murmurou Kevin.

— É mesmo. — Embrulhada numa manta térmica, Ella abriu um sorrisinho. — Ele vive se esquecendo de carregar a bateria do telefone. Fiquei tão empolgada tirando fotos que acabamos saindo da trilha. E aí *ele* inventou de tentar andar numa direção diferente. Eu não olhei por onde ia e caí. Somos dois idiotas, mas vou botar fogo nestas botas assim que chegar em casa.

— Aqui. — Simon passou uma tigela de caldo de carne para ela. — Não é tão gostoso quanto o chocolate, mas deve ajudar.

— Está delicioso — disse Ella depois de tomar um gole. — Achei que íamos morrer naquela tempestade de ontem. De verdade. Quando sobrevivemos até o amanhecer, soube que sairíamos daqui. Que alguém nos encontraria. — Quando ela virou para fazer carinho em Bogart, seus olhos brilhavam com lágrimas e alívio. — Ele é o cachorro mais bonito do mundo.

O labrador balançou o rabo, concordando, e apoiou a cabeça na coxa de Ella.

— Estão mandando um off-road. — Fiona prendeu o rádio no cinto. — Para levá-los de volta. Seus amigos disseram que vocês ganharam a aposta e que vão acrescentar uma garrafa de champanhe aos drinques e ao jantar.

Kevin apoiou a cabeça no ombro da esposa. Enquanto ele chorava, Bogart lambeu sua mão para reconfortá-lo.

— ELA NEM ficou irritada com ele — observou Simon enquanto sacudiam e se balançavam num segundo veículo off-road.

— O alívio de ter sobrevivido é maior do que a irritação. Os dois passaram por uma experiência intensa, assustadora. E devem ter brigado várias vezes. Mas acabou. Eles estão vivos, eufóricos. E você?

— Eu? Achei bem legal. Não era o que eu esperava — acrescentou Simon depois de um instante.

— Ah, é?

— Acho que eu pensava que você se enfiava no mato e ficava vagando, seguindo o cachorro, tomando café improvisado numa fogueira e comendo amêndoas.

— É quase isso.

— Não, não é. Você tem um único objetivo, igual ao cachorro. Encontrar a pessoa perdida, e fazer isso o mais rápido possível. Você o segue, claro, mas também o guia enquanto banca a detetive, psicóloga e caçadora.

— Hmmm.

— Ao mesmo tempo que trabalha em grupo, não só com o cachorro, mas com o restante da Unidade, os outros voluntários, a polícia ou qualquer autoridade encarregada. E, quando encontra a pessoa, passa a ser paramédica, pastora, melhor amiga, mãe e líder.

— Nós temos muitas tarefas. Quer continuar se aventurando?

Simon balançou a cabeça.

— Você já pegou meu cachorro. Ele seria bom nesse trabalho. Agora, entendo. Graças a Deus — acrescentou Simon ao ver a pousada através das árvores. — Quero um banho quente, comida e algumas garrafas de café. Isso está incluído no pacote?

— Aqui, sim.

O caos veio primeiro. Alívio, lágrimas, abraços, enquanto paramédicos de verdade assumiam o comando. Alguém deu um tapinha nas costas dele e lhe passou uma xícara de café quente. Nada nunca foi tão delicioso.

— Bom trabalho. — Chuck entregou um donut tão gostoso quanto o café para Simon. — Ótimo trabalho. Se você quiser um banho quente, pode entrar.

— Não consigo pensar em mais nada.

— Eu também não. Foi uma noite complicada. Mas a manhã foi sensacional.

Simon olhou para trás, assim como Chuck, para o casal perdido enquanto os médicos colocavam a maca de Ella dentro de uma ambulância.

— Como ela está?

— O joelho parece bem ruim, e ela vai precisar levar pontos. Mas os dois estão melhores do que esperávamos. Vai ficar tudo bem. E garanto que eles nunca vão se esquecer dessa viagem. Nem eu.

— Nada como ter sucesso — disse Chuck, e bateu com o punho no dele. — Bem, vá tomar seu banho. Jill fez seu famoso espaguete com almôndegas, e as almôndegas daquela mulher vão mudar a sua vida. Vamos fazer a reunião durante o almoço.

Quando Simon entrou, uma mulher com ar maternal lhe deu um abraço antes de lhe entregar a chave de um quarto. Ele seguiu para a escada, encontrou com Lori, recebeu outro abraço. Antes de conseguir chegar ao segundo andar, recebeu dois apertos de mão e outro tapinha nas costas. Um pouco atordoado, encontrou o quarto e se trancou lá dentro.

Paz, pensou ele. Silêncio — ou quase, já que o barulho do andar de baixo e dos corredores era abafado pela porta.

Solidão.

Simon jogou a mochila numa cadeira, pegou as meias, a cueca, a camisa extra que Fiona dissera para trazer e a escova de dente de viagem que ela lhe dera.

No caminho para o banheiro, olhou pela janela. As pessoas continuavam zanzando do lado de fora. Os cachorros, obviamente ainda empolgados com a brincadeira, corriam atrás das pessoas ou uns dos outros.

Mas não viu Fiona. Ele a perdera de vista assim que chegaram à base.

Simon tirou a roupa, ligou a água quente no máximo. No instante em que o jato atingiu seu corpo, todas as suas células pareceram chorar de gratidão.

Ele podia até não ser muito urbano, pensou enquanto apoiava as mãos nos azulejos e deixava o líquido quente escorrer, mas, nossa mãe do céu, não havia nada no mundo tão bom quanto água encanada.

A batida à porta do banheiro quase o fez rosnar, mas a voz de Fiona veio em seguida.

— Sou eu. Você quer companhia ou prefere aproveitar seu banho sozinho?

— A companhia vai estar nua?

Seus lábios se curvaram quando a risada dela soou.

Havia vários tipos de solidão, pensou Simon. E, quando Fiona abriu a porta do boxe, alta, esbelta, nua, ele decidiu que preferia ficar sozinho com ela.

— Entre. A água está boa.

— Ah, meu Deus. — Assim como ele fizera antes, ela fechou os olhos e se deleitou. — Não está boa. Está maravilhosa.

— Aonde você foi?

— Ah. Eu precisava dar comida e água para Bogart, conversar com o sargento na base, organizar a reunião. Vamos fazer isso enquanto saboreamos uma comida deliciosa.

— Fiquei sabendo. Almôndegas que vão mudar a minha vida.

— É verdade. — Fiona enfiou a cabeça na água, inclinou-a para a frente para molhar o cabelo. Então ficou ali com os olhos fechados e um gemido de prazer vibrando em sua garganta. — Liguei para Syl, disse que vamos pegar os meninos quando voltarmos.

— Você fez bastante coisa.

— Coisas que precisavam ser feitas.

— Sei de mais uma.

Simon a virou para que ela o encarasse.

— Cada um comemora de um jeito diferente. — Ela suspirou antes de beijá-lo. — Gosto do seu.

Capítulo 22

♦ ♦ ♦ ♦

As almôndegas eram deliciosas mesmo. Enquanto comia, Simon percebeu que a refeição parecia com os jantares que tinha com a família na casa dos pais. Muito barulho, interrupções, pedidos para passarem os pratos e uma quantidade absurda de comida.

Por outro lado, famílias tinham vários formatos, tamanhos e dinâmicas.

Ele suspeitava que fosse classificado ali como "o namorado" — o que era irritante, mas previsível — que ainda estava sendo analisado e avaliado, mas recebido de braços abertos.

O clima alegre e intenso era inegável, e também o afetava. A visão de Kevin cambaleando na direção deles depois de tantas horas, depois de tantos quilômetros, fora bem marcante.

Aquilo era mais do que satisfação, decidiu Simon. Era quase um renascimento, como uma dose de uma droga bem potente que lhe dava um senso de orgulho.

Tanto Mai quanto Fiona anotavam informações, e as pessoas falavam sobre documentação, registros, relatórios de missão.

Ele notou que, na recapitulação dos fatos, Fiona deixou de fora seu ataque de pânico.

— Quer acrescentar alguma coisa, Simon?

Ele olhou para James.

— Acho que Fiona já disse tudo. Eu só estava observando.

— Talvez, mas você ajudou. Ele foi bem, para um novato — acrescentou Fiona. — É resistente e possui bom senso de direção. Consegue ler um mapa e uma bússola, enxerga detalhes. Com algum treinamento, acho que poderia estar apto na mesma época que Tubarão.

— Se quiser tentar, temos uma vaga para você — disse Chuck.

Simon espetou uma almôndega.

— Fiquem com meu cachorro.

— Você já entraria com o salário máximo.

Achando graça, Simon analisou Meg enquanto enrolava seu macarrão no garfo.

— Zero dólar, certo?

— Por cada missão.

— É uma oferta tentadora.

— Pense no assunto — sugeriu Mai. — Talvez você possa levar Tubarão a um dos nossos treinamentos. Para ver como é.

O CLIMA FICOU mais tranquilo na viagem de volta, com os cachorros dormindo no barco. Lori e James os imitaram, mantendo as cabeças baixas e juntas, enquanto Mai e Tyson se aninharam na popa, com as mãos entrelaçadas.

A Unidade tinha se dividido em casais, pensou Simon, olhando de esguelha para Fiona ao seu lado, relendo as anotações. E, pelo visto, ele fizera a mesma coisa.

Quando chegaram a Orcas, mais abraços foram trocados. Nunca vira um grupo de pessoas que gostava tanto de se agarrar.

No caminho de volta para casa, ele sentou-se atrás do volante.

— Conseguimos jantar fora... mais ou menos — disse Fiona. — Eu comi tanto macarrão que acho que vou passar dias satisfeita. Além do mais, foi um encontro diferente.

— Você nunca me deixa entediado, Fiona.

— Ora, muito obrigada.

— Sua vida e sua cabeça são cheias demais para serem entediantes.

Ela sorriu, abriu o telefone ao ouvir um bipe.

— Fiona Bristow. Sim, Tod. Que ótimo. Que bom ouvir isso. Estamos. Não precisa, a única coisa que queríamos era levar Kevin e Ella de volta para casa. Sim, com certeza. Até logo. — Ela fechou o telefone. — Cinco pontos e um joelho imobilizado para Ella. Hidrataram os dois, cuidaram das suas bolhas e dos arranhões. Em resumo, eles vão ficar bem e logo voltarão para a pousada. Queriam te agradecer.

— A mim?

— Você fazia parte da equipe que os encontrou. Como se sente?

Simon ficou quieto por um instante.

— Muito bem.

— Sim. Pois é.

— Vocês precisam comprar os equipamentos. Os rádios, as barracas, as mantas térmicas, os kits de primeiros socorros, tudo. — Não que ele estivesse cogitando entrar para a Unidade. — Percebi que você anotou o que usamos. você tem que repor tudo do seu bolso.

— Isso faz parte. O rádio foi um presente bem útil. Doação dos pais de um menino que encontramos. Algumas pessoas querem nos dar dinheiro, e aí as coisas complicam um pouco. Mas, se quiserem comprar mantas térmicas e suprimentos, não recusamos.

— Passe a lista para mim. Vou substituir as coisas. Eu fiz parte da equipe, não fiz? — acrescentou ele quando Fiona franziu a testa.

— Sim, mas não quero que se sinta na obrigação de...

— Eu não me ofereço para fazer as coisas por obrigação.

— É verdade. Vou te dar uma lista.

Eles pararam na casa de Sylvia, pegaram os cachorros, levando mais tempo que o normal por causa da desesperada alegria canina. Simon precisava admitir que sentira falta do seu bobalhão, e era bom demais estar dirigindo de volta para casa com Fiona ao seu lado e um monte de cães felizes no banco de trás.

— Sabe o que eu quero? — perguntou ela.

— O quê?

— Uma taça de vinho grande e cheia, e uma hora à toa na minha cadeira de balanço. Talvez você queira se juntar a mim?

— Pode ser.

Quando Fiona esticou a mão até a sua, ele entrelaçou seus dedos aos dela.

— Estou me sentindo bem. Cansada, feliz e bem. E vocês, meninos? — Ela virou-se para trás, acariciando rostos e corpos. — Todo mundo está se sentindo bem. Vocês podem brincar enquanto eu e Simon tomamos vinho até o sol se pôr. Esse é meu plano. E aí, vamos ficar cansados e felizes e bem até...

— Fiona.

— Hã? — Distraída, ela o encarou. A expressão dura no rosto de Simon transformou sua felicidade em preocupação. — O quê? O que foi?

Ela virou para a frente enquanto o carro diminuía a velocidade diante de sua rua.

Uma echarpe vermelha amarrada à sua caixa de correio balançava ao vento.

Sua mente se esvaziou, e, por um momento, ela voltara à escuridão apertada, sem ar.

— Cadê sua arma? Fiona! — Simon gritou seu nome, trazendo-a de volta.

— Na mochila.

Ele se esticou para o banco de trás, jogou a mochila em seu colo.

— Tire-a daí, tranque as portas. Fique no carro e ligue para a polícia.

— Não. O quê? Espere. Aonde você vai?

— Dar uma olhada na casa. Ele não está lá, mas é melhor não arriscar.

— E você simplesmente vai dar uma olhada, desarmado, sem nenhuma proteção? — Como Greg, pensou ela. Exatamente como Greg. — Se você sair daqui, vou junto. A polícia primeiro. Por favor. Eu não aguentaria se acontecesse de novo. Não aguentaria. — Ela pegou o telefone, apertou o número da delegacia na chamada rápida. — Aqui é Fiona. Alguém amarrou uma echarpe vermelha na minha caixa de correio. Não, estou com Simon, no início da rua. Não. Não. Sim, tudo bem. Está certo. — Ela respirou fundo. — Eles estão vindo. Querem que a gente fique aqui. Sei que não é isso que você quer fazer. Sei que vai contra seu impulso, contra seus instintos. — Fiona abriu a mochila, pegou a arma. Com mãos firmes, verificou a munição, a trava de segurança. — Mas, se ele estiver lá, se estiver esperando, também saberia disso. E, talvez, eu acabaria tendo que ir ao enterro de outro homem que amo. Ele me mataria também, Simon, porque não vou conseguir me recuperar de algo assim pela segunda vez.

— Você só está dizendo isso para me prender aqui.

— Estou dizendo isso porque é a verdade. Preciso que você fique comigo. Estou pedindo que fique comigo. Por favor, não me deixe aqui sozinha.

A necessidade dela ia contra a dele. Simon achava que poderia ter argumentado se Fiona usasse lágrimas, mas seu tom inexpressivo, prático, o convenceu.

— Passe o binóculo.

Ela abriu outra parte da mochila, entregou o binóculo para ele.

— Não vou a lugar algum, mas quero olhar.

— Tudo bem.

Simon saiu do carro, mas ficou por perto. Enquanto analisava a rua, as plantas, ouviu-a tranquilizando os cachorros. A primavera enchera as árvores de folhas, forçando-o a procurar ângulos no meio de tanto verde e a observar as sombras. Enquanto a brisa gostosa soprava, ele se afastou para tentar ver melhor, seguiu a curva da estrada.

A bela casa de Fiona parecia tranquila diante da floresta escura. Borboletas dançavam pelo ar acima do jardim, enquanto o gramado ficava cada vez mais verde, com ranúnculos dando as caras.

Ele voltou, abriu a porta.

— Parece que está tudo bem.

— Ele leu a matéria. Quer me assustar.

— Sem dúvida. Seria burrice deixar a echarpe se ainda estivesse por aqui.

— Sim. Acho que ele não é burro e também não pretendia ficar esperando. Conseguiu o que queria. Estou com medo. A polícia está vindo. Tenho que lidar com isso de novo, e estou pensando nele. Todos estamos. Liguei para o agente Tawney.

— Ótimo. A polícia está chegando.

Simon fechou a porta do carro, observou as duas viaturas se aproximarem. Então ouviu quando ela saiu do outro lado, quase a mandou voltar para dentro aos berros. Mas sabia que Fiona não obedeceria, e provavelmente não havia necessidade daquilo.

O xerife saltou da primeira viatura. Simon já o vira pela cidade algumas vezes, mas os dois nunca conversaram — nem tiveram motivo para fazê-lo. Patrick McMahon ostentava uma barriga generosa num corpo largo. Parecia ter pertencido ao time de futebol americano da escola — tinha cara de *tackle* — e talvez ainda jogasse com os amigos aos domingos.

Óculos escuros modelo aviador escondiam seus olhos, mas seu rosto largo exibia rugas de preocupação, e uma das mãos se mantinha apoiada na arma enquanto ele se aproximava.

— Fi. Preciso que fique no carro. Simon Doyle, certo? — McMahon ofereceu-lhe a mão. — Quero que fique com ela. Davey e eu vamos dar uma olhada na casa. Matt vai permanecer aqui para tirar umas fotos, ensacar a echarpe para deixá-la segura. Você trancou as portas quando saiu?

— Sim.

— Janelas?

— Eu... Sim, acho que sim.

— Elas estão trancadas — disse Simon. — Eu verifiquei antes de irmos.

— Muito bem. Fi, pode me dar as chaves? Quando liberarmos todos os cômodos, passamos um rádio para Matt. Que tal?

Ela deu a volta enquanto Simon tirava as chaves da ignição, soltou a argola que prendia as chaves da casa.

— Da porta da frente e dos fundos.

— Muito bem — repetiu o xerife. — Fiquem aí.

McMahon voltou para a viatura, manobrou em torno do carro de Fiona e desceu a rua.

— Sinto muito, Fiona. — Matt, que mal tinha idade suficiente para comprar cerveja legalmente, deu-lhe um tapinha no braço. — É melhor você e o Sr. Doyle ficarem dentro do carro. — Ele olhou para a arma que ela segurava. — E cuidado para não liberar a trava disso aí.

— Ele é mais novo que eu. Matt — disse Fiona quando voltou para o carro. — Mal tem idade para beber. Adestrei o jack russell dos pais dele. O assassino não está lá — murmurou ela, esfregando a mão fechada contra o peito. — Não vai acontecer nada com ninguém.

— Você pediu para alguém passar aqui, para dar uma olhada na casa enquanto estávamos fora?

— Não. Foi só uma noite. Se tivesse demorado mais, Syl teria vindo para molhar as plantas, pegar a correspondência. Meu Deus, meu Deus, se tivesse demorado mais, e...

— Mas não demorou — interrompeu Simon. — Não faz diferença ficar imaginando essas coisas. Hoje de manhã, todo mundo na ilha, ou pelo menos a maioria das pessoas, já saberia que você estava participando da busca. Ele não teria tido tempo.

A menos, pensou Simon, que já estivesse na região.

— Acho que foi por causa da matéria. O fato de isso ter acontecido agora. O envelope com a outra echarpe chegou depois da primeira. Acho que ele quer mostrar que é capaz de se aproximar de mim. Que já se aproximou de mim.

— Foi um gesto arrogante, e gestos arrogantes levam a erros.

— Espero que você tenha razão. — Fiona encarou a echarpe, forçando-se a pensar. Siga as pistas, disse a si mesma. — Choveu aqui ontem? Aquela tempestade passou por aqui também? A previsão dizia que sim. A echarpe está seca, seca o suficiente para balançar com o vento. Mas, por outro lado, o sol está quente. Seria melhor fazer isso à noite, não seria? À noite, ou cedo o bastante para não correr o risco de ser visto por um carro passando.

— Faz vinte minutos que estamos parados aqui, e não vimos nenhum carro.

— É verdade, mas seria um risco idiota. Não apenas arrogante, mas idiota. Se ele veio à noite, teria que dormir na ilha ou ter um barco. Mas, se veio de barco, precisaria de um carro para chegar aqui.

— De um jeito ou de outro, esse cara esteve na ilha. Provavelmente foi visto por alguém.

Um carro se aproximou, diminuiu a velocidade, passou devagar.

— Turistas — disse Fiona, baixinho. — A temporada do verão está começando. A forma mais fácil de desaparecer é entrar e sair pela balsa. Mas talvez ele não tenha ido e vindo da mesma forma. Talvez tenha se hospedado em algum lugar, montado uma barraca num camping ou...

Ela deu um pulo quando Matt bateu na janela.

— Desculpe — disse o rapaz quando o vidro foi baixado. — O xerife avisou que a casa está liberada.

— Obrigada. Obrigada, Matt.

Fiona analisou tudo enquanto Simon dirigia, tudo que lhe era familiar. Será que ele andara por ali? Teria se arriscado com os cachorros? Será que sua necessidade seria mais forte que o bom senso e a prudência? Talvez ele quisesse pagar para ver, caminhando devagar para observar a casa, quem sabe torcendo para encontrá-la sentada na varanda ou tirando ervas daninhas da horta.

Coisas comuns, coisas que as pessoas faziam todos os dias.

Andando até a caixa do correio, pensou ela, cumprindo alguma tarefa ao ar livre, dando aula, brincando com os cachorros.

Rotina.

A ideia de que ele poderia ter vindo antes, talvez a analisado, observado, vigiado — da mesma forma como Perry fizera — encheu-a de um pavor nauseante que deixou sua boca com um gosto amargo.

McMahon abriu sua porta quando Simon estacionou.

— Nenhum sinal de arrombamento. Não vi nada que parecesse fora do lugar lá dentro, mas me avise se notar alguma coisa. Demos uma volta pelo quintal, e vou pedir para Davey e Matt fazerem outra ronda, afastarem-se um pouco mais enquanto conversamos lá dentro. Está bem?

— Sim. Xerife, eu liguei para o agente Tawney. Achei que deveria. Não quero questionar sua autoridade, mas...

— Fiona. Há quanto tempo você me conhece?

Ela soltou um suspiro aliviado diante do tom tranquilo dele.

— Desde que comecei a vir aqui para visitar meu pai nas férias de verão.

— Tempo suficiente para saber que não estou preocupado com a minha autoridade. Entre, dê uma olhada lá dentro. Se encontrar alguma coisa estranha, me avise. Mesmo que não tenha certeza.

A vantagem de uma casa pequena, pensou Fiona, era não precisar de muito tempo para conseguir analisar todos os cômodos, mesmo com ela se dando o trabalho — talvez sendo um pouco obsessiva — de abrir algumas gavetas.

— Tudo está como deixamos.

— Que bom. Vamos sentar e conversar um pouco?

— Quer beber alguma coisa? Posso...

— Não, obrigado. Não se preocupe. — O xerife sentou-se e continuou usando o tom de voz afável que Simon entendia ser designado para acalmar pessoas nervosas e agitadas. — Deixei Davey cuidar desse assunto porque achei que você se sentiria mais confortável com ele, não porque não estou envolvido. Não quero que pense que não estou levando o caso a sério.

— Há quanto tempo o senhor me conhece?

Ele sorriu, as ruguinhas nos cantos de seus olhos se tornaram mais nítidas.

— Então estamos entendidos. A que horas vocês saíram ontem?

— Registrei a chamada às 7h15. Não anotei a hora em que saímos, mas imagino que tenha sido menos de 15 minutos depois. Foi apenas o tempo de ligar para Mai, verificar as mochilas, trancar tudo e levar todo mundo para o carro. Deixamos os cachorros na casa de Syl, com exceção de Bogart, e fomos encontrar Chuck. A Unidade inteira estava saindo da ilha às 7h55.

— Bom tempo de resposta.

— Nós treinamos bastante.

— Eu sei. E vocês encontraram as pessoas perdidas. Bom trabalho. Quando voltaram para a ilha?

— Chegamos à casa de Chuck às 3h30, então fomos buscar os cães. Liguei para a delegacia imediatamente, menos de um minuto depois de vermos a echarpe. Ela estava molhada? Úmida? Achei que...

— Você está tentando fazer meu trabalho? — O xerife balançou um dedo para ela, manteve o tom despreocupado. — Está seca. Choveu ontem. Acho que não tão forte quanto onde vocês estavam, mas foi um aguaceiro. Poderia já ter secado, porque o dia foi ensolarado. Mas ela não estava na caixa de correio quando Davey passou por aqui hoje, às 9h da manhã.

— Ah.

— Você não estava em casa, Fi, mas estamos de olho em tudo. Muita gente passa pela balsa em dias bonitos como hoje. Se eu tivesse que arriscar um palpite, diria que ele veio visitar a ilha, talvez tenha dado uma volta. Em algum momento entre as 9h da manhã e as 4h15 da tarde, amarrou a echarpe aqui. Devia estar de carro, porque você mora num lugar afastado. Não imagino que tenha vindo caminhando ou que tenha pegado uma carona.

— Não — murmurou Fiona —, ele precisa de um carro.

De um carro com porta-malas.

— Pedi a algumas pessoas em quem confio para prestarem atenção na balsa, vigiarem as saídas. Se virem um homem dirigindo sozinho, vão anotar a placa. Também vamos verificar os hotéis, pousadas, campings e até as casas de aluguel de temporada, mas vai demorar um pouco. Queremos saber de qualquer homem que esteja viajando desacompanhado.

— Já estou me sentindo melhor — murmurou ela.

— Que bom. Mas não quero que se arrisque de forma alguma, Fiona. Não estou dizendo isso apenas como xerife, mas como amigo do seu pai e de Sylvia. Não quero que fique aqui sozinha. Se preferir continuar na casa, precisa de companhia. Quero que todas as portas fiquem trancadas. O tempo todo — acrescentou o xerife, e o brilho de alerta em seu olhar deixou bem claro para Simon que o hábito de Fiona de deixar as portas abertas não era segredo.

— Pode deixar. Dou minha palavra de honra.

— Muito bem. Quando estiver no carro, baixe todos os pinos e mantenha as janelas fechadas. Quero que ande com seu telefone e que me passe o nome de todos os seus alunos novos. Todos. Se receber algum chamado para uma missão de busca, entre em contato comigo ou com a delegacia. Quero saber aonde você está indo e quero poder verificar onde está.

— Ela não vai ficar aqui — disse Simon. — Vai se mudar para a minha casa. Hoje. E vai pegar tudo de que precisa antes de o senhor ir embora.

— Não posso simplesmente...

— Boa ideia. — McMahon ignorou Fiona, assentindo para Simon. — Isso muda a situação. Mas também não quero que ela fique sozinha lá.

— Não vai ficar.

— Com licença? — Fiona ergueu as mãos. — Não quero criar caso, e não estou negando que preciso tomar precauções, mas não posso me mudar da minha casa, do lugar onde trabalho. Dou aulas aqui, e...

— Vamos dar um jeito. Faça as malas.

— E o meu...

— Pode nos dar um minuto? — perguntou Simon a McMahon.

— Sem problema. — Ele arrastou a cadeira para trás. — Vou esperar lá fora.

— Sabe como é irritante ser interrompida o tempo todo? — rebateu Fiona.

— Sei, provavelmente tão irritante quanto ver você se recusar a ter bom senso.

— Não estou fazendo isso. Mas o bom senso deve vir junto com a praticidade. Tenho três cachorros. Um negócio. O equipamento de que preciso para tocar esse negócio.

Desculpas, não motivos, concluiu Simon. E ele não ia engolir essas baboseiras.

— Você quer ser prática? Serei prático. Eu tenho uma casa maior, com mais espaço para os cachorros. Você não ficará sozinha, porque estou lá o tempo todo. Trabalho lá. Se ele vier te procurar aqui, não vai encontrá-la. Se você precisar da merda do equipamento, levamos a merda do equipamento. Ou eu faço um equipamento novo para você. Acha que não consigo montar a porra de uma gangorra?

— Não é isso. Ou não é só isso. — Ela esticou as mãos, depois as esfregou no rosto. — Você não me deu cinco segundos para pensar. Nem me perguntou nada.

— Não estou perguntando. Estou te dizendo para pegar suas coisas. Considere isso uma mudança de líder da matilha.

— Não tem graça.

— Não estou fazendo piada. Vamos pegar todos os equipamentos e suprimentos que conseguirmos hoje. Amanhã voltamos para buscar o resto. Droga, Fiona, ele estava a menos de quatrocentos metros da sua casa. Você me pediu para ficar, para ir contra meus instintos e contra o que eu queria fazer, e continuar naquele carro. Agora, é sua vez.

— Vou tirar aqueles cinco segundos para pensar.

Ela se virou, com os punhos fincados no quadril, e foi até a janela.

Sua casa — era esse o problema? Sua casa, o primeiro marco sólido da nova vida que construíra. Agora, em vez de se manter firme, de defendê-la, ela iria embora.

Será que estava sendo tão teimosa, tão tola assim?

— O tempo acabou.

— Ah, fique quieto — reclamou Fiona. — Estou sendo obrigada a sair da minha própria casa, então preciso de um maldito minuto para me ajustar.

— Tudo bem. Tire um minuto, mas depois vá fazer sua mala.

Ela se virou.

— Você está meio irritado por ter que fazer isso. Ou por achar que tem que fazer isso. Dormir aqui é uma coisa, mas eu praticamente me mudar de mala e cuia para sua casa é outra bem diferente.

— Certo. Aonde você quer chegar?

— Não quero chegar a lugar algum, é só uma observação. Preciso dar uns telefonemas. Não posso simplesmente fazer as malas. Preciso falar com meus alunos, pelo menos os que têm aula amanhã, e avisar que transferi a escola. Temporariamente — acrescentou ela, tanto para o bem dele quanto para o seu. — James é o número quatro da discagem rápida. Você pode pedir para ele vir nos ajudar com os equipamentos.

— Tudo bem.

— E vou ter que transferir minhas chamadas para o seu número. Do telefone de casa. Para os alunos e alertas de busca.

— Não me incomodo.

— Sim, você se incomoda — disse ela, agora cansada. — Obrigada por fazer isso, mesmo sem estar muito satisfeito com a ideia.

— Prefiro ficar um pouco apertado do que deixar que alguma coisa aconteça com você.

Fiona soltou uma meia risada.

— Você não faz ideia, de verdade, de como isso foi fofo. Prometo me esforçar para não te apertar muito. Pode ir contar ao xerife McMahon que você ganhou. Vou começar a arrumar as coisas.

Simon não tinha muita certeza de que ganhara, já que agora teria quatro cachorros e uma mulher sob seu teto, mas saiu da casa. McMahon interrompeu uma conversa com os policiais e seguiu para a varanda enquanto ele descia a escada.

— Ela está arrumando as coisas.

— Que bom. Vamos continuar passando aqui algumas vezes por dia, para dar uma olhada. Quando Fiona estiver indo e vindo por causa das aulas...

— Ela não fará isso. Vai dar as aulas na minha casa. Vou chamar James para me ajudar a levar aquilo tudo.

Com as sobrancelhas erguidas, McMahon olhou para o equipamento.

— Melhor ainda. Vamos fazer assim. O expediente de Matt está quase acabando. Ele é jovem e forte. Pode te ajudar. Não vai demorar muito. Aquelas cadeiras são suas, não são?

— São dela agora.

— Aham. Eu queria saber se você faz balanços com bancos grandes. Meu aniversário de casamento é no mês que vem. Tenho uma oficina, faço umas coisas básicas, bobagens. Achei que poderia tentar um balanço. Estávamos sentados em um quando pedi minha esposa em casamento. Mas logo descobri que era mais difícil do que eu imaginava.

— Posso fazer um.

— Seria bom se ele tivesse braços largos. Ela gosta de vermelho.

— Tudo bem.

— Ótimo. Depois conversamos sobre os detalhes. Pode ir buscar suas ferramentas para desmontar os equipamentos. Vou pedir ao Matt que vá levando o material que não precisa ser desmontado. — Ele fez menção de se afastar, mas parou. — Você está mesmo transformando um tronco em pia?

— Estou.

— Essa eu quero ver. Matt! Ajude Simon a colocar o parquinho dos cachorros na picape!

No fim das contas, ele acabou ligando para James, para ter um terceiro par de mãos e uma segunda picape. Com James, veio Lori, e com James e Lori, veio Koby.

A irritação inicial de Simon com o quintal lotado acabou desaparecendo diante da percepção de que, às vezes, as pessoas não atrapalhavam, mas ajudavam a facilitar um trabalho necessário e tedioso.

Não era uma questão de transportar apenas algumas malas cheias de roupas, não quando se tratava de Fiona. Eram malas, camas de cachorro, ração, brinquedos, coleiras, remédios, tigelas, equipamentos de limpeza — isso sem contar com as plataformas, a gangorra, o escorrega, o túnel. E os arquivos — meu Deus, quantos arquivos —, o computador, as mochilas, os mapas, as comidas que iriam estragar na geladeira.

— Os canteiros e a horta têm um irrigador automático — explicou ela quando Simon se recusou a levar os vasos de flores —, então vão ficar bem. Mas as flores precisam de água. E vão ficar bonitas lá. Além do além do mais, Simon, foi você quem teve a ideia.

Isso era verdade.

— Tudo bem, tudo bem. Só... vamos começar a guardar essas porcarias.

— Alguma preferência de onde devo colocar?

Ele encarou a última leva e se perguntou como diabos ela conseguia guardar aquilo tudo em sua casinha digna dos Sete Anões. Como conseguira organizar tanta coisa na caçamba? Isso sem contar o que deixara para trás.

— Tanto faz. Coloque seus trecos de escritório num dos quartos vazios, e não mexa nas minhas coisas mais do que o necessário.

Então foi ajudar James a montar o equipamento de treino.

Ao lado de Fiona, Lori revirou os olhos e pegou uma caixa de arquivos.

— Pode ir na frente.

— Não sei bem onde ficam as coisas, mas acho que podemos encontrar um canto no segundo andar para onde levar tudo.

Quando as duas entraram, Lori olhou ao redor.

— Que lugar legal. Bem legal. Muito espaço, luz e móveis bonitos. Apesar de serem poucos. Bagunçado — acrescentou ela enquanto subia a escada —, mas bem legal.

— Esta casa deve ser três ou quatro vezes maior que a minha.

Fiona espiou dentro de um quarto, franziu a testa para o equipamento de levantar peso, os itens de academia, montes de roupa e caixas fechadas.

Tentou outro. Uma pilha de latas de tinta, alguns pincéis, rolos, baldes, ferramentas, serras.

— Tudo bem, acho que este serve. Vou precisar da minha escrivaninha e da minha cadeira. Não pensei nisso. — Ela fez cara feia para a poeira no chão e na janela. — É uma bagunça — murmurou —, e sei o que você está pensando. Fico nervosa em lugares bagunçados. — Ela largou a caixa de arquivos, girou. — Posso lidar com isso.

E com ele, pensou. Por enquanto.

Capítulo 23

◆ ◆ ◆ ◆

Fiona optou por arrumar o escritório primeiro. O que, no caso, significava limpar o cômodo antes. Ela conseguiria viver num lugar bagunçado. Aquela não era sua casa. Mas, independentemente de ser uma moradora temporária ou não, seria impossível trabalhar no meio de poeira e desorganização.

Enquanto Lori e James iam buscar sua escrivaninha e cadeira — e uma luminária e um relógio de mesa —, ela foi caçar materiais de limpeza. E, já que Simon parecia preferir comprar apenas o básico do básico, ligou para Lori para acrescentar uma lista dos seus próprios produtos.

Como alguém — especialmente o dono de um cachorro — conseguia viver sem uma vassoura Swiffer?

Usando o que tinha, Fiona limpou a poeira acumulada por vários meses nas janelas, no chão, nos rodapés, e descobriu um banheiro onde antes acreditava haver apenas outro armário.

Um banheiro, pensou ela, bufando, que com certeza não fora limpo desde que ele se mudara. Felizmente, seu único propósito parecia ser acumular mais poeira.

Ela estava de quatro, esfregando o chão, quando Simon entrou.

— O que você está fazendo?

— Planejando minha próxima viagem a Roma. O que você acha que estou fazendo? Limpando o banheiro.

— Por quê?

— O fato de você sentir a necessidade de me perguntar isso explica muita coisa. — Fiona sentou sobre os calcanhares. — Talvez eu precise, em algum momento, fazer xixi. Acontece com certa regularidade todos os dias. E pode me chamar de fresca, mas prefiro exercer essa atividade em locais em condições higiênicas.

Simon enfiou as mãos nos bolsos, se apoiou no batente.

— Não estou usando este quarto nem o banheiro. Por enquanto.

— Sério? Eu nem percebi.

Ele olhou para o cômodo limpo, parando no ponto em que latas de tinta estavam empilhadas ao lado de serras, rolos, baldes e pincéis de forma organizada, sobre lonas dobradas.

— Você vai botar suas coisas aqui?

— Seria um problema?

— Para mim, não. Você lavou o chão?

— Limpei com um pano molhado. E só queria observar que, para alguém que trabalha com madeira, você deveria cuidar mais do piso da sua casa. Passe pelo menos uma cera.

— Eu tenho cera. Em algum lugar. Talvez. — Ele estava ficando nervoso. — Ando ocupado.

— Entendi.

— Você não vai limpar a casa inteira, vai?

Fiona passou uma das mãos pela testa.

— Juro que não. E vou deixar essa porta fechada para você não ficar ofendido.

— Agora você está sendo implicante.

Como ela notou o tom brincalhão de sua voz, sorriu de volta para ele.

— Sim, estou. Vá embora, para eu conseguir terminar a faxina. Obrigada por me deixar ficar aqui, Simon.

— Aham.

— Estou agradecendo de verdade, e sei que vou acabar com sua paz, sua rotina e sua privacidade.

— Cale a boca.

— Eu só quero agrade...

— Cale a boca — repetiu ele. — Você é importante. Só isso. Tenho mais o que fazer.

Fiona voltou a sentar sobre os calcanhares quando ele saiu. *Cale a boca. Você é importante. Só isso.* Sinceramente, vindo de Simon, aquilo era praticamente um poema de Shelley.

Quando ela terminou de arrumar o escritório, posicionando a escrivaninha sob a janela, de frente para o quintal dos fundos e a floresta, tudo que queria era uma taça de vinho e uma cadeira confortável. Mas seu senso de organização não permitia que deixasse suas roupas nas malas.

Daria uma olhada no quarto de Simon e depois iria atrás dele para perguntar onde guardar suas coisas.

Ficou surpresa ao encontrar a cama feita — mais ou menos feita. As camas dos cachorros foram jogadas num canto, e a porta da varanda estava aberta, deixando o ar entrar.

Fiona deu uma olhada no armário, viu que Simon afastara as roupas para dar espaço para as coisas dela. Mas ainda precisava de uma gaveta. Duas seriam melhor. Foi até a cômoda, abriu uma com cautela. Vazia. Ele estava um passo à frente, pensou ela, e então inclinou a cabeça para o lado, fungou.

Aquele cheiro era limão?

Curiosa, Fiona seguiu para o banheiro, e apoiou-se no batente. Era nítido que o lugar fora limpo recentemente — o aroma cítrico, o brilho da porcelana, o resplendor do metal polido. As toalhas penduradas de forma organizada derreteram seu coração.

Simon devia ter xingado a cada esfregada, mas, bem, ela era importante. Só isso.

Fiona guardou suas roupas, organizou seus utensílios de banheiro e desceu para encontrá-lo.

Ele estava parado na cozinha, olhando pela porta dos fundos para o equipamento de treino.

— Você devia substituir algumas coisas — disse ele sem se virar. — A plataforma está em péssimo estado.

— Eu sei. James e Lori já foram?

— Sim. Ela colocou umas coisas na geladeira, e disse que te liga amanhã. Perguntei se queriam uma cerveja — acrescentou ele, quase na defensiva. — Mas deixaram para a próxima.

— Deviam estar cansados.

— É. Eu quero uma cerveja e a praia.

— Parece perfeito. Pode ir. Ainda preciso fazer umas coisas, mas já desço. Simon foi até a geladeira para pegar a bebida.

— Não limpe nada.

Fiona ergueu a mão.

— Juro que não.

— Tudo bem. Vou deixar Newman e levar o resto.

Ela concordou com a cabeça. Não podia ficar sozinha. Nem ali.

Então esperou até Simon sair, até ouvi-lo mandar Newman ficar, ficar com Fi. Ela sentou-se à bancada, apoiou a cabeça na superfície e esperou pelas lágrimas que tinham começado a queimar sua garganta.

Mas o choro não vinha. Acabara segurando-o por tempo demais. Mantivera o controle por tantas horas que agora estava bloqueada, com aquele sofrimento trancado dentro de si, ferindo sua garganta, fazendo sua cabeça doer.

— Tudo bem.

Fiona suspirou, levantando-se. Em vez de pegar uma cerveja, escolheu uma garrafa de água. Melhor, pensou. Mais simples.

Então saiu para o quintal, onde o fiel Newman a esperava.

— Vamos dar uma volta.

O labrador levantou na mesma hora, balançando o corpo inteiro enquanto se esfregava na dona.

— Eu sei, é um lugar diferente. Mas é legal, não é? Bem espaçoso. Vai ser bom passar um tempo aqui. Vamos dar um jeito nas coisas.

Por instinto, seus olhos encontraram lugares que precisavam de flores, um espaço para plantar uma horta.

Não podia mexer em nada ali, lembrou a si mesma.

— Devia ser mais colorido aqui fora, ter mais bancos. É estranho Simon não ter pensado nisso, já que é um artista. — Fiona parou quando os dois chegaram ao declive que levava à praia. — Mas ele tem essa vista maravilhosa.

Os degraus tortos até a faixa estreita de areia e a bela expansão de água eram charmosos. As estrelas brilhavam, acrescentando uma sensação de paz, de privacidade. Simon andava com os três cachorros, que farejavam a areia, as pedras e o mar.

Ele sentira falta daquilo, percebeu Fiona, de suas caminhadas solitárias ao pôr do sol, onde a terra e a água se encontravam. Sentira falta do silêncio, do barulho suave das ondas no fim do dia, mas se afastara de tudo para ficar com ela.

Independentemente do que acontecesse com eles, entre eles, Fiona se lembraria disso.

Enquanto estava parada ali, olhando para baixo, viu Simon tirar bolas de tênis amarelas de um saco que prendera ao cinto. Então as jogou, uma, duas, três, na água — e os cachorros as perseguiram, pulando.

Eles ficariam com um cheiro... maravilhoso, pensou ela, observando-os nadar na direção das bolas flutuantes.

Enquanto pensava nisso, ouviu a risada de Simon se destacar sobre o barulho suave das ondas, sobre o silêncio — e o som afastou seus demônios.

Olhe só para eles, pensou. Veja como são maravilhosos, como são perfeitos. Meus meninos.

Ao seu lado, Newman tremia de ansiedade.

— Dane-se. Tanto faz ter três ou quatro cachorros fedidos. Vá! Vá brincar!

O labrador desceu disparado pelos degraus tortos, deixando sua alegria nítida na velocidade, nos latidos desafiadores. Simon jogou uma quarta bola no ar, agarrou-a e arremessou na direção da água. Sem diminuir o ritmo, Newman foi atrás dela.

E Fiona desceu correndo para se juntar à brincadeira.

Em seu quarto de hotel perto do aeroporto de Seattle, Francis X. Eckle lia a mensagem mais recente de Perry e bebericava sua dose noturna de uísque com gelo.

O tom da carta não era do seu agrado, não mesmo. Palavras como *decepcionado, controle, foco, desnecessário* se destacavam e feriam seu orgulho. Seu ego.

Que chato, pensou ele, e amassou o papel. Chato, reclamão e irritante. Perry precisava se lembrar de quem estava no presídio e quem estava livre.

Esse era o problema com professores — e ele devia ter imaginado que seria assim, já que, antes de evoluir, também fora um. Todos chatos, reclamões e irritantes.

Já estava cansado daquilo.

Agora, ele tinha o poder da vida e da morte em suas mãos.

Eckle ergueu uma delas, analisando-a. Sorriu.

Ele soprava medo, distribuía dor, sugava a esperança e depois a esmagava. Via tudo isso nos olhos delas, o medo, a dor, a esperança e, finalmente, a rendição.

Perry nunca sentira aquela *onda* de poder e conhecimento. Se tivesse sentido, se tivesse sentido de verdade, não viveria lhe dando lições de moral sobre prudência e controle — ou, como gostava de dizer, sobre "a morte limpa".

Annette fora sua vítima mais prazerosa até agora. E por quê? Por causa do som que seus punhos faziam ao se chocarem contra a pele dela, quebrando ossos. Porque os dois compartilharam a *sensação* de cada golpe.

Claro, houvera sangue — a sujeira, o cheiro. Eckle conseguira observar, analisar a forma como os hematomas surgiam, como iam manchando a pele, e apreciara os tons diferentes — causados por tapas ou socos.

Os dois tinham se conhecido melhor, não tinham? Tirar um tempo para fazer isso, para compartilhar a dor, tornava a morte muito mais íntima. Muito mais *real*.

Agora que pensava a respeito, percebia que o trabalho de Perry não tinha sangue, emoção, talvez fosse até impessoal. Não podia haver prazer verdadeiro com tão pouca paixão. A única vez que Perry saíra dos trilhos, que se permitira ser verdadeiro consigo próprio, não dera conta do recado.

Agora, estava trancafiado numa cela.

E era por isso que aquele aceleramento gradual e criativo lhe trazia uma emoção superior. Por isso que ele, agora, era superior.

Chegara o momento de cortar ligações com Perry. Ele não tinha mais nada a aprender com aquela fonte, e desejo nenhum de ensinar.

Caindo em si, Eckle levantou para pegar a carta amassada. Então alisou-a com cuidado antes de colocá-la na pasta, junto com as outras.

Tinha começado a escrever um livro sobre sua vida, sua revelação, sua evolução, seu trabalho. E sabia que a obra só seria publicada após sua morte. Ele já aceitara seu inevitável fim, e isso tornava cada momento vital.

Não seria preso. Não, jamais seria preso. Ele passara boa parte da vida numa prisão que impusera a si mesmo. Mas teria glória. No fim, no inevitável fim, ele teria glória.

Por enquanto, simplesmente seria uma sombra, entrando e saindo da luz, não identificado, desconhecido. Ou conhecido apenas por aquelas que escolhia, por aquelas que cruzavam o limiar entre a vida e a morte vendo apenas o rosto dele.

Já escolhera a próxima.

Outra mudança, pensou. Outro estágio de sua evolução. E, enquanto a analisava, caçava-a como um lobo caça um coelho, pensando no que aconteceria entre eles.

A ironia era fantástica, e Eckle sabia, sabia que aquilo só aumentaria sua excitação.

E então, num futuro próximo, haveria Fiona.

Ele pegou o jornal, desdobrou as páginas, passou uma das mãos sobre o rosto dela. Cumpriria sua obrigação com Perry, pagaria completamente sua dívida.

Ela seria a última a usar a echarpe vermelha. Seria adequado. Fiona se tornaria o auge desta fase do seu trabalho. O clímax, com uma última homenagem a Perry.

Eckle já sabia que ela seria sua favorita. Antes de completar o serviço, a faria sentir mais dor, mais medo do que qualquer outra.

Ah, como as pessoas ficariam em polvorosa quando a capturasse, quando acabasse com a vida dela. Ninguém falaria de outra coisa. Todos prestariam atenção e tremeriam de medo do homem que matara a sobrevivente de Perry.

AEVII.

Ele balançou a cabeça ao ler o nome, riu.

Ficou envaidecido.

Depois que Fiona estivesse na cova rasa que ela mesma cavaria, AEVII deixaria de existir. Ele se tornaria outra pessoa, outra coisa, encontraria outro símbolo ao embarcar na próxima fase de seu trabalho.

De certa forma, pensou enquanto tomava outro gole de uísque, Fiona seria seu fim, mas também seu começo.

𝓜ANTZ DESLIGOU o telefone e bateu com o punho na mesa.

— Acho que tenho uma pista.

Tawney afastou o olhar do monitor.

— O quê?

— Eu estava verificando os endereços e o histórico profissional dos funcionários da prisão e terceirizados. Encontrei um Francis X. Eckle, que dá aula em College Place — literatura inglesa, escrita criativa. Lecionou quatro matérias no presídio nos últimos dois anos e meio. Mas não voltou ao trabalho depois das férias de inverno. Mandou sua carta de demissão pelo correio, dizendo que tinha uma emergência familiar.

— Você verificou?

— Ele não tem família. Não no sentido tradicional. Começou a viver em abrigos para menores aos 4 anos. Não passou nenhum contato para a universidade. Tanto o telefone de casa quanto o celular foram desconectados.

— Vamos procurar mais informações. Encontre as assistentes sociais que cuidaram dele, alguma informação sobre os abrigos. Nenhum antecedente criminal?

— Nada. Não possui irmãos, cônjuge nem filhos. — Apesar de a voz da agente permanecer impessoal, seus olhos brilhavam com a emoção da caçada. — Perry estava inscrito nas quatro aulas que ele deu na prisão. Verifiquei os cartões de crédito de Eckle. Não são usados desde janeiro. Ele não fez nenhuma compra, mas também não os cancelou. Isso é estranho.

— Sim, é estranho. Ele pode ter morrido.

— Meus instintos estão dizendo que é esse cara, Tawney. Olhe, sei que você queria ir falar com Bristow hoje ou amanhã, mas acho melhor investigarmos isso, falarmos pessoalmente com qualquer pessoa que o conheça.

— Tudo bem. Vamos dar uma olhada em suas contas bancárias, tentar conseguir mais informações sobre seu passado. Um professor de inglês?

— Tinha um contrato temporário. É solteiro, mora sozinho, tem 42 anos. O diretor com quem conversei disse que ele seguia uma rotina, fazia seu trabalho, não chamava atenção. Não conseguiu se lembrar de já tê-lo visto com amigos, e a universidade é bem pequena, Tawney.

Isso fez os olhos do agente brilharem também.

— Comece a ligar para as pessoas. Vou cuidar dos detalhes da viagem.

SIMON COBRIU A ADEGA quase terminada com uma lona. Ele se sentia idiota fazendo aquilo, mas não queria que Fiona a visse ou fizesse perguntas. E talvez não quisesse pensar muito no fato de que fizera um móvel só para agradá-la.

Fora bem estranho acordar e saber que ela estava ali. Não na cama, é claro, pensou ele enquanto acrescentava uma terceira camada de verniz à pia no tronco. Fiona não conseguia continuar dormindo se o sol já estivesse no céu. Mas ela estava ali, na casa dele, no espaço dele.

O banheiro tinha o perfume dela, assim como a cozinha cheirava ao café que fora preparado enquanto ele ainda dormia.

E a parte mais estranha? Simon não se incomodara. E também não se incomodara quando, depois de um momento confuso, abrira uma gaveta em busca de uma colher e encontrou seus talheres organizados por tipo.

Olhara ao redor e achara que a cozinha parecia mais arrumada — porém, não se lembrava exatamente de como a deixara, então era impossível ter certeza.

Quando ele começara a se preparar para o trabalho, Fiona já havia alimentado os cães, dado-lhes uma rápida lição, tomado banho, se arrumado e molhado as plantas que trouxera.

Simon ouvira os carros chegando para a primeira aula e ficara na varanda da oficina para ver quem saía.

Tinha diminuído o volume de sua música para conseguir ouvir caso ela gritasse — e *isso* fora um sacrifício. Mas ninguém o perturbara ou dera as caras na oficina durante as aulas da manhã.

Até Tubarão o abandonara.

O que era ótimo — mais do que ótimo. Ele não precisara se preocupar em não envernizar pelos perdidos de cachorro nem precisara ignorar gravetos e bolas jogadas aos seus pés e aquele olhar pidão de quem queria brincar.

Conseguira cortar mais modelos, colara e prendera várias peças, e, agora, quando o relógio da oficina quase marcava meio-dia, ele passava outra demão na pia, destacando o grão da madeira, escurecendo os tons.

De esguelha, viu a movimentação na porta e parou para encarar Fiona e o cão.

— Não deixe eles entrarem. O verniz está fresco. Se alguém se sacudir aqui perto, vai ficar cheio de pelos.

— Sentem. Fiquem. Só vim perguntar se você queria um sanduíche ou... — Ela se interrompeu, os olhos fixos em seu trabalho. E Simon teve a grande satisfação de vê-la ficar boquiaberta. — Ah, meu Deus. Isso é o tronco? Isso é o meu tronco?

— Meu tronco.

— Ficou maravilhoso!

Por instinto, ela esticou a mão para tocá-lo. Simon a afastou com um tapa.

— Ai. Tudo bem, desculpe, o verniz está fresco. Ficou de cabeça para baixo. É assim que funciona. É claro. — Fiona enfiou as mãos nos bolsos de trás para não encostar em nada e levar outro tapa, deu a volta na pia. — As raízes formam a base, a estrutura, seja lá qual for o nome, para a pia. Ela parece ter brotado numa floresta mágica. Quem ia imaginar que raízes de árvore ficariam tão bonitas? Bem, você. Mas a pia. Do que é feita?

— Nó de madeira. Eu a encontrei uns meses atrás. Só precisava achar a base certa.

— A cor ficou tão bonita. Parece mel. Ficou linda, Simon. Eu sabia que você ia fazer algo interessante, mas não achei que ficaria lindo.

Ele detestava receber elogios melosos sobre seu trabalho. Mas, vindo dela, com todo aquele prazer deslumbrado em seu rosto, Simon só sentia satisfação, o que era estranho.

— Ainda não terminei.

— O que vai fazer com ela?

— Não sei. — Ele deu de ombros, porque percebeu que queria lhe dar a pia. Combinava com ela. — Talvez eu venda, talvez não.

— Quem lavar as mãos nela vai se sentir mágico. Nunca mais vou olhar para um tronco da mesma forma. Meu Deus, espere só até as pessoas verem isso! — Fiona riu. — Enfim, tenho duas horas livres antes da aula da tarde. Se você estiver com fome, posso fazer um sanduíche.

Simon refletiu sobre o assunto, sobre ela.

— Escute, não quero que você fique me paparicando, porque depois vou querer que continue fazendo isso.

Fiona pensou nesse comentário.

— Sabe, por estranho que pareça, acho que faz sentido. Tudo bem, que tal fazermos uma troca?

— Que tipo de troca?

— Eu faço um sanduíche para você e ganho uns pedaços de madeira. Anotei os tamanhos que quero.

Ela tirou uma lista do bolso e entregou a ele. Simon franziu a testa.

— Para que isso tudo?

— Para mim.

Fiona sorriu.

— Tudo bem. Você não anotou a espessura.

— Ah. Hum. Assim?

Ela fez um pequeno espaço entre o dedão e o indicador.

— Uns cinco milímetros. Que tipo de madeira?

— Qualquer uma que tiver por aí.

— Acabamento?

— Eita, quantas decisões. Tipo aquilo, claro. Não preciso de nada muito sofisticado.

— Tudo bem. Vou cortá-las depois que acabar aqui.

— Perfeito.

No fim, tudo tinha dado certo, pensou Simon. Comeu um sanduíche que não precisou preparar, e nenhum dos dois atrapalhou o trabalho do outro. Apesar de ter jurado que não faria isto, ela limpou a casa — de forma sutil. Ele a viu varrendo a varanda, e, quando percebeu que tinha se esquecido de encher o frigobar e foi buscar uma bebida, quase ficou cego com o brilho do interior da geladeira.

Então ouviu o som suspeito da máquina de lavar.

Sem problema, os dois combinariam outra troca. Ele faria equipamentos novos para ela quando tivesse tempo livre.

Ao voltar para o quintal, Simon a viu andando de um lado para o outro, falando ao telefone. Sentindo que alguma coisa tinha acontecido, ele se aproximou.

— Sim, claro, tudo bem. Obrigada por ligar. De verdade. Tudo bem. Tchau. — Fiona desligou. — Era o agente Tawney. Ele queria vir hoje, mas teve que mudar os planos. Acho que descobriram algo. Ele fez questão de não me contar nada, mas acho que encontraram uma pista. Sua voz estava calma demais.

— Calma demais?

— Propositalmente calma. — Fiona esfregou a base da mão entre os seios, como Simon sabia que fazia quando tentava se acalmar. — Como se não quisesse demonstrar animação ou interesse — explicou ela. — Talvez eu só esteja esperançosa, mas foi isso que pareceu. E ele não me contou nada porque não queria que eu reagisse do jeito que estou reagindo. — Ela fechou os olhos, respirou fundo. — Ainda bem que minha tarde está ocupada. Não tenho tempo para ficar obcecada.

— Claro que tem. É um hábito seu. — Esticando o braço atrás dela, Simon puxou sua trança e mudou de assunto para acalmá-la. — Você está lavando minhas roupas, mãe?

— Estou lavando as minhas — disse ela num tom afetado. — Talvez tenha uma peça ou outra sua, só para encher a máquina.

Ele a cutucou no ombro.

— Preste atenção.

Fiona botou as mãos no quadril enquanto ele se afastava.

— Já fiz o pior. Troquei os lençóis da cama.

Simon balançou a cabeça, continuou andando — e a fez rir.

T̄awney e sua parceira foram ao último endereço de Eckle primeiro, num prédio pequeno de três andares, perto da universidade. Suas batidas à porta do apartamento 202 não foram atendidas — mas a porta do outro lado do corredor abriu uma fresta.

— Ela saiu.

— Ela?

— Faz só duas semanas que se mudou. — A fresta aumentou. — Novinha, primeiro apartamento. O que vocês querem?

Os dois agentes exibiram suas identificações. E a porta se escancarou.

— FBI!

O tom de voz dela era tão animado que poderia estar anunciando *Papai Noel!*

Tawney avaliou que a mulher com olhos brilhantes de passarinho por trás de óculos de armação prateada devia ter por volta de 70 anos.

— Adoro aqueles seriados do FBI na televisão. Assisto a todos. Os de policiais também. Aquela mocinha aprontou alguma? Eu jamais imaginaria. Ela é simpática e educada. Limpinha, apesar de se vestir como essa garotada.

— Na verdade, nós queríamos conversar com Francis Eckle.

— Ah, ele foi embora depois do Natal. A mãe ficou doente. Pelo menos foi isso que ele *disse*. Aposto que está em algum programa de proteção a testemunhas. Ou é um serial killer. Ele faz o tipo.

Mantz ergueu as sobrancelhas.

— Sra...?

— Hawbaker. Stella Hawbaker.

— Sra. Hawbaker, podemos conversar?

— Eu sabia que aquele sujeito era esquisito. — Ela apontou um dedo. — Entrem. Sentem-se — continuou, desligando a televisão. — Não tomo café, mas tenho um pouco para quando meus filhos me visitam. E refrigerante.

— Não precisa — disse Tawney. — A senhora disse que o Sr. Eckle foi embora depois do Natal.

— Isso mesmo. Eu o vi saindo com as malas, no meio do dia, quando a única pessoa no prédio era eu. Então perguntei se ia viajar. Ele sorriu daquele jeito de sempre, sem me olhar nos olhos, e disse que precisava ir cuidar da mãe, porque ela caiu e quebrou a bacia. Mas, nesses anos todos que morou aqui, ele nunca mencionou a mãe. Acho que quase nunca mencionava qualquer coisa. Não era de muitos amigos — acrescentou a Sra. Hawbaker, assentindo com a cabeça com um ar sábio. — É isso que dizem sobre as pessoas que saem por aí dando machadadas nos outros. Que não eram de muitos amigos, caladas.

— Ele mencionou onde a mãe mora?

— Eu perguntei, e ele disse que em Columbus, Ohio. Agora, me digam uma coisa — questionou a mulher, apontando o dedo de novo —, se ele tem uma mãe que mora no Leste, porque nunca foi visitá-la antes, e como é que ela nunca deu as caras por aqui? — Então bateu com o dedo na lateral do nariz. — Isso não me cheira bem. E o pior é que ele nunca voltou. Deixou todos os móveis. Ou a maioria, pelo que vi quando o senhorio finalmente veio esvaziar o apartamento. Não havia muita coisa, mas sei que ele tinha estantes cheias de livros que não levou. Deve ter vendido tudo no eBay ou qualquer coisa assim.

— A senhora presta atenção nas coisas.

Ela aceitou o comentário de Tawney com um sorriso astuto.

— Presto mesmo, e, como a maioria das pessoas prefere fingir que mulheres mais velhas não existem, passo despercebida. Nos últimos meses, eu o vi carregando caixas ou pilhas de envelopes, voltando sem nada. Então imagino que tenha vendido os livros. Para conseguir dinheiro. Não pagou o aluguel de janeiro. E, como conversei com o senhorio, sei que ele pediu demissão do emprego e raspou sua conta bancária. Tirou cada centavo. — Aqueles olhos brilhantes se tornaram perspicazes. — Imagino que vocês já saibam disso.

— Ele recebia amigos, visitas? — perguntou Mantz. — Namoradas?

A Sra. Hawbaker fez um barulho zombeteiro.

— Nunca o vi com uma mulher. Nem com um homem, se era disso que gostava. Muito esquisito. Mas pelo menos era educado. Bem-articulado, mas não dava um pio caso você não tomasse a iniciativa. O que ele fez?

— Só queremos conversar com ele.

Agora, ela assentiu com a cabeça, esperta.

— Ele está "sob investigação", e imagino que isso signifique que fez algo ruim. Ele tinha um desses carrinhos compactos com um porta-malas que abre no banco de trás. Foi onde botou suas malas naquele dia. E tem mais uma coisa. Sou fofoqueira, dei uma olhada lá e conversei com o senhorio sobre isto. Não havia uma foto naquela casa, nem uma carta ou cartão-postal. Acho que ele não pretendia voltar. E não foi cuidar da mãe com a bacia quebrada. Se tinha mãe, provavelmente a matou enquanto ela dormia.

Do lado de fora, Mantz abriu a porta do carro.

— Mas que mulher observadora.

— Não acho que Eckle tenha matado a mãe, especialmente porque os registros mostram que ela teve uma overdose quando ele tinha 8 anos.

— A vizinha está certa, Tawney. Se ele não for nosso suspeito, sou uma dançarina de cabaré.

— Com essas pernas, acho que você teria chance, Erin, mas prefiro investigar melhor. Vamos encontrar o senhorio, ver o que conseguimos descobrir na universidade. Depois, acho melhor voltarmos ao presídio.

Capítulo 24

♦ ♦ ♦ ♦

Um dia, Fiona esperava sentir qualquer coisa diferente de pavor quando visse a viatura de Davey se aproximando de sua casa.

— Droga, ele encontrou a gente — brincou um dos alunos, e ela conseguiu abrir um sorriso tenso.

— Não se preocupe, eu tenho meus contatos. Jana, viu como Lótus está dando voltas? O que você acha que ela está fazendo?

— Hum, será que encontrou um ponto em que o cheiro está acumulado?

— Talvez. Talvez ela esteja tentando encontrar um novo sinal, entender o que está acontecendo. Talvez tenha sentido um cheiro diferente e esteja tentando associá-lo. Você precisa entender o que está acontecendo. Trabalhe com ela. Ajude-a a se concentrar. Observe seu rabo, seus pelos, escute sua respiração. Cada reação tem um significado, e os dela podem ser diferentes daqueles que o cão de Mike exibiria, por exemplo. Já volto.

Ela se afastou, com o coração martelando cada vez mais contra as costelas a cada passo que Davey dava em sua direção.

— Desculpe interromper a aula. E não são más notícias. Vai demorar muito?

— Quinze, vinte minutos. O que...

— Não são más notícias — repetiu ele. — Mas não quero falar na frente de todo mundo. Posso esperar. Só cheguei na hora errada.

— Não, já devíamos ter terminado, mas a turma pediu para eu dar um reforço sobre buscas de cadáveres. São apenas quatro alunos, e eu estava com tempo sobrando, então...

Fiona deu de ombros.

— Fique à vontade. Posso assistir?

— Claro.

— Fi? — Jana sinalizou que precisava de ajuda, depois jogou as mãos para o alto, frustrada. — Ela não está entendendo, parece confusa e, bem, entediada. Sempre acertamos em casa. Lótus adora essa parte, já sabemos tudo de cor.

Concentre-se, ordenou Fiona a si mesma.

— Vocês não estão em casa. Lembre, lugar novo, ambiente novo, problemas novos.

— Sim, sim, você comentou isso antes, mas, se formos aprovadas, todo lugar aonde formos realizar buscas será um lugar novo.

— Com certeza. E é por isso que é bom passar por muitas experiências diferentes. Ela sempre aprende um pouco. Lótus é inteligente e animada, mas não está concentrada hoje. E sente a sua frustração. Primeiro, vamos relaxar.

Você também, disse Fiona para si mesma, e olhou para Davey, que estava assistindo a tudo de pé.

— Volte para o lugar onde ela começou a girar e perder o interesse. Ofereça-lhe o cheiro de novo, dê-lhe uma recompensa, restabeleça o contato. Se ela não conseguir hoje, leve-a até a fonte, deixe que a encontre, dê-lhe a recompensa.

As duas formavam uma boa equipe, pensou Fiona enquanto observava. Mas a parceira humana tinha a tendência a querer resultados rápidos. Mesmo assim, dedicava tempo e energia ao treinamento, tinha um bom relacionamento com a cadela.

Ela se virou para observar Mike e seu pastor australiano comemorando a descoberta. O cachorro aceitou um biscoito e os elogios, feliz, antes de o dono calçar as luvas de plástico e pegar o cilindro com os fragmentos de ossos humanos.

Muito bem, pensou Fiona. E seu terceiro aluno mantinha o focinho e o rabo para cima, o que indicava que encontraria sua fonte a qualquer instante.

Um dia, todos eles poderiam ser chamados para participar de uma missão, fazer buscas em florestas, colinas, campos, ruas, e encontrar restos humanos. E encontrá-los ajudaria a trazer consolo para a família, ajudaria a polícia a achar respostas.

Cadáveres, pensou ela, como o de Annette Kellworth. Dispostos de forma cruel sob alguns centímetros de terra, abandonados como um brinquedo quebrado, enquanto o responsável caçava uma novidade.

Haveria outra? Ainda mais perto dali? Será que sua própria Unidade seria chamada para a busca? Fiona se perguntou se seria capaz disso, de pegar um de seus preciosos cachorros e procurar por um corpo que poderia ter sido o dela.

Que teria sido o dela caso um homem desconhecido tivesse conseguido o que queria.

— Ela achou! — gritou Jana enquanto se inclinava para abraçar Lótus. — Ela achou!

— Fantástico.

Não era uma notícia ruim, Fiona lembrou a si mesma enquanto guardava os equipamentos da aula. E foi pegar duas Cocas na geladeira para eles.

— Tudo bem — disse ela. — Desembucha.

— O FBI encontrou uma pista. Acham que é promissora.

— Uma pista. — Agora, seus joelhos podiam tremer. Ela se apoiou na bancada para se manter em pé. — Que tipo de pista?

— Estão procurando por um homem específico, que teve contato com Perry no presídio. Um professor terceirizado que lecionava inglês em College Place.

— Procurando?

— Sim. Ele pediu demissão do emprego, fez as malas e foi embora entre o Natal e o Ano-Novo. Zerou a conta bancária, deixou os móveis para trás, não pagou mais o aluguel. E dizem que se encaixa no perfil. O problema é que ele não fala com Perry há quase um ano, até onde se sabe. É bastante tempo.

— Ele é paciente. Perry. Ele é paciente.

— Os agentes do FBI foram pressioná-lo. Para tentar descobrir tudo que ele sabe. E estão investigando o passado desse cara. Sabem que ele é solitário. Não se relaciona com ninguém, não tem família. A mãe era viciada em drogas. Ele tinha 8 anos quando ela morreu por overdose, mas já fazia tempo que vivia em abrigos para menores.

— Problemas com a mãe — murmurou Fiona, sentindo a esperança e o medo borbulharem dentro de si como um ensopado estranho. — Assim como Perry.

— Os dois têm isso em comum. — Davey tirou um fax do bolso, desdobrou o papel. — Ele parece familiar?

Fiona analisou a imagem, o rosto comum, a barba bem-aparada, professoral, o cabelo levemente bagunçado.

— Não. Nunca o vi antes. Não o conheço. É ele mesmo?

— É por ele que estão procurando. Ainda não disseram que é um suspeito. Estão tomando esse cuidado. Mas eu acho, Fi, que acreditam que esse é o cara certo, e estão na cola dele. — Davey esfregou o ombro dela. — Quero que saiba que estão na cola dele.

— E quem é esse homem?

— Francis Eckle. Francis Xavier Eckle. A idade, o peso e a etnia estão listados no fax. Quero que você fique com a foto. Talvez ele tenha mudado a aparência. Tirado a barba, pintado o cabelo. Então quero que fique com a foto e que não hesite caso veja alguém parecido. Ligue.

— Não se preocupe, vou ligar. — O rosto dele já estava registrado para sempre em sua mente. — Você disse que ele é professor.

— Sim. Não tem antecedentes criminais. Sua infância foi complicada, mas ele não aprontava. Pelo menos, não a ponto de ter sido fichado. Os agentes vão conversar com as famílias que cuidaram dele por um tempo e com as assistentes sociais. Já começaram a fazer isso, e estão interrogando colegas de trabalho, supervisores, vizinhos. Por enquanto, nada em seu passado chama atenção, mas...

— As pessoas podem ser treinadas. Da mesma forma que os cachorros. Elas aprendem comportamentos bons e comportamentos ruins. Basta só ter a motivação e os métodos certos.

— O FBI vai pegar esse cara, Fi. — Davey segurou seus ombros, deu-lhe um aperto enquanto a olhava nos olhos. — Pode acreditar.

E porque ela precisava acreditar, foi correndo para a oficina de Simon.

Encontrou-o parado diante do torno, com a música altíssima, a ferramenta zumbindo enquanto ele escavava e alisava a madeira pálida em suas mãos.

Uma tigela, percebeu ela, uma daquelas bonitas que reluziam e eram tão gostosas ao toque quanto seda, tão finas quanto uma folha de papel.

Fiona ficou observando enquanto ele virava a peça e mudava o ângulo, tentando se manter parada enquanto se esforçava para entender o padrão de seus movimentos.

Simon desligou a máquina.

— Sei que você está aí, respirando meu ar.

— Desculpe. Por que você não tem uma dessas? Seria bom ter uma do dobro desse tamanho, para colocar frutas na bancada da cozinha.

Ele tirou os protetores auriculares e os óculos e continuou parado onde estava.

— Foi isso que veio me dizer? — Então olhou para baixo enquanto Tubarão jogava um pedaço de madeira aos seus pés. — Viu o que você começou?

— Vou brincar com os cachorros antes da próxima aula. Simon.

Fiona entregou-lhe o fax.

A linguagem corporal dele mudou. Alerta, pensou ela.

— Pegaram o cara?

Ela fez que não com a cabeça.

— Mas estão investigando, e o FBI... Davey disse... o FBI acha que... Preciso sentar.

— Vá tomar um ar lá fora.

— Não consigo sentir minhas pernas.

Com uma meia risada, Fiona foi cambaleando, sentou-se na varanda. Segundos depois, Simon vinha com uma garrafa de água.

— Passe isso para cá. — Ele enfiou a garrafa em suas mãos, puxando o fax. — Quem é esse filho da puta?

— Ninguém. Um cara normal, só que não. Cadê a corda? Vão pegar a corda! — Todos os quatro cães pararam de cutucá-los com os focinhos e saíram correndo. — Isso vai ocupá-los por alguns minutos. Davey veio me contar o que o FBI descobriu. Seu nome é Francis Xavier Eckle.

Simon continuou a analisar a foto enquanto a escutava. Quando os cães voltaram — o esperto Newman saindo vitorioso —, ele pegou a corda.

— Vão brincar — ordenou, jogando-a com força para longe. — Não verificam o histórico das pessoas antes de deixá-las trabalhar num presídio?

— Sim, é claro. Eu acho — acrescentou Fiona depois de um instante. — A questão é que não havia nada suspeito. Nada que tenham encontrado até agora. Mas ele teve contato com Perry, e seu comportamento mudou. De forma bem drástica. O FBI deve saber mais. Mais do que contaram ao xerife, ou mais do que Davey me contou. Só estou vendo essa foto porque Tawney liberou. Porque ele quer que eu a veja.

— Professor de uma universidade pequena — especulou Simon. — Passava o dia inteiro olhando para universitárias de pernas compridas que provavelmente não correspondiam a esse olhar. Mesmo assim, ele teria que mudar muito para deixar de ser um cara comum e passar a imitar os atos de Perry.

— Não se a predisposição já existisse, se o desejo estivesse lá, sem que ele soubesse como torná-lo real. Ou se não tivesse coragem. — Ela já adestrara cachorros assim. Animais em que precisara reconhecer ou encontrar potenciais escondidos, explorar desejos reprimidos ou canalizar excessos, modificando aos poucos um comportamento aprendido. — Você falou sobre a importância da motivação antes — comentou Fiona. — E estava certo. É possível que Perry tenha descoberto a motivação certa, a... a brincadeira certa, a recompensa certa.

— E que tenha adestrado seu substituto.

— Eckle lecionou quatro matérias na prisão — acrescentou ela —, e Perry se inscreveu em todas. Ele é um camaleão. Perry. Sabe se adaptar. E está se adaptando na prisão, cumprindo sua pena, sendo discreto. Cooperando. Para acabar se tornando, de certa forma, normal de novo.

— Para ninguém prestar muita atenção nele? — Simon deu de ombros. — Pode ser.

— Ele é um aluno observador. Foi assim que escolheu suas vítimas e passou despercebido por tanto tempo. Provavelmente vigiava e descartava dezenas de mulheres antes de se concentrar nas que escolheu matar. Ele as observava, julgava seu comportamento, sua personalidade.

— E seguia em frente se elas não se adequavam às suas necessidades com perfeição.

— Sim, e também calculava os riscos. Talvez uma fosse passiva demais, menos desafiadora, enquanto outra era muito imprevisível, difícil de analisar. — Fiona esfregou uma das mãos entre os seios, e depois sobre uma coxa, incapaz de ficar parada. — Ele sabe o que procurar em suas vítimas. Foi assim que matou tantas pessoas, viajou tanto e teve tanta facilidade para enganar os outros. Entendo isso. Geralmente sei quando um cachorro vai reagir bem ao treinamento avançado, se ele e o dono formarão uma boa equipe. Ou se seria melhor mantê-lo apenas como um bicho de estimação da família. Quando você sabe como e onde olhar, consegue enxergar potencial. E pode começar a moldá-lo. Perry sabe como e onde olhar.

Talvez ela só precisasse acreditar naquilo, pensou Simon, mas era um argumento bem convincente.

— Então você acha que Perry viu potencial, por assim dizer, nesse cara?

— Talvez. Talvez Eckle tenha tocado no assunto. Todo mundo gosta de receber elogios sobre seu trabalho. E matar era o trabalho de Perry. Mas não importa o que aconteceu, se os dois formaram essa conexão, Perry saberia como começar a moldá-lo. E, Simon, eu acho que, se as coisas aconteceram desse jeito, o pagamento por esse treino, por esse molde, sou eu. — Fiona encarou a foto. — Ele me mataria para recompensar Perry por reconhecer e aprimorar esse potencial.

O cão de caça de Perry, concluiu Simon, que queria agradar seu dono.

— Perry nunca vai coletar essa dívida.

— Ele devia ter vindo atrás de mim primeiro. Esse foi o erro de ambos. Eu estava tranquila, me sentia segura. Seria um alvo mais fácil. Em vez disso, eles quiseram me apavorar. Que idiotice.

Simon viu acontecer, viu o momento em que o nervosismo se transformou numa raiva determinada e numa confiança implacável.

— Já vivi com medo antes, mas estou mais velha, mais esperta e mais forte agora. É uma vantagem saber que não sou invencível e que coisas horríveis podem acontecer. E tenho você. Tenho eles.

Fiona olhou para os cães, que pareciam brincar de cabo de guerra com a corda esfarrapada.

— Você está mais velha, mais esperta e mais forte. Isso é bom. Mas, se esse cara tentar tocar num fio de cabelo seu, vou acabar com a raça dele. — Quando ela virou a cabeça para encará-lo, Simon encontrou seu olhar com uma piscadela. — Eu não digo as coisas só por dizer.

— Não, sei que não. É um comportamento reconfortante, apesar de ser irritante às vezes. Eu me sinto melhor ouvindo isso, sabendo que você está falando sério. Mas espero de verdade que as coisas não cheguem a esse ponto. O FBI já identificou seu rosto e seu nome. Prefiro acreditar que vão encontrá-lo

logo. — Fiona respirou fundo, apoiou a cabeça no ombro dele por um instante.
— Preciso me preparar para a próxima aula. Na verdade, talvez seja melhor deixar Tubarão na oficina por mais uma hora.
— Por quê?
— Ele não é tão maduro ou calmo quanto meus meninos, e vou dar aula particular para um rottweiler com temperamento agressivo.
— Um rottweiler com temperamento agressivo? Onde está sua armadura?
— Ele está melhorando. Já tivemos algumas aulas, e ele está progredindo. Normalmente, vou até o aluno em casos assim, mas, considerando as circunstâncias, pedi para Hulk vir aqui.
— Hulk. Perfeito. Você está com a sua arma?
— Pare com isso. Esse é meu trabalho — lembrou ela. — Ou pelo menos parte dele.
— Se você levar uma mordida, vou ficar irritado. Espere um pouco.
Simon levantou-se e entrou. Fiona pensou que, se os dois continuassem seguindo aquele ritmo, era bem provável que ele acabasse irritado em algum momento. Era raro que cachorros a mordessem, mas acontecia.
Ele voltou com uma caixa.
— Os pedaços de madeira que você queria.
— Ah, ótimo. Obrigada.

Ela saiu inteira da aula e resolveu dedicar a hora seguinte à cozinha. E como tinha bastante tempo livre e estava — mais ou menos — confinada ali, achou que seria uma boa ideia usar a academia improvisada de Simon depois que terminasse seu projeto.

Os cães não eram os únicos que precisavam treinar sempre. Satisfeita com seu plano, ela esvaziou uma das gavetas da bancada, limpou-a, tirou as medidas e cortou o forro que pedira para Sylvia trazer. Usando o molde que criara em sua cabeça, colocou as divisórias de madeira — e achou que estava perfeito.

Tinha quase completado a terceira gaveta quando o telefone tocou. Distraída com seus planos de organização, ela atendeu sem pensar.
— Alô.
— Ah, devo ter ligado para o número... Eu gostaria de falar com Simon.
Fiona guardou as espátulas, escumadeiras e garfos grandes nos lugares certos.
— Ele está na oficina. Posso ir chamá-lo.

— Não, não, não tem problema. Ele deve estar ouvindo música muito alta e mexendo nas máquinas. Foi por isso que não atendeu ao celular. Quem está falando?

— Ah, Fiona. Quem está falando?

— Julie, Julie Doyle. Sou a mãe dele.

— Sra. Doyle. — Encolhendo-se de vergonha, Fiona fechou a gaveta. — Simon ia querer falar com a senhora. Vou chamá-lo rapidi...

— Prefiro falar com você. Se for a Fiona que Simon mencionou.

— Ele... sério?

— Ele não é de falar muito, mas tenho anos de experiência arrancando informações daquele garoto. Você é adestradora de cães.

— Sim.

— E como vai o cãozinho?

— Tubarão é ótimo. Espero que a senhora tenha usado seus anos de experiência para fazer Simon admitir que ama loucamente aquele cachorro. Os dois são ótimos juntos.

— Você trabalha com busca e resgate. Simon contou para o irmão que está treinando o cãozinho para isso.

— Ele contou isso para o irmão?

— Ah, nós todos trocamos muitos e-mails. Mas preciso de uma conversa por telefone pelo menos uma vez por semana. Para fuxicar mais. E estou tentando convencê-lo a vir nos visitar.

— Ele deveria ir. — A culpa fez seu estômago revirar. — É claro que deveria.

— E virá, quando as coisas voltarem ao normal. Sei que você está passando por um momento complicado. Como vão as coisas?

— Sra. Doyle...

— Julie, e por que você iria querer falar sobre isso com alguém que não conhece? Só me diga uma coisa, você está passando um tempo com Simon agora, na casa dele?

— Sim. Ele... ele tem sido maravilhoso. Generoso, solidário, compreensivo. Paciente.

— Acho que devo ter mesmo ligado para o número errado.

Fiona riu e se apoiou na bancada.

— Ele fala sobre você. Menciona uma coisa ou outra de vez em quando. Acho que também te ama loucamente.

— Loucamente costuma ser uma palavra-chave para a família Doyle.

Era fácil conversar. Relaxada, Fiona abriu a gaveta de novo e voltou a arrumá-la enquanto conversava com Julie Doyle.

Quando a porta abriu, ela olhou para trás.

— Bem, Simon chegou, vou passar o telefone para ele. Foi ótimo conversar com você.

— Vamos repetir a dose em breve.

— Sua mãe — articulou Fiona com os lábios, oferecendo o telefone.

— Oi.

Ele encarou a gaveta aberta, balançou a cabeça.

— Passei um tempão conversando com Fiona, que parece ótima. Acho que não sobrou muito para você.

— Você devia ter ligado para o meu celular. Algumas pessoas precisam trabalhar para sobreviver.

— Eu liguei para o seu celular.

— Bem, eu estava trabalhando para sobreviver. — Ele abriu a geladeira, pegou uma Coca-Cola. — Está tudo bem?

— Tudo ótimo. Simon, você está morando com uma mulher.

— Você não vai mandar um padre aqui, vai?

A risada dela soou através do aparelho.

— Ao contrário, estou feliz com essa novidade.

— É só por causa daquele outro negócio.

— Ela acha você maravilhoso, generoso, solidário e paciente. — Julie esperou um segundo. — Sim, também fiquei sem saber o que dizer. Sabe o que eu vejo, Simon, com minha supervisão de mãe?

— O quê?

— Vejo um diamante bruto sendo dilapidado.

— Você está forçando a barra, Julie Lynne.

— Quando eu forço a barra, você nunca deixa barato. A gente se entende, não é?

Achando graça, Simon tomou um gole de sua Coca-Cola.

— Acho que sim.

— Gosto da forma como você fala dela. E é só isso que vou dizer sobre o assunto. Por enquanto.

— Que bom.

— Da próxima vez que nos encontrarmos, faço um discurso mais completo. Faça-me um favor, Simon.

— Talvez.

— Tome cuidado. Você é o único segundo filho que eu tenho. Ajude a sua Fiona, mas tome cuidado.

— Prometo. Não se preocupe, mãe. Por favor.

— Bem, não adianta pedir esse tipo de coisa para uma mãe. Preciso ir. Tenho mais o que fazer do que passar o dia inteiro falando com você.

— Eu também.

— Você sempre foi uma criança difícil. Eu te amo.

— Também te amo. Mande um beijo para o papai. Até logo. — Simon desligou, tomou outro gole de Coca-Cola. — Você está organizando minhas gavetas.

— Sim. Você pode desorganizá-las quando quiser. Mas fazer isso ajuda a manter minha sanidade. E foi você quem fez as divisórias.

— Aham.

— Gostei de conversar com sua mãe. Gosto do jeito como você fala com ela. Franzindo a testa, ele baixou a bebida.

— O que é isso?

— O que é o quê?

— Nada. Deixa para lá. Vire de costas.

— Por quê?

— Quero ver se o rottweiler mordeu sua bunda.

— Ele não mordeu minha bunda nem qualquer outra parte minha.

— Vou dar uma olhada mais tarde. — Simon abriu uma gaveta. — Meu Deus, Fiona, você forrou tudo.

— Estou muito arrependida.

— Só quero deixar claro que, como nenhum de nós cozinha, não entendo qual é o sentido de ter gavetas forradas, divididas e organizadas.

— Para você conseguir encontrar as coisas, mesmo que não as use. E qual é o sentido de ter esses talheres todos se você não cozinha?

— Eu não teria comprado essas porcarias se minha mãe... Deixa isso para lá também.

— Posso bagunçar tudo de novo se você quiser.

— Estou cogitando essa hipótese.

Fiona abriu um sorriso para ele, rápido e divertido.

— Vou arrumar os armários também. Pense nisso como meu hobby.

— Isso não significa que vou colocar as coisas de volta no lugar.

— Viu só, a gente se entende tão bem.

— Você faz as coisas na encolha, mas eu percebo. Venho de uma família de gente assim.

— Tive essa impressão.

— Esse é o problema. Você é diferente dela, mas não é.

— Que tal se eu te disser que também entendo que o seu problema não é ter gavetas organizadas, mas ficar achando que talvez eu comece a tentar organizar sua vida.

— Certo.

— Então vou ser direta e dizer que não posso prometer que não vou fazer isso, pelo menos em alguns aspectos. Gosto de pensar que sei quando me controlar, desistir ou me adaptar, mas isso não significa que não vou te irritar com minha mania de organizar tudo. Ao mesmo tempo — Fiona ergueu um dedo antes que ele conseguisse interrompê-la —, acho que entendo que pelo menos parte da sua criatividade é alimentada pela *des*ordem. Não compreendo, mas entendo. Mas isso não significa que sua tendência quase inata de ser bagunceiro não irá me irritar de vez em quando.

Simon se sentiu colocado em seu lugar, de um jeito bem organizado.

— Acho que isso deveria soar lógico.

— Mas é lógico. E digo mais. Acho útil me irritar de vez em quando, porque isso me distrai. E então deixo para lá. No geral, não costumo ficar irritada por muito tempo. Mas agora? O fato de você não colocar o saca-rolhas na gaveta certa ou esconder suas meias sujas embaixo da mesa são besteiras quando comparadas com minhas outras preocupações.

— Faz sentido.

— Que bom. Quero malhar. Posso usar seus equipamentos?

— Você não precisa pedir. — Frustrado, ele enfiou as mãos nos bolsos. — Não me pergunte coisas assim.

— Eu ainda não sei quais são seus limites, Simon, então preciso perguntar para não... — Ela fechou a gaveta que ele deixara aberta. — Para não ultrapassá-los. — E então se aproximou, segurou seu rosto. — Não me importo de perguntar, e aguento ouvir um não.

Quando Fiona saiu da cozinha, Simon continuou onde estava, com as mãos nos bolsos, franzindo a testa.

Capítulo 25

♦ ♦ ♦ ♦

Simon não conseguia entender se os dois tinham brigado. As coisas nunca pareciam ser claras e simples com Fiona — e isso o deixava meio louco. Porque era algo que o fascinava e o frustrava ao mesmo tempo.

Se soubesse que ela estava irritada e querendo briga, poderia se preparar, entrar no mesmo clima ou ignorá-la. Mas a incerteza o deixava tenso.

— É isso que ela quer, não é? — Ele foi para o quintal com os cães. — Estou pensando no assunto, nela, porque fico confuso. É ardiloso.

Simon franziu a testa olhando para os fundos da casa. Conseguia ver as janelas que Fiona limpara. Não eram todas, mas logo seriam. Ah, sim, seriam. Onde diabos aquela mulher encontrava tempo para fazer essas coisas? Ela acordava no meio da madrugada com um frasco de limpador de vidros na mão?

Agora, com o sol sendo refletido pela janela limpa, era impossível ignorar a tinta gasta e suja nos batentes. E quando é que *ele* arrumaria tempo para pintar as malditas janelas, o que também significaria pintar a moldura da porta?

E depois, sabia muito bem que teria que pintar as varandas, para não parecerem em mau estado.

— Estava tudo bem antes de Fiona limpar as malditas janelas. Mais cedo ou mais tarde, eu teria feito isso tudo. Suba.

Ao ouvir o comando, Tubarão subiu alegremente pela escada do escorrega e desceu andando ao ver o gesto de mão. Simon deu um biscoito ao cão e repetiu o exercício outras duas vezes antes de passar para a gangorra.

Os outros cães subiam, atravessavam o túnel, pulavam e circulavam sozinhos, usando o equipamento de treino com tanto entusiasmo como crianças num parquinho.

Simon olhou quando Bogart latiu, depois observou enquanto o labrador se equilibrava com agilidade sobre uma tábua tão fina quanto uma trave de ginástica olímpica.

— Exibido. Você consegue fazer aquilo. — Simon fez carinho na cabeça de Tubarão. — Suba lá e faça igual. Não seja covarde. — Ele levou o cachorro até a viga, analisou-a. — Não é tão alto assim. Você consegue subir. — Simon deu um tapinha na madeira. — Suba!

Tubarão pulou e caiu com o traseiro no chão. Então olhou para a viga e para Simon com cara de quem dizia: *Que porra é essa?*

— Não me faça passar vergonha na frente desses caras. Estou te ajudando, não estou? Suba!

Tubarão inclinou a cabeça, erguendo as orelhas quando o dono colocou um biscoito sobre a viga.

— Quer? Vá buscar. Suba!

Tubarão pulou, tentou se equilibrar, caiu do outro lado.

— Ele fez isso de propósito. — Simon olhou com frieza para os outros cães, inclinando-se para perto do filhote. — Você fez aquilo de propósito. É isso que vai dizer para os seus amigos. Vamos tentar de novo.

Foram necessárias algumas tentativas e uma demonstração sua que ele ficou grato por ninguém ter testemunhado, mas Tubarão finalmente conseguiu subir.

— Muito bem! Agora, é só andar. Vamos andar. — Ele pegou outro biscoito, segurou-o fora de alcance até Tubarão conseguir chegar ao fim da viga. — É, olhe só para você. Cachorro de circo. — Tão satisfeito que chegava a ser ridículo, ele acariciou o cãozinho. — Vamos repetir. Essa tentativa mereceu oito e meio. Nós queremos um dez.

Simon passou os dez minutos seguintes treinando, aperfeiçoando a habilidade antes de entrar numa brincadeira de luta livre em que estava na desvantagem de quatro para um.

— Ela não é a única que te ensina coisas. Nós conseguimos aprender sozinhos, não foi? Nós... Ah, *merda*.

Ele ficou de pé assim que se deu conta da situação. Estava brincando com cachorros, treinando cachorros. Carregava biscoitos no bolso como se fossem moedas ou seu canivete. Estava pensando na cor em que pintaria os batentes e as varandas.

Fizera organizadores para as gavetas da cozinha.

— Isso — disse ele, sério — é loucura.

Simon seguiu para a casa. Limites? Ela não sabia quais eram os seus limites? Bem, estava prestes a descobrir.

Ele não seria manipulado e enganado e *treinado* para ser algo que não era. Isso estava bem claro.

Enquanto subia a escada, ouviu a respiração pesada de Fiona. Que bom, talvez ela estivesse tão cansada de fazer exercícios que não teria fôlego suficiente para argumentar.

Mas então chegou à porta, e simplesmente ficou parado ali.

Não notou as janelas e o piso limpos, nem que a camisa suada que jogara no chão no dia anterior, depois de levantar peso, sumira.

Como poderia? Era impossível ver qualquer coisa além dela.

Fiona executava um tipo de coreografia de artes marciais e parecia pronta para derrubar qualquer um. O tesão foi acrescentado ao interesse e à admiração, acabando com sua irritação.

O suor encharcava o rosto e a regata fina que ela vestira. As pernas compridas, destacadas por um short preto justo, chutavam, pisavam no chão e giravam enquanto os músculos suaves em seus braços tensionavam.

Logo, começaria a babar, pensou Simon enquanto a observava se equilibrar numa perna, chutar e aterrissar na outra num movimento ágil e gracioso.

Ele deve ter feito algum ruído, porque Fiona se virou na postura de combate — com olhos frios e ferozes. Mas, com a mesma rapidez, relaxou e riu.

— Não te vi aí. — Ela inspirou. — Levei um susto.

Mas não parecia assustada, pensou Simon.

— O que é isso? Tae-kwon-do?

Fiona fez que não com a cabeça, bebeu água da garrafa que deixara sobre o banco.

— Tai chi, no geral.

— Já vi pessoas fazendo tai chi. É uma bobagem zen em câmera lenta.

— Primeiro, é uma técnica muito antiga, e os movimentos lentos são de controle, prática e exatidão. — Ela o chamou com um dedo. — São movimentos naturais, para centralizar sua força.

— Ainda acho que é uma bobagem zen, e não foi isso que vi você fazer.

— Há um motivo para muitos dos movimentos terem nomes bonitos que vêm da natureza. Como Empurre a Onda. — Ela fez o movimento, devagar, impulsionando as mãos para a frente de forma graciosa, com as palmas viradas para ele, depois voltando com as palmas para cima. — Mas se eu intensificar o mesmo movimento para defesa, fica... — Fiona o empurrou, fazendo-o perder o equilíbrio, e então o puxou e o jogou para trás. — Viu?

— Eu não estava preparado.

Sorrindo, ela separou as pernas, dobrou um pouco os joelhos e gesticulou para que ele viesse atacá-la.

— Tudo bem, você assistiu a *Matrix* — disse Simon, fazendo-a rir.

— Você é mais forte, maior, mais alto, tem mais alcance. E pode até ser mais rápido, mas ainda não testamos isso. Se eu tiver que me defender, preciso centralizar minha força e usar a sua. Eu costumava treinar todos os dias, desse meu jeito obsessivo. Tai chi, power yoga, boxe...

Ele se interessou.

— Boxe?

— Pois é. — Fiona ergueu os punhos fechados. — Quer lutar?

— Talvez mais tarde.

— Eu fazia kickboxing, treino de resistência, horas de pilates e tudo mais que você puder imaginar toda semana. Era algo que ajudava a me sentir competente e segura. Proativa, acho. Então fui deixando as lutas de lado, fiquei enferrujada. Parei de treinar até... bem, até agora.

— Você não parecia enferrujada.

— Memória muscular. Você vai se lembrando das coisas. Sem contar que tenho motivação.

— Me mostre. Não, espere. Não foi por isso que vim aqui. Você fez aquilo de novo.

— Fiz?

— Acabou me distraindo. Com seu corpo suado e sexy. Você não precisa de tai chi para deixar um homem abalado.

— Uau. — Ela balançou os ombros. — Agora estou me sentindo poderosa.

— É aquilo.

Simon apontou.

— É... a janela?

— É a janela. Por que você limpou as janelas?

— Porque gosto de janelas limpas. Gosto de conseguir ver o que existe do outro lado. É mais agradável fazer isso do que ficar olhando para uma camada de poeira.

— Isso é só uma parte.

— Qual é a outra parte?

— A outra parte é fazer com que eu perceba as janelas que você ainda não conseguiu limpar, para me sentir culpado. E para ver que preciso pintar os batentes.

Fiona pegou sua garrafa de água, tirou a tampa.

— Quanta motivação por trás de um limpador de vidros e um pano.

— E tem isto.

Ele enfiou a mão no bolso, tirou um punhado de biscoitos.

— Ah, obrigada, mas estou fazendo dieta.

— Muito engraçado. Eu coloco estas porcarias no meu bolso todos os dias. É automático, simplesmente faço. E acabei de passar meia hora, talvez mais, treinando os cachorros.

Cheia de paciência, Fiona tomou um gole da água.

— Só porque eu lavei as janelas?

— Não, mas é a mesma coisa. É a mesma coisa a casa ficar cheirando a limão ou eu pensar que deveria comprar flores para você da próxima vez que for à cidade.

— Ah, Simon.

— Fique quieta. E dane-se que temos coisas mais importantes com que nos preocupar, isso é o básico. Então... — Ele seguiu até a janela, enfiou a palma da mão no vidro transparente. — Não limpe — ordenou, deixando a marca.

— Tudo bem. Por quê?

— Não sei por quê. Não preciso saber por quê, mas, se eu quiser a janela limpa, posso limpá-la por conta própria. Não mexa nela.

Pronto, pensou Simon. Agora, sim, eles iam brigar.

Fiona começou a rir, soltando uma gargalhada profunda que a deixou sem ar. Ela precisou se inclinar para a frente, apoiar as mãos nas coxas.

— Escute, sei que parece idiotice, mas...

Ainda inclinada, ela o dispensou com um aceno de mão.

— Não completamente, mas o bastante. Meu Deus, meu Deus! Eu estava aqui, me matando para conseguir me sentir forte, capaz de lidar com qualquer coisa que apareça no meu caminho, para não querer me esconder embaixo da cama, tremendo de medo, e você aparece e me passa essa sensação em menos de cinco minutos.

— De que raios você está falando?

— Você faz eu me sentir forte, competente e até esperta, porque é assim que me vê. Eu não estou querendo dominar você, Simon. Bem longe disso. E a verdade é que não quero que isso aconteça. Mas, por saber que uma parte sua acredita que sou capaz de conseguir algo assim, sinto que posso enfrentar qualquer problema. Qualquer problema. E me sinto forte, sexy, competente, esperta. — Fiona flexionou o bíceps esquerdo. — É uma sensação boa. Sobe à sua cabeça.

— Puxa, que ótimo.

— E sabe do que mais? O fato de você fazer aquilo, aquela besteira, só para usar como argumento. — Ela gesticulou para a janela. — O fato de conseguir fazer isso sem sentir vergonha, mas se sentir idiota por ter passado um tempo brincando com os cachorros? Simon, isso me tira do eixo.

— Pelo amor de Deus.

— Isso me tira do eixo e me deixa encantada. Então, estou fora do eixo, encantada, forte e sexy e competente, tudo ao mesmo tempo. E ninguém nunca fez eu me sentir tão bem quanto você. Ninguém. Aquilo. — Fiona apontou para a janela, e soltou uma risada que soava tão perplexa quanto ele se sentia. — Aquilo ali é o motivo para eu estar apaixonada por você, por mais ridículo e incompreensível que seja. Simon. — Ela se aproximou dele, passou os braços em torno de seu pescoço. — Não é uma loucura? — Fiona deu um beijo firme, barulhento, em sua boca. — Então, a marca da sua mão fica. Na verdade, acho que vou desenhar um coração em volta dela assim que tiver tempo. Mas, agora, posso te mostrar uns golpes antes de ir tomar banho e uma taça de vinho. A menos que você queira gritar mais um pouco comigo.

— Chega — murmurou Simon, e, agarrando seu braço, a puxou para o outro lado do cômodo.

— Chega de quê? Você vai me expulsar de casa?

— Não me dê ideias. Vou te levar para a cama. Mereço ganhar alguma recompensa.

— Puxa, que oferta romântica, mas preciso tomar banho, então...

— Quero você suada. — Ele usou o embalo para puxar o braço dela e a jogar na cama. — Vou te mostrar uns golpes.

— Acho que acabou de mostrar. — Fiona se ergueu da cama, inclinou a cabeça. — Talvez eu não esteja com vontade. — E prendeu a respiração quando ele tirou sua regata suada. — Ou...

— Pode colocá-la para lavar mais tarde. — Simon levou as mãos aos seios dela, esfregou os mamilos com seus dedões calejados. — Você fez a cama.

— Fiz.

— Só perdeu seu tempo.

Quando ela estremeceu, ele a empurrou de costas no colchão.

— E você vai me ensinar uma lição?

— Isso mesmo.

Simon enfiou a mão sob o elástico do short dela, puxando-o.

Sorrindo, Fiona roçou um dedo da sua clavícula à barriga, e subiu de novo.

— Então, venha.

Simon tirou a roupa, vendo-a observá-lo.

— Eu devia te obrigar a ficar nua o tempo todo — refletiu ele enquanto montava nela. — Sei o que fazer com você quando está nua.

— Eu gosto do que você faz comigo quando estou nua.

— Então vai adorar isto.

Simon tomou seus lábios ávidos e convidativos, tornando o beijo mais intenso e profundo. Usou seu peso para prendê-la à cama enquanto o coração dela disparava, usou as mãos para explorá-la, fazendo aquela pele úmida, quente, estremecer.

Fiona era forte e competente até o último fio de cabelo, pensou Simon. Isso era parte do que a tornava irresistível. Mas, agora, só agora, a queria fraca, indefesa. Para ele, só para ele.

Então usou a língua, os dedos, em investidas demoradas e lentas que a faziam suspirar, relaxando de prazer.

E então usou os dentes, acelerando seus batimentos cardíacos.

Quando suas bocas voltaram a se encontrar, Fiona suspirou de novo, erguendo as mãos para o rosto dele daquele jeito que sempre o desarmava, depois passando os dedos por seu cabelo.

Contra a boca de Simon, a respiração dela acelerou enquanto ele passava um dedo pelo interior de sua coxa, voltava, acariciava-a lentamente para roçar, apenas roçar, o ponto mais quente.

Quando ela sussurrou o nome dele, arqueando o quadril, ele recuou de novo.

Fiona estava em frangalhos. Seu corpo tremia, erguendo-se na direção daquele clímax delicioso, tendo seu desejo negado. Mesmo quando ela repetiu seu nome, ele a acariciou de leve, fazendo-a se contorcer. E então a boca de Simon começou o mesmo ataque torturante em seus seios.

Ele provocou, provocou, levando-a até o limiar do auge. Então se afastou, deixando-a fervilhando.

— Eu te quero. Simon. Por favor.

Ainda assim, ele continuou brincando até a respiração de Fiona se dissolver em gemidos, até as mãos dela puxarem a roupa de cama que arrumara com tanto capricho naquela manhã.

Simon a penetrou, rápido e intenso, causando um choque no seu corpo atormentado. O orgasmo a atravessou, do centro à garganta. Fiona ouviu o próprio grito, sentiu-o se transformar num gemido trêmulo de alívio. Seu corpo entrou num frenesi, trepidando sob o dele, as unhas fincando na pele até suas mãos simplesmente escorregarem pela cama, sem forças.

Ele a puxou para cima de si, colocando a cabeça dela contra seu ombro.

— Coloque as pernas em volta de mim.

— Eu...

— Quero você em volta de mim. — Os dentes dele roçaram sua garganta, seus ombros. — Não consigo pensar em outra coisa. Você em volta de mim.

Fiona cedeu, deixou-se levar pela tempestade. Chegou ao ápice novamente, novamente, até não restar mais nada.

Ela desabou exausta sobre a cama, poderia ter ficado deitada ali, inerte, até o dia seguinte. Mas Simon a puxou, segurou-a, de forma que deitasse com a cabeça sobre seu peito, ouvindo o coração acelerado dele.

O sono veio rápido, e, quando deu por si, ela piscava devagar, acordando e deparando com quatro caras peludas pressionadas contra a porta da varanda. O peito de Simon subia e descia sob sua cabeça, mas seus dedos brincavam com o cabelo dela, acariciando, enrolando os fios, acariciando de novo. Cada detalhe naquele momento a fez sorrir.

— Os cães querem entrar — murmurou ela.

— É, bem, eles podem esperar um pouco.

— Vou abrir a porta. — Mas ficou onde estava. — Estou morrendo de fome. Acho que fazer um exercício depois do outro aumenta o apetite.

Fiona se aconchegou. Só mais um minuto, disse a si mesma. Depois deixaria os cães com seus olhares pidões entrarem, tomaria aquele banho, pensaria no que fazer para o jantar.

Ela se espreguiçou, olhou para o relógio sobre a mesa de cabeceira.

— O quê! Esse relógio está certo?

— Não sei. Quem se importa?

— Mas... Eu dormi? Por uma *hora*? Isso é tipo uma soneca.

— Fi, isso é uma soneca.

— Mas eu nunca tiro sonecas.

— Bem-vinda ao meu mundo.

— Meu Deus.

Fiona levantou-se, passando as mãos pelo cabelo. Como era o que estava mais perto, pegou a camisa dele e a vestiu.

Simon notou que o tecido mal cobria o traseiro dela. Que pena.

Ela abriu a porta, e o quarto foi imediatamente invadido pelos cães.

— Desculpem, meninos. Vão conversar com Simon. Preciso tomar banho.

E foi correndo para o banheiro. Os quatro cachorros sentaram-se ao lado da cama, balançando o rabo, encarando-o, enrugando os focinhos.

— É isso mesmo. Isso mesmo. Eu transei com ela. Transei bastante. Qual é o problema? Só um de vocês ainda tem saco, e essa mordomia logo vai acabar, já que todo mundo está me perturbando sobre isso. — Ele reconheceu o brilho no olhar de Tubarão. — Nem pense em pular aqui — alertou, mas cobriu o próprio saco com a mão, só por garantia. — Vão pegar uma cerveja para mim. Isso, sim, seria um truque útil.

Como nenhum dos quatro parecia querer fazer isso, ele mesmo levantou.

Quando chegou lá embaixo, resolveu mudar para vinho. Fiona tinha dito que queria uma taça. Ele podia beber a mesma coisa. Então serviu duas e tomou um gole da sua enquanto abria a geladeira e analisava seu conteúdo.

Os dois acabariam morrendo de fome se ninguém fosse ao mercado. Ele deu uma olhada no congelador, resolveu que seria melhor comer uma das refeições light de Fiona do que não comer nada.

Levemente melhor.

Então pegou a taça de vinho dela e, com os cachorros em seu encalço — de novo —, seguiu para a escada.

Ao seu lado, Newman soltou um latido abafado segundos antes de Simon ver a mulher subindo até sua varanda.

Do outro lado da porta telada, ela abriu um sorriso radiante.

— Ah, olá.

A visitante tinha sorte por ele ter se dado ao trabalho de colocar uma samba-canção.

— Posso ajudar?

— Espero que sim. Quero conversar rapidinho com você. Meu nome é Kati Starr, trabalho para o *U.S. Report*. Aquele não é o carro de Fiona Bristow? E aqueles não são os cães dela?

Boa aparência, boas maneiras, pensou Simon.

— Vamos fazer assim. Vou te dizer uma vez para dar meia-volta e pegar seu carro. Vá embora. E fique longe.

— Sr. Doyle. Só estou fazendo meu trabalho da forma mais precisa e completa. Fiquei sabendo que os investigadores descobriram uma pista importante. E como me informaram que a Srta. Bristow está morando com o senhor agora, eu queria saber o que ela acha sobre a possibilidade de resolverem o caso. Sou fã do seu trabalho — acrescentou a jornalista. — Adoraria escrever uma matéria sobre o senhor. Há quanto tempo está envolvido com a Srta. Bristow?

Simon fechou a porta na cara dela, passou o trinco.

Resolveu que lhe daria três minutos para dar o fora de sua propriedade antes de ligar para a delegacia e ter a satisfação de prestar queixa por invasão de propriedade particular.

Mas, quando voltou para o andar de cima, encontrou Fiona, com o cabelo molhado penteado para trás, sentada na lateral da cama.

— Eu a vi pela janela, então você não precisa ficar na dúvida se vai me contar ou não.

— Tudo bem.

Ele lhe passou a taça de vinho.

— Eu ia pedir desculpas por ela ter vindo aqui incomodar você, mas a culpa não é minha.

— Não, a culpa não é sua. Ela disse que ficou sabendo sobre uma pista importante no caso. Não sei se estava jogando um verde ou se tem uma fonte de verdade.

Fiona soltou um palavrão baixinho.

— Acho melhor contarmos para o agente Tawney, só para garantir. O que você disse a ela?

— Para que fosse embora, e, quando continuou fazendo perguntas, bati a porta na cara dela.

— Mais esperto do que eu.

— Bem, eu cogitei fazer um comentário, mas achei que "Vá se foder, sua vaca" não parecia muito criativo. E não consegui pensar em mais nada. Se você estiver pensando em entregar os pontos, vai me irritar.

— Não vou entregar os pontos. Vou ser chata e ligar para o FBI e para a delegacia para denunciar essa mulher. E vou solicitar um mandado para ela não se aproximar de mim, só para irritá-la.

Simon esticou o braço, acariciou seu cabelo.

— Prefiro você desse jeito.

— Eu também. Vamos tirar cara ou coroa para ver quem faz o jantar?

— Colocar aquelas refeições congeladas no micro-ondas não dá muito trabalho.

— Achei que a gente podia grelhar aqueles bifes que estão na gaveta de carnes da geladeira.

— Nós temos bifes? — O dia estava melhorando. — Nós temos uma gaveta de carnes?

Fiona sorriu e se levantou.

— Sim, temos.

— Tudo bem, a gaveta deve ter vindo com a geladeira. Como conseguimos os bifes? Você escondeu uma vaca mágica em algum canto?

— Não, mas tenho uma boadrasta que faz entregas. Pedi a Syl para comprar bifes, batatas, e outras coisinhas de que eu precisava. Ela deixou tudo aqui mais cedo, junto com frutas e coisas saudáveis, porque acha que também devemos comer algo assim. É por isso que a gaveta de legumes está cheia. E, sim, temos uma gaveta de legumes.

Simon resolveu que seria perda de tempo dizer que abrira a geladeira e não vira nada disso. Ele ouviria apenas uma variação da piada que sua mãe fazia sobre a Síndrome da Cegueira Masculina do Refrigerador.

— Vá ligar para a polícia. Eu ligo a grelha.

— Está bem. Não se esqueça de que está só de cueca.

— Vou vestir a calça que você já dobrou e colocou na cama que já arrumou. Mas isso significa que você cuida dos legumes. Eu cuido dos bifes.

— Justo. Vou usar o telefone lá embaixo.

Quando Fiona desceu, Simon vestiu a calça dobrada que estava sobre a cama.

Antes de segui-la, foi até sua academia improvisada.

Tudo bem, talvez, como o restante da casa, o cômodo cheirasse a limão. Mas a marca de sua mão continuava na janela.

Os dois tinham chegado a um meio-termo estranho.

Ele começou a descer, xingou, voltou para o quarto e abriu uma gaveta. Vestiu uma camisa limpa.

Fiona comprara bifes, pensou.

Bifes, camisa limpa. Aquilo também era uma troca.

Capítulo 26

♦ ♦ ♦ ♦

Tawney analisou Perry pelo monitor. Sentado à mesa de metal, algemado, com os olhos fechados e um sorrisinho no rosto, o homem poderia muito bem estar escutando uma música agradável.

Seu rosto empalidecido pela prisão, mais rechonchudo do que fora sete anos antes, expressava uma contemplação tranquila. Rugas profundas surgiram ao redor de sua boca, enquanto outras formavam teias de aranha no canto de seus olhos, apenas aumentando a impressão de que aquele era um homem normal, inofensivo, que aproveitaria o desconto para idosos para jantar no restaurante local.

Um tio simpático, um vizinho calmo que cuidava das rosas em seu quintal e cortava a grama de forma meticulosa. Um sujeito comum, que passaria completamente despercebido pelas pessoas na rua.

— Ele usava isso da mesma forma como Bundy usava sua carinha bonita e seu gesso falso no braço — murmurou Tawney.

— Usava o quê?

— Essa máscara de bom velhinho. E continua usando.

— Talvez. Mas ele vai conversar com a gente sem advogado, e isso só pode ser outro truque. — Mantz balançou a cabeça. — O que ele está aprontando? O que está pensando? Ninguém conhece esse cara melhor do que você, Tawney.

— Ninguém o conhece.

Sem tirar os olhos de Perry, o agente pensou: Ele sabe que o estamos observando. E está gostando.

— Ele costuma deixar as pessoas acharem que o conhecem, dizendo o que querem ou esperam ouvir. Mas são as nuances que te pegam desprevenido. As que ele já tem, as que acrescenta para se adaptar às circunstâncias. Você leu os arquivos, Erin. Sabe que Perry só foi pego porque deu azar, por ter se deparado com a bravura de um cão policial.

— Não desmereça o seu trabalho e o da equipe de investigação. Vocês acabariam encontrando ele.

— Perry passou quase um ano foragido, um ano depois de descobrirmos sua aparência, seu nome. Fiona o entregou, e, ainda assim, só conseguimos pegá-lo depois de meses e do assassinato de um policial. — E Tawney jamais se perdoaria completamente por aquilo. — Olhe só para ele — acrescentou. — Um homem barrigudo, velho, acorrentado, preso, e continua dando um jeito de fazer o que quer. Ele encontrou Eckle e acendeu o pavio.

— Você não anda dormindo bem.

— Aposto que esse desgraçado dorme como um bebê. Todas as noites, sorrindo desse mesmo jeito idiota de agora. Existe um objetivo por trás disso. Tudo que ele faz sempre tem um objetivo, um propósito. Perry não precisa de advogado para falar com a gente porque já resolveu o que vai nos contar.

— Ele não sabe que estamos atrás de Eckle.

— Será?

— Como poderia saber? E contar a ele só aquilo que *nós* queremos é nossa vantagem. Eckle está estragando o plano, e isso vai irritá-lo.

— Bem. Vamos descobrir.

Quando os dois entraram, Tawney assentiu com a cabeça para o guarda ao lado da porta. Perry continuou imóvel, com os olhos fechados e seu sorrisinho, enquanto o agente recitava nomes, data e hora para o relatório.

— Você abriu mão do seu direito a um advogado durante este interrogatório?

Perry abriu os olhos.

— Olá, agente Tawney. Sim, não há necessidade de advogados para uma conversa entre velhos colegas. Agente Mantz, está bonita como sempre. É bom receber visitas, para interromper a monotonia do dia. Nós temos conversado tanto ultimamente. Fico ansioso por estes momentos.

— É assim que você está encarando tudo isso? — perguntou Tawney. — Como uma forma de chamar atenção, de quebrar a monotonia?

— Com certeza é um lado positivo da situação. Como vai sua busca? Estou louco para saber as novidades. Os chefões limitaram meu acesso ao mundo exterior. Compreensível, é claro, mas uma pena.

— Você fica sabendo das "novidades" mesmo assim, Perry. Não duvido que tenha seus métodos.

O prisioneiro dobrou as mãos, inclinou-se um pouco para a frente.

— Preciso admitir que, antes da minha situação atual, gostei muito de ler a matéria que aquela moça brilhante escreveu. Kati Starr? Imagino que seja um nome artístico, ou talvez ela tenha dado sorte. Enfim. Adorei sua perspectiva sobre o caso, e fiquei muito feliz por ter notícias de Fiona. Digam a ela que estou pensando nela.

— Aposto que está. É difícil se esquecer da mulher que acabou com a sua raça.

— Foi só minha cara, na verdade.

— E seu pupilo vai ser tratado da mesma forma — comentou Mantz. — Se ele for idiota o suficiente para ir atrás dela.

— Vocês têm ideias muito grandiosas sobre mim. — As algemas de Perry chacoalharam enquanto ele dispensava o comentário com um gesto. — Não tenho como treinar ninguém, mesmo se quisesse. E não quero. Já conversamos sobre isso, e, como eu disse antes, o meu histórico nesta instituição deixa bem claro que aceitei a punição dos tribunais e da sociedade. Obedeço a todas as regras. Fujo de brigas. Por minha vida lá fora ter sido como foi, não recebo muitas visitas. Minha santa irmã, é claro. Ou talvez vocês achem que ela seja a culpada.

Sem dizer nada, Tawney abriu uma pasta, pegou uma foto. E a jogou sobre a mesa.

— Posso? — Perry pegou a foto de Eckle, analisou-a. — Ora, acho que o conheço. Esperem um pouco. Nunca me esqueço de um rosto. Sim, sim, é claro. Ele deu várias aulas aqui. Literatura e redação. Vocês sabem que adoro livros. E sinto falta do meu trabalho na biblioteca. Frequentei seus cursos. Espero participar de outros. O encarceramento não devia ser um obstáculo para a educação. Ele era um professor mediano. Não chamava atenção. Mas a cavalo dado não se olham os dentes, não é?

— Aposto que ele gostava mais dos seus métodos de ensino — disse Mantz.

— Que gentileza a sua. Essa é sua forma de dizer que eu o inspirei? Seria fascinante, mas não posso ser responsabilizado pelas ações dos outros.

— Você também não deve nada a ele — argumentou Mantz. — Vamos pegá-lo. E colocá-lo numa cela igual à sua. Mas aproveite a oportunidade que estamos oferecendo. Se você nos der informações que facilitem a captura dele, podemos tornar sua vida menos monótona.

O rosto de Perry foi tomado por uma expressão dura.

— De que forma? Vou ganhar sorvete todos os domingos, poderei passar uma hora a mais no pátio? Não há nada que vocês possam fazer por mim ou contra mim, agente Mantz. Vou passar o resto da minha vida aqui. Aceito isso. Não vou ficar implorando por migalhas.

— Quando nós o pegarmos, Eckle vai contar tudo que sabe. Da mesma forma que o pastor que você enganou — acrescentou ela. — Não demorou muito para ele admitir que passou mais de um ano levando e trazendo cartas para você.

— Correspondência com meu grupo de orações. — Perry dobrou as mãos, devoto. — O reverendo Garley se apiedou da minha necessidade por conforto espiritual. E por privacidade para a minha alma, algo que o sistema penitenciário não respeita.

— Todo mundo aqui sabe que você não tem alma.

— Eckle vai te dedurar — continuou Mantz —, e você já pensou nisso. Quando ele der com a língua nos dentes, sua vida aqui vai ficar mais... Como se diz? Limitada. Você vai ser condenado por colaborar com os homicídios. Os anos acrescentados à sua pena não vão fazer diferença, mas vamos nos certificar de que seu tempo aqui se transforme num inferno.

Perry continuou a sorrir para ela com aquele ar tranquilo, simpático.

— Você acha que já não é?

— Pode piorar — prometeu Tawney. — Acredite em mim quando digo que vou garantir que seja pior. E em nome de quê, Perry? Disso. — Ele gesticulou para a foto. — O cara não sabe o que está fazendo. É impaciente, descuidado. Você passou anos nos enganando. Faz meses que estamos na cola dele. Eckle não é digno do seu legado.

— Elogios. — Perry suspirou. — Não resisto a elogios. Você conhece meus pontos fracos, Don.

— Ele amarrou uma echarpe vermelha na caixa de correio de Fiona Bristow. — Focada em Perry, Mantz viu o brilho de irritação no seu olhar.

Aquela notícia era novidade. — Agora, nunca vai conseguir colocar as mãos nela, concluir seu plano.

— Isso foi... imaturo da parte dele.

— Você sabe o que ele fez com Annette Kellworth, espancando-a antes de matá-la. — Tawney balançou a cabeça, mostrando a Perry que estava enojado, sentimento que sabia que o prisioneiro compartilharia. — Esse cara não tem seu estilo, George. Não tem seu refinamento. Eckle está perdendo o controle, exibindo-se. Você nunca se rebaixou dessa forma. Se nós o pegarmos sem a sua ajuda, você vai pagar bem caro pelos erros dele.

— Você conhece meus pontos fracos — repetiu Perry após um momento. — E sabe meus pontos fortes. Sou um observador. Observei o Sr. Eckle. E me interessei por ele, já que me deparo com pouquíssimas coisas interessantes aqui. Talvez essas observações sejam úteis. Posso ter teorias, hipóteses. Posso até me lembrar de certos comentários ou conversas. Mas vou querer algo em troca.

— Qual o sabor do sorvete?

Perry sorriu para Tawney.

— Algo mais doce. Quero conversar com Fiona. Cara a cara.

— Esqueça — disse Mantz na mesma hora.

— Ah, acho que não. — Perry continuou olhando para Tawney. — Vocês querem salvar vidas? Querem salvar a vida da mulher que ele está perseguindo agora? Ou vão deixá-la morrer? Ou vão deixar outras morrerem, tudo para evitar uma única conversa? O que Fiona diria? A escolha é dela, não é?

— $\mathcal{D}$EVÍAMOS FORÇAR mais a barra — insistiu Mantz. — Provocá-lo. Ele reagiu como o esperado quando você disse que Eckle não era digno do seu legado. Inflou seu ego.

— Só afirmei o que ele mesmo já tinha concluído.

— Exatamente, então insistimos nesse ponto. Deixe-me fazer isso. Conversar sozinha com ele. Elogios e medo, vindos de uma mulher, podem fazê-lo mudar.

— Erin, ele mal presta atenção em você. — Como era sua vez de dirigir, Tawney sentou-se atrás do volante. — Na cabeça de Perry, você nem faz parte disso. Não trabalhou na investigação que o prendeu, e essa é a única coisa que importa. Só ele importa. Eckle é apenas um meio, um canal.

Mantz colocou o cinto de segurança com força.

— Não gosto da ideia de termos que dar o primeiro passo.

— Nem eu.

— Ela vai topar?

— Parte de mim lamenta dizer que sim, acho que ela vai.

Enquanto o FBI ia para o leste, Francis Eckle seguia sua presa de perto. Ela trabalhara até tarde hoje. Só uma hora extra, mas ele ficava satisfeito por saber que se dedicara ao emprego. Também ficou satisfeito, como sempre, ao vê-la parar no Starbucks para pegar seu café noturno.

Duas doses de espresso com leite desnatado, ele sabia.

Hoje era dia da aula de yoga, e, se ela se apressasse, conseguiria passar vinte minutos na esteira da academia chique que pagava.

Eckle notara, graças ao seu teste de trinta dias grátis, que a presa raramente passava mais de vinte minutos no equipamento, e com frequência até pulava essa etapa.

Nunca tocava os pesos, não se dava ao trabalho de chegar perto das outras máquinas. Só gostava de se exibir naquelas roupas justas que usava.

Como uma prostituta barata.

Depois, ela caminharia os três quarteirões de volta ao trabalho, pegaria o carro no estacionamento e dirigiria por 800 metros até chegar em casa.

Não estava trepando com ninguém no momento.

Focada na carreira. Focada em si mesma. Nada nem ninguém importava tanto quanto ela própria.

Vaca egoísta. Piranha barata.

Ele sentiu a raiva aumentar. Era uma sensação tão boa. Tão boa. Quente e amargurada.

Eckle se imaginou socando sua cara, sua barriga, seus seios. Conseguia sentir como suas maçãs do rosto quebrariam, sentir o cheiro do sangue dos lábios cortados, ver o choque e a dor nos olhos que inchavam e fechavam.

— Vou te ensinar uma lição — murmurou ele. — Vou te ensinar uma bela lição.

— Ei, meu camarada, ande logo.

Suas mãos se fecharam, tremendo, enquanto Eckle virava para encarar o homem atrás dele na fila. Sua raiva fervilhou, seu orgulho aumentou quando o sujeito deu um passo instintivo para trás.

Agora, ele estava prestando atenção. Agora, todo mundo estava prestando atenção.

Você precisa passar despercebido, Francis. Sabe como fazer isso. Desde que ninguém te veja, pode fazer tudo que quiser. Tudo.

A voz de Perry murmurava em seu ouvido. Eckle se forçou a virar, a baixar o olhar. Estava cansado de passar despercebido. Cansado de não ser visto.

Mas... mas...

Era impossível pensar com tanto *barulho*. As pessoas estavam falando mal dele pelas costas. Como sempre. Mas mostraria a elas. Mostraria a todas elas.

Ainda não. Ainda não. Precisava se acalmar, lembrar-se dos preparos. Concentrar-se no objetivo final.

Quando Eckle ergueu o olhar novamente, a presa já seguia para a porta, com o copo descartável na mão. Seu rosto ficou vermelho de vergonha. Quase a deixara escapar, quase a perdera de vista.

Então saiu da fila, manteve a cabeça baixa. Aquela não era a noite adequada, no fim das contas. Disciplina, controle, foco. Ele precisava relaxar, acalmar-se, guardar sua animação para *depois*.

A presa teria mais uma noite de liberdade, mais um dia de vida. E ele teria o prazer de saber que ela sequer imaginava que já pisara numa armadilha.

Fiona cogitou uma boneca de vodu. Algum dos artistas de Sylvia conseguiria fazer uma parecida com Kati Starr. Seria infantil enfiar agulhas nela ou simplesmente bater sua cabeça contra uma mesa, mas também serviria como terapia.

Simon não parecia preocupado com a matéria mais recente da jornalista. Talvez ele tivesse razão. Talvez. Mas ela ficava incomodada com o fato de a mulher alegar ter fontes que diziam que o FBI procurava por um "suspeito" na investigação do AEVII.

Essa afirmação não podia ter sido inventada.

Alguém estava vazando informações, e Starr confiava o bastante nessa pessoa para publicar aquilo e fazer outra viagem até Orcas.

Para citar o nome de Fiona de novo. Dessa vez, associando-a a Simon. *O artista charmoso que trocou o clima urbano de Seattle por um retiro tranquilo à beira de um estreito em Orcas.*

O jornal até publicara uma nota sobre ele, mencionando seu trabalho como escultor, os móveis práticos com toques de criatividade, suas inspirações orgânicas.

Blá-blá-blá.

Sua língua coçava para dizer uma dezena de coisas para Kati Starr, mas era isso que a jornalista queria.

A publicidade contínua a deixava numa situação complicada com os alunos. Apesar de Fiona não poder — não querer — responder às suas perguntas, eles insistiam em fazê-las.

Seu blog também fora invadido por curiosos e gente maluca, forçando-a a desabilitar os comentários e republicar posts antigos.

Louca para ocupar a cabeça, ela se concentrou num novo projeto. E foi atrás de Simon na oficina. O móvel da vez envolvia o uso do torno e de uma pequena ferramenta para entalhar — algo que parecia exigir precisão e foco.

Fiona ficou afastada e quieta até ele desligar a máquina.

— O que foi?

— Pode fazer isto para mim? — Ele tirou seus óculos de proteção e analisou a foto. — É uma jardineira.

— Eu sei o que é.

— Na verdade, é a jardineira de Meg. Pedi para ela tirar uma foto e me mandar. Simon, preciso fazer alguma coisa.

— Parece que quem vai fazer isso sou eu.

— Sim, no começo. Mas vou plantar alguma coisa nelas. Se você fizer quatro. — Fiona percebeu o tom adulador de sua voz e o detestou o suficiente para mudá-lo. — Sei que talvez você não queira jardineiras, mas precisa admitir que ficariam bonitas, e deixariam a fachada mais colorida. Talvez até possa decorá-las para o Natal, com... ou não — disse quando Simon apenas a encarou. — Tudo bem, acho melhor não mencionar minha ideia de fazer uns canteiros no lado sul da casa. Desculpe. Desculpe. Dá para ver que você está bastante ocupado e não precisa que eu fique inventando ideias. O que é aquilo?

Ela gesticulou para a lona que cobria a adega.

— Não é da sua conta.

— Tudo bem. Vou procurar alguma coisa para limpar, e a culpa é sua.

— Fiona.

Ela parou na porta.

— Vamos dar uma volta.

— Não, está tudo bem. Você está ocupado, e o meu problema é estar à toa. Vou arrumar o que fazer.

— Então vou dar uma volta sozinho, e você pode ficar emburrada em casa.

Fiona bufou antes de atravessar a oficina e abraçá-lo.

— Eu estava planejando ficar emburrada, mas posso fazer isso outra hora. — Ela ergueu a cabeça. — Só estou inquieta. É difícil não poder fazer as coisas quando eu quero. Sair com os cachorros, entrar no carro e ir até a cidade. Passar na Sylvia ou ir visitar Mai. Prometi que não faria nada sozinha, mas não imaginei que isso me deixaria descontrolada. Então, agora estou te perturbando, e isso me irrita. Acho que até mais do que te irrita.

— Duvido muito — disse Simon, e isso a fez rir.

— Volte para o trabalho. Vou tirar fotos dos meninos e atualizar o site.

— Podemos sair mais tarde. Ir jantar ou alguma coisa assim.

— Já estou me sentindo mais normal. A gente se fala quando você terminar aqui. — Ela se afastou, abriu a porta. Parou. — Simon.

— O que foi agora?

— Os agentes Tawney e Mantz acabaram de chegar.

Fiona tentou ser otimista enquanto atravessava o quintal. Tawney cumprimentou os cachorros e imediatamente recebeu uma corda, enquanto Mantz permanecia bem atrás dele, precavida.

— Fiona. Simon. — Apesar do terno escuro, Tawney brincava de cabo de guerra com Tubarão. — Espero não estarmos incomodando.

— Não. Na verdade, eu estava reclamando de não ter nada para fazer hoje.

— Está se sentindo presa?

— Um pouco. Que mentira. Muito.

— Lembro que você também ficou assim da última vez. Estamos fazendo progresso, Fi. Vamos fazer tudo que pudermos para concluir esse caso e deixar sua vida voltar ao normal.

— Você parece cansado.

— Foi um longo dia. — O agente olhou para Simon. — Podemos conversar lá dentro?

— Claro. — Simon seguiu para a casa. — Vocês viram a última matéria do *U.S. Report*. Ela fica nervosa com essas coisas. E não precisa de mais aborrecimento. É melhor vocês descobrirem logo quem está vazando informações.

— Acredite em mim, estamos cuidando do assunto.

— Também não estamos satisfeitos com isso — acrescentou Mantz enquanto eles entravam. — Se Eckle achar que descobrimos sua identidade, pode desaparecer.

— Isso responde à pergunta principal. Vocês ainda não o encontraram. Querem alguma coisa? — perguntou Fiona. — Café? Algo gelado?

— Vamos só nos sentar um pouco. Queremos te contar tudo que podemos. — Tawney se acomodou e, inclinando-se para a frente, entrelaçou os dedos sobre os joelhos. — Sabemos que ele estava em Portland no dia 5 de janeiro, quando vendeu seu carro para uma concessionária. Não há outros veículos registrados em seu nome, mas estamos verificando compras na região por volta dessa data.

— Ele pode ter comprado diretamente com o dono. Não ter se dado o trabalho de registrá-lo. — Simon deu de ombros. — Ou usou uma identidade falsa. Talvez tenha até ido de ônibus para outra cidade e comprado um carro que viu num classificado da internet.

— Você tem razão, mas estamos verificando todas as possibilidades. Ele precisa de um meio de transporte. E de hospedagem. Precisa comprar comida e abastecer o carro. Vamos revirar cada detalhe e usar todos os nossos recursos. E isso inclui Perry.

— Conversamos com ele hoje cedo — continuou Mantz. — Sabemos que os dois se comunicavam, usando uma terceira pessoa para trocarem correspondência.

— Quem? — perguntou Simon.

— O pastor do presídio que caiu na ladainha de Perry. Ele levava as cartas quando ia embora e as postava. Com nomes e endereços diferentes — explicou Tawney. — Perry dizia que eram para membros do grupo de orações da sua irmã, e o pastor acreditou. E levava as respostas para ele, que eram enviadas para sua casa por remetentes diferentes.

— Segurança máxima uma ova — murmurou Simon.

— Perry conseguiu enviar uma carta poucos dias depois de encontrarem o corpo de Kellworth, mas não *recebe* nada há três semanas.

— Eckle está se distanciando? — Fiona olhou para os agentes. — É isso que vocês acham?

— Faz sentido. Ele está saindo do roteiro — acrescentou Tawney. — Perry não ficou nada satisfeito com isso. E já sabe que o identificamos e estamos atrás dele, e também não gostou dessa notícia.

— Vocês contaram a ele? — interrompeu Simon. — Para seu coleguinha receber uma carta confirmando a história?

— A não ser que ele esteja conversando com espíritos, Perry não vai mais conseguir receber ou enviar mensagens — insistiu Mantz. — Bloqueamos o canal. Ele está na solitária e vai permanecer assim até encontrarmos o suspeito. Eckle não está correspondendo às suas expectativas, e Perry não gostou da ideia de perder os privilégios que ganhou com seu bom comportamento.

— Vocês acham que, se ele souber, vai contar onde está Eckle? — perguntou Fiona. — Por que faria uma coisa dessas?

— Perry quer cortar os laços com ele. Não ficou feliz com o fato de seu pupilo estar cometendo erros, seguindo seu próprio caminho. E fizemos questão de deixar claro que esses erros tornaram impossível que Eckle se aproxime de você. — Tawney esperou um instante. — Você ainda é seu único fracasso, o motivo para sua prisão. Ele não te esqueceu.

— Essa notícia não é das melhores.

— Não temos muito com que negociar. Perry sabe que vai permanecer preso até morrer. Que nunca terá liberdade. Com o tempo, seu orgulho vai forçá-lo a nos contar o que precisamos saber, ou encontraremos Eckle sem a sua ajuda.

— Com o tempo.

— Ele disse que pode nos dar informações. Teve o cuidado de classificá-las como observações, especulações, teorias, mas está pronto para entregar Eckle se tiver o incentivo certo.

— O que ele quer?

Mas Fiona já sabia. No fundo, já sabia.

— Conversar com você. Cara a cara. Não há nada que você possa dizer que já não tenha passado pela minha cabeça — disse Tawney quando Simon levantou. — Nada que eu já não tenha argumentado comigo mesmo.

— Você a obrigaria a passar por isso, pediria para que sentasse diante do homem que tentou matá-la, só por causa da possibilidade de conseguir algumas migalhas?

— A decisão é sua, Fiona. Só sua — disse Tawney para ela. — Não gosto dessa ideia. Não gosto de pedir a você para tomar essa decisão. Não gosto de dar a ele nada que queira.

— Então não faça isso — rebateu Simon.

— Existem muitos motivos para não aceitar. Ele pode mentir. Pode conseguir o que quer e dizer que, na verdade, não sabe de nada, ou nos dar informações falsas. Mas não acho que isso irá acontecer.

— É seu trabalho pegar esse desgraçado. Não dela.

Mantz olhou com rispidez para Simon.

— Nós estamos fazendo nosso trabalho, Sr. Doyle.

— Pelo que estou vendo, parece que estão pedindo a Fiona para fazê-lo por vocês.

— Fiona é a chave. É ela que Perry quer, que deseja há oito anos. É o motivo para ter recrutado Eckle e para estar disposto a traí-lo.

— Parem de falar por mim — murmurou Fiona. — Parem. Se eu disser que não, ele não vai contar mais nada.

— Fiona.

— Espere. — Ela esticou a mão para segurar a de Simon, sentiu a raiva que irradiava por sua pele com a mesma clareza que transparecia em sua voz. — Espere. Ele vai ficar quieto. Vai esperar semanas, talvez meses. É capaz disso. Vai esperar até acontecer de novo. Até encontrarem outra vítima, para eu saber que ela morreu porque não fui capaz de encará-lo.

— Que bobagem.

— É o que eu acho. — Ela apertou a mão de Simon, com força. — Perry foi atrás de Greg para me atingir, e é capaz de fazer isso. É o que ele gostaria de fazer. Ele espera que eu diga não. Provavelmente está torcendo para eu me recusar até outra pessoa morrer. Essa seria a graça para ele. E você concorda comigo.

— Concordo — confirmou Tawney. — Ele é paciente, e tem tempo de sobra para pensar enquanto espera. Perry acha que somos inferiores. Que só foi pego por azar. Então deve achar que isso daria a Eckle tempo para mais um ou dois assassinatos.

— Ele não teria dado azar se não tivesse matado Greg. E não teria sentido necessidade de matar Greg se eu não tivesse escapado. Então tudo gira em torno de mim. Tomem as providências que tiverem que tomar. Quero fazer isso o mais rápido possível.

— Puta merda, Fiona.

— Precisamos de um minuto.

— Vamos esperar lá fora — disse Tawney.

— Eu preciso fazer isso — disse ela para Simon assim que ficaram sozinhos.

— Porra nenhuma.

— Você não viu como fiquei quando Greg morreu. Nem me reconheceria nas semanas, até nos meses seguintes. Fiquei arrasada. Meus piores momentos não chegam nem perto daquilo. Não são nada comparados à culpa, ao sofrimento, à depressão, ao desespero que senti. — Fiona segurou as mãos de Simon, torcendo para sua necessidade penetrar a raiva dele. — Eu recebi ajuda. Terapia, claro, mas foram meus amigos e minha família que me tiraram daquele buraco. E o agente Tawney. Eu podia ligar para ele a qualquer hora para conversar quando não me sentia à vontade para falar com minha mãe, meu pai, Syl ou qualquer outra pessoa. Porque ele sabia como era. E não teria me pedido isso agora se não achasse que é a coisa certa a fazer. Esse é um argumento. — Fiona respirou fundo, recompondo-se. — Se eu não fizer isso, se não tentar, e outra pessoa morrer, acho que algo dentro de mim vai se quebrar. No fim das contas, Perry terá vencido. Ele não venceu quando me sequestrou. Ele não venceu quando matou Greg. Mas, Simon, meu Deus, existe um limite para quantos golpes uma pessoa consegue levar e continuar se levantando. Esse é o segundo argumento.

"E o último. Quero olhar no fundo dos olhos dele. Quero vê-lo na prisão e saber que fui eu que o coloquei lá. Perry quer me ver, quer me manipular. — Ela balançou a cabeça, o gesto tão determinado quanto a fúria súbita que irradiava de seu rosto. — Ele que se foda. Quem vai usá-lo sou eu. E espero que o FBI consiga alguma informação que leve a Eckle. Espero de verdade. Mas, mesmo que isso não aconteça, eu terei usado Perry e feito o que precisava fazer para manter minha consciência tranquila. Eu vou ganhar. Vou acabar com a raça daquele filho da puta de novo. E, quando estiver terminado, ele vai saber disso."

Simon se afastou, andou até a janela, encarou o quintal, voltou até ela.

— Eu te amo.

Pega de surpresa, Fiona sentou no braço do sofá.

— Ah, meu Deus.

— Estou tão irritado com você agora. Acho que nunca me irritei tanto com alguém antes. E eu me irrito bastante.

— Tudo bem. Estou tentando acompanhar seu raciocínio, mas minha cabeça está girando rápido demais para eu conseguir me concentrar. Você está irritado comigo porque me ama.

— Isso é um fator, mas não o motivo principal. Estou irritado porque você vai falar com Perry, e porque sei que precisa fazer isso. Estou irritado porque, a menos que eu te amarre à cama, não tenho como impedi-la de ir.

— Você está enganado. Poderia me impedir. Você é a única pessoa que pode.

— Não me dê essa opção — alertou Simon. — Estou irritado. E acho que você é a mulher mais maravilhosa que já conheci, e minha mãe fez com que meu critério para avaliar mulheres maravilhosas fosse bem alto. Se você começar a chorar — disse ele quando viu os olhos dela se encherem de lágrimas —, juro por Deus...

— Estou tendo um dia infernal. Me dê um desconto. — Fiona se levantou. — Você não diz as coisas por dizer.

— Não mesmo. Por que eu faria isso?

— Por tato, política da boa vizinhança, mas vamos deixar isso para lá. Simon. — Precisando tocá-lo, ela levou as mãos ao peito dele. — Simon. Tudo que você me disse, tudo... Não consigo pensar em nenhuma outra coisa que faria eu me sentir melhor ou mais forte ou mais capaz de fazer o que é preciso.

— Que ótimo. — Ele soava amargurado. — Que bom que pude ajudar.

— Pode repetir aquilo de novo?

— Que parte?

Fiona bateu com um punho em seu peito.

— Não seja idiota.

— Eu te amo.

— Que bom, porque eu também te amo. Estamos equilibrados. Simon. — Ela ergueu as mãos para suas bochechas e lhe deu um beijo intenso e meigo. — Tente não se preocupar. Perry vai tentar me provocar. É o único poder que ele tem agora. Mas não vai conseguir me afetar, porque tenho uma arma que ele nunca terá, que nunca entenderá. Depois que eu fizer o que precisa ser feito, depois que deixá-lo para trás, sei que vou voltar para cá. Sei que você vai estar aqui e que me ama.

— Você quer que eu acredite nisso?

— Não precisa. Estou te dizendo porque é a verdade. Vamos resolver logo isso. Quero acabar de uma vez com essa história e voltar para a parte boa. — Os dois seguiram para a varanda. — Quando eu posso ir? — perguntou Fiona.

Tawney analisou seu rosto por um momento.

— Amanhã de manhã. Eu e a agente Mantz vamos ficar num hotel aqui em Orcas, e nosso voo sairá do Sea-Tac às 9h15. Vamos estar do seu lado o tempo todo, Fi. Na ida e na volta, e estaremos com você durante o encontro com Perry. Ela vai estar de volta no meio da tarde — disse o agente para Simon.

Simples e rápido, pensou Fiona.

— Vou pedir a alguém para dar minhas aulas da manhã e da tarde. Vocês não precisam de um hotel. Podem ficar na minha casa. Ela está vazia — acrescentou antes de Tawney poder recusar. — Assim, economizam tempo.

— Obrigado.

— Vou pegar as chaves.

Simon esperou até Fiona entrar.

— Se Perry sacanear ela, você vai pagar.

Tawney concordou com a cabeça.

— Entendido.

Capítulo 27

◆ ◆ ◆ ◆

Normalmente, apesar de as oportunidades de viajar serem poucas e raras, Fiona gostava de voar. Ela se divertia com o ritual, com a oportunidade de observar pessoas, com as sensações, com a antecipação de sair de um lugar e atravessar o céu até chegar a outro.

Porém, naquele caso, o voo era apenas mais uma etapa necessária para cumprir seu objetivo, apenas uma tarefa a ser executada.

Ela planejara com cuidado o que vestir, mas não conseguira entender por que sua aparência, a forma como se *apresentaria*, tinha uma importância tão grande.

Cogitara e rejeitara a ideia de usar um terninho, por ser uma opção muito formal e óbvia. Então pensara numa calça jeans, sua escolha mais comum e confortável, mas resolvera que seria casual demais. No final, se decidira por uma calça preta, uma blusa branca, e acrescentara uma jaqueta de um tom azul forte.

Simples, séria, profissional.

E por isso a decisão era importante, percebia ela agora, sentada entre Tawney e Mantz no avião. O que vestia, como se apresentava, indicaria o tom da conversa.

Perry achava que estava no comando. Apesar de continuar num presídio de segurança máxima, sua última cartada fora uma tentativa de se posicionar como alfa.

Ele tinha algo que queriam, algo de que precisavam, então isso lhe dava poder — um poder que Fiona pretendia anular.

As roupas seriam um lembrete — para os dois — de que, no fim do dia, ela iria embora, voltaria para sua vida, para a liberdade.

E Perry voltaria para uma cela.

Nada que ele dissesse mudaria isso. E esse era o poder de Fiona. Essa era sua forma de manter o controle.

— Quero explicar o procedimento do presídio. — Tawney se virou para ela. — Você vai passar pela segurança e precisará preencher alguns formulários.

Pela forma como o agente a analisava, Fiona sabia que ele estava se perguntando se ela iria desistir.

— Já imaginava que teria uma papelada.

— Seremos acompanhados até uma sala de interrogatórios, não para a área de visitas. Perry já estará lá dentro. Seus pés e mãos estarão algemados, Fi. Você jamais ficará sozinha com ele, nem por um segundo. Ele não vai poder tocar em você.

— Não tenho medo de Perry. — Pelo menos essa parte era verdade. — Não é esse meu receio. Mas estou preocupada de isso tudo não dar em nada. Ele vai conseguir o que quer, divertir-se, e só nos contará coisas inúteis. Odeio lhe dar a satisfação de estar no mesmo cômodo que eu, de me ver. Mas, ao mesmo tempo, vou ter a satisfação de fazer a mesma coisa. E de saber que vou embora, que vou para casa. E ele, não.

— Ótimo. Continue pensando assim. Concentre-se nisso e saiba que podemos ir embora no momento que você quiser. A decisão é sua, Fi. O tempo todo. — Tawney deu um tapinha em sua mão enquanto eles atravessavam uma turbulência. — Perry se recusou a ser acompanhado por um advogado, fez questão de estar sozinho. Acha que é ele que manda, que está no controle.

— Sim, eu estava pensando nisso. Ele pode acreditar no que quiser. E pode olhar para mim à vontade. — A voz de Fiona se tornou mais ríspida, desafiadora. A turbulência, pensou, era apenas externa. — Ele não vai encontrar uma mulher assustada ou dócil. E, mais tarde, vou brincar com meus cachorros. Vou comer pizza, tomar vinho e, à noite, vou dormir ao lado do homem que amo. Perry vai voltar para sua cela. Estou pouco me lixando para o que ele pensa, desde que conte o que vocês precisam saber.

— Não diga nada que possa ser usado contra você — acrescentou Mantz. — Nada de nomes, lugares, rotinas. E se esforce para não demonstrar emoções. Perry vai tentar mexer com você, te assustando ou irritando, qualquer coisa para provar que consegue te afetar. Nós vamos estar na sala o tempo todo, assim como um guarda. A sessão será monitorada.

Fiona parou de prestar atenção nas garantias e nas instruções dos agentes. Ninguém, nem mesmo Tawney, poderia imaginar como estava se sentindo. Ninguém poderia imaginar que uma parte obscura e oculta dentro de si estava ansiosa por revê-lo, por encontrá-lo imobilizado, como acontecera com ela. Quando encarasse Perry de novo, faria isso por si mesma, por Greg, por todas as mulheres que perderam a vida por sua causa.

Ele não poderia saber que dera àquela parte obscura e oculta um motivo para se animar.

E como poderia, quando nem ela soubera disso?

Fiona passou o caminho inteiro pensando no assunto. Na balsa de manhã cedo, no avião, no carro. Cada etapa lhe trazia o conforto de que se afastava cada vez mais de casa. De que Perry nunca conheceria ou veria tudo que ela conhecia e via todos os dias.

O lado sudoeste de Washington não era apenas outra parte do estado, mas um mundo completamente diferente. Ali, não havia os campos e as colinas de seu lar, as cidadezinhas cheias de turistas e rostos conhecidos, os sons e o mar. Aqueles não eram seus riachos e suas florestas e suas sombras verde-escuras.

Os tijolos vermelhos e as pedras grossas da penitenciária eram impressionantes e intimidantes. O bloco quadrado, baixo e simples que alojava a Unidade de Gestão Intensiva, onde Perry estava preso, parecia desolado e frio. E aquela parte obscura de Fiona esperava que a vida dele fosse, e continuasse a ser, igualmente desolada, igualmente fria.

Cada pedaço de ferro, cada centímetro de aço a faziam se sentir mais segura, aumentavam sua felicidade secreta.

Perry acreditava que lhe causara sofrimento e nervosismo ao insistir naquele encontro, mas, na verdade, fizera-lhe um favor imenso.

Agora, toda vez que pensasse nele, lembraria das paredes, das grades, dos guardas, das armas.

Fiona passou pela segurança, pela revista, pelo preenchimento da papelada, e concluiu que Perry jamais saberia que, ao forçá-la a abrir aquela porta, ajudara a finalmente fechá-la — a trancar até aquela frestinha que nunca fora capaz de obstruir.

Quando ela entrou na sala onde ele a aguardava, estava pronta.

Ficou satisfeita por ter usado aquele toque proposital de cor forte, de ter arrumado o cabelo numa trança complicada e de ter sido meticulosa com sua maquiagem. Porque sabia que Perry a analisava, que absorvia todos os detalhes.

Oito anos desde que ele a trancara no porta-malas do seu carro. Sete desde que ela sentara-se no banco de testemunhas e o encarara. Os dois sabiam que a mulher que entrava ali agora não era a mesma pessoa.

— Fiona, há quanto tempo. Como você está bonita. É óbvio que sua nova vida te faz muito bem.

— Não posso dizer o mesmo sobre você nem sobre sua vida.

Perry sorriu.

— Consegui estabelecer uma rotina tolerável. Mas vou ser sincero, duvidei que você viesse. Como foi a viagem?

Ele quer ser o astro do show, tomar a dianteira, concluiu ela. Precisava dar um jeito nisso.

— Você me chamou aqui só para bater papo?

— Quase nunca recebo visitas. Apenas minha irmã. Você deve se lembrar dela no julgamento. E, é claro, ultimamente, nosso agente especial favorito e sua nova bela parceira. Gosto de conversar.

— Se você acha que vim aqui para te agradar, está enganado. Mas... a viagem foi normal. O dia está bonito hoje. Que bom que vou poder aproveitá-lo quando sair daqui. E vou gostar ainda mais de saber que, quando eu for embora, você vai voltar para a... Como é que chamam? Solitária.

— Pelo visto, você se tornou maldosa. Que pena. — Perry a encarou com um olhar triste, como um adulto que fita uma criança. — Era uma moça tão meiga, espontânea.

— Você não me conhecia naquela época. E não me conhece agora.

— Não? Você se isolou na sua ilha. Meus pêsames, aliás, pela morte do seu pai. Eu costumo pensar que pessoas que optam por morar em ilhas acham que a água ao redor é um tipo de fosso. Uma barreira contra o mundo exterior. Você tem seus cachorros e suas aulas de adestramento. É interessante treinar outros seres, não acha? Uma forma de moldá-los de acordo com suas preferências.

— Esse é o seu ponto de vista. — Dê corda a ele, disse Fiona a si mesma. Engane-o. — Eu acho que é um método de ajudar indivíduos a alcançarem seu potencial numa área pela qual me interesso e em que me especializei.

— Alcançar seu potencial, sim. Nós concordamos nesse ponto.

— Foi isso que você viu em Francis Eckle? Seu potencial?

— Ora, ora. — Perry se recostou na cadeira, riu. — Não precisa forçar a barra para mudarmos de assunto quando ainda estamos nos divertindo.

— Achei que você queria que eu falasse sobre ele, já que o mandou atrás de mim. É claro, Eckle meteu os pés pelas mãos. Fez pouco caso do seu legado... George.

— Agora você está tentando me bajular e me irritar ao mesmo tempo. Os agentes te prepararam? Disseram o que devia dizer, como dizer? Você está sendo uma marionete obediente, Fiona?

— Eu não vim aqui para te bajular nem para te irritar. — Ela manteve a voz inexpressiva, não desviou o olhar. — Não tenho motivo para querer fazer nada disso. E ninguém manda no que eu falo. Nem no que faço ou quando faço. Ao contrário da sua situação. Você tem sido uma marionete obediente na sua cela, George?

— Que irritadinha! — Perry soltou uma gargalhada, mas aquilo que brilhava em seus olhos não era humor. Ela sabia que acertara um ponto fraco, que deixara o clima mais pesado. — Sempre admirei isso em você, Fiona. Esse sangue quente clássico e clichê dos ruivos. Mas lembro que seus ânimos não estavam tão exaltados depois que seu namorado e o cão fiel dele comeram bala. — Isso doeu, muito, mas ela aguentou firme. — Você precisou de remédios e "terapia" — acrescentou Perry, gesticulando as aspas. — Precisava do seu próprio agente especial paternal para protegê-la de mim e da imprensa sedenta por notícias. Pobrezinha da Fiona. Primeiro, deu um golpe de sorte e virou uma heroína, mas então se tornou uma criatura trágica e frágil.

— Pobrezinho do George — disse ela no mesmo tom, e viu a raiva transparecer, só por um instante, no olhar do prisioneiro. — Primeiro, era um homem temido, mas então se viu forçado a recrutar alguém inferior para terminar o trabalho que foi incapaz de fazer. Vou ser sincera. Estou pouco me lixando se você vai contar ao FBI qualquer coisa sobre Eckle. Parte de mim até espera que não faça isso. Porque ele vai tentar terminar o seu serviço. Você tirou alguém de mim, e agora vou tirar alguém de você. Se ele não for encontrado antes, vai vir atrás de mim, e estou pronta para isso. — Agora, Fiona se inclinou para a frente, deixando que Perry visse. Que visse sua determinação, que visse o segredo dentro dela. — Estou pronta para ele, George. Eu não estava pronta para você, e olha só no que deu. Então, quando Eckle vier atrás de mim, vai perder. E você também. De novo. E quero muito que isso aconteça. Você não é o único que o vê como um representante. Eu também o vejo assim.

— Já parou para pensar que talvez ele queira que você se sinta confiante? Que está te manipulando para criar esse senso de poder e segurança?

Fiona soltou uma meia risada enquanto voltava a se recostar na cadeira.

— Quem está forçando a barra agora? Ele não correspondeu às suas expectativas. Saber julgar o caráter e as habilidades dos alunos é a maior característica de um bom treinador. Não é só uma questão de ensinar, instruir, mas de reconhecer os limites e o funcionamento daqueles que treina. Você errou. E sabe que errou, ou eu não estaria aqui.

— Você está aqui porque eu te obriguei a vir.

Fiona torceu para seu rosto estar exibindo uma expressão entediada e distraída, porque seu coração batia disparado. Ela estava vencendo.

— Você não pode me obrigar a nada. E não tenho medo de você nem do animal que colocou atrás de mim. Sua única opção agora é tentar fazer um acordo.

— É impossível prever quando um animal vai atacar. Quantas pessoas pode ferir pelo caminho.

Fiona inclinou a cabeça, abrindo um sorrisinho.

— Você acha mesmo que isso tira meu sono? Estou na minha ilha, lembra? Tenho meu fosso. Só vou ficar chateada se Eckle for preso antes de me encontrar. Pode dizer isso a ele. Isto é, se ele ainda estiver prestando atenção no que você diz. Acho que não está. Acho que você perdeu o controle do seu animal, George, e que ele está seguindo o próprio caminho. Quanto a mim? — De propósito, Fiona olhou para o relógio. — Não tenho mais tempo para conversar. Foi bom te ver aqui, George — disse ela enquanto levantava. — Ganhei meu dia.

— Vou te acompanhar até a saída. — Mantz se levantou.

— Vou encontrar outro. Mais cedo ou mais tarde, vou encontrar outro. — Fiona olhou para trás e viu os punhos de Perry se fecharem sobre a mesa. — Estou sempre pensando em você, Fiona.

Ela sorriu para ele.

— Isso é bem triste, George.

Quando Mantz acenou com a cabeça, o guarda abriu a porta. Assim que as duas saíram de lá, a agente balançou a cabeça, ergueu uma das mãos.

— Seremos levadas para uma área de monitoramento, onde você pode esperar.

Fiona manteve a compostura, seguindo o exemplo de Mantz. Permaneceu calada, olhando para a frente. O som das portas eletrônicas abrindo, fechando, fazia um calafrio querer percorrer seu corpo.

Elas entraram numa sala pequena com equipamentos eletrônicos, monitores. Mantz ignorou os aparelhos, assim como os guardas que os usavam, e gesticulou para duas cadeiras do outro lado da sala.

Então pegou um copo d'água, o entregou para Fiona.

— Obrigada.

— Quer um emprego?

Fiona ergueu o olhar.

— Como é?

— Você daria uma boa agente. Vou ser sincera, tive minhas dúvidas sobre fazer isso, sobre trazê-la aqui. Achei que Perry faria você de boba. Achei que usaria a oportunidade para te provocar e te deixar mal, e nós sairíamos com as mãos abanando. Mas foi você quem o fez de bobo. Não deu o que ele queria e com certeza não se comportou da forma como ele esperava.

— Pensei bastante em tudo. No que dizer, em como dizer. Em como... eita, olha só — disse ela quando viu as mãos tremendo.

— Nós podemos ir embora. Tem uma cafeteria aqui perto. Tawney pode nos encontrar lá.

— Não, posso ficar. Eu quero ficar, e sei que você quer estar lá dentro.

— Aqui está ótimo. Ele não vai tolerar outra mulher enchendo o saco depois daquilo. É melhor Tawney resolver o problema sozinho. Como você soube o que dizer?

— A verdade?

— Sim, a verdade.

— Eu trabalho com cachorros, dou aula particular para cães e donos com problemas de comportamento. Alguns casos são bem sérios e violentos. Você não pode demonstrar medo. Não pode nem sentir medo, porque, senão, vai deixar transparecer. E eles não devem achar que estão no comando nem por um segundo. É melhor você não perder a calma e sempre manter uma posição de poder. De alfa.

Mantz pensou nisso por um instante.

— Você está dizendo que tratou Perry como se ele fosse um cão agressivo?

Fiona respirou fundo, trêmula.

— Mais ou menos. Será que deu certo?

— Você fez a sua parte. Agora, faremos a nossa.

𝒫ERRY ENROLOU O MÁXIMO que pôde, soltando informações fragmentadas, parando para pedir comida, falando um pouco mais. Fiona lutou contra a sensação crescente de claustrofobia por passar tanto tempo trancada numa sala apertada, e desejou — mais de uma vez — ter aceitado a oferta de Mantz para saírem do presídio e esperarem em outro lugar.

Agora, teria que aguentar, lembrou a si mesma, e continuou sentada ali, sem sair do lugar, enquanto Mantz ouvia o interrogatório através de um fone no ouvido, enquanto Tawney vinha consultá-la. Só precisava esperar, pensou, recusando uma oferta de comida que provavelmente acabaria vomitando.

No momento que Tawney previra que ela estaria em casa, os três saíram do presídio. Fiona deixou a janela do carro aberta, respirou o ar puro.

— Posso usar meu celular agora? Quero avisar a Simon e Sylvia que nos atrasamos.

— Fique à vontade. Eu entrei em contato com sua madrasta — disse Tawney. — Deixei um recado na caixa postal de Simon. Ele não atendeu ao telefone.

— Ele nunca escuta o telefone com as máquinas e a música na oficina. Mas Syl deve avisar a ele. Ela está dando minhas aulas hoje. Vou esperar até chegar perto da hora de embarcarmos.

— Erin disse que você não comeu.

— Meu estômago ainda está um pouco embrulhado. Você precisa me contar uma coisa. Precisa me contar se isso foi útil.

— Você vai ficar decepcionada.

— Ah.

— Decepcionada porque Erin está no telefone agora, verificando algumas informações que Perry nos passou, enviando agentes para os locais para onde ele mandaria cartas para Eckle nas próximas semanas. Sabemos os endereços, as cidades onde combinaram de encontrar vítimas e duas identidades que Eckle está usando.

— Graças a Deus.

— Perry quer que nós o encontremos. Em primeiro lugar, porque Eckle deixou de ser subserviente, obediente. E em segundo, porque não quer que você ganhe de novo. Acho que foi isso que o convenceu. Perry não quer arriscar que você enfrente Eckle e ganhe. Você o fez acreditar que não só seria capaz disso, como também que estava ansiosa por isso. Caramba, até eu acreditei.

— Prefiro não ter que provar que estava falando sério.

Mantz voltou.

— Já estão despachando agentes para os endereços que Perry nos passou, e uma equipe para o próximo local na lista onde ele buscaria novas vítimas, de acordo com a posição geográfica do último crime. Outra equipe vai para a faculdade de Kellworth, já que esse era o alvo combinado neste intervalo de tempo. Ele pode atacar lá de novo, caso resolva voltar para o plano de Perry.

— Duvido muito — comentou Tawney —, mas é melhor garantir.

— Emitimos um mandado de busca e apreensão para Eckle e seus nomes falsos. E demos sorte, Tawney. Encontramos um Ford Taurus de 2005, emplacado na Califórnia, registrado com um desses nomes. John William Mitchell.

Tawney esticou o braço e tocou de leve a mão de Fiona.

— Você não vai ter que provar nada.

*M*EIO DA TARDE porra nenhuma, pensou Simon. Naquele ritmo, eles teriam sorte se Fiona chegasse antes das 6h. Ouvir a voz dela no recado em sua caixa postal tinha ajudado, mas ele só conseguiria relaxar depois de tê-la ao seu lado.

Então se mantivera ocupado, e o fato de Syl ter vindo dar as aulas fizera com que economizasse uma visita à cidade, já que ela levara consigo as peças novas que ele terminara. E também fizera o almoço. Não tinha sido um dia ruim.

Simon colocou a última das jardineiras que passara boa parte do dia fazendo no suporte e se afastou da casa, cercado pela matilha de cães que não desgrudava dele, para ver o resultado.

— Nada mal — murmurou.

Não tinha usado o modelo que Fiona pedira para Meg — qual a graça de fazer algo que poderia comprar numa loja? Enfim, as suas eram mais bonitas. Ele tinha gostado da mistura de mogno e teca, das bordas levemente arredondadas, da beleza do desenho celta que entalhara na madeira.

As flores deveriam ter cores quentes. Se ela tentasse plantar qualquer coisa em tons pastel chatos, simplesmente teria que replantar tudo.

Cores fortes, quentes — já estava decidido. De que adiantava plantar flores se elas não chamavam atenção?

Quando todos os cães viraram ao mesmo tempo, Simon virou também. E pensou, *Graças a Deus*, ao ver o carro se aproximando da casa.

Precisou se controlar para não sair correndo, puxá-la pela janela e verificar cada centímetro do seu corpo para se certificar de que estava inteira, ilesa, igual.

Ele esperou, inquieto com tanta impaciência, enquanto Fiona continuava sentada lá dentro, conversando com os agentes. Os dois passaram o dia todo com você, pensou Simon. Diga logo tchau e venha para casa. Fique em casa.

Então Fiona saiu, veio em sua direção. Ele mal notou o carro indo embora.

Simon ouviu a risada dela quando os cachorros pularam para cumprimentá-la, viu seu rosto ruborizar enquanto os esfregava e fazia carinho. Minha vez, pensou ele, e se aproximou.

— Saiam daí — ordenou para os cães, e então apenas a encarou. — Você demorou.

— Foi demorado para mim também. Preciso de um abraço. De um abraço demorado e apertado. Me esmague, Simon.

Ele passou os braços em torno dela, apertando-a até o ponto de quase quebrar seus ossos. Então lhe beijou no alto da cabeça, nas têmporas, na boca.

— Estou melhor, estou melhor. — Fiona suspirou. — Muito melhor. Seu cheiro é tão bom. De madeira, cachorros, floresta. Você tem cheiro de casa. Estou tão feliz por ter voltado para casa.

— Está tudo bem?

— Está. Vou te contar tudo. Só quero tomar um banho primeiro. Sei que é coisa da minha cabeça, mas acho... preciso de um banho. Então, talvez a gente coloque uma pizza congelada no forno, abra um vinho, e eu... Você fez as jardineiras.

— Tive tempo livre hoje, já que você não estava aqui para ficar me interrompendo.

— Você fez as jardineiras — murmurou Fiona. — Elas são tão... perfeitas. Obrigada.

— São minhas jardineiras para a minha casa.

— Claro. Obrigada.

Simon puxou-a para perto de novo.

— Foi uma forma de me distrair e não enlouquecer. Eu e Syl nos ocupamos para não ficarmos doidos. Você devia ligar para ela.

— Já liguei. Para ela, para minha mãe e para Mai, da balsa.

— Ótimo, então somos só nós dois. E eles — acrescentou Simon enquanto os cães sentavam aos seus pés. — Tome seu banho. Vou preparar a pizza. — Mas então segurou o queixo dela, analisando seu rosto. — Ele não mexeu com você.

— Não do jeito que queria.

— Então posso esperar para saber o resto. Estou com fome.

Os dois comeram do lado de fora, na varanda dos fundos, com o sol brilhando através das árvores e os passarinhos cantando sem parar. Do lado de fora, pensou Simon, tinha lá seu simbolismo. Eles eram livres. Perry, não.

A voz de Fiona permaneceu firme enquanto repassava todos os momentos.

— Não sei de onde tirei boa parte daquilo. Eu tinha pensado em como falar, na abordagem, no tom, na minha postura, mas muitas coisas simplesmente saíram, escaparam da minha boca antes que eu pudesse pensar direito. Dizer a ele que não faz diferença nenhuma na minha vida se Eckle matar outras mulheres. Geralmente, minto muito mal. Não é algo que costumo fazer, então me enrolo. Mas as palavras saíram direto, frias, calmas.

— E ele acreditou.

— Aparentemente. Disse tudo que o FBI precisava saber: locais, os endereços das cartas, identidades falsas. Eles encontraram um carro e placas registrados num dos nomes. Já despacharam agentes para fazer o que precisa ser feito.

— E você não tem mais nada a ver com isso.

— Ah, meu Deus, Simon, não tenho. — Ela ergueu as mãos, pressionou os dedos contra os olhos por um momento. — Não tenho mesmo. E foi tudo tão diferente do que eu esperava, do que estava pronta para encontrar.

— De que forma?

— Ele estava com tanta raiva. Perry. Achei que seria presunçoso, cheio de si e de sua capacidade de manipular os outros até na prisão. E encontrei tudo isso, de certa forma. Mas, no fundo, havia tanta raiva e frustração. E ver aquilo, *saber* daquilo, ver onde ele está, ver sua aparência agora, foi tão... é tão... — Ela fechou uma das mãos sobre a mesa, analisando-a. — Real. É tão difícil e forte, e real. — Fiona ergueu os olhos; o azul voltara a ser calmo, voltara a ser transparente. — Sinto que acabou. O que havia entre nós dois, o que ainda restava, escondido nas sombras, foi embora. Não temos mais ligação alguma.

— Ótimo. — Simon ouviu, sentiu a verdade naquelas palavras. E percebeu que, até aquele momento, ele também carregava essas sombras dentro de si. — Então valeu a pena. Mas, até Eckle juntar-se a ele, as coisas continuam iguais por aqui. Nada de se arriscar, Fiona.

— Não tem problema. Tenho jardineiras e pizza. — Ela abriu a mão e segurou a dele. — E você. Então — Fiona respirou fundo —, vamos mudar de assunto. O que você fez hoje além das jardineiras?

— Uma coisa ou outra. Vamos dar uma volta.

— Floresta ou praia?

— Floresta primeiro, depois praia. Preciso encontrar outro tronco.

— Simon! Você vendeu a pia.

— Vou ficar com aquela, mas Syl a viu e disse que tem uma cliente que compraria uma.

— Você vai ficar com ela.

— O lavabo do andar de baixo precisa de uma.

— Vai ficar maravilhoso. — Fiona olhou para os cães, depois para Simon. Seus meninos, pensou. — Vamos, garotos. Vamos ajudar Simon a encontrar um tronco.

E<small>CKLE TAMBÉM SENTIA ALGO</small>. Ele se sentia livre.

Nova tarefa, novos planos. Nova presa.

Ele sabia que cortara os laços que o prendiam a Perry, mas, em vez de simplesmente desabar como uma marionete sem cordas, permanecia forte e cheio de vida. Era como se houvesse um novo eu dentro de si, uma sensação inédita, que não sentira nem quando Perry o ajudara a trazer à tona o homem que escondera por tantos anos.

E essa era uma dívida que devia e pretendia pagar. Mas era uma dívida entre aluno e professor. Um professor de verdade, um professor sábio, sabia que seus pupilos deviam se afastar, seguir o próprio rumo após descobrir o caminho das pedras.

Eckle lera, com interesse e orgulho, a matéria do *U.S. Report*. Havia avaliado o estilo, o tom, o conteúdo, e dado nota oito a Kati Starr.

Da mesma forma que teria feito em sua outra vida, fizera edições, correções e sugestões com uma caneta vermelha.

Ele tinha certeza de que poderia ajudá-la a melhorar. E cogitara entrar em contato com a jornalista, comunicar-se com ela, colaborar, por assim dizer, para dar mais profundidade aos seus artigos.

Nunca tinha pensado em como a fama poderia ser viciante, em como seria *delicioso* ter um gostinho dela. Mas seu novo eu queria mais lambidas dissimuladas, mais mordiscadas antes do fim. Ele queria se deleitar. Queria se empanturrar.

Queria se encher de legado.

Enquanto estudava os hábitos e a rotina de sua potencial pupila, lia suas outras matérias, pesquisava sua vida pessoal e profissional, detectou algo que via com frequência em seus próprios alunos.

Principalmente nas mulheres.

Piranhas. Todas as mulheres eram piranhas no fundo, ardilosas.

A esperta e vibrante Kati era, na sua opinião, determinada demais, impulsiva demais, confiante demais. Era manipuladora e não aceitaria instruções ou críticas construtivas com facilidade.

Mas isso não significava que não poderia ser útil.

Quanto mais ele observava, mais aprendia, mas queria. Ela seria sua próxima, e, de uma forma muito real, sua primeira, ao mesmo tempo que poderia ser a última. Sua própria escolha, em vez de imitar as necessidades de Perry.

Kati era mais velha, pouco atlética. Preferia passar horas sentada à mesa, mexendo no teclado, ou ao telefone, do que fazendo exercícios físicos.

Passeando por sua academia chique, para exibir o corpo.

Sim, ela exibia o corpo, mas não cuidava dele, não tinha disciplina. Se vivesse, acabaria flácida, gorda, lenta.

Na verdade, ele estaria lhe fazendo um favor, acabando com tudo enquanto ela ainda era jovem, magra e firme.

Sua estada em Seattle fora movimentada. Eckle trocara suas placas duas vezes e mandara pintar o carro. Agora, quando voltasse para Orcas, nenhum policial notaria o retorno do veículo na balsa — apesar de aqueles caipiras não serem muito perceptivos, de toda forma.

Mesmo assim, Perry lhe ensinara muito bem a tomar cuidado.

Ele refletiu sobre o melhor horário e local para raptá-la, mas então simplesmente esperou o clima de Seattle lhe dar a última vantagem.

KATI ABRIU O GUARDA-CHUVA e saiu para a chuva forte e o nevoeiro. Ficara trabalhando até tarde, melhorando alguns detalhes de sua próxima matéria. Por enquanto, não se importava em viver num cubículo num prédio minúsculo da chuvosa região Noroeste.

Aquela era sua plataforma para crescer.

Sua série estava recebendo a atenção que desejava, não apenas dos leitores, mas dos chefões. Se conseguisse manter o interesse deles por mais um tempo, tinha ótimos motivos para acreditar que logo estaria fazendo as malas e procurando um apartamento em Nova York.

Fiona Bristow, George Perry e o AEVII seriam sua passagem para a Big Apple, deixando Seattle para trás. E seria lá que venderia seu livro.

Precisava convencer Fiona a se abrir um pouco, pensou ela enquanto procurava as chaves do carro. E não seria ruim se o AEVII pegasse outra universitária, mantendo o foco nele — e suas matérias na capa do jornal.

É claro, também não seria ruim se o FBI resolvesse o caso.

Kati tinha fontes confiáveis, incluindo a que lhe dissera que a equipe Tawney-Mantz interrogara Perry de novo — e a nova fofoca empolgante de que Fiona participara da conversa.

Cara a cara com o homem que a sequestrara, que matara seu noivo. Ah, ela daria tudo para ser uma mosquinha naquela sala. Porém, mesmo sem acesso, arrancara o suficiente de suas fontes para uma matéria bem-fundamentada — e no topo da primeira página — para a edição do dia seguinte.

Kati apertou o botão da trava em seu chaveiro para abrir a porta e, no brilho das luzes, viu seu pneu traseiro vazio.

— Droga. Droga!

Ela correu até o carro para ver direito. Enquanto se virava, procurando o telefone na bolsa, ele surgiu das sombras.

Do nada, apenas um borrão de movimento.

Ela o ouviu dizer:

— Oi, Kati! Que tal uma exclusiva?

A dor atravessou seu corpo, um tiro elétrico que fez estremecerem todas as células de seu ser paralisado, agonizante. A névoa chuvosa se transformou num clarão branco enquanto ela se engasgava com um grito. Uma parte confusa do seu cérebro pensou que um raio a atingira.

O branco se transformou em preto.

Em menos de um minuto, ela estava amarrada, trancada no porta-malas. Eckle deixou sua bolsa, seu computador e seu guarda-chuva no banco de trás por enquanto, teve o cuidado de desligar seu telefone.

Inebriado pelo poder, ele dirigiu pela noite chuvosa. Tinha muito trabalho a fazer antes de poder dormir.

Capítulo 28

◆ ◆ ◆ ◆

O TELEFONE DE KATI estava cheio de informações interessantes. Descendo a tela, Eckle cuidadosamente anotou todos os nomes e números, analisou as mensagens enviadas e recebidas, a agenda, os lembretes. Era fascinante como praticamente todas as comunicações, todos os compromissos registrados — com exceção de uma futura consulta ao dentista — tratavam de assuntos profissionais.

Na verdade, refletiu ele enquanto limpava o telefone, os dois tinham muito em comum: nenhuma ligação real com a família, nenhum amigo próximo e a dedicação para se destacar na área que escolheram.

Ambos queriam ganhar fama, deixar sua marca.

Isso não tornaria seu breve tempo juntos ainda mais importante?

Ele jogou o telefone na lata de lixo da parada de estrada em que tinha estacionado, depois saiu da rodovia interestadual e voltou os trinta quilômetros de estrada sinuosa até o hotel que escolhera para aquela etapa do trabalho.

Pagou em dinheiro por uma noite e parou o carro num lugar pouco iluminado. Apesar de duvidar que a precaução fosse necessária, inclinou o guarda-chuva dela para esconder o rosto enquanto saltava. Os clientes habituais de hotéis como aquele não ficavam sentados em seus quartinhos de merda, olhando pela janela para um estacionamento cheio de poças, mas não custava ser cuidadoso.

Eckle abriu o porta-malas.

Os olhos de Kati estavam arregalados, cheios de medo e dor, com aquele brilho confuso que lhe excitava tanto. Ela tentara se soltar, mas ele tinha aprendido algumas coisas e amarrara seus pés e mãos juntos nas costas, prendendo-a como um porco e impossibilitando-a de fazer qualquer coisa além de se contorcer. Ainda assim, seria melhor mantê-la completamente imóvel e silenciosa durante a noite.

— A gente conversa amanhã — disse Eckle enquanto tirava uma seringa do bolso, removia o plástico protetor. Os gritos dela não passaram de sussurros nervosos abafados pela chuva enquanto ele agarrava seu braço, afastava a manga da blusa. — Durma bem — disse, e enfiou a agulha na pele de Kati.

Então recolocou o plástico protetor. Kati, como as outras, não viveria o bastante para sofrer com uma infecção por compartilhar seringas. Ele observou seus olhos se tornarem opacos enquanto a droga fazia efeito.

Depois de trancar o porta-malas, Eckle pegou sua bagagem e os pertences dela no banco traseiro e os levou para a calçada rachada diante da porta do quarto.

O lugar cheirava a sexo, fumaça e detergente barato que não conseguia mascarar a mistura de aromas. Ele aprendera a ignorar esse tipo de incômodo, assim como aprendera a ignorar os gemidos e as pancadas inevitáveis dos quartos vizinhos.

Ligou a televisão, foi passando os canais até encontrar um noticiário.

Então, resolveu se distrair mexendo na carteira de Kati. Ela carregava quase 200 dólares em dinheiro vivo — para pagar fontes? Subornos? O dinheiro seria útil, outra vantagem de mudar seu tipo de alvo. As universitárias raramente carregavam mais de 5 ou 10 pratas, se muito.

Eckle encontrou a senha atual do computador dela escondida atrás de sua carteira de motorista. Deixou o papel separado para mais tarde.

Com o conteúdo da bolsa, fez pilhas do que manteria e do que descartaria, comeu os M&M's que estavam dentro de um dos bolsos, brincou com a bolsa de maquiagem.

A sua Kati, que vivia para o trabalho, não carregava fotos. Mas tinha um mapa de Seattle e outro de Orcas, dobrados com cuidado.

No de Orcas, marcara vários caminhos a partir do porto da balsa. Eckle reconheceu o que levava à casa de Fiona, ficou curioso sobre os outros. Se tivesse tempo, daria uma olhada neles.

Gostou do fato de ela carregar várias canetas e lápis apontados, um pequeno bloco de Post-its, uma garrafa de água.

Guardou as balas de hortelã, os lenços umedecidos e os lenços de papel, pegou seus documentos de identidade e cartões de crédito para cortar e jogar fora ao longo do caminho.

Usou o dinheiro em sua bolsa de moedas para comprar um Sprite e um saco de batatas fritas Lay's da máquina no corredor.

Organizado e acomodado, ele abriu o computador. Assim como as chamadas e as mensagens no telefone, todos os e-mails de Kati falavam sobre trabalho, e muitos eram vagos. Mas Eckle conseguia seguir as pistas, da mesma forma como seguira sua presa.

Apesar de ela não escrever apenas sobre ele, Perry e Fiona, com certeza estava focada nos três. Forçara a barra, e continuava forçando, para conseguir qualquer migalha de informação de inúmeras fontes.

Kati Starr era uma mulher obstinada.

E estava indo bem, pensou ele: procurando, procurando, procurando, coletando detalhes e comentários sobre o passado de Perry e Fiona, sobre o passado e o presente das vítimas.

Havia arquivos cheios de dados sobre a Unidade de Busca e Resgate de Fiona, sobre os membros, sobre a escola de adestramento, sobre a mãe, a madrasta, o pai morto, o namorado morto. O namorado atual.

Detalhista. Isso era algo que ele respeitava.

E percebeu que ela reunira e continuava reunindo mais informações, mais detalhes sobre o passado e o assunto do que qualquer jornalista conseguiria usar numa série de matérias.

— Um livro — murmurou Eckle. — Você está escrevendo um livro, não está, Kati?

Ele conectou um dos pendrives que encontrara em sua pasta. Em vez do romance ou do livro de não ficção sobre crimes que esperara encontrar, abriu o arquivo da próxima matéria de Kati.

Para o jornal do dia seguinte.

Eckle leu tudo duas vezes, tão imerso que mal reparou quando o casal do quarto ao lado começou a trepar.

A traição — pois não lhe restava dúvida de que Perry o traíra — doía. Como um chicote que apertava sua garganta. Ele levantou, começou a andar de um lado para o outro daquele quartinho nojento, fechando e abrindo os punhos.

Seu professor, seu mentor, o pai daquilo que se tornara, voltara-se contra ele, e isso poderia acelerar seu fim. Quase certamente o faria.

Eckle cogitou fugir, abandonar os planos que bolara com tanto cuidado e seguir para o leste. Matar a jornalista pelo caminho, bem longe dali, fora do que a polícia chamaria de sua área de caça.

Mudar mais uma vez de aparência, de identidade. Mudar tudo — o carro, as placas. E então...

E então o quê? Voltar a ser comum, a ser ninguém? Encontrar outra máscara e se esconder atrás dela? Não, não, ele jamais voltaria, jamais assumiria aquele disfarce patético de novo.

Mais calmo, Eckle parou com os olhos fechados, aceitando. Talvez fosse verdadeiro e correto e inevitável que o pai destruísse o filho. Talvez isso encerasse o ciclo, causasse o fim amargo, tão amargo, de sua jornada.

E ele sempre soubera que tudo acabaria. Aquela nova vida, aquele frescor de ser transitório. Mas tinha torcido, tinha *acreditado* que teria mais tempo. Com mais tempo, poderia superar Perry de todas as formas, pensou o professor, o apaixonado por livros.

Não, ele não voltaria, não poderia voltar. Não se esconderia como um rato num buraco. Apenas seguiria em frente, como o planejado.

Era viver ou morrer, decidiu. Mas nunca, jamais, voltaria a apenas existir.

Ele sentou-se e releu a matéria, agora sentindo que tudo estava predestinado. Era óbvio que capturara a jornalista por causa daquilo. As coisas estavam acontecendo como deveriam acontecer.

E ele estava em paz com isso.

Quando seus vizinhos finalmente acabaram e retornaram para, presumia Eckle, os cônjuges que traíam, ele já havia encontrado o livro. Leu o rascunho, notando que Kati trabalhava num estilo remendado — cenas e capítulos misturados, fora de ordem, que conectaria e uniria em outro rascunho.

Olhou para o chaveiro da jornalista com certa tristeza. Como desejava poder arriscar ir ao apartamento dela. Com certeza encontraria mais informações lá — arquivos, observações, livros, dados.

Ele começou a ler de novo, fazendo anotações dessa vez, acrescentando algumas coisas. Ficaria com o computador, com os discos rígidos, e uniria seu trabalho ao dela caso conseguisse sobreviver à próxima etapa de seu plano.

Pela primeira vez em meses, Eckle sentia-se fervilhando de animação por algo que não envolvesse matar alguém. Incluiria partes do próprio livro, o rascunho que começara em primeira pessoa, com o outro ponto de vista na terceira. Alternando trechos de sua história com a dela.

Sua evolução e as observações da jornalista.

Com a ajuda de Kati, contaria sua jornada. A morte, mesmo a dele próprio, seria seu legado.

Na sala de reunião onde ela e Tawney trabalhavam juntos, Mantz segurava o telefone com uma das mãos e digitava com a outra.

— Sim, entendi. — Ela baixou o telefone, e gesticulou. — Obrigada, Tawney. Acabei de ficar sabendo que o *U.S. Report* está anunciando a matéria de Starr da edição de amanhã. Publicaram uma chamada na internet. Venha ver.

O agente se aproximou da mesa, lendo por cima do ombro dela.

Sob o título "Vem aí", a manchete anunciava:

CARA A CARA
FIONA BRISTOW VAI À PRISÃO CONFRONTAR PERRY
Uma exclusiva de Kati Starr

— Puta merda — murmurou Tawney, o tom baixo de sua voz mais violento do que um grito. — O suspeito vai ler isso, e Fiona vai voltar a ser o foco. Sem dúvida.

— E o cachê de Starr vai aumentar. Ela está ficando conhecida no mercado por essas matérias. Seja lá quanto esteja pagando para conseguir informações, está valendo a pena.

— Precisamos descobrir quem está falando com ela. E precisamos ler essa maldita matéria. Vou conversar com o editor-chefe do jornal. Starr está prejudicando a investigação, publicando informações sigilosas que provavelmente descobriu através de meios ilegais.

— É, podemos tentar isso e acabar tendo que lidar com advogados dos dois lados. Tenho uma ideia mais direta. Posso fazer isso enquanto você conversa. Também quero um encontro cara a cara, mas com Starr.

— Ela nunca vai entregar suas fontes. — Tawney seguiu para a cafeteira. — Vai tentar se aproveitar da situação.

— Sim. Mas vou agora, fora do expediente, tarde, tentar arrancar alguma coisa dela enquanto ela tenta arrancar alguma coisa de mim. Talvez eu dê sorte. — Mantz olhou para o relógio enquanto pensava nas possibilidades. — De toda forma, posso prendê-la por obstruir a justiça, interferir com uma investigação federal, assediar uma testemunha. Vou acrescentando item por item enquanto ela faz seus discursinhos sobre o quarto poder e liberdade de imprensa.

Tawney tomou um gole de café.

— Tudo bem, e depois?

— Nós a deixamos de molho por um tempo. Ela vai querer um advogado, vai ligar para o chefe, mas talvez a gente consiga convencê-la a esperar um pouco. Essa mulher quer atenção e informação. Se achar que podemos lhe contar algo interessante, pode tentar arrancar isso de nós. Ganhamos tempo.

— Para quê?

— Para a notícia de que ela está dando com a língua nos dentes se espalhar. Para que acreditem que a convencemos a contar tudo.

Pensando no assunto, Tawney apoiou um lado do quadril na mesa de Mantz.

— Para as fontes dela começarem a se preocupar.

— Vale a pena tentar. Provavelmente vamos perder nosso tempo, mas acho válido deixarmos ela preocupada, sentindo-se pressionada. Essa mulher está usando o caso para ganhar fama, Tawney, e se aproveitando de Bristow. Nós podemos trabalhar junto com a imprensa. Fazemos isso. Um usa o outro. É assim que o esquema funciona. Mas ela não quer cooperar. Só quer assinar as manchetes.

— Concordo. Vou ficar aqui e tentar conversar com os chefes dela. Você lida com a fonte do problema. Avise quando e para onde vai levá-la, e farei os preparativos. — Ele pressionou os nós de tensão no próprio pescoço. — Talvez Eckle não veja a matéria. Talvez saia da toca amanhã, vá pegar uma carta, ou passe de carro num dos lugares que estamos vigiando.

Mantz concordou com a cabeça enquanto vestia o casaco.

— Se ele estiver acompanhando as notícias, e sabemos muito bem que está, Starr está publicando nossas pistas, ou pelo menos pistas suficientes para deixá-lo nervoso. Acho difícil que vá pegar uma carta. Se ele não tiver desistido de Perry, vai desistir assim que descobrir que Bristow foi visitá-lo. — Mantz parou na porta. — Você vai avisar a ela sobre a matéria?

— Como você disse, está tarde. Vamos deixá-la dormir. Amanhã resolvemos isso. Tente arrancar alguma coisa de Starr, Erin, depois a prenda para podermos tentar um pouco mais.

— Mal posso esperar.

Era bom estar ao ar livre, fazer alguma coisa que não necessitava de um teclado ou de um telefone. Mantz não se incomodava com a chuva. Na verdade, achava o clima de Seattle perfeito. Gostava de ver o monte Rainier nos dias ensolarados, da mesma forma que adorava o aconchego íntimo que a chuva lhe oferecia.

Hoje, aquilo lhe parecia um bônus. Tirar Starr de seu escritório ou de sua casa seca e levá-la para a chuva torrencial seria uma cereja no topo do bolo.

Sua irritação com a jornalista era tanto pessoal quanto profissional. Apesar de ela não ser do tipo que acreditava que mulheres deviam se unir simplesmente por serem do mesmo gênero, achava que Starr estava se aproveitando daquela história sem se preocupar com mais nada além de si, uma mulher escalando uma pilha de corpos de outras mulheres para progredir na vida — e não importava se estavam vivas ou mortas.

A própria Mantz tivera que escalar muralhas para chegar ao seu posto no FBI, mas não tomara atalhos nem se aproveitara de ninguém no meio do caminho.

E quem fazia isso merecia aprender uma lição.

Com os limpadores de para-brisa indo de um lado para o outro e as luzes borrando o vidro molhado, ela seguiu para o jornal primeiro. Starr provavelmente já encerrara o expediente, mas o prédio ficava no caminho para a casa dela. Não faria mal dar uma olhada lá.

Enquanto dirigia, Mantz pensava em sua estratégia.

Começaria devagar, talvez mostrasse como estava cansada e estressada. Tentaria apelar para o fato de que eram todas mulheres. Seus instintos diziam que essa abordagem não daria em nada, que Starr a veria como um ponto fraco.

Não teria problema. Isso acrescentaria um elemento de "que porra é essa?" quando ela viesse com tudo, deixaria claro o que estava acontecendo e lhe permitiria acusar Starr de obstrução, talvez insinuar uma suspeita de suborno a um funcionário federal.

Decidiria o que fazer na hora.

Ela entrou no estacionamento e ergueu as sobrancelhas ao ver o Toyota vermelho. O número da placa confirmou que aquele era o carro de Starr.

Fazendo hora extra? Tudo bem.

Enquanto manobrava na vaga ao lado, ela notou o pneu traseiro vazio.

— Que azar — murmurou Mantz, sorrindo ao parar o carro.

Ao pegar o guarda-chuva, teve um leve pressentimento de que havia algo errado. Ela ficou sentada por um instante, observando o estacionamento, a chuva, o prédio. Todo apagado, com exceção das luzes na portaria. Ninguém fazia hora extra no escuro.

Mantz deixou o guarda-chuva no carro, afastou o casaco para facilitar seu acesso à arma.

Quando saltou, ouviu apenas a chuva e o barulho esporádico do trânsito. Não era uma região movimentada, pensou ela. O estacionamento e a posição do carro ficavam distantes o suficiente da rua para não serem vistos com clareza. E a chuva? Mais uma vez, a cereja no topo do bolo.

Ela deu a volta no carro, analisou o pneu vazio, e, num impulso, tentou abrir a porta.

O leve pressentimento ficou mais forte quando descobriu que estava destravada.

Seguindo seus instintos, foi até o prédio, bateu à porta de vidro. Um segurança atravessou o chão azulejado da portaria, e seu jeito de andar e sua linguagem corporal o marcaram como um policial aposentado.

Uns 60 e poucos anos, analisou Mantz, com olhos treinados.

Ela mostrou sua identificação do outro lado do vidro.

O homem observou o documento, a agente, e então usou o interfone.

— Algum problema?

— Sou a agente especial Erin Mantz. Estou procurando por Kati Starr. O carro dela está no estacionamento, com um pneu furado. E a porta aberta. Preciso saber se ela continua no prédio ou a que horas foi embora.

O guarda analisou o estacionamento, voltou a fitar seu rosto.

— Espere um pouco.

Mantz pegou o telefone. Informou seu nome, seu número de identificação e pediu o celular, o telefone de casa e do escritório da jornalista.

O celular caiu na caixa postal enquanto o guarda voltava.

— Ela bateu ponto às 9h40. Não tem ninguém aqui. Até o pessoal da limpeza já foi embora. — Ele hesitou por um momento e destrancou as portas. — Tentei ligar para a casa e para o celular dela — disse enquanto as abria. — Direto na caixa postal.

— Ela saiu sozinha?

— De acordo com as fitas da segurança, não havia mais ninguém com ela.

— Existe alguma gravação do estacionamento?

— Não. As câmeras só filmam a portaria, e ela saiu sozinha, o que é normal — acrescentou ele. — Não costuma andar com grupos grandes nem socializar com os colegas de trabalho. Se tivesse um problema com o carro, teria voltado para chamar um reboque. Não teria motivo para agir diferente. E nos vinte minutos depois que ela foi embora, não há registros de ninguém ter saído ou entrado no prédio.

Mantz concordou com a cabeça, e ligou para o parceiro.

— Tawney? Nós temos um problema.

Em menos de uma hora, os agentes já tinham convencido o zelador do prédio a abrir o apartamento de Kati Starr, acordado seu editor e colhido depoimentos do segurança e da equipe de limpeza.

O editor não tinha permitido que ligassem o computador dela.

— Só com um mandado. Olhem, Starr deve estar seguindo alguma pista ou transando com o namorado.

— Ela tem namorado? — perguntou Mantz.

— Como diabos eu vou saber? Starr não é de falar da vida pessoal. E daí que o pneu do carro dela furou? Ela deve ter chamado um táxi.

— Nenhuma das empresas locais recebeu um chamado para esta região.

— E vocês acham que isso é motivo para eu achar que aconteceu alguma coisa? Para deixar que vasculhem os arquivos dela? Só com um mandado.

Enojada, Mantz pegou o telefone quando o aparelho apitou e se virou para atender.

— Onde? Continuem rasteando. Estamos indo para lá. Detectamos o sinal do telefone dela.

— Viram só? — O editor deu de ombros. — Com um namorado, ou bebendo num bar. Ela merece uma folga.

— $\mathcal{B}$EBENDO NUM BAR — disse Mantz com os dentes trincados enquanto os dois observavam o estacionamento chuvoso de uma parada de estrada. Ela calçou as luvas. — Ele deixou o telefone ligado para captarmos o sinal. Para virmos aqui.

Ela esperou com impaciência enquanto o pessoal da perícia liberava a cena. Então pegou o aparelho.

— Vamos precisar transferir os dados, analisar tudo. — A agente olhou para o parceiro. — Só pode ter sido Eckle. Não foi coincidência ela ser capturada no estacionamento do trabalho. Ele a pegou. Bem debaixo do nosso nariz. Starr não tem o perfil das outras vítimas, mas combina com ele. Direitinho. Nós não pensamos nisso.

— Não, não pensamos. — Tawney lhe deu um saco de provas para guardar o telefone. — Ele tem umas duas horas de vantagem, mas deve estar contando com mais tempo. Muito mais. As pessoas só notariam a ausência de Starr pela manhã, e mesmo assim... talvez o editor ficasse irritado quando visse que ela faltou ao trabalho, mas não ligaria para a polícia. Talvez levasse algumas horas até alguém perceber e mencionar que o carro dela estava no estacionamento. Eckle deve achar que tem umas 12, talvez 15 horas de vantagem. Mas são apenas duas. Precisamos vasculhar a área. Agora. Eu dirijo, você faz os telefonemas. — Tawney seguiu para o carro. — Queremos agentes verificando todos os hotéis, pousadas e casas de aluguel de temporada. É melhor focarmos em estabelecimentos discretos primeiro. Baratos. Esse cara está acostumado a gastar pouco. Não precisa de mordomia. Buscaria um lugar onde ninguém faz muitas perguntas, onde ninguém se importa. — Tawney tirou o carro do estacionamento. — Ele precisa de suprimentos, comida — continuou falando enquanto Mantz repetia suas ordens ao telefone. — Lanchonetes de fast-food, lugares para comprar lanches para a viagem. Gasolina. Lojas de conveniência seriam melhores, para adquirir tudo de uma vez só, e seguir em frente.

— Eckle está com o computador dela. Starr estava com o laptop quando saiu do trabalho. Talvez ele o use, já que acha que só vai precisar se preocupar em ser encontrado amanhã. Podemos rastreá-lo. Talvez mandar um e-mail.

Inventamos um nome, um site, enviamos uma mensagem. Uma oferta. Tenho uma informação sobre o AEVII, quanto você me pagaria por ela? — Mantz olhou para Tawney. — Ele pode acreditar. Se responder, conseguiremos rastreá-lo.

— Negociar com ele, distraí-lo. Pode funcionar. Mande o pessoal da TI cuidar disso.

$\mathcal{E}$CKLE DORMIU SOBRE o lençol fino, completamente vestido. Mesmo assim, sua mente não parava de pensar. Tanta coisa para fazer, tanta coisa para reviver, tanta coisa para imaginar. Sua vida nunca fora tão agitada a ponto de até seus sonhos girarem com cores e movimentos e sons.

Ele sonhou com o que faria com Kati — com a esperta e astuta Kati. Já tinha um lugar certo, esperando pelos dois. O lugar perfeito — com toda a privacidade de que precisaria. E a ironia daquilo era tão deliciosa quanto doce.

Então, quando terminasse com a jornalista — ou talvez nem tanto — poderia pegar Fiona. Enquanto procuravam pela primeira, ele iria atrás do prêmio perdido de Perry.

Talvez a obrigasse a observar enquanto fazia Kati sofrer. Talvez a obrigasse a observar enquanto a fazia trocar a vida pela morte. Ele teria tão pouco tempo com Fiona. Esse tipo de coisa não intensificaria os breves momentos que teriam juntos?

Então sonhou com duas mulheres, cheias de hematomas e ensanguentadas. Sonhou com seus olhos apavorados. Sonhou com suas súplicas, com seus pedidos por piedade. Fazendo tudo que ele mandasse fazer, dizendo tudo que mandasse dizer. *Escutando-o* como ninguém jamais fizera.

Eckle seria o único foco de suas vidas. Até que as matasse.

Ele sonhou com um quarto com as cortinas fechadas, um quarto banhado de vermelho, como se olhasse através do pano fino de uma echarpe. Sonhou com gemidos abafados e gritos agudos, altos.

E acordou de supetão, arfando, com os olhos girando nas órbitas.

Alguém tinha batido à porta? Segurou a pistola de calibre .22 escondida embaixo do travesseiro, a pistola que usaria para dar um tiro na cabeça caso não tivesse a opção de escapar.

Jamais seria preso.

Ele prendeu a respiração, ouvindo os sons ao redor. Só a chuva, pensou. Mas aquilo fora outra coisa. Um clique, um clique, como uma maçaneta virando, mas...

Eckle soltou o ar.

O e-mail. Ele deixara o computador ligado enquanto o carregava.

Puxando o laptop para a cama, analisou a mensagem não aberta. O assunto era AEVII, e ler aquele termo causou uma vibração por seu corpo.

Cuidadoso, procurou o endereço do remetente na lista de contatos de Kati. Alguém novo.

Ele ficou analisando o título, o nome do remetente, enquanto a vibração ia e vinha como ondas. Então abriu o e-mail.

Kati Starr:

Li suas matérias sobre o AEVII. Acho que você é bastante inteligente. Também sou inteligente. Tenho informações sobre nosso interesse mútuo. Informações que seriam interessantes para sua próxima matéria. Eu poderia contar o que sei para a polícia, mas não receberia recompensa alguma por isso. Quero 10 mil dólares e ser citado como uma fonte anônima. A garota já está morta, então não posso ajudá-la. Vou ajudar você e a mim mesmo. Se quiser saber o que sei, mande sua resposta até o meio-dia de amanhã. Depois disso, enviarei minha oferta para outra pessoa.

TO (Testemunha Ocular)

— Não. Não. — Eckle balançou a cabeça, cutucou duas vezes a tela. — Você está mentindo. Mentindo. Não viu nada. Ninguém me vê. Ninguém.

Tirando elas, pensou. Tirando as mulheres que matava. Elas o viam.

Um golpe, apenas um golpe. Eckle saiu da cama e começou a andar pelo quarto enquanto a vibração aumentava. As pessoas eram mentirosas. Golpistas.

Ele falava a verdade. No final, sempre falava a verdade para elas, não era? Quando apertava a echarpe ao redor de seus pescoços, olhava no fundo dos olhos delas e contava tudo. Dizia seu nome, dizia quem as matara e por quê.

A pura verdade. "Meu nome é Francis Eckle, e vou te matar agora. Porque eu posso. Porque eu gosto."

Então elas morriam com a sua verdade, como um presente.

Mas esse tal de TO? Só podia ser um mentiroso. Aproveitando-se do seu trabalho para ganhar dinheiro.

Ninguém o via.

Mas Eckle pensou no homem da fila do Starbucks. No atendente cheio de espinhas na loja de conveniência do posto, cujos olhos o analisaram com um ar tedioso. No recepcionista do turno da noite com cabelo oleoso, que cheirava a maconha e abrira um sorrisinho quando lhe entregara a chave do quarto.

Talvez.

Ele sentou-se de novo, releu o e-mail. Poderia responder, pedir por mais informações antes de qualquer conversa sobre pagamento. Seria isso que ela faria.

Serviu-se de uma dose pequena de uísque e refletiu sobre o assunto.

Então digitou uma resposta, revisou o texto, apagou, aprimorando-o com o mesmo cuidado que teria com uma tese. Quando seu dedo pairou sobre o *enviar*, ele hesitou.

Poderia ser uma armadilha. Talvez o FBI estivesse interferindo, tentando enganar Kati. Ou ele. Como não conseguia entender o que estava acontecendo, Eckle voltou a se levantar, andando de um lado para o outro, pensando.

Só para garantir, resolveu. Segurança em primeiro lugar.

Ele tomou banho, escovou os dentes, raspou os fios curtíssimos sobre sua cabeça, fez a barba. Guardou todos os pertences na mala.

Momentos depois de apertar *enviar*, saiu do quarto. Comprou uma Coca-Cola na máquina do corredor para se abastecer de cafeína, mas percebeu que não precisava de mais nada.

A ideia de ter sido visto, a mera possibilidade de ser enganado o deixava cheio de energia. Animado.

Bem no fundo do seu coração, ele torceu para ter sido visto. Isso tornaria as coisas mais emocionantes.

Enquanto seguia para a frente do carro, deu um tapinha no porta-malas.

— Vamos fazer um passeio, Kati?

— *M*eu Deus, ele respondeu. — Mantz deu um pulo na direção do técnico. — Ele mordeu a isca. Você consegue rastrear a fonte?

— Só um minuto — disse ele, digitando no teclado.

Ela e Tawney leram:

Tenho muito interesse em informações verdadeiras. No entanto, não posso negociar um pagamento sem ter noção do que você está falando. Dez mil é muito dinheiro, e o jornal vai precisar de uma demonstração de boa-fé da sua parte. Você alega ser uma testemunha ocular. Do quê? Preciso que me dê mais detalhes antes de prosseguirmos para a próxima etapa.
Estou disposta a marcar um encontro com você em um lugar público — que também pode ficar a seu critério — caso prefira não me passar esses dados por escrito no momento.
Aguardo seu retorno, ansiosa.

Kati Starr

— Esperto o suficiente para saber que ela não engoliria essa história sem ter mais informações — comentou Tawney. — Mas curioso o suficiente para não ignorar o e-mail.

— E não está em movimento — acrescentou Mantz. — Ele está escondido em algum lugar que tenha internet. Acordado, mas parado. Levou menos de uma hora para responder, mas com certeza pensou no que diria antes. Ele estava do lado do computador quando mandamos o e-mail.

— Achei.

O técnico apontou para a tela.

Eles fizeram os preparativos enquanto seguiam para o local. Agentes, snipers, negociadores para reféns — todos com ordens para cercar os arredores, entrar em silêncio.

— O agente que falou com o recepcionista da noite disse que quatro homens solteiros fizeram check-in hoje — explicou Mantz enquanto eles atravessavam a cidade escura. — Dois pagaram em dinheiro. Ninguém está hospedado desde ontem nem antes disso. E ele não conseguiu identificar Eckle pela foto, não viu nenhum dos carros e não sabe dizer se entraram nos quartos sozinhos. Em resumo, o cara está chapado e pouco se lixando.

— Vamos mandar equipes para os quartos vizinhos aos desses quatro homens. Mantenham a posição. Existe a possibilidade de Starr estar com ele.

Os dois pararam no estacionamento do restaurante ao lado do hotel, vestiram os coletes à prova de balas. Enquanto Tawney avaliava os arredores, cumprimentou um agente com um aceno de cabeça.

— Cage, me atualize.

— Já liberamos dois quartos. Estavam ocupados com duas pessoas num acordo consensual. Um casal está trepando como se não houvesse amanhã; o outro, brigando, com a mulher reclamando porque o cara não abandona a esposa escrota. O pessoal disse que as paredes são finas como papel. Parece que estão dentro do quarto.

— E os outros dois?

— Em um deles, alguém está roncando à beça. — Cage fez uma pausa, pressionou um dedo contra o fone de ouvido. — Acabaram de ouvir uma mulher dizer: "Porra, cale a boca, Harry." Então acho que só resta um. Número 414. É o último do corredor, nos fundos, lado leste. A equipe diz que está completamente silencioso. Nem um pio.

— Quero que deem cobertura para os outros quartos e fechem o estacionamento. Ele não pode escapar.

— Afirmativo.

— O recepcionista criaria caso se arrombássemos a porta?

— O cara está doidão. Disse para ficarmos à vontade. E depois deve ter voltado para seu bong e um filme pornô.

Tawney assentiu enquanto eles se aproximavam.

— Vamos ser rápidos. Iluminem o quarto assim que abrirem a porta. Ceguem o babaca. Quero a equipe em cima dele com sangue nos olhos. E o carro?

— Não encontramos nenhum que se encaixe na descrição ou que tenha uma das placas registradas, nem aqui nem no restaurante.

— Talvez ele tenha trocado — comentou Mantz. — Ela pode estar num desses porta-malas. Em qualquer um deles.

— Mas não por muito tempo.

Tawney teve que ficar para trás, deixar a equipe entrar em posição. Ele queria arrombar a porta, estava louco para fazer isso. Mas era melhor cuidar do assunto de forma rápida, simples e segura.

Tudo aconteceu exatamente como ordenara. Com a arma em punho, ele se aproximou enquanto gritos de *Liberado! Liberado!* ecoavam pelo quarto. Seu estômago se revirou. Não era aquilo que queria ouvir. Antes de chegar à porta, já sabia que Eckle havia escapado.

Capítulo 29

♦ ♦ ♦ ♦

Fiona passou hidratante por sua pele úmida e cantarolou uma música que ficara grudada em sua cabeça durante o banho. Não sabia de onde a tirara, mas a melodia alegre combinava com seu humor.

Sentia como se o pior tivesse ficado para trás, que agora podia seguir em frente. Gostava da expressão que dizia que, ao fechar uma porta, outra se abria. E talvez já tivesse feito isso.

Poderia ser ingenuidade de sua parte, mas ela estava confiante de que, com as novas informações, o FBI logo encontraria Francis Xavier Eckle. Informações que ela ajudara a obter.

Conseguira escapar do porta-malas de novo, refletiu.

Ainda cantarolando, Fiona entrou no quarto. E ergueu as sobrancelhas, surpresa, ao deparar com a cama vazia. Geralmente, encontrava Simon esparramado no colchão, com o travesseiro cobrindo a cabeça enquanto tentava prolongar os últimos minutos de sono — até ela descer e fazer café.

Era uma rotina confortável, pensou enquanto se vestia. As concessões que faziam um pelo outro. Ela gostava de saber que os cães estavam lá fora, dando seu passeio matinal, e que Simon viria cambaleando pela escada, sempre sabendo a hora certa em que o café estava pronto, para que pudessem tomá-lo, junto com qualquer coisa comestível que estivesse à mão, na varanda dos fundos, naquele clima maravilhoso.

Pelo visto, o desejo por café fora forte demais naquela manhã para ele resistir, ou ela demorara muito no banho.

Fiona calçou seu All Star verde-musgo, dedicou alguns minutos para arrumar o cabelo e se maquiar, preparando-se para as aulas da manhã. Calculou que o intervalo daquela tarde lhe daria tempo suficiente para um passeio até a loja de plantas.

Se não pudesse ir sozinha — ainda —, Simon teria que acompanhá-la. Ela queria estrear suas jardineiras.

Fiona correu para o andar de baixo, pensando na música, em gerânios e petúnias, nos seus planos de dar aula na pista de obstáculos.

— Estou sentindo cheiro de café! — Sua voz cantarolada invadiu a cozinha, chegando alguns instantes antes dela. — E quero comer strudels. Acho que a gente devia... — Assim que viu o rosto dele, sentiu uma nuvem bloquear seu sol. — Ah, meu Deus. Droga. Diga rápido.

— Ele pegou a jornalista. Kati Starr.

— Mas...

— Eu falei rápido. — Simon colocou uma xícara de café em suas mãos. — Agora, beba. Vamos nos sentar, e te conto o resto.

Fiona obrigou-se a se acomodar numa cadeira.

— Ela morreu?

— Não sei. O FBI não sabe. Tawney ligou enquanto você estava no banho. Ele queria vir te contar pessoalmente, mas não vai conseguir sair de lá.

— Tudo bem, não tem problema. Eles têm certeza? — Fiona balançou a cabeça antes que ele conseguisse responder. — Que pergunta idiota. Tawney não teria ligado se não tivesse certeza. Estou tentando calar a boca para você me contar, mas as palavras não param de sair. Ela não se encaixa no perfil das vítimas. É cinco anos mais velha que a média, pelo menos. Não está na faculdade, não tem o biotipo padrão. Não... — Pela segunda vez, Fiona balançou a cabeça. — Não, isso é mentira. Starr não faz o tipo de *Perry*. Eckle já resolveu seguir seu próprio caminho, não é? Está cansado de fazer as coisas do jeito dos outros. Agora, desabrochou e quer realizar suas próprias conquistas. E ela, a jornalista, lhe deu fama, importância. E um nome. Eckle deve achar que Starr o conhece. E isso torna tudo mais íntimo e divertido. Mais seu. — Ela respirou fundo. — Desculpe.

— Você é a especialista em comportamentos, não eu. Mas concordo. — Simon analisou seu rosto, concluiu que ela estava pronta para ouvir o restante. — Ele a pegou ontem à noite, no estacionamento do jornal.

Fiona mordeu o lábio para controlar sua vontade de interromper enquanto Simon terminava de contar a história.

— Quase o pegaram — murmurou ela. — Nunca chegaram tão perto assim com Perry, não tão rápido depois de um sequestro. Ela ainda está viva. Só pode estar. O FBI acha que ele sabe?

— Estão seguindo a teoria de que Eckle só estava sendo cuidadoso ou que já planejava sair do hotel antes de amanhecer. Mandaram outro e-mail dizendo que estavam acampados ilegalmente na reserva florestal e o viram enterrando a última vítima. Ele não respondeu. Por enquanto.

— Ela continua viva. Os cães estão na porta, se perguntando por que estamos demorando tanto. Vamos sair. Preciso de ar puro.

Fiona levantou sem levar a xícara intocada de café.

Sentindo seu humor, os cachorros ganiram, pressionaram-se contra suas pernas, enfiaram os focinhos em suas mãos.

— Eu detesto tanto aquela mulher — disse Fiona. — Continuo me sentindo assim, com a mesma intensidade, apesar de estar péssima por saber o que ela está passando. É um conflito esquisito.

— É natural. O que aconteceu não muda quem ela é.

— Ah, mas vai mudar. — Rápido, Fiona pressionou os dedos contra os olhos, e baixou-os. — Se Starr sobreviver, tudo vai mudar. Ela nunca mais será a mesma. Eckle vai machucá-la mais do que as outras, porque já teve um gostinho agora. Como um cão que morde alguém e não é punido. Se ele responder ao e-mail, vão conseguir rastreá-lo de novo, mesmo se continuar se deslocando. O FBI vai fazer seu trabalho. Análises, triangulação de antenas, cálculos. Então ela tem mais chance do que as outras. E vai precisar disso.

— Eles sabem um pouco mais. Interrogaram todo mundo no hotel, e um cara o viu. Disse que estava esperando por uma mulher e olhou pela janela quando ouviu o carro. Achou estranho Eckle ter parado do outro lado do estacionamento, porque estava chovendo muito.

— Ele viu Eckle? Viu seu rosto?

— Não em detalhes. Eckle estava com o guarda-chuva inclinado, escondendo o rosto. E a testemunha só olhou por uns segundos. Mas tem certeza de que o carro era escuro. Preto, azul-escuro, cinza-chumbo. Não tinha certeza por causa da chuva.

— Então ele trocou de carro, ou pelo menos a cor. Mais uma coisa que ele nem desconfia que o FBI sabe.

— O cara vai fazer um retrato falado. Até concordou em tentar hipnose. Parece que gosta desse tipo de coisa. Também estão conversando com o recepcionista. Parece que Eckle tirou a barba.

— Certo, pelo menos sabem disso.

Fiona tentou não pensar nos quilômetros de estradas secundárias e interestaduais que um homem sem barba, num carro escuro, poderia atravessar, nem nos muitos hectares de reserva florestal por onde poderia vagar.

— O que você quer fazer?

— Quero me esconder embaixo das cobertas, meditar e xingar Deus. Mas vou dar minhas aulas da manhã e depois arrastar você até a loja de plantas à tarde, porque quero escolher as flores para as jardineiras.

— Droga. Se vamos fazer isso, vou parar para comprar madeira e deixar uns projetos no Hotel Enseada.

— Tudo bem. Tenho que estar de volta às 4h.

— Então estaremos de volta às 4h.

Ela abriu um sorriso.

— Podemos aproveitar e alugar um filme. Alguma coisa divertida.

— Pode ser pornô?

— Não. Você compra pornô pela internet, que são entregues pelo correio em envelopes discretos para ninguém na ilha saber o que você está fazendo. Essas são as regras.

— Posso me contentar com nudez e termos ofensivos.

— Combinado. — Fiona tocou a bochecha dele. — Preciso preparar as coisas.

Simon cobriu a mão dela antes de ela se afastar.

— Temos que aturar um ao outro agora, porque você me obrigou a me apaixonar. Então vamos enfrentar tudo que vier. — Ele a beijou. — Com ou sem pornô.

— Se eu pudesse, juro que faria um bordado com essa declaração. — Fiona o beijou de volta. — Vamos, meninos, é hora de trabalhar.

*E*CKLE COMPROU UM JORNAL para ler na balsa. Ele injetara outra dose em Kati naquela manhã, antes que ela acordasse.

Precisava que a jornalista continuasse comportada, silenciosa e tranquila. Esse fora um dos erros de Perry que ele não cometeria — que não poderia cometer. Seu mestre gostava das vítimas semiconscientes durante o cárcere — e fora assim que Fiona o derrotara.

Eckle gostava da ideia de Kati inconsciente e indefesa no porta-malas, adorava a onda de pânico que ela sentiria quando acordasse num lugar totalmente diferente. Como se num passe de mágica.

Mas, por enquanto, ele simplesmente aproveitaria o passeio na balsa cheia de turistas e pessoas que queriam aproveitar o verão. Até preferia ficar o caminho todo sentado no carro, mas sabia que isso poderia chamar atenção. Além do mais, era bom caminhar, misturar-se, até conversar com uma pessoa ou outra. Um ótimo disfarce.

Fez questão de falar com dois garotos que entraram a pé na balsa para fazer caminhadas pela ilha. Como forma de se preparar para sua temporada em Orcas, ele analisara as trilhas, os parques e os campings, e já visitara vários desses lugares em viagens anteriores. Então sabia do que estava falando enquanto conversava com a dupla — e ganhou sua gratidão ao lhes comprar café.

Ele dispensou o agradecimento com um gesto.

— Sei como é ter sua idade, passeando por aí. Meu filho é da mesma idade. Está vindo com a mãe na semana que vem.

— Você vai ficar sozinho até lá?

Eckle sorriu. Quase tinha se esquecido do nome do menino. Encarava os dois apenas como ferramentas úteis.

— Pois é. Só eu, um pouco de paz e tranquilidade, e minhas cervejas.

— Boa. Se você resolver caminhar um pouco hoje, vamos começar no lago Cascata.

— Talvez. Mas talvez eu prefira... — Ele sabia a expressão correta. Qual era? Qual era mesmo? Sentiu a nuca começar a esquentar quando os garotos o encararam com uma expressão estranha. — Pegar uns peixes — disse, imaginando-se enfiando a cabeça dos dois embaixo da água. — Escutem, se estiverem indo para o lago, posso dar uma carona para vocês até Rosario. Vão economizar uma caminhada.

— Sério? Maneiro.

Os dois trocaram um olhar, concordaram com a cabeça.

— Obrigado, Frank.

— Disponha. Estamos quase chegando. Acho melhor irmos nos aprontando, coloquem suas coisas no carro.

Ele era Frank Blinckenstaff, de Olympia. Um professor de ensino médio que tinha uma esposa, Sharon, e um filho, Marcus. É claro que os dois não lhe perguntaram sobre Sharon e Marcus — eram egoístas demais para se preocuparem com ele, só queriam saber de si. Eckle estava sendo usado — mas os garotos também.

— A mala está cheia — disse ele com um sorriso radiante, que causou um calafrio num dos meninos. — Mas tem espaço no banco de trás.

Os dois hesitaram, mas então deram de ombros.

No fim, ele saiu da balsa e passou pelo olhar vigilante do policial que verificava os carros, parecendo um pai de férias com os filhos.

Ninguém o via, pensou Eckle de novo. E isso era perfeito.

Ele deixou os passageiros no local combinado e se esqueceu dos dois. Eram fantasmas, como os alunos que entravam e saíam de sua sala de aula. Transitórios, sem substância, insignificantes.

Sua passageira mais importante logo acordaria, então precisava seguir seu cronograma se quisesse se acomodar e acomodá-la antes que ela acordasse.

Chegara a hora do próximo show.

A animação fervilhava dentro dele. Ninguém o veria. As pessoas só enxergariam Frank Blinckenstaff, de Olympia. Ele dirigiu pela cidade movimentada, pelas ruas serpenteantes, aproximando-se da reserva. Teve que secar as palmas das mãos úmidas ao pensar em Fiona. Estava tão perto agora, quase conseguia senti-la.

Poderia ter dito ao policial atento na balsa que ela ainda tinha alguns dias. Dias para comer e dormir e dar aulas. Dias para se preocupar. Dias antes de ele recompensar seu mentor e transformar tanto Fiona quanto Perry em meros fantasmas que entraram e saíram de sua vida.

E, depois que resolvesse essa questão, ele tomaria forma. Seria apenas o que queria ser, finalmente.

Viveria ou morreria como desejasse.

Eckle seguiu pelas estradas serpenteantes, diminuindo a velocidade nas curvas, e sorriu quando notou que a mata começava a fechar. Como cortinas, pensou, cortinas verdes que manteria cerradas enquanto trabalhava.

Ele virou na rua estreita — se recompôs enquanto sua animação aumentava ao ponto de fazer suas mãos tremerem.

Então viu o carro diante do chalé pitoresco cercado pelas cortinas verdes. Sua anfitriã o esperava, como prometido.

Ele notou as janelas abertas, arejando a casa, com jardineiras cheias de flores. Teria que lembrar de regá-las, caso a mulher aparecesse para dar uma olhada nas coisas.

Enquanto estacionava ao lado do carro dela, a mulher apareceu. Eckle teve que repetir seu nome várias vezes mentalmente para torná-la real.

— Sra. Greene!

— Meg — lembrou ela, e se aproximou, oferecendo-lhe a mão. — Bem-vindo. Fez uma viagem tranquila?

— Mais tranquila, impossível. Estou tão feliz por ter chegado. — Ele manteve o sorriso grudado no rosto enquanto um cão vinha cumprimentá-lo. — Oi, garoto, como vai?

— Eu e Xena viemos dar uma ajeitada nas coisas.

— Ah, não precisava. Vou ficar sozinho por alguns dias. Mal posso esperar para Sharon e Marcus chegarem. Eles vão se apaixonar.

— Tomara. Bem, deixamos umas coisinhas básicas para você. Não foi incômodo algum. Faz parte do pacote. Posso te ajudar a levar as malas para dentro, mostrar a casa de novo. Xena! Saia daí.

— Ela deve estar sentindo o cheiro do meu equipamento de pesca — disse Eckle enquanto a cadela farejava o porta-malas do carro. Sua voz se tornou inexpressiva. Ele se imaginou chutando o animal até fazê-lo sangrar e, em seguida, estrangulando a dona. — Pego as malas depois. Não precisa me mostrar a casa de novo, Sra... Meg. Acho que vou fazer uma caminhada agora, esticar as pernas.

— Se você prefere assim. Deixei as chaves na bancada da cozinha, e uma lista de todos os telefones que pode precisar na geladeira. Tem um folheto na sala com informações sobre o chalé, cardápios de restaurantes, lojas, informações sobre a reserva. E tem certeza de que não precisa do serviço de limpeza?

— Nós vamos ficar bem.

Ele mataria a mulher se ela não o deixasse em *paz*. Sim, mataria a mulher e sua cadela enxerida se não fossem embora em menos de um minuto. De verdade, não lhe restaria escolha.

— Bem, se você mudar de ideia ou se precisar de qualquer coisa, é só ligar. Aproveite o chalé e o silêncio. E boa sorte com o trabalho.

— O quê?

— Com o trabalho? A matéria de turismo que você ia escrever.

— Sim, sim. Minha cabeça está nas nuvens. — Eckle fez um som esquisito, a coisa mais parecida com uma risada que conseguia emitir. — Não tomei café suficiente hoje.

— Tem um saco de grãos no freezer.

Trinta segundos, pensou ele. Viver ou morrer.

— Obrigado.

— Não vou te prender mais. Venha, Xena.

Eckle ficou esperando, e, como seus dedos começaram a tremer, enfiou as mãos nos bolsos enquanto a cadela seguia a dona para o carro. Observou enquanto ela virava para o porta-malas de novo, com o focinho fungando.

Vou te chutar até sangrar, depois vou te abrir e te enterrar com a vaca da sua dona.

Ele forçou um sorriso nos lábios, ergueu os dedos trêmulos para devolver o aceno de Meg.

E respirou e respirou, o ar saindo de seu corpo ruidoso como um motor enquanto ela descia a rua e desaparecia em meio às árvores.

Vagabundas fofoqueiras, deviam ficar bem longe dali.

Eckle demorou um tempo para se acomodar na casa. Todas as janelas tinham que ser fechadas, trancadas, as cortinas, cerradas. No quarto aconchegante que a anfitriã falante lhe mostrara na última visita e considerara perfeito para seu filho imaginário, a cama foi coberta com plástico.

Ele desfez as malas, arrumando suas coisas no armário, na cômoda, na bancada do banheiro, deleitando-se com o silêncio e o excesso de espaço. Estava acostumado demais com os quartos apertados de hotéis baratos, com as camas ruins, com os sons e os cheiros desagradáveis.

Aquilo era um presente.

Satisfeito com os preparativos e com a privacidade, voltou para o lado de fora. Por alguns minutos, simplesmente ficou ali, apreciando o silêncio, a paz.

Então abriu o porta-malas.

— Chegamos, Kati! Vou te mostrar seu quarto.

Ela estremeceu enquanto recobrava a consciência, enjoada, dolorida, confusa. Parecia estar flutuando por um rio congelante, com lascas de gelo arranhando e cortando sua pele. Pontinhos vermelhos e pretos giravam diante dos seus olhos, movendo-se em um ritmo nauseante. Enquanto o sangue corria por sua cabeça, ela ouviu alguém cantarolando. Uma dor súbita em seu braço fez com que ela arfasse, mas o ar não parecia entrar.

Quando ela começou a se debater, com os olhos se revirando, a música parou.

— Então você finalmente acordou. Dormiu durante todo o banho. Pode acreditar, você estava precisando. Conseguiu se sujar toda dentro do porta-malas, estava fedendo horrores. Não é de se admirar que aquela cadela idiota tenha ido farejar o carro.

Kati tentou se concentrar no rosto que a encarava, mas tudo era intenso demais, radiante demais. Os olhos, o sorriso. Ela se encolheu.

— Não tive tempo de me apresentar antes. Meu nome é Francis Eckle. Mas você pode me chamar de AEVII.

O medo encharcou seu corpo como suor, e ela balançou a cabeça em negação enquanto aquele sorriso intenso e radiante aumentava.

— Sou fã do seu trabalho! E vou te dar uma entrevista exclusiva. Vai ser a matéria mais importante da sua vida, Kati. Pense só. Você vai saber de tudo, vivenciar tudo. — Ele lhe deu um tapinha na bochecha. — Estou sentindo cheiro de um Pulitzer! É claro, essas coisas têm um preço, mas podemos falar sobre isso mais tarde. Vou deixar você se acomodar. — Eckle chegou perto de seu ouvido e sussurrou: — Eu vou te machucar. E vou gostar. Pense nisso.

— Então se inclinou para trás, abriu aquele sorriso radiante de novo. — Bem, toda essa agitação abriu meu apetite. Vou descer para almoçar. Quer alguma coisa? Não? — Ele riu da própria piada enquanto lágrimas escorriam pelo rosto dela. — Até logo.

𝒞ra bom fazer algo normal, algo divertido. E era melhor ainda, pensou Fiona, andar pela loja de plantas e encontrar seus vizinhos. Isso a fez perceber como ficara isolada na última semana, presa à casa.

Percebeu que sentia falta de passear, de fazer coisas na cidade, das fofocas divertidas que ouvia em paradas rotineiras.

Até gostou do tempo que passou em meio a madeiras e ferramentas.

Simon se dedicou a vetar suas escolhas ou dar de ombros quando concordava. Até ela ficar na dúvida sobre as dálias.

— Escolha logo uma. Todas têm galhos, folhas, pétalas.

— Isso vindo de um homem que passou uma eternidade escolhendo um puxador.

— Os puxadores não vão morrer na primeira geada.

— O que torna a escolha das dálias mais importante, porque o tempo delas é breve.

— Esta. — Ele pegou um vaso aleatório. — Não consigo viver sem ela.

Fiona riu enquanto pegava mais dois vasos.

— Perfeito. Agora quero umas daquelas azuis. — Ela gesticulou para as lobélias. — E aí a gente... Ah, oi, Meg, Chuck.

Seus amigos viraram, e Meg estava com as mãos cheias de cravinas.

— Oi! Ah, que lindas! — Ela abriu um sorriso radiante para Simon. — Você deve ter feito as jardineiras.

— Pois é — confirmou ele enquanto trocava um olhar rápido e sofrido com Chuck por cima das cabeças das mulheres.

— Vão plantar mais um canteiro? — perguntou Fiona.

— Não. Precisei ir abrir o chalé para um cliente novo, e Chuck ficou em casa, limpando o barracão.

— Se eu tentar fazer isso enquanto ela está lá, não consigo jogar nada fora.

— Nunca se sabe quando vamos precisar de alguma coisa, não é? Ele ia jogar uma banheira no lixo.

— Aquela porcaria velha — murmurou Chuck.

— Bem, isso vai mudar assim que eu plantar estas belezinhas nela e a colocar no quintal. Pensei em colocá-las só de um lado, para ficar mais espontâneo. Vai ser uma banheira artística, em vez de uma porcaria velha.

— Meg está sempre bolando formas de reaproveitar as coisas. — Fiona colocou suas flores no carrinho.

— Odeio desperdícios.

— No fim das contas, acabamos economizando uma grana — comentou Chuck. — O chalé foi praticamente todo mobilhado com móveis de segunda mão que ela reformou.

— Então ele está alugado — disse Fiona enquanto escolhia as lobélias.

— Por duas semanas. O marido veio sozinho primeiro. A esposa e o filho virão depois. — Meg pegou um vaso de lobélias, segurou-o ao lado das cravinas e aprovou. — O menino tem uma competição de natação ou algo assim que não queria perder. O pai é professor e escreve matérias sobre turismo. Estamos torcendo para ele publicar uma sobre o chalé e Orcas. Não faria mal aos negócios. É um cara meio esquisito — acrescentou Meg enquanto andava entre as flores. — Veio dar uma olhada na casa alguns meses atrás. Queria um lugar tranquilo, longe de tudo, para escrever.

— Imagino que isso seja normal.

— Acho que ele deve gostar de ficar sozinho, porque quase me expulsou de lá hoje cedo. Não quer o serviço de limpeza, então já estou com pena da esposa. E como pagou tudo em dinheiro, adiantado, posso comprar um monte de flores para a banheira.

— Como vocês decidem para quem alugar a casa?

Meg piscou diante da pergunta de Simon.

— Ah, bem, não tem muito que possamos fazer. A maioria das pessoas só fica por sete ou quinze dias, às vezes até um fim de semana fora da alta temporada. Pedimos um depósito como garantia e torcemos para dar certo. Nunca tivemos nenhum problema sério. Você está pensando em comprar uma casa para alugar?

— Não. Tem muita gente que paga em dinheiro?

— Poucas, mas acontece. Algumas pessoas não gostam de dar o número do cartão de crédito.

— Como ele é?

Meg olhou para Fiona, que ficara estranhamente quieta.

— Ah, ele... Ah, meu Deus, você acha que ele pode ser... Puxa, Simon, você está me deixando nervosa. Ele deve ter uns 40 e poucos anos. Tenho uma cópia de sua carteira de motorista, porque pedimos um documento, mas não me lembro da data de nascimento. Cabeça raspada, parece um ovo de tão careca. Fala bem, é amigável. Mencionou que a esposa e o filho vão adorar o chalé. Até perguntou se o menino podia trazer um amigo quando vier.

— Só estamos um pouco nervosos. — Fiona esfregou o braço de Meg.

— Querem dar uma passada lá para ver o cara? — perguntou Chuck.

— Não podemos ir atrás de todo mundo que alugou uma casa, está acampando ou passando uns dias nos hotéis e nas pousadas — argumentou Fiona. — Estão vigiando a balsa.

E isso teria que ser suficiente.

Ela esperou até entrarem na picape, voltando para casa.

— Eu me esqueço, ou nem sempre me dou conta, do quanto você está preocupado. Não faça pouco caso — disse ela quando Simon deu de ombros. — Essa situação acompanha a gente desde o começo. Parece uma sombra que nos segue o tempo todo. E fico tão distraída pensando nisso, ou me dizendo para parar de pensar nisso, que esqueço que você também sente esse peso.

Simon passou mais de um quilômetro calado.

— Eu não queria você. Entendeu?

— Simon, eu carrego essa verdade no meu coração.

— Eu não te queria porque sabia muito bem que você ia se enfiar na minha vida e me fazer gostar disso. Precisar disso. E de você. Então, agora é isso que aconteceu. Eu cuido do que é meu, não fujo da responsabilidade.

Fiona ergueu as sobrancelhas.

— Como um cachorrinho?

— Você pode encarar isso da forma que quiser.

— Vou ter que pensar no assunto.

— A polícia, o FBI, é bom tê-los por perto. Fazendo o trabalho deles. Mas não vou deixar ninguém te pegar. Ninguém.

Agora foi a vez de Fiona permanecer em silêncio, e permaneceu assim até os dois virarem na curva para a casa.

— Você sabe que sei cuidar de mim mesma. Não, espere... Você sabe disso. E por saber disso, escutar o que acabou de dizer, sabendo que está falando sério, faz com que eu me sinta protegida de um jeito que não me sentia há muito, muito tempo. — Ela respirou fundo. — Então vou plantar as jardineiras e depois dar minha aula da noite. E vou torcer com todas as minhas forças para o FBI encontrar Kati Starr, viva, e para a gente se livrar das sombras num futuro próximo, bem próximo, e passarmos a ser só nós dois.

— E uma matilha de cães.

Fiona sorriu.

— Sim.

Eckle saiu do banheiro de banho tomado, usando uma cueca e uma camisa limpas. Na cama, Kati gemeu sob a silver tape enquanto seus olhos, o esquerdo tão inchado que estava quase fechado, seguiam-no.

— Agora está melhor. Eu não sabia se ia gostar de estuprar alguém, já que nunca dei muita importância a sexo. Mas foi legal. Uma experiência completamente nova para mim, e toda experiência nova acrescenta alguma coisa. Obrigado. Com o estupro, não existe a pressão de satisfazer à piranha que está abrindo as pernas para você. — Ele puxou a cadeira da escrivaninha pequena e sentou-se ao lado da cama. — Gosto de causar dor. Sempre soube disso, mas, como não era algo permitido pelas *regras* — Eckle fez um gesto de aspas enquanto dizia a palavra —, reprimi esse desejo. Eu não era um homem feliz, Kati. Estava apenas existindo, contentando-me com uma vida cinza. Até encontrar Perry. Preciso pagar essa dívida. Preciso pagar essa dívida com Fiona. Mas isto e todo o restante? Você? É tudo meu. Muito bem. — Ele deu um tapinha no minigravador de voz que tirara da bolsa da jornalista e colocou o aparelho sobre a mesa de cabeceira. — Vou ligar isto aqui, e nós vamos conversar. Você vai me contar tudo que sabe, tudo que suas fontes lhe informaram. E se gritar, mesmo que seja uma vez, vou tampar sua boca de novo e começar a quebrar seus dedos. Ninguém vai te ouvir, mas você não vai gritar. Vai, Kati? — Enquanto perguntava, Eckle esticou a mão e forçou um dos dedos mindinhos da jornalista para trás até ela empalidecer. — Vai, Kati?

Ela fez que não com a cabeça, arqueando o corpo como se tentasse fugir da dor.

— Que bom. Isto vai doer. — Eckle arrancou a fita, puxando com força, e assentiu com a cabeça, satisfeito, quando ela reprimiu o grito. — Muito bem. Agradeça.

Kati exalou, seu peito estremecendo com a saída no ar, e emitiu um sussurro quase inaudível, umedecendo os lábios secos.

— Por favor. Água. Por favor.

— Isto aqui? — Ele ergueu a garrafa. — Você deve estar morrendo de sede. — Então puxou a cabeça de Kati pelos cabelos, virando a garrafa em sua boca para que engasgasse, entalasse, ofegasse. — Melhor assim? Como se diz?

Kati agradeceu.

Capítulo 30

♦ ♦ ♦ ♦

O FBI SABIA mais do que ele esperava, mas nada para o que não tivesse se preparado.

Tawney e a parceira tinham ido a College Place, apesar de Kati não saber se foram à universidade ou ao seu apartamento. Mesmo depois de Eckle quebrar dois de seus dedos, ela não fornecera os locais exatos. Sua fonte não lhe dera essa informação ou também não sabia.

Mas os agentes foram lá, ele tinha certeza. Reviraram suas coisas, a rotina da pessoa que fora um dia. Não que isso fizesse qualquer diferença. Aquelas coisas não eram mais suas. Pertenciam a outra vida — à vida cinza.

A polícia estava, como o esperado, vigiando as balsas. E Fiona se mudara para a casa do namorado. Nunca ficava sozinha.

Ele vencera o primeiro obstáculo, tinha planos para o segundo. E a peça--chave desses planos estava inconsciente sobre a cobertura de plástico da cama.

Eckle pensou no e-mail. Uma armadilha, como suspeitara. Agora, tinha certeza. O FBI achara que conseguiria enganá-lo, vencê-lo, mas ele era inteligente demais.

Por um instante, pensou em jogar a jornalista no porta-malas e pegar a balsa da manhã para o continente ou alguma outra ilha. Mas esse plano deixaria Fiona viva, e ele tinha uma dívida para pagar.

Além do mais, o aluno superaria o mestre quando ele a matasse. Corrigir o erro de Perry faria parte do seu legado.

Da sua história.

Era uma pena não poder passar mais tempo com Kati, não poder arriscar dois ou três dias com ela, como queria. Sua conversa sobre o livro teria que ser breve.

Ele ficaria com a maior parte do trabalho, já que precisava começar a próxima fase mais cedo do que o planejado.

Então analisou-a, deu de ombros. Na verdade, já havia feito quase tudo que queria com ela.

Decidiu estudar os mapas de novo, dormir por algumas horas, preparar um café da manhã reforçado. Queria começar bem antes do amanhecer.

Enquanto saía do quarto, concluiu que tinha sido uma boa ideia quebrar os dedos das mãos dela, e não dos pés. Não queria ter que carregá-la até lá.

Simon deixou o som desligado e pegou qualquer peça que pudesse ser finalizada na varanda da oficina. Assim, poderia ver e ouvir quem entrava e saía do terreno.

Outro problema que Eckle causara, pensou. Agora, não podia se concentrar em seu trabalho, não podia ouvir sua música no volume máximo.

Ele já decidira que esperaria mais uma semana, e depois, independentemente da agenda de Fiona, a tiraria da ilha por um tempo. Não haveria discussão. Podiam ir visitar seus pais em Spokane, o que mataria dois coelhos com uma cajadada só, já que a mãe não parava de perturbá-lo, pedindo para conhecer Fiona toda vez que se falavam por telefone ou e-mail.

Simon já escolhera seu objeto de barganha. Sacrificaria os bagos do cão. Fiona queria que Tubarão fosse castrado — e ficava deixando panfletos informativos sobre o assunto pela casa. Então os dois poderiam trocar uma coisa por outra.

Desculpe, cara, pensou ele.

Então iriam de carro — com a matilha inteira, se ela quisesse — para Spokane. Se precisasse, até alugaria uma van. Seria mais demorado dirigir até lá, mas, na sua opinião, quanto mais tempo, melhor.

Se Tawney e Mantz não tivessem encontrado Eckle quando os dois voltassem de viagem, não mereciam seus distintivos.

Simon ergueu o olhar ao ouvir o som de um carro se aproximando e, quando viu a viatura, deixou de lado o pincel que usava para envernizar dois bancos de bar.

Era melhor que fossem boas notícias.

— Davey. — Fiona saiu da casa. — Você veio na hora certa. Meus últimos alunos saíram há dez minutos. Os próximos só chegam em vinte. — Então pressionou as juntas dos dedos contra o peito, onde o ar parecia entalado. — Starr está viva?

— Ela ainda não foi encontrada, Fi.

Fiona sentou-se onde estava, nos degraus da varanda. Seus braços envolveram os cães que a cercavam.

— Acabaram de nos mandar uma foto. O melhor que conseguiram com as testemunhas do hotel. Trouxe uma cópia para você.

Davey tirou a folha da pasta que trazia consigo e a estendeu.

— Quase não se parece com ele. Com a foto de antes. Os olhos, eu acho. Os olhos continuam iguais.

— As testemunhas ficaram na dúvida sobre isso. Então misturaram as imagens.

— Seu rosto está... mais magro, e ele parece mais jovem sem a barba. Mas... o boné cobre bastante coisa, não é?

— O recepcionista foi praticamente inútil, pelo que nos contaram. O outro cara se esforçou mais. Só que não o viu direito. Eckle deixou impressões digitais no quarto. Correspondiam com as encontradas em seu apartamento. E ele não respondeu ao e-mail de novo, pelo menos por enquanto. — Davey cumprimentou Simon com um aceno de cabeça quando ele se aproximou. — O FBI já desistiu desse plano, então vão liberar o nome dele e o retrato falado para a imprensa hoje à tarde. Daqui a umas duas horas, já estará na internet e na televisão. Alguém vai reconhecê-lo, Fi.

Simon ficou quieto, mas pegou o desenho nas mãos de Fiona para analisá-lo.

— Vamos colar a foto nas balsas, no porto — continuou o policial. — O jornal de Starr está oferecendo 250 mil por informações que levem à captura de Eckle. Ele não vai ter para onde fugir, Fi.

— Sim, também acho Só espero que isso aconteça rápido o suficiente para salvar Starr.

$\mathcal{E}$LE A OBRIGOU A ANDAR. Mesmo com a anfetamina e o suplemento de proteínas que a fez tomar, a caminhada levou três horas inteiras. Kati caía o tempo todo, mas não tinha problema. Queria deixar um belo rastro. Arrastou-a quando precisou, e isso foi divertido. Ele sabia aonde estava indo e como chegar lá.

O lugar perfeito. Brilhante, modéstia à parte.

Quando os dois finalmente pararam, o rosto da jornalista estava imundo, cheio de hematomas, marcado por arranhões e cortes. As roupas que ele lavara e colocara de volta nela não passavam de trapos.

Kati não chorou, não se debateu quando foi amarrada à árvore. Sua cabeça apenas pendeu para a frente, e suas mãos amarradas ficaram moles sobre seu colo.

Eckle precisou lhe dar vários tapas para acordá-la.

— Vou deixar você aqui por um instante. Vou voltar, não se preocupe. Talvez você morra por desidratação, frio, infecções. — Ele ergueu um ombro como quem diz: paciência. — Espero que nada disso aconteça, porque quero muito te matar com minhas próprias mãos. Depois que matar Fiona. Uma para Perry, outra para mim. Meu Deus, você está fedendo, Kati. É melhor assim, mas eca. Enfim, quando tudo isto acabar, vou escrever a matéria por você, em seu nome, e publicá-la. Acho que vai ganhar um Pulitzer. Póstumo, mas é quase certo que ganhe. Até logo.

Ele tomou um dos comprimidos pretos também — precisava de energia — e começou a correr. Sem o peso morto, achava que conseguiria voltar na metade do tempo que levara para trazer aquela idiota patética até ali. Estaria de volta ao chalé ao amanhecer, talvez antes.

Tinha muito trabalho a fazer antes de poder retornar.

Simon a observou se esforçando além da conta para dar a aula seguinte e resolveu que tinha chegado ao limite. Depois que tomou todas as medidas necessárias, esperou até o último carro ir embora e ela entrar na casa.

Encontrou-a na cozinha, passando uma lata gelada de Coca-Cola Diet na testa.

— Está calor hoje. — Fiona baixou a lata e a abriu. — Parece que o céu está mais baixo, pressionando o sol contra o topo das árvores.

— Vá tomar um banho, refrescar-se. Você tem tempo — disse ele antes que ela respondesse. — Sylvia está vindo para dar suas últimas duas aulas.

— O quê? Por quê?

— Porque você parece péssima e provavelmente se sente ainda pior. Não dormiu nada ontem, e eu sei disso porque estava tentando dormir do seu lado. Você está nervosa e cansada. Então tome um banho, tire uma soneca. Entregue os pontos se precisar, contanto que seja longe de mim. Vou pedir o jantar mais tarde.

— Espere um instante. — Fiona deixou a lata de lado, bem devagar. — As aulas são minhas, o negócio é meu, então sou eu que tomo as decisões. Você não pode simplesmente resolver quando sou capaz de fazer meu trabalho e quando preciso da droga de uma soneca. Você não manda em mim.

— E você acha que eu quero mandar? Acha que quero tomar conta de você? Não quero. É um saco.

— Ninguém te pediu para tomar conta de mim.

Simon agarrou seu braço, a puxou para fora da cozinha.

— Se você não me largar agora, vou te jogar no chão.

— Aham, fique à vontade. — Ele a empurrou para dentro do lavabo, diante do espelho. — Olhe só para o seu rosto. Você não conseguiria derrubar nem um bebê dormindo. Então, pode se irritar comigo se quiser, porque estou irritado também. E sou maior, mais forte e mais babaca que você.

— Bem, sinto muito se minha cara não está das melhores. E muito obrigada por não se preocupar com meus sentimentos e deixar bem claro que estou horrorosa.

— Seus sentimentos não são minha prioridade.

— Mas que *novidade*. Vá cuidar do seu trabalho enquanto eu cuido do meu. E vou te fazer um favor. Quando eu terminar, vou dormir naquela porcaria de quarto de hóspedes bagunçado para não perturbar seu sono de beleza.

Pelo tom de voz dela, Simon reconheceu que Fiona alternava entre a fúria e a necessidade de desabar em uma crise de choro. Não restavam muitas opções.

— Se você tentar dar a próxima aula, vou fazer um escândalo tão grande que vai perder todos os alunos da turma. Pode acreditar, vou garantir que eles não voltem.

— Quem você pensa que é? — Ela o empurrou com muito mais força do que seu rosto pálido demonstrava ser possível. — Fazendo ultimatos, ameaças, subornos. Quem você *pensa* que é?

— O homem que te ama. Droga.

— Não use esse argumento.

— É o único que eu tenho. — Que idiotice, pensou Simon. Ele deixara sua raiva passar na frente do bom senso. E de sua estratégia. Aquela não era a melhor forma de lidar com Fiona, ele sabia disso. — Eu não aguento. — Então lhe expôs a verdade, mais difícil para ele do que as ameaças. — Não aguento te ver assim. — Ele a puxou para perto. — Você precisa descansar. Estou te pedindo para descansar.

— Você não estava pedindo.

— Certo. Estou pedindo agora.

Fiona soltou um suspiro longo.

— Estou horrorosa.

— Está mesmo.

— Mas isso não significa que não consigo fazer meu trabalho nem que você possa pedir para alguém me substituir sem falar comigo antes.

— Vamos fazer uma troca.

— O quê? — Ela se afastou. — Uma troca?

— Você descansa, e deixo Mai cortar os bagos de Tubarão fora.

Sua carta na manga acabara tendo que ser usada mais cedo do que esperava.

— Ah! Isso é ridículo. É errado. É... — Ela levou as mãos fechadas até as têmporas. — Baixo. Você está se aproveitando da minha crença na criação de animais de forma responsável.

— Duas horas de descanso para você, uma vida inteira sem conhecer a emoção de uma fêmea para ele. A vantagem é sua.

Fiona o empurrou, saiu do banheiro. Então virou e o encarou, franzindo a testa enquanto ele se apoiava no batente.

— Você vai castrar Tubarão de qualquer forma.

— Pode ser que sim. Pode ser que não. Parte de mim acha que ele devia pelo menos tentar com umas cadelas antes. Para ter lembranças.

— Você está me enrolando. — Mas Simon apenas deu de ombros, deixou o silêncio pairar entre os dois. — Droga. Ligue para Mai agora, hoje, para marcar a cirurgia.

Ele abriu a boca, jurou que sentiu o próprio saco se retrair.

— Não. Você marca.

— Tudo bem, mas você não pode mudar de ideia.

— O que, você quer que eu jure de pés juntos? Já disse que vou fazer isso. Vá tomar seu banho.

— Já vou, depois que ligar para Mai. E passar os detalhes da aula para Sylvia.

— Tudo bem. Sabe esses spas e lojinhas e salões de beleza esquisitos para cachorros?

Fiona bufou, lutando para deixar de se incomodar... com tudo.

— Nem todo mundo acha que esses lugares são esquisitos, mas sei.

— Acho que deviam ter bordéis para momentos assim. Um cara devia pelo menos poder dar umazinha antes de se tornar eunuco.

— Invista nisso. Muita gente pensa desse jeito, seria bem capaz de você ganhar uma fortuna. — Ela olhou para a porta da frente quando os cachorros deram o alerta. — Syl chegou.

Simon seguiu para a porta antes dela, para confirmar.

— Você está tão preocupado assim? — perguntou Fiona.

— Acho que não há motivo para nos arriscarmos. Meg veio junto.

— Ah. — Ela saiu da casa. — Olá. Primeiro, desculpe. E obrigada.

— Primeiro, não precisa se desculpar. E de nada. Eu tirei a tarde de folga, e estava trocando plantas com Meg. Estou cheia de hemerocales, e ela tem um monte de flores-de-cone roxas.

— Então, vim junto. — Meg falava cheia de animação. — Você tem duas professoras.

— E Simon tinha razão. Querida, você parece mesmo cansada.

— Já me disseram isso — comentou Fiona, lançando um olhar irritado para ele — em termos menos agradáveis. Entrem. Vou passar o plano de aula para vocês. E temos chá gelado.

— Que delícia. — Sylvia subiu para a varanda, ficou na ponta dos pés e deu um beijo na bochecha de Simon. — Bom trabalho.

Ele sorriu para Fiona.

— Não incentive esse tipo de comportamento. — Ela entrou na casa. — A primeira é uma turma de iniciantes, e estamos aprendendo os conceitos básicos. É melhor manter o pastor-de-shetland longe da labradoodle. Ele está perdidamente apaixonado e tenta montar nela sempre que pode. Prestem atenção na border collie também — continuou Fiona ao chegarem à cozinha. — Ela vai passar a aula inteira se enfiando na frente dos outros.

— Algum mais agressivo? — perguntou Sylvia enquanto a enteada pegava os copos.

— Não. Todos têm entre 3 e 6 meses, então perdem o foco rápido e gostam de brincar, mas são tranquilos. Na verdade, um... Meg? — Fiona se interrompeu ao ver o olhar chocado no rosto da outra mulher. — O que houve?

— É ele. — Ela pressionou um dedo contra o retrato falado sobre a bancada. — O hóspede do chalé. É Frank.

O copo pareceu se dissolver na mão de Fiona. Ela o colocou sobre a superfície antes que o deixasse cair.

— Tem certeza? Meg, você tem certeza?

— É ele. Não é um desenho perfeito, mas é ele. Os olhos, o formato do rosto. Sei que é ele. Isso é um retrato falado, não é? Ah, meu Deus.

— Esse é o desenho que a polícia montou da aparência de Eckle agora? — A voz de Sylvia estava extremamente calma e parecia soar através de um redemoinho de vento. — Fi!

— Sim. Sim. Davey trouxe o desenho mais cedo. Tawney o enviou para o xerife.

— Meg, vá buscar Simon. Agora. Agora. Fi, telefone para o agente Tawney. Vou ligar para o xerife.

Mas, antes de obedecer, Fiona subiu e pegou sua arma.

Quando voltou para o andar de baixo, tinha recuperado a calma e ignorou o olhar rápido e nervoso de Sylvia ao ver a pistola presa ao seu cinto.

— O xerife está vindo.

— O FBI também. Eles vão organizar a busca com o xerife no caminho. Está tudo sob controle.

Fiona tocou o ombro de Meg enquanto a amiga sentava à bancada.

— Fiquei sozinha com ele naquele chalé. Mostrei a casa na primavera, bati papo. E ontem... Ah, meu Deus do céu, aquela pobrezinha estava no porta-malas enquanto eu puxava conversa fiada. Foi por isso que Xena ficou farejando o carro. Eu devia ter imaginado...

— Por quê? Como? — quis saber Fiona. — Estamos felizes por você estar bem, por ter vindo aqui e reconhecido o desenho.

— Apertei a mão dele — murmurou Meg, encarando as próprias mãos. — E isso me dá a sensação de que... Meu Deus, preciso ligar para Chuck.

— Já liguei. — Sylvia parou atrás de Meg e começou a massagear seus ombros. — Ele está vindo.

— Você pode ter salvado a vida daquela jornalista — disse Fiona. — E a minha. Pense nisso. Simon. — Ela saiu da cozinha e foi para a sala, manteve a voz baixa. — Sei o que você quer fazer. Está escrito na sua testa. Você quer ir até lá, arrancá-lo do chalé e acabar com ele.

— Pensei nisso. Não sou idiota — rebateu ele antes de ela conseguir responder. — E não estou disposto a arriscar nem a possibilidade remota de esse cara escapulir de mim. Sei esperar.

Fiona segurou sua mão, apertou-a.

— Eckle não sabe. Não como Perry. Foi uma burrice absurda vir aqui, trazê-la... Ela só pode estar lá.

— Burrice, sim, mas e se ele escapar? Ninguém vai falar de outra coisa se encontrarem a jornalista morta praticamente na droga do seu quintal. Perry só queria matar. Esse cara quer ser famoso.

— Ele nunca vai escapar. — Ainda assim, ela esfregou os próprios braços para se esquentar enquanto olhava o quintal pela janela da frente. — Não vai conseguir sair da ilha. Mas faz dois dias que está com Starr. Talvez ela já esteja morta.

— Se ela tiver uma chance de sobreviver, é por sua causa.

— Minha?

— Você não é burra. Ele a trouxe aqui para te provocar, te machucar. Eckle está cercado e pode até ter te machucado, mas não te fez perder a cabeça.

— Gosto de ter você por perto.

— A casa é minha. É você que está por perto.

Fiona achava que não conseguiria rir, mas ele arrancou uma risada. Ela o abraçou e continuou assim até o xerife estacionar lá fora.

Quando saíram para encontrá-lo, McMahon não perdeu tempo.

— Já bloqueamos a estrada que leva ao chalé. Davey conseguiu chegar perto o suficiente para dar uma olhada com o binóculo. O carro está lá, todas as janelas estão fechadas, com as cortinas cerradas.

— Eckle está lá dentro. Com ela.

— Parece que sim — disse o xerife, concordando com Fiona. — O FBI está vindo de helicóptero, e pedi reforços. Ben Tyson vai trazer mais dois policiais. Os agentes querem que a gente não interfira, mas tenho minhas ressalvas. Seria muito bom, Simon, se pudéssemos usar sua casa como base por enquanto.

— É sua.

— Obrigado. Preciso conversar com Meg e continuar me comunicando com Davey e Matt. Eles estão vigiando o chalé.

Fiona sentia os minutos pingando como mel, lentos, densos.

Sem movimentação, relatavam os policiais a cada contato. Toda vez, ela imaginava os movimentos no interior, por trás das janelas fechadas.

— O problema é que somos poucos e, mas que merda, Matt ainda não tem muita experiência. — McMahon esfregou a cabeça. — Podemos ficar vigiando, mas o FBI tem razão. Se entrarmos lá, ele pode escapar. Não gosto nada disso, mas não tenho o que fazer. Pelo menos até Tyson chegar.

— Tenho uma espingarda. — Chuck observava tudo de pé, com um braço em torno dos ombros de Meg. — Em dez minutos, podemos reunir meia dúzia de homens para nos ajudar.

— Não preciso de um monte de civis, Chuck, nem da preocupação de ter que contar à esposa de alguém que ela ficou viúva. Esse cara matou as outras vítimas no lugar onde as enterrou. Isso também é um fato. É bem provável que a jornalista esteja viva, e temos que tirá-la de lá.

O xerife pegou o telefone no bolso ao ouvir o toque e saiu para atender.

— Ele deve ter deixado Starr por aqui, não é? — Fiona gesticulou para a planta que imprimiram do site do chalé. — Num dos quartos. Não no andar de baixo, para o caso de alguém aparecer. Mas num lugar onde conseguisse trancá-la. Então a polícia, além de entrar no chalé, teria também de subir a escada... Se ele estiver junto com Starr. — Ela tentou pensar naquilo como uma missão de busca e usou os mesmos princípios para prever seu comportamento. — A suíte principal tem uma varandinha. Acho que não seria o lugar ideal. Ele usaria o quarto menor, com menos acesso. Mas a polícia poderia subir na varanda pelo quintal, entrar pela porta de vidro, direto no segundo andar. E então...

Fiona se interrompeu quando McMahon voltou.

— O helicóptero acabou de aterrissar, eles estão vindo. E Tyson chegou também. Vou encontrá-los. Quero que vocês todos fiquem aqui. Bem aqui. Vou manter contato.

$\mathcal{D}$o seu poleiro na árvore na colina bem acima da casa de Simon, Eckle observou o xerife através do binóculo. Na terceira vez que o homem saiu para zanzar pela varanda, com o telefone ao ouvido, ele soube que tinha sido descoberto.

Ficou se perguntando como. O envio do e-mail que digitara fora programado para ser enviado dali a duas horas. Talvez tivesse sido enviado antes.

Não fazia diferença, disse a si mesmo. As coisas simplesmente começariam antes do planejado. E então ouviu, ao longe, o zumbido de um helicóptero.

Todo mundo tinha chegado. As chances de conseguir escapar, de passar despercebido por tempo suficiente para escrever a matéria, terminar o livro, diminuíram de forma drástica.

Era bem provável que ele morresse na ilha de Fiona.

Mas também não fazia diferença. Se Kati, antes tão bela, não tivesse morrido ainda, provavelmente estaria morta quando fosse encontrada, então ele teria conseguido seu prêmio.

E, enquanto estivessem procurando por ela, ele encontraria Fiona e concluiria aquilo que seu professor nunca fora capaz, nunca conseguira fazer.

$\mathcal{E}$LES ENTRARAM PRATICAMENTE da mesma forma como Fiona imaginara — rápidos, silenciosos, cobrindo todas as portas e janelas. A unidade invadia o primeiro andar do chalé e se infiltrava no segundo.

Tawney entrou no quarto menor logo depois da equipe.

Não precisou dos gritos de *Liberado!* para saber que Eckle já saíra dali e levara Starr junto.

— Ele está seguindo o próprio roteiro agora. Abandonou o método de Perry e está fazendo o que quer.

— O porta-malas está vazio. — Meio ofegante, Mantz se juntou ao parceiro. — Ela passou um tempo lá. Está forrado com plástico, tem manchas de sangue. Meu Deus — acrescentou a agente ao ver o plástico sobre o colchão e o conteúdo que o cobria.

— Eckle deixou o cheiro dela para nós.

Tawney se perguntou por quê.

Fiona também pensou nisso enquanto sua Unidade de busca se apresentava no chalé. Ela escutou a teoria de que talvez ele pretendesse voltar, limpar tudo, liberar a casa — já que também deixara suas roupas para trás — depois de matar e enterrar Starr.

Ela não discutiu. Sua Unidade tinha um trabalho a fazer, e o foco era encontrar a jornalista.

— Vamos trabalhar em dupla — anunciou. — Ninguém vai sozinho. Meg e Chuck são a equipe número um; James e Lori, a número dois; eu e Simon, a número três. Duas pessoas, dois cães por dupla. — Fiona respirou fundo. — Estamos cercados por policiais armados e agentes federais. Mantenham contato regular com Mai e com o agente Tawney. Eles vão cuidar da base. Temos três horas antes de escurecer. Existe uma boa chance de chover antes do fim do dia. Se não conseguirmos encontrá-la antes disso, vamos ter de esperar até amanhã. Todo mundo tem que estar de volta à base ao pôr do sol. Não vamos nos arriscar nem a nossos cães. — Ela olhou para Tawney. — Todos ouvimos o que o agente Tawney disse. Francis Eckle é um assassino. Pode estar armado, e com certeza é perigoso. Se alguém quiser ficar fora da busca, ninguém vai julgar essa decisão ou a Unidade. Só comuniquem Mai para ela conseguir nos reorganizar.

Fiona se afastou quando Mai a chamou.

— Não acho que seja uma boa ideia você participar, Fi. Sua vida está em perigo. Ele já está obcecado por você, e se tiver uma oportunidade...

— Não vai ter.

— Você não pode convencê-la a ficar na base? — pediu a amiga para Simon. — Eu levo Newman, vou com você e Peck.

— Eu estaria perdendo meu tempo, assim como você e Tawney, tentando. Mas Fiona tem razão. Ele não vai ter oportunidade de fazer nada.

Mai soltou um palavrão e, então, deu um abraço apertado na amiga.

— Se alguma coisa acontecer com você, qualquer coisa, vou acabar com a sua raça.

— Só esse alerta já basta para eu tomar cuidado. Vamos começar — gritou Fiona.

Chamando os cães, ela seguiu para o próprio setor.

— Você não devia dar o cheiro a eles? — perguntou Simon.

— Ainda não — murmurou ela. — Preciso que você disfarce. Já explico. — Quando decidiu que já estavam longe o suficiente, tirou o saco com o cheiro da mochila. — Nós temos quatro pessoas e cães experientes procurando por Starr. Além da polícia e do FBI. Eles vão fazer tudo que for possível para encontrá-la. — Fiona olhou Simon nos olhos. — Não vamos procurar por ela. Vamos procurar por ele.

— Por mim, tudo bem.

Desta vez, ela respirou fundo.

— Ótimo. Tudo bem, ótimo. — Então abriu o saco. — Isto é dele. A meia não foi lavada depois de ser usada. Até eu consigo sentir o cheiro. — Ela o ofereceu para os cães. — Este é Eckle. É Eckle. Vamos encontrar Eckle. Vamos encontrá-lo!

Enquanto os labradores farejavam o ar, com os focinhos se contraindo e as cabeças erguidas, Fiona e Simon os seguiram.

Capítulo 31

◆ ◆ ◆ ◆

Enquanto seguiam pelos primeiros quatrocentos metros, Simon podia jurar que os cães consultavam um ao outro. As orelhas se erguiam, os rabos balançavam, um dueto de farejadas. A temperatura ficou mais amena sob a cobertura das árvores, e o chão era macio com sua camada de pinhas, elevando-se numa clareira entre a grama alta e montes de pedra.

— Se ele a trouxe por este caminho — perguntou Simon —, por que não usou a estrada, por que a deixou no porta-malas até encontrar o lugar certo? E se fez isso, por que o carro ficou no chalé, e por que o chalé está vazio?

— Ela não esteve aqui. Pelo menos, não vejo sinal algum disso. — Fiona usou a lanterna para iluminar o chão, passando por arbustos e galhos. — Ele deixou pegadas, não estava tomando cuidado. Mas Starr, não. Não faz sentido, mas sei muito bem que estamos seguindo a rota de Eckle. Apenas de Eckle.

— Talvez ele tenha visto a polícia, ou descoberto que o encontraram, e fugido. Isso explicaria por que deixou tudo para trás.

— Ele entrou em pânico, saiu correndo. — Fiona assentiu com a cabeça. — Nós só participamos de duas missões em que a pessoa não queria ser encontrada. Um casal de adolescentes e um cara que esfaqueou a esposa durante uma briga, quando estavam acampados. Os adolescentes tinham um plano, por assim dizer, e cobriram as pegadas, escondendo-se. O homem simplesmente correu, o que facilitou nosso trabalho. Eu queria saber em qual categoria Eckle se encaixa. Se tiver alguma. Tenho que fazer contato com Mai.

Simon observou enquanto ela pegava o rádio.

— Já decidiu o que vai dizer a ela?

— Ainda estamos no nosso setor, então vou contar a verdade. Mas não toda a verdade. — Ela encarou o rádio. — Eu devia contar tudo. A parte lógica do meu cérebro sabe disso. Que seria melhor avisar ao agente Tawney ou pelo menos ao xerife. Posso pedir a Mai para avisar ao xerife Tyson. Seria bom ter alguns policiais nesta trilha.

— Você pode fazer isso — concordou Simon. — E passar um tempão discutindo com eles quando te disserem para voltar para a base. — O que não seria má ideia, pensou. — Davey, McMahon ou Tyson conseguiriam conduzir os cães numa busca?

— Davey, talvez. Mas duvido. Ele tem tanta prática e experiência quanto você. O que não é suficiente, não sem um condutor experiente para guiar a equipe. Eu sei interpretar a reação dos meus cachorros. Não posso garantir que outra pessoa conseguiria.

— Então essa é sua resposta.

Fiona entrou em contato pelo rádio, informou sua posição.

— Encontrei algumas pegadas — disse ela a Mai —, e os cachorros estão seguindo o faro.

— Tawney quer saber se você viu sangue pelo caminho, ou algum sinal de luta.

— Não, nada disso.

— James e Lori encontraram sangue e fortes indícios de que alguém caiu. Talvez ela tenha sido arrastada. Os cães deles já deram vários alertas. Estou diminuindo os setores.

Fiona olhou para Simon.

— Quero continuar seguindo este rastro por enquanto. Prefiro não confundir os cachorros, já que eles estão dando alertas.

— Entendi, mas... espere. Fique aí.

— Eu dei o cheiro de Eckle para os cachorros, e eles estão seguindo a rota dele. Deve estar mais fresca do que a que James e Lori encontraram. Não posso mentir para Mai, para nenhum deles — disse ela para Simon. — A Unidade funciona à base de confiança.

— Então conte. Argumente. Você não vai mudar de ideia mesmo.

Enquanto Fiona concordava com a cabeça, o rádio estalou.

— Todas as equipes, o agente Tawney acabou de informar que Eckle enviou um e-mail pré-programado do computador de Starr. O FBI acredita que ele queria que fosse rastreado, para as autoridades encontrarem o chalé. Fi, ele pediu para você voltar agora. Acha que isso pode ser uma armadilha para te atrair para a floresta.

— Já estou aqui — respondeu Fiona. — E estamos procurando por ele. Por Eckle, não por Starr.

— Fi...

— Os cães estão dando alertas, Mai, e não vou voltar enquanto o restante da minha Unidade continua aqui. Vou manter contato, mas preciso de um minuto para pensar no que fazer. — Ela prendeu o rádio no cinto, diminuiu o volume. — Tenho que fazer isso.

— Estou aqui com você — comentou Simon. — Então comece a usar o nós. Onde estamos em referência à área de James e Lori?

— Vou ver. — Fiona pegou seu mapa. — Tudo bem, tudo bem — murmurou enquanto o analisava. — Eles estão a leste de nós, aqui. Muitas casas perto das trilhas ou terrenos particulares. Mas, se captaram o cheiro e encontraram sangue, ele deve ter atravessado essa estrada.

— Então deve ter feito isso durante a noite. Precisaria da escuridão para garantir que não seria visto.

— Sim, mas nós estamos aqui. No oeste. Na verdade, ele seguiu para o oeste o tempo todo, como se tivesse entrado em pânico e tentasse se distanciar do lugar onde a deixou. Mas...

— O novo elemento — disse Simon. — Se ele mandou o e-mail para alertar a polícia e te trazer para cá, para onde está indo? Eckle acha que você vai seguir o faro de Starr, não o dele. Se montou uma armadilha, não seria aqui.

— Ela é uma isca — murmurou Fiona. — Ele a trouxe para cá, para o meu lar, até usou o chalé de uma amiga, de uma parceira. Meu Deus, é claro que ela é a isca. — Como, se perguntou Fiona, isso tornava as coisas piores? — Eckle andou com Starr, arrastou-a, deixou um rastro de sangue, porque queria que ela fosse encontrada por nós, por mim. Mas seria impossível ter certeza de que eu a encontraria.

— Ele precisaria de um lugar para ficar de vigia. Se você a encontrasse, te pegaria ou te mataria lá. Se fosse outra pessoa, ele iria até você e faria a mesma coisa.

— Mas... Não, entendi. Eckle não precisa me capturar, me manter em cativeiro. Só precisa me matar. Eu sou do Perry. Sou uma dívida. — Fiona olhava para a frente, usava um tom tranquilo. — Precisamos dar água aos cães.

Simon agachou-se junto a ela para encher a tigela.

— Fiona, não é preciso ser policial ou psiquiatra para saber que esse cara passou do limite. Depois que resolveu fazer as coisas do seu jeito e ignorar os objetivos, o método e os critérios de Perry, ele perdeu a cabeça.

— Sim.

— Starr tinha informações. Além das que publicou, ainda devia estar confirmando algumas. Eckle provavelmente já sabe que descobrimos seu nome, seu rosto, tudo. Deve imaginar que foi traído por Perry.

— Sim — repetiu ela. — E Starr teria contado tudo, creio eu, qualquer coisa que ele quisesse para não sofrer mais. Talvez Eckle nem tenha precisado perguntar. Ele levou o laptop e o celular dela. Sabia que o FBI estava chegando perto demais.

— E para onde ele iria, Fiona? Depois que pagar sua dívida com Perry, para onde iria? Como sairia da ilha? Roubaria um barco? Um carro? Como evitaria todas as equipes de resgate para fazer isso? Seria difícil. Mesmo se conseguisse sair da área, como passaria pela polícia para entrar na barca ou num barco?

— Seria impossível. — Ela pegou a tigela vazia, guardou-a na mochila. — Eckle não está em pânico, nunca esteve. Talvez, em abril, quando alugou o chalé, ele achasse que poderia me pegar, resolver o problema e ir embora, mas tudo isso mudou depois que sequestrou Starr. Depois que a trouxe aqui, sabendo que falei com Perry, depois de ler a matéria. De um jeito ou de outro, tudo termina comigo. Talvez ele tente matar os cachorros e você. Talvez tente matar tantas pessoas quanto possível. Mas ele sabe que eu sou o fim.

— Um último momento de glória.

— Ele nunca tinha chamado atenção. — Fiona pegou o saco com o cheiro. — Mas, agora, teve um gostinho da fama. Starr lhe deu isso, então ele resolveu envolvê-la. Este é Eckle — disse ela, forçando uma voz entusiasmada enquanto reavivava o faro dos cães. — Vamos encontrar Eckle. Vamos encontrá-lo!

Enquanto o grupo volta a andar, Fiona aumentou o volume do rádio, fez uma careta ao ouvir a conversa e as ordens para ela responder.

— Eu respondo. — Simon ergueu a mão. — Você precisa se concentrar nos cachorros.

Ele tinha razão. Não havia apenas uma vida em jogo, mas muitas. Starr continuava viva ou tinha morrido — isso dependia apenas da vontade de Eckle.

Sua Unidade, seus amigos, todos estavam à disposição dele. Assim como Greg estivera à disposição de Perry.

Mas, para Eckle, o foco nunca fora ela. Apesar das provocações, dos sustos. Fiona não passava de uma dívida, e seu senso de honra doentio exigia que ele recompensasse Perry antes de encerrar sua nova vida terrível.

— Ele está voltando para o leste agora. — Ela marcou o próximo alerta. — Se continuar nessa direção, vai entrar no setor de James. Preciso...

— Eu aviso. Você não viu aquilo ali. — Simon pegou outra marcação, sinalizou um papel de bala. — Está se distraindo. Pare com isso.

Certo de novo, pensou Fiona, e parou por um instante. Fechou os olhos, permitindo-se ouvir, cheirar, sentir.

Orcas era uma ilha pequena, com muito chão para percorrer, sim, mas com um espaço limitado. Se o objetivo de Eckle fosse atraí-la para uma armadilha, ele teria que se esconder num lugar onde pudesse observar tudo.

— O caminho dele precisaria cruzar com o caminho por onde levou Starr. Em algum momento, teria que cruzá-lo, ou passar paralelamente por ele, mas vindo desta direção...

Ela sabia o mapa de cor, mas o tirou de sua mochila para analisá-lo de novo. Nada de se arriscar.

— Perry mudou de rumo quando matou Greg. Aquilo também foi uma dívida que ele quis pagar.

— Perry foi capturado, preso. Não acho que Eckle considere a cadeia uma opção. — Por cima do ombro de Fiona, Simon analisou o mapa, as trilhas, as rotas. — Tawney também não acha.

— Ele tem muito que fazer ainda — murmurou ela. — Está andando num arco, numa curva larga, circulando o oeste, agora o leste. Quis se afastar de Starr, mas voltou na direção dela. Não para ela. Isso não faz sentido. Mas mantém-se perto o suficiente para observar. Talvez até escutar os cães, os rádios, quando chegarem perto o bastante. E, nesta direção, ele vai começar a encontrar casas, a fazenda de Gary e Sue.

— Não tenho seu senso de direção, mas sua casa fica antes da fazenda. Estamos muito longe de lá?

— Da minha... — Fiona perdeu o ar. — Minha casa. Como você disse antes. No meu quintal. Ele tirou todas as vítimas, até Starr, dos seus lugares, das universidades, das regiões onde viviam, trabalhavam. Nunca mudou esse método. — Ela agarrou a mão de Simon enquanto a certeza e a ansiedade percorriam seu corpo em correntes rápidas. — Não apenas a ilha, mas minha casa. Que está vazia, porque vim procurar por ele. Ou talvez Eckle saiba que estou morando com você. De toda forma, ele usaria a floresta para se esconder.

— E se conseguir te convencer a entrar lá, seria um ótimo lugar para deixar sua última marca. Estamos longe, Fiona?

— Talvez uns oitocentos metros. Menos. Depende do raio em que ele se distanciar, o ponto que escolheu para seu esconderijo. — Ela analisou as sombras, os vultos cinza e verdes. — Está ventando mais, e isso vai afetar o cone de odor. Vamos entrar no setor de James e Lori se continuarmos seguindo para leste. Temos que manter os cachorros embaixo das árvores, mesmo se a trilha passar por uma clareira. Eles precisam ficar em silêncio. E depois que entrarmos em contato com a base, vamos desligar o rádio.

Simon pensou em dizer a ela para ficar ali, mas isso não aconteceria. Pensou em dizer para os dois ficarem ali e informarem a Tawney a localização aproximada de Eckle. Ele também sabia qual seria a resposta para essa sugestão, mas resolveu tentar.

— Vamos ficar aqui, entrar em contato, passar a informação para Tawney.

— E se Eckle mudar de direção? Não podemos dizer onde ele está se não temos certeza disso. Seria pura especulação.

— Foi o que eu achei. Pegue a arma. De agora em diante, ela não sai da sua mão. — Simon ligou o rádio. — Mai, passe para Tawney.

— Eles entraram em alerta de novo.

Fiona se adiantou para marcar o local.

— Tawney quer falar com você.

Simon lhe passou o rádio.

— Aqui é Fi. Câmbio.

— Fiona, quero que me escute. Fique onde está. Fizemos a triangulação da sua rota com a das outras duas equipes. Acreditamos que ele esteja no seu terreno, ou perto. Vamos mandar uma Unidade para sua casa e alguns agentes para encontrar você e sua Unidade. Entendeu?

— Sim, entendi, agente Tawney. Algum dos seus homens conhece esta região, está acompanhado de um cão que dá alertas cada vez mais fortes? Acabamos de entrar no setor da equipe número um. Já vi uma de suas marcações.

— E chegando mais perto dele, pensou ela, com o coração acelerando. — Eckle passou por aqui também, atravessou o caminho que fez com Starr. James e Lori podem... Ele pode matar os dois. Eu e Simon estamos nos aproximando pelo que talvez seja seu ponto cego. Mandem ajuda, pelo amor de Deus, mas nós vamos continuar seguindo os cachorros. Preciso desligar o rádio. Não posso arriscar que ele nos escute. — Fiona fez isso e passou o aparelho para Simon. — James não vai parar. Talvez brigue com Lori e a convença a ficar para trás, mas ele não vai desistir. Não quando ainda existe uma chance de encontrar Starr viva. E não posso esperar, Simon, e arriscar que outra pessoa que eu amo seja assassinada por causa de uma vingança contra mim.

— E eu por acaso estou discutindo?

Fiona percebeu que a leve irritação na voz dele a deixava mais tranquila.

— Temos que colocar a guia nos cães. Não deixe que se afastem demais. Nem que latam. — Ela ergueu o olhar ao ouvir o som do trovão. — Vai escurecer daqui a pouco. O sol está quase se pondo. O vento está abafando nossos sons. Chuva seria melhor para isso. Mas as duas coisas dissipam o cheiro. Logo, logo, vamos estar contando apenas com nossos instintos.

— Quero que fique atrás de mim. Esse é meu instinto — disse Simon antes de Fiona conseguir protestar. — Preciso que você o respeite.

— Mas eu estou com a arma.

— Exatamente. — Ele lhe deu um beijo rápido. — E estou contando que irá usá-la se precisar.

Os dois continuaram em silêncio no ar que esfriava. O aumento do vento que passava entre as árvores abafava os sons e provavelmente encobriria sua aproximação. Mas Fiona também não conseguia ouvir nada. E a cada farfalhar e balanço das plantas, seu coração disparava.

Os dois usaram gestos para se comunicarem entre si e com os cães.

Então chegaram aos limites da clareira onde Simon encontrara o tronco. Ela viu a muda que ele plantara sem lhe contar. E isso acalmou seu coração disparado.

Fiona roçou as pontas dos dedos contra as dele, num gesto rápido de agradecimento.

Quando viu outra fita de marcação e sentiu que os cães tentavam seguir para a clareira, teve que puxá-los de volta.

Seu sangue gelou ao som de um rádio chiando, mas, enquanto seu olhar descia para o cinto de Simon, já sabia que o barulho não vinha dali.

James, pensou. Mais perto do que imaginara. Era impossível entender o que diziam, não todas as palavras, mas o tom animado era perceptível. Assim como o latido feliz.

— Encontraram Starr — sussurrou ela.

E um vulto se moveu nas sombras.

A respiração de Fiona prendeu na garganta. Ele estivera sentado atrás de uma árvore, no lado oposto da clareira. E, agora, usava o vento, a escuridão, aquelas primeiras gotas rápidas de chuva para encobrir seus movimentos.

Simon colocou a mão sobre a boca de Fiona, chegou perto de sua orelha.

— Fique aqui. Segure os cachorros. Vou dar a volta, me enfiar na frente dele. Fique aqui — repetiu. — Ele não vai passar por mim. A polícia já está chegando.

Fiona queria discutir, mas não podia arriscar. Mandou os cães confusos sentarem e ficarem ali com um gesto firme, irritado, que fez cabeças baixarem e olhos se erguerem, exibindo mágoa.

A brincadeira ainda não tinha acabado. O prêmio estava bem ali, escondido nas sombras. A raiva inesperada da dona fez com que os dois ganissem baixinho até que ela os silenciasse com um olhar furioso, apontando um dedo.

Satisfeita, Fiona se afastou um pouco para olhar, viu a arma na mão de Eckle. Ele mantinha a cabeça inclinada — atento aos sons — enquanto virava lentamente na direção em que Simon seguira.

O único pensamento que passou por sua cabeça foi: *Não*. E então ela entrou na clareira.

Fiona ergueu a arma e mirou. Ao ver que tremia, xingou a si mesma enquanto o assassino virava e a olhava nos olhos.

— Largue a arma, Francis, ou juro por todas as vidas que você e Perry tiraram que vou atirar.

Ela conseguiria viver com aquilo na sua consciência, conseguiria. Precisava conseguir.

— Ele me disse para não te subestimar. — Imitando-a, Eckle ergueu a arma e mirou. Mas não tremeu. Em vez disso, sorriu como se estivesse encontrando uma amiga. — Você sabe que, quando eu te matar, seu parceiro virá correndo nesta direção. Então vou matá-lo também. E o cachorro dele. E o seu. Onde está seu cachorro, Fiona?

— Baixe a arma. A polícia e o FBI estão vindo. Eles estão espalhados pela floresta. Você nunca vai escapar.

— Mas eu finalmente vivi. Em poucos meses, vivi e senti mais do que em todos os anos anteriores. Todos aqueles anos cinza. Espero que seja Tawney que apareça. Se eu tiver a chance de acabar com ele, seria como um presente de despedida para Perry.

— Perry te traiu.

— Mas, primeiro, ele me libertou. Eu queria que tivéssemos mais tempo, Fiona. Suas mãos estão tremendo.

— Isso não vai me impedir.

Ela inspirou fundo, preparou-se para matar.

Simon saiu correndo das árvores, o corpo inclinado atravessando a distância que a separava do assassino. Ele foi com tudo contra o lado direito de Eckle, e, por um instante insano, ela o comparou a um trem veloz.

A pistola disparou, e a bala cavou uma trincheira na terra macia um instante antes de a arma voar da mão do assassino.

Ela correu, pegando-a. Enquanto mirava as duas, ouviu James gritando, lutando para atravessar a mata. Da forma como Eckle previra. Quando o amigo apareceu, ela entregou as armas para ele.

— Segure isto.

— Fi, meu Deus. Meu Deus.

Ela apenas se inclinou ao lado de Simon enquanto ele arrebentava o rosto do assassino com os punhos, violento, metódico.

— Pare. Pare agora. — Fiona se esforçou para usar o tom firme e autoritário que usava com cachorros mal-educados, quase conseguiu. — Simon, pare. Eckle não vai fazer mais nada.

Ele a encarou, furioso.

— Eu te disse para ficar escondida. Que não ia deixá-lo passar por mim.

— E ele não passou. — Fiona segurou uma de suas mãos fechadas em punho, com as juntas dos dedos machucadas e ensanguentadas, e a levou ao rosto enquanto os cães a cutucavam. — Eu disse a eles para ficarem, mas ninguém me ouviu. Nós protegemos um ao outro. É assim que as coisas funcionam. — Ela mal olhou para Eckle. — Starr está viva? — perguntou a James.

— Está. Mas não sei se vai resistir. Ela passou por maus bocados. Preciso voltar para Lori. Você quase matou a gente de susto. — James, no entanto, analisou o rosto espancado e desacordado de Eckle. — Gosto do seu trabalho, Simon. Aqui. — Ele devolveu as armas para Fiona. — Estou ouvindo a polícia ou o FBI chegando. Tanto faz. Temos que levar a vítima para o hospital. Vamos ter uma conversa bem séria durante a reunião — acrescentou antes de desaparecer pela mata.

— Eu não sabia se você tinha visto a arma — disse ela para Simon. — Não tinha certeza. Não podia arriscar.

— Você tem sorte por ele não ter atirado em você. E se Eckle não quisesse conversar?

— Eu teria atirado. — Fiona devolveu sua arma ao coldre, depois prendeu a de Eckle ao seu cinto. — Mais meio segundo... Que bom que não precisei fazer isso. Que bom que você arrebentou a cara dele. — Ela respirou fundo, agachando-se. — Bons meninos! Vocês são tão bons. Encontraram Eckle.

Quando os policiais entraram correndo na clareira, encontraram-na abraçada aos cães e com a cabeça apoiada no peito de Simon.

$\mathcal{D}$EMOROU HORAS, horas que pareciam durar dias. Perguntas, relatórios, mais perguntas, a reunião com a Unidade.

Mantz veio apertar sua mão.

— Ainda acho que você daria uma boa agente.

— Talvez, mas estou ansiosa por uma vida tranquila.

— Boa sorte. — Ela se inclinou e fez carinho em Newman, que ainda não saíra do lado da dona. — Bom menino — disse, e riu quando Fiona ergueu uma sobrancelha. — Acho que mudei de ideia sobre a espécie. A gente se vê.

Tawney lhe deu um abraço.

— Não venha me visitar só quando aparecer um problema — murmurou ela. — Porque já me livrei deles, mas não quero me livrar de você.

— Minha cabeça ganhou vários fios brancos novos por sua causa. Eu diria para você se cuidar, mas sei que já faz isso. Vamos precisar fazer mais perguntas depois.

— Venha quando quiser.

— Vá para casa. — O agente lhe deu um beijo na testa. — Descanse.

Como ela quase adormeceu no carro, isso provavelmente não seria problema.

— Vou tomar um banho, comer qualquer coisa que estiver na geladeira e dormir por 12 horas.

— Tenho que fazer umas coisas, mas posso comer com você depois.

Fiona começou a se afastar, parou.

— Você pode checar se já sabem alguma coisa sobre o estado de Starr? Sei que não parecia promissor, mas talvez... Odiamos perder alguém.

— Eu ligo para o hospital. Vá tomar seu banho.

Ela se remoeu, regozijou, enrolou. Então, após prender o cabelo molhado num rabo de cavalo, vestiu uma calça de algodão e uma camiseta desbotada e macia. Conforto, pensou. Só queria conforto.

E o começo, por favor, meu Deus, de uma vida tranquila.

Fiona pegou o pequeno canivete que deixara sobre a cômoda, pressionou-o contra a bochecha.

— Você estaria feliz por mim — murmurou.

Devolvendo-o ao lugar, ela se analisou no espelho. Parecia um pouco cansada, mas não horrorosa.

Parecia livre, pensou com um sorriso.

Enquanto descia a escada, franziu a testa ao ouvir uma buzina rápida. Ela amava seus amigos, mas, pelo amor de Deus, a única coisa que queria agora era comer e dormir. Estava cansada de falar.

Mas encontrou Simon na cozinha, sozinho com os cães.

— Quem veio aqui?

— Quando? Ah, James. Eu precisava de ajuda com uma coisa. Tome.

Ele enfiou um biscoito com uma fatia fina de queijo em sua boca.

— Gostoso — disse Fiona. — Mais.

Simon lhe deu um segundo biscoito.

— Chega. O resto é por sua conta. Aqui.

Ele lhe passou uma taça de vinho.

— Você ligou para o hospital?

— O estado dela é crítico. Hipotermia, desidratação, choque. Dedos quebrados, mandíbula quebrada. Entre outras coisas. Eckle teve bastante tempo para bater nela, e o aproveitou. Mas as chances de sobreviver são boas.

— Tudo bem.
— Ele também está um pouco machucado.
Simon olhou para suas mãos enfaixadas.
— Ele mereceu.
Fiona segurou aquelas mãos e o fez resmungar quando as beijou.
— Eckle estava escrevendo um livro.
— O quê?
— Você demorou no banho — explicou Simon. — Davey veio contar umas coisas. Starr também estava. Parece que Eckle editou um pouco o trabalho dela, acrescentou mais detalhes.
— Meu Deus. — Fechando os olhos, Fiona pressionou a taça de vinho contra a testa. — Você tinha razão. Ele queria ser famoso.
— Continua querendo. De acordo com Davey, recusou seu direito de ter um advogado e não cala a boca. Quer falar, quer contar detalhes. Está orgulhoso.
— Orgulhoso — repetiu ela, estremecendo.
— E arruinado. Acabou para ele. E para Perry.
— Sim. — Fiona abriu os olhos, baixou a taça. Pensou nas paredes do presídio, nas grades, nas armas, nos guardas. — Ele não conseguiu aquele último momento de glória, não do jeito que queria. Acho que devemos nos sentar lá fora, ficar olhando os cães, bebendo o vinho, e depois nos empanturrarmos de comida. Só porque podemos fazer isso.
— Daqui a pouco. Traga o vinho. Quero te mostrar uma coisa.
— Mais comida?
Simon segurou seu braço e a puxou para a sala de jantar — onde a mesa, infelizmente, não abrigava nada comestível.
— Tudo bem, espero que você não queira se divertir na mesa de jantar, porque acho que não tenho forças hoje. Por outro lado, amanhã... — Ela se interrompeu ao ver a adega. — Ah! — Num piscar de olhos, estava do outro lado da sala. — Ah, que *linda*! A madeira parece um chocolate acetinado, misturado com leite. E as portas? São de corniso. Ela é, ah... — Fiona abriu as portas, deu pulinhos. — É maravilhosa. Cada detalhe. É fantástica e divertida e linda.
— Combina com você.
Fiona virou.

— É *minha*? Ah, meu Deus, Simon...

Antes que ela o abraçasse, ele ergueu a mão.

— Depende. Estou pensando numa troca. Vou te dar a adega, mas, como ela vai ficar aqui, isso significa que você tem que ficar também.

Fiona abriu e fechou a boca. Pegou o vinho que deixara sobre a mesa, tomou um gole.

— A adega é minha se eu morar aqui, com você?

— Eu moro aqui, então, sim, comigo. A casa é maior que a sua. Você tem a floresta, mas eu tenho a floresta e a praia. Os cães têm mais espaço. E preciso da minha oficina.

— Hmm.

— Você pode continuar dando suas aulas aqui, ou pode voltar para lá. Use a casa para a escola. Ou venda. Ou alugue. Mas, se quiser a adega, vai ter que ficar aqui.

— É uma troca interessante.

— Foi você que começou com isso. — Simon prendeu os dedões nos bolsos da frente da calça jeans. — Acho que nós passamos pelas piores coisas que alguém poderia enfrentar. E estamos aqui. Não vejo por que perder tempo. Então, se você quiser a adega, vai ter que morar comigo. Talvez a gente devesse casar.

Fiona engasgou, engoliu o vinho.

— Talvez a gente devesse?

— Não vou fazer um pedido cheio de firulas.

— Que tal um meio-termo entre talvez a gente devesse e as firulas?

— Você quer se casar comigo?

Agora, ela riu.

— É um meio-termo. Bem, eu quero a adega. E quero você. Então... sim, acho que quero me casar com você.

— É um bom negócio — disse Simon, aproximando-se.

— Um ótimo negócio. — Ela tocou suas bochechas. — Simon.

Ele beijou a palma direita dela, depois a esquerda.

— Eu te amo.

— Eu sei. — Fiona o abraçou. — E saber disso é a melhor sensação do mundo. Sempre que eu olhar para a adega, guardar uma taça ou tirar uma garrafa, vou saber. É um presente maravilhoso.

— É uma troca.

— Claro.

Fiona levou os lábios aos dele, demorando-se.

Ela era livre, pensou, e amada. E estava em casa.

— Vamos contar aos meninos — murmurou.

— Está bem. Eles com certeza vão querer champanhe e charutos para comemorar. — Mesmo assim, Simon pegou sua mão para saírem da casa. — Mas vamos ser rápidos. Estou morrendo de fome.

Ele a fez rir, e isso, pensou Fiona, também fazia parte de um ótimo negócio.

Impresso no Brasil pelo
Sistema Cameron da Divisão Gráfica da
DISTRIBUIDORA RECORD DE SERVIÇOS DE IMPRENSA S.A.
Rua Argentina, 171 – Rio de Janeiro, RJ – 20921-380 – Tel.: (21)2585-2000